近代报刊
与诗界革命的渊源流变

The Origin and Evolution of Modern Press and Poetic Revolution

胡全章 著

图书在版编目（CIP）数据

近代报刊与诗界革命的渊源流变 / 胡全章著. —北京：北京大学出版社，2017.5

（国家社科基金后期资助项目）

ISBN 978-7-301-28056-0

Ⅰ. ①近⋯　Ⅱ. ①胡⋯　Ⅲ. ①诗歌史-中国-近代　Ⅳ. ①I207.209

中国版本图书馆 CIP 数据核字（2017）第 024362 号

书　　　名	近代报刊与诗界革命的渊源流变 JINDAI BAOKAN YU SHIJIE GEMING DE YUANYUAN LIUBIAN
著作责任者	胡全章　著
责 任 编 辑	张文礼
标 准 书 号	ISBN 978-7-301-28056-0
出 版 发 行	北京大学出版社
地　　　址	北京市海淀区成府路 205 号　100871
网　　　址	http://www.pup.cn　新浪微博：@北京大学出版社
电 子 信 箱	pkuwsz@126.com
电　　　话	邮购部 62752015　发行部 62750672　编辑部 62767315
印 刷 者	北京宏伟双华印刷有限公司
经 销 者	新华书店
	710 毫米 × 1000 毫米　16 开本　24.25 印张　435 千字 2017 年 5 月第 1 版　2017 年 5 月第 1 次印刷
定　　　价	69.00 元

未经许可，不得以任何方式复制或抄袭本书之部分或全部内容。
版权所有，侵权必究
举报电话：010-62752024　电子信箱：fd@pup.pku.edu.cn
图书如有印装质量问题，请与出版部联系，电话：010-62756370

国家社科基金后期资助项目
出版说明

　　后期资助项目是国家社科基金项目主要类别之一，旨在鼓励广大人文社会科学工作者潜心治学，扎实研究，多出优秀成果，进一步发挥国家社科基金在繁荣发展哲学社会科学中的示范引导作用。后期资助项目主要资助已基本完成且尚未出版的人文社会科学基础研究的优秀学术成果，以资助学术专著为主，也资助少量学术价值较高的资料汇编和学术含量较高的工具书。为扩大后期资助项目的学术影响，促进成果转化，全国哲学社会科学规划办公室按照"统一设计、统一标识、统一版式、形成系列"的总体要求，组织出版国家社科基金后期资助项目成果。

全国哲学社会科学规划办公室
2014 年 7 月

序

我和胡全章博士相识大约是在某一次学术会议上。2005年初夏，我又参加了他的博士论文答辩，对他的印象逐渐加深。近几年，全章又送给我他写的几本书，我对其有了更多的了解，知其属于勤奋多思、虚心好学的一类。前几年我在中国近代文学年会上曾经说过：中国近代文学研究的突破和开拓首要的是靠年轻博士们的参与。故我对其中的后起之秀特别关注，希望他们能更快、更踏实地成长，早日开创中国近代文学研究的新局面。胡全章就是其中的一位。我作为近代文学研究队伍中的一名老兵，其拳拳之忱是可以理解的。

关于"诗界革命"的问题，自1900年梁启超正式提出之后，就引起了学术界的关注，但直到目前为止，人们对"诗界革命"的探讨，考察范围大多仍局限于梁启超主办的《清议报》《新民丛报》《新小说》等少数报刊，而所涉及的"诗界革命"阵线中的人物也只有夏曾佑、谭嗣同、黄遵宪、康有为、梁启超，至多再加上蒋智由、丘逢甲、狄葆贤、麦孟华、丘炜萲等人。由于研究主体视野的限制，许多本应属于"诗界革命"阵营的、当时报刊上刊登的新派诗及其作者均未纳入考察范围，致使若干文学现象被遮蔽。对于"诗界革命"源流、性质、特点及其影响的评价就难以做到客观、公正，符合其原生态的历史面貌。

正是有鉴于此，全章从更广阔范围的史料考察出发，通过数年认真的研究，对"诗界革命"中的诸多问题，做出了自己的判断，为全方位地研究"诗界革命"运动提出了更多翔实可靠的资料。

首先，全章扩大了"诗界革命"考察的视野。如果说，过去研究"诗界革命"运动依据的史料，主要是前面提到的梁启超在日本横滨出版的《清议报》《新民丛报》和《新小说》三大报刊，胡全章的这部专著则把考察对象扩大到一个更广的范围：从梁氏在国外主办的三大报刊到澳门的《知新报》（1897—1901），从上海的《选报》（1901—1903）、《时报》（1904—1912）、《中国白话报》（1903—1904）到北方重镇天津的

《大公报》（1902—1919）、北京的《京话日报》（1904—1906），从南海之滨厦门的《鹭江报》（1902—1905）到广州的《粤东小说林》（1906—1907）、香港的《中外小说林》（1907—1908），从芜湖的《安徽俗话报》（1904—1905）、常熟的《江苏白话报》（1904）到重庆的《广益丛报》（1903—1912），再从上海的《女报·女学报》（1902—1903）、《女子世界》（1904—1907）、《中国女报》（1907）、《神州女报》（1907—1908）到日本东京的《中国新女界杂志》（1907）等，凡是刊登过"诗界革命"体诗歌的报刊都在他的考察之列。从该书后面的征引文献看，他所使用的报刊主要有52种；这52种报刊，绝大多数都是百年前发黄变脆的古色斑斓，过去研究这一课题的学者很少考察过这么大面积、大范围的资料。全章将它们发掘出来，使有关"诗界革命"诸问题的研究更加准确和客观。因为这52种报刊，既有在国外出版的，更多的是出版于国内各地，它们反映了20世纪初梁启超所倡导的这次"诗界革命"运动在中国知识界群起响应、遥相呼应的盛况，以及在中国近代诗坛上所产生的广泛而巨大的影响。

需要说明的是，近几年已有研究者关注到这些报刊与"诗界革命"的关系，如左鹏军的《澳门〈知新报〉与"诗界革命"》（《黄遵宪与岭南近代文学丛论》，中山大学出版社，2007年），郭道平的《"诗界革命"的新阵地——清末〈大公报〉诗歌研究》（刊《中国现代文学研究》2010年第3期）等。

其次，"诗界革命"作为中国近代文学史上一次具有重大革新意义的诗潮，它的作者（即诗界革新运动的参与者）并不局限于过去出版的《中国近代文学史》《中国近代诗歌史》中所描述的那三五条汉子七八条枪，而是20世纪初近代知识群体广泛参与的一次声势浩大的诗界革新运动。它的作者队伍，如就《近代报刊与诗界革命的渊源流变》一书所提供的资料来统计，当以数百人计[①]。其中既有众所公认的早期的"诗界革命"派诗人，如夏曾佑、谭嗣同、黄遵宪、蒋智由、梁启超，也有以柳亚子、高旭、陈去病、马君武、金天翮为代表的革命诗潮中的健儿，即后来的南社诗人，还有张扬女权、誓尽女国民天职的巾帼英雄如秋瑾、燕斌、杜清池（持）、唐群英、张昭汉等。由这三个方面军组成的诗界革命队伍（其实并不限于这三个方面军）人数众多，十分可观。这里仅以

[①] 关于近代报刊中各种诗歌栏目中的署名作者，据胡著中的统计，《知新报》约50人，《鹭江报》约60人，《女子世界》约95人，《清议报》约150人，《新民丛报》约100人，再加上已列出的《大公报》和《时报》中的署名作者370人。以上统计数字还只是近代报刊中的一部分，即使剔除各报刊的署名作者重复的部分，其参与人数也十分可观。

《大公报》《时报》为例，前者1902年创刊，至1911年约十年间，在《大公报》发表过通俗诗歌（"诗界革命"体）的作者约140人；稍后，1904年6月，康门弟子狄葆贤在上海创办了《时报》，其"词林"和"平等阁诗话"两个专栏（按其中的作品也并非全是"诗界革命"体），就刊登过230余位诗人的作品，仅这两个数字就可说明20世纪初的知识界人士对待"诗界革命"争相参与的热情和群起呼应的盛况。而这一点在此前的研究著作中缺少具体的描述和原生态史料的支撑。这一开拓是胡全章教授这本专著对"诗界革命"研究的一大贡献。

第三，对于女性作者群的发现和重视。过去人们论述"诗界革命"几乎无人谈到女性的参与。2000年，我在一篇文章中提出"诗界革命"的范围不能局限于维新派诗人，革命派诗人柳亚子、高旭、马君武、宁调元、于右任、黄人、秋瑾等人也属于"诗界革命"阵营的人。[①] 于女性诗人我只是提到有代表性的秋瑾一人，对于众多参与"诗界革命"的知识女性，并未提及。《近代报刊与诗界革命的渊源流变》专列一章"清末妇女报刊与诗界革命之延展"，书写了近代女性群体参与"诗界革命"的热情。作者首先描述了近代妇女报刊刊登"诗界革命"体诗歌的概况，该章从1902年陈撷芬创办的《女学报》讲起，对此后丁初我创办的《女子世界》（1904）、秋瑾创办的《中国女报》（1907）、燕斌创办的《中国新女界杂志》（1907），以及上海城东文学社编辑的《女学生》月刊（1909—1912）、《女学生杂志》（1910）均给予充分的肯定和高度的评价。在"诗界革命"大潮中所出现的这批女性作者，保守估计也当不少于百人。她们在拯救祖国危亡、大力弘扬女权、宣传女学、主张男女平等时代主旋律中吟咏了大量的具有新思想、新意境、新名词而又符合"旧风格"的诗歌，这些新派诗，在女权运动和民族革命的大潮中，又以女性特有的风姿拓展了"诗界革命"的疆域，壮大了"诗界革命"的气势和力量，从而成为诗界革命运动中不可或缺的组成部分。

胡全章教授的专著《近代报刊与诗界革命的渊源流变》即将出版，他希望我能为此书写一篇序。我读了书稿之后，写下了上面的几点读后感，权作为"序"吧！

郭延礼
2016年新春于山东大学

---

① 郭延礼：《诗界革命的起点、发展及其评价》，《文史哲》，2000年第2期。

目 录

引 言 ··· 1

上 编

第一章　早期报刊诗歌近代新变之征兆 ······················· 13
　　第一节　早期报刊诗歌之启蒙性与通俗化 ··············· 13
　　第二节　《申报》新题材诗与古典诗歌新变征兆 ········ 16
　　第三节　前期《知新报》诗歌与诗界革命之先声 ········ 24
　　第四节　诗界革命运动：从何说起？ ······················ 30

第二章　《清议报》与诗界革命运动之展开 ·················· 35
　　第一节　《汗漫录》与诗界革命运动之发端 ·············· 35
　　第二节　"诗文辞随录"与诗界革命运动之展开 ········ 43
　　第三节　《清议报》诗歌之主题特征与新变趋向 ········ 51
　　第四节　后期《知新报》对诗界革命之呼应 ·············· 56

第三章　《新民丛报》与诗界革命之潮汐 ······················ 62
　　第一节　《新民丛报》"文苑"栏述要 ······················ 62
　　第二节　"饮冰室诗话"：诗界革命风向标 ·············· 65
　　第三节　"诗界潮音集"：大时代的潮音 ·················· 85
　　第四节　诗界革命：从高潮走向消歇 ······················ 94

中 编

第四章　《大公报》等国内报刊对诗界革命之呼应 ········· 99
　　第一节　清末国内综合性报刊诗歌诗话栏述要 ········ 99

第二节 "唤醒支那梦睡人"
　　　　　——清末《大公报》诗歌 …………………………… 103
　　第三节 "搜罗"诗界之"潮音"
　　　　　——厦门《鹭江报》"诗界搜罗集"诗歌 …………… 120
　　第四节 "心存邦国"和"诗人之诗"
　　　　　——清末《时报》诗歌和"平等阁诗话" …………… 135

第五章 清末文艺期刊与诗界革命之别样风景 ………………… 154
　　第一节 清末文艺期刊诗歌诗话栏述要 …………………… 154
　　第二节 "以关切时局为上乘"
　　　　　——《新小说》"杂歌谣"及译诗 …………………… 161
　　第三节 "时调唱歌"与"讴歌变俗"
　　　　　——《绣像小说》诗歌 ………………………………… 178
　　第四节 "提倡民族主义，唤起国家思想"
　　　　　——《二十世纪大舞台》诗歌 ………………………… 184

第六章 清末白话报刊与近代歌诗 ……………………………… 191
　　第一节 白话报刊与近代歌诗之兴起 ……………………… 191
　　第二节 《安徽俗话报》之"俗曲新唱" …………………… 195
　　第三节 《江苏白话报》之"山歌时调" …………………… 199
　　第四节 清末白话报刊学堂乐歌 …………………………… 204
　　第五节 近代歌诗语言的白话化与近代化 ………………… 208

第七章 清末妇女报刊与诗界革命之延展 ……………………… 213
　　第一节 清末女权思潮与妇女报刊诗歌 …………………… 213
　　第二节 "雌风吹动革命潮"
　　　　　——《女子世界》诗歌 ………………………………… 222
　　第三节 "女国民"与"自由花"
　　　　　——《中国新女界杂志》诗歌 ………………………… 246
　　第四节 清末女报诗歌与诗界革命之延展 ………………… 252

下　编

第八章 清末革命报刊与革命诗潮 ……………………………… 261
　　第一节 清末革命报刊诗歌栏述要 ………………………… 261
　　第二节 《江苏》：革命诗潮之海外重镇 …………………… 268
　　第三节 《警钟日报》：革命诗潮之国内重镇 ……………… 279

第四节　革命诗潮与诗界革命运动之交错····················286

第九章　近代报刊视野下的新派诗人群····················293
　　　第一节　从"月晕础润"到"至斯而极"
　　　　　　——近代报刊视野下的人境庐诗····················293
　　　第二节　从"才气横厉"到"唐神宋貌"
　　　　　　——近代报刊视野下的梁任公诗····················303
　　　第三节　"诗界革命谁欤豪"
　　　　　　——近代报刊视野下的蒋观云诗····················310
　　　第四节　高旭：从诗界革命到革命诗潮····················318
　　　第五节　旧锦新样：清末民初马君武诗歌····················324

第十章　皈依·同调·变奏·新途····················338
　　　第一节　皈依：从《国风报》到《大中华杂志》············338
　　　第二节　同调与变奏：柳亚子与《南社丛刻》诗人群·······345
　　　第三节　新途：《新青年》与白话新诗运动················353

结　语····················360

主要参考文献····················372

后　记····················376

引　言

19世纪末孕育、20世纪初兴起的诗界革命，是一场有理论主张、有报刊阵地、有诗人队伍、有创作实绩且产生了巨大社会反响和深远历史影响的中国诗歌近代化革新运动。诗界革命运动不仅反映了进步而重大的时代内容，对晚清兴起的救亡启蒙思潮推波助澜，以巨大的时代潮音构成了20世纪初年政治思想启蒙运动的有机组成部分，而且以其在理论和实践方面的大胆探索与实验，直接影响着20世纪中国诗歌变革的历史走向，构成了中国诗歌由传统走向现代过程中不可或缺的重要一环。诗界革命的诗歌变革精神与路径，无论是对20世纪以降的旧体诗词创作，抑或是对五四白话新诗运动，均产生了重要影响。

百余年来，尽管学界在诗界革命研究领域积累了不少成果，然而迄今仍缺乏基于近代报刊文献史料的原生态意义上的系统深入的探研；正因如此，人们对诗界革命运动的基本面貌仍不甚了了，现有的文学史论著对这一诗歌变革运动的整体状况和诸多历史细节仍语焉不详，许多基本文献与史识尚不清晰。

一、民国时期诗界革命研究之历史回顾

诗界革命研究之滥觞，至少可追溯到梁启超1902—1907年在《新民丛报》"饮冰室诗话"专栏对诗界革命阵营中人的评点与定位。他誉人境庐主人为"近世诗人能熔铸新理想以入旧风格者"[1]，推黄公度、夏穗卿、蒋观云为"近世诗界三杰"[2]，"以诗人之诗论"赞丘仓海"亦天下健者"[3]，言"公度之诗，独辟境界，卓然自立于二十世纪诗界中，群推为

---

[1] 饮冰子：《饮冰室诗话》，《新民丛报》第4号，1902年3月24日。
[2] 饮冰子：《饮冰室诗话》，《新民丛报》第14号，1902年8月18日。
[3] 饮冰子：《饮冰室诗话》，《新民丛报》第18号，1902年10月16日。

大家"①"公度之诗，诗史也"② 等，均眼光独到，影响甚大，不仅为时流所推许，而且为后世史家广泛征引。

1923年，胡适《五十年来中国之文学》论及诗界革命，以为诗界革命系夏曾佑、谭嗣同在戊戌前提倡，同时又将黄遵宪《杂感》（1868）诗中"我手写我口"等句视为"诗界革命的一种宣言"，并断言诗界革命失败了。③ 作为学界公认的中国近现代文学史开山之作，该著的论断对后世文学史家影响深远。胡适推黄遵宪为此期"新诗"创作成绩最大的诗人，而其筛选和裁定人境庐诗则主要依据"民间白话文学"和"用做文章的法子"来作诗两项标准。他高度评价《山歌》九首，称其"全是白话的""都是民歌的上品"；欣赏《己亥杂诗》中叙述嘉应州民间风俗的诗及《都踊歌》，谓其深受本乡民间白话文学（山歌）影响；标举《赤穗四十七义士歌》《降辽将军歌》《番客篇》诸篇，言其"都是用做文章的法子来做的"；推许《拜曾祖母李太夫人墓》为"《人境庐诗草》中最好的诗"，赞其能实行"我手写我口，古岂能拘牵"的主张；而对时誉颇高的《今别离》《以莲菊桃杂供一瓶作歌》诸篇，则以为"实在平常的很，浅薄的很"。④ 尽管适之先生借总结历史为五四文学革命张目的动机非常明显，但该著还是在学术界产生了共时性和历时性的重大影响。

以胡适为代言人的五四新文化人评判诗界革命时所采取的不无偏颇的新文学立场、标准与眼光，对后世文学史家影响至深。其后，陈子展《中国近代文学之变迁》（1929）、《最近三十年中国文学史》（1930），朱自清《中国新文学大系·诗集·导言》（1935），吴文祺《近百年来的中国文艺思潮》（1940），复旦大学中文系1956级编著的《中国近代文学史稿》，游国恩等主编的《中国文学史》等，乃至20世纪80年代以后仍通用的中国文学史著作，在诗界革命的起点、定性等问题上均大体袭用胡适之论，言诗界革命系戊戌前夕夏曾佑首倡，甚或将"新学诗"尝试与"诗界革命"混为一谈，一方面将其定性为一场"失败"的"改良"，另一方面又或隐或显地承认黄遵宪的新派诗是成功的实践。

1928年暑期，陈子展在南国艺术学院讲授"中国近代文学之变迁"课程时，交代过"近代文学从何说起"，接着就讲"诗界革命运动"，这是学界首次将"诗界革命运动"作为专题来讲授；第二年，其同名著作

---

① 饮冰子：《饮冰室诗话》，《新民丛报》第15号，1902年9月2日。
② 饮冰子：《饮冰室诗话》，《新民丛报》第40—41号，1903年11月2日。
③ 胡适：《五十年来中国之文学》，申报馆，1924年，第34—35页。
④ 胡适：《五十年来中国之文学》，第35—40页。

由中华书局出版,是为第一部将"诗界革命运动"列为专章的文学史著作。该著在断言谭、夏"以新典故代替旧典故"的"诗界革命"之"不彻底"与"失败"的同时,指出"当时的诗界革命运动,却已另寻一条出路",那就是黄遵宪"能以旧风格含新意境"的新派诗,对其流畅自然、明白如话、以文为诗、以诗代史、隽永有味等特点予以高度评价;该著大力肯定诗界革命倡导者与实践者"革新的精神,向诗国冒险的精神",言黄氏"我手写我口"主张"为后来胡(适)、陈(独秀)、钱(玄同)、周(作人)一班人提倡白话文学的先导"①,接续了胡适为白话新诗溯源的历史眼光。

1929 年,卢前(字冀野)在光华大学讲授"近代中国文学"课程,讲义记录稿次年由上海会文堂新记书局出版,名为《近代中国文学讲话》,开篇就讲"诗歌革命之先声"。卢氏以为:中国诗歌演进到同光之际表现出近代转变的迹象——能真切地表现时代的苦闷与悲痛,能精细地表现近代中国人的生活,能驱遣各种俗字俗语入诗,是其表征;金和、蒋春霖、郑珍是其代表诗人,而以黄遵宪为代表诗人的"新体诗",正是"按着那自然的趋势"应运而生的。② 在卢氏看来,以"模拟"为唯一能事、"没有一颗真的心灵在活跃着"的旧派诗人离"真正的创造"还很远,胡适之主张用白话作诗的"新诗革命"并不成功,徐志摩、闻一多一班人用西洋诗体作中国诗的全盘西化的取向亦不可取;在此情形下,黄遵宪"以新的材料用入旧的格律"的"新体诗"探索,对于中国"新诗体"的未来走向,无疑有着特别的历史意义。③

1932 年,钱基博在《现代中国文学史》中将康有为作为"新民体"先导人物讲述时,顺带述及其诗:"有为不以诗名,然辞意非常,有诗家所不敢吟、不能吟者。盖诗如其文,糅杂经语、诸子语、史语,旁及外国佛语、耶教语;而出之以狂荡豪逸之气,写之以倔强奥衍之笔,如黄河千里九曲,浑灏流转,挟泥沙俱下,崖激波飞,跳踉啸怒,不达海而不止;返虚入浑,积健为雄;权奇魁垒,诗外常见有人也。"④ 在钱氏看来,不仅南海先生"糅经语、子史语,旁及外国佛语、耶教语,以至声光化电诸科学语,而冶以一炉,利以排偶"的政论文,"厥为后来梁启超新民体

---

① 陈子展:《中国近代文学之变迁》,中华书局,1929 年,第 7—27 页。
② 参见卢冀野:《近代中国文学讲话》,上海会文堂新记书局,1930 年,"第一讲",第 1—12 页。
③ 参见卢冀野:《近代中国文学讲话》,"第一讲",第 39—42 页。
④ 钱基博:《现代中国文学史》,世界书局,1935 年,第 282 页。

之所由昉",而且"辞意非常""诗如其文"的康诗亦是新派诗的重要创获。① 而学界认识到这一点,对作为康有为诗歌主体部分的大量海外诗有了较为客观的认知,则要等到钱著问世半个世纪之后。

1936年,汪辟疆《近代诗派与地域》述及诗界革命阵营的几位重要诗人,将其置于"近代岭南派诗家"予以置评,谓其"以南海朱次琦、康有为、嘉应黄遵宪、蕉岭丘逢甲为领袖,而谭宗浚、潘飞声、丁惠康、梁启超、麦孟华、何藻翔、邓方羽翼之,若夏曾佑、蒋智由、谭嗣同、狄葆贤、吴士鉴,则以它籍与岭外师友相习而同其风会者也",言"此派诗家,大抵怵于世变,思以经世之学易天下,及余事为诗,亦多咏叹古今,直陈得失","其体以雄浑为归,其用以开济为鹄,此其从者同也";而"当南海以新学奔走天下之时,文则尚连犿而崇实用,诗则弃格调而务权奇",于是产生了"康梁诗派","其才高意广者,又喜撷拾西方史实、科学名词,融铸篇章,矜奇眩异。其造端则远溯定庵,其扩大则近在康梁,其风靡乃及于全国。而仁和夏曾佑、诸暨蒋智由、浏阳谭嗣同、溧阳狄葆贤、仁和吴士鉴诸家,则又承袭康梁诗派而喜为新异者也"。② 从地域文化视角阐释近代诗派和诗界革命派诗人群,给人以新异之感。

同年,钱仲联《人境庐诗草笺注》问世,其《发凡》中指出:黄诗"奥衍精赡,几可谓无一字无来历","知先生《杂感》诗所谓'我手写我口'者,实不过少年兴到之语。时流论先生诗,喜标此语,以为一生宗旨所在,浅矣!"③ 这一迥异时流之见,显然是有感而发,强调"以旧格律运新思想"方是以人境庐主人为代表的新派诗最重要的特征。然而,该著20世纪80年代再版时,其《发凡》中已见不到这句断语。

1944年,杨世骥《诗界潮音集》一文介绍了《新民丛报》"诗界潮音集"栏目诗人诗歌,并据此评估晚清"新诗"运动的创作实绩,提出了对"诗界革命"历史地位的重估问题。该文将"诗界潮音集"诗歌视为肇端于谭、夏的"新诗"运动之发展乃至高潮,就革新精神与内容层面对其创作实绩予以大力肯定,言其"实使当日诗坛发放出新的曙光",堪称"时代的潮音";扼要分析了梁启超、康有为、蒋智由、狄葆贤、麦孟华、黄宗仰、高旭、金楚青等栏目诗人"新诗"之时代闪光点,并对

---

① 钱基博:《现代中国文学史》,第267—268页。
② 汪辟疆:《近代诗派与地域》,《文艺丛刊》第2卷第2期,1936年1月。
③ 钱萼孙:《人境庐诗草笺注·发凡》,转引自质灵《论黄遵宪的新派诗》,牛仰山编《中国近代文学论文集(1919—1949)·概论·诗文卷》,中国社会科学出版社,1988年,第534页。

其时代精神、探索意识及历史意义予以高度评价:"其长处是能充分地表现他们的时代——那个动乱的时代;发抒他们的情感——在那个时代的激越的情感,凡前人诗中向来忌用的辞句,他们都明目张胆的采用了,凡前人诗中不敢问津的新事新理,他们都明目张胆的容纳了,惟因运用的高下,其间遂不免生硬粗糙,然而这是任何体式最初未能或免的现象。"①是为知言。

二、新中国成立以来诗界革命研究之现状

20世纪50至70年代,阶级史观统摄下的中国文学史论著述及诗界革命,将其定位为一场改良主义的文学运动、文学思潮或诗歌流派②,言其所标榜的"新理想""新意境"就是"要求诗歌在内容上能直接为改良派维新变法的政治目的服务,要求诗歌具有改良派所可能具有的反帝反封建性质"③,在肯定其历史进步性的同时,批评其改良主义的阶级局限性。

20世纪80年代以后,关于诗界革命的研究成果渐多。1985年,陈建华在《晚清"诗界革命"发生时间及其提出者考辨》一文中力排陈说,指出夏、谭、黄均非"诗界革命"的提倡者,主流学界流行的关于"诗界革命"在戊戌前就已提出的观点是错误的,断言诗界革命始于梁启超1899年所写的《汗漫录》。④ 这一观点在一定程度上纠正了诗界革命研究领域长期以来不重视原始史料乃至以讹传讹的不良倾向。

1988年,马亚中完稿的《中国近代诗歌史》用一章篇幅论述"同光时期的诗界革命派",将其诗歌创作定位为"昭示未来的乘槎之举",以为"从他们身上已可见诗界大变的征兆",肯定"这一派在诗歌发展史上,代表着革新的力量",同时断言"他们的革新破产了,他们的贡献在于对后来年轻的诗歌革命者进行了启蒙,对于现代白话新诗的最后形成作了历史的铺垫"。⑤ 该著在整体上对"诗界革命派"评价不高,认为他们"还未能设计出真正的新诗形式,甚至连雏形也尚未形成,而且在实践上也未能跳出古典诗歌的手掌";其所予以高度评价的,是梁启超"诗界革

---

① 杨世骥:《诗界潮音集》,《新中华》复刊第2卷第3期,1944年3月。
② 参见北京大学中文系文学专门化1955级集体编著《中国文学史》第4册(人民文学出版社,1959年),复旦大学中文系1956级中国近代文学史编写小组编著《中国近代文学史稿》(中华书局,1960年),游国恩等主编《中国文学史》第4册(人民文学出版社,1964年)等。
③ 吕美生:《试论晚清"诗界革命"的意义》,《文学遗产》增刊第8辑,1961年11月。
④ 陈建华:《晚清"诗界革命"发生时间及其提出者考辨》,《中国古典文学丛考》第1辑,复旦大学出版社,1985年。
⑤ 马亚中:《中国近代诗歌史》,复旦大学出版社,2011年,第303页。

"命"理论中指出的师法欧西的取范路径与革新方向,以为"诗界革命派在诗外为介绍海外文化所作出的努力,以及'诗界革命'的呐喊,却在客观上预告了春天的消息,并且为春天的到来作着耕耘的准备"。①

1991年,夏晓虹《觉世与传世》对梁启超的诗歌理论与创作实践做了系统分析,指出"西方文化是'诗界革命'之魂",作为"诗界革命"倡导者的饮冰主人的诗歌实践方向对同时代人有巨大影响,"新名词的使用,新意境的开拓,使其诗以截然不同于中国古典诗歌任何一家的崭新面目独立于诗坛,给予人们深刻的印象";而随着理论倡导和创作实践中"新意境"与"新语句"的分离,最终导致了"古风格"的获胜,梁氏诗歌创作也走过了一条从挣脱传统到复归传统的路子。②

同年,张永芳《晚清诗界革命论》从诗界革命的历史背景说到其消歇与尾声,将黄遵宪定位为诗界革命先导人物与首席代表,视夏、谭、梁三人的"新诗"实验为诗界革命开端,将其定位在"幼稚阶段",将"诗界革命"口号的正式提出视为"新诗"与"新派诗"的合流阶段,将"诗界潮音集"与"饮冰室诗话"栏目的创办视为诗界革命的进一步发展,将"新粤讴"与"新体诗"视为诗界革命发展的高潮,将改良派主要刊物的停办作为诗界革命趋于消歇的标志,从而梳理出一条清晰的线性发展脉络:"新派诗"(先导)——"新诗"(萌芽)——"新派诗"与"新诗"合流(成熟)——"新体诗"(高潮)。然而,这一简约流程有失历史过程的复杂性与多向度,一些论断尚待进一步商榷。

1997年,王飚主编的《中华文学通史·近代文学》卷,在诗界革命研究方面有着独到见解。鉴于黄遵宪海外诗主要创作于19世纪七八十年代的史实,该著强调黄氏主要作为诗界革命"先导人物"而存在的文学史地位;鉴于许多南社重要诗人曾经是诗界革命的热情响应者的史实,该著指出"诗界革命"并非只是"为维新变法服务",一般论者所谓"革命派诗歌"亦未否定诗界革命的纲领,而是继续推进,进而在辛亥革命前后诗坛上形成了以南社诗人为核心的"革命诗潮",并视其为诗界革命的新阶段。③ 有感于不少论者将诗界革命的主要历史意义解释为通向现代白话新诗的桥梁或"过渡"形态,王先生指出:"诗界革命的主要意义,是

---

① 马亚中:《中国近代诗歌史》,第504页。
② 夏晓虹:《觉世与传世——梁启超的文学道路》,上海人民出版社,1991年,第22—108页。
③ 王飚主编:《中华文学通史·近代文学》,华艺出版社,1997年,第313—358页。

创造了与古典诗歌和现代新诗都不同的另一种诗歌形态——'旧体新诗'。"① 这些极富问题意识的见解和思路，值得进一步开掘。

2000 年，郭延礼《"诗界革命"的起点、发展及其评价》一文全面评述了诗界革命的发展脉络与历史意义，认为诗界革命的起点和界标应是"新学诗"，时间当在 1895 年；"新派诗"概念的提出是在 1897 年，康有为、蒋智由、丘逢甲等均为"新派诗"作家群成员，"新派诗"是"新学诗"之后的产物；"诗界潮音集"是诗界革命继"新学诗"和"新派诗"之后的新发展，而非两者的合流；黄遵宪提出的"新体诗"（杂歌谣）是诗体改革的新探索，达到了诗界革命在诗体改革方面的最高成就；诗界革命的范围并不局限于维新派，革命派诗人柳亚子、高旭、马君武、宁调元、于右任、黄人、秋瑾等显然与诗界革命同一阵线，成为诗界革命队伍中一支生力军；诗界革命为五四新诗的出现奠定了理论基础和创作基础，成为五四诗歌革命的先声。②

2000 年，马卫中《光宣诗坛流派发展史论》将诗界革命置于"光宣诗坛倡导革新的诗歌流派"位置予以观照，概括了该派的本质与内涵，对黄遵宪、丘逢甲、康有为、梁启超、谭嗣同、夏曾佑、蒋智由等代表诗人做了考察。该著以革新图强的思想性、堪称诗史的纪实性、求用于世的功利性、眩人耳目的新奇性、明白易传的通俗性来概括诗界革命派的基本特征，高度评价其历史意义，言"论光宣的诗歌流派，就影响与历史意义而言，首推诗界革命"，谓"诗界革命是中国数千年诗歌史上对诗歌的形式和内容影响最大的一次革命，它直接导致了诗歌的近代化、甚至现代化"。③

2012 年，关爱和主编的《中国近代文学史》述及"诗界革命"时，言梁启超在 20 世纪初年已经意识到"挦扯新名词以自表异"的"新学诗"未能做到与新意境、旧风格的和谐交融，诗界革命应引以为前车之鉴；黄遵宪等人的"新派诗"做到了"能熔铸新理想以入旧风格"，应成为诗界革命推进发展的凭借和基础；"新意境是诗界革命之诗的内容方面的支配性要素，旧风格是形式方面的支配性要素，前者决定了诗能否推陈出新，后者决定了诗如何不失为诗"。④

他如郭延礼《中国近代文学发展史》关于康有为海外诗、黄遵宪

---

① 王飚：《清诗历史地位再评议》，《苏州大学学报》，2006 年第 1 期。
② 郭延礼：《"诗界革命"的起点、发展及其评价》，《文史哲》，2000 年第 2 期。
③ 马卫中：《光宣诗坛流派发展史论》，苏州大学出版社，2000 年，第 127 页。
④ 关爱和主编：《中国近代文学史》，中华书局，2012 年，第 148—149 页。

"新派诗"的评述，袁行霈等著《中国诗学通论》关于黄遵宪、梁启超对诗界革命理论贡献的总结，黄霖《中国文学批评通史·近代卷》对梁启超与"诗界革命"以及黄遵宪、康有为之诗论的总结与评述，孙之梅《南社研究》对南社诗歌与"诗界革命"的承续及其同中之异的辨析，李开军博士论文《梁启超与中国文学的转变》对"诗文辞随录"新名词运用状况的量化分析及对诗界革命中"新名词"地位消长的探讨，左鹏军《澳门〈知新报〉与"诗界革命"》对《知新报》诗歌与诗界革命之关系的考察，郭长海《高旭集·前言》对高旭与诗界革命之关系的梳理，郭道平《"诗界革命"的新阵地》一文对清末《大公报》诗歌的初步梳理与历史定位，均有独立学术见解，丰富了人们对诗界革命运动的认知，为后来者进一步深入探研提供了有益的参照。

综而观之，无论就文献史料建设来说，抑或就研究现状而言，这一研究领域的基础均较为薄弱。就史料建设而言，作为诗界革命主阵地的《清议报》"诗文辞随录"、《新民丛报》"诗界潮音集"等栏目诗歌，至今尚未得到有效的发掘与整理；至于为数众多的国内报刊阵地和外围阵地，更是乏人问津，其庐山真面目尚不为人知。就研究现状而言，现有成果或以粗线条勾勒、理论总结与定性为主，或以几个代表诗人与阵地的个案考察为主，征引材料多以后人整理的作家别集为主；20世纪初年曾喧腾一时的诗界革命运动留给人们的印象，似乎仍是梁启超的几句理论纲领以及三五个代表诗人与报刊阵地，其历时性的渊源流变和共时性的复杂形态，依然如雾里看花，模糊不清。这种忽视原始报刊文献史料、见木不见林的研究现状，导致许多基本史实仍未摸清，一些重要问题仍无法得出令人信服的结论。

三、近代报刊文献史料与渊源流变研究

20世纪初年，诗界革命之所以很快产生了轰动的文坛效应和广泛的社会反响，引领时代潮流，形成一场颇有声势的文学革新运动和诗歌变革思潮，其中一个非常关键的因素在于其倡导者和响应者有效地利用了近代报刊这一新兴的传播媒介。如果梁启超一班人没有近代化报刊作依托，诗界革命不可能那么迅猛而广泛地开展起来。

既然近代报刊是诗界革命赖以开展的主阵地，而学界长期以来对原始报刊诗歌诗论文献史料的不够重视乃至严重忽视，就成为制约诗界革命研究走向本真和深入的瓶颈。只有从原始报刊文献史料的全面勘探与打捞发掘出发，而不是主要凭借后人整理的诗文集等二手材料，才有可能发现更

多的诗界革命的新阵地,打捞出新鲜而有价值的第一手文献史料,得出富有创见的新观点,从而在整体意义上将这一领域的学术研究向前推进一大步。

整体意义上的诗界革命研究,既要追溯其渊源,又要考察其流变。学界追溯诗界革命的渊源,一般都从黄遵宪说起,其无论是青年时期提出"我手写我口"的超越流俗之见,抑或是走出国门之后引新事物、新理想、新意境入诗的"新派诗"探索,均可视为诗界革命之先声和先导。然而,如果我们将一批早期中文报刊诗歌——比如19世纪70年代的《万国公报》诗歌、《申报》诗歌等——纳入考察视野的话,或许可以从一个崭新的视野发现和窥知古典诗歌发生近代新变的一些蛛丝马迹。时代已然发生了剧变,得风气之先的海上诗人和走出国门的外交使节,最先将这一时代讯息摄入笔端,埋下了近代诗歌新变的伏笔与线索,而近代报章见证了这一历史过程,较早向近代报刊提供诗稿的思想较为开通的海上诗人,以诗笔为急遽变革的大时代留下了近真的历史写照。如果我们将戊戌变法前夕梁启超遥控指挥的澳门《知新报》诗歌纳入考察视野的话,那么,现有文学史关于诗界革命之先声的描述与认定,可能要做出补充和修订。

从近代报刊文献史料出发来考察诗界革命的渊源流变,我们不得不对诗界革命运动发端的时间节点和标志性事件做出重新描述与认定,以往学界关于诗界革命的报刊阵地、诗人队伍、主题内涵、诗体风格、流变轨迹、历史影响乃至性质地位等方面的描述与评判,或许要做出较大的修正和补充,诗界革命运动的地理历史版图将会得到很大拓展。

从近代报刊文献史料的全面深入的勘探出发,以回到原初的历史眼光重新审视晚清诗界革命运动,许多或语焉不详、似是而非,或以偏概全、以论代史,或人云亦云、以讹传讹,或众说纷纭、尚无定论的问题,或许可以得到较为接近历史真相的描述与解答。

1991年,钱仲联序马亚中《中国近代诗歌史》论及身逢前古未有危难之局的近代诗人的创作特征道:"其歌也有思,哭也有怀,闪耀着鲜明的时代色彩,皆可谓'有本'之作;其震动人心之力,也有前古诗人所没有能达到的";进而感叹近代文学尤其是近代诗歌研究的薄弱现状道:"无论在作品整理、资料搜集,还是在史论、作家论、作品论方面,与先秦、唐宋文学的研究相比,都有较大差距,有待于人们急起直追。"[①] 近代诗人"歌也有思,哭也有怀"的鲜明的时代精神,近代诗歌所蕴含的

---

① 钱仲联:《序一》,马亚中:《中国近代诗歌史》,台湾学生书局,1992年,第1页。

"前古诗人所没有能达到"的"震动人心之力",理应成为激发后人研究兴趣和学术使命感的不竭的动力源泉。然而,令人遗憾的是,又是二十多年过去了,钱先生当年所忧虑的近代诗歌研究薄弱的现状仍未有太大的改观,近代报刊与诗界革命的渊源流变研究尤其如此。

上编

第一章　早期报刊诗歌近代新变之征兆

文学史家述及"诗界革命",一般都从戊戌变法前夕夏曾佑、谭嗣同、梁启超三人的"新诗"实验说起,或从黄遵宪"我手写我口"的诗学主张及其"新派诗"创作说起,很少有人留意到19世纪后期大量出现的中文报刊诗歌所体现出的古典诗歌的近代新变征兆与趋向。从《教会新报》《万国公报》等外国传教士创办的中文报刊所刊发的大量劝戒诗,到澳门《知新报》刊发畏庐子撰《闽中新乐府三十二首》,19世纪后期一批报刊诗歌表现出鲜明的社会改良动机和启蒙色彩,语言上体现出通俗化特征;而反映近代城市文明和异域文化风俗的《申报》新题材诗歌的涌现,则从一个侧面反映出清末诗歌趋新求变的时代动向。

第一节　早期报刊诗歌之启蒙性与通俗化

近代中国最早存世的一批中文报刊并非中国人,而是外国来华传教士和商人创办。这些早期中文报刊,有相当一部分刊登诗歌,或古或今,或选或著或译,或零星或集中地点缀于报端。

如果说1872年创刊于北京的《中西见闻录》所刊李善兰《孝丐诗》①《程烈妇诗》② 等诗作,还是偶一为之和附于报末的点缀的话,那么,上海申报馆1872年推出的文学月刊《瀛寰琐记》和1876年推出的《寰宇琐记》,由于经营和编辑人员均由中国文人担任,体现出鲜明的本土化特征,诗歌所占版面显著增加,乃至不可或缺。

然而,无论是中国最早的文学刊物《瀛寰琐记》所刊载的诸如《白

---

① 《中西见闻录》第16号,1873年11月。
② 《中西见闻录》第18号,1874年1月。

桃花吟社唱和诗》①《海市唱和诗用吴梅村集中韵并序》②《七夕诗二十首》③《燕闺香奁诗》④等大量酬唱、应景、旌表、香艳、猎奇之作，抑或是《寰宇琐记》所刊三百多首《尊闻阁同人诗选》及《邓伯山房诗钞》《红楼梦戏咏》《游仙诗》《西湖杂咏》等大量诗歌，其题材、形制、风格、趣味等方面均沿袭传统文人之旧范，鲜有新意可言。倒是美国传教士林乐知（Yong J. Allen）依托上海林华书院所经营的《教会新报》和《万国公报》⑤，于19世纪70年代刊发了一批旨在改进中国社会风习的劝戒诗，写作宗旨上表现出改良社会的思想启蒙特征，创作观念上体现出求实求用的文学功用观，语言形制上呈现出浅近易懂的通俗化倾向，顺应了近代中国文学求新求变求用的发展趋势，值得研究近世文学和诗歌流变者加以留意和重新审视。

19世纪70至80年代，林乐知主办的《教会新报》和《万国公报》用相当的篇幅宣传改进社会风尚，包括提倡戒烟、戒赌、戒溺女、禁止淫书淫戏等内容，抨击晚清中国普遍存在的无论是基督教义抑或是儒家伦理均不能容忍的恶风陋俗。为配合这一旨在启发蒙昧、改良陋俗的宣传攻势，林乐知先后在《教会新报》和《万国公报》编发了数以百计的劝戒诗，其中尤以戒鸦片烟诗题最为集中。

1877年6月2日《万国公报》刊发唐胜哉《戒烟百韵》中的十首，分别为"咏烟枪""咏烟斗""咏烟戳""咏烟灯""咏烟盒""咏烟盘""咏烟床""咏烟馆""咏烟友""咏烟鬼"，穷形尽相地描述了吸食鸦片者的各种丑态。自1877年8月18日始，《万国公报》陆续推出一组由唐胜哉和杨鉴堂联袂创作的戒烟诗，诸如《劝戒吸烟人十怕诗七律十首》《劝戒吸烟人十败诗七律》《劝戒吸烟人十懒诗》《劝戒吸烟人十弃诗》《劝戒吸烟人十悔诗》《劝戒吸烟人十好诗》《劝戒吸烟人十戒诗》《劝戒吸烟人十劝诗》《劝戒吸烟人十求诗》《劝戒吸烟人十听诗》《劝戒吸

---

① 《瀛寰琐记》第1卷，1872年11月。
② 《瀛寰琐记》第5卷，1873年3月。
③ 《瀛寰琐记》第11卷，1873年9月。
④ 《瀛寰琐记》第22卷，1874年7月。
⑤ 《教会新报》（*Church News*）于1868年9月5日创办于上海，林乐知（1836—1907）主编，上海林华书院刊发，以宣传宗教为主，周刊；自1874年9月5日第301卷起更名为《万国公报》（*Chine Globe Magazine*），成为以时事为主的综合性刊物，1883年7月28日停刊；1889年2月复刊，改为月刊，成为广学会会刊。1907年12月停刊。

烟人十想诗》《劝戒吸烟妇十勤诗七律》等，苦口婆心，蔚为大观。①流风所及，同时期的《申报》《闽省会报》等报刊亦刊发不少劝戒诗。《闽省会报》甚至于1878年底发起了一场"戒烟诗"有奖征稿活动②，其过程持续近半年之久，结果于次年4月底揭晓，评出六名获奖者，其中第一、二名《戒烟诗》各五首在该报刊发后，旋即又被《万国公报》转载。③

近代来华传教士倡导并亲自创作的一批劝戒诗，主题鲜明，语言浅近，有着显著的唤醒愚蒙、从众向俗的特征。近代报刊劝戒诗这一主题特征和语体特征，由传教士创办的中文报刊的办刊宗旨和读者定位所决定。《万国公报》尝自言其语言文字策略道："恒用浅近之言，不用深奥之语，使人易晓，足以感人。"其对汉译英诗的要求则是："按章作成中国诗式，或五言七言绝句、律诗、古风、排律，或词或赋，各随其便……又要词意简明，不嫌浅白，令不读书之男女老幼，凡闻见者显而易晓。"④ 这一要求，同样适用于报刊诗歌，尤其是劝戒诗。

我们只消浏览一下《万国公报》刊载的大都出于传教士之手的送别诗、赞美诗、劝戒诗、悼亡诗和汉译英诗，便不难知晓其著译诗歌作品的这一基本特征。且看杨鉴堂《劝戒吸烟人十劝诗》中"劝士人"一首："斯文扫地岂无因，此士应惭首四民。志气消磨同朽木，诗书抛废误传薪。儒冠枉自称君子，昼寝何堪对圣人？暮吸朝呼恒产尽，敢言忧道不忧贫？"⑤《闽省会报》所刊《征戒烟诗启》中所标榜的"供人唱和，俾妇孺心领神通，抒己伸吟，挽亿兆回天立地"，以及在"格调"方面提出的"或正文或平话，均照各会所有之赞美诗"的要求⑥，亦见证了传教士在劝戒诗的创作宗旨和诗体风格方面达成的共识。

---

① 此期《万国公报》陆续刊出的戒烟诗词赋尚有戴国琛《赋得鸦片烟》（1876年9月23日），一知子《鸦片烟说并试律》（1877年9月15日），孙若瑟《鸦片词》（1877年12月8日），桂竹君《劝戒鸦片十截句》（1878年2月16日），醒世子《劝戒鸦片烟诗》（1878年3月30日）、陈绍堂《戒烟会告白诗》（1878年5月11日），张静澜《北京戒烟公所五次纪实并诗》（1878年8月10日），守法子《戒洋烟赋》（1878年8月24日），唤醒子《戒洋烟赋》（1878年8月24日），入正子李渤《戒烟诗》（1879年4月26日），余葆真《戒烟诗》（1879年4月26日），无名氏《劝忌洋烟赋》（1879年8月9日），于元璞《戒鸦片烟歌》（1882年9月16日）、《洋烟赋》（1882年9月23日）等。
② 参见《征戒烟诗启》（抄《闽省会报》），《万国公报》第518卷，1878年12月14日。
③ 参见《评戒鸦片诗启》（录《闽省会报》），《万国公报》第536卷，1879年4月26日。
④ 《英国教士请作圣大卫诗篇诗词启》，《万国公报》第568卷，1879年12月13日。
⑤ 汉口杨鉴堂：《劝戒吸烟人十劝诗》，《万国公报》第459卷，1877年10月13日。
⑥ 《征戒烟诗启》（抄《闽省会报》），《万国公报》第518卷，1878年12月14日。

林乐知主编的《教会新报》和《万国公报》发行量相当可观，尤其是《万国公报》时期，其对中国知识阶层的影响力不容低估。据该报自言，1870年代的《万国公报》"寄散各行省一次约千卷"，一年"五十次，部计约五万卷，观者千万人"。① 近代史家也大都承认，"近代早期改良派及各种鼓吹变法的知识分子，几乎人人都受过《万国公报》的影响"②。陈绛指出：林乐知与《教会新报》的"基督教中国化的活动，成为近代中西文化融合会通的一个不容忽视的内容"③。这种文化上的融合会通，自然包括文学。

《万国公报》对维新变法时期崭露头角的康有为、梁启超等中国知识精英在维新思想上产生了重要影响，业已成为不刊之论。然而，这批传教士在文学观念、文学题材、文体文风、诗体诗风等方面对19世纪末20世纪初包括康、梁在内的中国作家产生的影响，则长期以来未获重视。近代来华传教士们抱着广教化以变风俗的宗旨创作的一批劝戒诗，在创作观念、题材格调、语言风格、创新路径等方面，对当时及其后的中文报刊诗歌，产生了或隐或显的影响。

第二节　《申报》新题材诗与古典诗歌新变征兆

1872年4月30日《申报》创刊伊始，就在《本馆告白》中征集"骚人韵士"的"短什长篇"，"如天下各名区竹枝词及长歌记事之类"，并声明"概不取值"。至1890年3月21日刊登《词坛雅鉴》声明"所有诗词及一切零星杂著请勿邮寄"止，《申报》免费刊发诗词歌赋凡十八年，发表"骚人韵士"的"短什长篇"数以万计。

早期《申报》诗歌有诗酒酬唱之作，有即景感事之作，有品花咏伶之作，有伤春惆怅之作，其面貌基本上仍属于传统文人骚客的浅吟低唱，题材尤以题咏妓馆烟花者最为集中，所谓"洋泾风景尽堪夸，到处笙歌到处花。地火荧荧天不夜，秦淮怎敌此繁华"④。尽管一些诗作者频频以"清真雅正，有关世道人心"⑤ 等冠冕堂皇之语相标榜，以表白其立意宗

---

① 《教会报大旨五十八说》，《万国公报》第322卷，1875年1月30日。
② 张仲礼主编：《近代上海城市研究》，上海人民出版社，1990年，第929页。
③ 陈绛：《林乐知与〈中国教会新报〉》，《历史研究》，1986年第4期。
④ 慈湖小隐：《续沪北竹枝词》，《申报》，1872年8月12日。
⑤ 《沪城竹感事诗》，《申报》，1872年7月23日。

旨之正大，但仍然遮掩不了大多数诗作者"我亦三生杜牧之，评花到处漫题诗"① 的游戏人间的心态，打上了鲜明的娱乐消闲印记。其诗体，则以带有浓郁民歌色彩、语言浅白如话的竹枝词为大宗。

　　早期《申报》诗歌中亦有一批以暴露海上怪现状、寄予劝戒之意、具有一定的社会批判意义的作品，例如讽刺烟馆以色诱人、描摹烟客怪现状的《烟馆竹枝词》②，描摹讽刺上海青楼、游客、女堂烟馆、女书、戏馆、花鼓戏貌儿戏、酒馆、茶馆、花烟、烧香等怪现状的《海上十空曲》③ 等；但其内容和形式并无明显的近代色彩和新变趋向。倒是一批相对数量不大（不到该报所刊诗歌总量的二十分之一）、绝对数量却也不能算少（数以百计）的新题材诗歌④，因其反映了近代文明，洋溢着时代气息，开拓了诗题诗境，体现了新变趋势，从而具有了有待重新审视和发掘的文学史意义，从中可以约略窥知早期中文报刊诗歌近代新变的征兆与趋向。

　　19 世纪 70 至 80 年代不约而同出现的一批歌咏近代文明的《申报》新题材诗，是伴随着上海迅猛推进的近代化和城市化进程自然而然产生的诗歌创作现象，属于一种时代风尚与趋新潮流。上海自 1843 年开埠以后，凭借优越的地理位置和政策优势，至 19 世纪 70 年代已经成为中国的进出口贸易中心、工商业中心和传播西方文化的中心，东西文明率先在这里交汇碰撞，近代物质文明和城市文明几乎与西方发达国家同步发展，"西洋贾舶日纷驰"⑤ 的沪北"十里洋场"，更是洋溢着浓郁的欧洲风情，成为泰西洋人心目中的"海外之巴黎"⑥。亲眼目睹这一西洋化、近代化、城市化进程的沪上诗人，以一种惊异的眼光，观察着千年以来的传统中国不曾有过的层出不穷的新事物与新气象，打量着"红鬓碧眼去来忙"⑦ 的十里洋场里出现的怪怪奇奇，体验着城市化过程和中西文明差异所带来的复杂的心理感受；当海上诗人不约而同地以速写的方式，将所见所闻的新生事物作为素材摄入诗中，于是就产生了一批新题材诗歌；当这些新题材诗

---

① 苕溪洛如花馆主人：《春申浦竹枝词》，《申报》，1874 年 10 月 17 日。
② 苕东客未定稿：《烟馆竹枝词》，《申报》，1872 年 7 月 4 日。
③ 《申报》，1872 年 2 月 13 日。
④ 张天星的博士论文较早注意到 1870 年代《申报》刊发的这批"新题材诗"，并对其作了系统梳理和分析。参见张天星《报刊与晚清文学现代化的发生》中编第二章第二节"诗歌题材的扩展与近代文明的体验和传播"，凤凰出版社，2011 年，第 257—274 页。
⑤ 《续沪上西人竹枝词》，《申报》，1872 年 5 月 30 日。
⑥ 《论上海今昔情形》，《申报》，1881 年 12 月 10 日。
⑦ 鸳湖居士：《沪城感事诗》，《申报》，1872 年 7 月 23 日。

歌以翌日即可见诸报端、为中国传统文人所不曾梦见的传播时效问世,并在遍布江南城乡、辐射全国各地的《申报》读者群体中广为传阅,于是就凭借这一当时中国最具影响力的大众传媒形成了一种时代风气。

对器物层面的近代物质文明和城市文明的歌咏,是清末《申报》新题材诗最为集中的选题意向和主题特征。此类新题材诗歌,以形形色色的竹枝词和名目繁多的咏物诗为主,较集中者有《沪北西人竹枝词》《续沪上西人竹枝词》《洋场竹枝词》《申江竹枝词》《沪城竹枝词》《洋泾竹枝词》《沪江竹枝词》《续沪北竹枝词》《沪游竹枝词五十首》《沪城口占仿竹枝词二十首》《上海小乐府》《洋场咏物诗》《上海洋场四咏》《沪城杂咏八首》《沪北八景》《沪城感事诗》等组诗;其所题咏的对象,有电线、电报、电灯、电气、电话、气球、地火、马路、马车、洋房、香水、肥皂、西餐、公园、港口、轮船、火炮、火车、报纸、工厂、自来火、自来水、自行车、自鸣钟、煤气灯、动物园、西洋镜、显微镜、晴雨表、寒暑表、洒水车、电风扇、激水筒(喷泉)、螺旋梯(电梯)、电气灯、方言馆、申报馆、点时斋、招商局、电报局、领事馆、巡捕房、工部局、地球仪、照相术、风信旗、验时球、保龄球、番菜馆、跑马场、升降大桥、格致书院、江南制造局、蒸汽机磨坊等,正所谓"共说洋泾绮丽乡,外夷五口许通商"①"飚轮远集番人舶,钲角纷围估客樯"②,海上繁华,晚清士夫眼中的"奇技淫巧",尽入沪渎诗人笔端。

龙湫旧隐咏"电线"道:"海上涛头一线通,机谋逾巧技逾工。霎时得借雷霆力,片刻能收造化功。击节宵应惊蛰蛰,传书今不藉飞鸿。寄言当局防边者,胜算先筹帷幄中。"③ 以旧风格咏新事物,安不忘危,寄托遥深。鹤搓山农咏"自鸣钟"道:"满腹机关不露呈,一心旋转自经营。行来不觉流光速,时至如闻得意鸣。闲伴铜龙消永昼,静随莲漏报深更。磨驴陈迹君知否,催尽年华是此声。"④ 视自鸣钟为有心机有灵魂之物,传达出一种进取意识和实干精神。以湘甫《沪游竹枝词》咏"电报"云:"机器全凭火力雄,般般奇巧夺天工。一条电报真难测,万里重洋瞬息通。"⑤ 珠联璧合山房《春申浦竹枝词》称奇道:"最是称奇一线长,跨

---

① 沪上闲鸥:《洋泾竹枝词》,《申报》,1872年7月19日。
② 鸳湖居士:《沪城感事诗》,《申报》,1872年7月23日。
③ 龙湫旧隐:《洋场咏物诗》,《申报》,1872年8月12日。
④ 鹤搓山农:《咏物旧作四首》,《申报》,1873年3月1日。
⑤ 《申报》,1874年6月11日。

山越海度重洋。竟能咫尺天涯路，音信飞传倏忽详。"① 洛如花馆主人《续春申浦竹枝词》中则云："奇哉电报巧难传，万水千山一线牵。顷刻音书来海外，机关错讶有神仙。"② 惊奇与赞美之情溢于言表。

　　海上逐臭夫题咏被时人评为"沪北十景"之一的"夜市燃灯"景致道："竿灯千盏路西东，火能自来夺化工。不必焚膏夸继晷，夜行常在月明中。"③ 久慕申江风景的瑶山渔隐来到洋场后，被"煤气灯自来火"吸引，"见其灯管似树，灯炬如莲，殊属罕见，不觉触怀，随占一联，徘徊莫续"，遂求登《申报》"赐对"，其联曰："铁树开花自来火万朵红莲晓来尽成枯树。"④ 时人咏"电气灯"道："申江今作不夜城，管弦达旦喧歌声。华堂琼筵照宴乐，不须烧烛红妆明。"⑤ 以欣赏的眼光，尽显海上繁华。四十九峰樵子咏"自来水"道："激行搏跃性惟然，识性因将地脉穿。不必姜诗生沪北，家家奉母有江泉。"⑥ 以旧风格达新意境。陈荔秋太史《游历美国即景诗二十八首》咏"火车"道："火车牵率十车行，方木匀铺铁路平。八十轮开如电闪，云山着眼不分明。"⑦ 这位出洋游历的晚清帝国的太史公，对美国发达的工业文明表现出浓厚兴趣。

　　对文化层面的西方英杰、先进文化和异域风情的歌咏，是清末《申报》新题材诗另一较为集中的选题意向和主题特征。《谒华盛顿墓敬题四律》其二道："暴秦酷政问谁支，抗檄平提十万师。百败不灭龙虎气，八年永奠富强基。列帮交誉铭勋日，阿父能奇斧树时。仁信早根无敌勇，个中难许俗人知。"⑧ 对美利坚开国元勋华盛顿的丰功伟绩和功成身退的仁信厚德深表赞佩，并表露出"天与斯才生异域，我悲上国少雄图"的现实隐忧。仓山旧主《海外杂诗》描述自意大利至法兰西乘火车的感受道："全凭一个烘炉力，鼓荡浑如万马行。飞鸟翩翩争上下，是何神智任纵横？"⑨ 道出了走出国门的中国人开眼看世界后的真切感受。《巴黎四咏》题咏巴黎油画院"战败图"诗序道："高筑圆台，周悬画景，绘当

---

① 《申报》，1874年10月10日。
② 《申报》，1874年12月1日。
③ 海上逐臭夫：《沪北竹枝词》，《申报》，1872年5月18日。
④ 《新出对句》，《申报》，1873年1月9日。
⑤ 《电气灯》，《申报》，1882年9月17日。
⑥ 四十九峰樵子：《沪北八景》，《申报》，1886年10月14日。
⑦ 《申报》，1872年1月24日。
⑧ 《申报》，1885年2月22日。
⑨ 《仓山旧主海外杂诗·乘火车自義大利至法兰西山行杂咏》，《申报》，1883年8月15日。

年德兵压境时法人战败状。尸骸枕藉，村舍邱墟，形肖逼真，无异临阵作壁上观。其昭示后人之意，盖欲永不忘此耻辱云耳"；诗云："绘出当年战鼓音，追奔逐北惨成擒。至今昭示途人目，犹是夫差雪耻心。"①这篇仓山旧主观《普法交战图》后的有感之作，通过宣扬法人不忘国耻、奋发图强的民族精神，启示国人从深重的国难中吸取教训，图报负，雪国耻。

沪北租界居住了大量前来淘金的西洋人，其生活方式洋溢着欧洲风情，成为国人体验和辨别中西文明的窗口。《沪北西人竹枝词》首篇云："租界鱼鳞历国分，洋房楼阁入氤氲。地皮万丈原无尽，填取申江一片云"②；《沪游竹枝词五十首》其四道："连云楼阁压江头，绣户珠帘响玉钩。不道通商夸靡丽，也疑身在泰西游。"③ 描绘出申江沿岸十里洋场快速扩张、蒸蒸日上的繁华景象。《西妇叹》诗序向中国读者介绍西洋男女风俗道："西人妇尊居右，不从媒妁命，不遵父母，年逾二十一，婚姻自相偶。男女杂坐无嫌疑，叔嫂未妨相授受，尊卑致敬承以吻，宾朋乍见握以手。"④ 作者对西方社会尊重妇女之习尚、男女平等之思想、恋爱婚姻自由之观念，虽不无偏见和微词，但毕竟传递出西洋异质文明具体而微的鲜活形态。岭南随俗之人《日本竹枝词》对所历所闻席地、礼佛、听经、午睡、夜游、春游、浴池、围炉、箭馆、茶室、酒楼、戏园、劝进元、锦带、尘巾、云髻等日本"风俗人情"一一题咏；其《春游》篇云："梅杏樱花三月天，踏青携酒满山岩。班荆杂坐偏豪饮，野客佳人醉舞筵。"⑤ 东洋日本之旧俗新风，历历如绘。惜红生《沪上竹枝词并序》描述寓沪西人过圣诞节的习俗道："冬节才过便近年，家家插绿遍门前（习俗度岁用冬青柏子缀于门首）。那知西历更除夕，恰遇当头月正圆（冬既望适遇西历元旦）。"⑥ 国人传统的冬至刚过就临近西方的新年了，冬至之后的满月（十一月十六日）刚过就是西历的元旦了，诗人以一种好奇、善意和平等的眼光，对中西历法、节气、风俗方面的差异作了有趣的描述。

清末《申报》"骚人韵士"题咏近代物质文明和西方风俗文化的新题材诗歌所体现出的思想倾向和感情色彩是纷纭复杂乃至充满矛盾的；其字

---

① 《申报》，1883 年 8 月 15 日。
② 《申报》，1872 年 5 月 29 日。
③ 《申报》，1874 年 6 月 11 日。
④ 《申报》，1883 年 10 月 19 日。
⑤ 《申报》，1873 年 11 月 22 日。
⑥ 浙西惜红生：《沪上竹枝词并序》，《申报》，1885 年 1 月 28 日。

里行间流露出的并非只是惊奇、艳羡和赞美之情,还有疑虑、惶恐与隐忧,从一个侧面折射出中西文明冲撞下传统文人文化心态的微妙变化与程度不同的失衡。苕溪洛如花馆主人带着烙有"中国制造"深深印记的有色眼镜评述法租界天主教徒做礼拜的景象道:"天主堂开法界中,七天礼拜闹丛丛。男和女杂混无耻,乱道耶稣救世功。"① 字里行间流露出天朝上国礼义廉耻至上的华夏文明优越感。1882年9月30日《申报》刊发的一条题为《禁止电灯》的新闻道:"本埠点用电灯,经道宪邵观察札饬英会审员陈太守,查明中国商人,点用者共有几家,禀候核办。兹悉太守已饬差协同地保,按户知照。禁止电灯,以免不测。闻各铺户亦以电灯不适于用,故皆遵谕云。"从中可以约略窥见初与西洋文明接触的中国人视"电灯"为"怪物"的惊奇与惶恐心理。《自来水》一诗在惊叹"黑龙几条伏水底,倒吸吴淞半江水",赞誉"不劳汲引水自来,利己利人诚善策"的同时,也不忘在篇末加一句"君不见,圣人在上黄河清,银河倒挽洗甲兵,我朝声教讫四海,不用区区制造矜专精"②,以卒章显志的方式表白诗人对中国政教文明的信心与忠心,流露出中西文明交汇下传统文人的矛盾心态。

  文学史家述及作为诗界革命一面旗帜的黄遵宪的诗歌创作特征时,往往征引梁启超所下"能镕铸新理想以入旧风格"③ 评语;钱锺书则认为黄氏"差能说西洋制度名物,掎摭声光电话诸学,以为点缀,而于西人风雅之妙、性理之微,实少解会,故其诗有新事物,而无新理致"④。对照在当时新旧诗坛受到一致赞誉、被后世文学史家公推为黄公度"新派诗"代表作的《今别离》四章,可知钱氏此言虽然苛刻,却也在很大程度上道出了实况。个中原委,梁启超1900年就在《汗漫录》中指出过:"然以上所举诸家⑤,皆片鳞只甲,未能确然成一家言,且其所谓欧洲意境、语句,多物质上琐碎粗疏者,于精神思想上未有之也。虽然,即以学界论之,欧洲之真精神、真思想,尚且未输入中国,况于诗界乎?此固不足怪也。"⑥ 黄公度《今别离》分别吟咏轮船、火车、电报、照相术及东西半球昼夜相反之"新知",以此为标准,清末《申报》新题材诗歌中的一些

---

① 苕溪洛如花馆主人:《春申浦竹枝词》,《申报》,1874年10月16日。
② 《申报》,1882年9月17日。
③ 饮冰子:《饮冰室诗话》,《新民丛报》第4号,1902年3月24日。
④ 钱锺书:《谈艺录》,生活·读书·新知三联书店,2001年,第81页。
⑤ 引者按:指黄公度、夏穗卿、谭复生、文芸阁、丘仓海、邱星洲、郑西乡等诗人。
⑥ 任公:《汗漫录》,《清议报》第35册,1900年2月10日。

作品亦接近乃至达到了此种创作水准。

芷汀氏《上海洋场四咏》题咏收发电报的"电线"云："电气何由达？天机不易参。纵横万里接，消息一时谙。竟窃雷霆力，惟将线索探。从今通尺素，不藉鲤鱼函。"① 以旧格调表现近代新事物，间以一二新名词，新鲜有趣。海上忘机客《上海小乐府》咏"电报"云："欢爱碧桃花，侬歌白团扇。电线蛰海底，往来谁得见"；咏"电气灯"道："琉璃莫作镜，火油休爇灯。但照见郎面，不照见郎心"；咏"轻气球"云："明月不长明，好花不长好。怪煞轻气球，随风会颠倒"；咏"机械"道："昨夜锦上花，今朝途中棘。铁厂生郎心，机械安可测"。② 这些传诵一时的新题材诗歌，以电报、电气灯、轻气球、机械等西洋器物之变幻莫测比拟男女之间扑朔迷离之情，其效果正如编者按所言"古意新声，澹思浓彩而寄托遥深"。这一评语，与20世纪初梁启超标举的"以旧风格含新意境"③ 的"诗界革命"纲领，思路何其相似！上述诗作之题材意境，同样属于黄遵宪序其《人境庐诗草》所言的"古人未有之物，未辟之境"④。丘逢甲跋《人境庐诗草》称"四卷以前为旧世界诗，四卷以后乃为新世界诗"⑤，《申报》新题材诗歌同样属于求新求变的"新世界诗"。

清末《申报》新题材诗歌刊行的年代，正是《申报》在中国报界独领风骚的辉煌时代，正所谓"立言毕竟推申馆"⑥，以至于"申报纸"成为老上海"报纸"的代名词。据申报馆自言，其1877年的发行量已达近万份⑦，销售网络遍及全国各地⑧。此期《申报》刊载的上海竹枝词，不仅受到了时人的喜爱，当时曾广为传抄，而且一些新题材诗歌被后世文人津津乐道，经久流传。

1872年8月，南仓热眼人《沪城竹枝词》中写道："聊斋志异简斋诗，信口吟哦午倦时。底本近来多一种，汇抄申报竹枝词。"⑨ 将《申

---

① 慈溪酒坐琴言室芷汀氏：《上海洋场四咏》，《申报》，1873年4月18日。
② 海上忘机客：《上海小乐府》，《申报》，1872年8月1日。
③ 饮冰子：《饮冰室诗话》，《新民丛报》第29号，1903年4月11日。
④ 黄遵宪：《自序》，钱仲联笺注：《人境庐诗草笺注》，上海古籍出版社，1981年，第3页。
⑤ 丘逢甲：《丘跋》，钱仲联笺注：《人境庐诗草笺注》，第1088页。
⑥ 苕溪洛如花馆主人：《春申浦竹枝词》，《申报》，1874年10月17日。
⑦ 《论本馆的销数》，《申报》，1877年2月10日。
⑧ 1870年代末，《申报》"外埠售报处"已经遍及全国各地，诸如北京、保定、天津、烟台、南京、武昌、汉口、九江、安庆、扬州、苏州、杭州、福州、宁波、温州、香港、长沙、南昌、广州、桂林、重庆等城市均设有售报处，"其余外埠皆由各信局以及京报房代售"。
⑨ 《申报》，1872年8月29日。

报》刊发的海上竹枝词与自康熙年间问世后"读者诧为新颖,盛行于时,至今不绝"① 的《聊斋志异》和自清中叶袁枚在世时业已"上自朝廷公卿,下至市井负贩,皆知贵重之"② 的随园诗并举,列为当时沪上文人午倦时分汇抄吟诵的流行读物,包括清末《申报》新题材诗歌在内的上海竹枝词的时代流行色和读者接受状况,由此不难想见。无独有偶,清溪月圆人寿楼主《申江竹枝词》亦描述了吟咏竹枝词成为海上"骚人韵士"时尚的情形:"白阳画稿少陵诗,颜氏真书范氏棋。学罢自怜忙未了,又吟申浦竹枝词。"③ 白阳山人水墨写意花鸟画、杜少陵诗、颜真卿书法、范西屏棋谱,皆受一时海上文人追捧,时人以此四物来类比申浦竹枝词,其流行程度由此可见一斑。

半个多世纪以后,在上海孤岛从事抗战文艺工作的阿英翻检其所收藏的旧报刊时,仍然对清末《申报》新题材诗歌津津乐道,并且别出心裁地写了四则《机械诗话》,分门别类地录入歌咏"电灯""电线""煤气灯""火轮船"的诗作十余首。1939年中秋时节《申报》"自由谈"专栏刊发的这四则饶有意味的《机械诗话》,见证了清末《申报》新题材诗歌的悠长的历史回声。

清末《申报》新题材诗歌已然体现出近代报刊诗歌题材求新求变、语言通俗易懂的特征,在一定意义上昭示了中国古典诗歌必然发生时代新变的历史趋势。从新题材的开拓到新名词的引入,再到新意境的引入,是近代诗歌由浅入深、由表及里发生新变的过程和规律。此后不久,随着"足遍五洲多异想"④ 的黄遵宪"吟到中华以外天"⑤ 的"新派诗"的大量行世,夏曾佑、谭嗣同、梁启超三人试验小组戊戌变法前夕"新学之诗"创作实践的展开,尤其是东渡之后的梁任公依托《清议报》《新民丛报》发起"诗界革命",以近代报刊为主阵地的新派诗终于在20世纪初年形成一股强劲的革新潮流。

---

① 鲁迅:《唐传奇体传记(下)》,刘运峰编:《鲁迅全集补遗》,天津人民出版社,2006年,第266页。
② 姚鼐:《袁随园君墓志铭序》,漆绪邦、王凯符选注:《桐城派文选》,安徽人民出版社,1984年,第201页。
③ 《申报》,1872年12月11日。
④ 黄遵宪:《以莲菊桃杂供一瓶作歌》,钱仲联笺注:《人境庐诗草笺注》,第599页。
⑤ 黄遵宪:《奉命为美国三富兰西士果总领事留别日本诸君子》,钱仲联笺注:《人境庐诗草笺注》,第340页。

第三节　前期《知新报》诗歌与诗界革命之先声

澳门《知新报》酝酿于 1896 年秋冬之际，创刊于 1897 年 2 月 20 日，初为五日刊，自第 20 册起改为旬刊，主其事者为梁启超、何树龄、康广仁、徐勤、韩文举等，可说是上海《时务报》的姊妹刊物。① 维新派首领选择在澳门创办此刊，确有长远眼光。照筹办人梁启超的说法，澳门地处"濠镜海隅，通商最早；中西孔道，起点于斯"，正是对《时务报》"久怀扩充"之意的梁氏看好的理想办报地点。② 《知新报》的办刊宗旨，初以"提倡圣学，无昧本原，采译新书，旁搜杂事"③ 相标榜，为维新变法思想张目之意图非常明显。"由于《时务报》百日维新期间即已改组为《昌言报》，比之《时务报》，《知新报》更完整地反映了维新变法运动勃兴、中挫、苦斗以及稍后转向的全过程。"④《知新报》坚持到了 1901 年 2 月，出至第 134 册停刊，成为以康、梁为首领的维新派知识分子在华南的宣传重镇。

如果以 1900 年 2 月《知新报》开辟"诗词随录"等常规性诗歌栏目为界，将《知新报》诗歌分为前后两期的话，那么，1898 年 3—5 月连载的畏庐子《闽中新乐府三十二首》，则是前期《知新报》报刊诗歌的全部收获。不过，无论是对于林纾早期诗歌写作与传播而言，抑或是对于《知新报》所载诗歌及其与梁启超倡导的"诗界革命"之关系而论，《闽中新乐府三十二首》在澳门《知新报》刊发，都是一件值得关注的文学事件。

林纾《闽中新乐府》写于甲午败绩、马关签约之际；启发蒙昧，救亡图存，是其创作动因。诗人开篇交代创作宗旨道："儿童初学，骤语之

---

① 梁启超 1896 年 10 月 21 日致汪康年函中曾述及赴澳门筹办该报的情形："澳报已成，集股万元，而股商必欲得弟为之主笔。弟言到沪后，常寄文来，而诸商欲弟到澳一行，是以来此。此间人皆欲依附《时务报》以自立，顷为取名曰《广时务报》。中含二义：一、推广之意；一、谓广东之《时务报》也"；汪诒年《任公事略》言："二十三年丁酉正月，设《知新报》于澳门。是报初名《广时务报》，旋改名《知新》，以何君易一、徐君君勉主其事，而任公遥领之"。见丁文江、赵丰田编：《梁启超年谱长编》，上海人民出版社，2008 年，第 45、46 页。
② 新会梁启超：《知新报叙例》，《知新报》第 1 册，1897 年 2 月 22 日。
③ 顺德吴恒炜：《知新报缘起》，《知新报》第 1 册，1897 年 2 月 22 日。
④ 姜义华：《〈知新报（影印本）〉序》，《知新报（影印本）》，澳门基金会、上海社会科学院出版社联合出版，1996 年，第 2 页。

以六经之旨，茫然当不一觉，其默诵经文，力图强记，则悟性转窒。故入人，以歌诀为至。闻欧西之兴，亦多以歌诀感人者。闲中读白香山讽喻诗课少子，日仿其体，作乐府一篇，经月得三十二篇。"① 此时的村学究畏庐子，何以知晓"欧西之兴"亦"多以歌诀感人"？可见，林纾创作《闽中新乐府》的动因及其所选择的文学形式，既有危亡时局的刺激和白居易乐府诗的熏陶，又有域外文学思想的启迪。

林纾《闽中新乐府》"皆由愤念国仇，忧闵败俗之情，发而为讽刺之言，亢激之音"②，体现出强烈的民族危亡意识、政治改革意念和社会批判精神。《闽中新乐府》计 29 题 32 首，仿白居易《新乐府》50 首"首句标其目，卒章显其志"之式，一诗一事，一事一议，均含讽喻之旨；其取材倾向和主题意向，大体可归结为时政纠弹和陋俗批判两大类型。

《闽中新乐府》组诗中的时政纠弹主题，机锋所向，涵盖内政、外交、教育、兵制、宗教、吏治、税收等领域。如《国仇》篇旨在"激士气"，《渴睡汉》旨在"讽外交者勿尚意气"，《五石弓》旨在"冀朝廷重武臣"，《村先生》旨在"讥蒙养失"，《兴女学》旨在"美盛举"，《獭驱鱼》旨在"讽守土者勿逼民入教"，《关上虎》旨在"刺税厘之丁横恣陷人"，《谋生难》旨在"伤无艺不足自活"，《哀长官》旨在"刺不知时务"，《饿隶》旨在"讥役人失其道"，《郭老兵》旨在"刺营制"，《知名士》旨在"叹经生诗人之无益于国"，《番客来》旨在"悯去国者之怀归"，《灯草翁》旨在"伤贫民苦于税券"……寄寓着振砺民气、张我国权、爱国尚武、兴办女学、改良吏治、重视工商、发展经济、税制改革、兵制改革等思想主张，雪我国耻、变法图强是其主旋律。

我们选《知名士》看看：

　　知名士，好标格，词章考据兼金石。考据有时参说文，谐声假借徒纷纭。辨微先析古钟鼎，自谓冥搜驾绝顶。义同声近即牵连，一字引证成长篇。高邮父子不敢击，凌轹孙洪驳王钱。既汗牛，复充栋，骤观其书头便痛。外间旁事烂如泥，窗下经生犹作梦。白头老辈鬓飘萧，自谓经学凌前朝。偶闻洋务斥狂佻，此舌不容后辈饶。有时却亦慨时事，不言人事言天意。解否暹罗近渐强，一经变法生民康。老师枉自信干羽，制挺岂堪挞秦楚？既适裸国当裸身，变通我但专神禹。

---

① 闽中畏庐子：《闽中新乐府三十二首》诗前小序，《知新报》第 46 册，1898 年 3 月 13 日。
② 朱羲胄：《林畏庐先生年谱》，世界书局，1949 年，第 19 页。

方今欧洲吞亚洲，噤口无人谈国仇。即有诗人学痛哭，其诗寒乞难为读。蓝本全钞陈简斋，祖宗却认黄山谷。乱头粗服充名家，如何能使通人伏？卢转运，毕尚书，昨有其人今则无，名士名士将穷途。①

既嘲笑埋头故纸堆、头脑冬烘、不问时事、不识时务的汉学家，又讥刺作诗以宗宋为风尚的学宋诗人，在倡导时务经济之学和变法自强主张的同时，流露出对不能学以致用的名士之学和学古不化的名士之诗的鄙薄之情，其思想见解和报国志向，可谓超越流俗。

《闽中新乐府》组诗中的陋俗批判主题涉及面很广，举凡缠足、溺女、虐婢、齐醮、看相、跳大神、看风水、检日子等社会百相，以及鸦片流毒、庸医误人、士夫迷信、术家青盲、道士敛财、和尚富足等怪现状，都在针砭之列。如《小脚妇》旨在"伤缠足之害"，《水无情》旨在"痛溺女"，《棠梨花》旨在"刺人子惑风水之说不葬其亲"，《非命》旨在"刺士大夫听术家之言"，《跳神》旨在"病匹夫匹妇之惑于神怪"，《灶下叹》旨在"刺虐婢"，《生髑髅》旨在"伤鸦片之流毒"，《杀人不见血》旨在"刺庸医"，《检历日》旨在"恶日者之害事"，《郁罗台》旨在"讥人子以齐醮事亡亲"，《肥和尚》旨在"讥布施无益"等，寄寓着反迷信、讲科学、反缠足、倡女权、反陋俗、倡新风、反特权、倡民权等思想意蕴。

我们以《小脚妇（伤缠足之害也）》为例，全诗共三段，开篇一段言：

> 小脚妇，谁家女，裙底弓鞋三寸许。下轻上重怕风吹，一步艰难如万里。左靠妈妈右靠婢，偶然蹴之痛欲死。问君此脚缠何时，奈何负痛了无期？妇言侬不知，五岁六岁才胜衣，阿娘作履命缠足。指儿尖尖腰儿曲，号天叫地娘不闻，宵宵痛楚五更哭。床头呼阿娘，女儿疾病娘痛伤，女儿颠跌娘惊惶，儿今脚痛入骨髓，儿自凄凉娘弗忙。阿娘转笑慰娇女，阿娘少时亦如汝，但求脚小出人前，娘破功夫为汝缠。岂知缠得脚儿小，筋骨不舒食量少。无数芳年泣落花，一弓小墓闻啼鸟。②

---

① 《知新报》第55册，1898年6月9日。
② 《知新报》第46、47册，1898年3月13、22日。

以明白如话之语，状写出女儿缠足的痛苦情状，极具感染力和启蒙功效。该篇虽无新名词和新意境，但有新情感和新眼光；大量采用民间口语，通俗易懂，活泼清新，易于流传。

无论是时政纠弹主题，抑或是陋俗批判主题，其核心宗旨均在救亡图存、振兴中华；而报国仇、雪国耻、强国基、张国权，成为贯穿《闽中新乐府》组诗的一条红线，在民族危机空前严重的19世纪末年呐喊出先觉者悲怆的呼声，奏响了时代强音。首篇以《国仇》命名，系开篇点题，开宗明义："国仇国仇在何方，英俄德法偕东洋""我念国仇泣成血，敢有妄言天地灭"①。念及国仇，诗人悲愤难抑，大有不报国仇誓不为人、不雪国耻死不瞑目之势；报国仇、雪国耻，实乃林纾创作《闽中新乐府》的思想情感原点。"方今欧洲吞亚洲，噤口无人谈国仇"②，此情此境令畏庐子大为愤慨。第四篇《村先生》有言："今日国仇似海深，复仇须鼓儿童心。法念德仇亦歌括，儿童读之涕沾襟""强国之基在蒙养，儿童智慧须开爽，方能凌驾欧人上"③。国仇似海深，雪耻靠少年，所谓"少年智则国智""少年强则国强"，此之谓"强国之基在蒙养"；"少年胜于欧洲，则国胜于欧洲；少年雄于地球，则国雄于地球"④，此之谓"儿童智慧须开爽，方能凌驾欧人上"。《兴女学》有言："母明大义念国仇，朝慕语儿怀心头。儿成便蓄报国志，四万万人同作气。女学之兴系匪轻，兴亚之事当其成。"⑤ 倡导女学的动因，亦在报国仇、雪国耻；而其最终目标，在于振兴中华。

白居易的新乐府讽喻诗追求妇孺能晓的通俗平易效果，林纾《闽中新乐府》亦以质朴自然、平易畅达为基本风格。或许正因如此，胡适将其定位为"很通俗的白话诗"⑥。然而，从其创作面貌来看，《闽中新乐府》并非现代意义上的"白话诗"，而是半文半白、中西兼采的较为通俗的近代歌诗，语言的近代化与白话化是其鲜明特征，与不久之后梁启超提出的"新意境""新名词"与"古风格"三长兼备的"诗界革命"创作

---

① 《知新报》第46册，1898年3月13日。
② 闽中畏庐子：《知名士（叹经生诗人之无益于国也）》，《知新报》第55册，1898年6月9日。
③ 闽中畏庐子：《村先生（讥蒙养失也）》，《知新报》第46册，1898年3月13日。
④ 任公：《少年中国说》，《清议报》第35册，1900年2月10日。
⑤ 闽中畏庐子：《兴女学（美盛举也）》，《知新报》第46册，1898年3月13日。
⑥ 胡适：《林琴南先生的白话诗》，《晨报六周年纪念增刊》，晨报社出版部，1924年12月，第267—268页。

纲领①，倒是有几分暗合；尽管并非所有诗作都采用了新名词，亦非每篇都有"新意境"，要皆时代气息浓郁，近代意识明显，无论从思想内容来考察，抑或从诗体语体来衡量，大都可纳入"新派诗"行列。

我们以首篇《国仇（激士气也）》为例，看看其鲜明的新派诗特征：

> 国仇国仇在何方，英俄德法偕东洋。东洋发难仁川口，舟师全覆东洋手。高升船破英不仇，英人已与日人厚。沙侯袖手看亚洲，旅顺烽火连金州。俄人柄亚得关键，执言仗义排日本。法德联兵同比俄，英人始悔着棋晚。东洋仅仅得台湾，俄已回旋山海关。铁路纵横西伯利，攫取朝鲜指顾间。法人粤西增图版，德人旁觑张馋眼。二国有分我独无，胶州吹角声呜呜。闹教阅兵逐官吏，安民黄榜张通衢。华山亦有教民案，杀盗相偿狱遽断。蹊田夺牛古所讥，德已有心分震旦。虎视耽耽剧可哀，吾华梦梦真奇哉。欧洲克日兵皆动，我华犹把文章重。廷旨教将时事陈，发策试官无一人。波兰印度皆前事，为奴为虏须臾至。俄人远志岂金辽，德国无端衅屡挑。英人持重迟措手，措手神州皆动摇。剖心哭告诸元老，老谋无若练兵好。须求洋将练陆兵，三十万人堪背城。我念国仇泣成血，敢有妄言天地灭。诸君且笑听我言，言如不验刽吾舌。②

以议论为诗，以文为诗，新名词与流俗语冶为一炉，新思想与旧风格相互交缠，可谓词驳今古、理融中外。

澳门《知新报》所刊《闽中新乐府三十二首》，对梁启超其后策划《新小说》诗歌栏目产生过切实的影响。在任公的最初规划中，题咏中西史实的"咏史乐府"和"专以直陈中国今日时弊为主"的"感事乐府"，是《新小说》诗歌专栏的基本特色。③ 这一设计，其实是畏庐子《闽中新乐府》的扩大版，不过是将其题材和地域扩大到全国和泰西而已。以1903年7月《新小说》第5号所刊雪如《新乐府十章》为例，其所表现的铲奴性、张女权、开民智、新民德、讲群治、振国威、倡廉耻、清吏治、学科学等思想主张，林纾《闽中新乐府》基本上都涉及了；该组新乐府诗忠君观念与爱国思想两位一体，新名词与流俗语并行不悖，思想半

---

① 任公：《汗漫录》，《清议报》第35册，1900年2月10日。
② 闽中畏庐子：《闽中新乐府三十二首》，《知新报》第46册，1898年3月13日。
③ 参见《征诗广告》，《新民丛报》第15号，1902年9月2日。

新半旧,诗体不今不古,内容和形式上均体现出过渡时代特有的过渡形态,亦与林纾《闽中新乐府》相仿。

一年半之后,丘逢甲《海上观日出歌》见诸《知新报》,中有"完全主权不曾失,诗世界里先维新"①之句;又过了半年,康有为《闻观天演斋主欲为政变小说诗以速之》刊发在《知新报》,中有"以君妙笔为写生,海潮大声起木铎"②之语。用这几句诗来评价《闽中新乐府》的先锋作用和时代意义,亦堪称允当。"海潮大声起木铎",敲响的是警世、醒世和觉世之钟,吹奏的是革新图强的时代大"潮音";"诗世界里先维新",体现出甲午败绩之后近代诗歌求用于世的功利性和词驳今古、理融中外的诗体解放精神。

丘诗和康诗见诸《知新报》时,历史的车轮已走到20世纪初年;梁启超揭橥"诗界革命"旗帜的《汗漫录》已于1900年2月在《清议报》发表,诗界革命运动已经依托《清议报》开展起来;而接受任公遥控指挥的《知新报》几乎在同一时间率先响应"诗界革命"号召,开辟了"诗文杂录"专栏。这一举措改变了此前《闽中新乐府》组诗作为一个特例和个案刊发的状况,诗歌专栏自此成为《知新报》常规栏目,近一年时间里刊发了康有为、潘飞声、丘逢甲、邱炜萲、秦力山、蒋同超、李东沅等约50位诗人175首诗歌,成为诗界革命运动起步阶段所依托的华南报刊重镇。

如果说黄遵宪1870年代即已付诸实践的"新派诗"乃诗界革命之先导,1896年前后夏、谭、梁三人试验小组一年多时间里秘密尝试的一批晦涩难懂的"新学诗"为诗界革命之前奏,那么,与"新学诗"同期问世而在戊戌前夕刊发在其后成为诗界革命延展到华南地区的新阵地——澳门《知新报》的畏庐子《闽中新乐府三十二首》,其题旨和诗体特征又大体符合梁启超其后提出的"诗界革命"的创作纲领与革新方向,且对其后梁氏策划《新小说》诗歌专栏及该杂志刊发的一批新乐府诗歌有着示范意义,洵为诗界革命之先声。

如果说黄遵宪"新派诗"为梁启超发起的"诗界革命"提供了符合"以旧风格含新意境"诗学标准的新诗样板,夏、谭、梁三人尝试的"新学诗"为诗界革命运动提供了打破传统诗学网罗的精神力量和引新学语

---

① 南武:《海上观日出歌》,《知新报》第113册,1900年3月1日。
② 更生:《闻观天演斋主欲为政变小说诗以速之》,《知新报》第129册,1900年11月22日。

入诗的经验教训,那么,林纾《闽中新乐府》则在以传统新乐府体输入崭新的时代内容并对其进行近代化改造方面作出了有益探索。《闽中新乐府》所传达出的新思想、新情感、新意境及作为其表现手段的新名词、新语句,显示出浓郁的近代气息;其所体现出的通俗化、白话化、散文化趋向,既是梁任公倡导的诗体多元发展的"诗界革命"题中应有之义,亦是五四时期胡适倡导的白话新诗的创作方向。

第四节　诗界革命运动：从何说起？

关于诗界革命运动的起点,影响最大、流传最久、广为接受的一种观点,认为发端于戊戌变法前夕夏、谭、梁三人的新诗实验,首倡之者为夏曾佑。这一说法最初源于胡适1923年问世的《五十年来中国之文学》,其后陈炳堃1929年在那部被后世史家奉为近代文学史奠基之作的《中国近代文学之变迁》中断言谭、夏诸人已经"倡为'诗界革命'"①,朱自清1935年在那套五四新文化人对其开创的新文学事业进行自我经典化的大型丛书《中国新文学大系》之《诗集·导言》中断言"清末夏曾佑、谭嗣同诸人已经有'诗界革命'的志愿"②,于是这一观点广为流布;后世文学史家在诗界革命的起点问题上,均大体沿用这一说法③。另一种近年来受到重视的观点则认为诗界革命发端于1899年底梁启超在《夏威夷游记》中提出"诗界革命"口号,最早明确提出这一观点者为陈建华。④还有一种肇端于胡适的说法,将诗界革命提前到青年黄遵宪《杂感》(1868)诗的问世,认为其中"我手写我口"等句"很可以算是诗界革命

---

① 陈子展：《中国近代文学之变迁》,中华书局,1929年,第7页。
② 朱自清编选：《中国新文学大系·诗集》,上海良友图书印刷公司,1935年,第1页。
③ 20世纪30年代初登上诗坛的臧克家,1954年写作《"五四"以来新诗发展的一个轮廓》时追溯晚清"诗界革命"道："为了挽救旧诗的命运,企图使它在新的形势下发挥它的作用,一些受到过资本主义国家文化影响的上层知识分子谭嗣同、夏曾佑、黄遵宪等曾经提成过'诗界革命'的主张。"(见臧克家：《学诗断想》,四川人民出版社,1979年,第2页)文中提到了谭嗣同、夏曾佑、黄遵宪,唯独没有提及真正提出"诗界革命"主张的梁启超。这一现象,恰可作为一个典型例证,说明胡适的观点影响之大之深,以至于20世纪50年代像臧克家这样一位倡新诗而不菲薄旧体诗的著名诗人,已搞不清到底是谁提出的"诗界革命"主张。
④ 陈建华：《晚清"诗界革命"发生时间及其提倡者考辨》,《中国古典文学丛考》第1辑,复旦大学出版社,1985年。

的一种宣言"①。

文学史家之所以将诗界革命的起点断自戊戌变法前夕，立论根据主要源自梁启超《饮冰室诗话》中那段自胡适在《五十年来中国之文学》中征引后被无数次征引的话："盖当时所谓新诗者，颇喜挦扯新名词以自表异。丙申、丁酉间，吾党数子皆好作此体。提倡之者为夏穗卿，而复生亦綦嗜之。"② 梁氏本意是批评与总结戊戌前夕热衷"新诗"实验的"吾党数子"喜欢"挦扯新名词以自表异"这一倾向的利弊得失，并无将其视为诗界革命组成部分之意，然而这番话却被胡适在建构中国近世文学谱系时有意无意地误读了。

胡适在《五十年来中国之文学》中云：

> 康、梁的一班朋友之中，也很有许多人抱着改革文学的志愿……在韵文的方面，他们也曾有"诗界革命"的志愿。梁启超《饮冰室诗话》说："当时所谓'新诗'者，颇喜挦扯新名词以自表异。丙申、丁酉间（1896—1897）吾党数子皆好作此体。提倡之者为夏穗卿（曾佑）。而复生（谭嗣同）亦綦嗜之……"这种革命的失败，自不消说。③

在胡适看来，丙申、丁酉间夏曾佑提倡"挦扯新名词以自表异"的"新诗"，已经是在搞"诗界革命"，而且"诗界革命"就是这三个人一年多时间所尝试的"新诗"创作之举，并据此断定"这种革命"是"失败"的。殊不知，任公之论断，其实是站在诗界革命倡导者立场，对几年前夏氏和谭氏热衷的"新诗"实验提出的批评性意见。他从未断言丙申、丁酉间囿于三人小圈子的"新诗"实验就是"诗界革命"，而是以之为前车之鉴，进一步明确了开展"诗界革命"的必要性及其努力方向。

一场文学革新运动或文学变革思潮的形成，除了社会动因和思想根源外，一般要具备几个基本条件，诸如有明确的理论倡导，有可以依托的报刊阵地，有产生了重要影响的创作实绩等。戊戌变法前夕三个志同道合之士一年多时间里兴之所至秘密尝试的几十首如天书一样难懂的"新学诗"，既无明确的改革目标，又无公之于众的发表阵地，更谈不上以之号

---

① 胡适：《五十年来中国之文学》，申报馆，1924 年，第 35 页。
② 饮冰子：《饮冰室诗话》，《新民丛报》第 29 号，1903 年 4 月 11 日。
③ 胡适：《五十年来中国之文学》，申报馆，1924 年，第 34 页。

召诗坛的雄心与设想，影响范围仅限于三人试验小组；此后三位当事人一人死难，一人流亡海外，一人沉俊下僚，均不再继续尝试此类梁启超后来批评其"已不备诗家之资格"①的"新诗"；如果不是梁氏后来在《饮冰室诗话》《亡友夏穗卿先生》中提及这段经历，后世恐怕无人知晓这段历史掌故。以之充当诗界革命之前奏，倒还言之成理；言其为诗界革命运动之发端，甚或将其混同于诗界革命，就不大符合历史的本来面貌了。

黄遵宪21岁时写下的《杂感》组诗，的确表现出超越流俗的自觉的诗歌革新精神与勇气；其主要意义在于提出了诗歌的"今古"矛盾，针对诗派林立的道光、咸丰、同治年间诗坛普遍存在的尊古、拟古倾向，主张突破传统，大胆引"流俗语"入诗，"我手写我口，古岂能拘牵？即今流俗语，我若登简编，五千年后人，惊为古斓斑"②。自五四之后，新文学史家对此大都有着高度评价，而其总基调则是由胡适定下来的。胡适据此以为黄氏"对于诗界革命的动机，似乎起的很早"，称"这种话很可以算是诗界革命的一种宣言。末六句竟是主张用俗话做诗了"。③

其实，早在1936年，为《人境庐诗草》作笺注的钱仲联就曾提出不同看法，认为黄诗"奥衍精赡，几可谓无一字无来历"，"知先生《杂感》诗所谓'我手写我口'者，实不过少年兴到之语。时流论先生诗，喜标此语，以为一生宗旨所在，浅矣！"④钱氏所下"少年兴到之语"论断是否确当暂且不论，然而一部《人境庐诗草》绝大多数诗篇不仅属于文言诗歌且大量运用旧典故，并非胡适"作诗如作文"意义上的"我手写我口"之诗篇，确是事实。黄遵宪的诗学主张及"新派诗"实践，确为20世纪初年兴起的诗界革命提供了重要参照，1902年之后更被梁启超树为一面旗帜，然而此前二十年时间里却不过"独立风雪中清教徒之一人耳"⑤。

既然19世纪末年的"新学诗"实验和黄遵宪的"新派诗"探索只能算是诗界革命的前奏或先导，那么，1899年底梁启超在太平洋航船上记录下"诗界革命"的设想，算不算诗界革命运动的起点呢？答曰：不算。因为此时梁氏这一想法只是写在了稿纸上，还没有成为一个公共事件。

近人之所以认定1899年12月梁启超在《夏威夷游记》中提出"诗

---

① 任公：《汗漫录》，《清议报》第35册，1900年2月10日。
② 黄遵宪：《杂感》，钱仲联笺注：《人境庐诗草笺注》，第42—43页。
③ 胡适：《五十年来中国之文学》，申报馆，1924年，第35页。
④ 钱萼孙：《人境庐诗草笺注·发凡》，转引自质灵：《论黄遵宪的新派诗》，牛仰山编：《中国近代文学论文集（1919—1949）·概论·诗文卷》，中国社会科学出版社，1988年，第534页。
⑤ 黄遵宪：《致邱菽园函》，陈铮编：《黄遵宪全集》，中华书局，2005年，第440页。

界革命"口号是这一诗歌变革运动的起点,不能不说是在很大程度上受了二手材料的蒙蔽。具体来说,是受了林志钧编《饮冰室合集》(中华书局,1936年)和丁文江、赵丰田编《梁启超年谱长编》(上海人民出版社,1983年)两种文献的影响。后者按梁氏写作该文的时间将其编在1899年底,且仅摘录任公关于"诗界革命"设想的一段文字,考虑到其年谱体例,如此处理尚情有可原;而前者仅将该文作为《新大陆游记节录》"附录二"收录,且将其更名为《夏威夷游记》,将时间署为"己亥"(1899),而对最初发表的刊物出处又不作任何说明,并将原文中所录梁氏31首诗作悉数删去——这种处理方式就显得不够严谨了。

《饮冰室合集》收录《汗漫录》时,有三个考虑不周之处,是造成该文长期以来未获重视、以讹传讹的重要原因。其一,文集未采用原题《汗漫录》,而是径直将其更名为《夏威夷游记》,且仅将其作为《新大陆游记节录》"附录二"收录。如此处理,或许是出于让其名实更加相符的考虑,却在很大程度上遮蔽了《汗漫录》一文的原初形态。其二,仅署其写作时间"己亥",未注明其发表时间与刊物。以上两个原因,极大地影响了后人对该文的印象与认知,以至于梁启超1899年在《夏威夷游记》中提出了"诗界革命"口号成了文学史常识,而《夏威夷游记》之原初题名、发表时间及发表期刊等历史细节,却长期处于被遮蔽状态。其三,将原文中所衷录的任公《壮别二十六首》《奉酬星洲寓公见怀一首次原韵》《书感四首寄星洲寓公仍用前韵》3题31首诗悉数删去。或许,编者如此处理是出于诗与文体例不协调之考虑,殊不知这些诗作是该文不可或缺的重要组成部分。

综上所述,只有到了1900年2月10日《清议报》第35号发表《汗漫录》,正式提出"诗界革命"口号及其理论纲领,才算是在中国近现代诗歌发展史上树起了一面具有里程碑意义的旗帜。正如新文学史家一致认定五四文学革命运动之发端以《文学改良刍议》于1917年1月在《新青年》2卷5号发表为标志性事件,而非以胡适1916年底在美国撰写该文文稿的时间为界碑一样,梁启超领衔发起诗界革命运动的时间,也应该以1900年2月为肇端,以揭橥"诗界革命"旗帜的《汗漫录》的公开发表为标志性事件。

其实,曾经置身于诗界革命运动的当事人柳亚子,十多年后(1917年)在《再质野鹤》一文中认定过梁启超首倡"诗界革命之说";只是由于柳氏一方面肯定"诗界革命之说,十余年前倡于梁启超",另一方面又痛斥"其人反覆无耻,为不足齿之伦",并讥刺其"诗则仅娴竞病，而嚣然好为大言"①，且该文发表于民国初年的日报而非杂志上，后世文学史家一是不易见到这则史料，二是极易将其简单地视为诋諆梁氏之论，遂使这一难得的鼎鼎大名的当事人的大实话，长期湮没在历史的尘埃之中。

① 《民国日报》，1917年7月6日。

第二章 《清议报》与诗界革命运动之展开

1901年底,梁启超在为《清议报》发行一百期撰写的祝辞中道:"十九世纪与二十世纪交点之一刹那顷,实中国两异性之大动力相搏相射,短兵相接,而新陈嬗代之时也。"① 世纪之交的中国文学也正处在这样一个"新陈嬗代之时",而梁氏发起的"诗界革命"则是一场有理论倡导、有报刊阵地、有诗人队伍、有创作实绩且产生了巨大社会反响的诗歌革新思潮。1900年2月,梁启超在《汗漫录》中提出"诗界革命"纲领后,诗界革命运动依托《清议报》《知新报》等报刊阵地逐渐发展起来,形成一场引领20世纪初年诗坛变革潮流的时代思潮。

第一节 《汗漫录》与诗界革命运动之发端

1898年底,亡命日本的梁启超发愿"牺牲一身觉天下"②,筹办《清议报》旬刊,继续践履书生救国、文以觉世的初衷与理想。1898年12月23日《清议报》创刊号刊出的《横滨清议报叙例》,将该报定位在"为国民之耳目,作维新之喉舌",将其首要宗旨标榜为"维持支那之清议,激发国民之正气"。其后刊出的改定章程,也强调"本报宗旨专以主持清议、开发民智为主义"③;而事实上,《清议报》创刊伊始,梁氏即明确将"倡民权"列为该报"始终抱定"的"独一无二之宗旨",誓言"海可枯,石可烂,此义不普及于我国,吾党弗措也";他其后所归纳的"倡民权""衍哲理""明朝局""厉国耻"《清议报》四

---

① 任公:《本馆第一百册祝辞并论报馆之责任及本馆之经历》,《清议报》第100册,1901年12月21日。
② 任公:《举国皆我敌》,《清议报》第100册,1901年12月21日。
③ 《本报改定章程告白》,《清议报》第11册,1899年4月10日。

大特色，要皆不离"广民智，振民气"的办刊宗旨。① 任公后来回忆这段峥嵘岁月时，有着一番自我总结："戊戌八月出亡，十月复在横滨开一《清议报》，明目张胆，以攻政府，彼时最烈矣。"② 世纪之交，梁氏大力鼓吹"破坏主义"，一度"日倡革命排满共和之论"③，使得政治革命、民族革命、思想革命的理念深入人心。随着梁任公报章之文的不断鼓吹，"破坏亦破坏，不破坏亦破坏"④，成为一句时代流行语。正是在这一时期，梁氏依托《清议报》发起了"文界革命"和"诗界革命"。

一、揭橥"诗界革命"旗帜

1900 年 2 月，任公《汗漫录》见诸《清议报》第 35 册，正式揭橥"诗界革命"⑤ 旗帜，提出"三长"纲领。其后，"诗界革命"迅即成为一句时代流行语，诗歌被视为一种重铸国民灵魂的启蒙"利器"，借助政治宣传和近代报刊的巨大威力，迅速在诗坛上掀起一阵热潮，奏响了"过渡时代"的大"潮音"，汇入启蒙救亡的时代潮流，同时也推进了中国诗歌的近代化进程。

在所有一百册《清议报》刊发的重要文献中，《汗漫录》可能是最不受近代史家重视的一篇。这与该文采用的"其词芜，其事杂"的日记体例有关，也与后来流传甚广的《饮冰室合集》编者对它的轻视和不恰当处理关系甚大。《汗漫录》又名《半九十录》，取"行百里者半九十""任重而道远"之意。其内容是 19 与 20 世纪之交（1899 年 12 月 18 日至 1900 年 1 月 10 日）梁氏自日本东京到横滨、再乘"香港丸"号至檀香

---

① 任公：《本馆第一百册祝辞并论报馆之责任及本馆之经历》，《清议报》第 100 册，1901 年 12 月 21 日。
② 梁启超：《鄙人对于言论界之过去及将来》，《饮冰室合集·饮冰室文集之二十九》，中华书局，1936 年，第 2 页。
③ 梁启超：《清代学术概论》，上海古籍出版社，1998 年，第 86 页。
④ 中国之新民：《新民说十一·续论进步》，《新民丛报》第 11 号，1902 年 7 月 5 日。
⑤ 据陈建华的"中国革命话语考论"研究成果：王韬 1890 年问世的《重订法国志略》首次转译了"法国革命""革命"概念，是为传统革命话语与世界革命话语的首度"接轨"，预示了"革命"话语的现代动向；"诗界革命"是梁启超自铸的新词，将"革命"与"诗界"相搭配，"革命"（revolution）被限定在诗歌领域，意谓一种变革或一种含有历史性的质变，从而在中国传统"革命"的语境之外另辟新大陆，与改朝换代、政治暴力、天意民心等因素和观念无关；"诗界革命"含有思想革命的性质，与政治"革命"的边界很难划清，"诗界革命"的推展有赖于政治革命的热情，反过来也刺激了政治革命的高涨；20 世纪初年革命意识形态的形成，是维新派和革命派共同推波助澜的结果。参见陈建华：《"革命"的现代性——中国革命话语考论》，上海古籍出版社，2000 年。

山、前后二十余日时断时续记录下来的16则日记，较之论题集中、论点醒目、有的放矢的政论文章，的确有些不起眼。然而，这却是一篇注定要载入史册、意义不同凡响的重要文献，因为梁氏揭橥"诗界革命"和"文界革命"旗帜的文字均出自这篇记游之文。

或许正是出于对这篇杂凑成篇却并非等闲之笔的日记体记游文价值意义的自觉体认，任公破天荒地在《清议报》第35册特辟"汗漫录"专栏，其重要性仅次于作为报刊灵魂的"本馆论说"栏。而同期"本馆论说"栏刊出的就是那篇激情飞扬、脍炙人口、蜚声文坛的"新文体"典范之作《少年中国说》。此次远游的目的地是"全地球创行共和政体之第一先进国"——美国，"天地悠矣，前途辽矣"，自感"任重而道远"的"少年中国之少年"，本以为"每日所见所闻所行所感，夕则记之"的《汗漫录》写作①，将会随着他的万里漫游持续一个相当长的时期，不料却因途经檀香山时为防疫所阻，滞留该岛达半年之久，美洲之行被搁置，"汗漫录"栏目只坚持了三期即告终结。

《清议报》第35号刊载的《汗漫录》，记录的是1899年12月18日至25日的6则断想。18日尚在东京，作者回忆其"为19世纪世界大风潮之势力所簸荡、所冲激、所驱遣"而由"了了然无大志，梦梦然不知有天下事"的"乡人"一变而为"国人"、再变而为"世界人"的不平凡的经历，交代即将远游时的复杂心情及写作动机。19日从东京至横滨，回忆自中日甲午战事以来的"浪游"经历，东渡日本以来的家国之感。20日友人送其至"香港丸"号；21日航行在太平洋上，风恶浪大，晕船苦吐；22日，一船员被风浪卷入海里遇难；23日，风益恶，然已能饮食行坐而"无大苦"。25日，风稍定，作诗自遣，并写下关于"诗界革命"的断想，其重要论断如下：

> 余虽不能诗，然尝好论诗，以为诗之境界，被千余年来鹦鹉名士（余尝戏名词章家为鹦鹉名士，自觉过于尖刻）占尽矣。虽有佳章佳句，一读之似在某集中曾相见者，是最可恨也。故今日不作诗则已，若作诗，必为诗界之哥仑布、玛赛郎然后可。犹欧洲之地力已尽，生产过度，不能不求新地于阿米利加及太平洋沿岸也。欲为诗界之哥仑布、玛赛郎，不可不备三长。第一要新意境，第二要新语句，而又须以古人之风格入之，然后成其为诗。不然，如移木星、金星之动物以实美

---

① 任公：《汗漫录》，《清议报》第35册，1900年2月10日。

洲，瑰伟则瑰伟矣，其如不类何！若三者具备，则可以为二十世纪支那之诗王矣！……欧洲之意境语句，甚繁富而玮异，得之可以陵轹千古，涵盖一切，今尚未有其人也。时彦中能为诗人之诗，而锐意欲造新国者，莫如黄公度。其集中有《今别离》四首，及《吴太夫人寿诗》等，皆纯以欧洲意境行之，然新语句尚少。盖由新语句与古风格，常相背驰。公度重风格者，故勉避之也。夏穗卿、谭复生，皆善选新语句。其语句则经子生涩语、佛典语、欧洲语杂用，颇错落可喜，然已不备诗家之资格……吾虽不能诗，惟将竭力输入欧洲之精神思想，以供来者之诗料，可乎？要之，支那非有诗界革命，则诗运殆将绝。虽然，诗运无绝之时也。今日者，革命之机渐熟，而哥仑布、玛赛郎之出世必不远矣。

上述文字清晰地表达了几层意思：第一，开展"诗界革命"的必要性和紧迫性。中国诗歌过于成熟，千年诗坛陈陈相因，犹如欧洲地力已尽，必须开辟新大陆才能求得新的发展契机。第二，以诗界之哥仑布、玛赛郎（今译麦哲伦）瞩望于 20 世纪中国新诗人。哥伦布发现了美洲新大陆，玛赛郎开辟了世界新航线，梁氏热切呼唤具有开疆辟域精神、立志开创新诗国的新诗人。第三，提出"新意境""新语句""古风格"三长纲领，为"诗界革命"的开展奠定了理论基石。第四，指出黄遵宪的"新派诗"兼备"欧洲意境"和"古风格"，然"新语句"尚少；夏、谭"新学诗"以"新语句"见长，但未能做到与古风格的和谐交融，"已不备诗家之资格"；"诗界革命"之开展注意汲取这两方面的经验与教训。第五，表达"将竭力输入欧洲之精神思想，以供来者之诗料"的意愿，为"诗界革命"的开展提供必不可少的泰西精神思想营养。

二、"三长"纲领的理论内涵与实践意义

任公《汗漫录》正式揭橥了"诗界革命"旗帜，提出了一系列极具开创意识的诗学主张，为诗界革命运动的开展提供了理论基础和创作指针，既具重大的理论价值，更有重要的实践意义。其中，"新意境""新语句""古风格"三长兼备的新诗创作纲领，是"诗界革命"理论主张之核心，迅即成为新派诗人竞相追捧的创作指南，对当时的新诗坛产生了巨大影响。时风所及，诗界革命的理论主张不仅成为持不同政治观点和诗学宗趣的诗人们的时代追求，而且对 20 世纪初年的新小说和改良戏曲创作产生了辐射性影响。

梁启超所标举的"新意境",主要指"欧洲意境""欧洲之精神思想";其所谓"意境",基本不指涉审美范畴,并非今人通常所理解的诗学层面的审美境界或诗意空间,而是指向诗材和题旨,明确地为诗界革命的开展指示了取法欧西的方向与途径。梁氏所标榜的"欧洲之精神思想",既包含西学东渐大潮下输入中国的新事物、新知识等未有之物,更指向繁富玮异的西方新精神、新思想、新理想、新情感等未有之境。他清醒地意识到:"欧洲之意境语句,甚繁富而玮异,得之可以陵轹千古,涵盖一切,今尚未有其人也";指出当时诗坛上诸如夏穗卿、谭复生、文芸阁、邱星洲、郑西乡、丘仓海等新派诗人之作,"其所谓欧洲意境、语句,多物质上琐碎粗疏者,于精神、思想上未有之也";与此同时,他也指出了造成这一窘况的客观原因:不是这些尚能与时俱进的新派诗人不肯往这方面努力,而是当时"欧洲之真精神、真思想,尚且未输入中国",因此梁氏发愿"惟将竭力输入欧洲之精神、思想,以供来者之诗料"。① 这位"过渡时代"之英雄充当历史"中间物"的担当精神和牺牲品格,在其诗学主张中表露无遗。

《汗漫录》中所谓"新语句",主要是指与源自欧洲的新事物、新知识、新精神、新思想、新理想、新情感、新意境相辅相成的话语载体,既包含大量借道日本的新名词、新语汇,亦包含不同于古代汉语的新句式、新语法。其核心内容是来自日本的"新名词",主要包括翻译西方的政治、经济、法律、宗教、哲学等领域的学术语,历史、地理、国别、种族、人物等方面的故实名目,以及自然科学和应用科学领域诸如声光化电、动物植物、天体星球、轮船飞艇等方面的用语与名称。在梁氏看来,这些源于异质的西方学术思想背景的新语句,尽管与中国古典诗歌语言存在一定差异,乃至反差甚大,但如果运用得当,亦能达到"宋明人善以印度之意境、语句入诗"的效果,在"被千余年来鹦鹉名士占尽"的旧诗界之外,开辟出一个面向20世纪的中国新诗界。②

《清议报》时期,梁启超正热衷于引"日本语句""欧洲之意境语句"入文入诗。他引"新名词""新语句"入文的试验已是成绩斐然;风靡一时的"新文体"的一大特征,就是大量运用源自日本的"新语句",读者莫不感觉其新异,读后且诧且赞。在《汗漫录》中,梁氏委婉批评人境庐诗"然新语句尚少"之后,对"全首皆用日本译西书之语句"的

---

① 任公:《汗漫录》,《清议报》第35册,1900年2月10日。
② 同上。

郑西乡诗大加赞赏，并全文征引之：

> 太息神州不陆浮，浪从星海狎盟鸥。共和风月推君主，代表琴樽唱自由。物我平权皆偶国，天人团体一孤舟。此身归纳知何处，出世无机兴化游。

梁氏自言"读之不觉拍案叫绝"，称其"共和、代表、自由、平权、团体、归纳、无机"诸语皆为"日本语句"，"而西乡乃更以入诗，如天衣无缝"，且"天人团体一孤舟"之语，"亦几于诗人之诗矣"，对"自言生平未尝作一诗"的郑西乡的诗才颇为惊诧。① 梁启超对"日本语句""欧洲之意境语句"的倡导，无疑对晚清诗坛起到了引领作用，竞相引"新语句"入诗迅疾在20世纪初年的新诗坛成为一种时尚和风气。

梁启超所谓"古风格"，主要指中国古典诗歌中诸如格律、节奏、气韵、意象、风格等特有的表现形式和审美特征。"新意境、新语句、旧风格三大要素中，新意境是诗界革命之诗的内容方面的支配性要素，旧风格是形式方面的支配性要素，前者决定了诗能否推陈出新，后者决定了诗如何不失为诗。"② 梁氏已经认识到"盖由新语句与古风格常相背驰"的境况，言"公度重风格者"，故而对"新名词"持保留态度，作诗"勉避之"，这是当时人境庐诗"新语句尚少"的原因；夏曾佑、谭嗣同的"新学之诗"则走向另一极端，任公一方面言其"经子生涩语、佛典语、欧洲语杂用，颇错落可喜"，另一方面言其所试验的"新诗"晦涩难懂，甚至"注至二百余字乃能解"，因而不得不断言他们"已不备诗家之资格"，其新学诗"已渐成七字句之语录，不甚肖诗矣"。③ 诗界革命的开展，就是要汲取黄氏"新派诗"和夏、谭"新学诗"的经验教训，既不能像人境庐主人那样对"新语句"采取"勉避之"的态度，也不能像夏穗卿、谭复生那样将诗写成像天书一样难懂的"七字句之语录"。

三、《汗漫录》与任公新诗之集中展示

1900年2月，《汗漫录》所录《壮别二十六首》《奉酬星洲寓公见怀

---

① 任公：《汗漫录》，《清议报》第35册，1900年2月10日。
② 关爱和：《梁启超与文学界革命》，《中国社会科学》，2006年第5期。
③ 任公：《汗漫录》，《清议报》第35册，1900年2月10日。

一首次原韵》《书感四首寄星洲寓公仍用前韵》诸诗，不仅是梁启超新诗最为集中的展示，而且是其倡导的"诗界革命"的具体尝试和躬身实践。其文其诗，一唱一和。前者正式揭橥"诗界革命"旗帜，提出诗歌改革总纲，意欲发起一场一扫千年诗坛陈陈相因弊病的诗歌革新运动；后者是"素不能诗"的任公受其近日来关于"诗界革命"设想的激发，"数日来忽醉梦于其中，废百事以为之"的情动于衷、不能自已之作。① 其理论主张与新诗实践，珠联璧合，缺一不可。

1899年12月25日，乘香港丸号从横滨驶往檀香山途中的梁任公，"忽发异兴，两日内成十余首"；"诗兴既发，每日辄思为之"，至27日"共成三十余首"；与此前"生平所为诗，不及五十首"的状况形成极大反差。② 那原因，在于梁氏其时正在酝酿"诗界革命"。梁氏"数日来忽醉梦于其中，废百事以为之"而创作的31首诗作，不是分期在"诗文辞随录"栏刊出，而是在揭橥"诗界革命"旗帜的《汗漫录》中集中展示，将自己意欲改造旧诗界的诗界革命理论主张和实践这一革新精神的诗歌作品同台亮相，不能不说是一次有意的策划。

梁氏《壮别二十六首》，诗题有"别送别者一首""别日本东京一首""别西乡隆盛铜像一首""别环翠楼一首""呈别家大人一首""寄别南海先生一首""别大畏伯一首""别犬养木堂二首""别柏远东亩一首""别伊藤侯一首""别横滨诸同志一首""别东京留学诸友及门人三首""再示诸门人一首""别内一首""别同别者二首"等。诗人发抒英雄豪情道："丈夫有壮别，不作儿女颜""极目览八荒，淋漓几战场""世纪开新幕，风潮集远洋"；其表达报国壮志道："机会满天下，责任在群公""吾侪不努力，负此国民多""每惊国耻何时雪，要识民权不自尊"；其抒发抑郁牢愁道："诗思惟忧国，乡心不到家""瀛台一掬维新泪，愁向斜阳望国门""万千心事凭谁诉，诉向同胞未死魂"③……风格豪放，壮怀激烈，充满风云之气，时代气息浓厚。

《奉酬星洲寓公见怀一首次原韵》《书感四首寄星洲寓公仍用前韵》是与邱炜萲的酬答诗。前者云：

芬芬欧风卷亚雨，梭梭侠魄裹儒魂。田横迹遁心逾壮，温雪神交

---

① 任公：《汗漫录》（接前册），《清议报》第36册，1900年2月20日。
② 任公：《汗漫录》，《清议报》第35册，1900年2月10日。
③ 任公：《汗漫录》（接前册），《清议报》第36册，1900年2月20日。

道已存（吾与寓公交一年尚未识面）。诗界有权行棒喝，中原无地著琴尊（寓公有风月琴尊图，图为一孤舟，盖先圣浮海之志也）。横流沧海非难渡，欲向文殊叩法门。①

这位由乡人、国人一变而为世界人的"少年中国之少年"，不仅显示出"欧风卷亚雨"的世界眼光，而且再次表达了意欲革新旧诗界的志向。

19、20 世纪之交，是梁启超求知欲最旺盛、读书最广博、思想最激进、情感最激昂、著述最丰硕的峥嵘岁月，也是他以实际行动践履诗界革命理想、诗歌创作最为活跃的时期。从《汗漫录》所录 31 首诗歌中，可见其有意运用新名词来开拓新意境，同时又注意保留古风格的显著用心。新名词如"共和""文明""思潮""欧风""欧米""亚雨""自由""平等""女权""民权""以太""团体""机会""责任""世纪""阁龙""玛志""华拿""卢孟"等纷至沓来，旧典故如"虫鱼注古文""胥江号怒潮""一卮醇易水""齐州烟九点""大陆成争鹿""鸿爪已东西""田横五百强""劳劳精卫志"等运用自如。《壮别二十六首》第十八首云：

孕育今世纪，论功谁萧何？华（华盛顿）拿（拿坡仑）总余子，卢（卢梭）孟（孟的斯鸠）实先河。赤手铸新脑，雷音殄古魔。吾侪不努力，负此国民多。②

诗人热烈称赞发明了民权理论和民主政体学说的法国思想家卢梭、孟德斯鸠，赞誉其新思想孕育了一个新世纪；与通过发明新学说对人类社会产生革命性影响的思想家之历史功绩相较，建立了不朽事功的政治家和军事家华盛顿、拿破仑等大英雄亦相形见绌。而梁氏正是以先觉觉人、新民救国的"新民师"相期许；为此，他大声疾呼用狮子吼般的"雷音"廓清中世纪的思想桎梏，殄灭旧思想之"古魔"，用卢、孟先进学说为国民铸造"新脑"。综观该诗，西洋典故与中国故实冶为一炉，新语句与古风格和谐融合，体现出思想和诗体的双重解放。

名满天下的梁任公借助近代传媒登高一呼，于 20 世纪初年发出"诗界革命"的号召后，很快就依托《清议报》《知新报》《新民丛报》

---

① 任公：《汗漫录》（接前册），《清议报》第 36 册，1900 年 2 月 20 日。
② 任公：《汗漫录》（接前册），《清议报》第 36 册，1900 年 2 月 20 日。

《新小说》等报刊掀起了一场颇有声势的新诗潮。《清议报》"诗文辞随录"栏目诗人率先响应。1900 年 6 月,蒋同超赞佩饮冰子"革命先诗界,维新后国民"①。同年 7 月,秦力山称誉"骚坛近出哥伦坡,创为新诗觅新地"②。1901 年 9 月,聘庵称颂梁氏"诗从革新命,书号自由篇"③……《清议报》诗人普遍将饮冰主人视为诗界革命运动首倡者而加以颂扬。1901 年,丘逢甲《论诗次铁庐韵》所言"迩来诗界唱革命"④,说的就是 20 世纪初年由梁氏发起的声势和影响越来越大的"诗界革命"。同年夏,任公在澳洲所作赠别友人郑秋蕃的诗篇中,留下"我昔倡议诗界当革命,狂论颇颔作者颐"的诗句,坦言自己是"倡议诗界当革命"之"狂论"的肇端者,而郑氏则是"诗界革命"最早的知音和同道之一,且将这一革命精神扩展到画界。⑤ 至 1902 年,"若诗界革命、文界革命",已经发展成为一股浩荡的时代潮流,而为"时流所日日昌言者也"。⑥

第二节 "诗文辞随录"与诗界革命运动之展开

《清议报》"诗文辞随录"专栏是诗界革命发动期和发展期所依托的核心阵地。1901 年 12 月,梁启超在《清议报》终刊号上发文总结该报性质时,对这一专栏有句定位的话:"类皆以诗界革命之神魂,为斯道别辟新土";认为此乃"我《清议报》之有以特异于群报者"之一端。⑦ 可见,他是有意将该专栏作为诗界革命的创作园地来经营的。

一、群星闪烁的《清议报》诗人队伍

从 1898 年 12 月问世至 1901 年 12 月停刊,《清议报》在存世的三年

---

① 振素庵主:《感怀十首即示饮冰子》,《清议报》第 47 册,1900 年 6 月 7 日。
② 力山邂广:《宿园先生属题选诗图》,《清议报》第 51 册,1900 年 7 月 17 日。
③ 聘庵:《赠别复广》,《清议报》第 90 册,1901 年 9 月 3 日。
④ 丘逢甲:《岭云海日楼诗钞》,上海古籍出版社,1982 年,第 204 页。
⑤ 任公:《赠别郑秋蕃兼谢惠画》,中有"君今革命先画界,术无与并功不訾"之句,载《清议报》第 84 册,1901 年 7 月 6 日。
⑥ 扪虱谈虎客:《新中国来来记》第 4 回总批,《新小说》第 3 号,1903 年 1 月。
⑦ 任公:《本馆第一百册祝辞并论报馆之责任及本馆之经历》,《清议报》第 100 册,1901 年 12 月 21 日。

时间里，共刊发约 150 位署名诗人①近 900 首诗歌。以诗题数量计，排在前六位的"诗文辞随录"栏目诗人分别为：康有为（54 题 99 首）、蒋智由（46 题 62 首）、毋暇（38 题 83 首）、谭嗣同（31 题 49 首）、梁启超（21 题 59 首）、邱炜萲（21 题 53 首）。此外，丘逢甲、唐才常、狄葆贤、夏曾佑、高旭、何铁笛、蒋同超、蔡锷、天壤王郎、天南侠子、秦力山、马君武、杜清池、陈撷芬等，亦是其重要诗人。梁启超《汗漫录》中还录有 3 题 31 首诗，其见诸《清议报》的诗作达 24 题 90 首，毫无疑问属于《清议报》骨干诗人。

梁启超见诸《清议报》的诗歌不乏名章佳句，《壮别二十六首》《太平洋遇雨》《留别澳洲诸同志六首》《赠别郑秋蕃兼谢惠画》《纪事二十四首》《自厉二首》《志未酬》《举国皆我敌》等，均为一时名篇，流布甚广，产生很大社会影响。梁氏之诗，充满家国之情和风云之气，感应着时代节拍，引领一时潮流，体现了诗界革命的革新精神与方向；无论从题材题旨、诗体革新方面，抑或从风格气魄方面来看，都堪称 20 世纪初年新诗坛的翘楚之作。这位"献身甘作万矢的"的"少年中国之少年"，立下"誓起民权移旧俗，更研哲理牖新知"的书生报国信念，发出"十年以后当思我，举国犹狂欲语谁"的豪迈预言，信心满满地投身于新民救

---

① 《清议报》"诗文辞随录"栏目诗人有：康有为（更生、素广、西樵樵子、青木森、延香馆主）、谭嗣同（谭浏阳烈士、王照、杨深秀、唐才常（咄咄和尚蔚蓝、浏阳唐烈士、唐浏阳）、沧浪游子、章太炎（台湾旅客、西狩）、沛伯、梁启超（任公、照魍镜台道人）、丘逢甲（仓海君、南武山人）、介公、李莘田（雨堂）、寒松主人、黄敀卿、天壤王郎、中岛亮平、瀛洲客、苏庵、䓆汉阁主、弗人、痛哭生、天南侠子、两观子、独泣向麒麟者、铁血子、敬庵、邱炜萲（星洲寓公、观天演斋主、星洲观斋）、郑蕃常（西乡文治）、蒋智由（因明子）、瑶庵、檀公、毋暇（毋暇斋、毋暇庵）、山根虎之助（立庵居士）、南洋秋云斋罗氏、直公、同是少年、被明月斋、海外义民、铁胆伯拉文、籀庐子、三余、未证果者、擎天道生、蓬头子、铁血少年、尼牟、无名之英雄、铁面猕猴、张华威、星洲大岛、江岛十郎、拏云剑客、商山老人、蒋同超（振素庵主）、大铮、大岛翼次郎、短褐皈樵、铁血头陀、快快生、陈三立（伯严）、旅个郎罗璪云、心太平室主人、乾坤一腐儒、行脚僧、重田友介、秦力山（力山遁广、遁庵、通公）、百忙一闲人、重田担雪、铁血头陀、杨毓麟（三户）、楚客、寒山子、啮铁子、元道人、克斋、独立生、啰辣、希卢、庵罗子、马君武（贵公、马贵公）、铁林、濠镜少年、佗城热血人、燃犀子、怒目金刚、长眉罗汉、蔡锷（奋翮生）、狄葆贤（平等阁主人）、小累仙、埃仁伯、不空和尚、寒山寺僧、慧岩和尚、楚雄、季真诗孙、高野清雄、聿亚拉飞、大勇、旧庵、孳孳者、袒臂跋陀罗、飞虎、最恶守旧者、短褐皈樵、铁罗汉、浪公、郑鹏云、郑养斋、亚洲诗三郎、清流、玄圭十亿郎、陈云鹤、宜庵、秀水董寿、白狼小隐、杜清池（清池女史）、复庵、高旭（江南快剑、剑公、秦阴热血生、自由斋主人）、芬陀利室、热血人、敞斋、葑眇鸟、日公、突飞之少年、紫髯客、鲶浦寄渔、海山词客、何来保（何铁笛烈士）、钉铰诗孙、陈撷芬（撷芬女郎）、聘庵、热斋主人、诗盉第三（诗盉）、补牢匠、先忧后乐生、觉庵、夏曾佑（碎佛）、文卿、佑公、瑶斋、丁叔雅（惺庵）、忏庵、天囚、黄遵宪（人境庐主人）、颖初、奇齿生等。

国的宏大事业当中。① 而他领衔奏响的晚清新诗界的时代大"潮音",则构成了以"输入欧洲之精神思想"② 为导向的民族精神改造与重建工程的重要组成部分。

19世纪末,康有为见诸《清议报》的诗歌,以题咏戊戌国变、表达维新变法信念和勤王报国之志为主旋律。"诗文辞随录"栏开篇之作,就是康氏《戊戌八月国变纪事四首》。其一云:"历历维新梦,分明百日中。庄严对温室,哀痛起桐宫。祸水滔中夏,尧台悼圣躬。小臣东海泪,望帝杜鹃红";其四道:"南宫惭奉诏,北阙入无军。抗议谁会上,勤王竟不闻。更无敬业卒,空讨武曌文。痛哭秦庭去,谁为救圣君。"③ 取材和题旨具有时事性与时代气息,所谓"诗外有事"。而那组广为传颂的乙丑年《出都作》,则凸显出一个以天下兴亡为己任的志士仁人的精神境界,表达当年(光绪十五年)以诸生上万言书请变法时甘愿为之献身的赤诚之心。其二云:"沧海飞波百怪横,唐衢痛苦万人惊。高峰突出诸山妒,上帝无言百鬼狞。谩有汉廷追贾谊,岂教江夏贬祢衡。陆沈忽望中原叹,他日应思鲁二生。"④ 狂傲不羁之性、俾睨一世之态和郁勃不平之气充溢而出,感情丰沛,虎虎有生气。这是康诗中最受任公青睐的一首,梁氏其后在《饮冰室诗话》中两次征引之,言"南海人格"见于其中,赞佩作为"先时之人物"的南海先生"气魄固当尔尔"。⑤

进入20世纪后,康氏见诸《清议报》的诗歌,均为"诗外有事"之新作。其《赠星洲寓公》在感慨"平生浪有回天志,忧患空余避地身"的同时,依然以"圣主维新变法时,当年狂论颇行之"为傲。⑥ 1900年11月,康氏作拟乐府长诗《闻菽园欲为政变小说诗以速之》,面对"郑声不倦雅乐睡,人情所好圣不呵"的形势,叮嘱门弟子"或托乐府或稗官,或述前事或后觉""庶俾四万万国民,茶余睡醒用戏谑",期待着邱菽园酝酿的"政变小说"问世后能达到"海潮大声起木铎"的时代效应。⑦ 这一举措,既是两年后梁启超发起的"小说界革命"之先声,亦可视为南海先生对正处在起始阶段的"诗界革命"的正面呼应。

谭嗣同见诸《清议报》的诗作,主旋律大体不出抒发经世致用、救

---

① 任公:《自厉二首》,《清议报》第82册,1901年6月16日。
② 任公:《汗漫录》,《清议报》第35册,1900年2月10日。
③ 更生:《戊戌八月国变纪事四首》,《清议报》第1册,1898年12月23日。
④ 更生:《出都作(乙丑)》,《清议报》第16册,1899年5月30日。
⑤ 饮冰子:《饮冰室诗话》,《新民丛报》第29号,1903年4月11日。
⑥ 更生:《赠星洲寓公》,《清议报》第61册,1900年10月23日。
⑦ 更生:《闻菽园欲为政变小说诗以速之》,《清议报》第63册,1900年11月12日。

国济民之壮怀的范畴，诗肖其人，雄健豪放。《晨登衡岳祝融峰二篇》其一云："身高殊不觉，四顾乃无峰。但有浮云度，时时一荡胸。地沉星尽没，天跃日初熔。半勺洞庭水，秋寒欲起龙。"① 气魄之大，心胸之宽，志向之高，境界之开阔，气格之豪健，可谓卓尔不群，英气逼人。梁启超言"浏阳人格，于此可见"，叹服这位"先时之人物"远超常人的自信与自负。② 就谭氏"新诗"创作而言，以辛丑年《清议报》刊发的《金陵说法说》最具代表性。诗云："而为上首普观察，承佛威神说偈言。一任法田卖人子，独从性海救灵魂。纲伦惨以喀私德，法会盛于巴力门。大地山河今领取，庵摩罗果掌中论。"③ 照饮冰室主人的解释，"喀私德（caste）、巴力门（parliament）皆译音。巴力门，英国议院名，喀私德，盖指印度分人为等级之制也"；这种"颇喜捃扯新名词以自表异"的新诗，梁氏在肯定其锐意创新求奇精神的同时，又断言其"必非诗之佳者，无俟言也"。④ 在《汗漫录》中，任公对此类诗作亦作了较为客观的评价："其语句则经子生涩语、佛典语、欧洲语杂用，颇错落可喜，然已不备诗家之资格。"⑤ 在此语境下，梁氏是引之为前车之鉴的；他所发起的"诗界革命"，自然要克服"新学诗"的弊端。但不管怎么说，在"诗中有人"的人格与风骨方面，以及大量引"新语句"入诗的实践经验与教训方面，谭诗对梁氏领衔发起的诗界革命产生过重要影响。

蒋智由《观世》《时运》《奴才好》《有感》《闻蟋蟀有感》《见恒河》《北方骡》《呜呜呜呜歌》等重要作品均见诸该刊，称得上《清议报》诗歌栏目后起之秀、代表诗人乃至顶梁之柱。传诵一时的《有感》云："落落何人报大仇，沉沉往事泪长流。凄凉读尽支那史，几个男儿非马牛？"⑥ 眼光犀利，寄托遥深。那首旨在"思铁路之行"的《北方骡》，则与《呜呜呜呜歌》一道，通过描摹步履蹒跚、体衰力竭、卧死道旁的北方骡形象，与"呜呜呜呜轮舶路，万夫惊异走相顾"的蒸汽文明形成了强烈的反差，生动地阐发了"文明度高竞亦烈，强者生存弱者仆"的道理，毫无掩饰地传达出对近代西方工业文明的赞美之情。⑦ 不过，《清议报》时期的蒋智由，尚未创作出最具代表性的新诗；这位被梁启超目

---

① 谭嗣同：《晨登衡岳祝融峰二篇》，《清议报》第 9 册，1899 年 3 月 22 日。
② 饮冰子：《饮冰室诗话》，《新民丛报》第 29 号，1903 年 4 月 11 日。
③ 谭浏阳遗诗：《金陵说法说》，《清议报》第 85 册，1901 年 7 月 16 日。
④ 饮冰子：《饮冰室诗话》，《新民丛报》第 29 号，1903 年 4 月 11 日。
⑤ 任公：《汗漫录》，《清议报》第 35 册，1900 年 2 月 10 日。
⑥ 因明子：《有感》，《清议报》第 81 册，1901 年 6 月 7 日。
⑦ 因明子：《呜呜呜呜歌》，《清议报》第 100 册，1901 年 12 月 21 日。

为"近世诗界三杰"①之一的后起之秀，在其后的《新民丛报》"文苑"栏有着更为出色的表现，也赢得了饮冰室主人更多的赞誉与青睐。

毋暇有38题83首诗歌见诸《清议报》，从诗歌内容、时代特征与诗体革新趋向来衡量，这位至今仍不清楚其真实身份的新派诗人，称得上诗界革命运动前期重要诗人。其重要作品《吊倭疏》《浏阳二杰行》《再题六君子纪念祭》《观地图》《旅顺口》《尚武》《铁树》等，表现出革新图强的思想性和求用于世的功利性，打上了鲜明的维新思想印记。纪念戊戌变法，缅怀献身政治改革的死难者，表达矢志维新事业的坚定信念，揭露列强瓜分中国的狼子野心，弘扬尚武精神，乃至鼓吹暗杀主义，是其较为集中的主题意向，形式上大体循着"三长"兼备的新诗创作方向，应和着"诗界革命"的节拍。

丘逢甲有13题35首诗见诸《清议报》，是其骨干诗人之一。念念不忘割台之痛，抒发家仇国恨，表达光复之志，是丘诗一大取材倾向和主题意向。《闻海客谈澎湖事》其一云："绝岛周星两受兵，可怜蛮触迭纷争。春风血涨珊瑚海，夜月磷飞牡蛎城。故帅拜泉留井记，孤臣掀案哭雷声。不堪重话平台事，西屿残霞怆客情"；其二道："全台门户此荒礁，三载前仍隶大朝。斗绝势成孤注立，交争祸每弹丸招。尚书墓道蛮云暗，大令文章劫火烧。我为遗民重痛哭，东风吹泪溢春潮"。②甲午之后，台澎割让日本，海客谈澎湖群岛事，勾起了诗人的悲怆情怀，爱国挚情充溢其间。《题无惧居士独立图》是符合"诗界革命"创作纲领的代表作；诗云："举国睡中呼不起，先生高处画能传。黄人尚昧合群理，诗界差存自主权。胸有千秋哀古月，目穷九点哭齐烟。与君同此苍茫意，隔海相看更惘然。"③梁启超赞其"黄人尚昧合群理，诗界差争自主权"联"可谓三长兼备"④，"意境新辟"⑤，视为新诗模范。梁氏高度评价丘诗，主要基于其不失为"诗人之诗"的判断。丘仓海既能"以民间流行最俗最不经之语入诗"，又能做到"雅驯温厚"；或许正是在这种意义上，梁氏誉其为"诗界革命一巨子"。⑥

邱炜萲也是《清议报》高产诗人，发表诗作21题53首；如果考虑

---

① 饮冰子：《饮冰室诗话》，《新民丛报》第14号，1902年8月18日。
② 仓海君：《闻海客谈澎湖事》，《清议报》第33册，1899年12月23日。
③ 仓海君：《题无惧居士独立图》，《清议报》第32册，1899年12月13日。
④ 任公：《汗漫录》，《清议报》第35册，1900年2月10日。
⑤ 饮冰子：《饮冰室诗话》，《新民丛报》第18号，1902年10月16日。
⑥ 饮冰子：《饮冰室诗话》，《新民丛报》第16号，1902年10月16日。

到康有为、梁启超、热血人等众多诗友写给他的几十首赠答诗,这位举人出身的新加坡保皇会会长、"南国诗宗"星洲寓公,算得上《清议报》诗歌栏目最为活跃的诗人之一。邱氏见诸《清议报》的诗作多为赠答诗,《寄怀梁任公先生》云:"周秦以后无新语,独有斯人解重魂。以太同胞关痛痒,自由万物竞争存。江天鸿雁飞犹苦,海国鱼龙道岂尊。夜半钟声观四大,不将棒喝让禅门。"① 与夏曾佑、谭嗣同戊戌前夕尝试的"经子生涩语、佛典语、欧洲语杂用"的"新学之诗"接近,而又一定程度上克服了晦涩难懂的顽疾,梁启超谓其"以太同胞关痛痒,自由万物竞生存"之句"界境大略与夏、谭相等,而遥优于余"。② 梁氏之定位,大体反映了邱炜菱此期新诗创作风貌。伯岩《寄怀星洲寓公》赞其"壮论已轰奸相胆,伟词能铸国民心"③,则点出了邱氏诗文的政治性主题与时代风采。

马君武早年是康、梁的信徒,借助《清议报》"诗文辞随录"园地登上新诗坛。1900 年秋,其《感怀》《赠慵民二郎》《寄呈任公先生三首》等诗见诸《清议报》,署名"贵公"。"宝剑自磨生远志""欲将口舌挽江河",抒发出投身国事的远大志向和书生以文字救国的豪迈情怀;"书生誓树勤王帜,铁屋瀛台救圣躬",表现出维新改良立场④;"维新有魁杰,辛苦牖黎元"⑤,"中国少年公所造""说法殷勤忆世尊"⑥,流露出对康、梁的赞佩乃至崇拜之情。其诗体则体现出新意境与古风格相调和的新派诗特征。

后来成为南社魁杰的高旭,早年也是康、梁的信徒,1901 年携带着《唤国魂》等诗,借助《清议报》登上新诗坛,署名"江南快剑""剑公""自由斋主人"等,一望而知其报国志向、尚武精神和平权思想。高旭见诸《清议报》的诗篇,有充满忧患意识和历史使命感的"唤国魂"之作⑦,有誓言"斫头便斫头,男儿保国休,无魂人尽死,有血我须流"的感赋谭嗣同之作⑧,有赞叹"快哉好身首,短剑铁血磨"的"吊烈士

---

① 星洲寓公:《寄怀梁任公先生》,《清议报》第 33 册,1899 年 12 月 23 日。
② 任公:《汗漫录》,《清议报》第 35 册,1900 年 2 月 10 日。
③ 伯岩:《寄怀星洲寓公》,《清议报》第 49 册,1900 年 6 月 27 日。
④ 贵公:《感怀》,《清议报》第 56 册,1900 年 9 月 4 日。
⑤ 贵公:《赠慵民二郎》,《清议报》第 56 册,1900 年 9 月 4 日。
⑥ 马贵公:《寄呈任公先生三首,用先生赠星洲寓公韵》,《清议报》第 78 册,1901 年 5 月 9 日。
⑦ 江南快剑:《唤国魂》,《清议报》第 82 册,1901 年 6 月 16 日。
⑧ 剑公:《读〈谭壮飞先生传〉感赋》,《清议报》第 85 册,1901 年 7 月 16 日。

唐才常"之作①，有悲叹"白日嬉游太平域，黄人放弃自由权"的"伤时事"之作②，有声言"南海真我师，张贼最可鄙。烧却劝学篇，平权讲自主"的私淑康有为、声讨张之洞之作③……要皆以追求国家民族的独立自主与富强、宣扬政治改革、歌颂英雄主义为主基调。梁启超标榜的诗界革命"三长"纲领，在高诗中有着鲜明的体现；感情或激越高亢，或沉郁顿挫，读之令人感奋，显示了诗界革命的革新精神和创作风貌。

1900 年，蔡锷化名"奋翮生"在《清议报》发表的《杂感十首》，表达出继承谭、唐二浏阳遗志，甘愿为救国救民事业而献身的英雄气概。其二云："前后谭唐殉公义，国民终古哭浏阳。湖湘人杰销沉未？敢谕吾华尚足匡。"其三道："圣躬西狩北廷倾，解骨忠臣解甲兵。忠孝国人奴隶籍，不堪回首瞻神京。"末章道："而今国士尽书生，肩荷乾坤祖宋臣。流血救民吾辈事，千秋肝胆自轮囷。"④ 风格豪健，沉郁悲壮，诗体亦属于新派诗的路数。

二、《清议报》"诗文辞随录"栏前后期之分野

1898 年底，《清议报》创刊伊始就开辟了"诗文辞随录"专栏，为维新派知识分子提供了一块相对稳定的诗歌园地。饶有意味的是，同样是《清议报》诗歌园地，19 世纪最后一年与 20 世纪最初两年的"诗文辞随录"栏，其骨干诗人和诗歌面貌却有着较大差异。1900 年之前，康有为、谭嗣同的诗作占据大部分版面。谭诗绝大部分系 30 岁以前之旧作，只有《赠梁任公》四律属于戊戌前夕夏、谭、梁三人小圈子秘密尝试的"新学诗"。至于康南海诗，同为"诗文辞随录"栏目诗人的康门弟子邱菽园对其有着形象的描述："更生先生倡维新，新诗偏与古艳亲"⑤，可见康氏此期诗歌并不以趋新为宗尚。不过，这一情况在 20 世纪初年发生了显著变化。其原因，并非两个世纪之间形成了什么文化断层，而是梁启超 1900 年初依托《清议报》发起了"诗界革命"。

如果以 1900 年梁启超《汗漫录》的发表为界将《清议报》诗歌分为前后两个时期的话，那么，前期"诗文辞随录"专栏以逃亡日本的维新

---

① 自由斋主人：《吊烈士唐才常》，《清议报》第 85 册，1901 年 7 月 16 日。
② 自由斋主人：《伤时事》，《清议报》第 89 册，1901 年 8 月 24 日。
③ 自由斋主人：《书南海先生〈与张之洞书〉后，即步其〈赠佐佐友房君〉韵》，《清议报》第 89 册，1901 年 8 月 24 日。
④ 《清议报》第 61 册，1900 年 10 月 23 日。
⑤ 星洲寓公：《案头杂陈时贤诗稿，皆素识也，旧雨不来，秋风如诉，用赋长古，怀我八君》，《清议报》第 67 册，1900 年 12 月 22 日。

派精神领袖康有为和"戊戌六君子"之首谭嗣同为压阵大将，其栏目的诗歌更多地体现出同人刊物为共同的维新事业而标榜声气的主题意向方面的趋同性，而在诗体变革方面的努力并不明显；在此之后，随着梁氏公然打出"诗界革命"旗帜，明确提出"三长"俱备的新派诗创作纲领，"诗文辞随录"的诗歌面貌发生了显著变化。

首先，诗人队伍发生了很大变化。梁启超、蒋智由、毋暇、邱炜菱、天壤王郎、天南侠子、丘逢甲等成为该栏目骨干力量，其后转向革命阵营的一批新诗人——高旭（江南快剑、剑公、自由斋主人、秦阴热血生）、秦力山（力山遁广）①、蒋同超（振素庵主）②、马君武（贵公）等——亦频频在这一栏目露面；而此前充斥大部分版面的康南海诗和谭复生遗诗，此后数量大为减少，所占版面比例较之前期大幅降低。1900年之前的一年时间里，康氏有39题诗作见诸该刊；后期的两年时间里，仅有15题诗作。谭氏前期有29题诗词，后期仅有4题。梁氏前期仅有3首诗，不仅数量少得可怜，而且内容和形式上均无明显的革新气象；后期则有87首，且大都体现了"诗界革命"的革新精神。"诗文辞随录"栏骨干诗人毋暇，其全部诗作均在1900年之后发表。蒋智由见诸该刊的45题诗作，仅有一首发表在梁氏揭橥"诗界革命"旗帜之前。

除梁启超外，蒋智由是后期《清议报》"诗文辞随录"专栏最具代表性的新派诗人，无论从题材题旨的时代性和思想内容的进步性衡量，抑或从诗体语体的革新性考察，其诗作均鲜明地体现了"诗界革命"的指导思想和精神气度。对国人奴隶性质的暴露、讽刺、批判与反思，对尚武、合群、竞争、独立精神的呼唤，对西方现代科技文明的赞颂，是蒋氏此期诗歌较为集中的主题意向，奏响了后期《清议报》诗歌的主旋律。那首流布甚广的《奴才好》，以嬉笑怒骂的讽刺口吻反言讽世，对深入国人骨髓的奴隶性质的描摹与揭露，惟妙惟肖，入木三分，开五四时期国民性批判文学主题之先河。

其次，从诗歌创作整体面貌来看，后期《清议报》诗歌响应梁氏

---

① 秦力山（1877—1906），原名鼎彝，字立三，改力山，别署巩黄、遁庵、力山遁广等，湖南善化人，原籍江苏吴县，1897年进湖南时务学堂学习，后应梁启超之召赴日，1900年参与自立军起义。1902年与章太炎等发起支那亡国纪念会，后投身反清革命，1905年入云南从事革命活动，积劳成疾，次年病逝。著有《革命箴言》。
② 蒋同超（？—1929），字士超，又字万里，别署伯寅、振素庵主等，江苏无锡人。梁启超曾在《新民丛报》"饮冰室诗话"里赞其《新游仙》二章"风格理想几追人境庐之《今别离》，亦杰构也"（见《新民丛报》第72号，1906年1月9日）。后加入南社。著有《振素庵诗钞》。

"新意境""新名词"和"古风格"三长指针者趋多,诗歌题材和诗体风貌的趋新倾向形成了一股潮流,引领着诗坛的新风气。1900 年,铁血少年《读科仑布传有航海之思》云:"绝世英雄冒险家,河山云气失天涯。扁舟一叶寻新地,不让张骞八月槎。"① 江岛十郎《友人归国赋赠》道:"乱世青年福,联邦黄种亲。平权标目的,尚武唤精神。蛮固倾藩阀,牺牲为国民。亚东廿世纪,大陆好维新。"② 天南侠子《时事杂咏》其四云:"太鸟烟云十六州,欧风亚雨漫天愁。黄人何日脱羁绊,击剑狂歌唱自由。"③ 长眉罗汉《和怒目金刚刺时原韵》道:"婢膝奴颜历几时,野蛮结习恶难移。当途狐兔斗顽固,大陆龙蛇动杀机。兰芷香供民主像,蔷薇红插圣军旗。英雄革命从事来,欧美流风有所思。"④ 是年,此类明显响应"诗界革命"革新精神的诗作,可说是不胜枚举。

复次,作为"诗界革命"发起人和"诗文辞随录"栏目主持人的梁启超,此后身体力行地践履新诗创作,对新诗坛起到了引领作用。世纪之交,自言"素不能诗"且屡屡戒诗的梁任公,一发而不可收地创作了大量新派诗,一举成为后期《清议报》最为多产的诗人。这一饶有意味的现象,或许可以解释——"诗界革命"的理论倡导,倒逼作为领衔者的梁任公,不得不以身作则,带头创作新派诗。时风所及,连康圣人也放下经生策士帝王师的架子,写起"经史不如八股盛,八股无如小说何"⑤ 的通俗歌诗来;任公则将这首歌行体长诗同时刊发在横滨《清议报》和澳门《知新报》,壮大了诗界革命的声势。

第三节 《清议报》诗歌之主题特征与新变趋向

《清议报》诗歌在主流思想倾向上体现出鲜明的维新改良立场,在题材题旨上体现出强烈的现实批判精神、炽烈的救亡启蒙情怀、深挚的忧国忧民情结和夺目的革新图强思想光芒;竞存意识、尚武精神、民族自强与独立思想等,是其最为集中的主题意向;大量诗篇宣扬了平权、共主、独立、自由、民权、女权等近代启蒙思想观念,乃至倡导破坏、暗杀、扑

---

① 铁血少年:《读科仑布传有航海之思》,《清议报》第 44 册,1900 年 5 月 9 日。
② 江岛十郎:《友人归国赋赠》,《清议报》第 46 册,1900 年 5 月 28 日。
③ 天南侠子:《时事杂咏》,《清议报》第 60 册,1900 年 10 月 14 日。
④ 长眉罗汉:《和怒目金刚刺时原韵》,《清议报》第 60 册,1900 年 10 月 14 日。
⑤ 更生:《闻菽园欲为政变小说诗以速之》,《清议报》第 63 册,1900 年 11 月 12 日。

满、反帝等激进思想主张，在一定程度上突破了维新派的政治立场，表现出重大的时代内容和进步的时代精神，成为晚清思想启蒙运动的重要一环，奏响了时代的大"潮音"。

题咏百日维新与戊戌政变，悼念六君子和唐才常，表达勤王思想和对后党的刻骨仇恨，关注庚子国变，暴露列强侵吞中国的野心等，是《清议报》诗歌较为集中的取材倾向与主题意向。康有为《心不死》云："败不忧，成不喜，不复维新誓不止。六君子头颅血未干，四万万人心应不死。"① 表达了矢志完成维新大业的坚定信念。唐才常《戊戌八月感事》云："千古非常厅变起，拔刀誓斩佞臣头"；楚雄《壮志》道："杜鹃夜夜哭东风，宣武门前血尚红。一颗头颅何日断，拔刀投笔问苍穹。"② 新党阵营与旧党反动势力可谓深仇似海，不共戴天。照梁启超的说法，"我行为公义，亦复为私仇"③，既有帝党与后党、新党与旧党、维新派与顽固派之间的恩怨情仇，更有仁人志士为拯救国家危亡、实现民族振兴而奋斗的政治理想与抱负。铁血子《六君子纪念会》云："六士沉冤已一年，谁将大狱讼于天。上方有剑朱云在，誓斩妖头祭墓前。素车白马吊忠魂，千古重怜党籍冤。我有龙泉鸣匣里，要将铁血洒乾坤。"④ 铁血头陀《喜雷》道："草泽英雄起项陈，楚虽三户竟亡秦。雷师许我扶乾道，霹雳声中斩逆臣。"⑤ 流露出以牙还牙、以暴易暴、血债要用血来偿的暴力倾向。"慷慨悲歌瞑目誓，万死成就维新劳。吁嗟震旦士气懦，偷生甘为牝朝奴。"⑥ 康有为此诗，既表达了为维新事业万死不辞的坚定意志，更是直接将批判的矛头指向戊戌国变的罪魁祸首慈禧太后。梁启超亦写出"我所思兮在何处，卢（卢梭）孟（孟德斯鸠）高文我本师。铁血买权惭米佛，昆仑传种泣黄羲"⑦ 之类的诗句，平权思想和尚武精神背后，隐含着种族之思，愤激的民族主义思想昭然若揭。

激进的民族主义思想在《清议报》诗歌中时有流露，其矛头有时针对清朝统治者（尤其是以后党为代表的顽固派），有时指向侵略（奴役）中国（人）的帝国主义列强。天南侠子写有《吊明朱舜水》《吊明黄宗羲》诸篇，"当日朱明谁失鹿，哭秦同调止梨洲""一卷明夷论不删，同

---

① 《清议报》第4册，1899年1月22日。
② 《清议报》第3册，1899年1月12日。
③ 任公：《留别梁任南汉挪路卢》，《清议报》第53册，1900年8月5日。
④ 《清议报》第31册，1899年10月25日。
⑤ 《清议报》第49册，1900年6月27日。
⑥ 更生：《湖村先生以宝刀及张非文集见赠赋谢》，《清议报》第6册，1899年2月20日。
⑦ 任公：《次韵酬星洲寓公见怀二首并示邂广》，《清议报》第78册，1901年5月9日。

朝遗老有变山"，显然有民族主义思想的流露。① 拏云剑客《大风》云："拔剑挽天河，披襟吹法螺。断桥窥豫让，易水忆荆轲。壮志锄非种，雄心伏众魔。四方多猛士，齐长大风歌。"② 将拯救国家民族危亡的出路寄托在暴力革命乃至暗杀之道，历史上的豫让、荆轲、刘章、刘邦是榜样。杨毓麟《感时》云："俯首中原一涕零，冥冥酣睡几时醒""大地已成刀俎肉，伪朝方播虎狼猩"。③ 既对列强瓜分中国的局面忧心忡忡，又对满清"伪朝"的残酷统治充满愤懑，隐隐流露出排满革命之意。毋暇《华人苦状，读之怆恻，凡我国人当作纪念》其二云："残叶疏林晚照红，为持种界剑腾空。黄人未必无豪杰，抵拒豺狼蹂远东。"④ 直接抒发对中国人实施种族歧视政策的帝国主义列强的愤恨之情和不屈的民族反抗意志。高旭《唤国魂》道："男儿回天机屡失，岌地轰天死亦活。不忍坐视牛马辱，宁碎厥身粉厥骨。"⑤ 对大厦将倾的清王朝已不抱希望，号召人们为民族独立自由而奋起斗争。

  对篇幅较长、容量更大、诗体更为解放、语言通俗易懂的歌行体诗和歌诗的重视，是《清议报》诗歌的突出特征。从这一点来看，康有为做出了表率。康氏见诸《清议报》的诗歌，有很大一部分属于篇幅较长的歌行体或组诗。南海先生作为维新派领袖人物，内心受到的创痛最为深巨，郁勃之气和愤慨之情不吐不快，发为诗歌，短章篇幅有限，难以容纳深广的时代内容和丰沛的思想情感，无法尽抒胸臆，于是出之以长篇歌行。早期的《日暮登箱根顶浴芦之汤》《湖村先生以宝刀及张非文集见赠赋谢》《读日本松阴先生幽室文稿题其上》《顺德二直歌》诸篇，虽风格偏雅，但已然体现出雅俗共赏的特征。至《闻菽园欲为政变小说诗以速之》，则径直采用从众向俗的语言和诗体，通过"我游上海考书肆，问书何者销流多"的实地考察，得出"经史不如八股盛，八股无如小说何"的结论，以为"衿缨市井皆快睹，上达下达真妙音。方今大地此学盛，欲争六艺为七岑"，煞有其事地编织着小说救国的神话，提醒其门弟子邱菽园汲取"去年卓如欲述作，荏苒不成失灵药"的教训，希望他从速完成拟想中的"政变小说"，以"海潮大声起木铎"相期许，以"岂放霞光

---

① 《清议报》第 29 册，1899 年 10 月 5 日。
② 《清议报》第 46 册，1900 年 5 月 28 日。
③ 三户：《感时》，《清议报》第 60 册，1900 年 10 月 14 日。
④ 《清议报》第 77 册，1901 年 4 月 29 日。
⑤ 江南快剑：《唤国魂》，《清议报》第 82 册，1901 年 6 月 16 日。

照大千"相勉励，以"五日为期连画诺"相督促①；其思想主张，实开"小说界革命"先声。

更能体现走"俗语文体"路线的长篇歌诗，是海外义民《忠爱歌》、董寿《爱国自强歌》、因明子《奴才好》、突飞之少年《励志歌十首》诸篇。《忠爱歌》采用七言歌行体，洋洋千言，维新、图强、保皇、勤王、反帝、反殖是其主旋律，不啻为一篇百日维新史和忠君爱国歌。"我皇在位廿四秋，国政由人不自由""保皇何得有罪名，但愿官与绅民合""哀哉我民生此时，愁为奴隶贱如狗""皇不复位誓不休，那拉若果能归政，敬业旌旗一旦收"②，可谓明白如话。《爱国自强歌》晓告国人"国非朝廷所独有，人人皆有国一分""爱国无异爱自身""民不爱国国不强"的道理，而自强之途在开民智，"人人开智近文明，自由权力渐渐生，纵被列强奴隶我，一朝自立何难成"，其题旨在于"愿人爱国辅吾皇，共解倒悬收涂炭"，最终实现"合群兴国震西方"的中国梦。③ 全诗洋洋一千四百言，语言浅易，妇孺能晓。《奴才好》更是以明白如话之语、流畅锐达之言，对国人的奴隶根性作了惟妙惟肖、揭皮见骨式的描摹："奴才好，奴才好，勿管内政与外交，大家鼓里且睡觉。古来有句常言道：臣当忠子当孝，大家切勿胡乱闹。满洲入关二百年，我的奴才做惯了。他的江山他的财，他要分人听他好。转瞬洋人来，依旧要奴才。他开矿产我做工，他开洋行我细崽""大金大元大清朝，主人国号已屡改。何况大英大法大日本，换个国号任便戴"，最后以"奴才好，奴才乐，奴才到处皆为家，何必保种与保国"终篇，充满反讽意味。④《励志歌十首》以中西合璧的学堂乐歌的形式，诠释了世界大同、合群保种、尊王大义、尚武精神、救亡图存、发愤图强、国民意识等新思想，作为塑造具有近代民族国家观念之国民的励志内容。⑤

既重视从众向俗，又注意保留"古风格"，使其不失为"诗人之诗"的长篇歌行诗，以梁启超《赠别郑秋蕃谢惠画》、高旭《唤国魂》、蒋智由《见恒河》等为代表。《赠别郑秋蕃谢惠画》表达了"天下兴亡各有责，今我不任谁贷之"的历史使命感，流露出"不信如此江山竟断送，四百兆中无一是男儿"的民族自信力，立下"誓拯同胞苦海苦，誓答至

---

① 《清议报》第 63 册，1900 年 11 月 12 日。
② 《清议报》第 41 册，1900 年 4 月 10 日。
③ 《清议报》第 80 册，1901 年 5 月 28 日。
④ 《清议报》第 86 册，1901 年 7 月 26 日。
⑤ 《清议报》第 89 册，1901 年 8 月 24 日。

尊慈母慈，不愿金高北斗寿东海，但愿得见黄人捧日崛起大地而与彼族齐骋驰"的豪迈誓言，称赞郑氏"君今革命先画界，术无与并功不訾"，由此"乃信支那人士智力不让白皙种，一事如此他可知"，最后以"国民责任在少年，君其勉旃吾行矣"收束，传达出"少年强，则国强"（梁启超语）的时代"潮音"。① 七言古风《唤国魂》，主要传达了"要存种类须合群，匹夫之贱与有责"的国民意识，"不忍坐视牛马辱，宁碎厥身粉厥骨"的反抗精神，"进化兴邦筹一策，上下男女平其权"的平权思想等。② 《见恒河》副标题为"望吾种之合新群也"，题旨严肃；三言、五言、七言、九言乃至十多言相结合，诗体自由活泼，语言雅俗共赏。上述诗篇，以文为诗，以议论为诗，句式长短参差错落，语言亦中亦西亦文亦白，体现出诗体解放精神；与此同时，又注意保留"古风格"，斟酌于新旧雅俗之间，使其不失为"诗人之诗"。

较之戊戌前的"新诗"试验，梁启超、蒋智由、毋暇、丘逢甲、马君武、高旭等人的新派诗，虽大量使用"新名词"，但已无晦涩难懂之病。世纪之交，中国正处在一个酝酿大变革、掀起大风潮的"过渡时代"。"过渡时代"之中国，"为五大洋惊涛骇浪之所冲激，为十九世纪狂飙飞沙之所驱突""青年者流，大张旗鼓，为过渡之先锋"。③ 时代在飞速发展，仅仅过了三四年，近代报章已迅速崛起，大量来自日本的"新名词"已通过报刊媒介广为传播，进入了公众视野，从而具有了共享性，克服了"新学之诗"难以索解的顽症。而且，"新学之诗"中大量出现的宗教性"新名词"，逐渐为反映西洋近代政教文明和科技文明的"新名词"所取代。新派诗人在"新名词"运用上悄然发生的这一变化，更加有利于新派诗的传播与接受，极大地扩大了其社会影响。

1901年12月20日，《清议报》在第100册特大号上发表了梁启超题为《本馆第一百册祝辞并论报馆之责任及本馆之经历》的长文。翌日，报馆即被大火焚毁，该期也就成了终刊号。1902年新年伊始，梁氏另起炉灶创办《新民丛报》；与此同时，新民社辑印了《清议报全编》，将一百册《清议报》"诗文辞随录"辑为一卷，重新命名曰《诗界潮音集》。其附于卷首的《本编之十大特色》第四条广而告之曰："本编附录《诗界潮音集》一卷，皆近世文学之菁英，可以发扬神志，涵养性灵，为他书

---

① 《清议报》第84册，1901年7月6日。
② 江南快剑：《唤国魂》，《清议报》第82册，1901年6月16日。
③ 任公：《过渡时代论》，《清议报》第83册，1901年6月26日。

所莫能及者也四。"① "发扬神志，涵养性灵"之类的说辞，尚属泛泛之谈，而"近世文学之菁英"和"他书所莫能及"的定位，则评价甚高。在梁启超和新民报社同人眼中，《清议报》"诗文辞随录"诗歌的创作成就、社会影响和文体地位，仅次于论说、新学著作、政治小说，位列第四，成为该报的一大特色。

"海潮大声起木铎"，尽管《清议报》地处日本海岛一隅，国内又正值"天地晦冥，黑暗无光，举国报馆皆噤若寒蝉"②的肃杀时节，《清议报》被清廷一再查禁，其发售自然不如《时务报》在"大府奖许"下的畅销，但发行量依然相当可观，在知识阶层的影响力和渗透力不容小觑。据史家张朋园考察，《清议报》平均销量在三四千份，读者人数不下四五万人，代售处遍及中国大陆、香港、澳门、日本、俄国、朝鲜、南洋、澳洲、美国、加拿大等地，国内代售处多设在清廷管辖不到的租界和教堂，内地因《清议报》一刊难求而出现了哄抬报价、私下翻刻的现象，"可以推知《清议报》销行之广，在内地几可谓无远勿届"。③

第四节　后期《知新报》对诗界革命之呼应

1900年2月，当梁启超依托横滨《清议报》公然揭橥"诗界革命"旗帜之时，率先作出呼应的，是他遥控指挥的澳门《知新报》，从而将"诗界革命"赖以开展的创作园地和传播阵地延伸到华南地区。④

如果说戊戌前《知新报》所刊畏庐子《闽中新乐府三十二首》尚属个案的话，那么，1900年2月辟出"诗文杂录"栏后，《知新报》就有了一个常规性的诗词栏目。梁氏揭橥"诗界革命"旗帜的《汗漫录》1900年2月发表在《清议报》，而同样受任公节制的《知新报》，不早不晚，在同一时间推出诗歌专栏，两者之间又有着怎样的历史关联呢？《知新报》"诗文杂录"栏目命名，与《清议报》"诗文辞随录"栏何其相

---

① 《清议报全编》第1集，横滨新民社辑印，1902年，第5页。
② 《重印清议报全编广告》，《新民丛报》第46—48号合刊，1904年2月14日。
③ 张朋园：《梁启超与清季革命》，吉林出版集团有限责任公司，2007年，第188—189页。
④ 左鹏军《澳门〈知新报〉与"诗界革命"》一文最早注意到《知新报》诗词作品与"诗界革命"有着十分密切的联系，指出《知新报》为"诗界革命"的创作实践提供了一块重要的园地。参见左鹏军：《黄遵宪与岭南近代文学论丛》，中山大学出版社，2007年，第268—278页。

似！这一情形，与《知新报》筹办期间被命名为《广时务报》，思路如出一辙。种种迹象表明，《知新报》此举更像是与《清议报》揭橥"诗界革命"旗帜遥相呼应；其幕后策划人不是别人，正是在日本遥控指挥的梁任公。

自1900年2月14日始，至1901年1月20日终，目前所见后期《知新报》共有17册辟有"诗词杂录"栏，刊发诗词84题175首。先不说《知新报》"诗词杂录"① 诗人群体和诗歌创作面貌，但看部分诗作所表现出的革新主张，已不难判定其与"诗界革命"的呼应关系。1900年3月，丘逢甲《海上观日出歌》有"完全主权不曾失，诗世界里先维新"之句。② 同年8月，蒋同超《感怀》其六有"革命先诗界，维新后国民"之语。③ 诗界"维新"也好，诗界"革命"也罢，要皆服务于启蒙救亡、民族振兴之大业，将中国传统诗歌之改造与近代民族国家之命运紧密联系在一起。结合《知新报更定章程》对"诗词杂录"栏诗歌提出的"写性情、发志气"的"忧时写志之作"的导向性要求④，不难看出栏目策划者和诗作者对革新图强的思想性和求用于世的功利性的要求与追求。

后期《知新报》"诗词杂录"栏出现了近五十位诗作者⑤，多系化名；骨干诗人有丘逢甲（9题17首）、康有为（8题11首）、邱炜萲（7题10首）、秦力山（6题15首）、潘飞声（5题8首）、蒋同超（3题14首）等。其开篇之作，是康有为《过昌平城望居庸关》《登万里长城》；"云垂大野鹰盘势，地展平原骏走风""鞭石千峰上云汉，连天万里压幽并""且勿却胡论功绩，英雄作事使人惊"⑥，境界雄阔，情感沉郁，浩渺恣肆，寄托遥深；其时代效应确如梁启超所言："读之，尚武精神油然

---

① 该栏目最初命名为"诗文杂录"，其后又更名为"诗词杂咏""诗词杂录"栏，最后两期又恢复"诗词杂录"名称；该栏目共出现17期，其中"诗文杂录"3期，"诗词杂咏"7期，"诗词杂录"7期；鉴于该栏目系诗词专栏，这里姑且笼统地称之为"诗词杂录"栏目。
② 南武：《海上观日出歌》，《知新报》第113号，1900年3月1日。
③ 梁溪振素盦主：《海上观日出歌》，《知新报》第125号，1900年8月25日。
④ 《知新报更定章程》，《清议报》第36册，1900年2月20日。
⑤ 《知新报》"诗词杂录"栏署名诗作者有：康有为（更生、南海、素广、青木森）、潘飞声（独立山人、剑公、老剑）、丘逢甲（南武、蛰仙、蛰翁、阏老）、邱炜萲（星洲寓公、酸道人、观天演斋主）、秦力山（逋广、屯庐、屯广、屯庵）、蒋同超（梁溪振素盦主、伯寅）、康广仁、蜕生、泰盦、李东沅、无惧居士、东木、鳄海寄渔、江都王存、睫巢、太瘦生、飞琼、金溪虎大郎、沧父、闽中剑客、个郎埠埭云氏、大山氏、蒲圻贺氏、倚剑生、华威子、先忧后乐生、三十六江外、长濑竹修、文叔甫、京兆散人、青年、虎侯、大勇、真率、星洲大岛、湘君、大生、克斋、邹琴孙、列科麻、落落生、七十老翁、燕邯侠子、滕町伍哲、叱虎山人、铁血毋暇等。
⑥ 《知新报》第112册，1900年2月14日。

生焉"①。康氏发表在《清议报》的《闻观天演斋主欲为政变小说诗以速之》《七月居丹将敦岛作》等诗作，亦见诸同时期《知新报》。作为《清议报》"诗文辞随录"栏主力阵容的丘逢甲、邱炜萲，也是同时期存世的《知新报》"诗词杂录"专栏骨干分子，且存在同一诗作差不多同时刊发在两个刊物的情况②，从一个侧面见证了两个刊物之间的相互策应和两个诗歌栏目之间的同声相应。

缅怀"戊戌六君子"和烈士唐才常，抨击清廷顽固派的专制统治和腐朽愚昧，表达尚武、勤王、忠君、爱国、自强信念，感慨强邻环伺下国将不国的民族危亡局势，关注庚子之变中国家和人民被难的惨祸，抒发远走异国的海外游子有国难归的忧伤情怀，宣扬平权思想等，是《知新报》诗歌较为集中的取材倾向和主题意向，政治倾向性鲜明，近代气息浓郁。伯寅《吊六君子》其三云："燎原欧焰日趋东，大地尘尘劫火红。三字狱成生结案，中原鼎沸死和戎。可怜武氏房州举，苦恨元和党籍同。革政未成心未死，扶持残局几英雄。"③ 形象地描摹出戊戌至庚子年外患日亟、后党擅权、新政流产、国破家亡等一幕幕历史惨剧，在对"戊戌六君子"的缅怀中寄托济世怀抱，寻求救亡之道。

金溪虎大郎《清臣竹枝词》其一道："南北兵权一手操，不为王莽即为曹。至尊尚且归圈禁，百姓区区当一毛。"④ 以通俗流畅之语，犀利锐达之笔，讽刺了弄臣权臣专权和君权丧失、民权全无的黑暗政局。梁溪振素盦主《感事》诗云："金城千里汉河山，坐待瓜分可奈何。冤狱未曾天泣雨，寰瀛几见海扬波。国衰柱石公忠少，事变沧桑感慨多。声苦杜鹃听不得，会看荆棘卧铜驼。"⑤ 面对虎视眈眈的帝国主义列强的蚕食鲸吞、瓜分豆剖，感慨国无公忠柱石，寄托忧国之思和忧愤之情。个郎埠璪云氏《观世有感》其二言："中原时局变纷纷，蚕食鲸吞到处闻。顽固党臣招外辱，维新国士合同群。干戈一动惊天地，水陆齐驱荡障氛。天眷亚东应进步，蛟龙乘势奋风云。"⑥ 以为国难当头、外侮频仍之际，反而是蛟龙

---

① 饮冰子：《饮冰室诗话》，《新民丛报》第38、39号，1903年10月4日。
② 如邱炜萲《自题星洲上书稿后》《题闽海逋客星洲上书记后》，先刊发在《清议报》第66册（1900年12月12日），十天后又见诸《知新报》第131册（1900年12月22日）；再如《六月廿八夜挟妓赴黄力两兄席偶成》（4首），先刊发在《清议报》第55册（1900年8月25日），旋又见诸《知新报》第126册（1900年9月8日）。
③ 《知新报》第123册，1900年7月26日。
④ 《知新报》第120册，1900年6月11日。
⑤ 《知新报》第121册，1900年6月27日。
⑥ 《知新报》第121册，1900年6月27日。

乘势奋飞之时，充满豪迈的乐观主义精神。诗人意识到，在这个"世界横分五大洲，东征西战逞雄猷"的民族竞存时代，"发强士气如龙虎，屈抑民权等马牛""英豪欲干乾坤事，急语同群学自由"①，振民气与兴民权是国家富强的根基，平权思想和自由精神是亟待输入国民脑髓的异域火种。

1901年1月，《知新报》第133册集中刊发了一组维新志士之间的赠别酬答诗，当事人有列科麻、落落生、七十老翁、燕邯侠子、叱虎山人、青年、铁血毋暇，列科麻将要东渡扶桑，众人为其壮行。列科麻《东行留别诸同人》云："公义私仇两未谐，孤身戴得此头回。八千子弟赠乡感，百二山河重帝哀。高举纵无赠缴在，雄飞岂为稻粱来。明朝濯足扶桑去，长啸一声天地摧。"为公要担负起天下兴亡的责任，为私要继承为维新事业而死难的烈士的遗志，"高举"也好，"雄飞"也罢，均非为一己之私和稻粱之谋，大有"大江歌罢掉头东"之概，充满风云之气。落落生《步原韵送列君之东》道："天旋地转龙蛇战，庙陷京沦神鬼哀""书生早树勤王帜，始信雄心犹未摧"。哀庚子国变之惨祸，愿列君东渡之后不忘勤王之志。七十老翁《列君东行诗以送之即步原韵》有云："鲁阳心愿岂难谐，天际挥戈日自回。性质不磨惟独立，英雄百折总忘哀。"以鲁阳挥戈、力挽危局相砥砺。铁血毋暇《列君东行留诗誌别步韵和之》道："铜弦铁板韵谁谐，誓把奔涛手挽回。出走独留湘水恨，行吟岂效楚囚哀。神龙暂向人间蛰，飞将应从天上来。廿纪风云好时会，老松不畏雪霜摧。"以屈子精神相勉励，以"神龙""飞将"相期许。这组维新志士之间的赠别诗，将个人遭际怀抱与国家民族存亡兴衰紧密联系在一起，将酬答诗写成了政治抒情诗，汇入20世纪初年兴起的救亡启蒙思潮和诗界革命运动的时代大"潮音"之中。

从"新意境""新语句"和"古风格"三长兼备的"诗界革命"创作纲领来衡量，蒋同超《感怀》组诗要算是《知新报》"诗词杂录"栏颇具代表性的新意盎然之作。其一云："诸黄危若卵，保种意云何？家国思平等，军民协共和。文明新世界，破碎旧山河。筮得明彝卦，愁吟麦秀歌。"其二道："共主追缘起，欧西拿破仑。文明开宇宙，威烈盖乾坤。斯世平权贵，同胞独立尊。即今人海里，孰不竞生存？"其三曰："大仁华盛顿，千载思遗风。羁轭脱牛马，蛮酋长阁龙。一身通以太，并世渺康同。努力造时势，相期廿纪中。"其四言："老大非吾喻，支那正少年。

---

① 个郎埠璪云氏：《观世有感》，《知新报》第121册，1900年6月27日。

资生黄种拙，宗教素王全。厄连丁阳九，华严演大千。风云三岛壮，明治着鞭先。"其六谓："吾徒思想好，发达在精神。革命先诗界，维新后国民。勤王师敬业，凌弱痛强秦。兴亚纪筹策，神州大有人。"其八云："至理参天演，穷愁痛国殇。野蛮据乱世，战局太平洋。国政难专制，中朝尚自强。榛苓今在望，令我忆西方。"① 新名词虽多，却并不晦涩难懂；新意境迭出，却并未摒弃古风格。

从总体上来看，《知新报》"诗词杂录"诗歌符合"三长"纲领者并不占多数，但从其所表现的鲜明的政治倾向性和重大的时代内容，立足全球视野对国家民族命运的高度关切，将个人命运与国家前途紧密相连等取材倾向与主题特征，以及对雄健豪迈或沉郁顿挫风格的偏爱等方面来看，已然体现出明显的近代色彩与时代气息。丘逢甲《海上观日出歌》一诗，颇能反映这种半新不旧的新派诗人的诗体风貌，全诗如下：

> 双轮碾海飞苍烟，天鸡唤课夜不眠。三更独起看日出，霞光万丈红当天。海风吹天力何劲，黄人捧日中天正。直将原始造化炉，铸出全球大金镜。罗浮看日夸绝奇，裹粮夜半一遇之。自从海上轮四达，屡见沐浴光咸池。迂儒见不出海表，苦信地大日轮小。安知力摄万星球，更着中间地球绕。河山两戒南越门，群峰到海蛮云屯。地邻赤道热力大，日所照处知亲尊。卓午停轮裙带路，金碧楼台老蛟守。世逢运会将大同，天教此起文明度。我是渡海寻诗人，行吟欲遍南天春。完全主权不曾失，诗世界里先维新。五色日华笔端起，墨沈淋漓四海水。太平山上歌太平，遥祝万年圣天子。②

不像黄公度那样尽可能少用甚或不用"新语句"，也不像热衷"新语句"者那样去刻意罗列"新名词"，且又着意保留"古风格"，在一定意义上代表了《知新报》诗歌的趋新意向和创作实绩。

澳门《知新报》的发行地点，除澳门本埠外，在上海设有分馆，在香港、广州、福州、天津、星架波（今译新加坡）、仰光、暹罗（泰国）、横滨、神户、雪梨（今译悉尼）、鸟丝仑其利茂（新西兰商埠）、威灵顿（今译惠灵顿）、檀香山、域多利、温哥华、旧金山、满地可（蒙特利尔）、舍路埠（今译西雅图）、砵仑（今译波特兰）、猫失地埠（北美港

---

① 梁溪振素盦主：《感怀》，《知新报》第125册，1900年8月25日。
② 南武：《海上观日出歌》（由汕头抵香港作），《知新报》第113册，1900年3月1日。

口)、气连拿(今译海伦娜,美国蒙大拿州州府)、波士顿等地设有代派处①;"于五洲大小各埠皆週通遍达"②,在华南、华东地区和南洋、北美的海外华人世界有着广泛的影响。澳门《知新报》是最早响应梁启超"诗界革命"号召的期刊阵地,率先将诗界革命运动延展到华南地区。20世纪初年的《知新报》诗歌,以鲜明的政治倾向性、丰富的时代内容和浓郁的近代气息,汇入了时代的大"潮音"。

---

① 参见《本馆各地代派处》,《知新报》第 128 册,1900 年 11 月 6 日。
② 《本馆告白》,《知新报》第 128 册,1900 年 11 月 6 日。

第三章 《新民丛报》与诗界革命之潮汐

诗界革命运动由梁启超1900年依托《清议报》发起并稳步展开，1902年依托《新民丛报》掀起高潮，1904年后走过了高峰期而进入退潮期，1907年随着《新民丛报》停刊而消歇。诗界革命与文界革命、小说界革命一道，构成了20世纪初年梁氏领衔发起的以新民救国为旨归、以促成中国文学体系的近代化变革为重要创获的文学界革命的系统工程。1902—1907年存世的《新民丛报》"文苑"栏，成为此期诗界革命运动依托的核心阵地；其中，"饮冰室诗话"专栏充当了诗界革命运动的风向标，"诗界潮音集"专栏则成为其主要创作园地。

第一节 《新民丛报》"文苑"栏述要

1902年2月8日（壬寅年正月初一），《新民丛报》半月刊在日本横滨问世。照报馆主人的说法，该报"取《大学》'新民'之意，以为欲新吾国，当先维新我民"，以培育国民之"公德"和"养吾人国家思想"相标榜，"以国民公利公益为目的"，声称"不为灌夫骂座之语""不为危险激烈之言"，以为"导中国进步当以渐"，宗旨似较温和。① 然而，自第5号起，当梁启超那篇闻名遐迩的《新民说》写至"论进取冒险""论权利思想""论自由""论自治""论进步""论自尊""论合群""论生利分利""论尚武"等节时，因眼见"政府痼瘵既复，故态旋萌，耳目所接，皆增人愤慨，故报中论调，日趋激烈"②，破坏意识渐浓，种族思想滋长，革命情绪高涨。虽经康有为"屡责备之，继以婉劝，两年间函札数万

---

① 《本报告白》，《新民丛报》第1号，1902年2月8日。
② 梁启超：《鄙人对于言论界之过去及将来》，《饮冰室合集·饮冰室文集之二十九》，中华书局，1936年，第3页。

言"①,任公仍不改其激进立场。1903年初,梁氏应美洲保皇会之邀赴美游历,10月复返日本,言论始大变,摒弃了从前深信不疑的破坏主义和革命排满主张。"故自癸卯甲辰以后之《新民丛报》专言政治革命,不复言种族革命。"② 1905年之后与《民报》阵营论战时,梁氏即秉承这一言论立场。照《民报》阵营的说法,"交战结果,为《民报》全胜,梁弃甲曳兵,《新民丛报》停版,保皇之旗,遂不复见于留学界"③。至1907年11月,《新民丛报》出至96号后停刊。

《新民丛报》标榜"纯仿外国大丛报之例,备列各门类,务使读者得因此报而获世界种种之智识",规划的门类有"图画""论说""学说""时局""政治""史传""地理""教育""宗教""学术""农工商""兵事""财政""法律""国闻短评""名家谈丛""舆论一斑""杂俎""问答""小说""文苑""绍介新著""中国近事"等,可谓一部百科全书式的以"新民救国"为根本宗旨的思想启蒙读物。④ 就其对文学界的影响而言,该刊是梁启超继续开展"文界革命"和"诗界革命"所依托的核心阵地。当是时,作为"文界革命"标志性成果的"新文体",已经由"时务文体"的幼稚阶段进入了史家称之为"新民体"的成熟期。《新民丛报》"论说""学说""史传""饮冰室自由书"等专栏刊发的大量文章,都属于"新文体";其拳头产品是以《新民说》为标志性成果的政论文;介于"文界革命"和"史界革命"之间的新体传记文,诸如《近世第一女杰罗兰夫人传》《新英国巨人克林威尔传》等,亦是成绩最大的"新文体"品种之一;他如述学文、新体杂文等门类,均取得了令人瞩目的业绩。"新文体"勉力担负起"播文明思想于国民"⑤的历史使命,发挥着"开文章之新体,激民气之暗潮"⑥的时代功效。而"诗界革命"所依托的,主要是《新民丛报》"文苑"栏。

照梁氏的规划,"文苑"栏为"诗古文辞"之"妙选附录",从中"可见中国文学思潮之变迁"。⑦《新民丛报》创刊号"文苑"栏率先推出的二级专栏是"诗界潮音集",刊发的是任公歌行体长诗《二十世纪太平

---

① 梁启超:《清代学术概论》,上海古籍出版社,1998年,第86页。
② 梁启超:《莅报界欢迎会演说词》,《饮冰室合集·饮冰室文集之二十九》,第3页。
③ 胡汉民:《胡汉民自传》,《近代史资料》总45号,中国社会科学出版社,1981年,第17页。
④ 《本报告白》,《新民丛报》第1号,1902年2月8日。
⑤ 《绍介新著·原富》,《新民丛报》第1号,1902年2月8日。
⑥ 任公:《本馆第一百册祝辞并论报馆之责任及本馆之经历》,《清议报》第100册,1901年12月21日。
⑦ 《本报告白》,《新民丛报》第1号,1902年2月8日。

洋歌》。第 2 号"文苑"栏推出的是"棒喝集",意在"译录中外哲人爱国之歌,进德之篇,俾国民讽之如晨钟暮鼓,发深省焉""其所裒集者,或由重译,或采语录,其词句或毗于拙朴焉"。① 由此揣测编者的意图,"棒喝集"栏目设置应该不是短期行为,可见西洋诗歌的译介工作已经纳入梁氏擘画之中。该期"棒喝集"刊发的是 2 篇德国诗歌译作(《日耳曼祖国歌》《德国男儿歌》)和 2 篇日本诗人之作(中村正直《题进步图》和志贺重昂《日本少年歌》);标榜德意志未建国以前"爱国之士特提倡日耳曼祖国以激励其民"也好②,申明"激励国民进取之气,坚忍不拔之志"③"可为发扬志气之一助"④ 也罢,要皆以振民气、鼓民力为主旋律。第 4 号"文苑"栏推出的是"饮冰室诗话";第 5 号又推出"东瀛輶轩集",专刊日本诗人之作。然而,"棒喝集"和"东瀛輶轩集"均昙花一现;交替出现的"诗界潮音集"和"饮冰室诗话",此后成为《新民丛报》"文苑"栏下的两个固定专栏。

饮冰室主人在诗话中开宗明义道:"我生爱朋友,又爱文学。每于师友之诗文辞,芳馨悱恻,辄讽诵之,以印于脑。自忖于古人之诗,能成诵者寥寥,而近人诗则数倍之,殆所谓丰于昵者耶。其鸿篇巨制,洋洋洒洒者,行将别裒录之为一集。亦有东鳞西爪,仅记其一二者,随笔录之。"⑤ 既道出了"饮冰室诗话"专栏征引诗歌之宗旨,亦交代了"诗界潮音集"专栏刊发诗歌之原则。《新民丛报》"文苑"栏原则上不刊古人之诗,而以裒录近人诗作、标榜声气为旨趣;其"鸿篇巨制,洋洋洒洒者",适于收进"诗界潮音集"专栏,"东鳞西爪,仅记其一二者",则随笔录入"饮冰室诗话"专栏。⑥

1903 年 9 月《新民丛报》出至第 37 号后,"诗界潮音集"栏已难得一见;至 1904 年 10 月该刊第 54 号推出最后一期"诗界潮音集",此后便不见了踪影。自这时起,甚或说自 1903 年 9 月起,"饮冰室诗话"专栏就不得不担负起理论阵地和创作园地的双重任务。事实上,"饮冰室诗

---

① 《新民丛报》第 2 号,1902 年 2 月 22 日。
② [德]格拿活:《日耳曼祖国歌》,《新民丛报》第 2 号,1902 年 2 月 22 日。
③ [日]中村正直:《题进步图》,《新民丛报》第 2 号,1902 年 2 月 22 日。
④ [日]志贺重昂:《日本少年歌》,《新民丛报》第 2 号,1902 年 2 月 22 日。
⑤ 饮冰子:《饮冰室诗话》,《新民丛报》第 4 号,1902 年 3 月 24 日。
⑥ 这种分工是就大体而言。事实上,"饮冰室诗话"所征引的诗作亦有不少洋洋洒洒的"鸿篇巨制",黄遵宪《锡兰岛卧佛》《以莲菊桃杂供一瓶作歌》《军歌》《流求歌》《越南篇》诸篇,以及杨度《湖南少年歌》等长诗,便是显例;"诗界潮音集"栏亦刊发不少律诗绝句。

话"栏自始至终都扮演着这一双重角色,其所衷录的大量近人诗作,本身就构成了《新民丛报》诗歌园地不可或缺的重要板块。

如果说《新民丛报》"诗界潮音集"充当了梁氏主导的诗界革命运动的创作园地,那么,"饮冰室诗话"则充当了诗界革命的风向标,发挥着理论引领作用。《新民丛报》"文苑"栏下设置的这两个二级栏目一唱一和,相辅相成,共同推动了诗界革命运动的迅猛开展,引领了20世纪初中国诗歌变革的时代潮流,在新诗坛奏响了时代的强音。

《新民丛报》宗旨较为温和,麻痹了清廷的警惕,可以在国内公开发售,未及半年发行量"已至万数千份"①,1906年仍保持这一销量②,读者甚众,"颇有势力于社会"③,传播范围和社会影响力远大于《清议报》,"风生潮长,为亚洲20世纪文明运会之先声"④。据史家张朋园估算,《新民丛报》的发售数平均为9000份,阅读人数按20倍计算,约18万人,在当时的知识分子群体中有着很高的知名度和巨大的影响力。⑤ 作为《新民丛报》的常规性栏目,以"趣味浓深,怡魂悦目,茶前酒后,调冰围炉,能使读者生气益然"为特色的"文苑"栏⑥,同样拥有众多的读者,在知识阶层引起了广泛共鸣,产生了很大的社会影响和文坛效应。《新民丛报》"饮冰室诗话"和"诗界潮音集"专栏,既以其鲜明的政治倾向性和思想启蒙色彩,构成了新民救国运动的有机组成部分,又以师法欧西和趋新应时的新派诗特征,推动了中国诗歌的近代化。

第二节 "饮冰室诗话":诗界革命风向标

自1902年3月《新民丛报》第4号开辟"饮冰室诗话"专栏,至1907年11月《新民丛报》第95号止,该栏目共刊出54期,历时达六年

---

① 《告白》,《新民丛报》第9号,1902年6月6日。
② 1906年3月23日《时报》所刊《第四年〈新民丛报〉已到》告白云:"本报开办数载,久为士夫所称许,故销售至一万四千余份。"
③ 梁启超:《致蒋观云先生书》,丁文江、赵丰田编:《梁启超年谱长编》,上海人民出版社,2008年,第204页。
④ 严复:《与〈新民丛报〉论所译〈原富〉书》,《新民丛报》第7号,1902年5月8日。
⑤ 张朋园:《梁启超与清季革命》,吉林出版集团有限责任公司,2007年,第211页。
⑥ 《本报之特色》,《新民丛报》第1号,1902年2月8日。

半之久，哀录的当代诗友达九十余人①。在文学史家看来，《饮冰室诗话》"品评诗作，哀录于诗友，取材于近世，标榜声气，鼓动风潮的意图十分明确"；而"这种不依傍古人、求新境于异邦的诗话，在林林总总的侈谈六经之旨、风雅传统，打着宗唐或宗宋旗帜的清代诗话中别具一格"。②从开篇表彰谭嗣同的志节、学行和思想，推尊"独辟境界而渊含古声""能镕铸新理想以入旧风格"之诗③，到1904年声明"然革命者，当革其精神，非革其形式"，标榜"能以旧风格含新意境"④，直至1906年高度评价康南海《太平洋东岸南北米洲皆吾种旧地》长歌，谓其"非徒为考古界之一新发明，抑所以诱导国民之自觉心者"⑤，饮冰室主人勉力经营的"饮冰室诗话"专栏，始终发挥着诗界革命风向标作用。

一、哀录诗友与标榜声气

20世纪初年存世的《新民丛报》"饮冰室诗话"专栏，哀录当代诗友之作，题材和题旨多关乎当下世运和国家兴亡，向在戊戌政变、庚子国变和自立军起义中殉难的通道同志表敬意，向一个不可救药的专制政权和颠顶政府发出愤怒的抨击与诅咒，向沉沦的中华民族和灵魂麻木的国人发出醒世的危言和觉世的呐喊，期待着国人奋起，睡狮梦醒，民权发达，民族振兴，以同人标榜声气的方式，在思想界和舆论界鼓动着新民救国的时代风潮，在新诗坛继续弹奏着"诗界革命"的主旋律，引领着新诗坛的时代潮流。

---

① 《新民丛报》"饮冰室诗话"栏哀录了谭嗣同（复生）、黄遵宪（公度）、康有为（南海先生）、康同璧、严复（又陵）、陈三立（伯严）、吴保初（君遂）、丁叔雅（惺庵）、梁伯隽、吴德溥（季清）、寿富（伯福）、唐才常（唐浏阳）、何来保（铁笛）、蔡钟浩（树珊）、邱宗华（公恪）、蒋智由（观云）、韩文举（扪虱谈虎客）、康广仁（幼博）、丘逢甲（仓海）、潘飞声（兰史）、夏曾佑（穗卿）、舒蒲生（闰祥）、狄楚卿（平子）、王韬（紫诠）、林旭（暾谷）、陈千秋（通甫）、曹泰（著伟）、吴铁樵、马君武、宗仰上人、麦孺博、梁均历、金嗣芬（楚青）、杨度（晳子）、邓何负、欧榘甲（伊广）、曾广钧（重伯）、李希圣（亦园）、潘镜涵、张南山、曾志忞、蛰菴、刘裴邨、贺醴芝、东亚伤心人、廖恩涛（珠海梦余生、忏余生）、东莞生、雪如、君木、马一浮、唾荄、查蕙纕（查嗣庭之女）、叶梦梨（江苏一少年）、杨惟徽（傭子）、潘若海（悔余生）、田邦睿（均一）、汪笑侬、袖东、悔晦、瀚华、芸子、蒋万里、廖健生（叔度）、蓬伊、江叔瀚、海陵释尘居士、楚北迷新子、少瘦生、何藻翔（翙高）、蔡笠云、南昆仑生、岭西倚剑生、杨庄（少姬）、桂伯华、公耐、陈震生（翼谋）、曹民父、辽伊、敬庵、井无、爱智庐主人、淮南剑客、幻云女士、曹东敷等近九十位当代诗友之作；另有几位未署姓名者，加上梁氏本人及其伪造的石达开诗，还有其所征引的宋遗民郑所南、明代刘诚意、晚明烈士夏完淳等古诗人之诗，该栏哀录的诗人达一百多位。
② 关爱和主编：《中国近代文学史》，中华书局，2013年，第147页。
③ 饮冰子：《饮冰室诗话》，《新民丛报》第4号，1902年3月24日。
④ 饮冰子：《饮冰室诗话》，《新民丛报》第29号，1903年4月11日。
⑤ 饮冰子：《饮冰室诗话》，《新民丛报》第90号，1906年11月1日。

饮冰室主人裒录评点的诗作，基本上属于同人之作，或同道，或故友，或新朋，或师长，或平辈，或门弟子及追随者，要皆可纳入梁氏所谓"我文坛同志"①之列。其中，有为国捐躯的烈士，有死于庚子国难者，也有因病英年早逝者，但更多的是活着的当代诗友。逝者也好，生者也罢，他们都曾为这个处于千年未有之大变局中的民族和国家的困境与前途而苦心焦思，以诗笔记录下多难的时代和危亡的时局在心灵上烙下的深深的伤痕，为救亡启蒙运动鼓与呼，为冲破思想桎梏和文坛枷锁做出过历史性贡献。无论是对"我文坛同志"诗作的激赏与褒扬，还是对"新意境"和"古风格"的青睐与张扬，均有着标榜声气和鼓动风潮的显著用意。

就事言诗和以人论诗，对已故"生平所最敬爱之亲友"的缅怀，尤其是对在戊戌国变、庚子国难、自立军起义中死难的烈士的纪念，是《新民丛报》"饮冰室诗话"栏的重要内容。这些亡友大都怀兼济之志，英气逼人，即便不以诗名，其诗亦往往有独绝之处，"斯人之夭，一国之不幸也"②。追念死者，是为了让"我文坛同志"发扬他们为国家和民族的民主富强而奋斗乃至献身的精神，学习他们身上的优秀品格和闪光点，从中汲取精神营养和前行的勇气。

在"饮冰室诗话"中，戊戌国变中殉难的烈士谭复生、康幼博③、林暾谷④等，庚子年自立军起事中牺牲的烈士唐才常、何铁笛⑤、蔡树珊⑥、

---

① 饮冰子：《饮冰室诗话》，《新民丛报》第18号，1902年10月16日。

② 饮冰子：《饮冰室诗话》，《新民丛报》第24号，1903年1月12日。

③ 《饮冰室诗话》云："潘兰史以康烈士幼博一诗见寄，乃为兰史题《独立图》者也；诗云：'迢迢香海小阑干，独立微吟一笑欢；我亦平生有心事，好花留得与人看。'其牺牲一身，为后来国民谋幸福之心，活现纸上，读竟怆然。"见《新民丛报》第18号，1902年10月16日。

④ 《饮冰室诗话》言林暾谷烈士"少好为诗，诗孤涩似杨诚斋，却能戛戛独造，无崇拜古人意，盖肖其为人也"，裒录其二十以前之作《晚翠轩集》写本中的《病起读书》《效太夷丈》《感秋》数篇，谓"读此诸篇，其孤绝高俗之气，可见一斑矣"，断言其"晚岁所臻，尚不止此，顾亦可想见其人格矣"。见《新民丛报》第24号，1903年1月13日。

⑤ 何铁笛（1873—1900），名来保，字颂久，号铁笛，湖南武陵（今常德市）人，与谭嗣同、唐才常为肝胆之交，庚子年参与唐才常领导的"自立军"起事，9月在长沙浏阳门外从容就义，时年27岁。《饮冰室诗话》记其事道："庚子，君与唐浏阳共事，而君实任衡湘一切布画，汉变后死事最烈"；并裒录其《绝命词》四章，其一云："银铛铁锁出围墙，亲友纷纷送道旁。三百健儿齐护卫，万头钻孔看何郎。"向梁启超邮寄其《绝命词》的赵曰生附注曰："铁笛被捕于辰州，以三百人护卫，槛送长沙，故云。"见《新民丛报》第12号，1902年7月19日。

⑥ 蔡树珊（1877—1900），名钟浩，湖南武陵人，梁启超执湖南时务学堂中文总教习时的学生，戊戌政变后东渡日本追随梁氏，庚子年参与"自立军"起事被清政府杀害。《饮冰室诗话》言其"血性过人，治事机警"，并裒录其《狱中作》四章，其一云："蚁磨盘舒又一年，玄黄争战几推迁？寒沙白日淹鸳地，短褐雕弓射虎天。终见蜩螗同水火，那堪环玦在风烟。鸡鸣午夜频搔首，看剑挑灯意惘然。"见《新民丛报》第12号，1902年7月19日。

田均一①、舒闿祥②等，庚子国难中阖家罹难的吴季清③、以身殉国耻的宗室寿伯福④等，乃至因"苏报案"入狱身死的邹容等，都在哀录之列；其政治立场和思想分野，已难以简单地贴上维新派或革命派的政治标签，其身份殊难在维新志士与革命豪杰之间断然切割；尽管他们不以诗名，但大都留下了闪耀着其人格理想的诗篇，乃至用生命写就的璀璨诗章，如谭浏阳狱中绝笔诗"我自横刀向天笑，去留肝胆两昆仑"之语⑤，何铁笛烈士《绝命词》中"三百健儿齐护卫，万头钻孔看何郎"之句⑥，等等，读来令人心惊，令人气壮，令人悲愤难抑，令人血脉贲张。时代如此苍凉，而人物却如此悲壮，诗句如此豪放。

---

① 田均一（？—1900），湖南长沙人，梁启超门人，死于庚子武汉之狱。据《饮冰室诗话》交代："门人长沙田均一（邦睿），丁戊间湖南时务学堂同学也。己亥东来游学，共讲席者又数阅月。庚子八月，随唐浏阳倡义湖湘，不克，死之。"哀录其诗作6首，其《宝剑篇》云："雄芒烛霄气懔懔，朝横在腰暮作枕。听鸡祖生眠不得，拔鞘起舞寡颜色。荆轲豫让嗟已矣，千古万古无知己。不屠仇人腹，风雨鬼夜哭。不斫仇人头，长虹亘天愁。安得贡入上方任人请，一扫天下魑魅白日晒。"梁氏评曰："盖戊戌之作。其时湘中顽绅，反对污蔑，均一愤之，作以见志。今日大局事固茫茫，即前此之与时务学堂反对诸顽物，犹依然张气焰于社会，吾知均一其未瞑矣。"见《新民丛报》第59号，1904年12月21日。

② 舒闿祥（？—1900），湖南长沙人，参与反清革命，死于庚子武汉之狱。据《饮冰室诗话》交代："烈士字蒲生，晚号萍斋，唐浏阳至交也，以己亥春成仁于湘中。"并哀录其《感怀》诗八章，谓"烈士之志节文章，亦略见一斑矣。"见《新民丛报》第19号，1902年10月31日。

③ 吴季清（1848—1900），一字筱村，名德溥，四川达县人，维新派人士。《饮冰室诗话》云："达县吴季清先生德溥，作令西安，庚子义和之变，为乱民所戕，阖门及难。识与不识，莫不痛心。天之报施善人，真其诬哉！先生至德纯孝，而学识魄力迥绝流俗，尤邃佛理。自号双遗居士。有子三人：长曰铁樵，名樵；次曰仲殷，名以榮；季曰子发，名以东。皆有过人之才。余与谭浏阳及铁樵约为兄弟交，而父事季清先生。"见《新民丛报》第12号，1902年7月19日。又云："吴季清先生一家之死难，实我生朋友中最痛怛之事。而戊戌北京、庚子汉口诸烈以外，一大悲惨之纪念也。久欲为一诗纪哀，至今未成，引为疚焉。前曾见黄公度所作《三哀诗》中数语，今复得其全篇，我心中所欲言，殆尽于是，我其亦可以无作矣。"见《新民丛报》第24号，1903年1月13日。

④ 寿伯福（？—1900），清宗室子弟，内阁学士宝廷长子，庚子之变中昆弟自缢殉国难。《饮冰室诗话》云："宗室寿伯福太史富，可谓满洲中最贤者矣。其天性厚，其学博，其识拔，爱国之心，益睟于面。乙未秋冬间，余执役强学会，君与吴彦复翩然相过，始定交，彼此以大业相期许。其后，君复有知耻学会之设，都人士咸以为狂，莫或应也。庚子八月，君果以身殉国耻。嘻嘻！可不谓朝阳鸣凤耶！余丙申出都，君有赠诗，不能全记忆，今从《北山楼集》得其原本，亟录志感。"见《新民丛报》第12号，1902年7月19日。

⑤ 饮冰子：《饮冰室诗话》，《新民丛报》第12号，1902年7月19日。
⑥ 饮冰子：《饮冰室诗话》，《新民丛报》第12号，1902年7月19日。

陈通甫①、曹著伟②和吴铁樵③，是最令梁启超念念不忘、拖欠文债时间最长的三位亡友。癸卯"岁暮怀人"，梁氏"万感交集"，自念"人世以来，不过十二三年，而生平所最敬爱之亲友，溘亡大半"，"不自知其涕之淋浪也"；在他心目中，陈、曹、吴"三君皆天才"，"思想学诣并卓绝时流，即文学亦有开拓千古、推倒一时之概""三君皆不以诗名，然诗固有独绝处"；三君"寿皆不及颜氏子，著述未一成，事业未一就，三年之间，赍志并殁"，实乃"一国之不幸""使今日诸君子者犹在，其势力之影响于国民者，宁可思议？"④ 逝者往矣，生者当自强，生命不息，奋斗不止。游学日本习陆军的邱公恪，亦"当代青年中一有望之人物"，却"年仅逾弱冠"而病逝，"怀八斗之才，饮万斛之恨；一事未就，赍志九原"。⑤ 慨叹天不佑人，痛悼亡友，意在化悲痛为力量，时刻提醒自己和战友时不我待，努力肩负起更大的历史责任和时代使命，以实际行动和更大的业绩告慰亡友的在天之灵。

就诗言诗和以新派诗创作成绩及影响论诗人，饮冰室主人最为敬重的是谭浏阳和康南海；最为推崇和倚重的是新派诗大家黄公度；最为怀念的

---

① 陈通甫（1869—1895），名千秋，广东南海人，1891年入广州万木草堂，康有为得意门生，1895年办西樵乡局事操劳过度而病故。《饮冰室诗话》记其事云："通甫尝为《仁说》一书，其持论略与浏阳之《仁学》相出入。又著《性论》《宗教平议》等书，皆未成而卒。患肺病年余，枕中犹时时属稿。易箦时，以书之未完，不能尽达其意，悉烧弃之。通甫尝居乡，办西樵乡局事者一年，练民团五百人，兴一小学校，建一藏书楼，治事严厉，以一新进小生，摧抑豪猾，乡中十余万人，令行禁止，赌盗之风顿息，盖将以为地方自治之基础也。甫就绪，而病遂剧。至今乡中人拟为立祠奉祀志功德云。"见《新民丛报》第24号，1903年1月12日。后追忆其辛卯冬酬赠人都长古一首之四句云："岂无江海志，恍荡恣游遣？苍生惨流血，敢席安得暖？"吉光片羽，从中可见其志向与品格。参见饮冰子：《饮冰室诗话》，《新民丛报》第38—39号合刊，1903年10月4日。
② 曹著伟（约1870—1894），名泰，广东南海人，与陈千秋同为康有为广州长兴里讲学时期的左膀右臂，1894年11月暴病卒，时年24岁。《饮冰室诗话》忆其诗云："亡友曹著伟诗，哲人之诗也，情人之诗也，余恨不能记忆。前诗话载其一律，残缺殆半，滋耿耿焉。桂林马君武见而怜之，以所忆得一律见饷，盖著伟侍南海先生游桂林时题壁之作也。亟录如下：'大地权舆我到迟，也曾歌泣也怀思。深山大泽堪容剑，天老地荒独有诗。龙蛇昔曾归觉想，涅槃今欲证心期。我行幸有微风舵，元气舟中任所之。'"见《新民丛报》第26号，1903年2月26日。后又忆其文道："著伟他文不能记，却记其少年所作八股，题为《天地之大也人犹有所憾》。凡二千余言，连犿瑰伟，不可思议，八股界之革命也。"见饮冰子：《饮冰室诗话》，《新民丛报》第38—39号合刊，1903年10月4日。
③ 吴铁樵（1866—1897），四川达县人，吴季清长子，谭嗣同、梁启超至交，1895年4月病卒，时年32岁。《饮冰室诗话》谓"铁樵算学并世无两，喜以算学谈哲理，浏阳《仁学》多采其说。晚年办湖南矿事，在汉口得热病，以误药卒"。见《新民丛报》第24号，1903年1月12日。
④ 饮冰子：《饮冰室诗话》，《新民丛报》第24号，1903年1月12日。
⑤ 饮冰子：《饮冰室诗话》，《新民丛报》第12号，1902年7月19日。

是首倡"颇喜捃扯新名词以自表异"的"新诗",写过"冰期世界太清凉,洪水茫茫下土方。巴别塔前分种教,人天从此感参商"之类"新学之诗"的夏穗卿①;最为偏爱的是"其理想魄力,无一不肖穗卿"的蒋观云②。黄公度、夏穗卿、蒋观云"近世诗界三杰"之外,以"诗人之诗论",则丘仓海③亦"天下健者",称得上"诗界革命一巨子"④。

梁氏"饮冰室诗话"着意点染康南海和谭浏阳作为"先时之人物"的人格风范。1902年11月,任公与平子、孝高在日本箱根月夜相与登塔峰绝顶,高歌南海先生旧作"天龙作骑万灵从,独立飞来缥缈峰。怀抱芳馨兰一握,纵横宙合雾千重。眼中战国成争鹿,海内人才孰卧龙?倚剑长号归去也,千山云雨啸青锋"一诗,"觉胸次浩然,大有舞雩三三两两之意"的景象,已经定格为一个永恒而温馨的画面,南海先生之人格、气度、精神亦活现于诗中。⑤梁氏赞佩谭嗣同"身高殊不觉,四顾乃无峰"之句,谓"浏阳人格,于此可见";多次征引康有为"高峰突出诸山妒,上帝无言百鬼狞"之句,言"南海人格,于此可见"。⑥ 1903年10月,"饮冰室诗话"专栏征引南海先生游罗浮诗两首。其一云:"万峰走神仆,绝顶立飞仙。俯视但云气,山岳尽茫然。迷蒙难见日,呼吸欲通天。白帝如能问,蓬莱驾紫烟";其二道:"万紫千红总是春,升天入地不犹人。曲径危桥都历遍,出来依旧一吟身"。梁氏评曰:"此皆可见人格之诗也。"⑦

作为戊戌政变中自觉的献身者和晚清思想界之彗星,谭嗣同的牺牲精

---

① 饮冰子:《饮冰室诗话》,《新民丛报》第29号,1903年4月11日。
② 饮冰子:《饮冰室诗话》,《新民丛报》第19号,1902年10月31日。
③ 照梁启超的说法,"仓海诗行于世者极多"(饮冰子《饮冰室诗话》,《新民丛报》第18号,1902年10月16日),但见诸《新民丛报》"文苑"栏者却并不多。不过,这并不影响饮冰主人给予其高度评价。丘氏对自己的诗才亦颇自负。1900年冬,丘氏跋《人境庐诗草》云:"第此世界,能为嘉富洱、为俾思麦,乃竟仅使为诗世界之嘉富洱、俾思麦。世界之国,惟诗国最足以消人雄心,磨人壮志,令人自歌自哭,自狂自圣,此而需嘉富洱、俾思麦胡为者?乃竟若迫之不能不仅为嘉富洱、俾思麦于诗国,天耶人耶?既念作者,行且悼耳!"又云:"地球不坏,黄种不灭,诗教永存,有倡庙祀诗圣者,太牢之享,必有一席。信作者兼自信也!慭此言集中,二十世纪中人,必有圣其言者。"紧接着又补充道:"海内之能于诗中开新世界者,公外,偻指可尽。忽有自海外来与公共此土者,相去只三十四里耳!后贤推论,且将以此土为东方诗国之萨摩、长门,岂非快事!"(引自钱仲联笺注:《人境庐诗草笺注》,上海古籍出版社,1981年,第1088—1089、1249页)其自负程度,由此可见一斑。
④ 饮冰子:《饮冰室诗话》,《新民丛报》第18号,1902年10月16日。
⑤ 饮冰子:《饮冰室诗话》,《新民丛报》第21号,1902年11月30日。
⑥ 饮冰子:《饮冰室诗话》,《新民丛报》第29号,1903年4月11日。
⑦ 饮冰子:《饮冰室诗话》,《新民丛报》第38—39号合刊,1903年10月4日。

神、磊落人格、学行志节、激进思想与"新诗"试验,对梁启超有着直接而深远的影响。1902年3月,《新民丛报》"饮冰室诗话"栏开篇表彰的就是谭氏:"谭浏阳志节、学行、思想,为我中国二十世纪开幕第一人,不待言矣;其诗亦独辟新界而渊含古声。"其后,梁氏又从邱菽园近著《挥麈拾遗》中衷录谭氏"丙申春就官浙江留别湘中同志者"八律,将其定位为"三十以后新学"之"初唱",谓其"沈雄俊远,诚在《莽苍苍斋》之上",同时又指出"但篇中语语有寄托,而其词瑰玮连犿,断非寻常所能索解"。① 需要指出的是,尽管梁氏肯定谭氏"新学之诗"打破旧诗界窠臼而大胆创新之精神,但对这类诗总体评价并不高。梁氏断言:"复生自喜其新学之诗,然吾谓复生三十以后之学,固远胜于三十以前之学;其三十以后之诗,未必能胜三十以前之诗也。"②

康有为在政治和学术思想方面对梁启超影响至深,其诗歌创作亦对梁氏有着直接的影响。在任公看来,"南海先生不以诗名,然其诗固有非寻常作家所能及者,盖发于真性情,故诗外常有人也"③。正是在这种意义上,梁氏后来在《清代学术概论》中将康南海与黄公度并提,谓其"元气淋漓,卓然称大家"④。需要特意指出的是:1905年之后,人境庐主人已驾鹤西归,诗界革命运动已经进入退潮期,而远在欧美的康有为却不断给门人梁任公寄诗,诗题有《吾曾经滑铁卢见擒拿破仑处,及在巴黎观其陵墓旗旌纪功坊,壮丽甚矣;及游蜡人院见拿翁帐中殉殊状,为凄然于盖世雄也,赋诗写寄任弟》《加拿大海岛卧病岁暮感怀五首》《巴黎登汽球歌》《巡览全美还穿落机山顶放歌》《睹荷兰京博物院制船型长歌》《太平洋东岸南北米洲皆吾种旧地》诸篇,大都取材于域外,符合"以旧风格含新意境"的精神与特征,属于典型的篇幅较长的海外诗;1905年至1907年间,《新民丛报》"饮冰室诗话"专栏连篇累牍衷录康有为域外诗的举措,客观上延续了诗界革命的精神气度与诗体革新方向。

梁启超在《新民丛报》首期"饮冰室诗话"专栏中,即高调宣称"近世诗人,能镕铸新理想以入旧风格者,当推黄公度"⑤。不久又盛赞"公度之诗,独辟境界,卓然自立于二十世纪诗界中,群推为大家,公论

---

① 饮冰子:《饮冰室诗话》,《新民丛报》第29号,1903年4月11日。
② 饮冰子:《饮冰室诗话》,《新民丛报》第29号,1903年4月11日。
③ 饮冰子:《饮冰室诗话》,《新民丛报》第14号,1902年8月18日。
④ 梁启超:《清代学术概论》,上海古籍出版社,1998年,第102页。
⑤ 饮冰子:《饮冰室诗话》,《新民丛报》第4号,1902年3月24日。

不容诬也"①。其后又在该栏目中多次褒扬人境庐主人，先后衷录人境庐诗27题90首，创下了该栏目征引同一位诗友诗歌数量之最，可见其对黄氏的推崇和倚重。黄遵宪作为梁氏发起的诗界革命运动中的一面旗帜的身份和首席代表的地位，正是在此期通过《新民丛报》"饮冰室诗话"和"诗界潮音集"专栏奠定的。

衷录于当代诗友，取材于近世故实，通过近代化报刊和诗文辞专栏标榜声气，鼓动风潮，服务于新民救国的思想启蒙运动，奏响"诗界革命"的主旋律，为沉滞的旧诗坛吹进来自东西洋的异域的海风，在20世纪的新"文苑"鼓荡起"诗界"的大"潮音"，是梁启超主持的《新民丛报》"饮冰室诗话"专栏的时代使命与历史担当。那么，作为诗界革命运动风向标的"饮冰室诗话"专栏，到底发挥着怎样的"风向标"作用？本章从"革其精神""革其形式"和"以旧风格含新意境"三个方面来考察。

二、"革其精神"：题材题旨与品格导向

1903年4月，梁启超在《新民丛报》第29号"饮冰室诗话"中，写下了一段著名论断：

> 过渡时代，必有革命。然革命者，当革其精神，非革其形式。吾党近好言诗界革命，虽然，若以堆积满纸新名词为革命，是又满洲政府变法维新之类也。能以旧风格含新意境，斯可以举革命之实矣。苟能尔尔，则虽间杂一二新名词，亦不为病。不尔，则徒示人以俭而已。

饮冰室主人旗帜鲜明地提出"然革命者，当革其精神，非革其形式"的指导思想，力矫时下盛行的"以堆积满纸新名词为革命"的流弊，断言这种所谓"诗界革命"的实质是"满洲政府变法维新之类"的假革命，换汤不换药；而"能以旧风格含新意境"，表面上看似保守，骨子里却体现了"革其精神"之实，是"诗界革命"应当坚持的正确的指导原则、革新方向与创作纲领。

首先看"革其精神"主要体现在哪些方面。梁氏将诗歌视为改造国民品质、实施启蒙教育的重要手段之一，清醒地认识到"盖欲改造国民

---

① 饮冰子：《饮冰室诗话》，《新民丛报》第15号，1902年9月2日。

之品质，则诗歌、音乐为精神教育之一要件"①。鉴于梁氏对诗歌教育功能和审美功能的体认，其理想中的国民品质，正是其所倡导的诗界革命"革其精神"所包含的主要内容。大体而言，尚武精神、竞存观念、合群思想、民权意识、女权主张、独立人格和高洁品格、民族主义思想等，在《新民丛报》"饮冰室诗话"栏中倡导较多，表现出鲜明的革新图强的思想性；其中，尚武精神、独立人格和民族主义思想，是任公提倡最力的取材倾向与主题意向；而提倡诗歌取材要关乎"世运"和"国运"，倡导诗歌创作中的"诗史"意识，则始终是"饮冰室诗话"的重要导向。

梁启超在诗话中对尚武精神乃至铁血主义再三致意。他有感于"中国向无军歌"，即便少量作品如杜工部前后《出塞》勉强可纳入此列，"然于发扬蹈厉之气尤缺"，遂将这一问题的严重性上升到"此非徒祖国文学之缺点，抑亦国运升沉所关"的高度来认识；正因如此，他对黄公度《军歌》"读之狂喜"，拍案叫绝，盛赞"其精神之雄壮活泼、沉浑深远不必论，即文藻亦二千年所未有也"，并以其惯用的夸饰之语，谓"诗界革命之能事，至斯而极矣"，临末还"笔锋常带情感"地煽情道："读此诗而不起舞者，必非男子。"② 这组旨在宣扬尚武精神的《军歌》，经《新小说》和《新民丛报》刊发与褒扬后，流布甚广，在清末文坛引起巨大共鸣。

如果说黄氏之军歌历经几代文学史家的大量征引已广为人知的话，那么，饮冰主人通过征引康有为的三首诗，同样意在宣扬尚武精神且同样精彩的一段诗话，则至今仍鲜有转引。诗话如下：

> 南海有《登万里长城》一诗，于我民族伟大之纪念，三致意焉。诗云："秦时楼堞汉家营，匹马高秋抚旧城。鞭石千峰上云汉，连□万里压幽并。东穹碧海群山立，西带黄河落日明。且勿却胡论功绩，英雄造事令人惊。"又《过昌平城望居庸关》一首云："城堞逶迤万柳红，西山岩嶂霁明虹。云垂大野鹰盘势，地展平原骏走风。永夜驼铃传塞上，极天树影递关东。时平堡堠生青草，欲出军都吊鬼雄。"又《由明陵出居庸关》一首云："镝弦老死不闻声，身是渔阳戍卒营。胡妇琵琶传大漠，并见敕勒倚长城。帝陵千嶂秋盘马，玉塞平沙晓阅兵。百里盘压红柳路，骑驼到驿月微明。"读之，尚武精神油然

---

① 饮冰子：《饮冰室诗话》，《新民丛报》第 40—41 号合刊，1903 年 11 月 2 日。
② 饮冰子：《饮冰室诗话》，《新民丛报》第 26 号，1903 年 2 月 26 日。

生焉。甚矣，地理之感人深也！①

这些写于十几年前的南海旧作所张扬的尚武精神，所体现的人格魅力，对于梁氏及其主导下的"诗界革命"产生了持久的影响。

梁启超《从军乐》十二章，是他为"自谓在俗剧中开一新天地"的六幕粤剧新戏《班定远平西域》剧中人物写的唱词，宣扬"献身护国谁无份""同生共死你和我""男儿死有泰山重""为国民，舍生命，含笑为鬼雄"的"从军乐"思想与尚武精神，期待着"睡狮一吼惊群兽"、"堂堂一战全球定"，然后由中国"主齐盟，洗兵甲"，实现"世界永文明"的理想。② 其题旨，是希冀祖国睡狮猛醒、繁荣富强，早日实现自立于世界民族国家之林的中国梦。

以排满革命和反殖民统治为两翼的民族主义思想和民族独立自由观念，在"饮冰室诗话"中亦时有流露，或隐或显，乃至得到大力张扬。饮冰室主人煞费苦心编造太平天国翼王石达开能诗的故实，便是一个显例。梁氏先是渲染石达开"娴于文学"，接着煞有其事地征引其写给曾国藩的五首赠答诗，其二云："扬鞭慷慨莅中原，不为仇雠不为恩。只觉苍天方愦愦，莫凭赤手拯元元。三年揽辔悲嬴马，万众梯山似病猿。我志未酬人亦苦，东南到处有啼痕"，既巧妙地假石达开之口宣扬了民族主义思想，同时又通过指出其"不知民权大义"的"帝王思想"，宣扬了民主主义思想。③ 篇末又征引据说是石达开所作"全篇骈俪"的檄文中的四句："忍令上国衣冠，沦于夷狄；相率中原豪杰，还我河山"；尽管梁氏只是赞佩石达开的文学才华，谓"虽陈琳、骆宾王亦无此佳语，岂得徒以武夫目之耶？"对其思想倾向性和民族立场不予置评，但其所征引的所谓石达开诗文，客观上彰显了民族主义革命思想。

"饮冰室诗话"哀录唐才常烈士诗多首，英武之气与民族思想相交织。其《次深山独啸荒井昌顿韵》有云："嗟我神州黑暗狱，奇忧叠涌诗小旻。东南膏血西北烬，利尽锥刀穷丝缗。迩来二百五十载，蚩蚩牛马劬且贫。嗜愚甘鸩波绵毒，胡人窃取如醯醇。"④ 题旨已经超越了《小雅·小旻》诗中"大夫刺幽王"式的忠臣直谏昏君的模式，径直将批判锋芒指向二百五十年来奴役压榨中原民族、搜刮"东南膏血"、将我神州变成

---

① 饮冰子：《饮冰室诗话》，《新民丛报》第38—39号合刊，1903年10月4日。
② 饮冰子：《饮冰室诗话》，《新民丛报》第78号，1906年4月8日。
③ 饮冰子：《饮冰室诗话》，《新民丛报》第11号，1902年7月5日。
④ 饮冰子：《饮冰室诗话》，《新民丛报》第18号，1902年10月16日。

黑暗地狱的"胡人",流露出鲜明的民族主义思想。1902年10月,《新民丛报》第16号"饮冰室诗话"栏裒录黄公度《香港访潘兰史题其独立图》诗云:"四亿万人黄种贵,二千余岁黑甜浓;可堪独立山人侧,多少他人卧榻容?"流露出外患日亟的民族危亡意识,民族独立自由之思想,已是呼之欲出。

1903年底,"饮冰室诗话"栏裒录杨晳子《湖南少年歌》,将湖南人的尚武精神和留东学子的民族主义思想发挥到了极致:

欧洲古国斯巴达,强者充兵弱者杀;雅典文柔不足称,希腊诸邦谁与敌?区区小国普鲁士,倏忽成为德意志;儿童女子尽知兵,一战巴黎遂称帝;内合诸省成联邦,外与群雄争领地。中国于今是希腊,湖南当作斯巴达;中国将为德意志,湖南当作普鲁士。诸君诸君慎于此,莫言事急空流涕。若道中华国果亡,除是湖南人尽死。尽掷头颅不足痛,丝毫权利人休取。莫问家邦运短长,但观意气能终始。埃及波兰岂足论,慈悲印度非吾比。①

其所张扬的民族主义思想,既隐含强烈的反对列强侵吞瓜分中国的民族独立自强思想,亦隐含排满革命题旨,目标是以暴力革命方式在中国建立能自立于世界民族之林的独立富强的近代化民族国家。其篇末道:"凭兹百战英雄气,先救湖南后全国""诸君尽作国民兵,小子当为旗下卒",可谓意气风发,豪气冲天,立场坚定,斗志昂扬。

梁氏诗话倡导独立不倚的卓绝"人格"和超迈前古的胆识气魄。1903年4月,饮冰主人征引谭氏"身高殊不觉,四顾乃无峰"诗句后,高度评价"浏阳人格,于此可见";再次征引乃师"高峰突出诸山妒,上帝无言百鬼狞"诗句后,赞佩"南海人格,于此可见";令他惊叹的是,"两先生作此诗时,皆未出任天下事也",从而得出"先时之人物,其气魄固当尔尔"的结论。②所谓"先时之人物",是梁氏对影响世运的英雄豪杰的一种类型划分,与之对应的是"应时之人物"。1901年,梁氏在《南海康先生传》开篇立说:"有应时之人物,有先时之人物。法兰西之拿破仑,应时之人物也;卢梭则先时之人物也。意大利之加布儿,应时之人物也;玛志尼则先时之人物也。日本之西乡、木户、大久保,应时之人

---

① 饮冰子:《饮冰室诗话》,《新民丛报》第42—43号合刊,1903年12月2日。
② 饮冰子:《饮冰室诗话》,《新民丛报》第29号,1903年4月11日。

物也；蒲生、吉田则先时之人物也"；照梁氏的说法，"先时人物者，社会之原动力，而应时人物所从出也。质而言之，则应时人物者，时势所造之英雄；先时人物者，造时势之英雄也"。① 如此看来，其对谭嗣同、康有为的评价可谓高矣。"凡先时之人物所最不可缺之德性有三端，一曰理想，二曰热诚，三曰胆气。"② 崇高的理想，无限的热诚，过人的胆气，正是谭浏阳、康南海的"德性"与品格；而诗肖其人，在他们的诗文中，其理想、热诚、胆气得到淋漓尽致的彰显。

提倡关乎"世运"和"国运升沉"的重大题材与题旨，倡导诗歌创作中的"诗史"意识，始终是《新民丛报》"饮冰室诗话"专栏的重要思想导向。品评中国诗歌史上"号称古今第一长篇诗"的《孔雀东南飞》时，言其"诗虽奇绝，亦只儿女子语，于世运无影响也"③；而发扬蹈厉之军歌，则关乎"国运升沉"④。可见，取材和题旨是否关乎"世运"，是梁氏评判诗歌成就高低和重要与否的指标之一，显示出求用于世的功利性。梁氏在诗话中最为推崇黄公度，而其赞誉人境庐诗非常重要的一个标准，就是其突出的"诗史"意识和"史诗"气魄。他称誉《锡兰岛卧佛》为一部"印度近史""佛教小史"⑤，赞《罢美国留学生感赋》"亦海外学界一段历史"⑥，言《流求歌》《越南篇》为"诗史"⑦，惊叹《朝鲜叹》对亚东时局的预见有先见之明，最后一言以蔽之曰："公度之诗，诗史"⑧。

1903年3月，梁氏有感于"近日时局可惊、可怛、可哭、可笑之事，层见叠出"，发出"若得《西涯乐府》之笔写之，真一绝好诗史"的感叹，"顷从各报中见数章，谑而不虐，婉而多讽，佳构也，录之"，这就是《新民丛报》第28号所裒录的《黄花谣四章》《辰州教案新乐府四章》（《都司斩》《总兵囚》《太守流》《县官戍》）诸作。⑨ 1906年8月，"乡人忏余生，以使事驻美洲之古巴，顷以《纪古巴乱事有感》十律见寄"，题咏"古巴民政四党，因争选举构乱，美国遽以兵舰相加，夺其政柄"

---

① 任公：《南海康先生传》，《清议报》第100册，1901年12月21日。
② 任公：《南海康先生传》，《清议报》第100册，1901年12月21日。
③ 饮冰子：《饮冰室诗话》，《新民丛报》第9号，1902年6月6日。
④ 饮冰子：《饮冰室诗话》，《新民丛报》第26号，1903年2月26日。
⑤ 饮冰子：《饮冰室诗话》，《新民丛报》第9号，1902年6月6日。
⑥ 饮冰子：《饮冰室诗话》，《新民丛报》第15号，1902年9月2日。
⑦ 饮冰子：《饮冰室诗话》，《新民丛报》第42—43号合刊，1903年12月2日。
⑧ 饮冰子：《饮冰室诗话》，《新民丛报》第40—41号合刊，1903年11月2日。
⑨ 饮冰子：《饮冰室诗话》，《新民丛报》第28号，1903年3月27日。

事,揭示南美一带诸国"党界之足以亡国,内乱之足以召外兵"之普遍规律,警示中国不要重蹈其覆辙,梁氏全文袤录其诗,盛赞"此真有心人之言,不能徒以诗目之。即以诗论,杜陵诗史,亦不是过矣"。①

可见,无论是人境庐诗对近代中国所经历的重大政治、军事、外交事件的描摹与反映,还是以新乐府体纪录"时局可惊、可怛、可哭、可笑之事",抑或是廖恩焘以诗笔记录美洲弱小民族国家的政局更迭,均被梁氏视为关乎世运国运的具有诗史性质的题材题旨,值得提倡和发扬。

三、"革其形式":诗体和语体探索

梁启超虽然着力强调"诗界革命"重在"革其精神,而非革其形式",但并未否定"革其形式"的必要性和可行性。事实上,他在"饮冰室诗话"专栏中多次表露出对"革其形式"的重视,提出了许多具有指导意义的见解。其主要表现有:大力倡导西洋所长、中国短缺的长篇杰构和史诗气魄,不遗余力地倡导诗乐合一的歌诗尤其是学堂乐歌,提倡以俗语入诗,肯定歌诗的通俗化路径,在不破坏"古风格"的前提下融会新名词、新语句等。这些论题和见解,既有篇幅和规模问题,亦涉及风格和语言的雅俗问题,更关乎诗体和语体的白话化与近代化趋向。

高度评价和大力倡导关乎"世运"的长篇杰构,提倡史诗气魄和宏伟规模,是"饮冰室诗话"专栏在诗歌规模和诗体建构方面的重要导向之一。梁氏通过中西诗歌史的比照,发现西洋诗歌自古不乏洋洋万言、气魄宏大的长篇杰构,且不说古希腊诗人荷马"每篇率万数千言",即以泰西近世诗家而言,诸如莎士比亚、弥儿敦、田尼逊等辈,"其诗动亦数万言""勿论文藻,即其气魄固已夺人矣";在梁氏看来,事事落他人后的中国,唯文学尚足以骄人,然而至今缺乏关乎世运的长篇杰构;有鉴于此,他盛赞黄公度旧作《锡兰岛卧佛》,谓其"乃煌煌二千余言,真可谓空前之奇构矣",誉其为"印度近史""佛教小史""地球宗教论"等,宣称"有诗如此,中国文学界足以豪矣"。②

如果说黄公度《锡兰岛卧佛》经"饮冰室诗话"大力揄扬之后而广为人知,后世文学史家几乎众口一词地赞其为长篇杰构的话,那么,同样被饮冰主人揄扬,同样皇皇二千言,同样堪称近代诗歌史上的长篇杰构,且更能体现出诗体解放精神的歌行体长诗——杨皙子《湖南少年歌》则

---

① 饮冰子:《饮冰室诗话》,《新民丛报》第85号,1906年8月20日。
② 饮冰子:《饮冰室诗话》,《新民丛报》第9号,1902年6月6日。

较少被文学史家提及。出于对近代湖南人的尚武精神的激赏，任公高度评价这位"王壬秋先生大弟子"的杰作，称"昔卢斯福演说，谓欲见纯粹之亚美利加人，请视格兰德；吾谓欲见纯粹之湖南人，请视杨晳子"。① 该诗对曾国藩镇压太平天国持批判态度，言其结果是"蚌鹬相持渔子利，湘粤纷争满人笑""捧兹百万同胞血，献与今时印度酋"，有着鲜明的民族主义立场；但同时大力肯定近代湖南人的"从军乐"精神与性格，极力张扬尚武精神：

  欲返将来祖国魂，凭兹敢战英雄气。人生壮略当一挥，昆仑策马瞻东西；东看浩浩太平海，西望诸洲光陆离；欲倾亚陆江河水，一洗西方碧眼儿。于今世界无公理，口说爱人心利己；天演开成大竞争，强权压倒诸洋水；公法何如一门炮，工商尽是图中匕；外交断在军人口，内政修成武装体；民族精神何自生，人身血肉拼将死；毕相拿翁尽野蛮，腐儒误解文明字。

可谓目光如电，风格豪健，笔力千钧，关乎世运，气势恢宏，洋洋洒洒，堪称杰构。气势磅礴的《湖南少年歌》一经刊布，就广为传颂，名震一时。

  对诗乐合一的歌诗的教育功能与审美价值的大力肯定，尤其是对中西合璧的军歌和学堂乐歌的大力倡导，是《新民丛报》"饮冰室诗话"专栏在诗体革新方面的一大导向。梁氏以为，中国乐学发达较早，古代中国诗乐合一，《诗》三百篇皆为乐章，"自明以前，文学家多通音律，而无论雅乐、剧曲，大率皆由士大夫主持之"，"本朝以来，则音律之学，士夫无复过问，而先王乐教，乃全委诸教坊优伎之手矣"；"读泰西文明史，无论何代，无论何国，无不食文学家之赐，其国民于诸文豪，亦顶礼而尸祝之"；反观近世"中国之词章家，则于国民岂有丝毫之影响耶？推原其故，不得不谓诗与乐分之所致也"；"至于今日，而诗、词、曲三者，皆成为陈设之古玩，而词章家真社会之虱矣"；有鉴于此，梁氏大力倡导诗乐合一的学堂乐歌，将诗歌和音乐视为改造国民品质、实施精神教育之要件，寄语入东京音乐学校专研乐学的某君"自今以往，更委身于祖国文学，据今所学，而调和之以渊懿之风格，微妙之辞藻，苟能为索士比亚、

---

① 饮冰子：《饮冰室诗话》，《新民丛报》第42—43号合刊，1903年12月2日。

弥儿顿，其报国民之恩者，不已多乎"，期盼殷殷，寄予厚望。①

梁启超提倡以俗语入诗，同时又强调雅俗共赏。这一思想，在对丘仓海诗的评价与定位中有着鲜明的体现。梁氏之所以高度评价丘仓海为"诗界革命一巨子"，不仅仅在于其诗称得上"诗人之诗"，而在于丘诗能做到"以民间流行最俗最不经之语入诗，而能雅驯温厚乃尔"。② 他看重的是丘逢甲既能以民间俗语入诗，又能做到"雅驯温厚"，不失"诗人之诗"本色，雅俗共赏，这是很难达到的境界，需要深厚的古典诗学造诣和大胆创新的精神。其所衰录的例证是丘氏《乙亥秋感八首》之一，诗云："遗偈争谈黄檗禅，荒唐说饼更青田。戴鳌岂应迁都兆？逐鹿休讹厄运年。心痛上阳真画地，眼惊太白果经天。只愁谶纬非虚语，落日西风意悯然。"③ 读起来一点也不觉得鄙俗，通篇都符合梁氏所谓"雅驯温厚"的古典诗学标准。

如果说梁启超对丘仓海引俗语入诗且化俗为雅的努力的肯定，并未明确为诗歌创作指出一条通俗化路径的话，那么，他对曾志忞《教育唱歌集》的推重及对卷首《告诗人》所倡导的学堂唱歌创作的浅易化、通俗化路径的肯定，则传递了梁氏认可歌诗创作的通俗化路径的明确信号。梁启超见曾氏《教育唱歌集》刻本"不禁为之狂喜"，读其卷首《告诗人》之语后深以为然，谓此"足为文学家下一针砭而增其价值"，遂全文衰录，其切要者如下：

> 诗人之诗，上者写恋、穷、狂、怨之态，下者博渊博奇特之名，要皆非教育的音乐的者也。近数年，有矫其弊者，稍变体格，分章句，间长短，名曰学校唱歌，其命意可谓是矣。然词意深曲，不宜小学，且修辞间有未适，于教育之理论实际病焉。虽然，是皆未得标准以参考之耳。欧美小学唱歌，其文浅易于读本。日本改良唱歌，大都通用俗语，童稚习之，浅而有味。今吾国之所谓学校唱歌，其文之高深，十倍于读本；甚有一字一句，即用数十行讲义，而幼稚仍不知者。以是教幼稚，其何能达唱歌之目的？谨广告海内诗人之欲改良是举者，请以他国小学唱歌为标本，然后以最浅之文字，存以深意，发为文章，与其文也宁俗，与其曲也宁直，与其填砌也宁自然，与其高

---

① 饮冰子：《饮冰室诗话》，《新民丛报》第40—41号合刊，1903年11月2日。
② 饮冰子：《饮冰室诗话》，《新民丛报》第18号，1902年10月16日。
③ 同上。

古也宁流利。①

曾志忞对所谓"诗人之诗"的针砭，对"今吾国之所谓学校唱歌"文辞过于高深的批评，对小学唱歌之文辞提出的浅、俗、直、自然、流利的基本要求，饮冰室主人甚以为然。

抛开诗乐合一的形式和用途较为特殊的乐歌不说，但以所谓"诗人之诗"而论，梁氏诗话哀录的黄公度《拜曾祖母李太夫人墓》，则是接近流俗语的新派诗典范，饮冰主人称其为人境庐诗"集中最得意之作"②。五四之后的新文学史家对该诗均评价甚高，胡适言此诗能实行黄氏"我手写我口，古岂能拘牵"的主张③，陈子展谓其为"诗界革命"以来"一个大成功"④。然而，《新民丛报》"饮冰室诗话"栏推介该诗时，时间已到了1906年5月；此时，黄公度已经谢世，诗界革命运动已进入退潮期，梁氏之言论在滚滚向前的革命洪流下已遭落伍之讥。

以"流俗语"入诗乃至以白话写诗，中国自古有之；因此，以中国本土的"流俗语"入诗并不代表诗歌语言的近代化；作为中国诗歌语言近代化之表征的，是以"新名词"为核心的"新语句"，这是借道日本的舶来品，指向的是欧化或西化的路径。《清议报》时期和《新民丛报》早期，梁氏对倡导"日本语句""欧洲语句"入诗颇为热心和积极，创作中亦大量采用"新名词"。1902年7月，梁启超在"饮冰室诗话"栏中通过赞叹陈伯严"其诗不用新异之语，而境界自与时流异"的委婉方式⑤，巧妙地对新诗坛上热度很高的"新名词""新语句"问题，悄然采取了降温措施。1903年4月，梁氏对此前提出的"新意境""新语句""古人之风格"三长俱备的"诗界革命"纲领作出了调整，强调"能以旧风格含新意境，斯可以举革命之实"，在此前提下，偶尔间杂一二新名词，"亦不为病"。⑥ 从"三长俱备"到"以旧风格含新意境"，"新语句"之有无在修正后的"诗界革命"纲领中，似乎已无关大局，无足轻重。

梁启超此时提出"诗界革命"新纲领，有着特定的现实语境。当是时，以排满革命为思想导向的革命诗潮已经兴起，满纸堆积政治性术语的

---

① 饮冰子：《饮冰室诗话》，《新民丛报》第46—48号合刊，1902年3月24日。
② 饮冰子：《饮冰室诗话》，《新民丛报》第80号，1906年5月8日。
③ 胡适：《五十年来中国文学》，申报馆，1924年，第40页。
④ 陈子展：《中国近代文学之变迁》，中华书局，1929年，第20页。
⑤ 饮冰子：《饮冰室诗话》，《新民丛报》第11号，1902年7月5日。
⑥ 饮冰子：《饮冰室诗话》，《新民丛报》第29号，1903年4月11日。

新派诗大量涌现于以近代报刊为主阵地的新诗坛。后浪已经将前浪拍在沙滩上，作为前浪的饮冰主人正是这一趋势的始作俑者，此时自然不能坐视，于是起而纠偏，对"以堆积满纸新名词为革命"的乱象提出针砭。而事实上，在这一时期，无论在诗话中，抑或在创作实践中，梁氏对"日本语句""欧洲语句"仍有所保留乃至留恋。他并未关上引"新名词"入诗之门，只是强调要以不破坏"旧风格"为前提。

四、"以旧风格含新意境"：修正版诗学标准

自 1902 年初《新民丛报》推出"饮冰室诗话"专栏，称赞谭浏阳诗"独辟境界而渊含古声"，褒扬黄公度诗"能镕铸新理想以入旧风格"①；到 1903 年标举"能以旧风格含新意境，斯可以举革命之实"②，再到 1904 年称誉人境庐诗弟子杨儒子诗"理想风格，皆茹今而孕古"③，1905 年称许瀚华诗"以新理想入古风格，佳诗也"④，直至 1906 年赞誉蒋万里《新游仙》诗"风格理想几追人境庐之《今别离》"⑤、曹民父《今别离四章》"理想气格，俨然人境也"⑥，饮冰室主人始终围绕"新意境（理想）"与"旧风格"做文章，将其作为裒录诗友、品评诗作最为重要的诗学标准。

虽然坚守"旧风格"之底线，认为这是使新诗不失为"诗人之诗"，新派诗人仍能厕身"作者之林"⑦ 的重要标志，但梁氏在"饮冰室诗话"中着重突出和强调的，仍然是诗作者的独创精神和诗肖其人的品格风貌。他评价戊戌国变中牺牲的林旭烈士之诗道："少好为诗，诗孤涩似杨诚斋，却能戛戛独造，无崇拜古人意，盖肖其为人也。"⑧ 这里所提出的"能戛戛独造，无崇拜古人意"，可说是具有泛意义的诗学标准，强调的是诗贵创新，诗歌创作要有自家面目，使人读其诗"亦可想见其人格"⑨。用人境庐主人的话说，就是做到"诗之外有事，诗之中有人"，

---

① 饮冰子：《饮冰室诗话》，《新民丛报》第 4 号，1902 年 3 月 24 日。
② 饮冰子：《饮冰室诗话》，《新民丛报》第 29 号，1903 年 4 月 11 日。
③ 饮冰子：《饮冰室诗话》，《新民丛报》第 58 号，1904 年 12 月 7 日。
④ 饮冰子：《饮冰室诗话》，《新民丛报》第 62 号，1905 年 2 月 4 日。
⑤ 饮冰子：《饮冰室诗话》，《新民丛报》第 72 号，1906 年 1 月 9 日。
⑥ 饮冰子：《饮冰室诗话》，《新民丛报》第 62 号，1905 年 2 月 4 日。
⑦ 饮冰子：《饮冰室诗话》，《新民丛报》第 74 号，1906 年 2 月 6 日。
⑧ 饮冰子：《饮冰室诗话》，《新民丛报》第 24 号，1903 年 1 月 13 日。
⑨ 同上。

既然"今之世异于古",那么,"今之人亦何必与古人同人?"①

黄公度《今别离》四章,经《新民丛报》"饮冰室诗话"栏全文征引且给予极高评价后,长期以来一直被文学史家视为人境庐诗中最能体现梁氏"以旧风格含新意境"诗学主张的代表作之一。除此之外,符合饮冰主人此期所秉持的这一相对稳定的新诗创作准绳的诗作,"饮冰室诗话"还衷录了很多,如杨儁子《秋感》四章、健生《薄游瀛海途次槟榔屿因探险至吡叻凭今吊昔慨然成咏》三章、迷新子《新游仙》八章、蒋万里《新游仙》二章、曹民父《今别离》四章、雪如《新无题》等。其中,1904年11月所征引的长沙志士唾荂《灭种吟》十二章,是该专栏比较集中地推出的内容和形式俱佳的符合"以旧风格含新意境"标准的组诗,饮冰子对其且赞且叹:"以乐府体镕铸进化学家言,而每章皆有寄托,真诗界革命之雄也。"②

唾荂"感种族之将烬",作《灭种吟》十二章,依次为《悲恐龙》《莫捕猫》《东市骨》《无针蜂》《大蟋蟀》《善鸣鸟》《枝寄生》《甘穆番》《煤层空》《前猿劣》《悲旧兽》《长角牛》,所咏皆为域外之物,所阐发之理围绕优胜劣败、合群兴邦、共御外侮、智者生存等,希冀对昏聩无能的老大帝国的弱国子民产生"代一棒于当头"的效应,具有强烈的警世意义、批判色彩和讽刺意味。《悲恐龙》题咏"产于美国槐衣乌密洲,长三丈兮高丈五"的恐龙之灭种,同种的始祖鸟则因进化而存续下来。《无针蜂》题咏"澳洲土蜂古无针"遭遇"有针之窝蜂"侵袭后灭种的惨状,对这个弱肉强食的人间世界提出质问:"有针者胜无者沦,天演之律胡不平?"《大蟋蟀》题咏自负自傲、自相残杀的俄罗斯大蟋蟀,遭小且短的"安息新种侵其疆"而败亡的自然现象,揭示"古今胜负洵无常,大者长者翻灭亡,小而智者进化还未央"的道理。《善鸣鸟》题咏苏格兰善鸣的画眉鸟面对"群群而来光奇离"的斑画眉入侵其领地,"鸣者鄙其不善鸣,嘈嘈唧唧咸忽之",最终造成"居无几何彼族滋,昔时故族晨星稀"的悲惨局面;联系清政府对其龙兴之地东北地区的管理政策和时下的日俄战争,那只善鸣而傲慢的画眉鸟,不正是对愚昧而颟顸的晚清统治者的隐喻么?《甘穆番》题咏伯令海峡甘穆斯岛上土著因不合群被外来强权民族"薙之吸之牛马之"的悲惨情状。《煤层空》则描摹了地球生物进化

---

① 黄遵宪:《自序》,钱仲联笺注:《人境庐诗草笺注》,上海古籍出版社,1981年,第4页。
② 饮冰子:《饮冰室诗话》,《新民丛报》第56号,1904年11月7日。下文所引该诗及梁氏评语,均出自该期《新民丛报》,兹不一一加注。

史以及"黄白二种争主盟,危乎一发棕黑红"的种族竞存现状。《前猿劣》题咏"人兮人兮猿化身,人与人猿争乾坤"的人猿进化史,既揭示了物种进化过程中"猿猿战罢人战猿,同种异种多战死"的血腥一面,又揭示出"猿猿人猿权力强弱"的决定因素在"脑髓重轻",在适者生存的进化规律中增加了"智者优胜"一项。第三章《东市骨》云:

> 地中海旁风泱泱,麦痕东市燐火凉。中有一洞穿地核,多少遗骨纵横僵。洞熊洞师与犀牛,其骨庞大无与行。昔时强梁兽中杰,群兽咋舌神颜唐。汝既不能智,兼之不能群;平生伎俩弱同种,可怜断送强中强。兽兮无知不足语,胡为人也瘗其旁?昂昂须眉丈夫子,额高于鼻身手长;千五九六立方糎,是为脑髓头中藏;昔年血族衍何许,得毋如兽先自戕?吁嗟乎!洪积时代已如此,茫茫来日心焉伤。

地中海旁麦痕东市洞穴中纵横僵叠的骨格庞大的熊狮与犀牛遗骨,均为"昔时强梁兽中杰";弱智、不群、欺凌同种,畜生如此,人类亦然;联系惯常实行愚民政策、群治缺失、民权不振、对内高压、对外屈膝的清政府,沉痛的亡国灭种的危机意识涌上心头,哀叹人类和种族之间难以避免的自相残杀悲剧的悲悯情怀充溢诗行。这种"以乐府体镕铸进化学家言"且"每章皆有寄托"的诗章,风格依旧,意境趋新,诗材取自域外,题旨指向当下,中国作风和中国气派显豁,时代气息和近代色彩浓郁,属于典型的"以旧风格含新意境"的新派诗,难怪梁启超赞其为"诗界革命之雄"。

1904 年底,梁启超高度评价黄公度诗弟子杨儁子,言其诗"理想风格,皆茹今而孕古",欣喜地宣称"人境有传人矣"。① "饮冰室诗话"栏录其《秋感》四章,其一探讨文字与人类文明传承问题,其二探讨舟车与人类文明交通问题,其三探讨家国与种族竞存问题,其四探讨生死与世界观、人生观问题。其三云:

> 莽莽五大洲,欧亚共非墨。蠕蠕亿千形,黄白暨棕黑。十八世纪中,西土忽转侧。强大六七分,各事辟疆域。沙岛争一粒,冰洋探两极。纵横地球图,妄自占颜色。天赋巩民族,远征骋帝力。怒潮撼东方,汹涌不可塞。呫呫扶桑夷,感觉富脑识。蜻蜓冲霄飞,势搏九万

---

① 饮冰子:《饮冰室诗话》,《新民丛报》第 58 号,1904 年 12 月 7 日。

翼。朔风吹血腥，一击天鹅殛。名实此举兼，仗义宣诏敕。德色虑榎锄，阴谋实鬼蜮。而我黑甜乡，竟滋他族逼。雷池不敢越，中立若划洰。保全与瓜分，旦暮谁能测。革命与保皇，攻击令人惑。专制战立宪，大势已败北。万流旋一涡，性命在顷刻。山河痛神奥，臣妾悼兆亿。土崩无拓都，瓦全有么匿。劣根成痿痹，久矣负天职。九顿诉阊阖，窃恐不得直。眼看此种人，终古受压抑。念此勿重陈，重陈泪交臆。噫吁人间世，如何有家国？①

以简笔勾勒出一副具体而微的人类文明进化图和一部浓缩版的五洲种族竞存史，而其重心则在于渲染日俄战争时期外有瓜分之患、内有革命之忧，却仍处于黑甜乡的老大帝国的危亡局势，揭示"专制战立宪，大势已败北"的历史趋向与时代潮流，真可谓"茹今而孕古"。

1906年初，梁氏收到蒋万里《新游仙》二章，眼前一亮，言其"风格理想几追人境庐之《今别离》"，赞其"亦杰构也"。② 其所谓"风格"，渊懿朴茂之"古风格"也；其所谓"理想"，泰西之"新理想"也。《新游仙》其一咏"水底潜行艇"，其二咏"空中飞行艇"，取材与黄氏《今别离》咏火车、轮船、电报、照相术、东西半球昼夜相反等新器物、新知识、新感情相近，可谓新理想；全诗不用新异之语，咏潜海底艇言"排水驶如飞，跋浪慑长鲸""航行遍十洲，十洲各异形""挂席出南极，伏槛窥东溟""转舵指向西，回航到大秦"，咏空中行艇谓"轻举凌太虚，俯视绝飞鸟""途逢东海君，并辔青云杪""月天宫殿高，大地山河小""历遍诸星辰，至是天亦老"，可谓古风格。③

如果说对"新意境"的坚持为中国诗歌指出了一条在内容上师法欧西的取范路径的话，那么，对"旧风格"的固守则使梁氏倡导的"诗界革命"在大方向上未能突破传统诗歌形式的束缚。从揭橥"诗界革命"旗帜，提出"三长"俱备的指导性纲领，到强调"诗界革命"当"革其精神"而非"革其形式"，提出"以旧风格含新意境"的修正版纲领，饮冰主人将"革其精神"的火炬高高擎起，而将"革其形式"的历史任务留给了后来者。

---

① 饮冰子：《饮冰室诗话》，《新民丛报》第58号，1904年12月7日。
② 饮冰子：《饮冰室诗话》，《新民丛报》第72号，1906年1月9日。
③ 同上。

第三节 "诗界潮音集"：大时代的潮音

自 1902 年初《新民丛报》创刊号推出"诗界潮音集"专栏，至 1904 年 10 月第 54 号该专栏刊出最后一期，近三年时间里共出现 25 期，刊发近 60 位诗友 157 题 450 多首诗作[①]。与此同时，"饮冰室诗话"专栏也衰录了大量近世诗友之作，与"诗界潮音集"一道充当了诗界革命运动的核心阵地，奏响了大时代的潮音。在"文苑"栏诗人队伍中，黄遵宪、康有为、梁启超、蒋智由、高旭等刊发诗歌数量最多，位列前五，成为此期诗界革命阵营的骨干力量。[②]

一、梁任公：倾四海水作潮音

《新民丛报》创刊号"诗界潮音集"专栏隆重推出的，就是那篇被后世文学史家公推为任公诗作中最能体现诗界革命精神的代表之作——《二十世纪太平洋歌》。该诗集中体现了梁氏倡导的"诗界革命"的自由解放精神，将思想之解放与诗体之解放很好地结合起来。全诗分八节，170 余句，1300 多字。饮冰主人充分调动其所掌握的世界政治、地理、历史、宗教、生物、法律、军事、天文等方面的新知识、新名词，表现出对一部世界文明史、资本主义发达史及 20 世纪民族帝国主义扩张与殖民史的清醒认识，表达出对西方近代物质文明和政教文明的热切赞美与向往之情，感情充沛地抒发出渴望祖国在新世纪到来之际睡狮猛醒、迎头直追、摆脱任人宰割之屈辱地位的强烈愿望；既有"海云极目何茫茫，涛声彻耳愈激昂"式的豪壮之气，又有"天

[①] 《新民丛报》"诗界潮音集"专栏署名诗人有梁启超（任公）、康有为（更生、明夷）、黄遵宪（人境庐主人）、蒋智由（观云）、狄葆贤（平等阁）、金嗣芬（楚青）、高旭（剑公、慧云、自由斋）、有情者（有情子）、曰生、默士、蒲生天汉、楚囚、泗澄、复脑、丁叔雅（惺庵）、美权、荷庵、因斋、陈三立（神州袖手人）、忘山居士、乌目山僧、邓向真、瘿公、悦庵、麦孟华（蜕庵）、六榕客、剑门病侠、在宥民、邝斋、邹崔逋者、养真、尢虎、晋昌十四郎、醒狮、剑啸生、贺春、余不生、刘光第、潘若海（悔余生）、樱田孝东、晋昌十四郎、高燮（慈石、时若）、出云馆主人、瑟斋、酉谷生、蜀都辕孙、婴弇、勾吴民、河北明子、门下私淑生、海堧蛰民、勾吴民、阙名、抱一、雪如等。

[②] 人境庐诗见诸"诗界潮音集"栏 11 题 39 首，"饮冰室诗话"栏衰录 27 题 90 首，合计 38 题 129 首，名列榜首；康南海诗见诸"诗界潮音集"栏 4 题 11 首，"饮冰室诗话"栏衰录 28 题 61 首，合计 32 题 72 首，位列第二；蒋观云诗见诸"诗界潮音集"栏 21 题 43 首，"饮冰室诗话"栏衰录 7 题 10 首，合计 28 题 53 首，排名第三；高旭诗见诸"诗界潮音集"栏 17 题 74 首，排名第四；梁任公诗见诸"诗界潮音集"栏 4 题 15 首，加上"饮冰室诗话"栏衰录的十余首，合计在 30 首以上，排名第五。

黑水黑长夜长，满船沉睡我彷徨"式的抑郁幽咽，还有"一线微红出扶桑""但见寥天一鸟鸣朝阳"式的明丽绚烂。且看其第七节：

> 噫嚱吁！太平洋，太平洋，君之面兮锦绣壤，君之背兮修罗场。海电兮既没，舰队兮愈张，西伯利亚兮铁道卒业，巴拿马峡兮运河通航。尔时太平洋中二十世纪之天地，悲剧喜剧壮剧惨剧齐辚鞫。吾曹生此岂非福，饱看世界一度两度为沧桑。沧桑兮沧桑，转绿兮回黄，我有同胞兮四万五千万，岂其束手兮待僵？招国魂兮何方？大风泱泱兮，大潮滂滂。吾闻海国民族思想高尚以活泼，吾欲我同胞兮御风以翔，吾欲我同胞兮破浪以飏。

可谓放眼世界，横绝地球，气势恢宏，感情奔放，不拘格律，诗体解放，大开大阖，舒卷自如，新词奔涌，新意迭出，神采飞扬，诗思浩茫，体现了诗界革命的革新精神与创作实绩。

如果说《新民丛报》首期"诗界潮音集"专栏推出任公《二十世纪太平洋歌》，意在为诗界革命运动树起了一个"三长"皆备的新诗创作样板的话，那么，第二期"诗界潮音集"专栏所刊任公《广诗中八贤歌》，则向世人传递了饮冰主人既要坚持和突出诗界革命的革新精神与导向，又能容纳不同政治立场和不同学古风格的诗友之诗的灵活策略，显示了梁启超作为诗界革命运动领军人物兼容并包的气度与襟怀。

《广诗中八贤歌》以八首七绝，逐一品评蒋观云、宋平子、章枚叔、陈伯严、严几道、曾重伯、丁叔雅、吴彦复的诗作特征与学问志节。此前一年，邱菽园已有《诗中八贤歌》，康有为、黄遵宪、丘逢甲、潘兰史、梁启超等知名新派诗人均在题颂之列。梁氏《广诗中八贤歌》显然承邱氏"诗中八贤"之余绪；八贤之中，首颂"诸暨蒋智由观云"，诗云："诗界革命谁枭豪？因明巨子天所骄。驱役教典庖丁刀，何况欧学皮与毛。"[①] 对有夏穗卿"新学之诗"遗风的新派诗人蒋智由流露出由衷的欣赏与喜爱之情。八贤之中，后七贤均为梁氏戊戌东渡之前结交的故友，唯有蒋智由是1901年才以神交结识的诗友，此时两人尚未晤面；将其置于首位，足见梁氏对这位八贤之中最能代表"诗界革命"革新精神的新诗友的推崇之情。

《广诗中八贤歌》其二颂"平阳宋恕平子"，赞其"东瓯布衣识绝

---

① 任公：《广诗中八贤歌》，《新民丛报》第3号，1902年3月10日。下文所征引该诗，均为同一出处，不再一一标注。

伦"，誉其为"黎洲以后一天民"，看重的是宋平子作为思想启蒙先驱和维新派理论家在戊戌变法时期所发挥的他人不可替代的历史作用。其三颂"余杭章炳麟太炎"，称誉"枚叔理文涵九流，五言直逼汉魏遒"，对章氏诗作追躅汉魏的学古方向与风骨且赞且叹。其四颂"义宁陈三立伯严"，赞誉"义宁公子壮且醇，每翻陈语逾清新"，推重的是戊戌国变前陈氏诗作"壮且醇"的经世怀抱和避俗避熟、力破余地的诗学独创精神，对其"啮墨咽泪常苦辛，竟作神州袖手人"的现状深表痛惜。其五颂"候官严复几道"，不仅称誉其创造性地输入西洋哲学思想的历史功绩，所谓"哲学初祖天演严，远贩欧铅揽亚椠"，而且深佩其在诗学方面创造性地吸收西洋诗学营养的创新精神，言其融欧洲近世大诗人莎士比亚和米儿顿的诗学思想为一炉，自愧弗如，所谓"合与莎米为鲽鹣，夺我曹席太不廉"；梁氏所看重的，是这位亦师亦友的"于西学中学皆为我国第一流人物"①师法欧西的思想导向与革新路径。其六颂"湘乡曾广钧重伯"，以"造物无计逃镌镵"极言这位"放言玩世"的故友诗才绝伦。② 其七颂"丰顺丁惠康叔雅"，以"选字秾俊文深微"的赞誉这位"卓荦有远志，忧国如痗，而诗尤以神味胜"③ 的"绝世少年"。其八颂"淮南吴保初彦复"，赞佩"君遂之节如其才，呼天不应归去来"；这位"以气节闻一时"的"武壮公长庆子"，"丁酉抗疏陈时事，请变法，格不得达，浩然挂冠归"，辛丑回銮以后，"复上疏请归政"，表现出"毅然犯政府所最忌而言之"的耿直气节与凛然大义。④ 这些维新时代的旧友，如今政治立场已不尽一致，诗学主张和学古方向亦各不相同，但饮冰主人本着提倡气节、倡言创新、风格多样、兼容并包的方针，奉其为诗世界之贤才。

梁启超见诸"诗界潮音集"专栏的诗作共 4 题 12 首⑤，"饮冰室诗话"专栏东鳞西爪征引者亦有一些，与《清议报》时期相比，数量已大

---

① 《绍介新著·原富》，《新民丛报》第 1 号，1902 年 2 月 8 日。
② 曾广钧对黄遵宪的"新派诗"评价甚高，黄氏亦将曾氏引为同道。曾氏对梁启超倡导的"诗界革命"也非常关注，并表露出加盟之意（"容我潮音擅一沤"）。黄遵宪 1897 年拈出"新派诗"名目的那首知名度甚高的《酬曾重伯编修并示兰史》，酬赠的对象就是曾广钧，起句就是"废君一月官书力，读我连篇新派诗"。《饮冰室诗话》录有一首"曾重伯（广钧）见怀之作，自署曰中国之旧民"，诗云："海外鹍鹏忆鸳鸠，蟪蛄朝菌各春秋。多君诗界新无敌，容我潮音擅一沤。难与浏阳争甲首，况闻巨子泛辛头。嗟余五岳嶙峋气，偃蹇中原过十愁。"饮冰主人谓"故人拳拳之意，致可感也"。见《新民丛报》第 46—48 号合刊，1904 年 2 月 14 日。
③ 饮冰子：《饮冰室诗话》，《新民丛报》第 11 号，1902 年 7 月 5 日。
④ 饮冰子：《饮冰室诗话》，《新民丛报》第 11 号，1902 年 7 月 5 日。
⑤ 分别为《二十世纪太平洋歌》、《广诗中八贤歌》（8 绝）、《游春杂感》（4 首）、《读〈陆放翁集〉》（2 律），署名"任公"。

为减少。个中原委，梁氏自己交代得很清楚："余向不能为诗，自戊戌东徂以来，始强学耳。然作之甚艰辛，往往为近体律绝一二章，所费时日，与撰《新民丛报》数千言论说相等。故间有得一二句，颇自喜，而不能终篇者，辄复弃去。非志行薄弱，不能贯澈初终也；以为吾之为此，本以陶写吾心，若强而苦之，则又何取，故不为也。"① 他将经营"文苑"栏的主要精力用在了"诗话"上，以说诗的方式引领着新诗坛潮流。1900年，邱菽园题咏"新会梁孝廉"道："神州侠士任公任，日对天地悲飞沉。倾四海水作潮音，廿世纪中谁知心。"②《新民丛报》"文苑"栏，亦是饮冰主人"倾四海水作潮音"的文艺舞台。

二、卓然大家：黄公度与康南海

如果说康有为是《清议报》"诗文辞随录"健将的话，那么，到了《新民丛报》时期，黄遵宪无疑成为其"文苑"栏顶梁柱。梁启超后来在《清代学术概论》中将康、黄并提，谓其在清末诗人中"元气淋漓，卓然称大家"③。1905年之后，被饮冰室主人树为诗界革命一面旗帜的黄公度驾鹤西归，而远在欧美等地的康南海却频频给这位门弟子寄去长篇诗章；这些诗篇大都属于典型的海外诗，且符合"以新意境含旧风格"的诗体革新精神；这批诗篇1905—1907年间陆续被"饮冰室诗话"专栏裒录，在一定程度上延续了诗界革命的精神气度与诗体革新精神，延缓了诗界革命运动走向消歇的历史脚步。

《新民丛报》"诗界潮音集"专栏刊发人境庐诗11题39首，加上"饮冰室诗话"专栏裒录的27题90首，合计有38题129首之多，且篇幅较长的歌行古风占较大比重，无论从诗歌艺术水准而言，抑或就发表诗作数量、所占版面和时代影响而论，新派诗阵营均无人堪与之比肩，遂使其成为《新民丛报》"文苑"栏当之无愧的台柱子。

作为梁启超重点推出的新派诗样板诗人，《新民丛报》"文苑"栏刊发的人境庐诗，大都有着显著的示范意义，从取材、题旨、形式、风格、规模、语体等方面为诗界革命的开展指引着方向。比如：《锡兰岛卧佛》《番客篇》诸篇在师法泰西诗哲创作长篇巨制诗章的气魄和规模方面，《度辽将军歌》《降将军歌》《聂将军歌》《逐客篇》《朝鲜叹》《流求歌》

---

① 饮冰子：《饮冰室诗话》，《新民丛报》第29号，1903年4月11日。
② 星洲寓公：《案头杂陈时贤诗稿，皆素识也，旧雨不来，秋风如诉，用赋长古，怀我八君》，《清议报》第67册，1900年12月22日。
③ 梁启超：《清代学术概论》，上海古籍出版社，1998年，第102页。

《越南篇》《台湾行》诸篇在反映重大历史事件的诗史性追求方面，《今别离》《以莲菊桃杂供一瓶作歌》诸篇在完美体现"以旧风格含新意境"诗界革命创作纲领方面，《出军歌》《军中歌》《旋军歌》诸篇在倡导尚武精神、雄壮活泼风格和乐歌创制方面，《拜曾祖母李大夫人墓》在学习乐府叙事抒情之神理和以流俗语入诗方面，均有典范意义，对诗界革命运动的推进与开展发挥了他人无法替代的表率作用。

《酬曾重伯编修并示兰史》因首揭"新派诗"旗帜，历来为文学史家所重视。该诗写于 1897 年，1904 年 9 月见诸《新民丛报》第 52 号。诗云："废君一月官书力，读我连篇新派诗。风雅不亡由善变，光丰之后益矜奇。文章巨蟹横行日，世界群龙见首时。手挈芙蓉策虬驷，出门惆惆更寻谁？"一方面是道光、咸丰以来诗坛的"善变"与"矜奇"之风，另一方面是西洋"文章巨蟹"的日益"横行"与强势东渐，这就是"新派诗"产生的时代背景，晚清士夫谓之"三千年未有之大变局"。当此世变日亟之时，"新派诗"所要继承的是随时世而变的"风雅"传统，既要最大限度地汲取前人之长为我所用，又能融入新的现实内容和理想，开一代新风气。

康有为见诸《新民丛报》"诗界潮音集"专栏的诗作，只有署名"更生"的《六哀诗》和署名"明夷"的《游印度舍卫城访佛迹》等寥寥数篇，不要说与黄遵宪相较，即便与蒋智由、梁启超等辈相比，也有点太不起眼。然而，在"饮冰室诗话"专栏中，梁启超却对这位恩师相当推重，裒录了不少南海旧作和新作。康氏新作大都是寄自美欧等地、取材域外的长篇诗章，不仅气魄巨大，视野廓大，题材丰富，题旨正大，而且篇幅很长，体制宏大，想象力堪称瑰伟，可说是扩黄公度海外诗而大之。其《巡览全美还穿落机山顶放歌》在惊叹北美新大陆工业文明飞速发展、物质文明高度发达的同时，竟异想天开地提出将南美发展为中国的殖民地的大胆设想：

> 日日抚地图，昔昔考山川。甚妒华盛顿，甚思开新天。横观大地中，岂无荒地翳榛烟？高视霸王图，时来治教起圣贤。波士顿摩新世石，初祖舍我其谁先！从来争内地，尺寸皆奇艰。一城流血以亿万，两雄互得守已单。春秋晋楚争虎牢，三国六朝江淮间。欧洲日曼千里土，千年战血流斑斑。直布罗陀与旅顺，英班俄日争几年。鲁卫宋郑盛文化，地居中原无由前。晋楚燕秦齐强大，处于西陲易拓边。欧陆德法与意奥，千年雄争兵气缠。相吞相割千百里，凯歌高奏称霸尊。

师丹焚杀数拾万，所得有几何惨旃。拿破仑志一欧土，万战不就身窜国犹偏。岂若俄辟鲜卑地，英攫澳洲印度与加拿大焉。葡班地小迫于海，注意新地开最先。只今国弱地频削，散布全美皆孙玄。万年英班必不灭，以种遍地皆根萌。古今国势可以鉴，勿争朝市弃荒原。英智或失愚或得，放逐或福王或怜。南米有大荒，逝将辟地开坤乾，楼船航渡岁亿千。树我种族播我学，存我文明拓我田。移民迅速殖千万，立新中国光亘天。既救旧国辟新国，我族既安强且坚。虽未大同天下乐，我愿庶几救颠连。呜呼！不知何时偿此愿，突兀独立落机雪峰颠。①

这种扩张中国海权、殖民海外的思想，在《睹荷兰京博物院制船型长歌》中表现得更为急迫。诗人一方面批评中国"大陆丰饫自饱足，不思开辟徒闭关。惜哉海禁二千年，珠崖犹捐况大秦。腐儒不通时势变，泥古守经成弱孱。坐令大地主人位，甘让碧眼红髯高步于其间"；一方面展开联想："藐尔荷兰强若此，况于中华万里云。嗟哉谁为海王图，铁舰乃是中国魂。何当忽见铁舰五百艘，龙旗翩荡四海春。呜呼！安得眼前突兀五百舰，横绝天池殖我民！"②

与康有为大力主张在海外开辟殖民地的思想形成对应的，是其诗学主张方面的巨大气魄、非凡胆识与开疆辟域精神。康氏此期论诗提出的"新世瑰奇异境生，更搜欧亚造新声""意境几于无李杜，目中何处着元明？"③ 正是这一诗学主张的集中体现。其无视陈规、不屑蹈袭、超迈前人、自铸伟词的独创精神，与诗界革命的指导思想相映成趣。

三、后起之秀：蒋观云和高剑公

早在1900年之后的《清议报》时期，蒋智由就成为其"诗文辞随录"栏诗人群中的后起之秀和顶梁之柱，作为康、梁信徒的高旭也携带着《唤国魂》等一批新锐之作登上新诗坛，在诗界革命阵营崭露头角。《新民丛报》时期，蒋观云和高剑公成为其"文苑"栏诗人群中的骨干成员，不仅在诗作数量上仅次于黄公度、康南海、梁任公，而且思想更为激进，其诗歌创作成就和社会影响力，均不同凡响。两位诗界革命阵营的后

---

① 饮冰子：《饮冰室诗话》，《新民丛报》第82号，1906年5月8日。
② 饮冰子：《饮冰室诗话》，《新民丛报》第90号，1906年11月1日。
③ 康有为：《论诗示菽园，兼寄任公、孺博弟》，《万木草堂诗集》，上海人民出版社，1996年，第188页。

起之秀,其后在政治立场和诗学宗趣方面发生的变化,亦具有很大的代表性。

早在《清议报》时期,蒋智由已经以其颇具魅力的新诗创作,赢得饮冰主人"诗界革命谁钦豪?因明巨子天所骄"①的赞誉。进入《新民丛报》时期,署名"观云"的蒋智由在其"文苑"栏刊发50多首诗作,成为骨干诗人。蒋观云见诸《新民丛报》的诗歌,较诸《清议报》时期,思想更为激进,民族革命思想更为浓烈,民主革命情绪更为高涨,在梁启超主导的"诗界潮音集"中奏响了时代的最强音,引领了时代潮流,成为新诗坛上一颗耀眼的明星。

如果说《新民丛报》创刊号"诗界潮音集"专栏隆重推出的是梁启超自己新诗创作中的拳头产品的话,那么,第二期"诗界潮音集"隆重推出的则是"诗界革命"之"骄子"蒋观云的6首新诗作;其中就有那首被后世文学史家公推为蒋氏新诗代表之作的《卢骚》:

世人皆欲杀,法国一卢骚。民约倡新义,君威扫旧骄。力填平等路,血灌自由苗。文字收功日,全球革命潮。②

高调赞颂了法国民主主义启蒙思想家卢骚,表达了对西方近代自由、民主、平等思想的热切向往和热情追求,流露出对文字在思想启蒙、唤起民众方面所蕴藏的巨大威力的高度自信与热切期待,气势雄浑,音调铿锵,极富鼓动性和感染力。"法国""卢骚""民约""平等""自由""全球""革命"等,新名词触目皆是,新意境兴味盎然,且大体符合律诗的体制,甚至连对仗也较为注意,忠实地实践了梁启超提出的"新名词""新意境"和"古风格"的诗界革命创作纲领,堪称体现了诗界革命革新精神的典范之作。该诗结尾两句——"文字收功日,全球革命潮"经由"革命军中马前卒"邹容在《革命军·自叙》中借用后,广为传诵,成为时代思潮和诗歌创作风气转换的信号。

1902年7月,《新民丛报》第10号所刊《久思》一诗,是观云新诗又一力作,与《卢骚》一诗恰成呼应与对照。"久思词笔换兜鍪,浩荡雄姿不可收",是说自己早有弃文习武、投笔从戎之志;"地覆天翻文字海,可能歌哭挽神州?"设问的语句似乎流露出对文字宣传和思想启蒙社会功

---

① 任公:《广诗中八贤歌》,《新民丛报》第3号,1902年3月10日。
② 观云:《卢骚》,《新民丛报》第3号,1902年3月10日。

效之怀疑，其实是肯定那些对国人产生了"地覆天翻"鼓动功效的战斗的文字的巨大威力，相信那些意在启蒙、新民、革命、救国的大量文字作品，能够以其摧魂撼魄的情感力量移易人心，从而达到唤起广大民众起而拯救中国的根本目的。诗作风格豪放，激情飞扬，具有强烈的思想穿透力和艺术感染力。

1903年2月，《新民丛报》第25号刊发了观云新乐府体长诗《挽古今之敢死者》。诗分八章，其三云："男儿抱热血，百年待一洒，一洒夫何处，青山与青史。青山生光彩，煌煌前朝事，青史生光彩，飞扬令人起。后日馨香人，当日屠醢子，屠醢时一笑，一笑宁计此！"其七道："牛有时伏轭，螂有时当车。牛身非不大，泥淖徒轩渠。螂身非不小，气若吞有余。为国重民气，强弱从此殊。彼争自由死，宁肯生为奴？"典型地体现了饮冰主人此时提出的"以旧风格含新意境"的诗界革命新纲领。

高旭有17题74首诗篇刊发于1902—1904年间《新民丛报》"诗界潮音集"专栏，成为该栏目的重要诗人之一，主要使用"剑公"之名。尽管高剑公1903年以后已转变为一位坚定的反清革命者，但他的诗作却几乎与"诗界潮音集"专栏相始终。与《清议报》时期相接续，此期高旭诗歌奏响的依然是合群、爱国、保种、平权、自由及"牺牲觉世"的时代主旋律。其中，《酬蒋观云》《兴亡》《书感》《不肖》《争存》《忧群》诸篇尤具代表性。前三题均系与蒋智由酬唱之作。作为诗酒为友、情投志合的同志，剑公对观云以"乾坤浩气期撑住，沧海横流誓挽牢"相劝勉，以"风涛廿纪苍生厄，援手齐登大舞台"相期许，以"敢说度人先度己，生当为侠不为儒"相砥砺，以"牺牲觉世书千册，湖海论交酒百壶"相慰藉。①《不肖》《争存》两诗通篇都在演绎严译名著《天演论》所传达的物竞天择、适者生存、优胜劣败及救亡图存思想，所谓"愈演而愈上，今必胜于古""优胜则劣败，公理不可破"②，"西儒贵进取，我独重保守""一成而不变，斯义实大谬"③；《忧群》则着意宣扬西方的政党政治和民主体制，批判中国的专制政体和恶性党争怪现状，所谓"屈己以卫群，群己两发达。屈群以利己，群败己亦拨"，可谓"愿宏识巨，可作一篇《群学》读"④；此类诗作，要皆符合"三长"皆备的诗界革命纲领，汇入时代的大潮音。

---

① 剑公：《酬蒋观云》，《新民丛报》第13号，1902年8月4日。
② 剑公：《不肖》，《新民丛报》第54号，1904年9月10日。
③ 剑公：《争存》，《新民丛报》第35号，1903年8月6日。
④ 剑公：《忧群》，《新民丛报》第35号，1903年8月6日。

高剑公此期正迷恋佛学，其见诸《新民丛报》的诗歌，泰半留下参禅悟佛之心迹。"以佛语或佛理入诗，原是唐人最喜爱的把戏，自谭、夏加以提倡，便成了新诗运动中流行的风气。"① 然而正如佛学造诣颇深的夏曾佑、谭嗣同、梁启超等思想启蒙先驱和新诗运动先驱者一样，高旭此类诗作并未游离思想启蒙的时代主旋律，有相当一部分意在借近代佛学思想来宣扬先觉觉人、冲决网罗、民权、自由、平等思想。无论是《暮春杂咏》其五中"面壁参平等，焚香消外惧"之句②，还是《物我吟八首》其一中"自由思想出天天，水洒杨枝遍大千"之言③，抑或是《二十世纪之梁甫吟》中"形骸久矣类俘囚，惟有灵魂许自由"之论④，均体现出这一鲜明的近代特征与时代气息。

新派诗人阵营中对佛学感兴趣者大有人在，但无论是谭嗣同、夏曾佑，抑或是《清议报》《新民丛报》时期康有为、梁启超、蒋智由、高旭等，均非真正的方外之士，直至乌目山僧黄宗仰出现。这位后来被推尊为"革命诗僧第一人"⑤的宗仰上人，1902 年前后与康、梁交往甚密，诗文酬唱，饮冰主人誉其为"我国佛教界中第一流人物"⑥。康有为辛丑年底游印度舍卫城访佛迹，眼见"颓垣断礎，无佛无僧"，感唱"大教如斯，浩劫难免"，赋 9 首七绝述怀，其二云："夫登阙里抚遗桧，先来只树访布金。地上三千年教主，颓垣坏殿怆余心。"⑦ 宗仰上人读后，作《次明夷遊印度舍卫城访佛迹原韵》和诗 9 首，其二道："支那有士倡流血，印度无僧守布金。亚海风潮正澎湃，竺天密证涅槃心。"⑧ 对远游印度的康圣人的心迹别有会心。乌目山僧《赠任公》其二道："笔退须弥一塚攒，海波为墨血磨干。欧风墨雨随君手，洗尽文明众脑肝。"⑨ 对以文字觉世、以书生报国的饮冰主人推崇备至。而其《读〈学界风潮〉有感》一诗，则满纸新名词，诸如"夜梦跌翻莫斯科，朝从禹穴树红旌。粤南燕北相继起，楚尾吴头亦喧轰""遂见旌幢翻独立，不换自由宁不生。革除奴才

---

① 杨世骥：《诗界潮音集》，《新中华》复刊第 2 卷第 3 期，1944 年 3 月。
② 剑公：《暮春杂咏》其五，《新民丛报》第 13 号，1902 年 8 月 4 日。
③ 慧云：《物我吟八首》其一，《新民丛报》第 16 号，1902 年 9 月 16 日。
④ 剑公：《二十世纪之梁甫吟》，《新民丛报》第 30 号，1903 年 4 月 26 日。
⑤ 钱仲联：《沈潜居士编宗仰上人集成，属题诗，赋此应命》，沈潜、唐文权编：《宗仰上人集》插图，华中师范大学出版社，2011 年。
⑥ 饮冰子：《饮冰室诗话》，《新民丛报》第 28 号，1903 年 3 月 27 日。
⑦ 明夷：《游印度舍卫城访佛迹》，《新民丛报》第 7 号，1902 年 5 月 8 日。
⑧ 《新民丛报》第 10 号，1902 年 6 月 20 日。
⑨ 《新民丛报》第 16 号，1902 年 9 月 16 日。

制造厂，建筑新民军国营"等，诗固不佳，却神思飙发，慷慨激昂，洋气扑鼻，议论风声，体现出典型的新派诗特征。

1904年底，长沙志士唾荈向《新民丛报》主人投笺者云："公洒沥热血，唤起国魂，爱国之杰，今古推敬。贵报曲终奏雅，附列诗歌，最发深省。"① 可见，在当时的有为青年和爱国志士心目中，《新民丛报》"文苑"栏诗歌诗话，产生了"唤起国魂"的振聋发聩的时代效应，"最发深省"。

时隔四十年，史家杨世骥比较同样以庚子事变为题材的新派和旧派诗人的诗作后得出结论：《新民丛报》"诗界潮音集"栏目诗歌"或攻击朝廷的昏庸，或咒诅顽固大臣的误国，或记述联军入京、帝后西狩的惨状，或讥刺刘坤一、张之洞的推诿职责和李鸿章的失策，其特点是明白清晰，毫无顾忌，而又颇方雅"；而旧派诗人同类题材的诗作则晦涩难懂，"我们只要读到刘福姚等的《庚子酬唱集》一类书，那样隐晦地不敢畅所欲言，非有作郑笺者，我们简直不能了然其真意究竟是些什么，就可知道当日的'新诗'尽了它应尽的任务了"。②

聚拢在"诗界革命"旗帜下的新派诗人，充分地表现了他们所处的时代，尽管在诗歌形式方面未能开辟出一条坦途，但大方向是在朝着诗体解放之路径前行；以表现社会内容和时代精神方面衡量，确使20世纪初年之诗坛发放出新世纪的曙光，堪称大时代的"潮音"。

第四节　诗界革命：从高潮走向消歇

梁启超领衔发起的诗界革命运动，并非一场局限于中国诗学内部的诗歌革新思潮，而是政治变革思潮催生的产物。诗界革命与文界革命、小说界革命、戏曲界革命一样，从属于梁氏发起的以改良群治、新民救国为主旋律的思想启蒙运动，却在客观上大大推进了中国文学体系从古典走向现代的进程。

如果说梁启超1900年2月依托《清议报》在《汗漫录》揭橥"诗界革命"旗帜正式拉开了诗界革命运动的序幕，经过《清议报》"诗文辞随录"栏和《知新报》"诗文随录"栏近两年的经营逐渐扩大了影响，那

---

① 饮冰子：《饮冰室诗话》，《新民丛报》第56号，1904年11月7日。
② 杨世骥：《诗界潮音集》，《新中华》复刊第2卷第3期，1944年3月。

么，1902年初随着《新民丛报》"诗界潮音集"和"饮冰室诗话"专栏的推出，梁氏最具诗界革命气质的《二十世纪太平洋歌》的发表，诗界革命迅疾成为一股浩荡的时代潮流，迎来了一个高峰期。

20世纪初年发生在以报刊为中心形成的新诗界的这一时代讯息和骚坛新气象，最先为留东学子和海上文人所感知。1902年旧历年底，康门弟子韩文举称："今日之中国，凡百有形无形之事物，皆不可以不革命。若诗界革命，文界革命，皆时流所日日昌言者也。"① 1903年初，面对诗界革命运动迅猛兴起给诗坛带来的新风气，《大陆报》某社员禁不住感叹道："然自诗界革命军兴，诸志士撄心国难，虽或寄情花月，属意仍痛哭时艰，缠绵无谓之词，固无暇污其笔端者，此亦中国文学进其品位之明征也。"②

然而，以《新民丛报》"文苑"栏为核心阵地的新诗坛的热闹景观，并未持续太长时间。可以说，《新民丛报》"诗界潮音集"专栏的开辟和消隐，在诗界革命的潮涨潮落过程中具有某种象征意义。虽然"诗界潮音集"栏至1904年10月之后才彻底销声匿迹，但自1903年9月《新民丛报》出至第37号后就已经难得一见。被梁启超誉为"近世诗界三杰"中的黄遵宪和蒋智由，是《新民丛报》"诗界潮音集"栏的两个台柱子；"诗界潮音集"专栏的难以为继，在某种意义上标志着诗界革命运动已经走过了高潮期。

1905年初，人境庐主人遽然辞世，诗界革命运动失去了一位坚定而有力的支持者，饮冰室主人对"诗界革命"已经提不起精神。1905年，《新民丛报》"饮冰室诗话"栏推出了一批缅怀黄遵宪的诗作，算是勉强延续了一阵诗界革命的精神意绪。"饮冰室诗话"专栏虽然时断时续地坚持到1907年11月，但饮冰主人已不再提及"诗界革命"之类的字眼。

1906年底《新民丛报》第94号出刊后，已是难以为继，停刊了近一年时间，直至1907年11月才出版第95号，半个月后又出版了第96号，亦即终刊号，一代名刊遂成为过往。正是在这一时期，梁启超主持的《新民丛报》遭到了《民报》阵营众多革命派政敌的强势围攻，其政治立场在留东学子中已遭落伍之讥，其锐意开拓新诗界的革新精神亦逐渐消磨殆尽，作为时代思潮和诗歌革新运动的"诗界革命"最终走向消歇。

然而，1903年前后，就在诗界革命运动的高潮期，经历过"诗界革

---

① 扪虱谈虎客：《新中国来来记》第4回总批，《新小说》第3号，1903年1月。
② 《录香奁诗六首》篇首"社员某记"，《大陆报》第3号，1903年2月7日。

命"洗礼的一批政治思想更为激进的革命派诗人崛起于新诗坛，掀起了一场颇具声势的"革命诗潮"。自那时起，依托近代报刊的新诗坛出现了新动向，诗界革命与革命诗潮之间出现了一段你中有我、我中有你的交错期，政治立场上隶属于不同阵营的新派诗人之间，在诗歌创作方面出现了既对立又统一的多重变奏的复杂局面，在众声喧哗的新诗坛共同奏响了以启蒙救亡为主旋律的时代大潮音，继续引领骚坛潮流。

中编

第四章 《大公报》等国内报刊对诗界革命之呼应

1902年前后，正当梁启超依托《新民丛报》"文苑"栏高奏"诗界革命"主旋律之际，国内外一批近代化报刊或主动起而响应，或不自觉地受到这一时代风气影响，开辟了很多诗歌诗话专栏，刊发了大量符合"以旧风格含新意境"诗学标准的时代气息浓郁的诗歌作品，从而在一个时期和一定程度上构成了诗界革命的外围阵地和国内阵地。这些近代化报刊，有天津《大公报》等大型日报，有上海《选报》、厦门《鹭江报》、重庆《广益丛报》等综合性期刊，有《新小说》《绣像小说》《新新小说》《二十世纪大舞台》等文艺杂志，有《中国白话报》《安徽俗话报》等白话报刊，有《女子世界》《中国女报》《中国新女界杂志》等妇女报刊……清末众多国内外中文报刊诗歌诗话专栏，一时间对诗界革命运动形成了呼应之势，壮大了诗界革命的声势，拓展了诗界革命的边界，推动了中国诗歌的近代化进程。

本著拟以四章篇幅，分门别类地梳理清末《大公报》等国内综合性报刊、《新小说》等文艺期刊、《安徽俗话报》等白话报刊、《女子世界》等妇女报刊诗歌诗话栏目，考察其诗学主张与诗歌创作面貌，探讨其与诗界革命运动之间或隐或显的历史关联。本章率先考察的，是《大公报》《鹭江报》《广益丛报》《时报》等国内综合性报刊诗歌诗话栏目。

第一节 清末国内综合性报刊诗歌诗话栏述要

20世纪初年，以上海为中心的东南地区，以天津为中心的华北地区，以重庆为中心的西南地区，以厦门、福州、广州、香港等沿海口岸为依托的华南地区，兴起了一批民办综合性报刊。蒋智由主持的上海《选报》（1901—1903），英敛之主持的天津《大公报》（1902—1911），英国传教士山雅各创办的厦门《鹭江报》（1902—1905），杨庶堪等主编的《广益丛报》（1903—1912），狄葆贤主持的上海《时报》（1904—1911）等，是其中的佼佼者。这批民办报刊大都开辟有诗歌栏目，如《大公报》"杂俎"栏，《鹭江报》"诗界搜罗集"栏，《时报》"词林"栏，《广益丛报》"杂录""国风"栏等，刊发了大量反映时代讯息的诗词作品，尤其是刊载了一批近代气息浓郁的新派诗，在一个时期和一定程度上构成了以梁启超为精神领袖的诗界革命阵线延展到国内的报刊阵地，是考察诗界革命运动不可绕过的原生态报刊文献史料。

1901年11月至1903年9月存世的上海《选报》，初为旬刊，后改周刊，创刊号有山阴蔡元培撰《蔡叙》。照蔡氏的说法，该刊系"吾友蒋君知游、赵君彝初"创办，"荟域中域外之国文报而抉择之，其有关天下之故、通古今之变者，咸具本末，间附评议，托体于温故而取径于开新，盖不居撰述之名而有其义者"①。主编蒋智由是该刊灵魂人物，其政治立场大体属于主张和平改革的维新派。《选报》以"开民智"②相标榜，以为"政府也，国民也，皆吾国之分子也；吾之所当为者，鼓其精神，浚其思想，增其学问，长其见识，如是焉而已"③。该刊与《新民丛报》关系密切，互动频繁。梁启超赞其"报中论说皆能以发挥国民精神为主，文体渊懿，陈义悱恻，诚为沪滨斯道之冠；记中国近事，亦繁简得宜，以视《时务》，过之远矣"④。

创刊伊始，《选报》就辟有"国风集"专栏，"诗多录搜稿、来稿、撰稿，间亦录各报所有之诗"⑤；其诗作者有蒋智由、丁叔雅、英敛之、金楚青、沛伯、忘山居士、伯华、冶公、佑公、高剑公、剑门病侠、铁血生、陈三立、乌目山僧、蒋同超、美权、觉庵、中国少年、章太炎等，多系《清议报》"诗文辞随录"栏目诗人。上海《选报》存世的两年时间里，正值梁启超依托横滨《新民丛报》高调弹奏"诗界革命"主旋律之时；无论从蒋氏与梁氏极为密切的个人关系及其趋同的诗学宗趣来透视，还是从其大量选录《清议报》《新民丛报》诗歌的现象来观察，抑或是从《选报》"国风集"栏目诗歌的趋时趋新主导倾向来考量，该刊均在一定程度上对此期蓬勃发展的诗界革命运动形成了呼应之势。

---

① 山阴蔡元培：《蔡叙》，《选报》第1期，1901年11月11日。
② 《本报缘起叙例》，《选报》第1期，1901年11月11日。
③ 譿士：《意气与意见》，《选报》第22期，1902年7月15日。
④ 《绍介新著·选报》，《新民丛报》第6号，1902年4月22日。
⑤ 《本报告白》，《选报》第1期，1901年11月11日。

第四章 《大公报》等国内报刊对诗界革命之呼应

1902年6月创刊的天津《大公报》，是华北地区诞生的第一份由中国人创办的大型综合性日报。英敛之是清末（1902—1911）《大公报》灵魂人物，"开民气，牖民智"① 是其办报宗旨。英氏主笔政的《大公报》，言论上坚持和平改革、君主立宪的基本立场，政治立场较为稳健。清末《大公报》关心时局，批评弊政，揭露陋俗，伸张民权，很快就赢得了广泛赞誉，成为华北地区首屈一指的舆论阵地和进步思想文化重镇。1902年6月18日，《大公报》第2号开辟了"杂俎"栏，以刊发诗歌为主；此后推出的《大公报附张》，亦辟出"杂俎"栏；加上其他栏目刊登的诗词，清末《大公报》十年间刊发140余位诗作者数以千计的诗歌作品。清末《大公报》诗人声名较著者，有逢福陛、英敛之、吴君遂、胡协仲、郑观应、严复、绍英、吴汝纶、素芳女士、钟英女士、碧城女士、曾志忞、马君武、陈三立、英淑仲、胡翼南、藐庐、王霞村等，其主流诗作大体符合"以旧风格含新意境"的新派诗标准，客观上呼应了梁启超倡导的诗界革命运动，不啻为"'诗界革命'在国内的重要阵地"②。

1902年4月问世的《鹭江报》旬刊，是英国传教士梅迩·山雅各在厦门英租界创办的中文报刊，维新改良的政治立场是其基本思想导向，属于政论色彩鲜明的综合性新闻报刊。报馆主人山雅各亲任总主笔，冯宝瑛、雷崇真等是其主要编辑。1902年11月，《鹭江报》自第18册起开设"诗界搜罗集"专栏；至1905年初停刊，共刊发60余位署名作者600多首诗词。1903年10—11月，"诗界搜罗集"专栏曾一度集中转录了《新民丛报》"诗界潮音集"栏5位诗作者10题49首诗歌，且其作者署名、诗题和排列顺序完全一致；这一现象，无疑是对梁启超倡导的"诗界革命"的积极响应。1903年，邱菽园、丘逢甲、黄遵宪、潘飞声、高旭、高燮、惺庵、蒋智由等新派诗人在"诗界搜罗集"专栏的集体亮相，更是对此期正高歌猛进的诗界革命运动的一种有意识的策应。厦门《鹭江报》是诗界革命运动延展到华南地区的新阵地。

1903年4月创刊于重庆的《广益丛报》旬刊，由朱蕴章、杨庶堪等创办，是重庆地区和四川省最早的大型综合性刊物。该刊1912年初尚存世，是清末西南地区存世时间最长、影响最大的大型杂志。其办刊宗旨以"树新风，振民气"相标榜，成为清末四川新知识界的重要舆论阵地。搜

---

① 《大公报》第1号，1902年6月17日。
② 郭道平：《"诗界革命"的新阵地——清末〈大公报〉诗歌研究》，《中国现代文学研究丛刊》，2010年第3期。

集、转载国内外知名中文报刊宣传西方科学、民主和国内维新变法方面的文章，构成了该刊的主要内容。1906 年，同盟会重庆支部成立，《广益丛报》遂成为该支部的机关刊物，公开宣传民族民主思想，但同时兼容各派的学术思想。初期《广益丛报》"外编·杂录"栏为文学栏目，刊发诗文、小说和戏剧，梁启超的诗歌《挽二十世纪新鬼诗》、新剧《新罗马传奇》、政治小说《新中国未来记》均在此栏刊出过。1905 年 6 月，该刊下编"文章门"推出"国风"栏，自此有了较为稳定的诗歌专栏。光宣之际存世的《广益丛报》诗歌栏目，以刊发维新派和革命派诗人的诗作为主，知名度较高者有黄遵宪、梁启超、蒋智由、高旭、天民、高燮、夏曾佑、杨度、狄楚卿、灵石、陈去病、雪茹、柳亚子、马君武、谢无量、王钟麒、金天羽、黄节、邓实等，构成了诗界革命和革命诗潮延展到西南地区的报刊重镇。

1903 至 1906 年间，《广益丛报》从《新民丛报》"文苑"栏转载了一批代表诗人的新派诗，如饮冰《挽二十世纪新鬼诗》，人境庐主人《今别离四章》《病中纪梦述寄两任甫》《双双燕·题兰史罗浮记游图》，杨哲子《湖南少年歌》，杨惟徽《秋感四章》，观云《旅居杂咏》，剑公《默作有得成诗七章度已度人以当说法》，雪茹《虫天二十章》等，与梁启超依托横滨《新民丛报》开展的诗界革命运动遥相呼应。该刊还转载了上海《女子世界》首刊的一批"女界革命"气息浓郁的新派诗，如天梅《和羽衣女士所作〈东欧女豪杰〉中作》，灵石《反杜〈新婚别〉征妇语征夫》《反杜〈新婚别〉征夫语征妇》等。早期初刊于《广益丛报》的诗歌，也以新派诗居多。如目前所见最早的一期《广益丛报》刊发的留学女士王莲《杂感》组诗七首，其三云："罗兰革命流朱血，耶女平权释黑奴。四万万人沉苦海，阿谁纤手为扶持？"其六道："唤起婵娟女国民，年来鼓吹自由身。输他男子无奇气，好个江山忍送人！"① 可谓洋气扑鼻，属于典型的新派诗。

1904 年 6 月 12 日创刊于上海的《时报》日刊，清末由康门弟子狄葆贤主持，是一家在言论立场上标榜"以公为主，不偏徇一党之意见"②，在报刊界以"非为革新舆论，乃欲革新代表舆论之报界"③ 为职志的锐意革新的新型报纸，很快成为新学界的宠儿。该报自创刊之日起即开辟

---

① 《广益丛报》第 2 号，1903 年 4 月 26 日。
② 《发刊例》，《时报》，1904 年 6 月 12 日。
③ 戈公振：《中国报学史》，中国新闻出版社，1985 年，第 118 页。

"词林"栏，不久就推出二级专栏"平等阁诗话"，一直持续到宣统年间。《时报》"词林"栏目宗旨由梁启超与狄葆贤共同策划，有意打破诗坛的门派家法与新旧界限，刊发了夏曾佑、狄葆贤、金嗣芬、马浮、唐才常、吴君遂、陈诗、高燮、于右任、潘若海、庞树柏、八指头陀、邱菽园、陈三立、樊增祥等 70 余位近世诗人之作，在众声喧哗的晚清"词林"弹奏着关乎当下世运和国家兴亡的主旋律；"平等阁诗话"则裒录了约 160 位近世诗人之作，涵盖晚清诗坛几乎所有诗词流派与名家。尽管《时报》"平等阁诗话"栏并未对同期《新民丛报》"饮冰室诗话"栏形成直接的呼应之势，但两者确实有着某种程度上的精神联系，在诗界革命退潮期与梁启超保持着诗学导向上的默契。

第二节 "唤起支那梦睡人"
——清末《大公报》诗歌

1902 年 6 月 17 日，天主教徒英敛之主持的《大公报》在天津问世，是为以京津为中心的华北地区诞生的第一份由中国人创办的大型综合性日报。其开办经费，则源自庚子年被焚毁的天津天主教堂从清政府获赔的庚子赔款。报馆主人英敛之在创刊号《大公报序》中开宗明义道："报之宗旨，在开民气，牖民智，揖彼欧西学术，启我同胞聪明。"① 经历过庚子国变的惨祸之后，朝野有识之士逐渐认识到酿成这场史无前例的国家和民族的绝大悲剧的一个重要根源，在于民智低陋和近代民族国家观念的缺失，因而出现了官方和民间联手共同开展针对中下层民众的思想启蒙和移风易俗运动的局面，这也是《大公报》"以牖民智、化偏私为目的"② 的办报缘起与社会背景。天津《大公报》的问世，改变了以上海为中心的东南地区民间报刊相对活跃、风气较为开通，而京津地区思想观念较为保守、社会舆论相对沉滞的局面，将面向大众的思想启蒙运动推进到北方地区。至民国元年《大公报》创办人英敛之退隐香山，是为《大公报》的英敛之时期。

英敛之主笔政的清末十年间的《大公报》，言论上坚持君主立宪的维新派立场，关心时局，批评弊政，揭露陋俗，开启民智，伸张民权，反对

---

① 《大公报》，1902 年 6 月 17 日。
② 《本馆特白》，《大公报附张》，1902 年 7 月 22 日。

专制，由于秉持公心，阐发公理，激扬公论，振砺民气，加之经营有方，拟想读者兼顾到上、中、下社会，牖智对象考虑到官场和民间，很快就赢得了广泛赞誉，虽因敢于批评时政、仗义执言而遭直隶督府和北洋当局忌恨，幸赖天主教会背景和租界庇护而免遭封杀，迅疾成为以京津为中心的华北地区最为引人瞩目的舆论阵地和进步思想文化阵地。

一、《大公报》"杂俎"栏目述要

文学史视野中的清末《大公报》，可圈可点之处殊多。兹举三个方面的显例：其一，《大公报》创刊伊始就辟出白话"附件"专栏，开清末文话大报兼刊白话文之先河，1905—1907 年间又推出纯用白话的《敝帚千金》附张，刊发了数以千计的白话文，在清末白话文运动中充当了"独当一面之主力军"①；其二，清末《大公报》刊发了一批倡导戏剧改良的理论批评文献，出现了大量与戏曲改良有关的新闻报道，对清末戏曲改良运动起到推波助澜作用②；其三，自第 2 号始，《大公报》开辟了以刊发诗歌为主的"杂俎"栏，此后推出的《大公报附张》亦辟出"杂俎"栏，加上其他栏目偶尔刊登的诗词作品，《大公报》及其附张在清末十年中刊发了数以千计的诗歌作品③，其主流符合饮冰室主人倡导的"以旧风格含新意境"的诗学标准，以创作实践响应了"诗界革命"的号召，形成了诗界革命运动延展到华北地区的报刊重镇。

1902 年 6 月 18 日，《大公报》"杂俎"栏开篇推出的是骁鸷《麦志伦》："只身大地放扁舟，环绕行星第一周。百万鱼龙轰岛国，一群豪杰启欧洲。凿开中外平分界，劈破东西两半球。几度澳门来吊古，涛声犹壮昔时游。"题咏葡萄牙航海探险家麦志伦（今译麦哲伦）。值得注意的是，梁启超两个月前刚刚在《新民说》中提到"麦志伦"，谓"扁舟绕地球一周，凌重涛，冒万死，三年乃还，卒开通太平洋航路，为两半球凿交通之孔道者，则葡萄牙之麦志伦 Magellan 其人也"，意在倡导"进取冒险"精神，认为这是"欧洲民族所以优强于中国"的重要原因。④ 骁鸷《麦志伦》之题旨，也是张扬开拓进取意识和冒险精神。1900 年 2 月，任公在

---

① 胡全章：《清末民初白话报刊研究》，中国社会科学出版社，2011 年，第 31—36 页。
② 相关材料和内容，可参见李孝悌：《清末的下层社会启蒙运动：1901—1911》第五章，河北教育出版社，2001 年，第 163—233 页。
③ 据笔者粗略统计，清末《大公报》和《大公报附张》"杂俎""杂记""来稿"栏所刊诗词作品及没有固定栏目的诗词作品合计近 800 首；如果考虑到有相当数量尚未见到的《大公报附张》，其诗词数量则数以千计。
④ 中国之新民：《新民说·论进取冒险》，《新民丛报》第 5 号，1902 年 4 月 8 日。

《清议报》发表的揭橥"诗界革命"旗帜的《汗漫录》中数次提到的与哥伦布并称的"玛赛郎",其实就是"麦志伦"。① 两年前,梁氏热烈呼唤诗界之玛赛郎在 20 世纪中国诗坛的早日问世;如今,骁鹫以《麦志伦》为题,以完全符合"三长"俱备的"诗界革命"创作纲领的新派诗,歌颂这位欧洲的环球探险家和人类航海史上的大英雄。如此看来,《大公报》诗歌开山之作这一题材取向、主题导向与风格气质,显然受到了梁启超依托《清议报》《新民丛报》发起的思想启蒙运动和诗界革命时代思潮的濡染。

骁鹫《麦志伦》以传统诗歌未曾有过的崭新题材,向中国读者传达了一种勇于开拓新世界的进取意识和冒险精神,以"新意境""新语句""古风格"三长兼备的新派诗特征、豪迈雄放的风格,为《大公报》"杂俎"栏诗歌定下了基调。其后刊出的英敛之《和逢福陉观察见赠原韵》,道出了骁鹫写作《麦志伦》时的心境语境及其现实针对性,诗云:"陆沉祸变睹神州,侘傺独怀漆室忧。茫茫中原潮怒涌,悠悠竖子注轻投。斯文莫再夸千古,此错真堪铸九州。杰气豪英祝天降,重将威赫震全球。"② 既有对国家遭受空前劫难之后"莽莽神州叹陆沉"式的无尽感愤,又有对祸国殃民的当朝"悠悠竖子"的憎恶之情,临末还不忘以"杰气豪英"振砺民气,以"重将威赫震全球"唤起民族自信心。两诗一唱一和,逢福陉所用"骁鹫"化名,充满英武之气和昂扬斗志,与晚清流行的"病夫""睡狮"意象形成了鲜明对比,既可以理解为诗人的自我期许,亦寄寓着作者改造国民性弱点的热切期望。

1902 年 6 月 24 日,湘山野马《寄友》诗云:"五云天外忽飞下,满纸蛟龙势欲吞。谁是维新谁守旧?不相毁薄不推尊。地中自有卑令海,天下庸无拿破仑?突兀中原一翘首,高歌青眼望津门。"该诗很可能是对骁鹫《麦志伦》有感之作。首句"五云天外忽飞下",不就是隐指那只猛禽"骁鹫"么?"满纸蛟龙势欲吞"则是对阅读《麦志伦》一诗的直观感受的诗意化表述。颔联"谁是维新谁守旧?不相毁薄不推尊",倒像是对《大公报》办刊宗旨和"杂俎"栏目导向的期望,希望英敛之摒除新旧思想疆域,兼收并蓄,海纳百川。颈联在嵌入新名词"卑令海""拿破仑"的情况下,尚能合乎平仄且对仗工整,不失"旧风格",一望而知属于颇具匠心的新派诗;而作为地名的"卑令海"(Bering Sea,今译"白令

---

① 《清议报》第 35 册,1900 年 2 月 10 日。
② 《大公报》,1902 年 6 月 19 日。

海"）背后暗含的，是其得以命名的欧洲探险家维图斯·白令（Vitus Bering），与麦志伦一样的航海冒险家和大英雄。麦志伦、卑令、拿破仑，都是当时中国缺乏的开疆辟域的豪杰之士。尾联则是表达对《大公报》主人的崇敬之情和期待之意。如此看来，《大公报》"杂俎"栏开篇几首诗作倒像是英敛之精心策划的一套组合拳，相互勾连，相互策应，相互阐释，同声相应。

1904年11月5日《大公报附张》所刊老大帝国之老大国民不名氏《并蒂莲歌》，题首小序道出了读者阅读《大公报》诗歌的直观感受，在一定程度上反映出《大公报》"杂俎"栏目宗趣："屡读贵报，见近人诗词，意在劝惩，输入国民脑中，使之感发兴起，甚厚甚厚。"该诗一反传统诗词正面歌咏并蒂莲之美好旨意，对"老僧啧啧称"却"荣华只一现"的并蒂莲不以为然，遂"作歌告同胞"，以为"方今神明裔，已兆危亡变""第一保种方，无为鸳衾恋"，告诫国人"珍重几寒心，乾坤待旋转"，传达出救亡的呼声。

清末《大公报》刊发了数以千计的诗词作品。在约140位署名诗作者中①，既有充满朝气的"支那过渡时代之青年""少年中国之公民"，亦有"老大帝国之老大国民"；既有皇室宗亲，又有一介"山民"；既有赴日考察学制的文坛领袖吴汝纶，又有愤恨国事抑郁不得志的天演主人严复；既有旧诗坛领袖陈三立，又有新诗坛骄子马君武；既有骁鹭、公侠、烈公等须眉丈夫，亦不乏素芳女士、吕碧城、吕惠如、钟英女史等女中豪

---

① 清末《大公报》署名诗作者有：逄福陞（骁鹭）、英敛之（安蹇）、郭家声、湘山野马、梅生、吴君遂、寿伯福、三岛毅、绍英、吴汝纶、石骨、符昂、胡协仲、南徐嵩公、中国之公民（少年中国之公民）、菡初、陈诗、鲍容室主人、张蔚臣、刘宝和、杨北垣、素芳女士、文化之野蛮、祁连山人、无留影轩主人、岫云、扬州玉茗旧主、山民、公侠、茂陵病客、吴庚辛、清醒居士、程澍（甘园）、烈公、寄云、雪农、渤海君、袁嘉穀、庸公、郑观应（罗浮待鹤山人）、慕新子、伯泉、钟英（钟静山女公子）、自愚、钟味莼、今颇（张锡銮）、古黄铁岩生、善化女史许玉、黄璟、柏叶生、高阳酒徒、桥密森大来氏、严复（太希堂）、沈瑜庆、曾炘、叔忱、张元奇、马君武、孙邝斋、吕碧城（碧城女士）、罗刹庵主人、铁花馆主、寿椿庐主、姜庵尘、曾志忞、吕惠如（惠如女史吕湘、吕清扬）、蜀东秦氏、肥东尼山玑太郎、老大帝国之老大国民不名氏、孙雄（师郑）、陈三立（伯严）、粹庐、支那过渡时代之青年、悟物子时间触（悟物）、葆之、湛澂、玉清子、英淑仲、韩国尹秉、任佩符（孟津楞雪女子）、东莱志士、庆云杖藜翁、冬青馆主人、湘南振东、江亢虎、刘宝廉、劭闲、黄璟（小宋）、剑秋、李海珊、徐隆鼎（立三）、紫英女士、屈茝纕女士（云三）、逸园、武邑曹功甫、乌程董说、长洲沈钦圻、藏经寺僧净石、齐东车申田、宝山陈汝秋、黔西徐久道、余姚史钦义、东安马钟琇、忠州秦崧年、津门刘文治、豆香老人王霞村、痴季、津云、斯寄、野民、田邵邨、凤笙女史庄慕馘、古黄乾齐氏、赵熙、汤蛰仙、汪咏霞、吕景端、胡翼南（逍遥游客、胡礼垣）、亦县、南雅、王保桢、倚剑、苏镜韩、尚友馆主人、马背船唇客、胜公、监山赵锡琛、白云别墅、盛昱、藐庐、博陵于蓝田等。

杰……看似新旧杂陈,众声喧哗;实则贴近时局,趋向维新,忧时伤世,振砺民气;在新旧杂陈中突出新意境、新感情、新语句、新气象,在众声喧哗中奏响"救亡"与"启蒙"的主旋律。

1902年10月20日《大公报》"杂俎"栏所刊少年中国之公民与英敛之的一组题赠诗,道出了天津《大公报》与横滨《新民丛报》之间精神意绪上的密切关联,亦代表了《大公报》诗歌的"新派"特征。这位自言"我家移居古泗滨"的"少年中国之公民",一望而知是对梁启超"少年中国之少年"笔名的仿效。其《醉后题〈大公报〉用安蹇、协仲两先生唱和原韵》云:"天津光线接横滨,涌出□清旭日新。世界大观止至善,古今公理演同人。掀翻辣手外交史,唤起盲心中国民。旗帜绣丝金铸字,愿刊形式见精神。""少年中国之公民""天津光线接横滨",读者不难猜出作者所指为何。其《诗成醉墨犹溢,再叠原韵题二首兼以寄怀,即希斧政》其二道:"太平洋环东亚滨,风潮廿纪舞台新。侧身淮海空豪气,转轴乾坤几伟人。同群誓欲公群谊,医国先须活国民。上万言书吾岂敢,祝天普降甫申神。"既表达了对《大公报》主编和主笔的崇敬之情,又宣扬了《大公报》宗旨;"太平洋""东亚""廿纪""风潮""淮海""舞台""伟人""同群""国民"等新名词与时代流行语,体现出洋气扑鼻的新派诗特征。

1907年后,随着梁启超诗学宗趣的转向和《新民丛报》的停刊,作为时代思潮的诗界革命运动已经消歇;而光宣之际的《大公报》依然刊发了大量符合"诗界革命"创作标准的诗歌,在国内报刊诗歌阵线上延续了诗界革命的余脉与意绪。

二、"唤起支那梦睡人":呼唤英雄与启牖愚民

庚子事变给天津城区和人民造成的浩劫与灾难尤为深重,天津《大公报》主笔们和投稿者自然不会忘记这段惨痛的记忆,频频以诗笔为刚刚过去的庚子惨祸志痛,并反思造成这一亘古未有之大灾难的思想根源;他们热切呼唤着能够挽救国家危亡的民族英杰的出现,对国人的精神麻木现状深表忧虑,表现出鲜明的救亡题旨和启蒙意向。英敛之《久病吟》道:"虽危安有不药理,一息尚存勉之矣""起死回生命世雄,碌碌焉能望余子"[①];以医国手自期,以命世雄自况,隐隐表露出其救亡之志。素

---

① 安蹇:《久病吟》,《大公报》,1902年6月21日。

芳女士吟出"好仗英雄造时世，不甘时世造英雄"①的诗句，期待着造时势之英雄的出现。胡协仲《题〈大公报〉即希粲和》诗云："悲伤东亚残危局，唤起支那梦睡人。一片婆心嗟晚世，满腔热血诱愚民。"②道出了同人对《大公报》坚持救亡启蒙宗旨的肯定与赞佩。

《大公报》"杂俎"栏开篇之作《麦志伦》所张扬的就是一种英雄主义和冒险进取精神；英敛之和诗中"杰气豪英祝天降，重将威赫震全球"③之句，更是针对中国当下危亡之时局发出的对挽狂澜于既倒的英雄豪杰的热切呼唤。清末《大公报》主人有着高昂的政治热情和炽烈的救国怀抱，"兴亡亦有匹夫责，吾党生期不偶然"④，时局如此艰难，而英敛之言志之诗所流露出的书生报国正当其时的志向却是如此坚定，语气如此豪迈！"东亚时局日艰难，豆剖瓜分孰忍看"⑤，时局如此艰难，而吕碧城却吟出"霖雨苍生期早起，会看造世有英雄"⑥的豪放诗句，呼唤拯救民族国家危亡的英杰人物的出现，期待着国人的奋起。

1902年秋，有一位素芳女士亦怀漆室之忧频频作诗，其《闻天津乱后情形慨然有感》诗云："回首暗心惊，仓皇涕泪流。可怜天险地，变作野蛮城。铁甲联军驻，金汤旧垒平。乡关空怅望，何日进文明？"⑦抨击帝国主义列强在天津犯下的野蛮罪行，为庚子国变志痛，为民众的文明之化苦心焦思。其《有感》诗云："泪洒新亭染素巾，茫茫浩劫果何因？我皇信是中兴主，政府谁为变法臣？顽铜也曾称守旧，疏狂妄欲混维新。可怜四万万人种，到底何尝有一人？"⑧堂堂中华，泱泱大国，从皇帝到四万万民众，当此危亡之秋，竟然更无一个是男儿！如此辛辣的讽刺，真是愧煞须眉。

庚子志痛和辽东危局，是早期《大公报》诗歌较为集中的取材意向，忧愤与期待相交织，既弥漫着浓重的末世情调，亦流露出激昂的济世情怀。胡协仲《和某中丞七律原韵一首》道："泪枯肠断壮心寒，大陆风潮着意看。万国纵横酣卧榻，中朝文字重儒冠。哀哀东亚危机伏，茫茫前途

---

① 《大公报附张》，1902年9月20日。
② 胡协仲：《题大公报即希粲和》，《大公报》，1902年8月14日。
③ 安蹇：《和逢福陔观察见赠原韵》，《大公报》，1902年6月19日。
④ 安蹇：《奉和》，《大公报》，1902年6月29日。
⑤ 柏叶生：《奉和珊瑚词》，《大公报》，1904年2月27日。
⑥ 碧城：《奉和铁华馆主见赠原韵即请教正》，《大公报》，1904年5月25日。
⑦ 素芳女士：《闻天津乱后情形慨然有感》，《大公报附张》，1902年9月18日。
⑧ 《大公报附张》，1902年9月18日。

进化难。惆怅故京禾黍地，戎旗舒卷夕阳残。"① 有血泪，有哀叹，哀其不幸，怒其不争，悲怆而不绝望。蜀东秦氏《由凤凰城避兵入辽沈途中感怀十四首》其七云："棋已残兮局又更，竟甘壁上作闲兵。陆沉莫问谁家物，大好河山赌一秤。"② 悲叹清政府对发生在辽东大地的日俄战争采取的丧权辱国的中立政策，语含讥刺。其十二道："是谁旅夜谈庚子？孤剑无言气吐虹。士女七千齐饮血，黑龙江上有悲风。"③ 以诗笔记录下1900年7月发生的沙俄血洗我海兰泡同胞的灭绝人性的大惨案。支那过渡时代之青年《和肥东尼山玑太郎〈秋感〉〈秋望〉二律兼呈诸大吟坛斧正》有"支那安得钟声响，镇醒同胞上舞台"之句④；吕惠如《庚子书愤》有"四百兆民愁海共""寄语同胞须梦醒"之语⑤。勿忘国耻，缅怀英烈，呼唤英才，警醒同胞，张我国权，振兴中华，尽在其题旨之中。

对民众精神愚昧现状的感慨与忧虑，是《大公报》诗歌又一较为集中的取材倾向和主题意向。英敛之对"民愚深痛难为国"⑥ 的现状有着切肤之痛，胡协仲亦对"冥顽深痛难为国，不信英豪信鬼神"⑦ 的现状深有同感。安蹇《奉和》协仲诗云："霖雨苍生起渭滨，讵论守旧与维新。五千年史翻新史，四百兆人陷溺人。栎古凌今惟此理，国桢邦本总斯民。冥顽锢习何时破，载笔踌躇日怆神。"⑧ 道出了这层忧虑的深重与启牖愚民事业的艰难。文化之野蛮《庚子感事》云："紫微垣侧彗星横，荧惑高悬南斗明。御敌何堪凭左道？防边先自坏长城。传灯遍炽青磷影，斩木争驱白桿兵。望尽中原龙虎气，妖氛毒雾黯神京。"⑨ 反思庚子国变实乃举国上下一片愚昧惹的祸，可见思想启蒙工作的急迫。庚子之役中下层民众的种种愚昧加野蛮的表现，给知识阶层留下了异常深刻的印象。清末最后十年下层社会启蒙运动之所以能够蓬勃发展，庚子之变对作为这一运动的发起者和领导者的精英知识阶层的刺激实乃根本诱因。

---

① 胡协仲：《和某中丞七律原韵一首》，《大公报附张》，1903年6月3日。
② 《大公报》，1904年8月11日。
③ 诗后小注云："余以病留沟帮子三日，有数客自哈尔滨来者，适与余同寓，夜间述江省庚子之乱，俄人逼某地华民渡江，因尽坑之，约有七千人，至今行旅经其地者，犹阴气袭人云。余忘其地名，似系爱春二字之音，不甚确也。"载1904年8月11日《大公报》。
④ 《大公报附张》，1904年11月28日。
⑤ 《大公报》，1905年4月13日。
⑥ 安蹇：《奉和》，《大公报》，1902年6月29日。
⑦ 《大公报》，1902年8月14日。
⑧ 《大公报》，1902年8月14日。
⑨ 文化之野蛮：《庚子感事》，《大公报附张》，1902年9月25日。

三、"男儿锐意倡维新"：维新名士与文明野蛮

"一纸风行极海滨，男儿锐意倡维新。"① 英敛之主持的《大公报》始终坚持维新改良言论立场。名士云集的清末《大公报》诗歌的思想倾向，自始至终没有逾越这一政治立场和文化立场。众多的社会名流和山野名士诗人，在接受到近代西洋文明濡染的同时，也经受着传统文化的羁绊，在中与西、古与今、守旧与维新之间寻求着平衡。"维新未必皆名士，守旧原非尽野蛮。"② 道出了时人对当下社会的观感，流露出过渡时代思想半新不旧的知识分子对中国固有文明温和持重的文化心态。

维新与守旧、文明与野蛮、中学与西学、立宪与共和、传统与现代，这些相互对立的命题萦绕在《大公报》诗作者脑际间，而其间的畛域似乎并非那么森严，是与非也并非那么分明。"谁是维新谁守旧？不相毁薄不推尊"③，不失为一种兼容并包的宽容态度。"道仍守旧非顽固，学亦维新欲致知"④，保守旧道德与接受新学理，原本可以并行不悖。在群星闪烁的维新名士中，郑观应、吴汝纶、严复、英敛之、胡协仲、绍英、沈瑜庆等人名气较大，其见诸《大公报》的诗作亦有代表性。近代报刊视野中的维新名士诗，其门派家法已不是那么分明，尽管《大公报》诗歌并非全然属于新派诗，但大都体现出鲜明的时代气息。

近代中国"商战"论代表人物和维新思想先驱郑观应有三首诗见诸《大公报》，直记时事，不拘格调，引大量流俗语、新名词入诗，体现出明显的新派诗特征。1903年，郑氏应广西巡抚王之春之邀署理江左道，旋因王氏被革职而去职赴粤，有《留别》诗二首刊于《大公报》，兹录其一："勋业多从乱世来，艰难困苦见奇材。萑苻未净思良将，赈济频筹御旱灾。欲靖闾阎巡警设，冀通时务学堂开。徘徊终夜惭才拙，投瓯求言弊早裁。"⑤ 典型的以议论为诗，以诗纪实，以诗抒怀；其所题咏的是关乎时局之近事，所发抒的是救时济世之情怀。辛亥三月，古稀之年的郑观应作《七十书怀》诗，其二云："南北边疆警电传，老来何计靖烽烟。上书宪政曾无补，着手危言恨未先。道远空怀诸将咏，时艰休说古稀年。桃源

---

① 《大公报》1902年8月14日。
② 祁连山人：《杂感》，《大公报附张》，1902年9月28日。
③ 湘山野马：《寄友》，《大公报》，1902年6月24日。
④ 大城王霞村：《苦吟一打》，《大公报》，1908年10月4日。
⑤ 罗浮倚鹤山人甫稿：《左江道署感怀留别录呈唫坛哂政即希赐和》，《大公报》，1903年8月29日。

若在寻何处,却笑泉明拟学仙。"① 依然是直记时事,依旧是不拘格调。

1902年夏,日本东宫侍讲三岛毅设宴款待正在东京考察教育的"清国硕儒"吴汝纶及其随员,"宾主酬酢,谈笑甚乐";不久,三岛毅、吴汝纶、绍英三人的酬答之作就见诸《大公报》。② 东道主三岛毅赠诗中有"取舍欧文学虽异,尊崇孔教道元同""违言忘却阋墙恨,戮力期图侮御功"诸句,风格接近当时梁启超正在日本依托《新民丛报》倡导的诗界革命体。京师大学堂提调绍英和诗中有"两地衣冠虽有异,一源胞与本来同""仰钦盛国文明代,堪助中邦教育功"等句,亦是典型的新派诗。文坛宿儒吴汝纶奉答诗云:"沧溟积水隔西东,不隔贤豪一寸衷。岂但扶桑云共日,直将王母宴游同。幡飞行见蒸龙变,发纵何妨论狗功?愿得和清良史笔,大书此会勒崇鸿。"虽无新异之语,但亦不用生僻典故,不卑不亢,明白晓畅。

梁启超在《新民丛报》"饮冰室诗话"栏两次推介的"于西学中学皆为我国第一流人物"③ 的天演主人严复,亦有诗作见诸《大公报》。1904年阳春,严复辞去京师大学堂附设译书局总办一职南归,同里诸君子齐聚陶然亭为其饯行。严复作《甲辰三月将出都即席呈同里诸君子》长诗,起句先从闽越山川形胜说起,"南岭奔腾趋左海""盘薄嶙峋作奇怪",言建溪流域自古钟灵毓秀,所谓"江山如此人亦然";接着说福建人也要出人头地,所谓"共道文章世所惊,谁信闽人耻为名",然而"忆昔戊巳游京师,朝班邑子牛尾稀";不过现在局面已大为改观,在座的很多都已成为国之栋梁,所谓"郭张陈沈皆奋飞";负责为雅集活动绘图留念的林畏庐征君,也是一位不可多得的济世之才和西洋小说翻译家,所谓"孤山处士音琅琅,皂袍演说常登堂。可怜一卷茶花女,断尽支那荡子肠";虽然坚信"乾坤整顿会有时,报国孤忠天鉴之",然而"但恐河清不相待,法轮欲转嗟吾衰",思来想去还是南归吧;不过,寓居海上之后,会时常想念留守京师的同里诸君子,"岂独登临忆侍郎,还应见月思京兆"。④ 虽是酬应之作,却写得情文并茂,生活在京师的闽籍同里诸君子之间浓浓的乡谊之情跃然纸上。"旧学""新知""演说""茶花女"这些时代流行语

---

① 辛亥三月罗浮道人郑官应初稿:《七十书怀敬呈词坛哂正并乞赐和》,《大公报》,1911年7月4日。
② 《硕儒酬唱》,《大公报》,1902年8月10日。下文所引三岛毅、绍英、吴汝纶的酬答诗亦出自该处,不再一一加注。
③ 《绍介新著·原富》,《新民丛报》第1号,1902年2月8日。
④ 太希堂稿:《甲辰三月将出都即席呈同里诸君子》,《大公报》,1904年4月21日。

的入诗，可见为文为诗均追求"渊懿"的天演主人，其酬答之作亦难免"俗"。

如果说严复为诗尚对源自日本的"新名词"有所警惕的话，沈瑜庆、曾炘、张元奇等同里诸君子给严复的题赠诗则没有了这种避讳。沈瑜庆酬诗开篇云："东西宗教归折衷，盛名厄遇将无同。民族推排旧社会，物竞说法新蘎躬。"① 冶佛典语、严译名著语、新名词于一炉。曾炘《送几道先生南归》有"哲学岂知早滥觞，百年崛起臻富强""十年树木储栋梁，惩前瑟后谋救亡""但愿圣代际时康，民知爱国吏循良"诸句②，新名词和时代流行语出现的频率就相当高了。张元奇赠诗中有"鸭绿江头兵事急，东邻摩垒争拔帜""物竞从知优者存，黄天当立吾何弃"诸句，更是集新名词、天演语录、流俗语为一体。

1908年秋，大城王霞村寄来《苦吟一打》，对预备立宪时期数典忘祖、假公济私、道德堕落等社会乱象深表忧虑，讥刺"几句新词刚上口，扬眉吐气诩文明"的新派人士，提出"道仍守旧非顽固，学亦维新欲致知"的时代命题；其七云："新学休将旧学仇，文明精义要推求。上天下泽难平等，据德依仁始自由。切莫恃才骄且吝，须知善教仕而优。能筹公益无私意，方是人间第一流。"③折衷新旧，从"新学"和"旧学"中寻求"文明精义"，在"天择"与"平等"、"仁德"与"自由"、"公益"与"私意"之间寻求平衡，不崇洋媚外，不数典忘祖，希冀无党无偏，融合满汉，和衷共济，挽救危亡，是此公的愿望。

辛亥岁末，薿庐感"世变愈急，人道益漓，触目伤心"，仿归庄《万古愁》"作《新万古愁》曲"，揭露人类文明进化史不过是一部血腥野蛮的杀戮史，西洋近代文明史更是一部"强凌弱，大侮小"的强权史，以嬉笑怒骂之笔，淋漓尽致地嘲讽了帝国主义列强的野蛮本质，消解了近代中国先进知识分子苦心建构起来的西洋文明观，而对悠久的炎黄文明则充满自豪与温情。该作开宗明义：

〔初拍〕世事糊糟！问那个主张人道？什么五洲图？都染的是血和膏！什么万国史？都涂的是肝和脑！更凭你蚁穿九曲通航线，蛛网

---

① 涛园瑜庆：《几道先生有沪上之行，乡人集陶然亭，祖道、林畏庐作图，属余赋长句，率成二十韵，装长卷呈，席中诸公和之，以为他年学案故实也》，《大公报》，1904年4月22日。
② 曾炘呈草：《送几道先生南归》，《大公报》，1904年4月23日。
③ 大城王霞村：《苦吟一打》，《大公报》，1908年10月4日。

千丝成铁路,侦寻南极探北极,凿断土腰通海腰,弄这虚嚣!①

接着历数卢梭、孟德斯鸠、亚当·斯密、达尔文、瓦特等泰西思想家、科学家、发明家,不过是给人类社会造成了"物竞更助强权暴"的恶性循环,充当了"文明利器杀人不用刀"的帮凶:

〔入拍〕卢梭氏,你说什么平等好?孟德氏,你唱什么自由乐?那不识势的亚丹氏,你著什么《原富》稿?苦力终同牛马劳!那不明理的达尔氏,你论什么进化道?物竞更助强权暴!更有那惹祸招非的发明家,沸水跃出蒸汽机,纸鸢分来电光耀,空中飞艇恣游行,海底鱼雷惊炸爆,这都是文明利器杀人不用刀!②

至于那些所谓的盖世英豪,诸如亚历山大、成吉斯汗、法皇拿破仑、俄皇彼得大帝、惠灵吞、讷耳逊、维多利亚女皇、弗里德里希、俾斯麦等,无一不信奉"强权即公理",带给世界的只是战争与征服、灾难与毁灭,是野蛮而非文明。不列颠、法兰西、普鲁士、俄罗斯的强国史,就是一部殖民扩张史和野蛮侵略史。"你只见世界第一都会赫赫伦敦桥,那晓得哀耳兰属地民困如悬倒!你只见维多利亚女皇高塔矗云霄,那晓得五印度亡国遗黎常痛悼!"如此损人利己的行径,哪里有什么"人道"?至于摆脱殖民统治的美利坚,诗人一针见血地揭露了19世纪末20世纪初美国的全球霸权野心和对华人的歧视政策:

更说什么门罗主义无侵暴,到如今也不免占取个斐律宾、檀香岛。眼看他巴拿马运河成功日,一手把天平洋里的霸橹操!指望我中美两国握手缔邦交,且看你华工禁约几时消!③

人类社会步入20世纪,更是一个弱肉强食、尔虞我诈的野蛮世界:

〔变拍〕廿世纪,风云扰。强凌弱,大侮小。你看他攻守同盟,纵横形势连鸡好,那其间更有乍合忽离的瑞和脑。异种联邦的匈和奥,

---

① 《大公报》,1911年12月9日。
② 《大公报》,1911年12月9日。
③ 《大公报》,1911年12月10日。

急流猛进的班和葡，乘时脱缚的罗和保，卖淫狐媚倭僬侥。革命蛮杀苦华侨，都趁着那欧风美雨，混乱逐波涛，那顾他黑奴红种没处找窠巢！波兰呀，埃及呀，还不了亡国债！印度呀，犹太呀，稳做个奴才料！安南缅甸呀，琉球朝鲜呀，都踹做了吴宫沼！此兴彼仆龙蛇扰，弱肉强食虎狼抄。那管得他们的兴和亡，也记不得这许多名和号。①

至于"开化文明早"的"我神州古国"，虽曾有"唐与虞，周和汉，文物声名冠几朝"的荣耀，亦曾有"尧与舜，孔和老，道德文章轶三教（指耶释回）"的骄傲，然而这一"迄今开国五千年，拥有同胞四百兆"的文明古国，鸦片战争以来却历经劫难，饱受列强欺凌：

〔龙尾吟〕谁知道，沧桑变，风波闹。赤帝子，夷台皂。碧眼儿，逞天骄。鸦片一战，便送掉了南陲隩；尼布一约，更失却了东隅早；圆明一炬烧，烽火三边扰。那矮人儿也割取我台湾岛，那捲须儿更横夺我胶和澳。拳祸兴，教堂烧，赔款动盈数百兆！到如今，只赢得满地是腥臊！②

面对这一不能承受之重的民族屈辱与国家灾难，面对依然麻木不仁的芸芸众生，诗人并未开出疗救的药方，只是发泄着胸中的怒火与悲愤：

〔蛟龙泣〕痛痛痛痛！只痛数千年的神明胄裔，都失陷在泥犁淖！痛痛痛痛！只痛数万里的神皋沃壤，都给做了贡献料！痛痛痛痛！只痛那没心儿，依然是处堂燕雀安淫乐！痛痛痛痛！只痛那卖国奴，没知道覆巢完卵终难保！招狐群，树狗党，黑夜里混揪；吹牛皮，拍马屁，白日里招摇。醉心的是金钱鹰爪，眩眼的是红缨狗帽！③

这是一个不可救药的旧世界，这是一群没有灵魂的庸众；而诗人愤激的话语背后所秉持的价值标尺，则并非来自西洋的近代自由、平等、竞存观念，而是源自本土思想资源中的传统伦理道德。

---

① 《大公报》，1911年12月11日。
② 《大公报》，1911年12月12日。
③ 《大公报》，1911年12月12日。

辛亥年末，那位三年前高吟"道仍守旧非顽固，学亦维新欲致知""立宪纵须重缔造，成章未可尽陵迟"①的豆香老人，依然坚守君主立宪立场；其《柬革命军》云："莫论共和与君主，和衷共济始相宜""寄言革命文明士，一念蚩蚩蠢蠢氓""共和理想固文明，君主何尝不可行？末为虚名延实祸，翻因政体贼民生"。②直至民国成立已有半年之久，其《时事感言》组诗依然对共和政府不吝讥讽，对民初社会乱象痛下针砭："改建共和命令颁，欢迎自治各机关。口谈公益营私利，貌似文明实野蛮。"③真可谓：共和未必真文明，立宪原非尽野蛮。

四、"女国民"：漆室之忧与木兰之志

1902年，《大公报》诗歌中已经频频出现"公民""国民"等新名词。第一位以女诗人身份登上《大公报》的"女国民"是素芳女士。当是时，"亚东女界汹潮驰""愿将文字喻盐池"④，《大公报》女诗人一时间群星闪烁；继素芳之后，钟英、许玉、碧城、惠如、英淑仲、任佩符、紫英、屈云三、庄慕韪等相继登场。"何日呼醒中国民？空令漆室泪盈巾"⑤，表达的是女国民的漆室之忧；"愿君儿他年为国殇""收君骸骨入战场"⑥，抒发的是女英豪的木兰之志。这些走出家门乃至国门的时代新女性，以巾帼不让须眉的豪迈气概，竞相发抒"女国民"的漆室之忧和木兰之志。

1902年夏，《大公报》创刊不久，其"杂俎"栏已然显示出对开风气之先的时代新女性的格外关注。8月17日，该报刊发了中国之公民《追悼邱公恪、吴孟班夫妇诗二首》⑦，向过早凋谢的女权先驱吴孟班表达

---

① 大城王霞村：《苦吟一打》，《大公报》，1908年10月4日。
② 《大公报》，1912年12月30日。
③ 《大公报》，1912年5月25日。
④ 钟英：《〈大公报〉千号良辰，值姑氏将有日本之行，劼闲夫子亦留学东京，余奉慈舆南渡归宁杭里，不禁感慨，因用吕惠如女史〈庚子书愤〉原韵以寄怀》，《大公报附张》，1905年4月20日。
⑤ 素芳女士：《感怀》，《大公报附张》，1902年9月20日。
⑥ 孟津楞雪女子任佩符：《寄外篇》，《大公报》，1905年4月23日。
⑦ 早此一个月，梁启超在《新民丛报》"饮冰室诗话"专栏中亦曾述及这对夫妇："邱公恪，名宗华，当代青年中一有望之人物也。去冬游学日本，入成城学校，习陆军，以病退校，归养沪上，余亲送登舟。乃归未及一月，竟溘然长逝，年仅逾弱冠耳。怀八斗之才，饮万斛之恨；一事未就，赍志九原；吴氏兄弟以后，又弱一个矣。君夫人吴孟班，先君数月卒，一时有心人，既已痛之。蒋观云曾有诗云：女权撒手心犹热，一样销魂是国殇。吾于孟班未得见，若公恪者，同凤以为国流血自祝，吾亦冀其为铁血派中一伟人也。岂意天地无情，兰摧玉折，公恪、孟班，吾知尔不瞑于泉台矣！"见饮冰子《饮冰室诗话》，《新民丛报》，1902年7月19日。

了赞佩和哀悼之情。十多天后，菡初《吊裘梅侣女史》组诗对白话启蒙先驱梅侣女史的病逝深表痛惜；"当代江南一女宗，班昭而后继高风。热血演讲开民智，著述新翻白话丛"①，道出了时人对于梅侣女史开风气之先的启蒙之功的高度肯定。9月28日，《大公报附张》"杂俎"栏刊发菡初《题薛锦琴女士张园演说小影录请海内志士赐和》二律，对近代中国第一个在公共场所演讲的女志士薛锦琴表达了由衷的敬慕之情；其一云："演讲张园震四瀛，忽从女界发文明。双波似带伤时泪，一寸难灰爱国情。残破江山思约翰②，沦胥世界出云英。寄言同种兰闺秀，共任兴亡振义声。"所敬所慕并非与男权相对应的女权意识的觉醒，而是"女国民"的漆室之忧。

如果说上述诗歌只是男性诗人写给时代新女性的挽歌或颂歌的话，那么，1902年9月18日至20日所刊素芳《闻天津乱后情形慨然有感》《有感》《感怀》《寄外》诸篇，则标志着作为时代新女性的女诗人正式登上《大公报》这一诗界革命国内新阵地。素芳女士《感怀》诗云："何日呼醒中国民？空令漆室泪盈巾。凭陵竟引野蛮例，歌舞依然盛世人。全亚茫茫成浩劫，神州黯黯尽荆榛。诸公各有匡时志，只恐匡时志未真。"③ 以当代漆室女自况，所忧所愤在山河破碎，国将不国，而民众尚犹酣睡不醒，在挽救国家危亡面前可谓巾帼不让须眉。

1903年10月6日，《大公报》所刊京师卫生女学医院监理钟英女士寄严幼陵夫人的一组诗作，亦充满豪壮之气；其一云："茫茫百感并秋宵，海外洶添女界潮。千载胭脂沉梦醒，九天风雨壮怀消。等身轻付齐邱蝶，个义难寻徇偻蜩。领识牺牲新棒语，任人牛马动牢骚。"1905年4月，钟英女士送别东渡日本留学的丈夫廖劲闲，感慨万千，赋七律四首述怀；其一云："茫茫陆沉廿纪中，悲凉时局感临风。机关界伏全球祸，势力圈分辽水戎。黑暗千秋愁觉梦，纷争列国诧图功。可怜漆女宗邦泪，哭向天涯说连穷。"④ 所感所怀，不在离愁别恨与儿女情长，而在神州陆沉，时局悲凉，国人沉睡，东北危亡，身为女儿身的诗人空洒"漆女宗邦泪"，仍是述说"女国民"的漆室之忧。

---

① 《大公报附张》，1902年8月30日。
② 句后小注云："约翰，法国农家女，一千四百二十八年起兵战胜英军，恢复全国，虽未卒成，而功亦伟矣。"
③ 《大公报附张》，1902年9月20日。
④ 钟英：《〈大公报〉千号良辰，值姑氏将有日本之行，劲闲夫子亦留学东京，余奉慈舆南渡归宁杭里，不禁感慨，因用吕惠如女史〈庚子书愤〉原韵以寄怀》，《大公报附张》，1905年4月20日。

《大公报》"杂俎"栏最为耀眼的女诗人当属吕碧城。1904年春夏之交,当碧城女史《感怀·调寄满江红》《舟过渤海偶成》诸作在《大公报》刊发后,立即招来多位读者的应和之作。吕碧城《感怀》词有"问何人,女权高唱,若安达克""风潮廿纪看东亚""一腔热血无从洒"诸句,呼唤中国的圣女贞德,慷慨淋漓,豪迈奔放,英气逼人,大有木兰之志;洁城女史在识语中赞其"真女中豪杰也"①。其《舟过渤海偶成》有云:"旗翻五色卷长风,万里波涛到眼中。别有寄愁消不尽,楼船高处望辽东。"② 境界壮阔,气度不凡,以漆室之忧寄愁辽东,忧愤时局。寿椿庐主《读碧城女史诗词即和〈舟过渤海〉原韵》其一云:"鱼龙争长扇腥风,谁陷辽民水火中?渤海茫茫百感集,放怀欲唱大江东。一枝彤管挟霜风,独立裙钗百兆中。巾帼降旗争倒竖,□然异彩放亚东。"③ 道出了时人阅读吕碧城诗词后的共同感受。时人纷纷以下田歌子、罗兰夫人、女苏黄、薛娘、班昭、刘家三妹等古今中外女杰和才女比附这位爆得大名的女诗人和"钗钏英雄"。

　　传统诗歌只有"寄内"之说,以"女国民"自期的《大公报》女诗人偏偏以"寄外"名篇。这一骚坛新气象,并不意味着相对于男权世界的女性主体意识的觉醒,而是女性作为国民一分子的爱国热忱、政治觉悟、尚武精神的高涨与流露。无论是素芳女士《寄外》诗,抑或是楞雪女子《寄外篇》,均系女豪杰口吻和女国民视野,期待着作为男人的"丈夫"的奋起与牺牲。素芳《寄外》诗云:"全欧两□已同风,地连于今超亚东。好仗英雄造时世,不甘时世造英雄。"④ 对夫君以造时势之英雄相期许。任佩符《寄外篇》所忧所虑不是夫君的衣食冷暖,所思所想不在小两口的儿女情长,而是"五种争世界""存者存,亡者亡""如何复我祖,我祖黄帝拭目望""阿侬替君侍爷娘""愿君儿他年为国殇""此生此世不相见,收君骸骨入战场"⑤,表现出高昂的尚武精神和为国捐躯的牺牲精神,述说着一代"女国民"的木兰之志。

　　饶有意味的是,将《大公报》诗歌的木兰之志主题引向高潮的,不是素芳女士、钟英女士、碧城女史等活跃一时的女诗人,而是宣统元年出现的一组明崇祯皇帝和清人题咏秦良玉的30余首诗词,作者均为须眉丈

---

① 《大公报》,1904年5月10日。
② 《大公报》,1904年5月11日。
③ 《大公报》,1904年5月18日。
④ 《大公报附张》,1902年9月20日。
⑤ 孟津楞雪女子任佩符:《寄外篇》,《大公报》,1905年4月23日。

夫。1909年秋冬时节，四川忠州知县秦崧年编纂的《秦良玉传略汇编》等文连篇累牍地见诸《大公报》，而"杂俎"栏则陆续刊发明壮烈帝崇祯和清初至清末董说、沈钦圻、高作霖、车申田、陈汝秋、徐久道、史钦义、刘文治、秦崧年等人吟咏秦良玉的诗词，表彰这位乱世屡建奇功的巾帼英雄。《明壮烈帝赐秦良玉诗四章》有"世间多少奇男子，谁肯沙场万里行"诸句，沈钦圻《题秦良玉遗像》有"愿将效死沙场女，追配从军古木兰"诸语①，车申田《谒秦太保祠》有"满目河山皆破碎，宁知巾帼有男儿"之言，徐久道《谒秦太保祠》有"几辈须眉齐俯首，玉音楼下拜将军"之语，秦崧年《秦良玉锦袍歌》有"自古英雄出巾帼，沙场百战留芳烈"之句②，要皆围绕秦良玉建立的不朽事功说事，表彰其勇武精神；一言以蔽之曰：谁说女子不如男？

此时，时势斗转星移，李鸿章、刘坤一、荣禄、张之洞等晚清重臣已相继辞世，光绪皇帝和慈禧太后亦先后驾崩，晚清帝国到了日暮途穷之际。当此存亡之秋，借受到明烈帝崇祯表彰的"忠贞侯"秦良玉勤王御寇之故实，来宣扬明清易代之际忠于明朝的乱世巾帼英雄的木兰之志，其动机实在耐人寻味。

五、"新意境""新语句"与"古风格"

无论是《大公报》诗歌开篇之作，抑或是清末《大公报》结篇之诗；无论是清末《大公报》主笔之诗作，抑或是读者所寄之诗稿；无论是一介"山民"，抑或是出国考察的清政府官员；无论是"少年中国之公民"，抑或是"老大帝国之老大国民"；无论是壮怀激烈的须眉男儿慷慨悲怆的歌唱，抑或是怀漆室之忧的女中豪杰振聋发聩的诗篇——大体遵循"新意境""新语句"与"古风格"的创作原则，与梁启超倡导的"诗界革命"有着明显的时代感应，可谓"同声相应"。

我们举一篇时间上不早不晚、思想上半新不旧、艺术上不上不下的诗作，看看清末《大公报》诗歌对"新意境""新语句"与"古风格"这一"诗界革命"指导纲领的热衷与坚持。1906年8月11日，《大公报》"杂俎"栏刊发岭南卢誉门《赠陈子励学使游历东洋顺道履任江宁》一诗，是为该栏目刊发的篇幅最长的一首古风；其开篇云：

---

① 《大公报》，1909年10月22日。
② 《大公报》，1909年11月26日。

> 仰望二十世纪之乾坤，龙攫虎踯白日昏。佛兰金仙梦未醒，颓然长卧东平原。欧风美雨纷来傲，病夫国兮岂长病？优胜劣败又何常，原来天择在物竞。我闻三岛在扶桑，相承一脉在天皇。环球国运罕与匹，气吞罗刹杀伐张。维新只此卅八载，功业轰轰震列强。竞争生存人为耳，谁言黄种尽不良？……国民教育果何在，谓在团体御外辱。战斗生涯罗斯福，铁血主义俾斯麦。强权学说代人权，斯宾塞夺卢梭席。惨哉天地顿促迫，大陆舞台演益剧。

九百来字的一首诗中，出现了二十世纪、佛兰金仙（音译词，睡狮之意）、欧风美雨、优胜劣败、物竞天择、铁血主义、强权学说、国民教育、欧化主义、世界主义、病夫国、鹿儿岛、西园寺（西园寺公望）、太平洋、俾斯麦、罗斯福、斯宾塞、教育史、环球、维新、列强、竞争、生存、黄种、留学、国粹、德智、精神、元素、西乡（西乡隆盛）、富士、独立、国民、团体、人权、卢梭、大陆、东亚、程度、宗旨、理想、高尚、普通、专门、欧美、文明等新名词和新语句；这一现象，属于梁启超1903年4月在《新民丛报》第29号"饮冰室诗话"专栏所批评的"以堆积满纸新名词为革命"的不良倾向，这一做派虽已为饮冰主人所不取，但在清末以报刊为主阵地的新诗坛依然较为普遍。

将"新意境""新语句"与"古风格"结合得比较好的诗作，要数马君武《赠竹君女士诗》四首，表达对创医院、办女校、倡女权的当代女杰张竹君的赞佩之情。其一云："沦胥种国悲贞德，破碎山河识令南。莫怪初逢便倾倒，英雄巾帼古来难。"其二道："推阐耶仁疗孔疾，娉婷亚魄寄欧魂。女权波浪兼天涌，独立神州树一军。"其三谓："千古兰闺有志人，几多热力屈难伸。最怜种族沦胥后，渺渺平权乍造因。"其四曰："文明极点犹遥隔，千载何时复女权？唤起柔魂争独立，仁风吹活万婵娟。"① 理融中外，辞驳今古，感情深挚，风格豪健，旧锦新样，自成一格。

最具代表性的是宣统二年秋冬间连载的《新竹枝词一百首》，作者是刚成立的资政院议员，用一百首竹枝词记录下资政院召开历次会议会场内外发生的怪怪奇奇，有对新生政治体制的新奇、欣喜与期盼之情，更多的则是对亲身经历、耳闻目睹的晚清预备立宪怪现状的暴露与讽刺。"石破天惊信有之，万年有道属斯时。西人举帽东人喜，从此中原

---

① 《附赠竹君女士诗》，《大公报》，1902年10月21日。

醒睡狮。"① 写对立宪政体和即将召开的国会的期盼与热望。"宣读来朝奏稿时,众人起立敬听之。叫通天耳惟期速,莫说三年也未迟。"② 表达希望清廷速开国会的意愿。"喜见军机到这边,要求国会在明年。事关重大言难答,宗旨时期两不宣。"③ 写清廷在召开国会问题上的拖延与推诿。"敦老登台礼必恭,朗宣天语倍从容。疆臣罪案枢臣解,院议局章两不宗。"④ 写资政院决议和章程形同空文。"宪法颁来事不遥,当年钦定有规条。既然议奏全无用,局院何妨并取消。"⑤ 表达对清廷出尔反尔欺骗国民行径的愤慨。"素心人抱热心肠,弹劾无灵益感伤。积极不如消极好,大家解散亦堂堂。"⑥ 道出心灰意冷的感伤。报章、诗歌与时事的三位一体,显示出强烈的时政色彩和新闻时效;时事性、议论化、新名词、流俗语,跳动着大时代的脉搏,体现出诗人高昂的政治热情。

"海内贤豪推领袖,樽前楮墨走云烟。"⑦ "关怀时局知多少,惟有先生感慨长。"⑧ 始终关怀时局,围绕"救亡"与"启蒙"主旋律,既是清末《大公报》的办报宗旨,亦是英敛之主笔政时期《大公报》诗歌最为集中的主题意向;而其刊发的大量应和着"诗界革命"时代节拍的诗篇,则汇成了一股创作潮流,构成了诗界革命运动的国内重镇,从而为中国诗歌的近代化做出了至今仍鲜为人知的历史贡献。

第三节 "搜罗"诗界之"潮音"
——厦门《鹭江报》"诗界搜罗集"诗歌

1902年英国传教士山雅各在厦门创办的《鹭江报》,是梁启超领衔发起的诗界革命运动延展到华南地区的新阵地。1903年,《鹭江报》"诗界搜罗集"专栏一度大量转载《新民丛报》"诗界潮音集"

---

① 《大公报》,1910年11月2日。
② 《大公报》,1910年11月6日。
③ 《大公报》,1910年11月7日。
④ 《大公报》,1910年11月16日。
⑤ 《大公报》,1910年11月17日。
⑥ 《大公报》,1910年12月29日。
⑦ 梅生:《有赠》,《大公报》,1902年6月29日。
⑧ 苏镜韩:《奉呈安蹇主人二律》,《大公报》,1911年5月6日。

栏目诗歌的行为，是对诗界革命运动的直接响应；是年，邱菽园、丘逢甲、黄遵宪、潘飞声、高旭、高燮、惺庵、蒋智由等新派诗人在《鹭江报》的集体亮相，是对此期蓬勃发展的诗界革命运动的一种有意的策应。

一、《鹭江报》及其"诗界搜罗集"栏目

1902年4月创刊的《鹭江报》旬刊，是福建厦门问世的第一份近代报刊，由英国基督教伦敦公会的传教士梅迩·山雅各（Rev. Jas Sadler）创办，冯葆瑛等先后主编，目前所见最后一期是1905年1月出刊的第90册。照该报总译述雷崇真的说法，"惟报馆宗旨，在宣上德而达下情"，具体到操作层面，就是"治国闻而开民智""开民智以佐维新，治国闻而供采纳"，并提出了"择其有益于人心而能裨补于政俗者"的新闻采写准则。① 报馆主人山雅各亲任总主笔，而其十余位编辑部成员如马约翰、胡修德、郭子颖、周之祯、冯葆瑛、徐友白、卢戆章、雷崇真、陈梦坡、林砥中、汪荣秋、连横等都是中国人，他们或为厦门当地知名士绅和读书人，或为闽南地区基督教牧师和教士。作为一家英国传教士在厦门英租界创办的中文报刊，《鹭江报》有着维新改良的政治导向，是一份政论色彩浓郁的综合性新闻报刊。

《鹭江报》辟有"上谕恭录"和"紧要奏折"专栏，貌似尊重大清国政府，但从其刊发的邱菽园《戊戌政变论》（第23册）、林砥中《奴隶科举奴隶学堂》（第29册）、冯葆瑛《论中国索还满洲之大关键》（第60册）等"社说"，以及汇录各报的《论破坏主义》（第24册）、《论复仇主义》（第36册）、《论中国朝野之不和》《原明夷》（第39册）等文，尤其是录自《新民丛报》的《守护满洲之新约》（第34册）、录自《中国日报》"大舞台中一少年"之《痛哉满洲政府之为害于我汉人》和录自《苏报》"汉种之中一汉种"之《驳革命议》（第37册）等文来看，其言论立场早已超越了清政府所能容忍的底线，乃至站在了清政府的对立面，刊发鼓吹反抗沙俄侵略和排满革命之言论，表现出鲜明的民族主义思想倾向。由此看来，《鹭江报》的言论立场是多元的而非单一的，其思想倾向是变化的而非静止的，具有较大的包容性和开放性。

1903年6月，《鹭江报》录自《新民丛报》的《守护满洲之新约》一文，记者在罗列了清政府与俄国签订的《守护满洲新约》七项条款之

---

① 得原雷崇真：《鹭江报叙》，《鹭江报》第1册，1902年4月28日。

后，义愤填膺地评论道："呜呼！此种条约，此等语气，岂复以平等之国视我邪？彼办路矿，我当为之守护；彼之军人，我当供其粮饷；而我有政务，听彼训令，我有军事，听彼指挥；我有军器，听其监辖；我有官吏，受其保护——是满洲为彼之印度，而我为之土酋；满洲为彼之安南，而我为之傭役耳！"① 此时正值《新民丛报》主人梁启超眼见"政府疮痍既复，故态旋萌，耳目所接，皆增人愤慨，故报中论调，日趋激烈"② 之际，亦即其破坏意识浓厚、种族思想滋长、革命情绪高涨时期。《鹭江报》转录《新民丛报》的这篇充满火药味的时评文章，对沙俄和清廷两面开弓，既是对欺人太甚的沙俄帝国主义的愤怒声讨，又是对软弱无能的清政府的无情抨击。

《鹭江报》转载《新民丛报》文章的行为，说明该报主编山雅各对横滨《新民丛报》的关注与欣赏；而《鹭江报》"诗界搜罗集"专栏一度集中转录《新民丛报》"诗界潮音集"栏目诗歌的现象③，以及大量刊发邱菽园、丘逢甲、黄遵宪④、潘飞声等新派诗人之新派诗的行为，则从中可见其对梁启超领衔发起的诗界革命运动的同声相应与积极响应，这是一种有意识的策应，而非偶然的巧合。

1903 年 11 月底，《鹭江报》自第 18 册开设"诗界搜罗集"专栏，每期两个版面，至 1905 年 1 月第 90 册，该栏目共出现 54 期，历时一年多，

---

① 《守护满洲之新约》（录《新民丛报》），《鹭江报》第 34 册，1903 年 6 月 16 日。
② 梁启超：《鄙人对于言论界之过去及将来》，《饮冰室合集·饮冰室文集之二十九》，第 3 页。
③ 1903 年 10 月 30 日至 11 月 28 日，《鹭江报》第 48 册至 51 册"诗界搜罗集"专栏连续四期转载《新民丛报》第 34 号和 35 号"诗界潮音集"栏目诗歌，有人境庐主人《不忍池晚游诗》（17 首）、观云《旅居杂咏》（8 首）、剑公《默坐有得成诗七章度己度人以当说法》（4 首）、《读不可思议解脱经口占五偈》（5 首）、慈石《感春》（4 首）、观云《旅居日本有怀钱塘碎佛居士》《一羽》、时若《新游仙诗》（6 首）、《初夏二新声》（2 首）、剑公《兴亡，用因明子〈菊花〉韵》等，共计 5 位诗作者 10 题 49 首诗歌，其作者署名、诗题和排列顺序完全一致，无疑属于有计划、成批量的转载行为。耐人寻味的是，《鹭江报》第 51 册"诗界搜罗集"栏转录至剑公《兴亡，用因明子〈菊花〉韵》后便戛然而止，而同期《新民丛报》"诗界潮音集"专栏所刊剑公《书感，步因明子〈皎然〉韵》《忧群》《读〈招魂〉〈大招〉篇》诸篇尚未继续转载，第 52 册"诗界搜罗集"栏便陡然转向，连篇累牍地刊发林鹤年《福雅堂东海集》和苏宝玉《惜别吟》诗集。
④ 《鹭江报》第 35 册（1903 年 6 月 25 日）所刊黄遵宪诗作《题兰史〈独立图〉》和词作《奉题兰史先生方家〈罗浮纪游图〉，调寄双双燕》，前者曾先期见诸《新民丛报》第 18 号（1902 年 10 月 16 日）"饮冰室诗话"专栏，题为《香港访潘兰史题其〈独立图〉》，标题有所不同；后者近两年后被《新民丛报》第 66 号（1905 年 4 月 5 日）"饮冰室诗话"栏裒录。联系潘兰史诗作均系寄稿之情况，可以推测这两首黄氏诗词系潘氏寄稿，而非录自《新民丛报》。

刊发了 60 余位署名作者①600 余首诗词作品。其中，林鹤年（56 题 129 首）、邱菽园（16 题 50 余首）、潘飞声（20 题 32 首）、惺庵（8 题 27 首）、黄遵宪（3 题 19 首）见诸该刊的诗歌，从数量上名列前五②，高旭（5 题 12 首）、高燮（3 题 13 首）、蒋智由（3 题 10 首）、丘逢甲（3 题 5 首）等诗界革命阵营的新派诗作者，亦构成了该刊诗歌栏目的重要诗人群体。

从地域上看，《鹭江报》诗人队伍以闽籍为主体，粤籍次之；两位最高产的栏目诗人邱菽园（厦门新安人）、林鹤年（定居鼓浪屿）均系闽籍，不过其主要活动地一在南洋（新加坡）、一在台湾和厦门；诗歌数量排第三的潘飞声祖籍厦门同安，出生在广东番禺，可说是亦闽亦粤，而其见诸《鹭江报》的诗作刻意署上"同安潘飞声兰史"，则是有意凸显其厦门籍贯与身份认同；黄遵宪、丘逢甲则为岭南人。从诗歌刊发时间看：1902 年 7 月《鹭江报》第 9 册所刊邱菽园七绝八章，首开该刊登载诗歌作品先河；此后的一年时间里，该刊时断时续的"诗界搜罗集"栏一直以星洲寓公诗为主体。1903 年 6 月至年底，则是潘飞声、黄遵宪、丘逢甲、高旭、高燮、蒋智由等新派诗人活跃期，其诗作居于作为常规性栏目的"诗界搜罗集"主流位置。自 1903 年 12 月该刊连载林鹤年《福雅堂东海集》始，至 1905 年初终刊，林鹤年、林铬存、苏宝玉（女）、黎树勋等本地诗人之诗占据主流，旧风格盎然，新名词不多；就连潘飞声、丘逢甲等以新派著称的诗人，此期见诸该刊之诗作，其风格亦复趋旧；虽有高天梅、惺庵、许自立等人以新名词、新意境见长的新派诗点缀其间，但已退居次要位置。

---

① 《鹭江报》"诗界搜罗集"栏目诗人有昀暚、林铬存（景商）、苏大山（荪浦）、谢金元、郑鹏云、邱炜萲（菽园）、陈海梅（香雪）、伍德彝（乙庄）、陈三立（神州袖衣人）、潘飞声（兰史、老兰、剑士）、丘逢甲、剑门病侠、庄海观（仲愚）、黎树勋（俊民）、林鹤年（怡园半叟、铁林）、徐兆丰、杨同曾、杨□、秋门氏、中央半主道人、小文山人、琴川花瑞词人、寄渔分社词人、武陵蕉衫客、惜阴居士、伯泉、刘福姚、黄遵宪（人境庐主人）、蒋智由（观云）、高旭（剑公、天梅）、高燮（慈石、时若）、阮凤仪（仲篪）、无闷道人、陈懋鼎、枚君、苏宝玉、唐尊玮、卓应龙、卢汝钧（和甫）、冯葆英、山吉盛义、陈日翔、陈纲、卓云龙、李维崧、慕燕山人、惺庵、江淮河海散人、许自立、李受禄（笠人）、卓云涵（曾经沧海客）、张茂椿（冰如）、张寿椿（泉如）、张荣椿（水如）、山雅各、唐介彭（祖锵）、唐祖尧、葛其龙、王锡、张秉铨等。

② 苏宝玉《惜别吟诗集》在该刊第 61 至 65 册"诗界搜罗集"专栏刊出，因第 63 册缺失，无法准确统计该诗集的篇数，故而无法准确为其排位；从现有期刊看，第 61 册刊发的是两篇序，第 62 册近半版面刊发的是苏干宝《宝玉妹叙略》，第 65 册刊发的是两篇跋，第 62 册一个版面刊发 5 题 5 首诗，第 64 册两个版面刊发 10 题 10 首诗，共计 15 题 15 首诗作。据此推测，苏宝玉见诸该刊的诗作当在 25 首左右，数量要超过黄遵宪。

厦门《鹭江报》存世近三年，发行网络遍及中国沿海各大中城市和东南亚地区，在福州、连江、宁德、泉州、惠安、同安、金门、漳州、龙溪等福建省内城镇和广东、上海、天津、香港、台湾等地建立了三十多个发行所或代派处，在菲律宾、新加坡、印度尼西亚、马来西亚、安南、缅甸、日本等地设立了十多个发行所或代派处，在厦门一带还设有零售处。《鹭江报》馆在拓展营销网络方面下了很大功夫，他们不仅充分利用了教会系统的礼拜堂、福音堂、圣教会等基层单位打开销路，而且善于通过各地药房、布庄、书店等商号及各地报业同行和知名人士来拓展发行渠道，成为近代中国产生了较大影响的综合性报刊。《鹭江报》"诗界搜罗集"栏目诗歌，亦随着该刊的成功营销而广为流布，在中国东南沿海地区和东南亚国家产生了广泛的影响。

二、鹭江诗人谁第一？首开风气邱菽园

厦门新安人邱菽园是《鹭江报》首开新诗之风的先驱诗人，也是该刊诗歌园地名列第二的多产诗人，计有16题50余首诗作见诸该刊。

早在《清议报》和《知心报》时期，邱菽园就是其"诗文辞随录"专栏和"诗词杂录"专栏的高产诗人，且频频与梁启超诗文酬酢，文学观念和诗学宗趣颇为相投，在诗界革命运动起步和发展阶段堪称得力干将。1899年12月，邱氏《寄怀梁任公先生》有"以太同胞关痛痒，自由万物竞争存"① 之句，梁氏言"其界境大略与夏、谭相等，而遥优于余"②，可谓确当之论。梁氏和诗中有"梭梭侠魄裹儒魂""田横迹遁心逾壮""君今避地为蛮长，我劝随缘礼世尊"诸句③，对邱氏颇为恭维。此时两人已神交一年，但尚未识面。④ 1900年秋，邱氏作《诗中八贤歌》，以"南海康先生"开篇，以"新会梁孝廉"压阵；其咏梁氏云："神州侠士任公任，日对天地悲飞沉。倾四海水作潮音，廿世纪中谁知心？"⑤ 对这位"少年中国之少年"别有会心，奖勉有加。1901年，邱氏又作《寄怀梁任甫先生》诗二首，其中有"迹遍三洲亚美澳，道存黄种

---

① 星洲寓公：《寄怀梁任公先生》，《清议报》第33册，1899年12月23日。
② 任公：《汗漫录》，《清议报》第35册，1900年2月10日。
③ 任公：《汗漫录》（续），《清议报》第36册，1900年2月20日。
④ 梁启超《奉星洲寓公见怀一首次原韵》一诗小注中有"吾与寓公交一年尚未识面"之语，见任公《汗漫录》（续），《清议报》第36册，1900年2月20日。
⑤ 星洲寓公：《案头杂陈时贤诗稿，皆素识也，旧雨不来，秋风如诉，用赋长古，怀我八君》，《清议报》第67册，1900年12月22日。

伏轩义。每从政教通极界，合付龙天共护持"诸句①，诗境与此前并无二致。梁氏和诗第二首云："我所思兮在何处？卢（卢梭）孟（孟德斯鸠）高文本我师。铁血买权惭米佛，昆仑传种泣黄羲。宁关才大难为用，却悔情多不自持。来者未来古人往，非君谁矣喻余悲。"②对邱氏大有知己之感，可见两人关系之密切。

鹭江诗人谁第一？首开风气邱菽园。邱氏最早见诸《鹭江报》的诗歌，是1902年7月第7期刊出的《七绝八章题衡山女子陈撷芬所撰女报》组诗，此时该刊尚未开辟诗歌栏目。其一云："一纸飞行小九洲，清言茧剥与丝抽。潇湘灵气奶宗女，笔下能翻鹦鹉洲。"其八道："离为中女兑少女，讲习文明古议敦。生面今看开一代，钗裙文振国民魂。"盛赞"不谈武事只谈文"的"女香山"陈撷芬，表彰其在晚清女界思想启蒙之功。

邱氏见诸《鹭江报》"诗界搜罗集"栏目之诗，多为"集千字文"之作，乍看面貌平平，似无出奇之处；然而细读之下，便会品味出诗人深挚的忧国之情和拳拳爱国之心，用语亦不乏新异之处。其《咏史（集千字文言限秦韵）》组诗中"坐观诸夏弱，何日命维新""东西分魏晋，中外尽唐臣，日本充宝贡，高丽属宰钧""云蒸随起灭，投笔足伤神"诸句③，咏史以鉴今，对祖国往昔的昌盛和荣光充满自豪，对清帝国当下的没落和耻辱义愤填膺。其《感事（集千字文）》组诗中"高丽增近困，日本肆长驱，据背更持首，年来宝藏虚""大驾秦中幸，王师壁上观"，"国是纷无定，君身处万难"诸句④，表现出强烈的忧患意识和现实关怀，时代气息浓郁。《杂感（集千字文）》组诗中"宇宙新机启""微物孰无形""旦昼随阿美，东方转夜分""默德称天使""和华羊比牧，释子象元空""百灵德意志，伦顿英基离""学理新民要，同人劝学堂""公法亦难守""利器业工良"诸句⑤，出现了宇宙、东西方昼夜相反、伊斯兰先知穆罕默德、《圣经》中创造天地万物的耶和华、百灵（白令海）、德意志、伦顿、英基离（英吉利）、公法等新名词和新意境，冶科学语、佛语、耶教语等"新学语"于一炉，新意迭出。集千字文能集出此种效果，可谓别出心裁，别开生面。

邱菽园有不少酬赠怀人之作见诸《鹭江报》，从中可见其交友之广，

---

① 星洲寓公：《寄怀梁任甫先生》，《清议报》第78册，1901年5月9日。
② 任公：《次韵星洲寓公见怀二首并示遐广》，《清议报》第78册，1901年5月9日。
③ 《鹭江报》第29册，1903年4月27日。
④ 《鹭江报》第32册，1903年5月27日。
⑤ 《鹭江报》第30册，1903年5月7日。

在南洋一代知名度之高，亦可见其豪放任侠的人品与风格。《星洲对酒怀陈宜侃》道："我狂便欲狂上天，星洲酒价日万钱。开樽忽倒瑶光绿，思我故人孟浩然。相去日远秋草芊，临邛道上正高眠。即今慷慨邯郸市，更有何人和变徵？"① 可谓狂放豪迈，而又低回苍凉。《夜谯即席次林紫裘秀才原韵》有"古佛化身来百亿，群龙作绮遍三千"之句②，《赠别黄诏平拔萃即叠其留别原韵》有"一剑腾宵惊夜气，群龙作骑唱潮音"③ 之联，均透出仙侠之气；联想康有为四年前见诸《清议报》之《出都作》中"天龙作骑万灵从""抚剑长号归去也"诸句④，乃师南海先生之风骨与影子隐约可见。

三、鹭江诗人谁第一？新派当推潘老兰

就新诗论新诗，寓居香江的潘飞声所寄诗稿数量最多，质量亦高，且持续时间最长，在《鹭江报》"诗界搜罗集"栏诗人群中颇为耀眼，因而最具代表性。

潘飞声（1858—1934），字兰史，号老兰、剑士，别署老剑、剑道人、说剑词人、独立山人、罗浮道士等，祖籍福建，出生在广东番禺，1887年后有过四年执教德国柏林大学的经历，遍游西欧诸国，1894年后寓居香港十几载，任《华字日报》等报主笔，提倡变法图强，与黄遵宪、梁启超等维新派名流交谊深厚。1897年，黄遵宪那篇首揭"新派诗"旗帜的《酬曾重伯编修并示兰史》诗章，就是写给曾重伯和潘兰史的。1902年之后，梁启超在《新民丛报》"饮冰室诗话"栏目中频频提及番禺潘兰史惠寄的公度诗稿并亟录之，更见证了两位同是"东西南北人"的岭南新派诗人交往之频繁，交谊之深厚，诗学宗趣之相投。潘兰史见诸《清议报》和《新民丛报》的诗作很少，而作为近水楼台的《鹭江报》诗歌园地为其提供了绝好的平台。由于潘老兰的加盟，《鹭江报》"诗界搜罗集"专栏显得新意盎然，充满新气象。

潘飞声最早见诸《鹭江报》的诗篇《送陈咏虞孝廉随使美洲》，即表现出鲜明的新派诗特征。诗云：

汉廷绝域思良将，班史行人望若仙。且掷文章谈事业，张骞槎胜

---

① 《鹭江报》第30册，1903年5月7日。
② 《鹭江报》第30册，1903年5月7日。
③ 《鹭江报》第88册，1904年12月31日。
④ 更生：《出都作（乙丑）》，《清议报》第16册，1899年5月30日。

孝廉船。

纵横宙合成争鹿，荒昧全球仗阁龙。谁识墨洲能崛起，海风雄撼自由钟。

民权共戴华盛顿，血战终思拿破仑。公法到今难竟恃，友邦严禁受鏖氓。

同醉元龙百尺楼，一时尊俎击全球。凭君平挥麦坚理，宪法从容问劣优。①

"事业""全球""阁龙"（哥伦布）、"墨洲""民权""公法""麦坚"（美利坚）、"宪法""自由钟""华盛顿""拿破仑"等新名词，传达出诗人放眼全球、求新声于异邦的急切呼声，表现出民族竞存、优胜劣败、独立自由、民主立宪等关乎国家民族兴亡的思想主题，充满启蒙意味。

潘兰史见诸《鹭江报》的诗章，以酬赠诗和感怀诗居多，从中可见其胸襟与气度，亦可见其在岭南和港台地区的威望与影响。《书怀示卓玫憨父》云："南渡已难图北伐，东山容待录西游。不甘奴隶天骄子，且辑徐仙泛大舟。"② 隐现其民族主义思想倾向。潘氏应丘逢甲之约所题的两首诗，均与文天祥有关。其一题为《文信国公和平里刻石三大字歌，为丘仙根工部逢甲作》，中有"读书久养浩然气，三载从容乃就义""和平里石镇南斗，是有碧血结构成"诸句③；其二题为《丘跟仙工部五月二日在潮阳东山大忠祠祝文信国公生日编诗一卷曰〈寿忠集〉，书来属题》，内有"何人又拜信国公，是救台湾丘水部""神州蛟鼍今方恣，丞相有知应裂眦"诸句④，既表达了对杀身成仁的文信国公的景仰之情，亦流露出对念念不忘收复台湾的丘仙根工部的敬佩之意。《唐灌阳中丞景崧枉驾山居，外出未迓，补呈一诗》是潘氏写给唐景崧的诗作，中有"天下正多难，中原忆古臣""折衷靖强御，弥党为经纶"诸句⑤，对这位曾经抗日卫台的老英雄仍寄寓厚望。《石门》诗中"形势江流改，楼船认劫灰""壮心逢落日，畏听晚潮哀"诸句⑥，则流露出这位罗浮道人回天无力的浩叹。

---

① 《鹭江报》第35册，1903年6月25日。
② 《鹭江报》第74册，1904年8月15日。
③ 《鹭江报》第75册，1904年8月25日。
④ 《鹭江报》第77册，1904年9月14日。
⑤ 《鹭江报》第76册，1904年9月4日。
⑥ 《鹭江报》第65册，1904年5月19日。

潘飞声见诸《鹭江报》的诗词共计 20 题 32 首，从数量上位列第三。潘氏《论诗寄丘仲阏、萧伯瑶》其一有"正宗奇气久寥寥，江上珠光烛九霄；仲阏长戈挥鲁日，伯瑶健笔搅寒潮"诸句，其二有"正则骚愁天可问，杜陵胡骑梦都寒；江河万里何能废，各掣鲸鱼洗剑看"诸句①，从中可见其偏爱雄奇豪健的诗学宗趣。

1900 年秋，邱菽园"诗中八贤歌"中颂潘兰史有"直从元始愁鸿濛，剑气都化美人虹"之句②，道出了潘飞声诗思浩茫、亦箫亦剑的特征。1903 年，临桂刘福姚《次韵和潘兰史山人》诗云："南国知名久，论交有梦思。万言平虏策，五字感怀诗。沧海横流日，空山独立时（君有《独立图》）。箧中琴剑在，心事尔能知。"③ 见证了独立山人潘老兰的报国志向、书生意气和剑气箫心。

四、鹭江诗人谁第一？资深首推林鹤年

自 1903 年 12 月始，林鹤年《福雅堂东海集》陆续在《鹭江报》"诗界搜罗集"栏目刊出，以 56 题 129 首诗歌，毫无争议地高居该刊诗歌排行榜榜首。

林鹤年也是新派人士。他 1892 年自国史馆调任台湾后，主管过茶叶、船政和铁路，政绩显著。甲午战后，台湾割让日本，作为政府官员的林鹤年奉命内渡，定居鼓浪屿，取斋名"怡园"，寄寓心怀台湾之意。1900 年秋，邱菽园作"诗中八贤歌"，将"安溪林正郎"置于南海康先生、嘉应黄京卿之后；诗云："林四丰神成一家，绝句高唱天半霞。诗成寄我南海涯，风弦水调铜琵琶。"④ 可见，在新派诗人邱菽园眼中，长辈林鹤年在骚坛上亦是同道。此时，林氏已是风烛残年，临近生命的终点。

林氏 1901 年初冬时节驾鹤西归后，潘兰史《题林氅云观察福雅堂集》诗有云："五百田横泪有声，伤心才子旧论兵。八贤诗里铜琵响，半壁台南铁血争。"⑤ "铜琵响"言其诗刚劲有力，"铁血争"言其赞助台南抗日义军事及其诗作中时时流露的割台之痛，道出了这位鹭江诗坛巨擘的

---

① 《鹭江报》第 47 册，1903 年 10 月 20 日。
② 星洲寓公：《案头杂陈时贤诗稿，皆素识也，旧雨不来，秋风如诉，用赋长古，怀我八君》，《清议报》第 67 册，1900 年 12 月 22 日。
③ 《鹭江报》第 47 册，1903 年 10 月 20 日。
④ 星洲寓公：《案头杂陈时贤诗稿，皆素识也，旧雨不来，秋风如诉，用赋长古，怀我八君》，《清议报》第 67 册，1900 年 12 月 22 日。
⑤ 《鹭江报》第 35 册，1903 年 6 月 25 日。

剑气与箫心，亦是《福雅堂东海集》诗歌的卓特之处。氕闷道人①《福雅堂东海集题词》中有"对策陈同甫，吟诗阮步兵""鼓轮涉沧海，把臂论台澎""早作陆沉叹""总是忧时泪"诸句②，看重的亦是怡园半叟诗忧时伤世、关乎时局、映射出台澎风云这一层面。

林鹤年《豫生航海南归戏为长句送之》回忆当年平定生番的情景道：

> 火轮飚转扶桑东，鬼伯崛起驱鸿濛。地雷轰天撼山岳，海军跳啸鸣沙虫。五百田横誓荒岛，手斫蛟鼍宵起舞。毁家纾难卜式贤，万牛推尽千军犒（家时甫督办全台团练，兵事多赖君赞画）。帅幕军咨真人许，伏虎降龙等蛇鼠。指挥羽扇定三军，十万降番编义旅（生番归顺愿效前驱）。③

风格豪健，有尚武精神。

《刘渊亭守台南》写道：

> 五百田横气尚雄，曾闻孤岛盛褒忠。誓心天地中原泪，唾手燕云再造功。不信黄金能应谶（旧传台湾金砂出必有事变，今年金砂盛出，余承办金砂，渊帅语予：夷必肇衅），谁教赤嵌擅和戎？兵销甲洗天河夜，只手澜回力障东。④

对刘永福黑旗军台南抗日之举且赞且叹。

《五月朔越日全台绅民权推唐中丞总统民主国有纪》诗云：

> 天祚扶余未可知，两河忠义盼星旗（刘营七星黑旗）。陈桥拥赵兵虞变，鄫国对韩帝不疑。执挺降番尊使相，筑台朝汉长蛮夷。五洲琛□图王会，瞿铄登坛纪义师。⑤

以诗笔记录下唐景崧被全台绅民公推为台湾民主国总统的历史时刻。

---

① 即林朝崧（1875—1915），字俊堂、峻堂，号痴仙、氕闷道人，台湾台中人，21岁遭割台之变，举家内渡，居泉州、上海，1899年返台定居，栎社创始人，有《氕闷草堂诗存》行世。
② 《鹭江报》第52册，1903年12月9日。
③ 《鹭江报》第56册，1904年1月17日。
④ 《鹭江报》第58册，1904年3月11日。
⑤ 同上。

《五月十三日，台北激于和议，兵民交变，扁舟偕家，太仆内渡，仓皇炮燹，频于危者屡矣，虎口余生，诗以志痛》其一道：

> 内变方乘外侮忧，掀天波浪截横流。忽惊车鬼方涂豕，始信冠人尽沐猴。猿鹤化来山月黑，鹳鹅声乱阵云浮。沧桑再见田横岛，错计燕云十六州。

其二云：

> 半壁斜阳列屿空，大江王气黯艟艨。依来刘表原非策，哭到唐衢共效忠。万里随槎终返节，千秋孤注误和戎。早闻马后书生谏，得失何必语塞翁？①

内变外侮，仓皇内渡，虎口余生，心仪田横。

《台北避乱，初寄孥于厦门，再迁龙江，为郑延平故里，地患时疫，余内渡，次江口，谒延平王庙，携眷仍住厦门》八章其二道："望断燕云十六州，书生涕泪海天愁。重瀛缔造披榛昧，同抱东南半壁忧。"② 书生涕泪日，愧对延平时。《次易实甫见赠原韵》有"两河忠义难忘宋，三户英雄好灭秦。忍令梓乡成异域？回天终望主兼宾"③ 诸语，寄寓割台之痛和复台之志，其爱国爱台之心溢于言表。

临终前数日，林鹤年作《南楼书感示四儿辂存》：

> 大江淘尽几英雄，都在南楼眼界中。老近聋聩千事好，身经忧患万缘空。沐猴且阔场中傀，失马差同塞上翁。一线纸鸢天尺五，为他儿女盼长风。④

曾经沧海，身罹忧患，远在江湖，心忧庙堂，怡园半叟临终前谆谆叮嘱四子林辂存要辩证地看待国家局势和个人进退，静待时机，报效国家。

---

① 《鹭江报》第58册，1904年3月11日。
② 同上。
③ 《鹭江报》第59册，1904年3月21日。
④ 《鹭江报》第41册，1903年8月23日。

五、黄遵宪、丘逢甲、高旭等新派诗人之作

黄遵宪见诸《鹭江报》"诗界搜罗集"栏的诗作，多系从《新民丛报》"诗界潮音集"栏转录，见证了两个报刊诗歌园地之间同声相应的密切关系。组诗《不忍池晚游诗》计17首，分三期刊出，时间上较《新民丛报》晚四个多月。1903年6月见诸《鹭江报》的《题兰史〈独立图〉》则系潘兰史供稿。潘氏所绘《独立图》颇有时誉，"一时名士，题咏殆遍"①；经由潘氏提供诗稿刊诸《新民丛报》"饮冰室诗话"专栏的题诗，有康幼博、黄公度、丘仓海诸时贤之作；而知名度最高、流传最广者，当推黄氏这首《题兰史〈独立图〉》。诗云："四亿万人黄种贵，二十余岁黑甜浓。可堪独立山人侧，多少他人卧榻容？"② 同期见诸《鹭江报》的黄氏《奉题兰史先生方家〈罗浮纪游图〉，调倚双双燕》一词，与前诗有着相同的题旨；其诗其词，恰能相映成辉，相互阐释。词云：

> 罗浮睡了，试召鹤呼龙，凭谁唤醒？尘封丹灶，剩有星残月冷。欲问移家仙井，何处觅、风鬟雾鬓？（兰史与其夫人曾有偕隐罗浮之约，故云。）只应独立苍茫，高唱万峰峰顶。　　荒径，蓬蒿半隐。幸空谷无人，栖身应稳。危楼倚遍，看到云昏花暝。回首海波如镜，忽露出飞来旧影。又愁风雨合离，化作他人仙境。（兰史所著《罗浮游记》引兰甫先生"罗浮睡了"一语，便觉有对此茫茫百端交集之感，先生真能移我清矣，辄续成之，狗尾之诮，不敢辞也。）③

罗浮山为南粤名山，相传葛洪曾在此炼丹，潘兰史夫妇有偕隐罗浮之约，该词系读潘氏《罗浮游记》有感之作，以"罗浮睡了"隐喻中国之沉睡不醒，以担心罗浮在风雨合离中"化作他人仙境"之愁绪，寄托中国被列强瓜分之隐忧。钱仲联评曰："借风雨离合之境，寄禹域瓜剖之忧，真不愧为'独立苍茫，高唱万峰峰顶'之狮子吼。"④

丘逢甲有3题5首诗歌见诸《鹭江报》，加上潘兰史、王毓菁诸时贤

---

① 饮冰子：《饮冰室诗话》，《新民丛报》第18号，1902年10月16日。
② 《鹭江报》第35册，1903年6月25日。
③ 黄遵宪公度：《奉题兰史先生方家〈罗浮纪游图〉，调倚双双燕》，《鹭江报》第35册，1903年6月25日。
④ 钱仲联：《近百年词坛点将录》，《当代学者自选文库·钱仲联卷》，安徽教育出版社，1999年，第702页。

题赠他的诗作，也算得上"诗界搜罗集"栏目知名度较高的诗作者，尤以保台之举和复台之志而闻名于士林。其《题朱竹君〈仗剑东归图〉》三绝其一云："梦绕落机天外峰，归舟一去云万重。西风磨剑海光绿，旷代人豪思阖龙"；其二道："西半球归东半球，偃然有国卧亚洲。逢人莫说华盛顿，厉禁方悬民自由"；其三言："古来剑侠王海外，客似虬髯殊足雄。此世界真新世界，剧怜归计太怱匕。"① 朱筠《仗剑东归图》只是丘氏驰骋诗思的触媒和由头，他心目中景仰的英雄是开辟世界新航道、发现美洲新大陆的旷代人豪哥伦布和美利坚开国元勋华盛顿；"逢人莫说华盛顿，厉禁方悬民自由"，则道出了清政府压制言论自由的现实处境。

王毓菁在乙未（1895）四月曾向尚未内渡的丘逢甲寄赠诗稿："议弃珠厓出汉臣，潜郎崛起义旗新。海东便抵田横岛，何止区区五百人？"② 对这位同年兄武力保卫台湾之义举深表敬佩。丘氏内渡之后心情郁愤，时刻不忘割台之痛与收复台湾，而现实生活中却充满着无奈和辛酸。其《戏书述功同岁生惺庵诗草后》云："如此江山可奈何？有人海上正高歌。谁知一集西昆体，崇让吟花贱泪多。"③ 道出了这种无奈与无尽的惆怅。

20世纪初年，依托《清议报》"诗文辞随录"园地和《新民丛报》"诗界潮音集"专栏成长为诗界革命阵营后起之秀的蒋智由、高旭、高燮，亦是《鹭江报》诗歌园地值得一提的新派诗人。

蒋智由有3题10首诗歌见诸该刊，均录自《新民丛报》"诗界潮音集"专栏。观云《旅居日本有怀钱塘碎佛居士》系怀念夏曾佑之作，诗云："别离湖海几回圆，明月天涯思黯然。每为清谈劳别梦，可能爱酒似当年？亚欧捭阖谋空壮，耶佛评论语更鲜。长恨蓬莱三岛水，文波末影皖山前。"④游学上海时期，青年蒋智由思想上受夏氏影响甚大，其投寄横滨《清议报》的诗作亦神似夏氏，以至于梁启超读后"大心醉之"，误以为就是夏氏之作，"盖其理想魄力，无一不肖穗卿也"。⑤ 这首东渡扶桑之后遥念夏氏之作，深情地回忆起当年开怀畅饮、清谈"新学"的情景，新名词运用自如，古风格诗味隽永。其《一羽》诗云："风日光中一羽辉，片音偶向世间遗。红尘十丈无栖所，自拣云天辽阔飞。"⑥ 可解读为

---

① 《鹭江报》第35册，1903年6月25日。
② 东冶王毓菁贡南：《乙未四月邮赠仲阏同年台湾》，《鹭江报》第69册，1904年6月28日。
③ 《鹭江报》第69册，1904年6月28日。
④ 《鹭江报》第51册，1903年11月28日。
⑤ 饮冰子：《饮冰室诗话》，《新民丛报》第19号，1902年10月31日。
⑥ 观云：《一羽》，《鹭江报》第51册，1903年11月28日。

一首自我写真,从中可见其独立人格与远大志向。

高旭有 5 题 12 首诗歌见诸《鹭江报》,大半录自《新民丛报》"诗界潮音集"专栏。其《兴亡,用因明子〈菊花〉韵》诗云:"兴亡皆有责,爱国我尤深。杨柳佳人怨,风云壮士心。血浇大树活,戈返夕阳沉。独上昆仑顶,胸罗万怪森。"① 理想风格均与蒋智由相近,属于典型的新派诗。其《重九》诗云:"亡国人民不复聊,离骚痛读又今朝。怕听白雁伤迟暮,略放黄花慰寂寥。有酒有诗侬似客,亦风亦雨夜如潮。纷纷落叶忙何事?祖国平居恨未销。"②重九登高,高吟屈子《离骚》篇,所伤所恨在"亡国"之痛,民族主义倾向隐现笔端。其《壮赠》道:"众生一日不成佛,我梦中宵有泪痕。独向空山铸新脑,更看短剑冻兵魂。龙蛇起陆风潮热,豺虎当关气势尊。万颗头颅千斗血,请君下酒与君论。"③ 笔力雄健,豪气干云,尚武精神和英雄气概充溢诗行。

高燮有 3 题 13 首诗作见诸《鹭江报》,署名"时若""慈石"。时若《新游仙诗》六章,旧瓶新酒,奇思妙想,颇受欢迎,一时仿效者甚众,以至于在晚清形成了一个"新游仙诗"品种。20 世纪初年,喜读"游仙诗"的时若,有感于昔人所作游仙诗"皆为旧思想,而非新思想;皆为虚诞思想,而非真实思想,因作《新游仙诗》数章,而纬以今事焉";其诗云:

> 乘球御气破空翔,任意飞腾到上方。三十三天游历遍,玉皇更诏许通商。
>
> 龙宫夜下水晶帘,晏罢群妃拥被眠。报道一船来海底,梦中叱起怒流涎。
>
> 踏将水上自由车,四面沧波画不如。月白风清歌一曲,成连指点我其鱼。
>
> 上清前辈推王母,闻说今年寿万春。下界新传无线电,也须远达祝良辰。
>
> 织罢流黄不复聊,银河清浅思迢迢。离骚谱入留声器,持似天孙伴寂寥。
>
> 昨夜嫦娥偶出游,广寒宫忽暗云浮。电灯高挂明如月,几误归途笑不休。④

---

① 《鹭江报》第 51 册,1903 年 1 月 28 日。
② 天梅:《重九》,《鹭江报》第 60 册,1904 年 3 月 31 日。
③ 天梅:《壮赠》,《鹭江报》第 60 册,1904 年 3 月 31 日。
④ 《鹭江报》第 51 册,1903 年 11 月 2 日。

既有天宫、龙宫、银河、广寒宫、玉皇、龙王、王母、织女、嫦娥等传统诗词中的旧意象，又充斥轻气球、海底船、水上自由车、无线电、留声机、电气灯等源自泰西的新事物，说什么玉皇大帝下诏准许与乘轻气球游历天宫的地球人通商，潜水艇惊了龙王爷的春梦，电信交流沟通了凡界和仙界，地球人可以通过无线电向王母娘娘致祝寿礼，孤独寂寥的织女备置一台可以播放《离骚》的留声机消愁解闷，电气化的实现令天界的气象为之一新，以至于嫦娥夜游遇见明如月亮的电灯而流连忘返，如此场景确非古代游仙诗人所能梦及，其意境之新奇可谓亘古未有，读来令人浮想联翩，忍俊不禁。

慈石《感春》四章，由春天的花草树木、游鱼飞鸟，阐发优胜劣败、合群爱国等道理，新意盎然，时代气息浓郁。其四云：

> 庭花开满树，春风触鼻香。好鸟语枝头，相对弄笛簧。游鱼结队行，谁云江湖忘？因之识群义，离群必受殃。民贫无富国，民弱国奚强？蒸砂以作饭，安能充饥肠？尤贵通他群，范围逾扩张。两利为真利，独利安得良？绿红相组织，为色斯成章。酸碱共调和，为味斯可尝。人我一以破，幸福乃无疆。爱情达极点，全球如一乡。文明日交换，云飞五色祥。①

该组诗中新名词大量出现，颇错略可喜，而其诗意却并不晦涩难懂，可谓既有新语句，又富新理趣。

惺庵和许自立的一批题咏计时钟、测远镜、照影画、留声机、电信、电灯、电话、写真器等近代科技新事物的咏物诗，也是后期《鹭江报》"诗界搜罗集"栏目中的一抹彩霞。惺庵咏《计时钟》道："莲花宫漏话庚申，海客西来制更新。鲸响不从城外寺，鸡筹忽报壁中人。忘机庭院惊天籁，弹指光阴付法轮。四万万家谁唤觉，晓钟微动梦犹春。"② 不仅形象地描摹出时人对来自西洋的计时钟的惊奇情状，而且由钟声进而联想到国人灵魂麻木之现状，可谓卒章显志，意味隽永。许自立咏《电信》道："机关微动电波流，踏破乾坤满地球。上古结绳开字学，只今树线博书邮。不须人力传千里，但看移时达五洲。岂独佳音端藉赖，安危缓急此中

---

① 《鹭江报》第50册，1903年11月18日。
② 《鹭江报》第70册，1904年7月8日。

求。"① 歌咏电信在通讯方面给地球人带来的极大的便利，同时不忘国家安危。此类题咏近代科技文明的咏物诗，早在1870年代的《申报》上就批量出现过；20世纪初年依然有一批诗人对写作此类咏物诗有着浓厚的兴趣，足见其持久的生命力。

1903年前后的两年多时间里，是英国传教士山雅各主持的厦门《鹭江报》"诗界搜罗集"专栏活跃之时，亦是梁启超依托横滨《新民丛报》"文苑"栏掀起诗界革命运动的高潮之期。其间《鹭江报》"诗界搜罗集"专栏一度大量转载《新民丛报》"诗界潮音集"栏目诗歌，这是对梁氏领衔发起的诗界革命运动的直接响应。活跃在《鹭江报》诗歌园地的邱菽园、丘逢甲、黄遵宪、潘飞声、高旭、高燮、惺庵、蒋智由等新派诗人，亦是作为诗界革命主阵地的《清议报》《新民丛报》诗歌园地的知名诗人；这批举世公认的新派诗人的大量新诗集体亮相于厦门《鹭江报》"诗界搜罗集"专栏，正是对蓬勃发展的诗界革命运动的策应。

《鹭江报》诗歌在题材题旨方面反映了重大的时代内容，尤其在映射台澎风云、寄寓割台之痛和复台之志等方面写下了浓墨重彩的一笔。主要诗作者和主流作品表现出强烈的忧患意识与现实关怀，其主流思想倾向则为维新改良的政治立场。梁启超此期所标榜的"以旧风格含新意境"修正版诗界革命创作纲领，构成了1903年前后《鹭江报》诗歌的主流宗趣和创作特征。1903年前后的厦门《鹭江报》，是诗界革命运动延展到华南地区的重镇。

第四节 "心存邦国"和"诗人之诗"
——清末《时报》诗歌和"平等阁诗话"

1921年，曾经是《时报》最忠实的读者的胡适回忆该报"平等阁诗话"专栏对其产生的影响道："《时报》当日还有'平等阁诗话'一栏，对于现代诗人的介绍，选择很精。诗话虽不如小说之风行，也很能引起许多人的文学兴趣。我关于现代中国诗的知识，差不多都是先从这部诗话里引起的。"② 相比远在日本发行的《新民丛报》，狄葆贤主持的上海《时报》对就读于中国公学的少年胡适来说，可谓近水楼台。然而，由于

---

① 《鹭江报》第76册，1904年9月4日。
② 胡适：《十七年的回顾》，《时报》，1921年10月10日。

《时报》查阅不易，单行本《平等阁诗话》直到 2015 年底始有整理本出版，故而文学史家和诗论家对狄氏诗话和诗歌鲜有述及。事实上，清末《时报》"词林"栏目诗歌和"平等阁诗话"，或隐或显地受到梁启超领衔发起的"诗界革命"时代潮流的影响；而推崇"诗人之诗"和趋雅的诗学宗趣，则是此期梁氏和狄氏就该报"词林"栏目宗旨达成的共识。

一、清末《时报》及其"词林"栏目

1904 年春，康有为为扩大保皇党在国内的影响，遂命弟子狄葆贤（楚青）、罗普（孝高）在上海筹办一家报馆。6 月 12 日，狄氏主持的《时报》日刊在上海问世。为避免清政府干扰，起初以日人宗方小太郎为发行人。时报馆筹办阶段，适逢梁启超自澳洲秘密返沪，匿居虹口日本旅馆"虎之家"，遂暗中主持筹备工作，与狄葆贤、罗普"旦夕集商"，"时报"之名乃梁氏所定，其《发刊词》与体例亦出自梁氏手笔。① "时报"之"时"，取《礼记》"君子而时中"之说，意谓因时而变、顺时而为。

狄葆贤（1872—1941），字楚青、楚卿，号平子，别署平等阁主，江苏溧阳人，康门弟子，维新志士，与谭嗣同、唐才常、梁启超等交谊深厚。庚子年参与唐才常领导的自立军起义失败后，再度远遁日本；"从此狄氏灰心武力运动，乃创为《时报》，为文字上之鼓吹"②。梁氏手订的《时报》之《发刊例》第一条主张论说"以公为主，不偏徇一党之意见"③；而狄氏主持的《时报》自始至终不折不扣地贯彻了这一言论立场。正因如此，清末上海《时报》未如康氏所愿成为保皇党在内地的喉舌，却成就了一份真正有品质的"新闻纸"。时人赞曰："仙骨森森凌紫虚，云霞舒卷任何如。独持海上风潮论，不上人间卿相书。"④ 照狄氏的说法，"吾之办此报非为革新舆论，乃欲革新代表舆论之报界耳"；正是基于这样的办报理念，《时报》做到了"独创体裁，不随流俗"，赢得戈公振"不惜牺牲，甘与守旧者为敌"的赞誉。⑤

20 世纪初，锐意进取的《时报》在栏目设置、排版印刷和文体风格诸方面悉心革进，以崭新的面貌出现在经济文化中心上海，问世不久就取

---

① 罗孝高：《任公轶事》，见丁文江、赵丰田编：《梁启超年谱长编》，上海人民出版社，1983 年，第 337 页。
② 戈公振：《中国报学史》，中国新闻出版社，1985 年，第 118 页。
③ 《发刊例》，《时报》，1904 年 6 月 12 日。
④ 《平等阁诗话》录陈鹿笙赠平等阁主人绝句，《时报》，1904 年 10 月 21 日。
⑤ 戈公振：《中国报学史》，中国新闻出版社，1985 年，第 118 页。

得与老牌"新闻纸"《申报》《新闻报》鼎足而立的地位，一举成为新学界的宠儿。《时报》之所以能够迅速打开局面，与康、梁的鼎力支持分不开。由于康有为拟将其打造成保皇党国内喉舌，因而该报可以享用保皇会在各地的联络机构和《新民丛报》代派处等发行渠道，其外埠售报处覆盖到北京、天津、河南、湖南、湖北、安徽、江西、广东、福建、浙江、江苏、广西等地，国外售报处辐射到南北美洲和南洋一带。①

1921年，胡适在应邀为《时报》撰写的《十七年的回顾》中，言该报"在当日是报界的先锋"，盛赞其"在十七年前替中国报界开了许多先路"；至于他少年时代对《时报》的"爱恋"，简直到了痴迷的程度——"我在上海住了六年，几乎没有一天不看《时报》的"，"我当时把《时报》上的许多小说、诗话、笔记、长篇的专著，都剪下来分粘成小册子，若有一天的报遗失了，我心里便不快乐，总想设法把他补起来"。②清末《时报》在新式学堂莘莘学子中受欢迎的程度，由此可见一斑。照胡适的说法，《时报》确能引起一般少年人的文学兴趣的栏目，一是"小说"，一是"词林"。该报《发刊例》第十五条道："本报设'词林'一门，诗古文辞之尤雅者随录焉。"③

自1904年6月12日创刊之日起，《时报》就开辟"词林"专栏；自第12号起，开设了二级专栏"平等阁诗话"。首期"词林"栏刊发的是别士《登某县城楼》；自第46号狄葆贤《感事四绝》刊出后，"平等阁诗话"之外的"词林"栏，就基本上变成了平等阁主求和诗之园地，主要刊发了狄氏《感事四绝》《读〈今后之满洲书后〉感成四绝》《沪渎感事诗六章》等诗和几十位《时报》读者投寄来的上百首和诗。1905年10月之后，"词林"栏基本上由"平等阁诗话"包揽，虽然中间出现一些平等阁主人的求和诗与和诗，但数量较之此前大为减少。1907年暮春时节，时报馆遭受火灾，《平等阁诗话》存稿化为灰烬；其后狄氏多方搜求已刊出的诗话，编为选本，于1908年7月由上海有正书局正式出版，是为最早问世的《平等阁诗话》单行本。④ 1908年6月18日，《时报》推出"平等阁笔记"专栏；此后，"平等阁诗话"专栏刊出的频率大为减少。

---

① 参见该报创刊号之告白《外埠售报处》，《时报》，1904年6月12日。
② 《时报》，1921年10月10日。
③ 《时报》，1904年6月12日。
④ 1908年7月24日《时报》刊出的《平等阁诗话选本出版》告白云："去年春暮，本馆遭祝融之灾，诗话存稿悉化灰烬。近方谋搜辑，适梦盦居士邮示选录之编，虽非全豹，间邻独断，然以简驭繁，语皆雅洁，亦近时艺苑之佳观也。惧更散逸，特付排印，楮墨精良，每册都二卷，售价大洋三角五分。"

1911年5月之后,"词林"和"平等阁诗话"栏便难觅踪迹。

清末《时报》"词林"栏刊发了夏曾佑、狄葆贤、金嗣芬、马浮、唐才常、吴保初、陈诗、高燮、于右任、王博谦、潘若海、庞树柏、八指头陀、邱炜菱、陈三立、樊增祥等七十余位近世诗人①之作;其二级专栏"平等阁诗话"裒录150多位近世诗人②之作,陈伯严、曾重伯、丁叔雅、郑太夷、吴君遂、翁同龢、王壬秋、吴芝瑛、范无错、吴汝纶、寄禅上人、谭复堂、樊樊山、严几道、谭复生、梁启超、吕碧城等名流均在其列,涵盖晚清诗坛几乎所有诗词流派和名家,而尤以光宣诗坛最有势力的

---

① 《时报》"词林"栏诗人有:夏曾佑(别士)、狄葆贤(平等阁主人)、金嗣芬(想灵)、述庵、次畴、陈诗(鹤柴)、高燮(吹万)、[日]大场松谭、[日]西田天香、马浮、石荃、八指头陀(寄禅上人)、唐才常(咄咄和尚蔚蓝)、吴君遂(北山楼主人)、丁叔雅(惺庵)、铁城一叶、包天笑(天笑)、龚子英(侠民)、慕朝、王博谦(三凤词人)、于右任(半哭半笑楼主)、震公、佛鸣、庞树柏(剑门病侠)、虚无子、一际生、砆澄、日生、平梁遂庐主人、庄企平、公奴、潘若海(悔余生)、麦孟华(蜕庵)、辽东旧卒、桂伯华(念祖)、孤山旧隐、会稽女士杜世清、沈郢闻、笠云、关西余子、退庐、杨敞、震禅、墨士、毛沣仙、痴云阁、张汉民、黄家骥(釜雷)、天池潜叟啸琴氏、江孝通、万德尊、剑丞、林肖崙、徐铁华、诸真长、徐澹庐、周郁生、常仁甫(政)、瘦蝶、澹庐、岫云、邱菽园、孙锲庵、汪甘卿、秋星、六桥、甘泉诵紫生、罗瘿公、杨昀谷、谢公展、陈三立、樊增祥、俞明震等。

② 《时报》"平等阁诗话"栏裒录的诗家有:曾重伯(旧民氏)、匏庵、丁叔雅(惺庵)、周集(奥簃)、无思、张之洞(芝洞)、陈伯严(神州袖衣人、义宁公子)、蛰庵、文廷式(纯常子、芸阁学士)、陈诗(鹤柴)、魏繇(寄词、文斤山民,魏源之文孙)、夏曾佑(别士)、穗公)、刘宗尧、慧禅、寄禅上人、金嗣芬(想灵、楚青)、文公达(文廷式之子)、郑孝胥(太夷、苏龛)、平原、俞恪士(觚斋)、顾伯迪、饶石顽、高楼、吴君遂(北山楼主人)、潘若海(悔余生)、严几道、范肯堂、釰丞、汪湘卿、何懿生、吴汝纶、王钟霖、康国(子宽)、爽秋、李过江(佳)、江叔瀨、桂柏华(念祖)、邓秋门、陈鹿笙、孙师郑、夏剑丞(敬观)、张丹斧、林暾谷(旭)、周彦升(广文)、易实甫、午桥中丞、吴仓石、盛伯希(贤)、李子虎、宫玉甫、江润生、梁霭(佩琼,潘兰史夫人)、麦孟华(蜕庵)、郑叔问、吕慧如(湘)、吕眉生(清扬)、吕碧城(兰清)、沈雨丞、木沂舍人、宝竹坡(廷)、吴雁舟、王壬秋(闿运)、江建霞、陈弢庵(伯潜)、陈佑铭、朱古微、[日]结城治璞、李亦元(希圣)、鸥夷逸客、陈亮伯、曼苏、邱履平、魏銕三、王小农、季直、胡壶庵(念修)、夒笙舍人、翁同龢(常熟相国)、彊邨、李梅庵(梅痴)、薛次升(华培)、诸贞员、拔可、金湜生、王又点(允皙)、黎喑园(承忠)、陈伯澜(涛)、王雨岚(章)、许海秋(宗衡)、陈伯弢(锐)、郑子尹(珍)、陈叔伊、邓弥之(辅纶)、刘龙慧(贻慎)、江孝通(逢辰)、林肖崙(虪桢)、况夒笙(周仪)、姚惜抱(鼐)、谭复生(嗣同)、李尊客、徐铁华、诸真长(宗元)、廉惠清(泉)、吴芝瑛、李德膏、天涯萍梗客、江龙门(开)、徐澹庐、宋燕生、常仁甫(政)、顾子朋(云)、陈兰浦(澧)、谭复堂(献)、陈伯初、刘裴邨、吴子恒(保德)、吴炎世(仲穆)、寿伯荮(富)、周畇叔(星誉)、周季贶(星诒)、梁公约(葵)、孙仲容(诒让)、施均父、韩树园(文举)、郑穧星、张子开(广文)、徐毅甫(子芩、龙泉老牧)、王谦斋(尚辰)、戴子瑞(家麟)、潘凤洲(鸿)、蒋鹿潭、蒋剑人、樊樊山、孙琴西(衣言)、孙韶甫、朱曼君、高啸桐(凤岐)、曹东敷(震)、蔡师愚(宝善)、张南山(维屏)、狄幼卿(祖年)、辛仿苏(芋庵)、文道羲、赵尧生(熙)、王聘三(乃徵)、陈梅根(鼎)、小沂、秦又衡(树声、晦鸣)、刘芝田(瑞芬)、梁启超(饮冰主人、沧江)、林琴南(纾)、寄青霞轩主人、胡漱唐等。

同光体诗人为多。

狄葆贤《平等阁诗话》仿梁启超《饮冰室诗话》裒录当代诗友之例，其诗学标准则与梁氏互有异同。当是时，《新民丛报》"饮冰室诗话"专栏虽在题材题旨和诗体变革精神方面体现着诗界革命的余绪，但已不提"诗界革命"字眼，诗界革命运动已处于退潮期。那么，作为同门知友的平等阁主在《时报》"词林"栏发表的"平等阁诗话"秉持着怎样的诗学标准？其与《新民丛报》"饮冰室诗话"又有着怎样的历史关联呢？

二、"平等阁诗话"与"饮冰室诗话"旨趣之异同

《时报》"平等阁诗话"栏并未如《新民丛报》"饮冰室诗话"栏那样开宗明义，交代其裒录当代诗友的标准。不过，我们从"别士先生，诗界三杰之一也，其旧作已屡见《饮冰室诗话》中"①，"人境庐主人……雅好歌诗，为近来诗界三杰之冠"② 等表述中，不难看出平等阁主人对饮冰室主人评判当代诗人的一些重要观点的接受和认可。然而，"平等阁诗话"之于"饮冰室诗话"并非"照着说"，其诗学宗趣与任公同中有异，其选录标准和侧重点亦多有不同。

狄葆贤与梁启超可非泛泛之交，两人是情同手足的同门、同道和同志；梁氏尝言："余故交中复生、铁樵之外，惟平子最有切密之关系，相爱相念，无日能忘。"③ 可见两人志趣之相投，相处之融洽，交谊之深厚。狄氏诗作屡屡为《新民丛报》"饮冰室诗话"栏所裒录，饮冰主人提起这位"性情中人"就"笔锋常带情感"，语气中透着欣赏、偏爱和惭愧。④ 狄葆贤有3题12首诗作⑤发表在《新民丛报》"诗界潮音集"专栏，署名"平等阁"，时间都在1902年；加上"饮冰室诗话"专栏裒录的12题30

---

① 《平等阁诗话》，《时报》，1904年10月17日。
② 《平等阁诗话》，《时报》，1905年3月31日。
③ 饮冰子：《饮冰室诗话》，《新民丛报》第40、41号，1903年11月2日。
④ 饮冰子《饮冰室诗话》云："平子不以诗名，偶有所作，温柔敦厚，芳馨悱恻，盖平子性情中人也"；"余记其庚子秋，东渡日本，舟中作四绝云……吾酷爱之，谓其为《离骚》之音也。平子又为觉顿书笺，录旧作一章云……盖纯乎学道有得之言。余昔记曾重伯诗有'万朵红莲礼白莲'之语，余昔叹以为妙想妙语，得未曾有。平子'万山无语看焦山'一句，警策相类，而意境似犹过之，可谓无独有偶"；"昔与平子及两浏阳、铁樵同学佛，日辄以'为一大事出世'之义相棒喝。比年以来，同学少年，死亡流落。余且饱经世态，沉沦外学，吾丧真吾久矣。平子相见，叩以近所得，且勖以毋忘旧业，不觉冷水浇背，如南泉雁声过去时也。"载《新民丛报》第21号，1902年11月30日。
⑤ 分别为《燕京庚子俚子词》（7首）、《杂诗》（4首）、《辛丑冬日登山望雪感赋》，前两题载《新民丛报》第3号（1902年3月），后一首载《新民丛报》第6号（1902年4月）。

首，计有15题42首诗作。由此可见，狄葆贤也是诗界革命所依托的核心阵地《新民丛报》诗人群中的重要成员。而《新民丛报》与《时报》诗话专栏相互转录对方诗歌的情况①，则见证了两个报刊诗歌诗话栏目之间的相互关注与互通声气。

不同于《新民丛报》"饮冰室诗话"主要裒录"我文坛同志"②之作，体现出鲜明的同人性质；《时报》"平等阁诗话"广罗"大江南北"名家之作，既不以政治倾向和思想导向限定诗人圈子，也不以笃旧趋新和门派家法画地为牢。然而，其题材和题旨多关乎当下世运和国家兴亡，重视诗人的学行、志节、性情等，则与"饮冰室诗话"专栏的风向标相一致。不同于梁启超旗帜鲜明地揭出"诗界革命"创作纲领，显示出以之改造旧诗坛、引领新诗坛的雄心壮志，狄葆贤没有提出自己的诗歌创作理论，也没有直接呼应"诗界革命"的理论主张。毕竟，时代已经不同了，就连梁氏的诗学观念也发生了较大变化。《时报》"词林"栏趋"雅"的导向，就是梁氏和狄氏一起制定的。

1905年1月8日，狄氏在"平等阁诗话"中集中交代其诗学观道：

> 词章一道，余幼时即好之慕笃。嗣因国势贴危，师友每以玩物丧志相诫，十年来此事便废。庚子冬间，京师残破，关外沦为异域，居民流利，外人鞭策如豕羊，哀哀无告，触目心伤，时辄偶一吟咏，藉鸣不平，同人见者，每钞录传登报纸，乃知词章一道，感人颇深。今美洲新立国，其政术经济焕然改观矣，独其人之高尚思想却让西球。比者推源挽补，亦力以文词美术引导国民，非无谓也。
>
> 言之无文，行之不远。文词之感人易，入人深，振衰挽俗，要赖之焉，何得以无益之事目之？彭躬庵云：文者，虚器；诗者，感兴之端倪；中无以实之，则必不适于用。至哉言也！夫使智慧男子茧葬艳乡，以经济为粗豪，理学为迂腐，词章以外无他事业，是则诗翁词人之过也。若于作事之余暇，借文词以消遣怀抱，抒写性灵，亦任事人所不可少者。夫不作有益之事，固未免

---

① 如1904年7月《新民丛报》第50号"饮冰室诗话"栏转录《平等阁诗话》裒录的蛰菴《感事》五绝、惺庵《留别居东同人回风辞》四章、《将发江户留别日本祭诗龛诗社》四律等；1904年11月11日《时报》"平等阁诗话"专栏转录1903年6月《新民丛报》第33号"诗界潮音集"栏目所刊悔余生《东京杂事》组诗中的警句等。

② 饮冰子：《饮冰室诗话》，《新民丛报》第18号，1902年10月16日。

> 负有用之身；不作无益之事，又何以遣有涯之生？而况其未必为无益之事耶？
>
> 　　每读《离骚》、《南华》、迁史、杜诗、宋词、元曲，辄爱念古人不置。盖以此等文词美术，国之粹，亦国之华，故爱古亦属爱国。其不知审美学者，必其人无国家之感念者耳！

此段文字明确表达了如下观点：词章一道，感人易，入人深，振衰挽俗，要赖之焉，不得以无益之事目之；美利坚合众国立国之初，亦注意以文词美术引导国民；那些不知审美学的人，一定是没有国家感念的人。

1906年3月3日，狄葆贤又在《时报》"平等阁诗话"栏中，就两年来在选录诗家诗作方面存在的问题及其秉持的价值标准和诗学宗趣作了一次集中的解释与说明：

> 　　余诗话之作，不无博采之嫌，未能悉中诗律，而名流佳句，又往往致憾遗珠。友人尝执此相规，此则余咎无可辞者也。然款款私衷，窃附史家之末，颇欲因人以见道，即不得不有时以人而废言。果其人心存邦国，具真性情，感物哀时，声若金石，自能当于人心，又未可以诗律相概。若非然者，虽言之成理，毋宁割爱焉。古诗有可转移风俗者，若《孔雀东南飞》《石壕吏》《秦中吟》是也；有可抒写性情者，若古歌谣、《古诗十九首》、陶靖节、苏长公诸作是也；有可备史乘者，若《长恨歌》《连昌宫词》《圆圆曲》《雁门尚书行》是也。方今欧墨之人慕重诗教，凡诗人之遗闻轶事、生卒年月，靡弗载焉。以其言有裨于民物，非仅为吟风弄月、惜夜伤春已也。余尝谓：美术之进步，以绘画为滥觞，而书法不与焉；人心风俗之改良，以诗为向导，而法律不与焉。余友王义门有言："诗为心理学。"

原来——"心存邦国，具真性情"，是平等阁主人选录诗家的标准；"人心风俗之改良，以诗为向导"，是平等阁主秉持的诗学观；"转移风俗""抒写性情""可备史乘"，是平等阁主人总结的中国古代诗教传统；"诗为心理学"，是"方今欧墨之人慕重诗教"之原因与写照。

直到宣统年间，平等阁主依然坚持"诗以言性情，寄感慨"、诗要关乎"社会风俗"的诗学观，反对于世无益的"诗匠"之诗：

诗以言性情，寄感慨，如候鸟时虫，鸣乎其不得不鸣，非有意作诗也。今人自命为作诗，而惟于字句间镂心斗角，纵虽极工，亦诗匠而已，于社会风俗毫无关系也。即令生平造诣不下少陵、义山，亦不过于少陵、义山集中加得诗百数十首而已，于世奚益？①

平等阁主人论诗重人品、学行、志节、风骨与性情，而不问门派家法与笃旧趋新，有兼容并包之气度、海纳百川之胸襟。换言之，《时报》"平等阁诗话"哀录当代诗友重内容而轻诗律，重"人"而轻"文"乃至"以人而废言"，重在"因人以见道"，以求"当于人心"，而不以"诗律相概"。哀录桂柏华诗稿，看重的亦是其"先天下之忧而忧"拳拳报国之心："九江桂柏华念祖，沉酣内典，妙悟三乘，贞志泊如，不婚不宦，尝著有《佛学教科书》，以惠迪时人。近复负笈东游扶桑，研求梵文精义，以拯救中国。肫诚笃挚，先天下之忧而忧，洵可谓有心之士。"② 哀录爽秋太常诗，看重的是其"气节文章，一世推仰，而尤以诗名"，言其《渐西邨人集》"多肖山谷，亦间有似柳者"，《于湖小集》"闲放在东坡、临川之间"。③ 表彰"通州范无错肯堂明经"，主要因其"逸情飙举，睥睨人寰，以古文鸣于世"，而其"诗学东坡、临川，心摹手追，直造其域"，亦大有可观。④ 1904年旧历年底，当"平生兀傲颇放类阮嗣宗，才士不偶，晚岁长贫"⑤的范当世"客死于沪，归葬通州"之际，一时"挽之以诗者綦众"；陈伯严《至通州会葬》诗中有"斯文将丧吾滋惧，微命相依世岂知"之句，吴君遂挽诗中有"肺肝早分忧时裂，涕泪从教哭野倾，袖有文章能活国，目存江海独伤情"诸句，平等阁主人评曰："衔哀述思，惧斯文之将丧，有心人固特具深哀。"⑥ 哀录常熟相国罢归后所作《题寄沤书巢图》诗，有"山鸟不知吟啸事，看人展卷辄疑猜"诸句，赞"其心旷然无累于物"。⑦ 哀录季直为袁伯夔书扇诗，不仅在于其"壮伟沉著处，仿佛于杜集时一遇之"，更在于"少陵尝以稷契自许，先生生平亦以垦牧教育为职志，读是

---

① 《平等阁诗话》，《时报》，1910年7月14日。
② 《平等阁诗话》，《时报》，1905年3月19日。
③ 《平等阁诗话》，《时报》，1905年5月27日。
④ 《平等阁诗话》，《时报》，1905年1月10日。
⑤ 同上。
⑥ 《平等阁诗话》，《时报》，1905年7月22日。
⑦ 《平等阁诗话》，《时报》，1906年6月1日。

诗，愈可见其襟抱矣"。①

"诗人之诗"是《时报》"平等阁诗话"选录诗家的重要衡量标准，也是"词林"诗歌总体风格趋"雅"的具体表现；而其"诗人之诗"之尺度，在于学古而能有己，神似而非貌像，读其诗如见其人；至于其诗是师法魏晋、唐宋诗家，抑或是元明、近世诗家，是以神理胜，还是以神韵胜，是以淡远静穆见长，还是以壮伟沉著见长，则是见仁见智、兼蓄并包的。1904年11月11日，平等阁主在《时报》"平等阁诗话"栏转录《新民丛报》所刊悔余生《东京杂感诗》中的警句——诸如"碧海无尘怜兔冷，女床有树待鸾栖""几辈短衣矜楚制，有人囚服尚南冠""漫劳下士忧天圮，会见中原起陆沉""人慨沧桑多变幻，佛言世界未周全"——之后，赞叹道："心酷好之，以为真诗人之诗。"哀录寄禅上人《寄恪士》诗，赞其"虽置之唐人集中，亦不能不称佳构"②。哀录义宁公子《寄酬鹤柴》一律，言其"味隽而永，置之宋人诗中，洵当在上乘之列"③。这些诗作，自然属于"诗人之诗"中的上品。他如赞午桥中丞诗"清远闲适，神韵悠然，置之《青邱集》中，宁复多让"④；称林怡庵诗"风致楚楚，音节邈绵，颇似元人诗"⑤；誉郑叔问《杨柳枝词》"结响凄婉，神理邈绵，上足以比肩张祜，近可以方轨渔洋"⑥；赏识诗人拔可，言其"爽朗笃挚，是刘真长、许元度一流人物"，谓其"诗学北宋，卓然成家"⑦；哀录湘潭王壬秋之诗，言其"诗学老杜，沉著闲雅中，时露英爽之气"⑧；赞"郑苏龛京卿，诗如霜钟山林，悠然意远"，谓其《日本望月怀沈子培》"数诗直融会唐宋之界，而自成一家言"⑨；品李梅庵诗，言其"忧深旨远，似齐梁人之作"⑩；称邓辅纶诗"写景得谢之秀，述事得陶之醇"⑪等，要皆不失为"诗人之诗"。

对以陈三立为领袖的学宋诗派的偏爱，是"平等阁诗话"的一大特点。据平等阁主人的解释，"近人多喜学宋诗，亦一时风会所趋，藉以阐

---

① 《平等阁诗话》，《时报》，1906年4月29日。
② 《平等阁诗话》，《时报》，1904年12月7日。
③ 《平等阁诗话》，《时报》，1905年3月5日。
④ 《平等阁诗话》，《时报》，1905年7月4日。
⑤ 《平等阁诗话》，《时报》，1905年7月27日。
⑥ 《平等阁诗话》，《时报》，1905年8月28日。
⑦ 《平等阁诗话》，《时报》，1905年9月12日。
⑧ 《平等阁诗话》，《时报》，1905年12月8日。
⑨ 《平等阁诗话》，《时报》，1906年2月4日。
⑩ 《平等阁诗话》，《时报》，1906年8月10日。
⑪ 《平等阁诗话》，《时报》，1907年4月7日。

发其崇论宏议，故有莫之为而为者"①。狄氏赞陈三立为吴君遂书簏诗"诸作虽置之江西诸老集中，殆无惭色也"②，称拔可"诗学北宋，卓然成家"③，赞常熟相国《题寄洰书巢图》诗"澹逸得宋人家法"④，谓陈弢庵诗"潜气内转，真理外融，笃守宋人家法，以意境胜"⑤ 等，都是对近世学宋诗人的表彰。其实，《新民丛报》"饮冰室诗话"栏从一开始就表现出对以陈三立为领袖的学宋诗派的欣赏。饮冰室主人尝言："陈伯严吏部，义宁抚军之公子也……其诗不用新异之语，而境界自与时流异，浓深俊微，吾谓于唐宋人集中，罕见伦比。"⑥ 至于光宣之际梁氏自己的诗歌创作，更是越来越明显地显露出"宋音"。

1905年春，人境庐主人的驾鹤西归，使得同时期推出的《时报》"平等阁诗话"栏和《新民丛报》"饮冰室诗话"栏有了共同的话题。4月17日，狄氏在诗话中以"人亡国粹，此恸何极"表达沉痛的心情，以"追思往事，卒成短章，聊以当哭"；悼诗共5首，首章云："竟作人间不用身，电函开泪哭先生。政坛法界俱消寂，岂仅词场少一人（得先生正月来书云：自顾弱质孱躯，遂不堪为世用矣。负此身世，负我知交）"；二章道："悲愤年年竟问谁，空余泪血化新诗。可怜一样伤心地，不见黄龙上国旗（庚子秋，余夜过威海卫，见英国兵舰连绵，电光明烁，口占记髓有'灵风辄夜翻银电，不见黄龙上国旗'之句，嗣见先生《游香港》诗亦有'不见黄龙上大旗'一语）"；末章云："奇才天遣此沉沦，湘水愁予咽旧声。莫问伤心南学会，风吹雨打更何人（先生臬湘时与陈佑民中丞、江建霞、徐砚甫两学使，皆南学会之领袖，今诸君无一存矣）？"诗作大体合乎饮冰主人倡导的"以旧风格含新意境"的诗学理想。此时，处在不同国度与地域、已是人天两隔的三位挚友，在精神上达成了一次跨越时空的交集。

三、"心存邦国"：清末《时报》诗歌主旋律

1905年初，狄葆贤在《时报》"平等阁诗话"栏中谈及诗歌文体功用提出"振衰挽俗"⑦ 之说，次年述及该栏目哀录近世诗人之标准时又谓："果其人心存邦国，具真性情，感物哀时，声若金石，自能当于人

---

① 《平等阁诗话》，《时报》，1907年3月30日。
② 《平等阁诗话》，《时报》，1904年9月14日。
③ 《平等阁诗话》，《时报》，1905年9月12日。
④ 《平等阁诗话》，《时报》，1906年6月1日。
⑤ 《平等阁诗话》，《时报》，1907年8月5日。
⑥ 饮冰子：《饮冰室诗话》，《新民丛报》第11号，1902年7月5日。
⑦ 《时报》，1905年1月8日。

心，又未可以诗律相概；若非然者，虽言之成理，毋宁割爱焉。"① 可见，在平等阁主人心目中，诗歌可以起到"振衰挽俗"的济世功效，近世诗人是否"心存邦国"，远比形式层面的"诗律"之工与否重要。反观《时报》诗歌（包括"平等阁诗话"栏裒录的诗词作品），"心存邦国"与"振衰挽俗"可说是其一以贯之的指导思想，在看似杂乱无章、多声复义、众声喧哗的"词林"，弹奏着关乎当下世运和国家兴亡的主旋律。

1904 年 6 月 12 日，《时报》创刊号"词林"栏刊出的，是夏曾佑《登某县城楼》一诗，署名"别士"；诗云："野水荒山临睨久，角声孤起满寒云。斜阳忽动当年感，垂死才通出世文。莽莽平原天四合，深深春色酒微醺。思深忽自忘贫贱，百尺竿头一见君。"以出世之笔，寄寓满腹孤愤与幽怨。这位戊戌变法前夕维新派阵营的思想先驱和梁启超的精神导师及"新诗"倡导者与实践者，如今依然沉俊下僚，徘徊于出世与入世之间；其所忧所怨，都在感愤时势，痛惜时艰；而其礼拜空王，寻求出世，乃是为了求得心理上的慰藉和精神上的解脱。

《时报》"词林"栏紧接着刊出的平等阁主《有感》七律，更是为该栏目诗歌定下了感愤幽怨与出世解脱相交织的主基调。诗云："又有东风拂耳过，任他飞絮自蹉跎。金轮转转牵情出，帝网重重酿梦多。珠影量愁分碧月，镜波掠眼接银河。为谁竟著人天界，便出人天也奈何。"②

金嗣芬③是《时报》"词林"栏第三位出现的诗作者，署名"想灵"。这位与狄葆贤同字的诗作者，此前曾以"楚青"之名在《新民丛报》"诗界潮音集"栏发表过 5 首诗歌，"饮冰室诗话"栏亦裒录了其 4 首诗。④

---

① 《时报》，1906 年 3 月 3 日。
② 《时报》，1904 年 6 月 14 日。
③ 金嗣芬（1877—?），字楚青，别署楚卿、想灵、謇灵修馆主人，江苏南京人，清末新诗坛上的活跃分子，诗作散见于《选报》《新民丛报》《国民日日报》《政艺通报》《时报》等。
④ 《新民丛报》"诗界潮音集"栏发表过楚青《辛丑中元羁泊海上望月怀南中诸君子》《柬蒋观云先生》《吊袁太常》《劫灰梦传奇题词》《远游（哀志士之去国也）》诸作，以至于时人多有将"楚青"误为狄楚青者。1904 年 7 月 21 日，狄葆贤在《时报》"平等阁诗话"栏中述及这一情形道："向在《新民丛报》中登载数诗，余极钦佩，而友人咸以为余作，余则以为方君药雨作。今春在沪上得遇金君想灵，始知数诗皆想灵所作。盖三人皆同字也。"1909 年 5 月 12 日《时报》"平等阁诗话"又云："金楚卿，名嗣芬，秣陵人也。于役南赣。"其实，此"楚青"非彼"楚卿"，饮冰主人也是清楚的："客有自署楚青者，余屡读其诗，好之，顾憾未得交，并姓名亦不谂也。顷复从观云处得见其《秋感》四首，殊妙，攫以入诗话。"饮冰子：《饮冰室诗话》，《新民丛报》第 40—41 号，1903 年 11 月 2 日。

如果说夏曾佑、狄葆贤上述诗歌是以出世之笔写幽怨之情的话，那么，金嗣芬见诸《时报》"词林"栏的诗作则表现出鲜明的济世怀抱和启蒙心态。《感事》其一云："王孙不肯留名姓，心事凄凉剧可哀。我向风尘识豪士，半从海外赋归来"；其二道："残旗犹复争先着，壮志于今尚未恢。独立空山不回顾，欲将生气试风雷。"① 大有前仆后继、东山再起之概，誓将维新吾国吾民事业进行到底，诗风豪放。《海上怀观云先生》其一云："愿身化作千万亿，遍为同胞忏孽因。巨浸风潮撼大陆，中原文献属斯人。精禽空负石填海，失鹿从知天厌秦。火屋漏舟殊岌岌，争存竞立在吾民"；其二道："惧为鱼肉哀同种，欲取心肝奉至尊。克复神州各戮力，即今屈指几人存。"② "火屋"也好，"漏舟"也罢，均隐喻着大厦将倾，覆水难收；面对列强为刀俎、我为鱼肉的危亡时局，唯有唤起民众"争存竞立"，方能建"克复神州"之功。次畴《感怀次想灵〈怀观云〉韵》其二道："黄尘顸洞蔽朝暾，怅望中原已断魂。铁骑无声驰冀野，铜驼有泪湿君门。身如白璧酬知己，国有青年强自尊。莫漫新亭空洒泪，大张旗鼓竞生存。"③ 铁骑无声，铜驼有泪，而国有青年，则民族竞存有望。

奥籛《京师示友》诗云："澍雨经年不入城，黄沙无税满瑶京。莫贪良夜频相过，更恐官司税月明。"平等阁主评曰："南唐税重，时天旱，后主问京师何以无雨，侍臣曰：雨畏抽税，不敢入城。唐昭宗时榷油税有司请禁松明，或言：何不更禁月明？诗用此意。可谓切中时事矣！"④ 此之谓身在京师，心忧邦国。寄禅上人《送易由父之日本并寄任公》中有"任公能任天下事，好与空王作护持"之句；《寄义宁公子》有"俗子纷纷据要津，怜君寂寞卧松筠。流枯沧海哀时泪，只作神州袖手人"诸句；与夏穗卿、狄楚青、陈鹤柴等人"小集歇浦酒楼"时，这位方外之人也禁不住"抵掌开襟话亚洲"，吟出"高楼回首望中原，满目河山破碎痕"等诗句⑤……还有那个"沉酣内典，妙悟三乘，贞志泊如，不婚不宦"的桂柏华，抱着"以拯中国"的志向，"负笈东游扶桑，研求梵文精义""先天下之忧而忧，洵可谓有心之士"。⑥ 此之谓身在方外，心存邦国。

---

① 想灵：《感事》，《时报》，1904年6月14日。
② 想灵：《海上怀观云先生》，《时报》，1904年6月30日。
③ 《时报》，1904年7月12日。
④ 《平等阁诗话》，《时报》，1904年7月18日。
⑤ 《平等阁诗话》，《时报》，1904年10月3日。
⑥ 《平等阁诗话》，《时报》，1905年3月23日。

1904 年 12 月 5 日，《时报》"平等阁诗话"记载了严复有重游英伦之行，同人为其饯行的情形：

> 严几道先生重游伦敦，同人饯别于海天邮，义宁公子即席赋赠诗一律云："餔啜糟醨数千载，独醒公起辟鸿蒙。抚摩奇景天初大，照耀微尘日在东。聊探睡骊向沧海，稍怜高鸟待良弓。乘桴似羡青牛去，指点虚无意未穷。"磊落岭崎，大有登泰山观日出气象。微先生，吾谁与归也？

无论是"乘桴似羡青牛去"的严几道，还是"来作神州袖衣人"①的陈伯严，抑或是"独持海上风潮论，不上人间卿相书"②的平等阁主，均可谓身在江湖，心存邦国。

1905 年 4 月 8 日，《时报》"平等阁诗话"专栏裒录了吴君遂、吴汝纶等游日本时留下的一组诗作。吴君遂《由长崎赴神户舟中作》云："万顷云涛玄海滩，天风浩荡白鸥闲。舟人那识伤心地，为指前程是马关。"诗后小注云："马关春帆楼，吴挚甫先生题榜曰'伤心之地'。"同舟的松平子宽康国诗云："危如坐积薪，中原胡马尘。大江流不止，击楫遂无人。"平等阁主评曰："每闻清歌，辄唤奈何！国之不竞，取讥友邦，宜也！吾人其三复此诗！"吴汝纶"曩游日本"，有《渡海》诗云："大海孤舟风万里，一船以外动相危。夜来惊浪掀天地，却是沉冥睡梦时。"平等阁主评曰："吾人若不自警，殆将长此睡梦，可不惧耶？"无论是王孙贵胄，罢官废吏，抑或是硕学鸿儒，国之栋梁，都称得上不忘国耻，心存邦国；至于评者平等阁主，更是一腔血诚，呼唤国人猛醒。

马浮《太平洋偶成寄无量兼示沪中诸子》③组诗云：

> 扁舟横渡太平洋，暗数人间旧劫场。异类已看成蛤蚌，群儿何苦逐蜣螂？闲编悲剧三千谱（舟中得见舍克司披阿悲剧数种），渴饮水浆十万觥。苦自消磨休更问，天园蓐海总茫茫。
>
> 第一、哀种族竞争之无已也。
>
> 千金散尽辞国去，万里行行独自愁。醉后不知殷甲子，醒时犹作

---

① 《平等阁诗话》，《时报》，1904 年 9 月 14 日。
② 《平等阁诗话》，《时报》，1904 年 10 月 21 日。
③ 该组诗最早见于 1903 年夏秋时节的上海《国民日报》，1903 年 12 月编入《国民日报汇编》第一集"文苑"栏。

鲁春秋。帝冠雄辩空年少，铁血成功已白头。遥望中原无限意，海天飞过一沙鸥。

第二、悲学问之迟暮也。

万里来寻独立碑，丈夫到此自堪悲。入关不见咸阳籍，击剑谁携博浪椎？国命真如秋后草，党人犹是袴中虮。千秋义气英雄骨，化作烟云逐雁飞。

第三、伤吾党之不竞也。

沧海飘零国恨多，哀哀汉土竟如何？世尊说法诸天从，一凤孤鸣万鸟歌。法会旧闻囚路得，国人争欲杀卢梭。投杯看剑伤心哭，谁为招魂吊汨罗？

第四、发愤狂呼生不如死也。①

这是马一浮赴美途中写给上海友朋的诗作，表达了远渡重洋寻求救国救民真理的壮志雄心，以及对患难祖国的重重忧虑，可谓离家万里，心存邦国。该组诗标题后小括号内加有"侠品"二字，而其激进的民主主义、民族主义思想倾向，则隐藏在了弘扬尚武精神的外衣之下。

至于平等阁主《感事四绝》《〈读今后之满洲书后〉感成四绝》《沪渎感事诗六章》组诗及"大江南北"惠寄报馆的数以百计且"佳作亦夥"的和诗②，更是针对国势蒸蒸日上的东邻日本、内忧外患而多灾多难的祖国、危亡的时局、麻木的国人、上海租界怪现状等有感而发之作，可谓满纸辛酸泪，满腔忧国情；其题旨和用意，可以套用当时鼎鼎大名的小说家李伯元一句流行的诗句："书生一掬伤时泪，誓洒大千救众生。"③

四、平等阁主诗及其时代反响

戊戌变法前夕，狄葆贤与谭嗣同交好，其学术思想和诗学宗趣均受其影响。戊戌八月"百日维新"流产后，亡命途中的狄葆贤经杭州"过西湖登灵隐寺正殿，凭栏独眺，偶见斜阳迢递，云树苍茫，百感交集，不能自已"，遂"口占四律"，其三云："未来已去刚今日，宵月晨星各不知。曾信羯磨传慧业，可容以太渡相思。意中风雨谁能听？梦里人天独自疑。

---

① 马浮：《太平洋偶成集无量兼示沪中诸子》，《时报》，1904 年 8 月 4 日。
② 《平等阁诗话》，《时报》，1904 年 8 月 10 日。
③ 李伯元：《活地狱》，《李伯元全集》，江苏古籍出版社，1997 年，第 3 页。

倚遍画栏寻旧路,东云西雁两迟迟";狄氏自我交代道:"第三句承第一句,第四句承第二句,一直说一横说'羯磨''以太'两新名词,当日无意中偶然拈合,实可谓天然佳偶也。"① 原来,戊戌变法时期的平等阁主,也曾写过梁启超所谓的"颇喜挦扯新名词以自表异"的"新诗"或"新学之诗"②。

1904年夏,梁启超评述狄氏之诗道:"美人香草,寄托遥深,古今诗家一普通结习也。谈空说有,作口头禅,又唐宋以来诗家一普通结习也。狄楚卿之诗,殆兼此两种结习而和合之,每诗皆含有幽怨与解脱之两异原质,亦佳构也";并裒录其近作一章,中有"金轮转转牵情出,帝网重重酿梦多""为谁竟著人天界,便出人天也奈何"诸句,并指出"此体殆出于谭浏阳"。③ 此诗于1904年6月14日初刊于《时报》"词林"栏,题为《有感》。梁氏关于狄氏"每诗皆含有幽怨与解脱之两异原质"的断语,可谓知言。潘飞声则谓该诗"全用新理想,却有意味可寻,与谭壮飞之满纸硬铜怪铁,不成一器者,正自不同也"④。不过,对于狄氏诗歌偏爱超脱的一面,任公是有微词的。⑤

最能体现平等阁主"美人香草,寄托遥深"风貌的诗作,当属其见诸1904年7月27日《时报》"词林"栏的《感事四绝》;其小序云:"忆庚子冬间联军已破燕京,余偕日人游历旅顺青泥洼辽东各要隘,俄人于彼处经之营之不遗余力,直视为囊物,而日人每经旧时战地指点陈迹,追数当年,辄愤愤然,余心亦戚戚焉。今者日俄衅起剧战于我国境内,余又适在东京,日人每谓此战也,端为支那。嗟嗟!此言令人啼笑两难,惭感交集,率成短句,聊用自伤。"诗云:

郎着征裘女脱簪,私情何似国情深。莫愁风露沾衣冷,此是寒闺夜夜心。

其一言日本之爱国

---

① 《平等阁诗话》,《时报》,1905年3月4日。
② 饮冰子:《饮冰室诗话》,《新民丛报》第29号,1903年4月11日。
③ 饮冰子:《饮冰室诗话》,《新民丛报》第50号,1904年7月13日。
④ 潘飞声:《在山泉诗话》,钱仲联主编《清诗纪事·光绪宣统朝卷》,江苏古籍出版社,1989年,第14895页。
⑤ 1904年冬,梁氏在诗话中述及狄氏一诗时云:"其避地泰州时一绝云:'草草生涯白鹭飞,柳丝菱叶露初晞。却将身世忘情久,又听花间莺乱啼。'平子颇自爱之,谓其气韵幽逸,无烟火气,当胜于诸作。然余意却不以为然。"饮冰子:《饮冰室诗话》,《新民丛报》第40—41号,1903年11月2日。

榻外妖云百怪陈，但垂鸳帐驻秾春。问他鹬蚌缘何事，袖手神州大有人。

其二言政府之安闲

为他真个话相思（他是谁，无思批），镜殿春残事事疑。昨夜西风今夜雨，明朝消瘦更谁知？

其三言外交之失策

冉冉天涯遍绿阴，萍吹絮堕意沉沉。思量旧恨都无着，梦雨缠绵直到今。

其四言内政之无望

该组诗刊出后，一时好评如潮，和者甚众；照狄葆贤的说法，"赐和者四百余家"①。龚子英赞其"哀艳悱恻，三百篇之遗也，能令读者凄咽，一唱三叹"②。王博谦谓其"香草写忧，娇花贱泪，天丁此醉，人何以堪？"③于右任言其"以美人之心，寄烈士之恨"④。佛鸣称其"以香艳之笔，写悱恻之怀，怨而不怒，风人之旨在焉"⑤。

两个多月后，梁启超在《新民丛报》"饮冰室诗话"栏裒录了这组《感事》诗，言："日俄战事初起时，楚卿适在东京，以所作《感事四绝》见示，余能为作郑笺也。"⑥此前，梁氏曾对狄氏《泊长崎有感》绝句二首下一评语："以美人喻中日两国，不着一字，感怆甚深，令读者心酸。"⑦这一组诗亦可谓"感怆甚深令读者心酸"之作。

在所有的四百余家"和诗"中，平等阁主尤为偏爱的是老友无思的四首和诗，言"其诗别有寓意""其第一章殆指新党言，第二章殆谓近日举行新政而当事者多非其材，第三章殆谓日之胜俄为当世联俄党所不及料，第四章殆指英人侵占西藏事"。诗云：

---

① 1905年8月2日《时报》"词林"栏平等阁主语。
② 侠民：《平子感事四绝，哀艳悱恻，三百篇之遗也，能令读者凄咽，一唱三叹，爰赓其韵，得无以东施见哂耶》，《时报》，1904年8月20日。
③ 三凤词人：《读平等阁主人感事四绝，香草写忧，娇花贱泪，天丁此醉，人何以堪，世无灵均，不觉芳菲之袭予也》，《时报》，1904年8月22日。
④ 半哭半笑楼主：《平子先生感事四绝，哀感悱恻，读之感不绝于予心，执笔欲和，因思以美人之心，寄烈士之恨，平子原唱与海内外和者至矣，另择所托，庶可藏拙，不揣固陋，寄意于名士老将僧徒，其可乎，录之吟坛一哂》，《时报》，1904年8月23日。
⑤ 佛鸣：《平等阁主感事四绝，以香艳之笔，写悱恻之怀，怨而不怒，风人之旨在焉，见猎心喜，自忘谫陋，效颦之讥，知未能免，寄尘一粲》，《时报》，1904年9月7日。
⑥ 饮冰子：《饮冰室诗话》，《新民丛报》第55号，1904年10月23日。
⑦ 饮冰子：《饮冰室诗话》，《新民丛报》第40—41号，1903年11月2日。

> 白奈花开雪满簪,梦回春已十分深。残红一掬燕支土,捣麝成尘是此心。
>
> 夜阑谁许绿章陈,恨草啼花不算春。闻道槐安新赘婿,苦从蚁穴觅天人。
>
> 九转柔肠百转思,梨云已破不须疑。娟娟臣里东家子,宋玉三年竟未知。
>
> 云外楼台一角阴,生憎西日易销沉。谁家燕子轻飞入,知自何年错到今。①

该组和诗"别有寓意",对平等阁主人的用意别有会心,反倒能够别出机杼,称得上"感怆甚深""能令读者凄咽"。

这种哀艳悱恻、怨而不怒的写法,艺术上自有其隽永之处,表现的也还是关乎国家兴亡的题旨,将诗可以兴、观、群、怨的诗教传统延续到当下诗坛。然而,时至今日,如果不加注释,其意欲表达的时代内容和题旨恐怕就颇为费解了。

1905年8月2日,平等阁主在《时报》"词林"栏刊出第二组求和诗,题为《饥鼠绕床,饿蚊袭肌,溽暑长夜,明月不上,挑灯展〈读今后之满洲书后〉一卷竟,血荡发末,泪咽心头,竟夕不能成寐,本书中之旨,口占四绝》,交代了写作缘由与心情;由于诗题太长,时人以《〈读今后之满洲书后〉感成四绝》简称之。诗云:

> 承命唯阿嗟往事,女吴空有泪纵横。可怜冰雪亭亭影,竟任尘寰俎佥争。
>
> 青塚年年塞上春,妾身终古未分明。愿将芳意遗公子,莫把虚名误一生。
>
> 换将□色共春旗,昔日青青是也非。便使长条仍旧在,可应作絮漫天飞?
>
> 遗世芳心原自警,更谁金屋贮倾城?明珠珍重无穷意,从此萧郎也路人。

狄氏所言《读〈今后之满洲〉书后》,系梁启超为揭露日本军国主义分子有贺长雄关于日本对满洲实行"委任统治"之阴谋而撰写的文章;任公

---

① 《平等阁诗话》,《时报》,1904年8月10日。

痛斥道："吾不知有贺氏为此言，将以欺世界耶？将以欺中国耶？抑还自欺耶？自欺则何必，欺世界又安能？彼直以一手掩我四万万人之目云尔。"①"委任统治论"的实质，是日本在不得不承认列强"门户开放"政策的形势下企图对我国东北地区实行事实上的占领。平等阁主人此诗，以美人隐喻满洲，以萧郎隐喻大清帝国，亦可谓"以美人之心寄烈士之恨"。

1907年12月25日，平等阁主人在《时报》"词林"栏推出第三组征求和诗的感事组诗，题为《沪渎感事诗六章》。狄氏交代其写作缘起道："沪上租界繁盛，为海内冠，然国权不张，外人持柄，亦莫此为甚。余身居其间，见闻较确。尝仿巴渝竹枝之讴，赋《沪渎感事诗六章》，综其故实，言皆可徵，少写余怀焉尔。"兹录其一、二首：

> 路别仙凡逝不回，更谁花外一徘徊？银河杳渺风帆渡，那许萧郎入梦来！（上海黄浦滩旁有公园，严禁华人入内游览。）
>
> 江干何处立斜晖，碧草清阴与梦违。燕子不知巡警例，随风犹得自由飞。（黄浦滩岸边草圃，本中国官地，且未经升科者。草圃中所设铁椅，曩时中西人均可小憩。久之渐禁华人之短衣者，又久之并禁长衣者。今则华人偶一涉足其地，辄遭巡捕之呵逐矣。）

践履着平等阁主人一贯主张的"诗以言性情，寄感慨"，写诗要关乎"社会风俗"的诗学观。

狄葆贤主持的清末《时报》"词林"栏目诗歌诗话，秉持"心存邦国，具真性情"的诗学导向，秉承转移风俗、抒写性情、可备史乘的诗教理念，强调人心风俗之改良以诗为向导，反对于世无益的"诗匠"之诗；其"平等阁诗话"专栏，衷录当代诗友重人品、学行、志节、风骨与性情，衡诗重时代内容以求"当于人心"，而不以"诗律相概"。平等阁主对诗歌"振衰挽俗"的济世功效念念不忘，将近世诗人是否"心存邦国"的思想标准置于"诗律"是否工整的形式标准之上，均流露出精神启蒙的心迹。作为曾经的"诗界革命"同人，狄氏在《时报》开辟的"平等阁诗话"与同期并存的《新民丛报》"饮冰室诗话"（至1907年11月终止）有着某种程度的精神联系；两者的同中之异与异中之同，为我们观察清末以报刊为中心聚拢起来的文学社群之间你中有我、我中有你的

---

① 中国之新民：《读〈今后之满洲〉书后》，《新民丛报》第68号，1905年5月4日。

复杂的历史关联,提供了不同于一般文学史书写的有益视角。而狄氏见诸清末《时报》的一批"以美人之心寄烈士之恨"的新诗章,不仅呈现了不同时期平等阁诗的多彩风姿,记录下诗人的心路历程,而且以迥异于新派诗名流黄遵宪、康有为、梁启超的独特风格,为一个大时代留下历史的存照。

第五章 清末文艺期刊与诗界革命之别样风景

1902年底梁启超创办的《新小说》月刊问世后，迅即以上海为中心带起了一个以刊载新小说为主的文艺期刊的创办热潮。《新小说》是"小说界革命"所依托的核心阵地，而作为其"有韵之文"的"杂歌谣"专栏，既是配合小说界革命的产物，又是对"诗界革命"的有力策应。清末文艺期刊大都开辟有诗词或诗话专栏，其中有相当一批栏目与诗界革命形成了呼应之势。无论是《新小说》之"杂歌谣"，还是《绣像小说》之"时调唱歌"，抑或是《二十世纪大舞台》之"文苑"栏诗歌，均构成了诗界革命运动的有机组成部分，并以有别于《新民丛报》"文苑"栏诗歌的创作特征，形成了诗界革命的别样风景。

第一节 清末文艺期刊诗歌诗话栏述要

自1902年11月梁启超在横滨创办的《新小说》杂志开其端，1903年5月李伯元在上海依托商务印书馆发刊的《绣像小说》踵其后，以登载"新小说"相标榜的文艺报刊如雨后春笋，盛况空前。1904—1909年间，随着《新新小说》《二十世纪大舞台》《月月小说》《中外小说林》《小说林》《竞立社小说月报》《新小说丛》《扬子江小说报》《宁波小说七日报》等一批文艺杂志相继问世，一个以刊载新小说和改良戏曲为主的文艺杂志兴盛的时代宣告到来。这些在小说界革命时代大潮下应运而生的较为专门的文艺杂志，绝大多数都开辟有诗词或诗话专栏；其栏目名称有"杂歌谣""时调唱歌""歌谣""唱歌""词林""词苑""文苑""艺苑""文艺""艺林""粤讴""木鱼""龙舟歌""南音""诗坛""诗薮""词章"等，可谓林林总总，名目繁多。有时调小曲，有传统词章；以俗为雅，雅俗共赏，众声喧哗。

梁启超创办的《新小说》、李伯元创办的《绣像小说》、汪惟父创办的《月月小说》、曾孟朴创办的《小说林》，在清末小说期刊中最负盛名，号称"清末四大小说杂志"。清末小说期刊之"四大名旦"不仅能"说"会"道"，将稗官之"小说"演绎改造为纠弹时政、匡救风俗、改良群治乃至新民救国之"大说"，而且善"歌"，或以通俗唱法弹奏"杂歌谣""时调唱歌"，或以民族唱法吟诵传统诗词，经营着充满时代气息的新文苑。由于新小说杂志和新小说家们的加盟，令纷纭的清末新诗坛更为热闹，大量的通俗歌诗和传统词章出现在清末四大小说期刊中，形成了一股创作潮流。如果说梁启超与黄遵宪共同策划的《新小说》"杂歌谣"专栏是对诗界革命的有意策应的话，那么，《绣像小说》之"时调唱歌"栏、《月月小说》之"诗坛"栏、《小说林》之"文苑"栏等，则明显受到了《新小说》"杂歌谣"和《新民丛报》"饮冰室诗话"专栏的影响，是考察诗界革命运动不可轻忽的重要诗歌园地。

1902年11月创刊的《新小说》，标榜"以发起国民政治思想，激厉其爱国精神"为宗旨①；其创刊号即开辟"杂歌谣"专栏，并作出"不必拘定乐府体格，总以关切时局为上乘"②的总体设计与定位。《新小说》"杂歌谣"属于"有韵之文"，大体可分为趋向近代化的拟乐府诗、能够歌唱的乐歌与粤讴，其文体形式介于诗歌、戏曲、小说之间，大都兼有叙事性、讽喻性和音乐性，形式灵活多样，内容关乎时局，与新小说作品一样肩负着"发起国民政治思想，激厉其爱国精神"的历史使命。由于一批"新粤讴"作品的引进，《新小说》"杂歌谣"专栏开启了以民间俗曲时调之"旧瓶"装填启蒙新民思想之"新酒"的"俗曲新唱"类曲艺作品之先河，符合梁启超此期倡导的"以旧风格含新意境"的诗界革命的指导纲领，构成了诗界革命运动的有机组成部分。

1903年5月，商务印书馆推出《绣像小说》半月刊，由南亭亭长李伯元主编。创刊伊始，该刊即开辟"时调唱歌"专栏，以"裨国利民"的启蒙心态和从众向俗的民间文化路径，用俗曲小调弹奏起时代的大潮音。《绣像小说》是梁启超揭橥"小说界革命"旗帜之后国内率先响应的第一家小说期刊，其"时调唱歌"栏亦明显受到《新小说》"杂歌谣"专栏之启诱。如果说《新小说》"杂歌谣"栏是采取新乐府和民

---

① 《中国唯一之文学报〈新小说〉》，《新民丛报》第14号，1902年8月18日。
② 《新民丛报》第19号，1902年10月31日。

间俗曲时调两条腿走路的话，那么，《绣像小说》"时调歌谣"栏则沿着民间俗曲的路径一条道走到底，将前者开启的以民间俗曲之"旧瓶"装填近代启蒙思想之"新酒"的形式推而广之，扩而大之，用流行的时调、市井细民喜闻乐见的艺术形式、俚俗的语言、关乎时局的近事题材，推陈出新，俗曲新唱，奏响了时代的主旋律，在启蒙救亡大潮中充当了文艺轻骑兵。

1906年11月创刊的《月月小说》，前期由吴趼人主编。这位以"恢复我固有之道德"① 为己任的晚清小说圣手，在其主编的《月月小说》"词章"栏连载的几期《趼廛诗删剩》，多系少作旧作，了无时代气息。不过这一情形自第8号发生了变化，该期"词章"专栏推出《海内神交集》，刊发《月月小说》近一年来收到的部分诗稿，内有崇泠庐主《读〈法国女英雄〉弹词》《读〈瓜种兰因〉剧本》等诗作，时代气息一下子浓郁起来。其后，该刊"词章"栏更名为"词林""艺苑"，二级专栏设有"诗坛""词苑""词林"等名目，刊发了数以百计的诗歌作品，尤其是集中刊发了曼仙女史徐兰《曼华馆诗》、冷泉亭长《则山簃芰存草》、王无生《天僇生诗钞》等诗集，时代气息时浓时淡。1870年代在《申报》上发表过《上海小乐府》之类歌咏申江新事物、新气象的新题材诗的海上忘机客，其时已年逾古稀，但这位"词坛酒社老英雄"依然活跃于海上诗坛艺苑。② 海上忘机客《赠随圣合原韵》诗云："漂泊频年作寓公，颓唐遇酒逞豪雄。英才海国瞻朝旭，拙句渔家唱晚风。廊庙有怀终利达，山林无志合途穷。由来富贵无非梦，梦醒陶然学醉翁。"③《月月小说》所刊诗歌有相当一部分属于此类有点隐逸气的海上才子或才女诗词，鲜有新气象可言。

1907年底至1909年初，由于高天梅、陈巢南、王毓仁、徐鋆、僵勃、张长、海角生等人的加盟，《月月小说》诗歌栏平添了几分风云之气和近代色彩，其中一些诗作者其后成为南社骨干成员和代表诗人。徐鋆《哀某女士》诗云："十丈讲台大法炬，一声女界自由钟。热胸不肯全灰死，卿亦西方玛利侬。"④ 僵勃《书愤》其二云："性质尽奴隶，休言造国民。毕竟论改革，杀尽黄种人。"⑤ 海角生《赠伍忏霞女士》其三云：

---

① 茧：《上海游骖录·著者附识》，《月月小说》第8号，1907年5月。
② 邯郸道人：《酬张遂老蕙画便面》，《月月小说》第14号，1908年3月。
③ 《月月小说》第16号，1908年5月。
④ 《月月小说》第14号，1908年3月。
⑤ 《月月小说》第14号，1908年3月。

"无数风潮起自由,如君目的亦千秋。木兰奇气罗兰侠,愿树仪型表半球。"① 都是典型的诗界革命体诗歌。而"毓仁焚剩"的《天僇生诗钞》,虽也流露出"从此莫谈天下事,与君同上五湖船"的失意消沉之情,但终究泯灭不了忧时忧国情怀,"斯民且涂炭,火地一悲歌""忧时忧国意,有泪洒岩阿"。其《杂感》首篇云:"大笑呼孔丘,汝太不自量。欲凭小智慧,措民安乐乡。愿宏力不迨,所志终难偿。遂令千载民,永堕修罗场。海枯太阳灭,此恨何时忘。"② 充满思想解放精神,新意境与旧风格水乳交融。其《白人于海上驶电车时,予方主某报,著编痛诋之,触其怒,缇骑四出,避地维扬,感事抚时,因成二律,以寄海上友人》其二云:"已因亡命成张俭,拼把缣囊待杜根。落落不辞头可断,云云应悔舌犹存。敢因风浪违初志,欲驾云霓叩九阍。多少名流同一叹,更无人与作昆仑。"③ 诗接谭浏阳《狱中题壁》之意绪,无论从时代精神上,抑或从诗体特征上,均承继了谭诗之风格。

  1907 年《小说林》月刊创刊时,不仅《新小说》已于一年前停刊,而且《新民丛报》也行将走向末路,梁启超主导的小说界革命和诗界革命已偃旗息鼓。《小说林》的宗旨已与《新小说》有很大差异,对此前新小说界普遍存在的重精神内容而轻艺术形式、重社会影响而轻小说美学的政治化和功利化倾向展开纠偏,表现出鲜明的崇尚小说艺术的个性特征。与此相应的是,《小说林》"文苑"栏诗歌很少刊发"开口见喉咙"式的直接宣扬作者政治主张或以改良社会风俗相标榜的诗作,表现出对传统诗歌艺术形式与风格的回归;而其对唐音宋调的推扬,倒是与同时期梁任公的诗学宗趣合拍。《小说林》"文苑"栏可注意之处有二:其一是第 5 期所刊《秋女士瑾遗稿》,其二是第 7 期和 11 期所刊启湘《闻鸡轩诗话》,两者均与梁启超倡导的诗界革命有着密切的关联。

  《秋女士瑾遗稿》辑录秋瑾诗词 21 题 28 首,多为东渡之后和归国之际的作品,以雄浑慷慨之情抒发报国救亡之志和男女平权思想。秋瑾《柬徐寄尘》其一道:"祖国沦亡已若斯,家庭苦恋太情痴。只愁转眼瓜分惨,百首空成花蕊词";《赠语溪女士徐寄尘和原韵》其二云:"欲从大地拯危局,先向同胞说爱群。今日舞台新世界,国民责任总应分";《愤时叠前韵》其一有"文明种子已萌芽,好振精神爱岁华"之句,其二有

---

① 《月月小说》第 15 号,1908 年 4 月。
② 毓仁焚剩:《天僇生诗钞》,《月月小说》第 21 号,1908 年 10 月。
③ 《月月小说》第 21 号,1908 年 10 月。

"虎视列强争鹭食，鹏飞大地与心差"之语①……要皆注入了崭新的时代内容，诗体与风格明显受到"诗界革命"濡染。

启湘《闻鸡轩诗话》开篇云："新会梁氏谓生平性好友朋，又爱文字，仆性亦然。梁氏又谓黄公度、夏穗卿、蒋智由诸人为近世诗界三杰，而仆谓如长沙彭任甫敦毅、陈慎登朝爵者，亦吾湘近日诗界之杰也。"②以比附梁氏《饮冰室诗话》为风尚，可见其所受影响之深。《闻鸡轩诗话》裒录韦经的七言古风《登五层楼歌》，符合"新意境""新语句"与"古风格"的标准，启湘言其"极有风格，杂之梁卓如《诗界潮音集》中无愧色也"③。然而，时势已经斗转星移，此类能以旧风格含新意境的诗作在《闻鸡轩诗话》中并不多见，其所再三标榜的"风格"，主要指向唐宋诸诗家。标榜"酷似老杜"也好，"逼真韩、苏、黄、陆诸家"也罢，"得杜之神""大类昌黎"也好，"虽杂之《渭南集》中不能辨"也罢，《闻鸡轩诗话》主人着意强调的"有风格"，主要指向唐音宋调之"旧风格"，不但对"新语句"避而不谈，连"新意境"亦不复提及。

四大小说期刊之外，《新新小说》月刊也是清末小说杂志中问世较早、影响较大的一种。1904年9月问世于上海的《新新小说》，以开明书店为依托，至1907年5月出至10期而停刊。该刊以宣扬侠客主义著称，以刊载翻译小说为主，因特色鲜明而为后世文学史家重视。《新新小说》第2号所刊"侠民译词"《法兰西革命歌琴谱》和《汉译法兰西大革命国歌》第一章，是《马赛曲》第二个中文译本，在近代诗歌翻译史上首次将《马赛曲》称为《法兰西革命歌》《法兰西大革命国歌》。其第4号所刊《芳菲菲馆诗话》推出张煌言、唐才常、傅良弼④、马君武四位诗人；言"张玄著先生劲节孤忠，为民族流血，其价值直与文文山并重"，赞其《宫词十首》"意在讥刺本朝，语语皆有所指，殆所谓诗史欤"；谓"唐浏阳七古纵横跌宕，有跋扈飞扬之气，亦词坛健将也"；赞"傅良弼忧挚沉毅，绝世之将略"，言其绝命词与谭嗣同《狱中题壁》诗"同一神味，好整以暇，即以诗论，亦堪千古"；誉马贵公《无题》诗"金字塔前同一笑，愿身成骨骨成冰"之结语，"用世界末日记，运典入

---

① 《小说林》第5期，1907年8月。
② 《小说林》第7期，1907年12月。
③ 启湘：《闻鸡轩诗话》（续），《小说林》第8期，1908年6月。
④ 傅良弼，名慈祥，湖北潜江人，1898年由湖北武备学堂派赴日本，先入成城学校，旋入士官学校，与吴绶卿、蔡松坡等组织励志学会。1900年归国组织自立军起事，8月与唐才常等就义于武昌。

神，遂成绝妙好词"。① 芳菲菲馆主所着眼的民族气节、尚武精神、诗史品格、运西学典故入诗等诗学标准，皆与梁启超《饮冰室诗话》气脉相通，一脉相承。

1906年10月问世于广州的《粤东小说林》，编务由黄伯耀、黄世仲主持，次年6月迁至香港出版，易名《中外小说林》，1908年5月尚存世，是清末华南地区最具规模的文艺期刊。该刊的一大特点，是其"有韵之文"栏目对广东地方说唱文学形式的重视，大量采用木鱼歌、龙舟歌、南音、粤讴等珠江三角洲地区特有的曲艺形式，揭露腐败的晚清官场和种种社会怪现状，宣传反帝爱国、反封建专制、反陋俗迷信思想，极尽嬉笑怒骂之能事。这自然是对《新小说》"杂歌谣"栏中"粤讴"等广东特有的通俗曲艺形式的发扬光大。木鱼又称摸鱼、沐浴歌等，内容多为历史故事、民间故事、佛教故事，《中外小说林》"木鱼"栏刊出的《海水反江》《自由女游花地》等作品，则装入近代时事内容，宣传反帝爱国思想和反专制的自由平权思想。其"龙舟歌"专栏刊发的《秋女士泉台诉恨》借烈士秋瑾之魂控诉清廷酷吏的专制残暴，《冬烘先生诉苦》《禁烟笑柄》《管廷鹗烟魂诉恨》《嫖镜》等作品则将讽刺矛头指向学界、烟界、嫖界怪现状。如果说木鱼歌、龙舟歌等广东地方说唱文学风格粗犷、语言通俗，为"引车卖浆者流"所喜闻乐见的话，那么，吸收扬州弹词曲调的"南音"则文辞偏雅，多系文人雅士吟风弄月、消遣酬唱之作；《中外小说林》"南音"栏所刊《烟魔狱》《国民叹五更》《宦海悲秋》《女英豪》等，则将题材和主题引向禁烟禁赌、反帝反封建等时代内容，将其打造成对民众进行思想启蒙的利器。至于其"粤讴"栏刊发的《又试呷醋》《唔怕丑》《今年春景》《土地诞》等作品，更是与《新小说》"杂歌谣"宗旨一脉相承。《中外小说林》不仅弘扬了小说界革命的革新精神，而且承继了诗界革命的意绪。

1909年6月问世的《宁波小说七日报》，也是小说界革命时代思潮激荡下的产物，出至12期停刊；从其《发刊词》中所标榜的"与群治相关系，与文明之利器"的新小说观念②，以及《序》中"小说为文学之上乘""有左右社会之力""并名法而名家"的小说文体与功能认知来看③，俨然是《新小说》杂志的翻版。该刊所开辟的"文苑""唱歌""歌谣"

---

① 《芳菲菲馆诗话》，《新新小说》第1年第4号，1905年1月。
② 《发刊词》，《宁波小说七日报》第1期，1909年6月。
③ 《宁波小说七日报序》，《宁波小说七日报》第2期，1909年6月。

专栏，与其小说观念一脉相承，以近事为题材者居多，大体延续了《新小说》"杂歌谣"以关切时局为宗尚的意绪，旧瓶新酒，俗曲新唱，从众向俗，思想解放。

陈去病主编的《二十世纪大舞台》半月刊，1904 年 10 月创刊于上海，是一份以戏剧改良相倡导、以排满革命为职志的综合性戏剧杂志，因言论激烈，出两期而遭封禁。该刊"文苑"栏为诗歌专栏，陈去病、高燮、汪笑侬、金天羽、柳亚子等是其骨干诗人；其"歌谣"栏以爱自由者金天羽为台柱子；其所刊发的诗作以民族主义革命为主旋律，诗体诗风则是从众向俗的新派诗路数。

大体而言，《绣像小说》《中外小说林》《宁波小说七日报》等小说杂志"有韵之文"栏目，主要是承《新小说》"杂歌谣"专栏之意绪；而《月月小说》《小说林》《二十世纪大舞台》等文艺期刊的诗歌诗话栏目，则受《新民丛报》"诗界潮音集""饮冰室诗话"专栏影响较大；两者均应和着诗界革命的时代节拍。

梁启超主导的《新小说》在"有韵之文"的栏目擘画上，选择了两条腿走路的方式：其一是采用兼具叙事和抒情功能但却已经不能歌唱且已然文人化的"乐府"这一"旧瓶"，装进中外近事和启蒙思想之"新酒"；其二是采用"时调""歌谣""唱歌"这些不仅能"歌"而且通俗易懂的歌诗形式，装进开民智、振民气的启蒙思想和救亡题旨。前者的代表是新乐府，后者的代表是新粤讴。事实上，《新小说》"杂歌谣"专栏和梁氏对乐歌的提倡与躬身实践，还指示了一条中西合璧、雅俗共赏的新式学堂乐歌创作路径。

古代乐府诗本采自民间，起初不仅能歌，而且语言新鲜活泼，通俗易懂，为平民百姓喜闻乐见。然而，经过上千年文人雅士大量拟乐府创作的改造，晚清出现的形形色色的新乐府已不能歌唱，而且语言和风格上存在明显的文人化与雅化特征。相比较而言，时调歌谣取自当下民间传唱的鲜活的曲艺形式，直接拿过来为"启蒙"事业服务，将这一形式多样、亲切平易、为平民百姓喜闻乐见的"旧瓶"，打造成启蒙救亡之利器，则更易感人，传播更广，见效更快。《绣像小说》《粤东小说林》"有韵之文"专栏走的就是这条平民化路线，将不登大雅之堂的民间小调、木鱼粤讴包装成富有时代气息的"时调唱歌"，堂而皇之地刊登在宗旨正大的文艺期刊上。

第二节 "以关切时局为上乘"
——《新小说》"杂歌谣"及译诗

1902年11月在日本横滨问世的《新小说》月刊,是《新民丛报》的姊妹刊物,其根本宗旨都是为了"新民救国"。在梁启超看来,"欲新一国之民,不可不先新一国之小说","何以故?小说有不可思议之力支配人道故";"故今日欲改良群治,必自小说界革命始;欲新民,必自新小说始"。① 正是基于这一功利色彩很强的小说观念,任公在《新民丛报》出版半年之后,就着手筹划在新民社内附带发行《新小说》。他后来回忆创办该刊的思想动机道:"壬寅秋间,同时复办一《新小说》报,专欲鼓吹革命,鄙人感情之昂,以彼时为最矣。"② 至1906年1月,该刊出至第24期停刊。《新小说》是梁氏发起"小说界革命"的主阵地,而其开辟的"杂歌谣"专栏,既是配合小说界革命的产物,又是对梁氏此期主要依托《新民丛报》"文苑"栏开展的"诗界革命"的有意策应,为当时蓬勃发展的诗界革命运动提供了很大助力。诗界革命视野中的《新小说》"杂歌谣",是考察晚清诗界革命运动不可绕过的重要环节。

一、《新小说》"杂歌谣"栏目之擘画

1902年8月,梁启超在为即将问世的"中国唯一之文学报"《新小说》规划栏目时,考虑到"本报全编皆文学科所属也",为区别于"寻常报章应有特色"的"文苑一门",拟将"有韵之文"设置为"新乐府"专栏,并明确指示"专取泰西史事或现今风俗可法可戒者,用白香山《秦中》《乐府》、尤西堂《明史乐府》之例,长言永叹之,以资观感"。③ 在《新民丛报》刊发《中国唯一之文学报〈新小说〉》广告不到半个月,梁氏又迫不及待地专门为计划中的《新小说》"新乐府"栏刊发《征诗广告》,言"《新小说》报中有'新乐府'一门,意欲附辖轩之义,广采诗史,传播宇内,为我文学界吐一光焰",并将其分为"咏史乐府"和"感事乐府"两大类,指出前者"如尤西堂《明史乐府》之体,论西史尤

---

① 《论小说与群治之关系》,《新小说》第1号,1902年11月。
② 梁启超:《初归国演说辞:鄙人对于言论界之过去及将来》,《饮冰室合集·饮冰室文集之二十九》,中华书局,1936年,第3页。
③ 《中国唯一之文学报〈新小说〉》,《新民丛报》第14号,1902年8月18日。

妙"，后者"如白香山《新乐府》之体，专以直陈中国今日时弊为主"；为鼓励"海内大雅"踊跃投稿，梁氏承诺"寄稿一章者，以印出之本号报奉谢；常年寄稿，每年在十二章以上者，以全年小说报奉谢"。① 可见，在他的最初规划中，题咏中西史事的"咏史乐府"和"专以直陈中国今日时弊为主"的"感事乐府"，是《新小说》诗歌专栏的基本特色。此时，梁氏仍然囿于"以旧风格含新意境"的"诗界革命"指导原则，在"革其形式"方面并不打算迈出更大步子。

　　远在广东嘉应州老家人境庐赋闲的黄遵宪知悉这一情况后，致函任公表达了不同看法，以为报中有韵之文"不必仿白香山之《新乐府》、尤西堂之《明史乐府》"，而"当斟酌于弹词、粤讴之间，或三或九或七或五或长短句，或壮如陇上陈安，或丽如河中莫愁，或浓至如焦仲卿妻，或古如成相篇，或俳如俳技辞"，建议"易乐府之名而曰杂歌谣，弃史籍而采近事"，"至其题目，如梁园客之得官，京兆尹之禁报，大宰相之求婚，奄人子之纳职，候选道之贡物，皆绝好题也"。② 黄氏之想法，在四个方面与梁氏的最初设想不同：其一，关于"有韵之文"之形式，黄氏以为不必仿效已然文人化和案头化了的新乐府体式，而应当径直采用更具民间色彩的弹词与粤讴；其二，关于"有韵之文"之句式，三言、五言、七言、九言、长短句等，当自由运用，不必拘于一体；其三，关于"有韵之文"之风格，或壮或丽或浓或古或俳，要之以多样化为宗，不必拘于一格；其四，关于"有韵之文"之内容，当以中国近事为题材，而对梁氏标举的"泰西史事"不尽赞同。

　　黄遵宪此时提出比梁启超更具创新性和实验性的"杂歌谣"建议，其实一点都不奇怪。黄氏对俗语入诗的倡导和对民间歌谣的重视由来已久，且正以饱满的热情直接介入到诗界革命运动中来。且不说1868年青年黄遵宪在那首被后世文学史家无数次征引的著名的《杂感》诗中即已提出以"流俗语"入诗的超越流俗的诗学主张；往近处说，1891年黄氏在《山歌题记》中赞誉自"十五国风"以降的"妇人女子矢口而成"的山歌为"天籁"之音，而学士大夫操笔为之只能算"人籁"，以为若将现今流行的"吾乡山歌"辑录成编，其价值"当远在《粤讴》之上"。③ 至于人境庐诗所受山歌影响之痕迹，更是不胜枚举。人境庐主人这一建议显

---

① 《征诗广告》，《新民丛报》第15号，1902年9月2日。
② 黄遵宪：《致梁启超函》，《黄遵宪全集》（上），中华书局，2005年，第432页。
③ 黄遵宪：《山歌题记》（光绪辛卯），《黄遵宪集》，天津人民出版社，2003年，第384页。

然对饮冰室主人产生了切实影响。1902 年 10 月底,《新民丛报》刊登的《新小说社征文启》中,原定的"新乐府"专栏已更名为"杂歌谣",且声明"不必拘定乐府体格,总以关切时局为上乘,如弹词、粤讴之类皆可"①。

从《新小说》"杂歌谣"栏所刊发的诗歌作品实际情况来看,其形式有乐歌、新乐府、歌行体、近体诗、粤讴等,可说是在综合两人想法的基础上又有所突破,种类丰富,使"杂歌谣"栏目做到了名副其实;其内容,则大体围绕中国近事和"现今风俗可法可戒者",亦中和了两人的意见。《新小说》"杂歌谣"栏目作品之题旨,大体可分为两个方面:其一为揭露、批判、讽刺现实,与该刊所登载的政治小说、社会小说暴露官场腐败和社会怪现状的主题内容形成了呼应之势;其二可概括为新民德、开民智、振民气、鼓民力、兴民权,要皆不离梁氏"新民"思想范畴,显示出鲜明的"启蒙"意图。

自 1903 年 11 月《新小说》创刊号开辟"杂歌谣"专栏,到 1905 年 8 月第 16 号刊出最后一期,该栏目共出现 12 期,刊发 15 位诗作者 73 题 111 首各类诗歌作品。② 其中,梁启超、黄遵宪、高旭、雪如、阳湖胡仇等是该栏目前期代表诗人,廖恩焘则成为其后期顶梁柱。

二、乐歌:尚武精神与"从军乐"

乐歌是《新小说》"杂歌谣"栏率先推出的歌诗品种。创刊号刊出的是梁启超《爱国歌四章》和黄遵宪《出军歌四章》,由此可见两位栏目策划人对"诗乐合一"的乐歌的重视;而其表现出的强烈的爱国尚武精神和"从军乐"气概,在 20 世纪初年的新文坛亦成为一种精神导向,引领着时代潮流。

梁启超《爱国歌四章》通过"泱泱哉!吾中华""芸芸哉!吾种族""彬彬哉!吾文明""轰轰哉!我英雄"层层铺陈,历数"吾中华"之地大物博、人口众多、历史悠久、文明灿烂、英雄辈出,呼吁国民"结我团体,振我精神",希冀祖国在"二十世纪新世界,雄飞宇内畴与伦"。③ 该诗以激发民族自豪感和自信力为触发点,以振砺民气、唤起国魂为旨归,气势

---

① 《新民丛报》第 19 号,1902 年 10 月 31 日。
② 《新小说》"杂歌谣"栏目署名诗作者有梁启超(少年中国之少年)、黄遵宪(岭东故将军、人境庐主人)、燕市酒徒、哀郢生、金城冷眼人、水月庵主、公之癭、雪如、张敬夫、褰一、拜鹃人、高旭(剑公、自由斋主人)、阳湖胡仇、东莞生、廖恩焘(外江佬、珠海梦余生)。
③ 少年中国之少年:《爱国歌四章》,《新小说》第 1 号,1902 年 11 月 14 日。

豪迈，乐观向上，节奏明快，雅俗共赏，具有多方面的示范意义。

受其启迪和激发，高旭创作了《新少年歌》《爱祖国歌》：前者旨在唤起中国少年的独立自强精神和建设少年中国的历史责任感，后者旨在激发国人的民族自豪感和近代民族国家意识；前者有民歌风，后者有屈骚味；前者向俗，后者趋雅；前者平易晓畅，后者自由奔放；充溢着中国少年发愤图强的精神面貌和浓烈深挚的爱国情感，文辞浅显，朗朗上口，近乎语体诗。《新少年歌》第一章道："百花开，春风香。入学堂，春日长。春风如此香，春日如此长。新少年，读书勉为良，读书要自强。野蛮说自由，开口即荒唐。公德固可珍，私德尤宜将。父母之意不可伤，切勿逞我强权强。新少年，细思量。"①既融入了新名词，又借鉴了民歌风，体现出典型的新派诗路数，显示出近代化和白话化趋向。

黄遵宪《出军歌四章》《幼稚园上学歌》，一为弘扬尚武精神的军歌，一为勉励儿童读书上进的儿歌，"亦向来诗界所未有也"②，均有开创意义。《出军歌四章》云：

> 四千余岁古国古，是我完全土。二十世纪谁为主，是我神明胄。君看黄龙万旗舞，鼓鼓鼓。
> 一轮红日东方涌，约我黄人捧。海王之祖天神种，足踏全球动。并力一心万万众，勇勇勇。
> 南蛮北狄复西戎，我居中央中。蜿蜒海水环其东，拱护天九重。称天可汗万国雄，同同同。
> 绵绵翼翼万里城，中有五岳撑。黄河浩浩流水声，能令海若惊。东西禹步横庚庚，行行行。③

任公用"读之狂喜，大有'含笑看吴钩'之乐"④来形容自己的阅读快感。此时，梁氏尚未见到《军歌》组诗全貌，因而《新小说》仅刊发《出军歌》四章。不久，他见到了包括《出军歌》《军中歌》《旋军歌》共计24章《军歌》全稿，不禁大喜过望，将其在《新民丛报》"饮冰室诗话"栏全文刊出，盛赞"其章末一字，义取相属，以'鼓勇同行，敢战必胜，死战向前，纵横莫抗，旋师定约，张我国权'二十四字殿焉"，

---

① 剑公：《新少年歌》，《新小说》第7号，1903年9月6日。
② 《〈新小说〉第三号之内容》，《新民丛报》第25号，1903年2月11日。
③ 岭东故将军：《出军歌四章》，《新小说》第1号，1902年11月。
④ 饮冰子：《饮冰室诗话》，《新民丛报》第26号，1903年2月26日

匠心独运，言"其精神之雄壮活泼、沉浑深远不必论，即文藻亦二千年所未有"，谓"诗界革命之能事，至斯而极矣"。① 不仅对其雄壮活泼、沉浑深远的尚武精神赞不绝口，而且对其文藻诗风推崇备至。

提倡音乐改良和尚武精神，不仅是梁启超倡导的"诗界革命"题中应有之义，而且是其"新民说"理论的有机组成部分。1903 年初，饮冰主人在诗话中指出："中国人无尚武精神，其原因甚多，而音乐靡曼亦其一端，此近世识者所同道也。"② 与此同时，这位"中国之新民"在《新民说》第十七节《论尚武》篇中，从古今中外一国之文学与一国习俗之养成的密切关系中，清醒地认识到"一切文学、诗歌、戏剧、小说、音乐，无不激扬蹈厉，务激发国民之勇气，以养为国魂"的极端重要性，呼吁改变中国"小说戏剧，则惟描写才子佳人旖旎冶渫之柔情；其管弦音乐，则惟谱演柔荡靡曼亡国哀思之郑声"的"轻武"传统，大声呼唤"尚武"精神。③

梁氏并非光说不练。1905 年，应横滨大同学校音乐会会员邀请，他创作了以"提倡尚武精神"为宗旨的改良新戏《班定远平西域》，连载于《新小说》第 19 至 21 号，标"通俗精神教育新剧本"，署"曼殊室主人度曲"。④ 该剧第二幕《出师》、第六幕《凯旋》分别将黄遵宪《出军歌》《旋军歌》搬到戏剧情节之中，第五幕《军谈》更是成了一场慷慨激昂、气冲霄汉的军歌演唱大会，而曼殊室主人以民间"十杯酒"曲调填写的歌词《从军乐》十二章，则让这位深以"中国历代诗歌皆言从军苦，日本之诗歌无不言从军乐"⑤ 为憾的中国之新民，过了一把亲手创作以"从军乐"为主旋律的军歌和乐歌瘾。

梁启超《从军乐》歌词云：

> 从军乐，告国民。世界上，国并立，竞生存，献身护国谁无份？好男儿，莫退让，发愿做军人。
>
> 从军乐，初进营。排乐队，唱万岁，送我行，爷娘慷慨申严命。弧矢悬，四方志，今日慰生平。
>
> 从军乐，乐且和。在营里，如一家，鬓厮磨，同生共死你和我。

---

① 饮冰子：《饮冰室诗话》，《新民丛报》第 26 号，1903 年 2 月 26 日。
② 饮冰子：《饮冰室诗话》，《新民丛报》第 26 号，1903 年 2 月 26 日。
③ 中国之新民：《新民说·论尚武》，《新民丛报》第 29 号，1903 年 4 月 11 日。
④ 曼殊室主人度曲：《班定远平西域》，《新小说》第 19 号，1905 年 8 月。
⑤ 任公：《饮冰室自由书·祈战死》，《清议报》第 33 册，1899 年 12 月 23 日。

有前进，无后退，行得也哥哥。

　　从军乐，乐野营。平沙白，灶烟细，月华明，令严夜寂人初静。划然啸，天地肃，奇气与云平。

　　从军乐，前敌时。枪林立，硝云涌，弹星驰，我军一鼓进行矣。望敌营，白一色，片片是降旗。

　　从军乐，乐如何？乘雪夜，追敌骑，渡交河，名王系颈帐前坐。下征鞍，了无事，呼酒唱军歌。

　　从军乐，乐且奇。决死队，摩敌垒，树国旗，黄龙光影蟠空际。十万军，齐拍手，啧啧好男儿。

　　从军乐，乐无穷。人一世，死一遍，难再逢，男儿死有泰山重。为国民，舍生命，含笑为鬼雄。

　　从军乐，乐功成。追逐北，横绝漠，扫王庭，敌人城下盟初定。守载书，遵约束，罗汉拜威灵。

　　从军乐，报国仇。瓜分论，保全说，何纷呶，睡狮一吼惊群兽。六七强，走相告，黄祸正横流。

　　从军乐，乐太平。弱之肉，强之食，岁靡宁，堂堂一战全球定。主齐盟，洗兵甲，世界永文明。

　　从军乐，乐凯旋。华灯张，采胜结，国旗悬，国门十里欢迎宴。天自长，地自久，中国万斯年。①

民间小调"十杯酒"流行于中国大江南北，任公创造性地借用这种民歌风，改造了其传统题材和格调，将其打造成鼓吹"从军乐"和尚武精神的文艺轻骑兵，旧瓶新酒，俗曲新唱，为中国乐歌创作探索了一条传统俗曲俗乐近代化改造之途。

三、新乐府诗："以古韵谱近事"

新乐府诗是《新小说》"杂歌谣"专栏非常重要的板块。白居易《新乐府并序》所言"篇无定句，句无定字，系于意，不系于文"的指导思想，本身就体现出诗体解放精神；其"为君、为臣、为民、为物、为事而作，不为文而作"的创作宗旨，也与梁启超重"革其精神"而非"革

---

① 曼殊室主人度曲：《班定远平西域》，《新小说》第21号，1905年10月。

其形式"的诗界革命指导思想有着深度的契合。① 明乎此，就不难理解梁氏缘何对"白香山之《新乐府》"如此推崇。《新小说》"杂歌谣"栏刊发了燕市酒徒《辛壬之间新乐府》、哀郢生《汨罗沉乐府四章有序》、金城冷眼人《潮州报效新乐府有序》、水月庵主《支那新乐府三十章》、雪如《新乐府十章》等新乐府体组诗，均系"以古韵谱近事有关时局之文"②，约占该栏目三分之一版面。

水月庵主《支那新乐府三十章》，一章咏一事，首章自慈禧太后六旬万寿大典写起，从甲午水师败绩一直说到两宫回銮以后的假维新、真守旧状况，囊括了清末十年间重大政治、军事、外交、社会事件，犹如一幅全方位描摹晚清国变史和社会怪现状的讽刺漫画长卷。组诗采用欲贬先褒、欲抑先扬、似褒实贬、似誉实讥的手法，鲜明的对比和强烈的反差造成了极大的讽刺效果：一方面状"太后万寿天下拜，六旬万寿典犹大"，一方面写"贺表方呈急电来，敌兵既入辽东界"；一方面夸"买船购炮图自强，中国海军何堂堂"，一方面写"大东一战不自省，犹言胜负能相当"；一方面誉"三湘故部功何高，人人自信知兵韬"，一方面笔锋一转"毕竟全军不覆没，犹足豪，逃！"；一方面是"宫中罢战方自娱"，一方面是"欧洲遍出瓜分图"；一方面是"新政推翻志士戮"，一方面是"八股先生喜不胜"；一方面是"黄连圣母下九天，红灯一照洋楼燃"，一方面是"天将天兵无一到，八国联军噩耗播"；一方面是"武卫五军日开仗"，一方面是"东南督抚善自全"；一方面是"列强事事肆啁挟，国命既似风前叶"，一方面是"奈何专制老帝国，犹向国民事干涉"；一方面是"白发老儒日愁叹，年荒米贵炊烟断"，一方面是"京中美伶不可当，依然赏俸名吉祥"；如此"上无策救国计穷，下无法挽人心散"的残局，真可谓"九州景象今何如，不忍看，乱！"③ 在嬉笑怒骂之中将晚清帝国的败象乱象穷形尽相地揭露出来，为一个走向穷途末路的封建王朝敲响了警钟乃至丧钟。

雪如《新乐府十章》选取十个时代横切面，以点带面地呈现了晚清帝国百病缠身的种种怪现状，揭其弊恶，并思拯救之方。我们只消浏览一下十个小标题及其标示的题旨，便可知晓其题材倾向与主题意向。其一题《麟在槛》，旨在"思自由"；其二题《怪咄咄》，意在"思张女权"；其三题《赤帝子》，旨在"痛民智之不开"；其四题《教民案》，旨在"悼

---

① 白居易：《新乐府并序》，张春林编：《白居易全集》，中国文史出版社，1999年，第25页。
② 《〈新小说〉第三号之内容》，《新民丛报》第25号，1903年2月11日。
③ 《新小说》第4号，1903年6月。

同种之戕害"；其五题《梅瑟约》，旨在"悲宗教"；其六题《檀香山》，旨在"悯华工"；其七题《朱门开》，旨在"刺巧宦"；其八题《官不世》，旨在"病苛法"；其九题《耕无器》，旨在"悯拙农"；其十题《金满篋》，旨在"思开矿"。① 批判国人尤其是"中朝达官"身上顽固的奴隶根性，揭示民智低陋乃酿成庚子国难的根源，忧虑洋教扩张对国人传统儒道信仰的严重冲击及教民飞扬跋扈造成的祸患，悲叹国家孱弱造成华工在国外饱受欺凌歧视的悲惨命运，讽刺贪官污吏投机钻营巧取豪夺，悲悯生产技术落后农人多苦辛而寡收益，进而寄寓铲奴性、张女权、开民智、新民德、讲群治、振国威、倡廉耻、清吏治、学科学等思想主张。

裒一《庚子时事杂咏二十二首》咏庚子国变时事，忠实地体现了"以古韵谱近事有关时局之文"的栏目宗旨。该组诗每章前均加有小标题，分别为《拳匪发难》《津沽失守》《端刚纵匪》《邸第习拳》《德使被戕》《矫诏宣战》《围攻使馆》《聂军死绥》《东南立约》《陪都启衅》《袁许惨祸》《某公爵师》《讹传胜仗》《传旨议和》《李相奉调》《各路勤王》《联军入京》《六飞西狩》《陕抚护驾》《秦中大饥》《下诏定罪》《吁请回銮》，纪实性、讽喻意味和政治思想倾向性都很强，其情节线索铺展开来就是一部极好的以蒙太奇手法剪辑的庚子国变时事连续剧。开篇《拳匪发难》道："运极时危出怪民，荒唐说部演封神。挥刀白战仇毛子（匪呼洋人为大毛子），妖焰红灯煽妇人（妇人衣红衣，焚教堂，匪中称为'红灯照'）。蛮野方忧沦黑种，烽烟况又起黄巾。燎原未甚犹堪灭，忍令贻殃到紫宸"；卒章《吁请回銮》云："谁云百二壮河山，大地曾无户可关？天生李晟为社稷，宋留宗泽奠艰难。维新待看培基础，雪耻从今洗野蛮。四万万人齐企踵，呼銮争盼旧都还。"②

四、《粤讴新解心》：文学界革命交汇处

如果说《新小说》"杂歌谣"栏前期以刊发新乐府和乐歌为主的话，后期则以"新粤讴"为重头戏，乃至最后三期竟成了"粤讴新解心"的一统天下。在所有五期刊发新粤讴作品的《新小说》"杂歌谣"专栏中，不论是未署名的《粤讴新解心六章》，还是外江佬戏作《粤讴新解心四章》《新粤讴三章》，抑或是珠海梦余生《粤讴新解心四章》《粤讴新解

---

① 《新小说》第 5 号，1903 年 7 月。
② 《新小说》第 6 号，1903 年 8 月。

心五章》,作者其实只有一人,那就是时任中国驻古巴总领事廖恩焘。①

1903年10月,梁启超在《新民丛报》"饮冰室诗话"专栏中介绍过这位广东老乡:"乡人有自号珠海梦余生者,热诚爱国之士也,游宦美洲,今不欲著其名。顷仿《粤讴》格调成《新解心》数十章","其《新解心》有《自由钟》《自由车》《呆佬祝寿》《中秋饼》《学界风潮》《唔好守旧》《天有眼》《地无皮》《趁早乘机》等篇,皆绝世妙文,视子庸原作有过之无不及,实文界革命一骁将也"。② 考虑到廖恩焘的外交官身份,饮冰室主人故意幻化其身,其实是用障眼法保护这位"游宦美洲"的"热诚爱国之士"。廖氏《新解心》数十章,其后陆续在《新小说》"杂歌谣"栏刊出。③ 廖恩焘写作《新解心》的动机与题旨,可用其题词中的诗句来概括:"乐操土音不忘本,变徵歌残为国殇""万花扶起醉吟身,想见同胞爱国魂"。④ 体现出千年未有之变局下,一位由乡人到国人再到世界人的晚清外交官,希冀唤起乡人国人爱国自强之心的强烈愿望。

---

① 20世纪60年代,对粤讴深有研究的冼玉清先生曾指出:在《新小说》发表新粤讴作品的珠海梦余生"系廖恩焘的笔名""廖系清末有名的粤讴作者",将其定位为一位"改良主义者";但冼先生似乎并未意识到外江佬和珠海梦余生系同一人(参见冼玉清《粤讴与晚清政治(上)》,《岭南文史》1983年第1期,冼玉清《粤讴与晚清政治(中)》,《岭南文史》1983年第2期)。其实,细读梁启超1903年10月在《新民丛报》第38—39号合刊"饮冰室诗话"栏中的那段述及珠海梦余生的话,便可知晓不仅外江佬和珠海梦余生系同一人,而且《新小说》第7号刊发的未署名的《粤讴新解心六章》亦为珠海梦余生所作。因为,饮冰室主人在诗话中所举珠海梦余生"新解心"作品《自由钟》《自由车》《天有眼》《地无皮》《趁早乘机》《呆佬祝寿》就出自《粤讴新解心六章》,而《学界风潮》则出自署名"外江佬"的《粤讴新解心四章》。任公已经巧妙地告诉大家:《新小说》所刊"新解心"作品系一人所为,但作者"不欲著其名",故而化名珠海梦余生。廖恩焘(1865—1954),字凤舒,号忏庵,亦号半舫翁,常用笔名有珠海梦余生、忏绮盦主人,广东惠阳(今惠州市)人,幼年随父赴美读书,历任中国驻古巴、朝鲜、日本、巴拿马、马尼拉外交官,抗战期间任汪伪国民政府委员会委员,晚年寓居香港,著有《忏庵词》《半舫斋诗余》等诗文集多卷。关于中国近代外交史和文学史上几被遗忘的外交官廖恩焘的诗歌创作和戏曲创作状况与成就,请参阅夏晓虹《近代外交官廖恩焘诗歌考论》(《中国文化》第23期,2006年12月)、《晚清外交官廖恩焘的戏曲创作》(《学术研究》2007年第3期)两文。

② 饮冰子:《饮冰室诗话》,《新民丛报》第38—39号合刊,1903年10月4日。

③ 1904—1905年间,《新小说》"杂歌谣"栏分五期刊发廖恩焘"粤讴新解心"系列作品;第7号所刊未署名《粤讴新解心六章》篇目有《自由钟》《自由车》《天有眼》《地无皮》《趁早乘机》《呆佬祝寿》,第9号外江佬戏作《粤讴新解心四章》篇目有《学界风潮》《鸦片烟》《唔好发梦》《中秋饼》,第10号珠海梦余生《粤讴新解心四章》篇目有《劝学》《开民智》《复民权》《倡女权》,第11号外江佬戏作《新粤三章》篇目有《珠江月》《八股毒》《青年好》,第16号珠海梦余生《粤讴新解心五章》篇目有《黄种病》《离巢燕》《人心死》《争气》《秋蚊》,共计22篇。

④ 饮冰子:《饮冰室诗话》,《新民丛报》第38—39号合刊,1903年10月4日。

粤讴，亦称越讴，别称解心，是清代中后期至民国年间盛行于岭南的一种通俗说唱文学形式，音调在木鱼歌、咸水歌、龙舟歌、南音等粤曲歌谣的基础上融合进北方民间说唱"子弟歌""南词"曲调，文辞在韵文基础上大量参用广府民系地区方言谚语，形成了极具地方特色、能唱能诵、易唱易懂的民间方言文艺新品种。早期粤讴作品题材不出风花雪月、男女情事，声调悠扬，语意悲惋。至晚清，粤籍启蒙思想家广泛运用这一民间文艺形式，遂将这一长于歌咏男女情事、缠绵哀婉、语浅情深的岭南地区的"流行歌曲"，改造成揭露社会黑暗、讽刺官场腐败、宣扬维新思想乃至鼓吹排满革命的"启蒙"利器。流亡日本的岭南人梁启超创办的《新小说》杂志，是较早刊发新粤讴作品的报刊重镇；同为岭南人的大清国驻古巴总领事廖恩焘，则成为近代中国最为出色的新粤讴作家之一。

在廖恩焘见诸《新小说》的5组22篇新粤讴作品中，《珠江月》篇虽非首刊，却是点题之作，其作用类似于招子庸《粤讴》首章《解心事》，可说是解读廖氏粤讴新解心系列作品的一把钥匙。作为粤讴鼻祖开篇之作的《解心事》，其题旨无非是劝人要学会苦中寻乐，行善积德，让茫茫苦海中的市井细民暂解愁怀，得到片刻心灵的慰藉。廖氏《珠江月》则开门见山地交代了以"新名词"俗曲新唱的意图，亮出了警世、觉世和救世的底牌，表现出鲜明的救亡动机和思想启蒙宗旨。其开篇云：

> 珠江月，照住船头。你坐在船头，听我唱句粤讴。人地唱个的粤讴，都重系旧；我就把新名词谱出，替你散吓个的蝶怨蜂愁。你听到个阵款款深情，就打你系铁石心肠，亦都会抑住天嚟搔吓首。舍得我铜琶铁笛，重怕唔唤得起你敌忾同仇！只为我中国沦亡，四万万同胞问边一个来救。等到瓜分时候，个阵就任你边个，都要作佢啲马牛！你睇我咁好山河如锦还如绣，做乜都有个英雄独立，撞一吓钟，嚟唱一吓自由。①

警醒世人，振起民气，张扬尚武合群精神，输入自由独立意识，唤起乡人国人的爱国自强之心，奏响的是救亡启蒙的主旋律。

1903年9月《新小说》第7号"杂歌谣"栏刊出的《自由钟》篇，是廖氏新解心系列作品的首发之作，以产自西洋的自由钟为譬，晓谕乡人国人要珍惜光阴，振刷精神，齐心协力，勇往直前，同种合群，众志成

---

① 外江佬（戏作）：《新粤讴三章》，《新小说》第11号，1904年10月。

城。"自由钟"① 这一源自西方的"新名词"还有更深一层的寓意，那就是美国费城独立阁高悬的"自由钟"所象征的民族自由、独立与公正的精神内涵。其篇末道：

> 呢阵赔款好似催命符，满洲就系庄家杠。内盘破坏外面亦都穿凹，你唔睇天色做人，都要按住钟数嚟发梦，花挐月上重有几耐夕阳红。

似有隐喻晚清帝国这架破钟已经内外锈蚀、气数将尽之意，颇耐寻味。

同期刊出的《趁早乘机》，言辞更为激烈，思想更为激进，不仅以西方国民意识来诠释中国本土思想资源库中古已有之的"民本"思想，而且径直指斥满清政府"卖民卖国"行径：

> 自古话民为邦本君为次，纣王无道，就被个个周武楚屍。有的话既属系蚁民，唔该逆旨；点晓得人生世上，各有权宜。今日中国无人，个满政府来得咁放恣，卖民卖国佢重诈作唔知。

正是基于对一个无可救药的卖民卖国政府的极度失望乃至绝望，作者在篇末开出了"广东先自治"的救国方略：

> 广东地大人非细，只怕你无血性，唔怕大事难为。即话单手独拳，慌到无人继；岂知人人都有我，便是兴国生机。大家若系有心，还要想过法子。民权自治，重等到几时？山岳有灵还降义士，太平之后自见妍媸。世界翻新唔系希罕事，欧亚文明我地独迟。你估十八省等齐然后作致，我怕乌鸦头白，我中国重一样低微。时势可以造得个的英雄，做乜英雄唔可以造时势。唉！容乜易，广东先自治，个阵平权万国，怕佢十七省唔追住跟嚟。

---

① 1902年8月18日《新民丛报》第14号所刊《中国唯一之文学报〈新小说〉》预告《新小说》栏目内容时，有"历史小说"《自由钟》之规划；其广告云："此书即美国独立史演义也。因美人初起义时，于费特费府建一独立阁，上悬大钟，有大事则撞之，以召集国民金议焉，故取以为名。首叙英人虐政，次叙八年血战，末叙联邦立宪。读之使人爱国自立之念油然而生。"由此可窥知新名词"自由钟"在时人脑际间留下的印象。作为驻美洲外交官的廖恩焘，对美国的"自由钟"自然熟悉。

这一思路与梁启超构思《新中国未来记》的情节发展——"先于南方有一省独立,举国豪杰同心协助之,建设共和立宪完全之政府,与全球各国结平等之约,通商修好。数年之后,各省皆应之,群起独立,为共和政府者四五。复以诸豪杰之尽瘁,合为一联邦大共和国"① ——何其相似!

振民气也好,开民智也好,抨击清政府卖民卖国也好,呼吁国人合群爱国也好,其目的都是为了挽救国家危亡;在廖恩焘看来,救亡图存的根本途径,在于在中国建立一个民权高于君权的立宪政体。《复民权》篇以卢梭"天赋人权"思想为理论武器,以英国的君主立宪政体为学习样板,向国人宣传"君民共主"的立宪政体:

> 人地识得国家就系国民所建,做到国民嘅公仆,国政就唔敢自专。法律科条,总由议院议定;文明程度,要合得公理为先。细考各国政治原因,都唔似立宪法咁善。唔信你试睇吓英国,就知到十足完全。君唔系冇权,不过重在民个一边;君民共主,算系无党无偏。唉,道理咁浅,我四万万主人翁,唔知打乜算。若然唔听我劝,怕犹太波兰个的惨祸,远虽在天边,近即在目前。②

廖恩焘这篇新粤讴作品问世之时,怀抱"医学救国"理想的青年鲁迅进入了日本仙台医学专门学校攻读医学;第二年旧历年底,经历了"幻灯片事件"刺激的周氏清醒地认识到,"凡是愚弱的国民,即使体格如何健全,如何茁壮,也只能做毫无意义的示众的材料和看客","所以我们的第一要著,是在改变他们的精神,而善于改变精神的是,我那时以为当然要推文艺,于是想提倡文艺运动了"。③ 而当时"文艺运动"的领袖人物,正是"少年中国之少年"梁任公;廖氏与当时正在美洲游历的梁氏极为投缘,引为同道,大力支持这位同乡正在日本依托横滨《新民丛报》《新小说》掀起的"文艺运动",从万里之遥的美洲岛国古巴寄去大量新诗稿。在青年鲁迅尚沉浸在"医学救国"梦之时,廖恩焘已经体认到"国家就是国民所建",将国人的地位上升到"我四万万主人翁"的高度来认识,希冀着国人的觉悟和奋发。

"倡女权"也是"复民权"的一部分,甚或是实现国家振兴的根本保

---

① 《中国唯一之文学报〈新小说〉》,《新民丛报》第14号,1902年8月18日。
② 珠海梦余生:《粤讴新解心四章》,《新小说》第10号,1904年9月。
③ 鲁迅:《呐喊·自序》,《鲁迅全集》第1卷,人民文学出版社,2005年,第439页。

障之一。正是基于这一清末有识之士的普遍认知，《倡女权》篇不仅对"点估在深闺藏匿，重惨过地狱幽囚"的中国女性表同情，而且得出"想我国势唔强，都系女权禁锢得久"的结论，将造成国家积弱不振的根源归结为女权长期遭禁锢，将兴女权的重要性和紧迫性上升到强国强种的高度来认识，将"开民智"与"倡女权"并重，"等佢二万万同胞嘅血性女子，都做得敌忾同仇"。① 其"倡女权"的根本目的仍是"救亡"，最终是为了实现民族振兴和国家富强的"中国梦"。

以感情基调的慷慨激昂和鼓动性之强来看，《唔好发梦》是一个突出范例，体现出新粤讴作品从口头演唱到文字传播转换过程中发生的微妙变化：

> 劝你唔好发梦，我想花花世界，都在梦中。你若果梦里平安，就系梦一千年，我都由你去梦。只怕沧桑变幻，就会警醒你梦眼朦胧。人地把你皮肉瓜分，难道你都唔知到痛？就算你会庄周化蝶，亦不过化到沙虫！咪把黑甜乡沉埋我黄种，你睇酣眠卧榻，边一个系主人翁。估话咁响嘅鼻鼾，都会嘈醒吓大众。点想你苟延残喘，重带住的惺忪；你好极精神，梦里都系唔中用。东方春晓，正话等到旭日初红。个阵你便抬起头嚟，放开吓眼孔，梦魂惊觉自由钟。太平洋上风潮涌，把个雄狮鞭起，又试叫醒吓女龙。我四万万国民，就伸一吓腰嚟，都震得全球动！舍得你呢回唔发梦咯，重怕乜运会难逢。青年才气腾蛟凤，我共你舞台飞上去，演一个盖世英雄！②

粤讴曲调原本节奏缓慢，演唱起来不易表现昂扬向上的韵味；而刊发在报刊上的带有鼓动性和宣传性的新粤讴作品，则以作者的千钧笔力使之充满时代风云，没有了儿女情长，平添了英雄之气。

从语言之形象传神和作品讽喻色彩之浓厚来看，《呆佬祝寿》篇称得上廖氏新粤讴系列中的上乘之作。该作以甲辰年慈禧太后奢华铺张的七十寿诞为影射对象，穷形尽相地描摹了各地督抚和王公大臣挖空心思准备豪华寿礼的情状：

> 搅出满天神佛，好似着了癫疯。三界八仙，都离了玉洞；如来老

---

① 珠海梦余生：《粤讴新解心四章》，《新小说》第 10 号，1904 年 9 月。
② 外江佬（戏作）：《粤讴新解心四章》，《新小说》第 9 号，1904 年 8 月。

祖，不在西蓬；玉叶琼枝都向金盘捧。奇葩异草，咁就献到仙童。我想海错山珍，唔系咁容易进贡，撒开珊瑚铁纲，都打唔尽个的东海锦龙。你睇瑶池咁大，唔系有蟠桃种。点解收埋咁多寿礼，塞满天宫。①

进而将批判的矛头直指寿主呆佬，"唔信你睇祝过咁多回寿哩，都遇着天魔浩劫，闹到妖雾迷濛"。联想十年前为慈禧太后准备六十寿辰而挪用海军军费兴建颐和园的荒唐误国之举，现如今国难当头、民不聊生却仍骄奢淫逸、不思悔改，这位寿主实在是个神志失常的"呆佬"。如此折腾下去，家焉能不败？国焉能不亡？

文学史家将梁启超领衔发起的"文界革命""诗界革命""小说界革命""戏曲界革命"合称为文学界革命。文学界革命是一项系统的文学革新工程和民族思想文化重建工程，文界、诗界、小说界、戏曲界之间并非壁垒森严，不同文体之间多有重叠交会。1904 年 8 月，梁氏主持的《新小说》"小说丛话"栏所刊狄葆贤一段妙论，道出了诗歌与小说、戏曲之间的密切关联："今日欲改良社会，必先改良歌曲；改良歌曲，必先改良小说，诚不易之论。盖小说（传奇等皆在内）与歌曲相辅而行者也……自周以来，其与小说、歌曲最相近者，则莫如三百之诗。由诗而递变为汉之歌谣，为唐之乐府，为宋词，为元曲，为明代之昆腔……故孔子当日之删《诗》，即是改良小说，即是改良歌曲，即是改良社会。"② 任公在诗话中赞珠海梦余生《新解心》为"绝世妙文"，誉作者为"文界革命一骁将"，是将廖氏《新解心》置于广义的"文界"来定位的；而由于这种文体是作为《新小说》"有韵之文"刊发，饮冰主人又是在诗话中赞誉其人其文，廖恩焘亦堪称"诗界革命一骁将"。可见，文界革命、诗界革命与小说戏曲界革命，在这位"新民师"胸中实乃一盘棋，四界之间相通相交与互补互渗之处所在多有，要皆围绕新民救国之宗旨。

五、《新中国未来记》与西洋诗歌翻译

《新小说》不仅刊发了许多呼应"诗界革命"的歌诗作品，而且在西洋诗歌翻译方面发挥过开风气之先的先驱作用。尽管梁启超的诗歌翻译只是作为片段出现在小说文本之中，但却在不经意间成为首开拜伦诗歌中译

---

① 《粤讴新解心六章》，《新小说》第 7 号，1903 年 9 月。
② 平子：《小说丛话》，《新小说》第 9 号，1904 年 8 月。

之风的先驱者，其译诗亦随着《新中国未来记》的风行而广为人知，吸引着后来者投身西洋诗歌翻译之中。由于任公的率先垂范和大力推介，很快就在晚清掀起了一阵"拜伦热"①。梁氏躬身尝试拜伦诗歌中译之举，兴趣并不在翻译本身，而是意欲借助泰西文豪的诗歌翻译活动为新诗坛输入"欧洲之意境语句"；在他看来，"欧洲之意境语句，甚繁富而玮异，得之可以陵轹千古，涵盖一切"②。

1903年1月，梁启超所撰政治小说《新中国未来记》在《新小说》第3号连载至第四回，其中出现了英国大诗人摆伦（Byron）的《渣阿亚》（*Giaour*）和《端志安》（*Don Juan*，今译《唐璜》）诗章之中译片段，是为见诸报端的最早的拜伦诗歌之中译。前者云：

> 葱葱猗！郁郁猗！海岸之景物猗！
>
> 呜呜！此希腊之山河猗！呜呜！如锦如荼之希腊，今在何猗？
>
> 呜呜！此何地猗？下自原野，上岩峦猗，皆古代自由空气所弥漫猗！皆荣誉之墓门猗！皆伟大人物之祭坛猗！噫！汝祖宗之光荣，竟仅留此区区在人间猗！
>
> 嗟嗟！弱质怯病之奴隶猗！嗟嗟！匍匐地下之奴隶猗！嗟来前猗！斯何地猗？宁非昔日之德摩比利猗！
>
> 嗟嗟！卿等自由苗裔之奴隶猗！不断青山，环卿之旁，周遭其如睡猗！无情夜潮，与卿为缘，寂寞其盈耳猗！
>
> 此山何山猗？此海何海猗？此岸何岸猗？此莎拉米士之湾猗？此莎拉米士之岩猗？
>
> 此佳景猗！此美谈猗！卿等素其谙猗！
>
> 咄咄其兴猗！咄咄其兴猗！光复卿等之旧物，还诸卿卿猗！③

骚体诗的旧形式算是"古风格"，崭新的题材、意象、主题、情感可说是说"新意境"，"自由""奴隶""光复"等新名词和大量音译外来词算是"新语句"，符合梁氏最初提出的"三长"皆备的"诗界革命"创作纲领。

---

① 1903年12月出版的《新小说》第2号刊登了"英国大文豪摆伦"的"图画"（肖像），其肖像背面配发的介绍文字云："摆伦生于千七百八十八年，卒于千八百二十四年，英国近世第一时家也，其所长专在写情，所做曲本极多，至今曲界之最盛行者，犹为摆伦派云。每读其著作，如亲接其热情，感化之力最大矣。摆伦又不特文家也，实为一大豪侠者。当希腊独立军之起，慨然投身以助之。卒于军，年仅三十七。"晚清"拜伦热"的逐步升温，当以此为触媒。

② 任公：《汗漫录》，《清议报》第35册，1900年2月10日。

③ 饮冰室主人著、扪虱谈虎客批：《新中国未来记》，《新小说》第3号，1903年1月。

梁氏《端志安》中译片段，是拜伦《哀希腊》第一、三节。《哀希腊》是长篇讽刺诗《唐璜》中的一首插曲，歌颂希腊昔日之辉煌，痛惜希腊今日饱受异族凌辱之现状，激励希腊人民为民族自由独立而斗争，充满爱国主义精神，极易引起有着类似境遇的晚清中国爱国知识阶层的共鸣。① 全诗共十二节，梁氏用曲牌《沉醉东风》译第一节，用《如梦忆桃源》译第三节，本着"译意不译词"②之精神意译而成。第一节云：

咳！希腊啊！希腊啊！……你本是和平时代的爱娇，你本是战争时代的天骄。撒芷波歌声高，女诗人热情好，更有那德罗士、菲波士（两神名）荣光常照。此地是艺文旧垒，技术中潮。即今在否？算除却太阳光线，万般没了！

第三节道：

玛拉顿后啊，山容缥渺，玛拉顿前啊，海门环绕。如此好河山也，应有自由回照。我向那波斯军墓门凭眺，难道我为奴为隶，今生便了？不信我为奴为隶，今生便了！③

用中国本土戏曲曲牌翻译西洋诗歌，亦诗亦歌，明白如话，通俗易懂，活泼晓畅。梁氏在翻译该诗节之后特加"著者案"道："翻译本属至难之业，翻译诗歌，尤属难中之难。本篇以中国调译外国意，填谱选韵，在在窒碍，万不能尽如原意。刻画无盐，唐突西子，自知罪过不小。读者但看西文原本，方知其妙。"可谓道尽个中甘苦。"以中国调译外国意""译意不译词"，符合梁氏倡导的"以旧风格含新意境"的诗学标准；这一诗歌翻译准则经梁氏实践和倡导后，迅速成为晚清译坛的风尚。

至于拜伦《哀希腊》的其他章节，任公在小说中仅译出只言片语，诸如"祖宗神圣之琴，到我们手里头，怎便堕落"；"替希腊人汗流浃背，

---

① 梁启超在《新中国未来记》中借主人公黄克强之口向拟想中的中国读者交代道："摆伦最爱自由主义，兼以文学的精神，和希腊好像有夙缘一般。后来因为帮助希腊独立，竟自从军而死，真可称文界里头一位大豪杰。他这诗歌，正是用来激厉希腊人而作。但我们今日昕来，倒像有几分是为中国说法哩。"（《新小说》第 3 号，1903 年 1 月）着意渲染了《哀希腊》一诗"为中国说法"的一面。
② 法国焦士威尔奴原著、少年中国之少年重译：《十五小豪杰》译后语，《新民丛报》第 2 号，1902 年 2 月 22 日。
③ 饮冰室主人著、扪虱谈虎客批：《新中国未来记》，《新小说》第 3 号，1903 年 1 月。

替希腊国泪流满面";"前代之王,虽属专制君主,还是我国人,不像今日变做多尔哥蛮族的奴隶";"好好的同胞闺秀,他的乳汁,怎便养育出些奴隶来";"奴隶的土地,不是我们应该住的土地;奴隶的酒,不是我们应该饮的酒"。① 语言更为浅白,走的更是"作诗如作文"的白话新诗的路子。

梁启超早有倡导西洋诗歌翻译之心,且将其视为"诗界革命"的重要组成部分来经营;他在小说中插入西方诗界"大豪杰"拜伦诗作中译片段,并非不经意间的无心插柳,而是有心栽花。当事人韩文举说得很清楚:"著者不以诗名,顾常好言诗界革命,谓必取泰西文豪之意境之风格,镕铸之以入我诗,然后可为此道开一新天地。"② 梁氏译介拜伦诗歌片段之深层动机,是想借助"泰西文豪之意境之风格"的输入,为他当时倡导正力的"诗界革命"提供可供参照的异域文艺资源,对于亟待展开的西洋诗歌翻译系统工程而言,实存导夫先路之意。

1903 年 2 月,《新民丛报》第 25 号所刊《新小说第三号之内容》在介绍《新中国未来记》第四回内容时,特意广而告之曰:"黄、李两人初到旅顺,遇着一人之隔壁唱英国文豪摆伦的爱国诗,此处将英文原本用中国曲本体裁按谱译出,实诗界革命第一壮观也。著者文学之价值久有定论,此数诗尤其经营惨淡之作也。"③ 由此可见,正是站在将西洋诗歌翻译工作视为"诗界革命"重要组成部分这一高度来体认,不谙西文的任公才克服种种困难,费时费力与门徒合作译出几个自己并不满意的片段④,可谓"经营惨淡之作"。韩文举在小说第四回眉批中将这层意思说得更明白道:"著者常发心欲将中国曲本体翻译外国文豪诗集,此虽至难之事,然若果有此,真可称文坛革命巨现。吾意他日必有为之者。此两折亦其大。"⑤ 可见,饮冰主人在翻译外国文豪诗集方面,曾经有过很大的雄心;然而,梁任公实在是太忙了,总是有更多更重要的事情等着他去做;他发愿以中国曲本体翻译外国文豪诗集之结果,只能以浅尝辄止而告终;而其抛砖引玉之举,却吸引着马君武、苏曼殊等后来者。

梁启超苦心经营的拜伦的两节译诗,无论是对于西洋诗歌之翻译,抑

---

① 饮冰室主人著、扪虱谈虎客批:《新中国未来记》,《新小说》第 3 号,1903 年 1 月。
② 扪虱谈虎客《新中国未来记》第 4 回总批,《新小说》第 3 号,1903 年 1 月。
③ 《新民丛报》第 25 号,1903 年 2 月 11 日。
④ 据马君武披露:"梁氏非知英文者,赖其徒罗昌口述之。"参见马君武:《哀希腊歌》篇首小序,《马君武诗稿》,文明书局,1914 年,第 20 页。
⑤ 饮冰室主人著、扪虱谈虎客批:《新中国未来记》,《新小说》第 3 号,1903 年 1 月。

或是对于诗界革命的发展方向，都有着某种导向意义。梁氏诗歌翻译所表现出的风格和语体方面的多样化，以及歌诗语言的近代化和白话化，昭示着 20 世纪诗歌翻译和新诗创作的多向度选择与近代化趋向。

第三节 "时调唱歌"与"讴歌变俗"
—— 《绣像小说》诗歌

如果说广东人梁启超和黄遵宪共同擘画的《新小说》"杂歌谣"专栏对民间流行曲艺形式的利用仅限于具有浓郁岭南风味的"新粤讴"的话，那么，江苏人李伯元主编的《绣像小说》所开辟的"时调唱歌"专栏，则将"为我所用"的民间曲调的种类扩大到江浙东南沿海和北方地区，继续以"旧瓶装新酒""俗曲新唱"的方式，依托华洋杂处的上海租界发达的出版业，将爱国志士胸中郁积的对于糟糕透顶的残破时局的怨愤之气发泄出来，将造成老大帝国积贫积弱的社会根源和恶风陋俗以通俗易晓的语言演绎出来，将民众心中的愤慨、伤感与热望倾泻出来，以粗犷乃至沙哑的歌喉，唱响了救亡启蒙的主旋律。

1903 年问世的《绣像小说》，声称"欧洲化民，多由小说，榑桑崛起，推波助澜"，强调该刊编发小说的目的是"或对人群之积弊而下砭，或为国家之危险而立鉴""揆其立意，无一非裨国利民"。[①] 这些话语几乎是梁启超新小说理论的翻版，可见该刊对小说界革命的支持与响应。托名"商务印书馆主人"刊布的《本馆编印〈绣像小说〉缘起》曾述及对"唱歌"的认知与定位，言"今夫乐忘倦，人情皆同，说书唱歌，感化尤易"[②]，这一共识可说是李伯元经营《绣像小说》"时调唱歌"专栏的基本理念。鲁迅所概括的晚清谴责小说的基本主题——"揭发伏藏，显其弊恶，而于时政，严加纠弹，或更扩充，并及风俗"[③]，同样适用于李伯元主编主笔的《绣像小说》"时调唱歌"栏；而揭出病苦的目的是为了疗救，暴露、批判、讽刺的正面就是"启蒙"，"时调唱歌"与白话报、新小说、改良戏曲一道，充当着时代先觉者为中下民众说法的"启蒙"利器。

---

① 商务印书馆主人：《本馆编印〈绣像小说〉缘起》，《绣像小说》第 1 期，1903 年 5 月 27 日。
② 《绣像小说》第 1 期，1903 年 5 月 27 日。
③ 鲁迅：《中国小说史略》，齐鲁书社，1997 年，第 226 页。

自 1903 年 5 月创刊号始，至 1904 年 8 月第 32 期终，《绣像小说》"时调唱歌"栏在存世的一年多时间里，共刊发十位署名作者 21 篇作品，大体出自李伯元、欧阳巨源、汪笑侬之手。① 李伯元所用"讴歌变俗人"笔名，明白无误地传递出利用民间流行的曲艺形式来移风易俗、唤醒民众的显著用心；而"戎马书生"之化名，则寄托着《绣像小说》同人以"时调唱歌"抒发其报国之志、扶危之心、救亡之道的主观愿望。

较诸《新小说》"杂歌谣"专栏，《绣像小说》"时调唱歌"栏最具个性的特征，是对其歌诗作品"演唱"特点的着意强调，其标题大都标示"某某倚声""某某填词"，显示出借用民间流行的小调俗曲以便普及于中下社会的显著用意。其所"倚声填词"的民间俗乐曲艺形式，有"五更调""送郎君""十二月调""北调叹烟花""开篇体""马如飞调""凤阳花鼓调""道情""四季相思调"等；以李伯元为代表的"讴歌变俗人"，为这些民间"流行歌曲"谱写了一篇篇充满时代气息的"变俗"新词，充当了时代歌手。

《绣像小说》"时调唱歌"栏题材广泛，内容丰富。有正面宣扬合群、尚武、自强、爱国思想之作，如《爱国歌（仿时调叹五更体）》《从军行（仿十送郎体）》《自强歌》《同胞歌（仿四季相思调）》《上海吟（仿开篇体）》等；有揭露庚子国变前后社会现实、讽刺时事、抨击时政之作，如《时事曲（仿吴歌体）》《十二月太平年（北调）》《小五更（北调）》《破国谣（悲东三省也，仿凤阳花鼓调）》《小五更（咏日俄交战也）》等；有劝戒恶俗、破除迷信之作，如《戒吸烟歌（仿梳妆台五更）》《戒缠足歌（仿红绣鞋十二月）》《破迷歌（仿开篇体）》等。

讴歌变俗人《爱国歌》是《绣像小说》"时调唱歌"栏开篇之作；该作标"仿时调叹五更体"，从"一更里，月初生""二更里，月轮高""三更里，月中央"，唱到"四更里，月渐西""五更里，月已残"，其所咏所叹之内容，已非青楼歌妓习唱的"叹五更"小曲里惯常的对郎君的无限缠绵乃至低级趣味的思念之情，而是歌者在国破家亡背景下对国人爱国、合群、自强精神的呼唤，希冀"爱国的人儿胆气豪，从今结下大团体，四万万人是同胞"②；歌者以"爱国的人儿"自况，抒情主人公性别

---

① 据沙宝祥考证与推断，讴歌变俗人、蝨穹、蜕秋均系李伯元化名，伯溢可能是"伯元"的谐音；鲫士、过江鲫士、蓬园、惜秋系欧阳巨源化名；竹天农人、天地庐主人系汪笑侬化名；戎马书生可能是上述三人中的一人。参见沙宝祥：《〈绣像小说〉所刊民间时调述略》，《文史哲》1992 年第 6 期。

② 《绣像小说》第 1 期，1903 年 5 月 27 日。

不明,唯期待着国人的觉醒与奋起,希望大家万众一心,发愤图强,共御外侮。

同期刊出的《送郎君》,"仿时调送郎君体",属于典型的模拟女性写作。民歌唱词,女主人公"送郎君"一般送到柜子边、天井边、大门口,至多送到大路旁,不说足不出户,起码足不出里;而李伯元填词的《送郎君》,则不仅到了北京、天津、大连湾、凤凰城,而且到了欧罗巴和美利坚;传统妇女狭隘的生活视野,被放眼全球的近代民族国家视野所取代。民间小调"送郎君"表达的是依依不舍的儿女之情,而李伯元《送郎君》的抒情主人公,则传达出作者拟想中的时代新女性对"郎君"的新期盼,期盼郎君出洋留学,学成之后回来报效祖国。该诗以一位先觉知识女性的口吻,飞越万水千山乃至越洋过海,送郎君外出求学:

> 送郎君送到北京城,北京城里闹哄哄,今朝有酒今朝醉,忘记了八国联军来破京。一解
> 送郎君送到天津城,天津的城墙一铲平,金银财宝都搜尽,还有那狼和虎张口要吞人。二解
> 送郎君送到大连湾,外洋的兵来好靠船,卧床让与他人睡,保不定那一年方肯归还。三解
> 送郎君送到凤凰城,凤凰城外好经营,一条铁路几万里,穿过了东三省直到北京。四解
> 送郎君送到欧罗巴,走到了外洋休恋家,三年耐得风霜苦,等将来转回程报效国家。五解
> 送郎君送到美利坚,游学不成不回还,他年成就学和业,乐得把好名儿海外流传。六解

一路走一路看,但见京津罹难,生灵涂炭,晚清帝国国权丧尽,东西洋列强瓜分日亟,而朝野上下仍不思进取,一片麻木,"今朝有酒今朝醉",此情此境,怎不令"爱国的人儿"的"心里头一似滚油煎!"①

刚刚过去的庚子国难,是《绣像小说》"时调唱歌"栏最为集中的取材意向,多篇作品均涉及这一不堪回首的重大题材。其中,汪笑侬倚声的《十二月太平年(北调)》《小五更(北调)》,从历时性和共时性角度比

---

① 讴歌变俗人:《爱国歌(仿时调叹五更体)》,《绣像小说》第1期,1903年5月27日。

较全面地反映了发生在庚子年的惊天动地的历史悲剧,摄取了这一国家民族重大变故发生时的方方面面和怪怪奇奇,具有很强的纪实性和讽刺性,警世意味和批判色彩都很浓厚,较具代表性。北调《十二月太平年》道:

> 正月里,正月正,八国联军进了北京城,义和团跑了无踪影。太平年,十万里江山不太平!年太平。
> 二月里,龙抬头,民教无端结了仇,乱杀乱砍齐动手。太平年,大街小巷挂人头!年太平。
> 三月里,开蟠桃,外国兵来无处逃,文武百官一半儿跑。太平年,到处男哭女又嚎!年太平。
> 四月里,四月八,有钱之人破了家,咬牙切齿将团匪骂。太平年,无端蹂躏好京华!年太平。
> 五月里,到端阳,外国兵来无处藏,分明认得是红灯照。太平年,却被洋人恣意淫荒!年太平。
> 六月里,莲花开,百官一去民当灾,武卫军吃粮不能打仗。太平年,反把洋兵让进来!年太平。
> 七月里,七月七,拆散人家好夫妻,恐怕失身尽节死。太平年,好劝儿夫奔陕西。年太平。
> 八月里,月正圆,多少兵头要洋钱,也学官场送把万民伞。太平年,千方百计奉承洋官!年太平。
> 九月里,菊花黄,刘张二帅保长江,半壁山河没有乱。太平年,黄河以北受灾殃!年太平。
> 十月里,十月一,全权大臣心着急,四百兆赔款少不去。太平年,从此后中国刮尽地皮!年太平。
> 十一月,小阳春,北京城中被各国分,堂堂龙旗无踪影。太平年,小旗争书日本顺民!年太平。
> 十二月,整一年,画了和约回了銮,危急存亡全不管!太平年,火烧眉毛暂顾眼前。年太平。①

《小五更(北调)》云:

> 一更鼓里天,一更鼓里天。八国联军反进了中原,瓦德西坐则在

---

① 《绣像小说》第5期,1903年7月24日。

仪鸾殿。车驾幸长安,哭坏了文武官。六街三市废井颓垣,义和团到此时他不见面。

二更鼓里鸣,二更鼓里鸣,外国的人马进了北京,乱奸淫苦坏了众百姓。男女放悲声,家破财又倾。武卫三军无影又无声,文武官这时候难顾命。

三更鼓里催,三更鼓里催。各国的兵将破了重围,有心人掉了几点忧国的泪。城市化劫灰,瓦砾乱成堆,城墙上开门任性妄为,这时候谁还敢说破风水!

四更鼓里多,四更鼓里多。全权大臣进京来议和,满盘空才知道那一着错。干戈化玉帛,赔款实在多。此刻的中国有理也难说,到后来国困民穷怎么过?

五更到天明,五更到天明。画了和约天下太平,好江山抢了一个一家净! 回銮到北京,龙体庆安宁。兵燹的情形触目又心惊,圣天子百灵相助也该有灵应。①

洋兵的奸淫掳掠,团民的烧杀蹂躏,军队的吃粮不能打仗,文武百官遭受的灾难与浩劫,京师百姓的生灵涂炭,朝廷的丧权辱国,封疆大吏的东南互保,国人的奴隶根性,慈禧太后回銮京师后好了伤疤忘了痛等,都有切当的描述,所歌所咏,令人触目惊心,感时伤怀。

正在发生的日俄战争,是《绣像小说》"时调唱歌"栏又一较为集中的取材意向。其中,欧阳巨源倚声的《破国谣(悲东三省也,仿凤阳花鼓调)》、汪笑侬倚声的《小五更(咏日俄交战也)》最有代表性。我们举后一篇为例,该诗共五章,其卒章显志道:

五更鼓里敲,五更鼓里敲,我黄种兵威杀气高,中国人为什么不要好? 中国人为什么不要好? 两国把兵交,中立莫逍遥。强占我疆土,愤气怎能消? 快齐心大家把国保! 快齐心大家把国保!②

掊击清政府懦弱无能,呼吁大家起来保家卫国。

欧阳巨源的《自强歌》是一篇宣扬救亡、自强思想的诗篇:

---

① 《绣像小说》第 5 期,1903 年 7 月 24 日。
② 竹天农人倚声:《小五更》,《绣像小说》第 15 期,1903 年 12 月。

  说起了，断肝肠，人言我国重文章。金科玉律只是几本丛残稿，全没有一言半策救危亡。礼乐干戈都粉饰，敦盘玉帛竟张皇。叫一声我的天呀，你们必须图自强！

  虬髯碧眼他邦客，时常笑我无知识。瓜分何以任危亡，陆沉何以甘沉默？当阶萧艾亦易删，参天杞梓何难植！叫一声我的天呀，你们须要澌除老大气，铸就少年国！

  元黄血战白昼昏，劣者常败优者存。豪杰闻之皆落泪，英雄见此亦销魂。祖宗颇费经营力，抛却河山有负恩。叫一声我的天呀，你们可知道治丝必抽绪，树木必培根！

  越思想，越惨悽，不分南北与东西。此是谁家心腹地？飘飘一例顺民旗！子孙永远充奴隶，后日何能奋翱飞？叫一声我的天呀，祖宗丘墓都抛弃，馁魄残魂何处依？

  手持干将开混沌，不能得尺即得寸。大陆岂容虎豹眠？沧江莫让鱼龙混。黄金世界放光明，一例完全无所损。叫一声我的天呀，为国争光荣，立此万年本！①

欧阳巨源《上海吟》，以痛哭流涕之笔写海上繁华，同样寄寓着国人要自强的思想主题。其词云：

  如此繁华冠五洲，春申浦上水悠悠。远见那帆樯万道如梭密，错疑陆地可行舟。那知道燊轮火辊机关妙，不输似木牛流马武乡侯。国旗招飐风吹起，五色澄鲜濮院绸，无非是英法德美写蝌蚪。通商口，占胜筹，有干戈不把版图收，却在这经济问题可细求。军火今番虽歇绝，米粮万石漏卮流。绮罗绣贝《三都赋》，火齐珊瑚《越国讴》。象牙管，玳瑁钩，一一神工鬼斧细雕镂。捆载而来销路广，列肆而居把利牟。分良窳，辨劣优，不能抵抗只含羞。虽然是铜山金穴人无数，纷纷服贾与牵牛，力量何能争上游！况是通铁轨，置电邮，矿苗山谷易穷搜，不似闭关绝市扼咽喉。试看马路条条上，贵家公子翠云裘。何曾下箸皆珍品，吴绫蜀锦替缠头。兵马纵横全不管，犹然歌舞在红楼。艰难稼穑谁人晓？辜负当年燕翼谋，民穷财竭此来由。书生自笑无良策，空思借箸补金瓯。发聋振聩为吾分，聊写胸中百斛愁，

---

① 蜕秋倚声：《自强歌》，《绣像小说》第26期，1904年5月。

愿诸君勿疑江上四弦秋。①

道出海上繁华景象背后帝国主义列强加紧对中国进行经济掠夺的真相，而上海有钱人却"兵马纵横全不管，犹然歌舞在红楼"，可谓揭皮见骨，入木三分。

由《新小说》"杂歌谣"栏开其端，《绣像小说》"时调唱歌"栏踵其后的"俗曲新唱"歌诗作品，依托文艺期刊、白话报刊、妇女报刊、综合性报刊等各种近代报刊，迅速掀起一股创作潮流，形成了一条与中西合璧的"学堂唱歌"平行的走民间俗乐路线的近代音乐发展线索，成为晚清"音乐改良""音乐启蒙"序列中一支不容忽视的力量；与此同时，梁启超大力倡导并躬身实践的俗曲新唱的乐歌创作，也为中国诗歌的近代化发展，探索了一条不同于正统诗坛所尊崇的古典诗歌的取范路径。

第四节 "提倡民族主义，唤起国家思想"
——《二十世纪大舞台》诗歌

如果说《新小说》"杂歌谣"和《绣像小说》"时调唱歌"栏目诗歌在题材题旨方面排满革命思想倾向尚不明显，诗体形式上偏重于通俗易晓的民间歌谣的话，那么，《二十世纪大舞台》则在思想倾向上表现出鲜明的民族主义革命立场，其"文苑"栏目诗歌则偏爱"新意境"与"古风格"并重的"诗人之诗"，符合当时流行的"以旧风格含新意境"的修正版诗界革命创作纲领。打破诗派林立的旧诗坛谨守家法门派、陈陈相因的旧面貌，让诗歌肩负起启蒙救亡的历史使命，是新派诗人们不约而同的时代选择。

1904年10月创刊于上海的《二十世纪大舞台》半月刊，是近代中国第一份以刊发改良戏剧作品和戏剧改良理论为主的综合性文艺期刊，发起人有陈去病、汪笑侬、熊文通、陈竞全、孙寰镜等，均为蔡元培主持的《警钟日报》编辑和撰稿人，由垂虹亭长陈去病主编，社址就设在《警钟日报》报社内。该刊标榜"以改革恶俗，开通民智，提倡民族主义，唤

---

① 鲫士倚声：《上海吟》，《绣像小说》第4期，1903年7月9日。

起国家思想为唯一目的",文体则"或尚文采,或演白话,不拘一例"。① 照主编陈去病后来的说法:"《大舞台》杂志者,予藉改良戏剧之名,因以鼓吹革命而设也。"② 这份以戏剧改良相倡导、以排满革命为职志的综合性戏剧杂志,虽刚出两期即以言论激烈遭清政府封禁,却在近代中国戏剧革新史上留下不可磨灭的印记。

1904年底,梁启超在《新民丛报》"饮冰室诗话"栏中提到《二十世纪大舞台》丛报,言"其目的即专主改良戏剧",并引述其创刊号内封所刊"以戏剧改良自任"的上海伶隐汪笑侬题词二绝和自题小照二绝;前两绝云:

> 历史四千年,成败如目睹。同是戏中人,跳上舞台舞。
> 隐操教化权,借作兴亡表。世界一戏场,犹嫌舞台小。

后两绝道:

> 铜琶铁板当生涯,争识梨园著作家。此是庐山真面目,淋漓粉墨漫相加。
> 手挽颓风大改良,靡音曼调变洋洋。化身千万傥如愿,一处歌台一老汪。

梁氏评曰:"俨然诗人之诗,不徒以技名耳。"③ 不仅对热衷于戏剧改良的汪笑侬的舞台演技表钦佩,而且对其诗才表欣赏,誉其为"诗人之诗"。

《二十世纪大舞台》栏目丰富多样,有"论著""传记""传奇""班本""小说""丛谭""诙谐""文苑""歌谣""批评""纪事"等。该刊"文苑"和"歌谣"栏为诗歌专栏,刊发了陈去病、高燮、汪笑侬、金松岑、柳亚卢、梦和、感惺、胡作虞等16位诗作者④31题66首诗词作品。陈去病和金松岑是其诗歌版面台柱子和代表诗人。

亚卢在《二十世纪大舞台发刊词》中宣称:"莽莽神州,虏骑如织;

---

① 《二十世纪大舞台丛报招股启并简章》,《二十世纪大舞台》第1期再版,1904年10月。
② 陈去病:《革命闲话》,《江苏革命博物馆月刊》,1930年第6期。
③ 《新民丛报》第59号,1904年12月21日。
④ 该刊"文苑"栏目诗作者有陈去病(佩忍、醒狮)、高燮(黄天)、汪笑侬(笑侬)、金天羽(松岑)、柳亚子(亚卢)、梦和、感惺、无闷、醒狮、敌公、天助自助者、胎石、稽谠、镜龛、乾乾等,计15人;"歌谣"栏目诗人有金天羽(爱自由者)、胡作虞。

男儿不能提三尺剑，报九世仇，建义旗以号召宇内，长驱北伐，直捣黄龙，诛虏酋以报民族；复不能投身游侠之林，抗志虚无之党，炸丸匕首，购我自由，左手把民贼之袂，右手揕其胸，伏尸数十，流血五步，国魂为之昭苏，同胞享其幸福"，这是何等的郁闷和不爽快，其"攘夷恢复之雄心"昭然若揭。① 这一思想导向，与该报所标榜的"改革恶俗，开通民智，提倡民族主义，唤起国家思想"② 之宗旨相较，反清排满的民族主义革命立场更为鲜明；这是贯穿该刊所有专栏的思想指针，其"文苑"栏和"歌谣"栏自然也不例外。

《二十世纪大舞台》诗歌以民族主义革命思想为主旋律。佩忍《拜杨维斗先生祠》云："落日荒墟尚有村，依稀萧寺托忠魂。胡尘到处高千丈，枉说江东士气存。"③ 杨维斗是晚明复社领袖之一，因宁死不降清被杀于泗洲寺桥南，乾隆年间在泗洲寺左侧建"杨忠文先生祠"以祀，朝廷谥号"忠节"。陈去病该诗所激发的不是对于清廷的"忠节"思想，而是反清复汉的民族主义情感。佩忍《偕光汉子观汪笑侬〈桃花扇〉新剧》《观〈缕金箱〉新剧》、汪笑侬《自题〈桃花扇〉四绝》、梦和《题汪笑侬〈桃花扇京剧〉即以寄赠》、无闷《自题〈东林党新剧甲本〉》、黄天《在沪观汪笑侬演〈缕金箱〉新剧》等，都是围绕晚明东林党人和复社英杰说事。汪笑侬编演的改良京剧《缕金箱》，又名《侠妓教忠》，颂杨文龙和秦淮义妓方芷宁死不降清事。陈去病观戏后感叹道："胡然临难遽逡巡，仗此贞魂励荩臣。"④ 高燮观后也对侠妓方芷赞叹不已："人生一死原非易，再四逡巡死不来。无可奈何先自刎，始知方芷是奇才。"⑤ 这批改良新戏均由汪笑侬改编，其用意正如陈去病所言："也作云亭也敬亭，满腔悲愤总沈冥。知君别有兴亡感，特借南朝一唤醒。"⑥ 《二十世纪大舞台》同人的剧作和诗文，弘扬的是读书人的浩然正气，激发的是对清王朝的民族仇恨，唤醒的是反清复汉的民族主义思想情感。

白话道人林獬连载于《中国白话报》的小说《玫瑰花》，经汪笑侬改编成新剧搬上舞台，在上海丹桂茶园上演，佩忍《偕笑侬观〈玫瑰花〉新剧》说的就是这件事。《玫瑰花》是一部典型的政治小说，通篇采用隐

---

① 《二十世纪大舞台》第 1 期再版，1904 年 10 月。
② 《二十世纪大舞台丛报招股启并简章》，《二十世纪大舞台》第 1 期再版，1904 年 10 月。
③ 《二十世纪大舞台》第 1 期再版，1904 年 10 月。
④ 佩忍：《观〈缕金箱〉新剧》，《二十世纪大舞台》第 1 期再版，1904 年 10 月。
⑤ 黄天：《在沪观汪笑侬演〈缕金箱〉新剧》，《二十世纪大舞台》第 1 期再版，1904 年 10 月。
⑥ 佩忍：《伶隐汪笑侬》，《二十世纪大舞台》第 1 期再版，1904 年 10 月。

喻叙事，以孤岛上的大村落玫瑰村隐喻中国，以兽居村强盗隐指清朝统治者；爱国志士钟国洪和革命女杰玫瑰花组织光复会，历经挫折和磨难，惩处了甘当走狗的张止东，打败了兽居村强盗，于是"庆光复三军唱凯歌，谋自治合村开议会"①；小说中光复会骨干成员钟国洪、黄总强、方振汉、葛思明、万翰清诸志士的姓名，均蕴含强烈的民族主义色彩；民族主义的情绪，鼓吹暗杀、以暴易暴的革命主张，均打上鲜明的时代烙印，宣扬了革命党人驱逐鞑虏、恢复中华的政治理想，在激进知识分子群体中引起了很大反响。陈去病和汪笑侬一起观看了该剧，并赋诗四首：

> 白话道人真解事，闲来却说女玫瑰。村中恶虎村人扑，错见引将猎户来。
>
> 分明当日思陵事，李闯张王起竞争。恼杀平西太卤莽，无端借得大清兵。
>
> 如今大错已铸就，志士欲谋光复难。不见太平天国事，徒令骨肉再摧残。
>
> 挈君同观戏中戏，大家暗地一伤心。珠申王气今何在，会见欧西如祸临。②

诗固不佳，民族主义革命思想却表露无遗。至于感惺《题有妫血胤清秘史》、亚卢《题〈张苍水集〉》、黄天《读赵爱华女士所著〈翻新子夜歌〉，好之，效作四首》等诗作，反清排满的政治立场更为鲜明。

《二十世纪大舞台》"文苑"栏诗体诗风走的是"新意境"与"古风格"并重的新派诗的套路。汪笑侬为《二十世纪大舞台》题词二绝、《自题小照》二绝和《自题〈桃花扇〉四绝》，陈去病《国旗》《有赠》《一望》等诗，感惺《题有妫血胤清秘史》，金松岑《祝自由神》《汽车》，稽言弦《读大舞台报》，乾乾《傀儡歌》等，均为新名词、流俗语杂错的新体诗。

陈去病是《二十世纪大舞台》创办人和诗歌栏目第一作者，其诗作占"文苑"栏近半版面；尽管他对源自日本的"新名词"持有批评和警惕态度，作诗尽量回避新名词，但其《国旗》《有赠》《一望》诸诗，仍然绕不开"新名词"。1904年底，自日本赴沪的马君武与陈去病、刘师培

---

① 白话道人：《玫瑰花》，《中国白话报》第15期，1904年7月12日。
② 佩忍：《偕笑侬观〈玫瑰花〉新剧》，《二十世纪大舞台》第1期再版，1904年10月。

等人聚饮甚欢，诗酒酬答，其《赠佩忍》云："论诗昔慕美尔顿，观戏今逢莎士披。怀才抱奇不自得，献身甘作优伶诗。"① 说的就是陈氏勉力创办《二十世纪大舞台》之事。从马君武赠诗可见，陈氏对泰西诗豪美尔顿（今译弥尔顿）倾慕不已，其诗学观并未囿于传统诗学藩篱。

金松岑是《二十世纪大舞台》较为活跃、成就最高、最能代表该刊诗歌创作面貌的诗人。其见诸该刊"文苑"栏的诗作篇幅最长，而"歌谣"栏则基本被他包揽，所刊歌诗亦篇幅较长。《题〈万国演义〉后》八绝句云：

> 洪荒草木有春秋，祖鸟哀龙遍地游。八十万年天不曙，钧天开幕舞猕猴。
> 创世亚当孙悟空，翻云覆雨仗英雄。诗吟荷马歌维达，演出精奇惝恍中。
> 商权海权腓尼基，武育神教雄波斯。希腊解崩罗马蹶，日耳曼族森林飞。
> 历山东征出印度，该撒西去入英伦。长驱亚骑凌欧陆，禁煞儿啼铁木真。
> 孔佛耶回百劫灰，华拿光焰烛天开。辟新世界哥伦布，不借人间旧舞台。
> 教派争平种祸雁，君权推到戬群魔。汗青点点玄黄血，万古兴亡一刹那。
> 三千余年老大国，二十世纪太平洋。红楼跳舞聊斋梦，满地江湖一宋江。
> 活剧排人说可怜，武装鼓吹上当筵。格兰斯顿俾斯麦，抵得中华小叫天。②

从八十万年前的天地洪荒说到二十世纪太平洋，欧洲之意境语句涉目皆是，却又不失古风格，属于典型的诗界革命体诗篇。

《二十世纪大舞台》"歌谣"栏刊发了金松岑《祝自由神》《汽车》两篇歌体诗，署名"爱自由者"。《祝自由神》分四章，配有简谱，其歌词云：

---

① 《光汉室诗话》，《警钟日报》，1905年1月17日。
② 《二十世纪大舞台》第1期再版，1904年10月。

> 自由自由天之神，共和世界万景新。庄严丈六高入云，云车风马来时巡。嗟哉奴隶之黑狱，愿照太阳光一轮。
>
> 欧洲白种真天骄，痛饮蒲兰餐面包。我爱自由真老饕，魂思梦想天地劳。自由之运不可交，哀哉奴隶我同胞。
>
> 和风甘露百花香，世界人种多发皇。巴科民族独何罪，北面稽首帝豺狼。呜呼自由今已死，亚洲大陆其洪荒。
>
> 二十世纪活剧开，壮夫一呼天地回。昆仑山顶国魂啸，华拿二圣投入胎。我祖轩辕任指挥，自由之神福我来。①

半年后，金氏推出《国民唱歌》一书，《时报》刊发广告云："著者金一，为祖国诗人。此篇以和平勇壮之音律，写流美浅显之文章。……皆称杰构，谱调皆采东西洋传诵之作，或自行特制，洵音乐书中空前之作，教育家必不可少之书也。"② 《祝自由神》亦收入这部《国民唱歌》小册子，其音律称得上"和平勇壮"，其词章称得上"流美浅显"，既是近代中国中西合璧的音乐教育的重要创获，又是20世纪初年新诗坛中西兼采的新派诗的优秀成果。

就戏剧改良事业而言，《二十世纪大舞台》同人与梁启超亦为同道。1902年6月，饮冰主人撰著的改良新戏《新罗马传奇》在《新民丛报》连载，韩文举在《楔子》后批注道："此本镕铸西史，捉紫髯碧眼儿，被以优孟衣冠""此出全从《桃花扇》脱出，然以中国戏演外国事，复以外国人看中国戏"③，道出了"以中国戏演外国事"的戏剧改良方针。两个月后，梁启超在擘画《新小说》"传奇体小说"栏目时宣称："本社员有深通此道、酷嗜此业者一二人，欲继索士比亚、福禄特尔之风，为中国剧坛起革命军，其结构词藻决不在《新罗马传奇》下也。"④ 师法泰西戏剧大师索士比亚（今译莎士比亚）、福禄特尔（今译伏尔泰），从题材内容和形式体制上进行全面革新，是梁氏为中国剧坛革命军指引的革新方向。时隔两年，柳亚子在《二十世纪大舞台发刊词》中进一步发挥道："吾侪崇拜共和，欢迎改革，往往倾心于卢梭、孟德斯鸠、华盛顿、玛志尼之徒，欲使我同胞效之，而彼方以吾为邹衍谈天，张骞凿空，又安能有济？今当捉碧眼紫髯儿，被以优孟衣冠，而谱其历史，则法兰西之革命，美利

---

① 《二十世纪大舞台》第1期再版，1904年10月。
② 《国民唱歌初二编出版》，《时报》，1905年4月30日。
③ 《新民丛报》第10号，1902年6月20日。
④ 《中国唯一之文学报〈新小说〉》，《新民丛报》第14号，1902年8月18日。

坚之独立，意大利、希腊恢复之光荣，印度、波兰灭亡之惨酷，尽印于国民之脑膜，必有欢然兴者。此皆戏剧改良所有事，而为此《二十世纪大舞台》发起之精神。"① 可见，经由《新民丛报》《新小说》《二十世纪大舞台》等报刊的倡导，"捉碧眼紫髯儿，被以优孟衣冠"，成为晚清改良戏剧的重要着力方向与创作特征。

《二十世纪大舞台》依托警钟日报馆，采取招股集资的运作方式，其创刊号出版后，"购者甚众"②，很快售罄，旋即再版，产生了较大社会反响。1904 年小阳月，敌公《贺大舞台报》诗云："忍令河山着死灰，黄炎魂失绝堪哀。物归故主男儿事，携手同登大舞台。"③ 这批不忍河山着死灰的热血男儿，怀抱"新曲即新理，力洗诸淫哇，嚌呔自由钟，摆脱专制枷"④ 的坚定信念，希冀"他日民智大开，河山还我，建独立之阁，撞自由之钟，以演光复旧物、推到虏朝之壮剧快剧！"⑤ 他们不仅是言的巨人，而且是行的高标。

20 世纪初年众多近代化报刊所刊发的大量"俗曲新唱"类歌诗作品，以鲜明的民间俗乐路线，形成了一条与"学堂唱歌"并行的近代音乐发展线索，成为晚清"音乐改良"和"音乐启蒙"序列中一个不容忽视的支脉。本章所考察的以《新小说》"杂歌谣"栏和《绣像小说》"时调唱歌"栏为代表的清末文艺期刊通俗歌诗，只是揭开了冰山之一角。而真正将"俗曲新唱"的时调歌谣和雅俗共赏的"学堂唱歌"并重，在中国近代诗歌史、戏曲史、音乐史的交界地带掀起的"歌诗"创作潮流中充当主力军者，当属数以百计的清末白话报刊。

---

① 亚卢：《二十世纪大舞台发刊词》，《二十世纪大舞台》第 1 期再版，1904 年 10 月。
② 陈去病：《革命闲话》，《江苏革命博物馆月刊》，1930 年第 6 期。
③ 《二十世纪大舞台》第 2 期，1904 年 11 月。
④ 稽言弦：《读大舞台报》，《二十世纪大舞台》第 2 期，1904 年 11 月。
⑤ 亚卢：《二十世纪大舞台发刊词》，《二十世纪大舞台》第 1 期再版，1904 年 10 月。

第六章　清末白话报刊与近代歌诗

20世纪初年，偏爱刊发通俗歌诗的并非只有数以十计的文艺期刊，还有数以百计的白话报刊。白话报刊不仅是清末白话文运动赖以开展的主阵地，而且因其刊发了大量白话文、新小说、通俗歌诗和改良戏曲，构成了晚清文界革命、诗界革命和小说戏曲界革命的重要一环。梁启超不仅是诗界革命运动的发起人和灵魂人物，而且是白话文运动的理论先驱；清末白话报刊刊发的时调歌谣、学堂乐歌和白话诗，明显受到了《新小说》"杂歌谣"的启迪和"诗界革命"的濡染；大量近代歌诗的集中涌现，在以近代化报刊为主阵地的新诗坛形成了一道亮丽的景观，为中国诗歌的可持续发展探索了一条可资借鉴的途径，见证了中国诗歌近代化的步履，构成了诗界革命运动的有机组成部分。

第一节　白话报刊与近代歌诗之兴起

戊戌变法前后问世的白话报刊，如1897年章伯初、章仲和在上海创办的以开民智为宗旨的启蒙白话报之前驱《演义白话报》，1898年裘廷梁在无锡创办的产生了全国性影响的《无锡白话报》，1901年黄中慧在北京创办的北方地区第一份白话报《京话报》和项藻馨在杭州创办的南方白话报刊重镇《杭州白话报》，1902年问世的《启蒙通俗报》《芜湖白话报》《苏州白话报》等，均无诗歌或歌诗栏目；除《杭州白话报》零星刊发了少量歌谣外，早期白话报刊基本上不刊发诗古文辞和歌诗作品。

变化是从1903年初开始的。是年问世的几种重要的白话报刊，不约而同地辟出"唱歌""歌谣"专栏，如《智群白话报》《江西白话报》辟有"唱歌"专栏，《湖南演说通俗报》《宁波白话报》《中国白话报》辟有"歌谣"专栏，两年前问世的已然产生了全国性影响的《杭州白话报》

也在这一年辟出"歌谣""新歌谣"等专栏。此后,白话报刊竞相推出歌诗专栏——如 1904 年问世的《吴郡白话报》《白话》(东京)辟有"歌谣"栏,《安徽俗话报》设有"诗词"专栏,《福建白话报》辟有"诗歌"栏,《江苏白话报》《苏州白话报》《南浔白话报》《京话日报》辟有"唱歌"栏,《扬子江白话报》设有"歌曲"栏;1905 年问世的《直隶白话报》开辟"歌谣"栏,《第一晋话报》设置"诗歌"栏;1906 年问世的《竞业旬报》《潮声》辟有"歌谣"栏,《河南白话演说报》则有"歌词"栏;1908 年问世的《国民白话报》《国民白话日报》辟有"唱歌"栏,《岭南白话杂志》开设"音乐房"专栏,等等——通俗歌诗一度成为众多白话报刊不可或缺的保留栏目。

那么,是什么原因导致白话报人和白话报刊 1903 年之后突然间对通俗歌诗产生那么大兴趣?原来,1902 年底,梁启超创办的《新小说》开辟了"杂歌谣"专栏。《新小说》的问世,不仅迅即带起了一个小说期刊创办热潮,使得小说界革命轰轰烈烈地开展起来,极大地提升了新小说的声望和身价,而且也让人们认识到通俗歌诗的启蒙功效,顺带抬高了歌诗的社会地位和文体地位,推进了诗界革命运动的深入开展。"粤讴"之类不登大雅之堂的民间俗乐,也可以成为批判社会和"启蒙""新民"之利器;受此启发,以近代报刊为主阵地的启蒙知识分子开始大量借用民间流行的时调歌谣曲艺形式,填以新词,旧瓶新酒,俗曲新唱,很快掀起了一个通俗歌诗创作热潮。

"歌诗"一词并非产生于近代,其源头至少可以追溯到先秦。[①] 先秦时期,"歌诗"意指外交场合赋诗言志的诗歌演唱,并非一个专有名词。至汉代,"歌诗"已演化为一个专有名词,专指那些可以演唱的诗,以区别于"不歌而诵"的"赋"体诗。[②] 中国古代"歌诗"有着发达的统系,汉乐府、唐燕乐歌词和曲子词、宋词、元曲等,是其中最具代表性的种类。有清一代,这一诗乐传统渐为衰熄。至晚清,由于"西乐东渐"时代思潮的激荡,出于启蒙救亡教育宣传之动机,有识之士开始重新审视中国诗乐传统,大力倡导比口语启蒙更为有效的可以歌唱的"歌诗"创作。

[①] 《春秋左传·襄公十六年》载:"晋侯与诸侯于温,使诸大夫舞,曰:'歌诗必类!'"见《春秋左传正义》卷三十三,清阮元校刻《十三经注疏》本,中华书局影印,1980 年,第 1963 页。

[②] 班固在《汉书·艺文志》中明确地把当时的诗分为"不歌而诵"的"赋"和可以歌唱的"歌诗"两大类型,辑录了包括《高祖歌诗》(二篇)在内的 28 家共计 314 篇"歌诗"。见《汉书·艺文志》,中华书局,1962 年,第 1753—1755 页。

1902年，梁启超和黄遵宪共同擘画的《新小说》"杂歌谣"专栏，率先将"报中有韵之文"导向"歌谣"一途，产生了示范性影响。梁氏起初设想的栏目名称叫"新乐府"，并未考虑"音乐"和歌唱因素。黄氏则建议"易乐府之名而曰杂歌谣"①。由"新乐府"到"杂歌谣"，不仅极大地提高了《新小说》"有韵之文"与"音乐"契合的可能性，而且将"诗乐合一"的形式导向民间俗曲、时调歌谣。这一举措，为此后大量问世的民歌时调之"歌诗"做出了示范，指明了方向，使通俗歌诗迅速成为启蒙思想家为中下社会说法的有力武器。

1902年，诗界革命、文界革命、小说戏曲界革命已全面展开；介于诗界、音乐界乃至小说戏曲界交叉地带的"歌诗"，也是梁启超颇为看重的启蒙利器和教育手段。次年，梁氏在发挥着诗界革命风向标作用的《新民丛报》"饮冰室诗话"专栏中总结中国诗乐传统道：

> 《诗》三百篇，皆为乐章，尚矣。如《楚辞》之《招魂》《九歌》，《汉》之《大风》《柏梁》，皆应弦赴节，不徒乐府之名如其实而已。下至唐代绝句，如《云想衣裳》《黄河远上》，莫不被诸弦管。宋之词，元之曲，又其显而易见者也。盖自明以前，文学家多通音律，而无论雅乐、剧曲，大率皆由士大夫主持之，虽或衰靡，而俚俗犹不至太甚。本朝以来，则音律之学，士夫无复过问，而先王乐教，乃全委诸教坊优妓之手矣。②

他已清醒地意识到诗乐传统的衰微对启蒙工作带来的巨大不利，并表现出重振乐教传统的强烈意愿。基于这一认识，他在《新民丛报》"饮冰室诗话"和《新小说》"杂歌谣"专栏大力表彰和刊发歌诗作品，就是一件顺理成章的事了。

1903年，热心诗界革命、小说界革命和戏曲改良事业的狄葆贤也认识到："经传等书，能令人起敬心，人人非乐就之也……至于听歌观剧，则无论老幼男女，人人乐就之。倘因此而利导之，使人喜，使人悲，使人歌，使人哭，其中心也深，其刺脑也疾。举凡社会上下一切人等，无不乐于遵循而甘受其利者也。"③ 这一将"卑下尘俗"的"歌曲"（包括传统

---

① 黄遵宪：《致梁启超函》，《黄遵宪全集》（上），中华书局，2005年，第432页。
② 饮冰子：《饮冰室诗话》，《新民丛报》第40—41号合本，1903年11月2日。
③ 平子：《小说丛话》，《新小说》第8号，1903年10月。

戏曲和民歌民谣等）与"仰之弥高"的"圣经贤传"相提并论的思路，极大地提高了"歌曲"的社会文化地位。狄氏进而提出："今日欲改良社会，必先改良歌曲"，因其"最能更改人之性情，移易世之风俗"，"故必得因地因时，准社会之风俗人情、语言好恶，而亦悉更变之，则社会之受益者自不少"。① 可见，启蒙先驱者已经清醒地意识到，"诗"与"乐"合一的"歌曲"，与学校、报馆、演说、新小说、改良戏曲等启蒙手段一样，注定要成为新民救国之利器。

1903 年初，《新小说》开辟"杂歌谣"专栏不久，得风气之先的上海就有白话报人起而响应，砭俗道人主编的《智群白话报》特意辟出"唱歌"专栏；而李伯元主编的《绣像小说》起而相应，辟出"时调唱歌"专栏，则是《新小说》问世半年以后的事了。此后问世的很多白话报刊、文艺期刊、妇女报刊和综合性报刊，"杂歌谣""歌谣""时调""唱歌""词曲""新弹词""音乐房""谣曲""木鱼""龙舟歌""南音""粤讴"等文艺栏目大量出现，蔚然成风，发挥着劝戒、警世的启蒙功效，形成了一道亮丽的近代"歌诗"文艺景观。

近代歌诗既是中国传统歌唱文学在晚清启蒙救亡新形势下的变体与发展，亦是"西乐东渐"背景下受海外乐歌影响而兴起的新的文艺形式。白话报刊是刊载近代歌诗的主要阵地。梁启超"当革其精神，非革其形式"的"诗界革命"指导精神与原则，对近代歌诗创作产生了重要的影响。有论者指出："晚清揭开中国近代史的篇章以后，音乐文学中的诗词作品主要是沿着两条线在发展。一条是在城镇市民音乐生活中起作用的小曲和戏曲、曲艺唱词；另一条是伴随着'新学'而兴起的'学堂乐歌'歌词。"② 此论虽从音乐发展史视角着眼，却道出了清末通俗歌诗创作的两大基本类别及其历史走向。白话报刊近代歌诗大体可分两大类别：其一为"时调歌谣"，其二为学堂乐歌。前者是旧瓶新酒，俗曲新唱；后者乃中西合璧，诗乐合一。

近代歌诗既是梁启超倡导的"诗界革命"创作思潮的有机组成部分，又是清末改良戏曲的支脉，更是近代音乐文学不可或缺的重要板块。无论是面向大众、俗曲新唱（曲调照旧，曲词翻新）的时调歌谣，抑或是新式教育催生的亦中亦洋的学堂乐歌，在清末启蒙思想家、教育家、宣传家和报人眼中，首先是可以歌唱的、效果优于口语演说的启蒙利器；而其作

---

① 平子：《小说丛话》，《新小说》第 9 号，1904 年 8 月。
② 黄翔鹏：《传统是一条河流（音乐论集）》，人民音乐出版社，1990 年，第 169 页。

为诗歌、戏曲、音乐文学等艺术形式的审美价值，则是先驱者考虑的次要问题。清末白话报刊通俗歌诗，在内容方面奏响着进步知识阶层渴望富国强兵、启蒙救亡的时代呼声，在形式方面显现出解放的征兆，在语言方面表现出显著的白话化与近代化趋向。

就清末白话报刊所刊发的歌诗作品而言，偏重于"俗曲新唱"的时调歌谣，是南方地区白话报刊的常规性栏目，名目有"歌谣""新歌谣""杂歌谣""唱歌""时调唱歌""新弹词""音乐房""诗词""词曲""粤人音""粤音""讴歌"等，较为重要的刊物有《杭州白话报》《中国白话报》《京话日报》《吴郡白话报》《安徽俗话报》《江苏白话报》《宁波白话报》《国民白话日报》《扬子江白话报》《竞业旬报》《直隶白话报》《第一晋话报》《河南白话演说报》《白话》《岭南白话杂志》《潮声》等。其中，《安徽俗话报》"诗词"专栏虽名称偏雅，其所刊发的却并非文人化的传统诗词，而是从众向俗、"俗曲新唱"的民间小调，带有鲜明的"杂歌谣"气质，且数量较多，影响亦大；《江苏白话报》"唱歌"栏刊发的一批童谣山歌，以浅易之词含深刻道理，无新名词而寓启蒙思想；两者在清末白话报刊近代歌诗中有着很强的代表性，从中可以约略窥知白话报刊时调歌谣的基本面貌。

第二节 《安徽俗话报》之"俗曲新唱"

清末白话报刊时调歌谣绝大部分走着一条从众向俗的路子，大众文化姿态与平民化格调是其显著特征，语言上则表现出鲜明的浅白化与近代化趋向。其中，陈独秀主持的《安徽俗话报》"诗词"栏堪称典范。

1904年初，《安徽俗话报》半月刊创刊伊始，即辟出"诗词"专栏，名称虽雅，刊发的作品却有泰半属于语言俚俗的民间时调歌谣体，其名目有《叹五更》《醉江东》《送郎君》《闺中叹》《十杯酒》《湘江郎调》《十送郎》《十二月想郎》《叹十声》《女儿叹》《鲜花调》《秋之夜调》等；其次是中西合璧、雅俗共赏的学堂唱歌，约占四分之一；传统文人诗词仅有3首。[①] 由此可见，陈氏早年非常重视"歌诗"这一被清末启蒙先驱普遍看好的启蒙"利器"。陈氏对这一栏目的着力经营，使得《安徽俗

---

① 在目前所见22期《安徽俗话报》中，有18期辟有"诗词"栏，共计刊发歌诗作品36首；其中，有24首属于民间歌谣类，9首学堂唱歌，传统文人诗词仅有3首。

话报》成为清末刊发通俗歌诗最为集中、影响最大、最具代表性的白话报刊。

梁启超倡导的"诗界革命""小说界革命"无疑对陈独秀产生了直接影响，陈氏《论戏曲》一文的戏曲改良主张也为任公所赞许，将其刊发在《新小说》杂志。这篇近代戏曲理论批评史上的名文，其实还有一个白话版本，1904年9月发表在《安徽俗话报》，比文言版还早半年。该文竭力纠正国人头脑中根深蒂固的"把唱戏当作贱业"的旧观念，语出惊人地称演戏活动"可算得是世界上第一大教育家"，理直气壮地亮出"戏馆子是众人的大学堂，戏子是众人大教师"的观点。① 陈氏在戏曲改良问题上，已经萌发出批判继承、古为今用、洋为中用、推陈出新等指导原则；其思想导向，大体包括民族国家观念、尚武精神、反帝爱国和科学民主思想等内涵。这些思想导向，同样适用于《安徽俗话报》"诗词"栏目。

《安徽俗话报》"诗词"栏之"俗曲新唱"，唱响的是启蒙救亡的主旋律，重点围绕揭露和批判社会现实及国民性弱点，提倡合群尚武、爱国反帝、独立自强、风俗改良、妇女解放乃至宣扬民族民主革命思想。创刊号所刊龙眠女士《叹五更》标"伤国事也"，痛陈政府割地赔款、国人麻木不群、民智不开、女学不兴、面临亡国灭种危险的国家形势，可视为"时事新歌"系列歌诗之总纲。② 三爱《醉江东》标"愤时俗也"，重在批判四万万同胞头脑中普遍存在的"自了汉"思想，揭露国人灵魂麻木与奴隶根性；讴歌变俗人《送郎君》标"悲北事也"，系针对庚子年八国联军破京津及俄占东北事有感而发，"送郎君送到北京城，北京城里闹哄哄，今朝有酒今朝醉，忘记了八国联军来破京"，借游走者的一双眼睛暴露种种社会怪现状。③

第2期节录《杭州白话报》的那组《时事新歌》，首篇《招国魂》立意在"哀军人之不振"，诗人痛感"欧风美雨从西降，洞户重门尽开放，堂堂中国好男儿，谁能含笑沙场上"，在"东有狼兮西有虎，南有矢兮北有弩"的危亡局势下，大声召唤着"国魂"："我国魂兮其归来，国无魂兮将无主"；其二《鸦片战》旨在"恨洋烟之害人"，其三《好江山》意在"愤土地之日削"，其四《文明种》旨在"望蒙学之改良"，其五《步

---

① 三爱：《论戏曲》，《安徽俗话报》第11期，1904年9月10日。
② 《安徽俗话报》第1期，1904年3月31日。
③ 《安徽俗话报》第1期，1904年3月31日。

步娇》意在"怜缠足之恶习",其六《守财奴》旨在"恶富家之吝啬",均有感而发,题旨关乎风俗改良、教育兴邦与民族危亡。① 他如桐城方瑛子女士《闺中叹》之"悯国难",黄金世界之女名士《十杯酒》之"讥苛税",卓呆《湘江郎调》之"叹恶俗",要皆不离社会批判、风俗改良和救亡启蒙之大旨。

《安徽俗话报》"诗词"栏之"俗曲新唱",曲调上以流行的时调民谣为主体,尤喜采用数字型结构;其所采用的《叹五更》《送郎君》《醉江东》《十杯酒》《湘江郎调》《十送郎调》《梳妆台调》《烟花调》《鲜花调》等曲调,都是安徽民间流行的时调民谣,"瓶"是旧的,"酒"却是新的,表现出鲜明的救亡色彩与启蒙意图,时代气息浓郁。《叹五更》《十恨小脚歌》《十杯酒》《湘江郎调》《从军行》《十二月想郎》《叹十声》等篇,均采用民间流行的数字型结构,为普通民众所喜闻乐见。合肥觉梦子《叹十声·仿烟花调》,从"爱国男儿坐书楼,叹罢第一声",直唱到"爱国男儿望太平,叹罢第十声",一叹国将不国,二叹民智不开,三叹社会腐败,四声叹罢讲新民自强,五叹国大地广却被列强瓜分,六叹官兵贪财偷生,七叹女权不兴,八叹国人迷信鬼神,九叹国人迷信风水,十声叹罢劝国人爱国自强。②

旧瓶新酒,推陈出新,既是陈独秀的文艺革新思想,亦符合梁启超关于诗界革命重在"革其精神"的指导原则和"以旧风格含新意境"的修正版"诗界革命"创作纲领。

《安徽俗话报》时调歌谣有相当一部分篇章属于女性写作或模拟女性写作。这是晚清问世的大量民间时调歌谣的普遍特点,《绣像小说》"时调唱歌"栏也是如此。这一特点是由怀抱"启蒙"动机的歌诗作者所借鉴的民间时调歌谣本身固有的套路和程式所决定的。以女性视角和女性口吻来叙事抒情,既便于通过女性叙述人的个体生命体验现身说法揭露封建政体、社会习俗、男权思想对女性身心的摧残与压抑,又便于表现已然觉醒的时代新女性"天下兴亡,匹妇有责"的"女国民"精神。同样是女性歌者口吻,其思想、情感、视野和气质,已经与传统民间小调大异其趣。大量的送别歌和相思歌,立意一反传统歌词重在表达惜别和思念之情的窠臼,旨在表现已然觉悟的时代新女性,对郎君晓以爱国之理和报国大义,鼓励好男儿志在四方,效命沙场,为国捐躯,理想色彩和时代气息异

---

① 《安徽俗话报》第 2 期,1904 年 4 月 30 日。
② 《安徽俗话报》第 10 期,1904 年 8 月 25 日。

常浓郁。

时至今日，尽管此类歌诗作者的真实身份已很难考证，但有一点是肯定的：很多标榜"某某女士"的诗作者实乃男士假冒。这一现象并非白话报刊歌诗作者之特例，而是清末众多报刊诗词作者署名时存在的一种颇为有趣的现象。一个有名的例证是，1902年底在《新小说》连载《东欧女豪杰》且赋有诗作的"岭南羽衣女士"（罗普化名），曾经惹得马君武因羡其文而慕其人，并招致《江苏》《觉民》《国民日日报》《女子世界》等一批激进报刊纷纷刊登与"羽衣女士"唱和之作。① 以"女士"身份关心国事，心忧天下，宣扬启蒙救亡思想，对青年人来说更具吸引力。如此看来，龙眠女士、桐城潘女士、桐城方瑛子女士、黄金世界之女名士、蔓聪女士、怀宁汉胆女士等，极有可能系《安徽俗话报》男性编辑和主笔的化名。

讴歌变俗人李伯元《送郎君·悲北事也》、浮渡生《从军行·仿十送郎调》、怀宁汉瞻女士《十二月想郎·梳妆台调》等，以思想开通的时代新女性口吻，开导和鼓励郎君苦学本领、报效祖国，乃至效命沙场、为国捐躯，属于典型的模拟女性写作。汉瞻女士《十二月想郎·梳妆台调》通过一位思念出洋留学的丈夫的思妇之口，勉励夫君"少年当存爱国志""万不可无国家思想""莫羡慕腐败官场""学一些真本事强种保国""纵然是战死在沙场上，也落得名姓儿千古传扬"。② 浮渡生《从军行·仿十送郎调》频频以"人生自古谁无死，要留下千秋万世名""男儿负此头颅好，老死在家山怎甘心""纵然匹马沙场死，胜似在人间碌碌生"相劝勉③；妻子对郎君不仅无半句缠绵留恋之辞，反而以夫君能效命疆场、为国捐躯为荣耀，传达出近代爱国志士仁人热切呼唤的尚武思想和牺牲精神。

《安徽俗话报》"诗词"栏通俗歌诗，在语言方面体现出显而易见的口语化与近代化特征。时调歌谣历来通俗易懂，明白晓畅，无需歌唱，读起来亦朗朗上口。近代语境下的白话报刊时调歌谣，注入了大量反映时代讯息的新名词、新语句，时代气息浓郁，近代化特征明显。《安徽俗话报》所刊近代歌诗中，出现了"国民""文明""世界""列强""洋人""瓜分""黑奴""留学""欧罗巴""洋兵来""义和拳""恨小

---

① 如1904年4月《女子世界》第4期刊发君武《和羽衣女士〈东欧女豪杰〉中作》，1904年6月《觉民》第7期刊出天梅《和羽衣女士所著〈东欧女豪杰〉中作》等。
② 《安徽俗话报》第7期，1904年7月13日。
③ 《安徽俗话报》第6期，1904年6月28日。

脚""开智识""图富强""欧风美雨""亚东大陆""八国联军""割地赔款""强种保国""家国相关""民智不开""新民自强""万国竞新学""东有狼兮西有虎""野蛮世界强权强""求和又要洋赔款""任人分割如猪羊""强种就是强国根""强者存兮弱者亡"等反映时代讯息的新名词、新语句和新思想、新意境、新情感。当我们透过百年的岁月沧桑，翻开铺满历史灰尘的旧报刊重读这些诗句时，仍能强烈地感受到扑面而来的近代气息，仍能触摸到那个变动不居的过渡时代跳动的历史脉搏。

第三节 《江苏白话报》之"山歌时调"

1904年9月，江苏琴南学社创办的《江苏白话报》月刊在常熟问世。① 该报立足江苏全省，"全用官话演述"，拟想读者定位在"略识点字和不通文理的人"，宗旨是让大家"个个知道外头的情形，知道自己的利益"，② 有着鲜明的"感发中下社会"③ 的启蒙宗旨和浓厚的江苏地域色彩④。该刊仅存世半年，出刊六期，却在歌诗栏目设置和创作方面有着不俗的表现。无论是以"山歌时调"为"小说"的设想，抑或是以本省山歌为"国风"的创意，均传达出中西交汇、古今嬗变过程中中国歌诗创作的多元形态与鲜活气韵，在不经意之间提高了山歌时调的社会地位和文体地位。

一、以"山歌时调"为"小说"

三吴少年在规划《江苏白话报》"小说"专栏时，就明确了两点：其一是"顶新出的，顶有趣的"的新小说，而非《红楼》《三国》之类的

---

① 该报创办人和主编化名"三吴少年"，通讯地址和办公地点在常熟道前海虞图书馆。参见三吴少年《发刊辞》所附"报章"第六件"地址"条，《江苏白话报》第1期，1904年9月。
② 三吴少年：《发刊辞》，《江苏白话报》第1期，1904年9月。
③ 《社告三》，《江苏白话报》第5期，1904年12月。
④ 三吴少年在《发刊词》中道："现在虽然有什么《杭州白话报》《湖州白话报》《武昌白话报》，然而《杭州》是给杭州人看的，《湖州》是给湖州人看的，《武昌》是给武昌人看的。我们是江苏人，就是看这种报，他们都是着重本地的，看了也不见得就有益处，况且江苏是偌大一个省份，人口又多，地方又大，省里头竟其一个白话报也没有，不要说省里头的人，得不到益处，就这么看人家省里有白话报的，或是有几个白话报的，难为情不难为情呢？"见《江苏白话报》第1期，1904年9月。

旧小说；其二是"好的山歌时调"。① 事实上，该刊前两期"小说"栏所刊均为"山歌时调"，第一期名曰"时调唱歌"，第二期名曰"醒世歌"。这种以"山歌时调"为"小说"的栏目设置，反映了主编的"小说"观及其对"新小说"的理解；而这种处于含混形态的新小说观念，在当时的知识群体中并非个别现象，而是西学东渐背景下"过渡时代"作家的一种较为普遍的文体认知。

小说界革命时期的"小说"概念，涵盖传奇杂剧之类的戏剧作品；"诗界革命"时期的"诗界"，又涵盖莎士比亚这样的戏剧诗人。② 从《新小说》"杂歌谣"栏目设置及其刊发的歌诗作品形态来看，可说是处在诗界、文界和小说戏曲界的交叉地带，各种文体之间的含混形态成为一种新常态。而《江苏白话报》歌诗栏目设置，则为诗界与小说界的交叉重合提供了进一步的佐证。

1904年9月，《江苏白话报》创刊号"小说"栏刊发的"时调唱歌"，题为《花名山歌》，旨在劝人们"不要相信烧香念佛"。这篇以"山歌时调"为"小说"的《花名山歌》，从"正月里兰花开路旁"唱起，依次唱到"二月里杏花阵阵香""三月里桃花朵朵红""四月里蔷薇插满瓶""五月里榴花照眼明""六月里荷花开满河""七月里凤仙秋正阴""八月里桂花开满林""九月里菊花一色黄""十月里芙蓉开满场""十一月里山茶随路开""十二月里腊梅雪花飘"，通过罗列各月里"烧香念佛"的日子与场面，展示了"烧年香""佛会""观音生日""菩萨豁浴""请仙人""送鬼""地藏王生辰""守庚申""圆光""看香""寿醮""送灶"等风俗迷信中的怪怪奇奇，以讽刺笔墨和批判眼光，揭露了江苏城乡天天都在发生而普通百姓早已习以为常的陋风陋俗的愚昧之处和骗人真相，指出"香烛银箔烧忒子无其数，只落得西天送佛一场空""仙方治病骗金银""好比银钱丢拉大西洋"。③ 劝戒意图在绘声绘色的铺叙中得到了穷形尽相的发挥，启蒙宗旨在通俗易晓的山歌时调中得到了淋漓尽致的彰显。

如果说《花名山歌》以铺陈和议论为主，作为"小说"的叙事性尚不明显的话，那么，第2期"小说"栏刊发的《醒世歌》，则兼具描写、叙事和议论功能。"名声赫赫书院里"的"两个读书人""无非做做四书

---

① 三吴少年：《发刊辞》，《江苏白话报》第1期，1904年9月。
② 参见饮冰子《饮冰室诗话》，《新民丛报》第40—41号合刊，1903年11月2日。
③ 郢白：《花名山歌》，《江苏白话报》第1期，1904年9月。

义",认定"学堂一定难成功,看来科举总弗废",因而还是整日价"面红耳赤念闱艺",继续做着"锣声一响叫老爷"的科举取士梦;至于商业,"中国本无大商场,向来只有小经纪",洋商洋货涌进来之后,"洋庄色色做出头,土货样样尽丢底","畏首畏尾多顾忌"的"中国小店家",那里抵得过有着"九十万万大资本"且"赤心做事无私弊"的美国"托拉斯"!更何况,"中国利权外国捏,中国那得不穷呢?"而那些有钱的乡绅,却对乡村公益事业漠不关心,更不会留意什么"务农新机器",所谓"正经铜钱弗肯出,闲余铜钱倒多费"。他们抽鸦片烟,结交权贵,花天酒地,"高兴上海跑一回,叫叫两个长三妓,马车飞奔四马路,再要看看髦儿戏,大菜吃得真膨胀,咖啡茶来解油腻",最后只落得"债票累累无偿还,只好田房屋产抵"。至于那帮"国家搭吾无关系"的"通脱人",无非是"平等自由拾几句""时而赞赞李鸿章,时而骂骂贼刚毅",充当着官府帮闲的角色。还有尚且裹着小脚的"妹妹与姊姊",不仅要放脚,而且要读书识字学文化;果如此,"团结男人二百兆,奋发有为趁此际",则可以疗救"全国尽犯"的"虚怯症","来进温补药一剂"。①

第 3 期"唱歌"栏刊发的《十字歌》《十二月节令》,讲述的都是历史大事件,更具"小说"历史之功效,时人称之为"历史的唱歌"。《十字歌》开篇解题道:"讲从古以来到现在的朝代,这就是历史的唱歌了。"② 这篇"历史的唱歌",从"开天辟地盘古皇"唱起,讲到"唐尧虞舜用贤良""秦始皇帝害平民",直唱到"明朝皇帝魏忠贤,好人害得干干净,崇祯吊杀煤山前",最后以"十个字写来十样景,明朝完结换大清,中国百姓四万万,大家努力要齐心"作结,以通俗易晓的民间唱歌的形式,将一部中国朝代兴替史交代得清清楚楚,适合对儿童进行历史知识启蒙教育。《十二月节令》旨在"讲中国同外国交涉的大事情",从康熙年间"未曾吃亏算太平"的中俄《尼布楚划界条约》说起,历数道光年间的《南京条约》、咸丰年间的《北京条约》、同治年间的《伊犁条约》、光绪年间的《中法新约》《藏印条约》《马关条约》《辛丑条约》等一系列丧权辱国、割地赔款的不平等条约,直唱到近在眼前的"日俄打仗半年宽,英兵又把西藏入",激发国人的民族义愤和爱国热忱。③

---

① 典属裔:《醒世歌》,《江苏白话报》第 2 期,1904 年 10 月。
② 郢白:《十字歌》,《江苏白话报》第 3 期,1904 年 11 月。
③ 《十二月节令》,《江苏白话报》第 3 期,1904 年 11 月。

1902 年,梁启超发起"小说界革命",将本来地位卑下的小说戏曲堂而皇之抬进启蒙文学的殿堂,且推其为"文学之最上乘"①;1904 年,《江苏白话报》编辑以"山歌时调"为"小说"的做法,客观上也抬举了处于小说与诗歌交叉地带的通俗文学的社会文化地位和文体地位。事实上,《江苏白话报》编辑有意提升民间歌谣之文体地位的举措还不止于此,其将民间"山歌"与"国风"传统接续起来的栏目设计,也是一个饶有意味的文化现象。

二、民间"山歌"与"国风"传统

《江苏白话报》第 2 年第 1 期"唱歌"栏推出的是《国风集》;其"记者志"云:"国者,诸侯所封之域;而风者,民俗歌谣之诗也。这两句话,是《诗经》上朱夫子的注。周朝的一国,好似现在的一省,民俗歌谣,就是平常百姓随口唱的山歌,这国风集里头,都是采的本省的山歌,有意思有趣味的,每首后面,又加上几句注解,以便看的人看一首,得一首的好处,那才可以算得周召正风了。"② 将当代民间山歌与"国风"传统接续起来,赋予其"兴""观""群""怨"的社会功效。

推重近世山歌,并非《江苏白话报》编辑独有的眼光,晚清知识群体中的一些有识之士亦有此种见解,黄遵宪就是一个典型代表。早在 1891 年,黄氏在《山歌题记》中就对源头可以追溯到《诗经·国风》的"山歌"传统颇为青睐,赞誉自"十五国风"以降的"妇人女子矢口而成"的山歌为"天籁"之音,而将学士大夫操笔为之者比喻为"人籁",以为若将现今流行的"吾乡山歌"辑录成编,其价值"当远在《粤讴》之上"。③

晚清一些报刊诗歌专栏,亦有以"国风"命名者,如上海《选报》(1901—1903)和重庆《广益丛报》(1903—1912);然而,无论是取"君子读之,可以知世变"④ 变风变雅旨趣的《选报》"国风集"专栏,抑或是《广益丛报》"国风"栏,其诗学宗趣均趋雅而非向俗,大体属于"诗人之诗"。《江苏白话报》"唱歌"栏《国风集》,则指向"平常百姓随口唱的山歌"⑤,从而将以民间流俗语传唱的山歌与源远流长的"国风"传

---

① 《论小说与群治之关系》,《新小说》第 1 号,1902 年 11 月。
② 《江苏白话报》乙巳年第 1 期,1905 年 2 月。
③ 黄遵宪:《山歌题记》(光绪辛卯),《黄遵宪集》,天津人民出版社,2003 年,第 384 页。
④ 《国风集》题序,《选报》第 1 期,1901 年 11 月。
⑤ 尚声:《唱歌·国风集》,《江苏白话报》乙巳年第 1 期,1905 年 2 月。

统联系起来，赋予其极高的社会文化地位，提升了通俗歌谣在文苑中的文体地位。

《国风集》第一首云：

> 三岁小干学摇船，断子橹绷河底里穿，跌湿子花鞋娘房里去换，跌湿子衣衫天晒干。

妙的是编者尚声对歌词的解读，他从第一句领会到"做人应当自立"，从第二句解读出"有冒险的精神"，从三四句领会到"自立不能丢弃爷娘"，从这首再普通不过的民歌童谣中解读出富有时代精神的"微言大义"，可谓别有会心。

第二首道：

> 一把芝麻撒上天，肚里个山歌万万千，南京唱到子北京去，归来还唱子二三年。

其注解围绕"比兴"和"句子的好处"说事："这一首，真是《诗经》上比兴体了。一把芝麻，这个数目那里去数得清呢？其实不过比山歌的多罢了，所以把万万千三字，表明白他。然而山歌还在肚里，没有唱出来，有了这南京北京，才把山歌唱得多实在写出来，等到还唱二三年，这真算得芝麻差不多了。"① 正是由于对以"一把芝麻"起兴来比拟抒情主人公肚里山歌之多的绝妙意蕴的深切体味，编者才选编了这首语言浅近而意味隽永的山歌，对其"句子的好处"大为欣赏，从艺术美的角度大加肯定。

第四首云：

> 六月炎天似火烧，郎在田里插稻苗。侬愿东海龙王拿块乌云遮在郎身上，我初一月半买香烧。

编者之所以编选这一首，不仅在于其所表现的是"爱情"主题，而且在于抒情女主人公想象的大胆和情感的浓烈，内容和形式均可圈可点。

第五、六首道：

---

① 尚声：《唱歌·国风集》，《江苏白话报》乙巳年第 1 期，1905 年 2 月。

> 点点柴，柴柴柴，别人家田里大科稗，吾里田里大科稻。
> 点点柴，柴柴柴，别人家稻箩苎荠大，吾里稻箩擅天高。

这是秋收以后农民在田岸上烧稻草时唱的民谣，"说是辟蝗虫的，其实就是天祖有神秉畀炎火的意思"；编者看中的，是其"很含着争竞的意见"，同时，"你要好，我要好，也很有取处"。① 编者所看好的，是其蕴藏的富有时代意义的思想主题。

《诗经》是被历代士大夫阶层奉为神圣的"经书"，位据"五经"之首；作为其精华部分的"国风"历来被视为中国古典诗歌之源头和正宗，在源远流长的中国诗歌历史长河中一直占据崇高的地位。《江苏白话报》主编视民间山歌为"国风"的做法，无疑是承认了民间山歌与"国风"一脉相承的渊源关系，在中国遭遇到千年未有之变局的大变革、大动荡、大转折时代，让民间歌谣承担起启发蒙昧的历史责任，赋予其极高的社会文化地位，从而也极大地提高了民间歌谣的文学和文体地位。

1904年12月，《江苏白话报》第5期刊发了松溪读者鹿健的来稿《集新名词题〈江苏白话报〉》，其一道："廿世风潮孰主人？诸君理想一番新。改良程度完人格，大达文明启国民。科学完全无缺点，名词淘汰重精神。馨香注意前途祝，义务艰难莫爱身"；其二云："特别新机大舞台，黄人智识几时开？中原社会悲生计，学界争存忍劫灰。代表思想传报纸，感情种族仗文才。强权实践方针定，膜拜全教热血来。"② 道出了该报给读者留下的思想印记和情感共鸣，也从一个侧面见证了白话报刊在"新名词"及其承载的具有启蒙意义的新思想的传播推广方面，曾经发挥过积极的作用。

第四节 清末白话报刊学堂乐歌

近代中国的音乐课程，发端于西方传教士开办的教会学校。早在1861年，美国基督教长老会在上海创办的清心书院女校即"设音乐一科，且甚为重视"③。1898年6月，康有为呈奏光绪帝《请开学校折》建议设

---

① 尚声：《唱歌·国风集》，《江苏白话报》乙巳年第1期，1905年2月。
② 鹿健：《集新名词题〈江苏白话报〉》，《江苏白话报》第5期，1904年12月。
③ 孙继南编著：《中国近现代音乐教育史纪年：1840—1989》，山东友谊出版社，2000年，第3页。

"歌乐"课。① 同年,广州创办的第一所新式学堂——时敏学堂,即开设有"唱歌"课。②

20世纪初年,有识之士已经清醒地认识到"欲改造国民之品质,则诗歌、音乐为精神教育之一要件",正因如此,梁启超在得知上海青年曾志忞"入东京音乐学校,专研究乐学"的消息后大为欣喜,寄予厚望。③ 1904年,梁氏又明确指出:"今日不从事教育则已,苟从事教育,则唱歌一科,实为学校中万不可阙者。举国无一人能谱新乐,实社会之羞也";有鉴于此,他对曾志忞推出《教育唱歌集》赞誉有加,宣称"从此小学唱歌一科,可以无缺矣"。④

清末最后几年,"乐歌"或"唱歌"不仅作为一门课程在新式学堂中普及开来,而且成为众多报刊的常规性栏目。白话报刊亦加入了这一极富时代气息的乐歌大合唱之中,为之提供了重要阵地。清末学堂乐歌发展成为一股时代潮流,不仅是音乐界和教育界的创新成就,而且构成了诗界革命运动的重要一环。

清末白话报刊学堂乐歌的种类,依照其题材和功能,大体可分为爱国歌、劝学歌、励志歌、女学歌、运动歌等类。白话报刊学堂乐歌不一定用于学堂教学,其拟想读者也不局限于新式学堂学生,而是兼及学校教育和国民教育,乃至偏重面向全体国民的社会教育。

爱国歌通过宣传中华文明史和山川地理形势,或揭示近代中国种种国耻,培养和激发国民的合群意识、民族情感和爱国思想。1904年5月,《中国白话报》第11期所刊梅岩的《美哉中国歌》,第一章《地理歌》赞叹"美哉中国之山河",第二章《人种歌》歌咏"美哉中国之人种",第三章《学术歌》礼赞"美哉中国之学术",坚信中国定能巍然屹立于世界民族之林,"必飞腾直进而莫当"。同年9月,在日本东京创刊的《白话》第1期"歌谣"栏目,刊登了配有简谱的《蚂蚁》《万里长城》《十八省》等乐歌,署名"强汉",张扬民族主义和爱国主义精神。12月19日,《京话日报》"唱歌"栏所刊"鄂督张新制小学堂歌"《中国大地形势歌》,将中国的南北二京、十八行省、武汉上海、万里长城、长江黄河等"大地形势"演成通俗乐歌,一曲唱罢而"中国大势如指掌"。

---

① 康有为:《请开学校折》,汤志钧编:《康有为政论集》,中华书局,1981年,第305页。
② 孙继南编著:《中国近现代音乐教育史纪年:1840—1989》,第8页。
③ 饮冰子:《饮冰室诗话》,《新民丛报》第41—42号合刊,1904年1月12日。
④ 饮冰子:《饮冰室诗话》,《新民丛报》第46—48号合刊,1904年2月14日。

《安徽俗话报》"诗词"栏目亦刊登不少弘扬爱国主义精神的学堂乐歌。第5期所刊《国民进行歌》是一首"桐城学堂日本教师按着琴谱做出"的"可以唱的"地道而典型的中西合璧的学堂乐歌。其所标举的"重大义""开智识""图富强""伸人力"等"国民精神",正是对国人进行爱国主义思想教育的几个具体侧面。① 第9期转载的志忞作词的那首著名的"学堂唱歌"《蚂蚁》,其所着力表现的"一团义气真正好""人心齐,谁敢欺"的合群意识和团结精神,从一个侧面弘扬了时代急需的爱国主义思想。第14期所刊爱生的《祝国歌》,仿民间"鲜花调",以欧罗巴、美利加之"雄长地球""富豪甲天下",反衬昔日"地大物博独立亚细亚"的"中华"今日国势之衰微,激励国人"抖精神,要与那白人齐驱并驾"。② 第17期所刊《国耻歌》系"桐城崇实学堂唱歌",咏鸦片战争割地赔款开放口岸之历史,警示国人勿忘国耻。

　　劝学歌自古有之,在中国可谓源远流长。然而作为清末乐歌的劝学歌则打上了鲜明的时代印记,具有强烈的忧患意识、国家观念和救亡思想。其立意,在于劝勉少年儿童乃至全体国民,以时不我待、只争朝夕的奋发精神,努力学习中学与西学知识技能,报效祖国,奠定国家富强之基。清末有识之士普遍认识到:"各国富且强,得力在学堂。"③ 时人所劝之"学",多为"新学"、西学、实学、致用之学,不过也有着意突出"中学"者。1904年10月8日《中国白话报》"歌谣"栏目所刊《劝学歌》,"中学"列举了历史、读经、伦理、修身、舆地、算学、国文等科目,"西学"列举了体操、卫生、西文、东文、物理、化学等门类,主张中西兼顾,不可偏废。《安徽俗话报》第17期所刊"桐城崇实学堂唱歌"《勉学歌》,开篇即以"黑奴红种相继尽,惟我黄人鼾未醒,亚东大陆将沉没,一曲歌成君思听"警醒国人,充满强烈的忧患意识和时不我待的急迫心情,读来警人心魄;末章又以"近追日本远欧美,世界文明次第开;少年努力咸自爱,时乎时乎不再来"相劝勉,诵之催人奋发。④

　　励志歌与劝学歌相互交叉,所励之志从关切个人推及国家,汇入清末以爱国救亡为主基调的时代大合唱。1904年,上海周浦镇在浦东创办了新式学堂"励志学校",创制了"开校歌"和"校歌"。《励志学校开校歌》以"励精神,坚体魄,强国兼强种"砥砺莘莘学子,并以"郁郁今

---

① 《国民进行歌》,《安徽俗话报》第5期,1904年6月14日。
② 爱生:《祝国歌·仿鲜花调》,《安徽俗话报》第14期,1904年10月23日。
③ 《劝学歌》,《中国白话报》第21—24期,1904年10月8日。
④ 《勉学歌》,《安徽俗话报》第17期,1904年12月。

浦东，万方文化此焉宗"相期许；《励志学校歌》以"茫茫亚东前途事，全仗学堂诸少年"相瞩望，告诫大家"保我国兮保我种，此愿长存莫放松"，勉励同学们"哥哥弟弟各努力，同心要把国耻洗"。① 1905 年旧例正月初一创刊的《直隶白话报》，第 1 期"歌谣"栏目所刊《壮士歌》《励志歌》《白杨歌》等，第 9 期所转载的黄遵宪的《行军歌四章》，均可视为励志歌。

女学歌系为提倡女学而作。此类乐歌以晚清女报刊载最为集中，白话报刊中亦有一些。1903 年 11 月《杭州白话报》第 3 年第 15 期所刊《杭州女学校歌》，配有简谱，是清末较有代表性的白话报刊女学乐歌。歌词如下：

> 杭州女学近西湖，堂堂文明母！脂香粉腻全消除，昂昂匹丈夫！文章不让古班姑，精神又尚武。寄请那姊妹莫揶揄，今吾非故吾。

从中可见男女平权、崇文尚武、锐意进取的时代精神，基调昂扬、乐观、明快，凸显出以"堂堂文明母"相期许的时代新女性的精神风貌。

　　梁启超对于"乐学"和乐歌秉持雅俗共赏的理念，坚持两条腿走路的方针。关于"乐学"，梁氏以为"雅乐与俗乐，二者亦不可偏废"；对于"缘旧社会之嗜好"势力最大而"士大夫鄙夷之"的俗乐，要提升之，雅化之，将其引导到适合国民教育的轨道上来；对于雅乐，则要使之适当通俗化，避免曲高和寡，脱离受众的接受程度。② 关于学堂乐歌之文辞，梁氏亦坚持雅俗共赏的标准，"盖文太雅则不适，太俗则无味"③。他1904 年应亚雅音乐会约请所撰《黄帝歌》四章和《终业式》四章，文辞偏雅；1906 年为其新剧《班定远平西域》所谱《从军乐》十二章，则尝试用俗调《十杯酒》填词，语言趋俗，"虽届游戏，亦殊自憙"④。

　　将诗歌和音乐视为改造国民品质、实施精神教育之要件，大力倡导诗乐合一的学堂乐歌，是梁启超领衔的诗界革命运动在诗体革新方面树起的一个重要风向标，白话报刊学堂乐歌无疑受其影响。

---

① 《中国白话报》第 21—24 期，1904 年 10 月 8 日。
② 饮冰子:《饮冰室诗话》，《新民丛报》第 78 号，1906 年 4 月 8 日。
③ 饮冰子:《饮冰室诗话》，《新民丛报》第 57 号，1904 年 11 月 21 日。
④ 饮冰子:《饮冰室诗话》，《新民丛报》第 78 号，1906 年 4 月 8 日。

第五节　近代歌诗语言的白话化与近代化

近代歌诗不仅体现出语体的白话化和近代化特征与趋势，而且还出现了一些白话歌诗。清末的白话歌诗写作"经验"，对现代白话新诗运动亦产生过或隐或显的启迪与影响。

1905 年 7 月 26 日，《京话日报》"来稿题名"栏已经出现了"白话诗"概念。清末大量问世的可以歌唱的"歌诗"作品中，确有一批白话程度较高者。

且看 1905 年《京话日报》"唱歌"栏刊登的《儿童戏》：

> 春明市上飞黄埃，儿童拍手呼群来，街头笑骂泥涂卧，相争相打为欢乐。道旁有老人，絮絮告儿身：六十年前为此戏，白头依旧闲无事。①

较之《尝试集》第一编 20 首白话诗，以及第二编中胡适自言的数首"脱不了词曲的气味与声调"②的白话诗，如《一念》《鸽子》诸篇，后者除了文人习气较重与取材倾向偏重个人趣味之外，二者在形式和语言上的差别并不是太大。就诗体的解放和语言的浅白程度而言，后者尚且不如前者。

1904 年 9 月，《安徽俗话报》第 12 期"诗词"栏刊登的《观物杂谣》5 首，则是纯然的白话诗。诗前以白话点明题旨。第一首《骆驼》刺其只知出死力而不知卫同类，落得个任人宰割、"力尽不知死何地"的悲惨境地。第二首《野牛》赞其最能合群，一致对敌，批评其盲从首领，"虽能合群无智识"。整组白话诗采用通俗歌谣体，却不失悲悯情怀。五首诗以五种动物的优缺点，隐喻某种国民性弱点，取材巧妙，构思严谨，题旨严肃，语言活泼。我们看看其第五首《海葵海和尚》：

---

① 觜窳：《儿童戏》，《京话日报》，1905 年 4 月 25 日。
② 胡适：《尝试集·再版自序》，欧阳哲生编：《胡适文集》第 9 卷，北京大学出版社，1998 年，第 84 页。

> 海葵海葵,你没有和尚,你却没手不会捞;和尚和尚,你没有海葵,你个身子何处放?两物相须合为一,各有所长各出力。海葵粘如胶,小鱼小虾被他粘住不得跑。和尚长手捞了吃,和尚吃了海葵饱。大家出力大家好,若是两离开,再也弄不来,所以彼此抱住不肯放。

如此俗曲俗语,表现的却是近代中国重大的主题内容。

留学东京音乐学校、被梁启超赞誉为"我国此学先登第一人"的曾志忞①,1904年初创作的白话学堂乐歌《蚂蚁》,4月份首刊于《教育唱歌集》,6月份即被梁启超引录于《新民丛报》第46—48号合刊之"饮冰室诗话"栏,同月又被《宁波白话报》改良第2期"歌谣"栏转载,8月被《安徽俗话报》第9期"诗词"栏转载,风靡一时,传诵甚广。这里引录《安徽俗话报》转载的歌词:

> 蚂蚁蚂蚁到处有,成群结队满地走。米也好,虫也好,衔了就往洞里跑。谁来与我争,一齐出仗,大家把命拼,不打胜仗不肯回。守住洞口谁敢来?好好好,他跑了,得胜回洞好。有一处,更好住,要做新洞大家去。
> 莫说蚂蚁蚂蚁小,一团义气真正好。人心齐,谁敢欺?一朝有事来,大家都安排。千千万万都是一条心,邻舍也是亲兄弟,朋友也是自家人。你一担,我一肩,个个要争先!你莫笑,蚂蚁小,义气真正好!②

梁启超当年见曾志忞《教育唱歌集》刻本"不禁为之狂喜"的原因,是终于结束了"举国无一人能谱新乐"的局面,"从此小学唱歌一科,可以无缺矣"。③ 梁氏下此断语,主要从教育史和音乐史角度着眼。而从近代"歌诗"的白话化视角来看,其歌词可谓纯然的白话诗。

清末报刊学堂乐歌中的白话诗有相当一批。1904年梁启超在《新民丛报》"饮冰室诗话"栏中录入的《老鸭》(幼稚园用)、《蚂蚁》(寻常小学校用)、《黄河》(中学校用)三首学堂乐歌,歌词均属浅易的白话诗。1903年的《江苏》月刊亦辟有"唱歌"栏,刊有五线谱、简谱和歌

---

① 饮冰子:《饮冰室诗话》,《新民丛报》第46—48号合刊,1904年2月14日。
② 志忞:《蚂蚁》(学堂唱歌),《安徽俗话报》第9期,1904年8月11日。
③ 饮冰子:《饮冰室诗话》,《新民丛报》第46—48号合刊,1904年2月14日。

词,其歌词属于白话诗。我们选《春游》第一段看看:

> 何时好,春风一到世界便繁华。杨柳嫩绿草青青,红杏碧桃花。少年好,齐齐整整,格外有精神。精神活泼泼,人人不负好光阴。①

较之胡适《尝试集》第一编中他自认为并非"刷洗过的旧诗",诸如《蝴蝶》"两个黄蝴蝶,双双飞上天"之类,其在诗体解放和语言的白话化方面,实有过之而无不及。

1904年,梁启超非常清醒地认识到:"今欲为新歌,适教科用,大非易易。盖文太雅则不适,太俗则无味。斟酌两者之间,使合儿童讽诵之程度,而又不失祖国文学之精粹,真非易也。"② 其实,不唯创作适合学堂学生讽诵的新歌如此,中国诗歌的现代化之途亦然。当年梁氏读到《江苏》第7期刊登的数首语言浅白、感情激越的军歌和学堂乐歌后③,不禁"拍案叫绝",激动之余大胆预言"此中国文学复兴之先河";并进而瞩望曾志忞"自今以往,更委身于祖国文学,据今所学,而调和之以渊懿之风格,微妙之辞藻;苟能为索士比亚、弥尔顿,其报国民之恩者,不已多乎?"④

无论是套用民间俗乐形式而填以新词的歌诗,抑或是着眼于国民"启蒙"和社会"教育"的学堂乐歌,受启蒙对象文化水平不高这一现实情形制约,启蒙先驱者在歌诗语言上采取了"从众向俗"的策略,以通俗易懂、浅易晓畅为指针。于是,"浅白化"就成为近代通俗歌诗显而易见的语言特征与趋向。而出于思想启蒙和社会动员之需,大量引新名词、新语句和新材料、新思想入诗入歌,就是一件不可避免且顺理成章的事情了。

1904年,近代中国学堂乐歌的开创者曾志忞有感于欧美和日本小学唱歌"通用俗语""浅而有味",对中国的"学校唱歌"歌词创作提出了明确要求:"请以他国小学唱歌为标本,然后以最浅之文字,存以深意,发为文章;与其文也宁俗,与其曲也宁直,与其填砌也宁自然,与其高古

---

① 《江苏》第7期,1903年10月。
② 饮冰子:《饮冰室诗话》,《新民丛报》第57号,1904年11月21日。
③ 《江苏》第7期所刊"唱歌"有五篇,分别是《练兵》《春游》《扬子江》《海战》《新》,均谱有五线谱、简谱,填有歌词。
④ 饮冰子:《饮冰室诗话》,《新民丛报》第40—41号合刊,1903年11月2日。

也宁流利。"① 可见，文字浅白、通俗、自然、流利，是早期学堂乐歌先驱者一种有意识的提倡与引导。曾氏并非光说不练，1904 年问世的《教育唱歌集》收录他作词作曲的 16 首学堂乐歌，其歌词创作遵循的正是上述原则。前文列举的那首当时被广为转载的《蚂蚁》，就是其代表作之一。

时调歌谣曲词的通俗、浅白、自然、晓畅，可说是古来如此，并非发展到近代才是这样。相反，近代启蒙知识分子采用民间俗乐而填以新词的歌谣体歌诗，反倒由于加进去大量新名词、新语句和新意境、新理想，而使得这一诗体的浅白化程度打了不少折扣。但与此同时，正是由于大量新名词、新语句和新意境的植入，才使得原本大雅君子不屑一顾的民间俗曲俗调，摇身一变成为维新派和革命派知识分子颇为青睐的启蒙利器和教育工具。我们选两段看看：

> 好哥哥，好弟弟，我真看重你。你在上海，勤俭巴结，天天做生意。积得很钱，种家养眷，不肯浪花费。夜里空来，爱皮西谛，还要念两遍。②

> 朔风飘飘白雁飞，游子有家不得归，肚里饿了要吃饭，身上冷来要穿衣。昨日登高望四方，何处是我安乐乡？东边看看是沧海，西边看看无太阳，南边要把人热死，北边一片大冰洋。只有一块好土地，安安稳稳居中央，又有山来又有水，又有五谷又有蚕。谁人在此不饱暖？那个离此不饥寒？③

两段白话歌诗，语言明明白白，干干净净，或情真意切，或活泼有趣，口语化程度很高，且充溢着浓郁的生活气息和泥土味。

清末白话报刊歌诗所表现的时代主题，涵盖合群爱国、风俗改良、尚武精神、独立自强、崇尚科学、反对迷信、提倡民主、批判专制、提倡公德、妇女解放、民族革命等，要皆围绕启蒙救亡主旋律。要表现这些时代主题，自然离不开新名词、新语句。举凡科学、自由、权利、义务、新闻、言论、集会、公益、团体、法律、人权、平权、商权、口岸、革命、

---

① 饮冰子：《饮冰室诗话》，《新民丛报》第 46—48 号合刊，1904 年 2 月 14 日。
② 《爱同乡》，《宁波白话报》第 8 册，1904 年 1 月 20 日。
③ 无为：《中国历史小曲》，《竞业旬报》第 7 期，1906 年 12 月 16 日。

改良、改革、公园、市场、行星、地球、教育、卫生、公德、欧洲、欧美、美国、非洲、白种、黄种、黄人、红种、棕种、黑奴、保种、电杆、铁路、廿纪、知识、文凭、专利、西服、洋文、罗兰、华盛顿、女教员、阅报处、咖啡馆、天足会、国民捐、红十字、五大洲、慈善家、西式鞋、毛瑟枪、生存竞争、日本皮靴、西装女士、制服公司、家庭习惯、爱皮西谛、亚东大陆、世界文明等一大批富有时代气息的新语汇,均在清末白话报刊歌诗中出现。其在语言方面所体现出的鲜明的近代化特征与趋向,由此可见一斑。

第七章　清末妇女报刊与诗界革命之延展

文学史家交代诗界革命运动，往往只提男性作家，而基本不涉及女诗人；述及诗界革命的报刊阵地，也基本不提清末女报。事实上，一批晚清知识女性已经登上了以近代报刊为主阵地的新诗坛；在清末出现的近三十种妇女报刊中，有不少辟有诗歌栏目，集中刊发了大量女性作者的诗词作品，以及男性作家的模拟女性写作。20 世纪初年的妇女解放运动是新民救国运动的有机组成部分，投身其中的一批新女性，创作了大量充满近代气息的诗词作品，以激越的声调汇入了女性解放和启蒙救亡的社会思潮，同时以嘹亮的歌喉汇入了诗界革命运动的时代潮音。

第一节　清末女权思潮与妇女报刊诗歌

20 世纪初年，随着启蒙救亡思潮的深入发展，有识之士意识到欲使中国奠定文明、进步、强盛的根基，必自兴女界、振女权始，于是大力倡导男女平权、女界革命，乃至出现了 20 世纪乃"女权时代"的流行说法，女权思潮成为一股强劲的时代潮流，受到了知识阶层的广泛关注。其中，清末妇女报刊和女性作家的诗文创作，对女权思潮的迅猛发展起到了重要的推动作用。

一、清末女权思潮与妇女报刊的兴起

19 世纪后期，在西方传教士和走出国门的中国士人绍介西方近世文化的著述中，国人已经可以窥知与恪守三纲五常、男尊女卑旧礼教的传统中国截然不同的西洋社会形态，传递了男女平等的讯息，对晚清先进人士产生了巨大的吸引力。戊戌变法时期，康有为、谭嗣同、皮锡瑞、皮嘉祐、梁启超等维新人士，开始在中国古义的外套下倡言"男女

平等"之说。1897 年，梁启超《变法通议·论女学》篇乃有"倡设女学堂"之动议，并借助风行一时的《时务报》而广为传播；同年年底，中国人自办的第一所女子学校"中国女学堂"在上海举行筹备会，嗣后成立了"中国女学会"。次年 5 月，"中国女学堂"正式开馆；7 月，中国第一份女报《女学报》问世。进入 20 世纪初，19 世纪末流传的"男女平等"说逐渐被"男女平权""女权"说所取代，中国社会根深蒂固的"男尊女卑"观念至此发生根本动摇；借助维新派和革命派知识分子在日本和上海创办的大量近代报刊，女权思潮迅猛兴起。清末女权思潮的兴起，有着西学东渐的时代背景，也是启蒙救亡思潮发展到 20 世纪初年的必然结果。

1898 年 7 月创刊的《女学报》旬刊，是我国历史上第一份妇女报刊。上海《女学报》与中国女学会、中国女学堂三位一体，"兼有中国女学会会刊与中国女学堂校刊的两重性质"①。《女学报》延揽了薛绍徽、裘毓芳、康同薇、李蕙仙等一批女界名流为主笔，围绕开女智、兴女学建言献策，发出了女性解放的最初的声音。其公聘女主笔、论说间以白话、新闻采用白话等做法，对 20 世纪初问世的一批妇女报刊产生了示范效应。

"女权"概念进入中国并产生影响，可以追溯到 1900 年 6 月《清议报》第 47 册"时论译录"栏刊发的日本新闻记者石川半山《论女权之渐盛》一文。这篇带有新闻报道性质的文章，描述了"西洋列国夙崇女权"之情状，言"其俗视崇女子与否，以判国民文野，故举世靡然从风，敬重女子，礼数有加，故其权日盛"，欧美已有"准女子参政事议出"。1902 年，蔡元培所编《文变》（商务印书馆）一书选入了该文，陈撷芬主编的《女学报》亦转载了此文。在此前后，"女权"一词正式进入了中国语境，开始了中国女权话语的本土化进程。

在近代中国女权思想发展史上，马君武和金松岑是两位功勋卓著、彪炳史册的开路先锋。前者以译著斯宾塞《女权篇》和约翰·穆勒《女权说》闻名于世，后者以撰著《女界钟》赢得"我中国女界之卢骚"②的赞誉。清末女权理论主要由男性知识分子引介和阐发的局面，亦由此形成。

---

① 夏晓虹：《晚清文人妇女观》，作家出版社，1995 年，第 32 页。
② 林宗素：《〈女界钟〉叙》，《江苏》第 5 期，1903 年 8 月。

1902 年，马君武译著的《斯宾塞女权篇》，主要从理论上阐明了"男女同权"乃"自然之真理"；斯宾塞对女权的阐释，涉及家庭、社会和政治权利之平等。1903 年 4 月，马君武在《新民丛报》连载长文《弥勒约翰之学说》，其第二节"女权说"将约翰·弥勒《女人压制论》与晚清风行一时的卢梭《民约论》并举，力主男女同权之说，包括教育权、经济权、政治权、婚姻权、公民权等，视女权革命为社会革命、民权革命之基础，传播了西方女权思想火种，为中国的女权革命提供了理论依据。

1903 年，金松岑撰著的《女界钟》由上海爱国女学校刊行，署名"爱自由者金一"。该书将女权革命与民族革命紧密联系起来，视女性之解放为解救民族国家之要举，提出"天下兴亡，匹妇有责"的时代命题。其"绪论"写道：

> 十九世纪之中国，一落千丈于世界竞争之盘涡；若二十世纪之中国，则一跃千丈于世界竞争之舞台，此理势之必然者也。男子然，女子亦何独不然？昔斯巴达妇人之勖其子之临战也，曰："愿汝负楯而归，否则楯负汝而归。"玛利依之在狱中曰："吾等今日已不能救身，虽然，一息尚存，终不可以不救国。"壮哉此言也！我中国今日二万万同胞中，有是人，为是言，吾将铸金绣丝，香花崇拜，以为诞出新中国新人物，必此人也。张女界之革命军，立于锦绣旗前，桃花马上，琅琅吐辞，以唤醒深闺之妖梦者，必此人也。顾亭林曰："天下兴亡，匹夫有责。"岂独匹夫然哉，虽匹妇亦与有责焉耳。①

以酣畅淋漓的文字、激进昂扬的姿态，为女界"撞自由之钟，张独立之旗"，竖起了女权独立的旗帜，提出了妇女解放的纲领，敲响了女界革命的警钟。第九节"结论"对中国女界瞩望道：

> 而如其急起也，爱自由，尊平权，男女共和，以制造新国民为起

---

① 金天翮：《女界钟》，陈雁编校，上海古籍出版社，2003 年，第 5 页。

点，以组织新政府为终局。善女子，誓为缇萦，誓为木兰，誓为聂姊、庞娥，誓为海曲吕母，誓为冯嫽，誓为荀灌、虞母、梁夫人、秦良玉，誓为越女、红线、聂隐娘；善女子，誓为批茶，誓为娜丁格尔，誓为傅萼纱德夫人、苏秦流夫人，誓为马尼他、玛利侬、贞德、韦露、苏菲亚，此皆我女子之师也。善女子，汝之眼慧眼也，汝之腕敏腕也，汝之情热情也，汝之心肠悲悯之心肠也，汝之舌粲花之舌也，汝之身天赋人权、完全高尚、神圣不可侵犯之身也，汝之价值千金之价值也，汝之地位国民之母之地位也，吾国民望之久矣！禽名精卫，终填海其有时；虹号美人，看冲天而一起。则吾言或不虚发也。不普渡众生，誓不成佛，普渡女子，乃普渡中国也。……女权万岁！同胞万岁！！中国亦万岁！！！①

自由、平权、共和，既适用于两性之间，亦适用于整个社会；而培育新国民、组织新政府，则是作者的政治理想。金氏将女子之地位提升到"国民之母"的时代高度来认识，将"普渡女子"的紧迫性和重要性上升到"普渡中国"的高度来认识，并喊出"女权万岁"的口号，可谓女权革命急先锋；其所标榜的 22 位中西女界楷模，迅疾成为大量诗文歌咏的对象。

1902 年之后，随着陈撷芬创办的《女学报》（1902）、丁初我和陈志群先后主持的《女子世界》（1904）、秋瑾创办的《中国女报》（1907）、燕斌创办的《中国新女界杂志》（1907）、刘师培与何震主编的《天义报》（1907）以及为纪念秋瑾而创办的《神州女报》（1907）等一批颇具知名度的妇女报刊相继问世，晚清妇女报刊迎来了一个高峰期，一批思想解放的知识女性投身女子教育、女性报刊和文字创作之中，女性知识群体逐渐在清末女权思潮中自觉担当起主体角色，做出了男性先驱者不可替代的历史性贡献。

形形色色的女子教科书的大量问世，也为清末女权思潮的风起云涌推波助澜。光宣之际，上海各大书局竞相推出各种门类的女子教科书，分为"修身""国文""教育""家政""算术""历史""理科""尺牍""手工""唱歌""图画""杂书"等门类，涵盖幼儿教育、初等小学、高等

---

① 金天翮：《女界钟》，陈雁编校，上海古籍出版社，2003 年，第 82—83 页。

小学、中学和师范类，品种繁多，包罗万象，颇具规模。① 各大书局均对编撰女子教科书表现出浓厚兴趣，可见新式女子学堂发展之迅速，对教科书需求之旺盛。

二、清末妇女报刊诗歌栏目述略

1897 年问世于上海的《女学报》没有开设专门的诗歌栏目，但零星刊发了龚慧苹、章兰、刘靓之等女性作者的诗作。1902 年 5 月陈撷芬在

---

① 1909 年 3 月出版的《女报》第 1 卷第 3 号刊登的新书广告，呈现了当时上海各大书局推出的女子教科书的概貌。在其列出的书目中，"修身"类女子教科书有《初等女子修身教科书》（商务）、《初等女子修身教科书教授法》（商务）、《女学修身古诗歌》（新学）、《初级女子修身教科书》（科学）、《初等女子官话修身教科书》（科学）、《绘图女子修身教科书》（南洋）、《女范粹编》（彪蒙）、《女子师范修身学》（时中）等；"国文"类女子教科书有《初等女子国文教科书》（商务）、《初等女子国文教科书教授法》（商务）、《高等女子教科书》（商务）、《女子国文读本》（商务）、《女子国文教科书》（乐群）、《女子应用教科书》（普及）、《妇女国文读本》（普及）、《绘图妇孺新读本》（科学）、《普通女学课本》（科学）、《初等女子国文读本》（科学）、《高等女学课本》（科学）、《初等女子国文课本》（中国）、《初等女子国文教授本》（中国）、《女子国语课本》（中国）、《初等女子论说范》（彪蒙）、《神州女子文选》（集成）、《女子新读本》（文明）、《女子中等国文读本》（文明）、《高等女子国文读本》（文明）、《妇女国文读本》（中国）等；"教育"类女子教科书有《家庭教育》（广益）、《女子教育论》（广益）、《家庭教育志》（昌明）、《家庭教育》（文明）、《蒙养镜》（文明）、《儿童教育鉴》（文明）等；"家政"类女子教科书有《初等女子家政教科书》（新学）、《中学、师范校家政教科书》（新学）、《改良家事教科书》（科学）、《家事教科书》（昌明）、《家计簿记学教科书》（昌明）、《家事课本》（中国）、《幼儿保育法》（中国）、《女子家庭教养法》（时中）等；"算术"类女子教科书有《师范、中学校女子算术教科书》（广智）、《女子算术教科书》（文明）、《女子教育算术教科书》（中国）等；"历史"类女子教科书有《小学女子历史教科书》（乐群）等；"理科"类女子教科书有《理科教科植物编》（时中）等；"尺牍"类女子教科书有《新撰女子尺牍》（商务）、《四明王女史函稿》（新学）、《女子尺牍教本》（新学）、《高等女子尺牍教本》（科学）、《中等女子尺牍教本》（科学）、《初等女子尺牍教本》（科学）、《普通女子尺牍范本》（科学）、《句解女子尺牍练习本》（科学）、《女子分类尺牍范本》（彪蒙）、《女界尺牍》（集成）、《女子尺牍》（集成）、《女子书信范本》（文明）等；"手工"类女子教科书有《手工教科书》（商务）、《造化术新书》（中国）、《手工教科书》（集成）等；"体操"类女子教科书有《女子体操教科书》（科学）、《女子体育全书新游戏法》（科学）、《女子小学体操范本》（中国）等；"唱歌"类女子教科书有《女子新唱歌》（商务）、《女学唱歌集》（科学）、《女子音乐全书》（科学）、《女学堂唱歌》（纬文）、《妇孺唱歌集》（科学）等；"图画"类女子教科书有《女子习画帖》（纬文）等；"杂书"类女子教科书有《女子师范讲义》（昌明）、《保姆学》（中国）、《古今贤女传》（集成）、《世界女权发达史》（纬文）等。编者按："商务"为商务印书馆，"新学"为新学书局，"科学"为科学仪器馆，"南洋"为南洋官书局，"彪蒙"为彪蒙书室，"乐群"为乐群书局，"普及"为普及书局，"中国"为中国图书公司，"集成"为集成图书公司，"文明"为文明书局，"广益"为广益书局，"昌明"为昌明书局，"时中"为时中书局，"广智"为广智书局，"纬文"为纬文书局。

上海创办的《女报》月刊①，自第 3 期开设了"同声集"诗歌专栏，至年底第 9 期共出现 7 期，以刊发女性诗作为主，题旨围绕开女智、兴女学、张女权、拯救民族危亡；亦刊发了邱菽园、丘逢甲、潘飞声等男性社会名流的题赠之作，向女报主人献上赞美之辞。《女报》发行所依托国民日日报馆，其言论立场和文学创作均受其革命思想濡染。"玛利批茶著美欧，立身当与彼为俦。救亡事业无男女，几辈英雄亦我流。"②《女报》"同声集"栏目女诗人以豪迈的气概、舍我其谁的担当精神，吹奏起女权革命和民族救亡的主旋律。

1903 年，陈撷芬主持的《女报》更名为《女学报》，其诗歌专栏亦更名为"词翰"，出 4 期而停刊。《女学报》"词翰"栏女诗人有陈超、俞碧霞、李柔卿、程嘉秀、沈世才、湘言女史等，康有为、高旭、邱菽园的诗作亦见诸该栏。"女子原来亦国民，裙钗先觉撷芬君""龙旗缭绕烂如焚，女界长驱革命军"③，高旭这首题赠诗，道出了男性同道者对新女界先觉者的赞誉与期待。尽管《女学报》发行所依托苏报馆，但其"词翰"栏诗歌却并未表现出狭隘的民族主义立场④，既刊发康有为送别爱女康同璧的长篇诗章，亦刊发赞颂因"苏报案"系狱的章太炎、邹容的《章邹囚》等诗作。湘言女史《章邹囚》有云："吾念柴市骈首六君子，吾念汉江饮刃唐才常，吾念北京杖死沈渔隐，何不波及一女子？乃使流血史内女界无光辉！"⑤"戊戌六君子"、唐才常、沈荩等男性英烈已先后为国捐躯，因言论获罪入狱的男子汉大丈夫章太炎、邹容生死未卜，而女界至今尚无为国捐躯者，诗人为此而感到羞耻，可谓壮怀激烈。

1904 年 1 月，由金松岑、丁祖荫发起的《女子世界》月刊在上海问世，断断续续坚持了三年多时间，出刊 18 期，成为清末妇女报刊中历时最久、影响最大的一种。该刊以提倡女子教育、倡言女权革命为基本宗旨，将"女界革命"与民族民主革命紧密联系在一起，反清革命倾向比

---

① 关于这两种晚清早期女报的创刊情况，请参见夏晓虹《晚清两份〈女学报〉的前世今生》，《现代中文学刊》2012 年第 1 期。
② 杜清持：《赠吴庄周三女史》，《女报》第 9 期，1902 年 12 月。
③ 剑公：《题〈女学报〉四绝》，《女学报》第 2 年第 3 期，1903 年 5 月。
④ 即便是陈撷芬受"苏报案"牵连而被迫逃亡日本之后费尽周折编辑出版的言论立场最为激烈的终刊号（1903 年 11 月出刊的第 2 年第 4 期），其所刊发的湘言女史《沈荩死》一诗，尽管激烈抨击统治者、告发者、行杖者"俨然衣履，人不如豸"，但都视之为"吾同胞"；尽管无比痛恨"胡我同胞自杀自贼自剥其膏血，自嚼其体肤"，但并未将杀人者排除在"我同胞"之外。
⑤ 《女学报》第 2 年第 4 期，1903 年 11 月。

较明显。1907 年 7 月，陈志群接办后续出的最后一期《女子世界》，是与秋瑾合作的产物，表现出更为鲜明的民族主义革命立场。自创刊之日始，《女子世界》"文苑"栏相继推出"唱歌集""因花集""攻玉集"三个二级诗歌专栏，刊发约 80 位署名诗作者近 500 首诗词。蒋蕴华《偶成三绝示二姊四妹》诗云："天赋人权屈不伸，年来只觉翠眉嚬。嘿罡风起摇天柱，忍作神州袖衣人？"①《女子世界》诗歌自始至终弹奏着"女界革命"和民族民主革命的主旋律，很好地贯彻了其办刊宗旨，发挥了文艺轻骑兵作用。

1907 年 1 月，革命女杰秋瑾创办的《中国女报》月刊在上海问世，出两期而夭折。秋瑾分别以本名和"黄公"② 笔名，充当"社说"栏目主笔，将"女权"视为"大魂"，认为"国魂"因其而诞育，民族魂因其而再造，从而将"女权革命"与"种族革命"并举，表现出鲜明的革命立场。其"文苑"栏下设"屑玉集""荒山集"两个二级诗歌专栏，"屑玉集"刊发女性诗歌，"荒山集"刊发男性诗歌；前者有炼石女士燕斌、鉴湖女侠秋瑾、徐寄尘女士、徐蕴华女士等栏目诗人，后者有不文生、冕之、黄公、白萍、薇山侠、湘中击筑客等诗作者。如果"黄公"确系秋瑾化名的话，该刊"荒山集"栏目"男性"诗人们的真实性别就大可怀疑了。鉴湖女侠有《黄海舟中感怀》《长崎晓发口占》《感时》《日人石井君索和即用原韵》《感愤》《剑歌》见诸"屑玉集"专栏，《勉女权》见诸"唱歌"栏。"不惜千金买宝刀，貂裘换酒也堪豪。一腔热血勤珍重，洒去犹能化碧涛！"③ 这首当年未曾发表的《对酒》诗，是其豪侠性格、牺牲精神和豪放诗风的典型写照。

1907 年 12 月问世于上海的《神州女报》月刊，是继承秋瑾《中国女报》遗志而创办的倾向革命的女性刊物，约出刊 3 期而停刊。其首期"诗词"栏集中刊发了秋瑾《感时》《感愤》《黄海舟中感赋》《长崎晓发口占》《剑歌》《勉女权》等优秀诗篇；"词藻"栏下的"秋雨集""秋风集"专栏集中刊发了一批悼念秋瑾的诗词，"神州诗选""唱歌"专栏刊发其他题材的诗词。韫玉女士《吊秋女士》七绝五章其三云："铜像巍峨

---

① 《女子世界》第 2 年第 3 期，1906 年 1 月。
② 夏晓虹在《晚清女报中的国族论述与女性意识》一文（载《北京大学学报》2014 年第 4 期）中推测"黄公"实为秋瑾化名；果如是，则该报所刊黄公《闻日军陷辽阳感赋》《日俄战事有感》《醒狮歌》《送白萍东渡》诸诗作，亦出自秋女士手笔。
③ 郭长海、郭君兮辑注：《秋瑾全集笺注》，吉林文史出版社，2003 年，第 224 页。

维纳德，花球供献玛黎侬。横刀一笑向天去，裁出名花满亚东。"① 南徐遯园《挽秋女士》诗序道："女士为祖国女界革命军中开幕之第一人物，从容就义，无稍顾忌，诗以重之"；诗云："伙飞队伍见精神，不杀男儿杀妇人。剑魂花魄成剧劫，神愁鬼哭问何因。一刀梅特为戎首，千古罗兰此替身。愧煞须眉二百兆，更谁霹雳扫妖尘？"② 进步知识界的齐声挽悼，使秋瑾诗文获得了最大限度的升值。

1907年2月问世于日本东京的《中国新女界杂志》月刊，由留日学生燕斌创办主编，出刊6期而停办。有着国家至上思想观念的燕斌女士，尽管大力提倡"女权革命"，以培育"女子国民"为己任，并将妇女解放与挽救民族国家的危亡联系起来，却并未将其进一步引向以反清为旨归的"民族革命"。主编和主笔的这一言论立场和创作导向，使得该刊与同时期持反清革命立场的革命派报刊保持了一定距离。《中国新女界杂志》"文艺"栏下聚集了一个女性诗作者群体，刊发了炼石、亚华、汉英、杜清持、竞群、群英、佛群、秀崧、雌剑等30多位诗人130首诗作。"壮怀如斗气如虹，伟论崇宏胆自雄。愿我神州诸姊妹，从今都被自由风。"③《中国新女界杂志》诗歌奏响了女权革命和民族救亡的主旋律，延续着梁启超倡导的"诗界革命"的诗歌革新精神，无论是思想精神层面，抑或是诗体语体层面，都呈现出新派诗风貌。

宣统元年元旦发行的上海《女报》月刊，社长为金能之，编辑人为陈以益，吴芝瑛、张竹君为特别赞成员，许玉成、陈衡哲、高天梅等是其义务赞成员。许玉成"女报出，女界醒，女学盛，女权振"题词④，既是祝愿，亦可用来概括该报宗旨。该刊"文艺"栏下设有"诗选""唱歌"专栏，前3期刊发了20余位诗作者40多首诗歌，以女性诗作者为主体；既有"女界千年靡靡风，何人击破自由钟？热心超过奇男子，第一欧西玛利侬"⑤之类的热情鼓励，亦有"半教名词大可羞，齐家基础在修身，要知道德宜尊重，罪恶偏多假自由"⑥式的道德教诲，新思想继续发酵，旧道德亦有所反弹，呈现出新旧杂陈的多元思想景观。1909年9月，该刊连续推出第4、5号临时增刊《女论》《越恨》

---

① 《神州女报》第1卷第1号，1907年12月。
② 《神州女报》第1卷第1号，1907年12月。
③ 震儒：《读新女界杂志书后兼赠炼石女士》，《中国新女界杂志》第4期，1907年5月。
④ 《女报》第1卷第1号，1909年1月。
⑤ 王绍嵚：《题词》，《女报》第1卷第3号，1909年4月。
⑥ 凤石：《钦明女校撮影题词》，《女报》第1卷第2号，1909年2月。

专号后停刊。

1909—1912 年存世的《女学生》月刊，上海城东女学社编辑发行（非卖品），其"文苑""歌诀""蒙童小唱"等栏目刊有歌诗作品，《卫生歌》（庚戌五月临时增刊）、《米贵歌》（第 43 号）、《第九次游艺会歌》（第 38 号）诸作都明白如话，昭华《写怀》（第 37 号）则有点书面化。《五洲括地歌》介绍亚洲云："中国在亚东，北俄（罗斯）东日本；朝（鲜）琉（球）安（南）缅（甸）印（度），悉为强者并；布（丹）尼（泊尔）阿（富汗）俾（路芝）波（斯）土（耳其）亚（剌伯）同不振；马来半岛中，暹罗尚猛进；柬埔寨属法，麻剌甲英领。"① 朗朗上口，寓教于乐。

1910 年（宣统二年）出刊的上海《女学生杂志》，仅见 4 期。第一期"文苑"栏刊有刘三的《校歌》，韧之、稚梅、顽公、天笑等人相继作词的《第一次游艺会歌》至《第八次游艺会歌》，均属辞浅意显、明快晓畅的白话体"学校唱歌"。第二期"诗教"栏刊出的《中华歌》，选取台湾、高丽、蒙古、康卫藏、长城、日本等敏感题材，在输入普及中国地理历史知识的同时，种下爱国主义的思想因子；"童蒙小唱"栏刊发的《咏国耻小史歌》，从"正月里梅花开"唱到"十二月腊梅一色黄"，从林则徐禁吸鸦片烟唱到"华工被骗渡重洋"，意在唤起国人的国民意识和知耻爱国之心。第三期"歌诀"栏刊有《五洲括地歌》，在绍介地理科学知识的同时，输入进近代民族国家观念、竞存意识和尚武精神。无论是《女学生》月刊，抑或是《女学生杂志》，其所灌输的都是"女国民"思想。

辛亥革命前夕创办于上海的《妇女时报》，由狄葆贤创办的有正书局主办，属于商办性质的妇女报刊；强调在保守旧道德的前提下接受新思想，在妇女解放问题上调和守旧与趋新，是其基本立场。进入民国初期，陈蝶仙主编的《女子世界》（1914—1915）亦属于商业性报刊，虽辟有"闺秀诗话""香奁诗话""名媛集""香奁集"等诗话诗歌专栏，但显示出有意迎合读者消遣口味的娱乐化倾向，思想的平庸和诗歌形式的笃旧显而易见。1915 年创刊的《妇女杂志》《中华妇女界》设有"文苑""文艺"栏，还有"诗选""词选"等二级专栏，刊发了大量诗词；然而，即便是此期吕碧城、徐自华等女界名流的诗词作品，其先前的思想锋芒和革新精神也已荡然无存。

---

① 《女学生》第 36 号，1911 年 8 月。

第二节 "雌风吹动革命潮"
——《女子世界》诗歌

在清末近三十种旋起旋灭的妇女报刊中，1904 年初问世于上海的《女子世界》是历时最久、刊发诗歌作品数量最多、社会影响最大的一种。① 在存世的三年多时间里，《女子世界》"文苑"栏下的"唱歌集""因花集""攻玉集"三个诗歌专栏，共计刊发了近 500 首充溢着浓郁时代气息的诗词作品，奏响了"女界革命"和民族民主革命的主旋律。

一、《女子世界》及其"文苑"栏

《女子世界》月刊由金松岑、丁祖荫发起，标"常熟女子世界社编辑，上海大同印书局发行"，实际上编辑和发行均在上海，1906 年出至 17 期而停刊，1907 年 7 月由重组后的"新女子世界社"续出一期，旋因秋瑾案发而骤然夭折。该刊创刊号"社说"栏头条刊出的《女子世界发刊词》，构想了一幅 20 世纪中国女性走出家庭服务于社会和国家的愿景，宣称"二十世纪中国之世界，女子之世界"，将理想女性定位为"女国民""国民之母"和"文明之母"。② 提倡女子教育，倡言女权革命，并使之服务于国家层面的民族民主革命大业，是《女子世界》的核心宗旨。20 世纪初年，在泰西女权思想的启发下，基于救亡图存的现实焦虑，中国女界革命先驱者们构建出的"女子世界"，既指向女权伸张和女学普及的"女中华"，更指向为民族解放和国家独立富强事业而奋斗的"女国民"。

金松岑是《女子世界》杂志的灵魂人物，这一威望主要由他一年前出版的《女界钟》所奠定。作为中国近代妇女解放运动史上一部划时代的著作，洋洋四万言的《女界钟》明确透彻地阐述了"女权"观念，并将中国的女权革命与民族民主革命事业紧密联系起来，吹响了"女界革命"的时代号角，"爱自由者金一"亦因此书而声满东南。金氏在《女子世界发刊词》中非常自信地断言："女子者，国民之母也。欲新中国，必

---

① 关于《女子世界》的编辑、出版、发行、续出、办刊宗旨、作者构成、议论主题等方面的详细情况，请参见夏晓虹《晚清女性与近代中国（第二版）》第三章"晚清女报的性别观照"，北京大学出版社，2014 年，第 85—141 页。

② 金一：《女子世界发刊词》，《女子世界》第 1 期，1904 年 1 月。

新女子；欲强中国，必强女子；欲文明中国，必先文明我女子；欲普救中国，必先普救我女子，无可疑也。"① 以梁启超式的充满霸气、排山倒海的"欲……，必先……"的句式，向国人灌输了女子为国民之母、文明之母的道理，旗帜鲜明地亮出了"振兴女学""提倡女权"、培育"女国民"的办刊宗旨。

署名"初我"的丁祖荫是《女子世界》主编和首席主笔。丁氏与金氏同为蔡元培、章太炎等在上海创立的中国教育会会员，凭借金氏在新女界的号召力和丁氏的实干精神，这份由男性掌控的妇女报刊在清末新女界获得了巨大成功。初我《女子世界颂词》开篇云："壮健哉！二十世纪之军人世界。沉勇哉！二十世纪之游侠世界。美丽哉！二十世纪之文学美术世界。吾爱今世界，吾尤爱尤惜今二十世纪如花如锦之女子世界。"而现实的中国则是"男子世界"与"奴隶世界"，"男子为世界第一重奴隶，女子为世界第二重奴隶"；欲改变这一"黑暗女世界"，须"以教育之根底，扬其芬，吐其葩，培其根，而俟其实"；具体来说，就是以"军人之体格"作为疗救女子"脆弱病之方针"，以"游侠之意气"作为治疗女子"怯怯病之良药"，以"文学美术之发育"作为开通女子"暗昧病不二之治法"，"合此三者，去旧质，铸新魂，而后二万万女子，乃得出入于军人世界、游侠世界、学术世界，包含夫万有，覆育我同胞，以再造二十世纪花团锦簇、丽天漫地、无量无边、光明万古之女子世界"。②

《女子世界》创刊号刊登的两则广告，是该刊为扩大稿源、延揽女性撰稿人所采取的两项重要举措。其一是《女学悬赏征文》，其二是《女学调查部专约》；前者为征文启事，后者为招聘特约撰稿人启事。其征文题目有《女中华》《急救甲辰年女子之方法》等，"不拘论说、白话、传奇体例"，甲等奖金十元，甲等乙等获奖作品均"汇列本志"。③ 大雄《女中华传奇》、松江女士莫虎飞《女中华》、张肩任《急救甲辰年女子之方法》等，均为应征之作。该刊面向全国招募"调查员"的工作亦取得了成效，张堰的高时若（高燮）君、广东女学堂教习杜清持女士、常州的赵爱华和汪毓真女士、常熟的俞九思君、石门的韩靖盦君、香山的刘瑞平女士等，都是应招的调查员；这些特约"调查员"须定期向报社提供"有关女学文件及女学状况或论说、诗歌、新闻、规约、学校摄影等件"，

---

① 金一：《女子世界发刊词》，《女子世界》第 1 期，1904 年 1 月。
② 初我：《女子世界颂词》，《女子世界》第 1 期，1904 年 1 月。
③ 《女学悬赏征文》，《女子世界》第 1 期，1904 年 1 月。

"每月以一件为率"。①从其后刊发的署名女性作者的诗文情况来看，很多新式女校女教员和女学生被动员了起来，以切实的行动参与到《女子世界》的出版活动之中。

1906年7月，丁初我主持的《女子世界》出版第二年第4—5期合刊后停办；一年之后，陈志群接办的《女子世界》推出第二年第6期，报刊史家一般称之为《新女子世界》。新女子世界社发起人丁未正月拟定的《本社招股广告》云："我国既愚其二万万男子，俾为间接之奴隶于异种；更以最亲爱最文弱之二万万女子，为奴隶之直接奴隶。呜呼！同族相陵，犹怀石救溺，不至于两毙不止。故欲振今日中国之危亡，必先解脱女子之羁勒，而聪其听焉，明其视焉，鼓吹其精神，而感刺其脑筋焉，是不可无物以司其运动之机。此本志续办之目的也。"② 续出的《女子世界》内封刊有秋瑾题写的"女子世界"四个大字，并刊发秋瑾诗二首和《致志群书》数则。由此可见，革命志士陈志群接办后的《女子世界》，更为自觉地将女权革命汇入民族民主革命的时代大潮。

《女子世界》设有"社说"（"论说"）、"演坛""传记""译林""谈薮""小说""文苑"（"文艺"）"记事""教育""实业""科学""传记"（"史传"）"专件""女学文丛"等栏目，门类齐全，文白兼采，内容丰富，适足充当女子教育之补充教材。其主要撰稿人有丁祖荫（初我）、金松岑（金一、松岑）、自立、徐念慈（东海觉我、觉我）、柳亚子（安如、亚卢、松陵女子潘小璜）、高燮（吹万）、高旭（天梅、剑公）、高增（大雄、觉佛）、周作人（会稽女士吴萍云、萍云女士、碧罗女士）、康同璧、秋瑾、陈志群、陈撷芬、吕逸初、杜清持、赵爱华、汪毓真、徐蕴华等。

《女子世界》"文苑"栏下设三个二级专栏，分别为"唱歌集""因花集"和"攻玉集"。"唱歌集"初名"学校唱歌"，第3期改为"女子唱歌"，其后空缺几期，自第10期再次出现时定栏目名为"唱歌集"，刊发学堂乐歌作品，最初仅有歌词，后配有简谱。"因花集"专栏集中刊发女性作者的诗词作品，这一专栏的开辟，有着意强调女性作为一个诗人群体的独立存在之意。"攻玉集"则刊发男性诗作者的作品，以甘当绿叶的精神与"因花集"相映衬。《女子世界》"文苑"栏署名诗作者约80位，刊发诗词作品近500首。凭借这一不凡的业绩，《女子世界》成为20世

---

① 《女学调查部专约》，《女子世界》第1期，1904年1月。
② 《女子世界》第2年第6期，1907年7月。

纪初年不可轻忽的重要的新诗阵地。

1904年1月,《女子世界》自创刊号就推出"学校唱歌"专栏,成为"文苑"栏下的主打专栏;编者交代其宗旨道:"声音之道,足以和洽性情,宣解郁抑,故东西国女校中,皆列音乐一科,吾国校课,此风阒如。亟录务本、爱国二女学校课本,以谂海内任教育者。"① 自第10期更名为"唱歌集"后,这一专栏一直坚持到终刊号,共计出现10期,刊发学堂乐歌作品计约42种;如果考虑到"攻玉集"和"因花集"专栏中的一些歌诗作品亦可算作"学校唱歌"的话②,其总量则有近50首之多。金松岑、高燮、丁祖荫、王引才、沈心工、黄炎培等词曲作者,成为清末学堂乐歌创作和音乐教育的先驱者。

1904年2月,《女子世界》自第2期辟出"因花集"栏,共出现13期,加上第2年第4—5期合刊"文苑谈片"栏裒录的吕氏三姊妹(惠如、眉生、碧城)11题20首诗作,共计刊发40多位女诗人200余首诗词。康同璧、赵爱华、杜清持(池)、汪毓真、吕逸初、蒋韫玉、吕惠如、吕眉生、吕碧城、秋瑾等,是《女子世界》女诗人群中的佼佼者。1904年3月,《女子世界》第3期辟出"攻玉集"栏,共出现12期,刊发了近30位诗作者200多首诗歌;高燮、高旭、高增、金松岑、柳亚子、丁祖荫等,是创作成绩比较突出的代表诗人。

《女子世界》的发行区域主要集中在江浙一带,进而辐射到安徽、江西、湖北、湖南、四川、广东、山东、直隶等行省,其分售处遍及上海、常熟、苏州、南京、扬州、南昌、武昌、长沙、无锡、常州、松江、杭州、嘉定、宁波、绍兴、安庆、重庆、成都、广州、济南、北京等城市,产生了全国性影响。

二、"唱歌集":"文明空气为我吸"

在《女子世界》"文苑"栏中,尽管"唱歌集"专栏中断过几期,但刊出的歌诗作品仍有40余种。如此集中地刊发"学校唱歌"的现象,在晚清报刊中并不多见,因而"唱歌集"依然凭其出色的表现成为《女子世界》最有特色的标志性栏目之一。

重视音乐教育,大力倡导歌乐合一的"学堂唱歌",其实是《新民丛

---

① 《女子世界》第1期,1904年1月。
② 如丁志先《少年歌》(第2期"因花集"栏),赵爱华《保种歌》(第6期"因花集"栏),汪毓真《女国民歌》(第9期"因花集"栏),吹万《幼稚唱歌》(第10期"攻玉集"栏),潘梦蕉《女子歌四章》(第2年第6期"因花集"栏)等。

报》"饮冰室诗话"专栏的一大导向，是梁启超发起的诗界革命运动题中本有之义。1904 年 2 月，饮冰室主人曾高度评价赴日专攻音乐学的曾志忞及其《教育唱歌集》，大力肯定其开拓性贡献。①

1904 年 8 月，《女子世界》第 8 期 "社说" 刊发 "常州音乐会演说稿"《论音乐之关系》，演说者有感于 "近今东西各国于音乐一事，视之甚重，音乐名家，推尊一时，凡养成社会个人种种之道德心，类皆源本于音乐诗歌以鼓舞之"，进而得出结论："凡所谓爱国心、爱群心、尚武之精神，无不以乐歌陶冶之；则欲改良今日中国之人心风俗，舍乐歌末由；学校为风俗人心起源之地，则改良之着手，舍学堂速设唱歌科末由。" 这一认识，与梁氏上述看法完全一致，可见重视音乐教育乃晚清有识之士之共识。而《女子世界》无疑是晚清刊发 "学校唱歌" 作品最为集中且产生了巨大影响的报刊重镇。

《女子世界》"唱歌集" 专栏所刊 "学校唱歌" 作品种类多样，名目繁多；开学时节有 "入学歌"（《女学生入学歌》）、"开学歌"（《常熟竞化女校开学歌》)、"开校歌"（上海城东女校《甲辰秋开校歌》）等，放假之际有 "放假歌"（《放假时之歌》《常熟竞化女校放假歌》）；每日上学有 "上学歌"（《幼稚园上学歌》），周末游玩有《星期歌》；春季出游有《游春歌》，秋季娱情有《秋之夜》歌，寒假有《年假》歌；运动场上有 "运动歌"（《运动场》《运动歌》)，游艺场上有《游艺会歌》；陶冶儿童有《幼稚唱歌》，导诱少年有《少年歌》，唤起种族意识有《黄菊花》歌，培养国民意识有《女国民歌》，输入竞存意识有《何日醒》《醒世歌》，培养合群精神有《雁字》《乐群歌》，普及地理科学知识有《地球歌》，张扬民族自信力有《扬子江》歌，提倡女权有《复权歌》，弘扬尚武精神有《娘子军》《女军人》《女杰梁红玉歌》《女杰秦良玉歌》，倡导不缠足有《天足会》《缠脚歌》，宣扬婚姻自由有《自由结婚》歌，修身有《择友》歌，励志有《勉学》《求学歌》，鼓励女工有《女工厂开学歌》《女子蚕业学校校歌》《采桑》歌等，其主旨要皆围绕开启女智，培养国民意识和爱国爱群之心，倡导尚武精神，唤起种族竞存意识等。

如果选一篇可以代表其思想面貌和艺术特征的 "学校唱歌" 的话，金松岑创作的《女学生入学歌》② 堪称典范；其歌词曰：

---

① 饮冰子：《饮冰室诗话》，《新民丛报》第 46—48 号合刊，1904 年 2 月 14 日。
② 该作品初刊于第 1 期，有词无谱；后又在第 10 期刊出，配有简谱；其歌词仅首节首句 "愿为新国民" 改为 "美哉新国民"，余皆完全一样。

二十世纪女学生，愿为新国民。校旗妩媚东风轻，喜见开学辰，展师联队整衣中。入学去，重行行。

脂奁粉盒次第抛，伏案抽丹豪。修身伦理从师教，吟味开心苗，爱国救世宗旨高。入学好，女同胞。

缇萦木兰真可儿，班昭我所师。罗兰若安梦见之，批茶相与期，东西女杰并驾驰。愿巾帼，凌须眉。

天仪地球万国图，一日三摩挲。理化更兼博物科，唱歌音韵和，女儿花发文明多。新世界，女中华。

紫裙窄地芳草香，戏入运动场。秋千架设球网张，皓腕次第攘，斯巴达魂今来响。活泼地，女学堂。

鱼更三跃灯花红，退习勤课功。明朝休沐归家同，姊妹相随从，励志愿作女英雄。不入学，可怜虫！

晚清新式女学校站在20世纪的起跑线上，放眼东西洋，希冀国人奋起直追，欲将中国"女学生"尽速造就为"新国民"；其理想中的"女国民"爱国爱群，武能上马杀敌，文能泼墨挥丹豪，没有脂粉气，德智体美劳得到全面发展；其所列出的偶像模范有古代中国上书救父的缇萦、代父从军的木兰、彪炳史册的班昭，近代欧美的罗兰夫人、若安·达克（圣女贞德）、批茶女士（林译小说《黑奴吁天录》原著者斯土活夫人），期冀女学生"励志愿作女英雄"，"愿巾帼，凌须眉"；末章以"不入学，可怜虫"收束，如鼓槌敲击着国人的心扉，醍醐灌顶，促人猛醒。

1903年后，黄公度那首"向来诗界所未有"① 的《幼稚园上学歌》经《新小说》刊布和《新民丛报》"饮冰室诗话"栏征引而广为人知；然而，令饮冰室主人颇感遗憾的是，"惜公度亦不解音律，与余同病也"，"苟能谱之，以实施于学校，则我国学校唱歌一科，其可以不阙矣"。② 一年之后，《女子世界》第11期所刊配有简谱的F调2/4拍《幼稚园上学歌》，则弥补了梁氏这一遗憾。且看人境庐主人《幼稚园上学歌》：

春风来，花满枝，儿手牵娘衣。儿今断乳儿不啼，娘去买枣梨，待儿读书归。上学去，莫迟迟！

儿口脱娘乳，牙牙教儿语。儿眼照娘面，娘又教字母。黑者龙，

---

① 《〈新小说〉第三号之内容》，《新民丛报》第25号，1903年2月11日。
② 饮冰子：《饮冰室诗话》，《新民丛报》第41—42号合刊，1904年1月12日。

白者虎，红者羊，黄者鼠。一一图，一一谱，某某某某儿能数。去上学，上学去。

天上星，参又商，地中水，海又江。人种如何不尽黄？地球如何不成方？昨归问我娘，娘不肯语说商量。上学去，莫徜徉。

大鱼语小鱼："世间有江湖。"小鱼不肯信，自偕同队鱼，三三两两俱。可怜一尺水，一生困沟渠；大鱼化鹏鸟，小鱼饱鹈鹕。上学去，莫踟蹰。

摇钱树，乞儿婆，打鼙鼓，货郎哥。人不学，不如他。上学去，莫蹉跎。

邻儿饥，菜羹稀，邻儿饱，食肉糜，饱饥我不知。邻儿寒，衣袴单，邻儿暖，袍重襁，寒暖我不管。阿爷昨教儿，不要图饱暖。上学去，莫贪懒。

阿师抚我，抚我又怒我；阿师詈我，詈我又媚我。怒詈犹可，弃我无奈。上学去，莫游惰。

打栗凿，痛呼嚘；痛乎嚘，要逃学。而今先生不鞭扑，乐莫乐兮读书乐！上学去，去上学。

儿上学，娘莫愁；春风吹花开，娘好花下游。白花靧面，红花好插头，嘱娘摘花为儿留。上学去，娘莫愁。

上学去，莫停留。明日联袂同嬉游，姊骑羊，弟跨牛，此拍板，彼藏钩。邻儿昨懒受师罚，不许同队羞羞羞。上学去，莫停留。①

《女子世界》所刊《幼稚园上学歌》歌词如下：

春风来，花满枝，儿手牵娘衣。儿今断乳儿不啼，娘去买枣梨，待儿读书归。上学去，莫迟迟。

春风来，花满枝，儿身穿新衣。儿手还要娘提携，儿今读书去，娘心应欢喜。上学去，莫徘徊。

春风来，花满枝，好风吹儿衣。儿今长大与桌齐，儿课列第一，娘心更欢喜。上学去，更欢喜。

春风来，花满枝，儿今能早起。邻儿结伴列队齐，阿师如阿娘，对儿更欢喜。上学去，真欢喜。

春风来，花满枝，儿今能识字。按图识字有滋味，学堂功课好，

---

① 《新小说》第 3 号，1903 年 1 月。

唱歌且游嬉。上学去,此其时。

春风来,花满枝,儿今放学归。师把银牌卦儿衣,道儿读书好,阿娘见之未?上学去,得奖励。①

人境庐主人《幼稚园上学歌》共十节,各节字数参差不齐,语言风格庄谐杂出,方言俗语和文言字句并用,间有民间歌谣痕迹,显得有些杂乱,风格不统一,创意很多,但总体上像个拼盘,这自然给谱曲者出了难题;而《女子世界》所刊《幼稚园上学歌》共计六节,第一节歌词与黄氏之作完全一样,其后的五节则完全抛开了黄氏之作,仿第一节之格式,以歌唱者(孩童)的第一人称口吻,重新编织了一个有滋有味、有情有义、有头有尾的上学好、读书乐的故事,摒除了不易推广的方言俗语和不够协调的文言句式,句式整齐,风格统一,每节皆以"春风来,花满枝"起兴,回环往复,余音袅袅,而情节又在符合逻辑地层层推进,历时性地表现出儿童的成长过程,易于谱曲,且适合歌唱,可谓青出于蓝而胜于蓝。

至于创作"幼稚唱歌"的极端重要性、紧迫性及注意事项,《女子世界》得力干将和吹鼓手高吹万有着独到观察和切身体会:

幼稚教育,为造就人才之本。养性情而助体育,尤莫善于唱歌;而童子以先入之言为主,理深者又非所乐也,故不得不慎其辞而显其意。观日本幼稚园,纪律整然,一丝不乱,以四五岁小孩而能若此,真觉爱慕难名。吾国现今尚无幼稚园之设,又未易得良教师,亦一大缺点。②

而其"春日无事"爱成的《幼稚唱歌》五章,亦有可注意之处:

春日好,步康庄,物满前,乐徜徉。无角犬,有角羊,羊跪乳,犬卫乡。招儿来投娘,娘今教汝宜思量:彼物尚如此,儿当勉为良。
近者近,远者远,长者长,短者短,语言莫得是虚诞。偶有过,

---

① 《女子世界》第11期,1905年3月。《女子世界》第10期至第2年第4—5期合刊均未标时间,这里采用的是谢仁敏《〈女子世界〉出版时间考辨》(载《鲁迅研究月刊》2013年第1期)一文据1905—1907年间《时报》所刊《女子世界》销售广告所推断的时间,下文亦如此,不再一一加注。

② 吹万:《幼稚唱歌》,《女子世界》第10期,1905年2月。

宜加勉，不须瞒，但要改。儿肯自认不责谴，拾物背见人，难见爷娘面。

虫鸟勿轻杀，阿爷爱物当体恤。花枝勿轻折，轻折花枝娘不悦。不是美状元，肯信果报说，不是怕雷公，防他来降罚。儿心不忍儿恻恒，儿能解此儿不劣。

进退规与矩，整容部与伍，从容无莽卤，快活无愁苦。戏具莫破坏，同群莫欺负。汝若欺负人，人将莫汝亲。人不汝亲汝愧耻。汝若知愧耻，唱此好歌味此旨。

歌将毕，兴有余。诸小儿，行徐徐。小喉发声，婉转以舒，今年唱歌，来年读书。读书有志气，阿娘大欢喜。弟弟后，哥哥先，放学归，笑拍肩。①

从其思路和表现方式不难看出所受黄公度《幼稚园上学歌》之影响，同样是黄氏"幼稚唱歌"之流亚；但该作显然不是"照着写"，而是"接着写"。高燮《幼稚唱歌》汲取了很多民间歌谣的营养，有意写得辞浅意显，让孩童易于接受，同时又采用一些文言字句，以免俗而无味；但终因"因文见道"之心过重，通篇以议论为歌诗，仅有第一节有起兴和譬喻，固然浅显易懂，还是少了点韵味。

以表现的含蓄和诗味的隽永来看，短小精炼的《黄菊花》《游春歌》《雁字》诸篇值得一提。《黄菊花》②蕴含有强烈的民族精神，歌曰：

秋风离落菊花黄，堆个盆儿好像屏山样。好花枝摘来插在衣襟上，风吹阵阵香。花也香，色也黄，我是黄人，得不爱尔黄花黄？

壮庄花国女儿乡，撮着甲儿也似黄金样。好花枝从今插在军冠

---

① 吹万：《幼稚唱歌》，《女子世界》第10期，1905年2月。
② 这一学堂唱歌的最初创意来自埭溪女士蔡爱花《菊花歌》，歌曰："秋风凉，菊花香，秋风狂，菊花黄。菊花香又香，菊花黄又黄，不怕秋风不怕霜。黄种强，黄种强！我亦黄花爱花黄。"其兄蔡绿农见而爱之，遂将其引为长歌，歌曰："秋风凉，菊花香，秋风狂，菊花黄。菊花香又香，菊花黄又黄，菊花气概正轩昂，满身押甲色金黄，欲与秋风战一场。不怕雨来不怕霜，不怕秋风狂复狂。我亦黄人爱花黄，黄人世界堂堂堂！黄种强，黄种强！始祖黄帝拓全疆，夺得黄河好地方，黄河流水到今黄黄黄。"而配有简谱的学堂唱歌《黄菊花》则是另一个版本，因未署词作者之名，故而不知出自何人之手。从其歌词来看，似非蔡氏兄妹所作。三首作品均载《女子世界》第10期，蔡氏兄妹之《菊花歌》载"因花集"专栏，《黄菊花》载"唱歌集"专栏。

上,西风战一场。海也黄,河也黄,我祖黄帝,留得我辈殿群芳。①

《游春歌》歌词道:

> 云淡风清,微雨初晴,假期恰遇良辰。既溉吾发,既整吾襟,出游以写幽情。
> 绿阴为盖,芳草为茵,此间空气清新。歌声屦声,一程半程,与子偕行偕行。②

《雁字》篇幅更短,仅有40字,一个长句子:

> 青天高,远树稀,西风紧,雁群飞,排个人字两行齐,飞来飞去不分离,好像我妹妹姊姊相敬相爱手提携。③

尽管语体偏雅,《游春歌》尤甚,但这些篇什无疑属于白话歌诗,且较诸十多年后胡适《尝试集》中的白话诗,一点儿也不逊色。

"廿纪风潮来何捷""文明空气为我吸"④;《女子世界》"唱歌集"以嘹亮的歌喉,唱响了女性解放和爱国爱群的主旋律;而其歌词作者在诗体和语体方面所进行的多元探索,连同其所负载的时代内容一起,构成了诗界革命运动历史环链中不可轻忽的一环,同时也为五四白话新诗的诞生作了一个至今仍鲜为人知的历史铺垫。

三、"因花集":"兴亡岂独匹夫责"

在晚清众多的报刊诗歌栏目中,以"因花集"和"攻玉集"两个相映成趣的栏目名称,将巾帼诗人与须眉骚手的诗词作品别出心裁地辟为两个并列的专栏同期刊出,是《女子世界》月刊的独创和发明。⑤《女子世界》"因花集"专栏的问世,为晚清知识女性提供了一块集中发声和集体亮相的诗歌新舞台,凸显了时代新女性作为一个诗人群体与男性作家并驾

---

① 《女子世界》第10期,1905年2月。
② 《女子世界》第1期,1904年1月。
③ 《女子世界》第1期,1904年1月。
④ 吹万:《女子唱歌》,《女子世界》第3期,1904年3月。
⑤ 《女子世界》"因花集"栏中亦有个别男性作者的模拟女性写作或和诗,署名"某某女士";如1904年4月《女子世界》第4期所刊"岭南羽衣女士"的《〈东欧女豪杰〉中作》,作者实为康门弟子罗普(孝高),马君武和冶民的和诗亦刊于同期"因花集"栏。

齐驱的独立存在。在三年多时间里，全部 13 期"因花集"专栏刊发了 46 位女性（或以女性身份出现）诗作者①98 题 209 首诗词作品。"兴亡岂独匹夫责"②"雌风吹动革命潮"③，《女子世界》"因花集"栏目诗歌以"女国民"的激越姿态，以不亚于男性歌手的嘹亮歌喉，在 20 世纪初年的新诗坛奏响了女界革命和民族民主革命的主旋律，表现出"不爱红装爱武装"的卓荦风姿。

《女子世界》"因花集"专栏开篇之作，是上海务本女校学生丁志先的遗诗《少年歌》和《世态》。照其篇后"记者识"的说法："丁女士为上海务本女学生，颖慧劬学，极富爱国思想。癸卯年，女十有八，以十月五日疾卒于仁和里庐。是东事方急，女士忧愤甚，临终前大声呼曰：余无他系念，最不能忘者，国事耳；此生不能死国，我死实有憾！呜呼，爱国如女士者，鲜矣！天不永年，志未得一日遂，茫茫逝水，芳魂来苏，破碎篇章，聊扬热血。"④《少年歌》显然受梁启超的名文《少年中国说》及其笔名"少年中国之少年"的启迪与影响；"我为中国人，要晓中国事"，表白的是其启蒙之志；"少年中国之少年，赖尔立身保种解倒悬"，暴露的是其救亡之旨；在"英雄"与"奴隶"之间，诗人立志做为民族独立自由而奋斗的"英雄"，发誓不做亡国奴。⑤《世态》一诗对"强邻四逼日操戈""新机欲发早消磨"的离奇"世态"表露出极大的忧愤，迫不及待地发出"存心但愿开民智，到处同听爱国歌"的急切心声。⑥ 诗艺固不佳，但诗作者拳拳爱国之心和殷殷报国之志溢于言表，极富感染力。联系

---

① 《女子世界》"因花集"栏目诗人有仁和女士丁志先（上海务本女学堂学生）、善化女士许玉、常熟女士佩蘅、常州云溪女士赵爱华、岭南羽衣女士（罗普）、君武、冶民、无名女士、康同璧、杜清池（广东女学堂教习）、会稽女士吴萍云、会稽碧罗女士、松江女士周红梅、常州悟因女士汪毓真、雷溪女界之一人、都梁女士王韫娴、广东女士同怙（照霞楼主）、石门女士吕逸初、浙江女士万昭平、上海女士秦浩、奉化女学堂学生孙汉英、金陵女士陈竺湖、十三龄女子陈若兰、嫁亚女士许进化、十六龄女子宋淑姿、常州悃兰女士、女士郑素伊、酒泉子、女士陈撷芬、女士马励云、东欧女子铸任、埭溪女士蔡爱花、蔡绿农（蔡爱花之兄）、松陵女士潘小璜、嘉兴处女佐平、石门女士徐蕴华、衡阳女士何承徽、嘉兴女士蒋韫玉、嘉兴女士蒋蕴华、务本女学生张昭汉、汉苏女士、雷溪女士钱单士厘、二等公学生杨寿梅女士、沈菲亚女士、浙江山阴秋瑾、江阴潘梦蕉、无锡修田女士、苏玉女士、常州争存女学吕女士，计约 46 位女性或假托女性诗作者，3 位男性诗作者。其中，君武、冶民、蔡绿农 3 位以男性身份出现，化名羽衣女士的罗普、化名会稽女士吴萍云和会稽碧罗女士的周作人、化名松陵女士潘小璜的柳亚子则以女性身份出现，其真实身份确系女性者有 42 位。
② 女士汪毓真：《女国民歌》，《女子世界》第 9 期，1904 年 9 月。
③ 吹万：《女中华歌》，《女子世界》第 4 期，1904 年 4 月。
④ 《女子世界》第 2 期，1904 年 2 月。
⑤ 仁和女士丁志先：《少年歌》，《女子世界》第 2 期，1904 年 2 月。
⑥ 仁和女士丁志先：《世态》，《女子世界》第 2 期，1904 年 2 月。

丁女士临终前留下的以"此生不能死国"为憾的悲怆遗恨，我们对这位晚清新女界志未遂而身先死的先驱人物以血泪写就的诗篇，也就不必苛求其诗艺的完美了。

如果说丁志先女士的两首遗诗为《女子世界》诗歌定下了启蒙救亡的主旋律的话，那么，紧随其后的善化女士许玉《读新广东自立篇暨康氏辨革命书感成一律》，则表达出对保皇党人与革命党人之间出现的以文字相互攻伐的敌对态势的深切忧虑与善意规劝：

> 诸君何用争分合，注重精神复国仇。欧美虎狼方荐食，乡园狐兔尚嬉游。阋墙未碍缨冠出，筑室宁能行路谋。寄语同胞须并力，莫缘文字苦诛求。①

《女子世界》倾向革命的立场是明显的，但这并不妨碍其栏目诗作者以女性特有的身份对论争双方晓以民族大义，希冀他们并力赴国难，同心复国仇。

1904年4月，《女子世界》第4期刊发了岭南羽衣女士《〈东欧女豪杰〉中作》与君武的两组和诗②，狄葆贤《平等阁笔记》所载逆旅女子题壁三绝（名之曰《旅店题壁》）③，以及康同璧那首吟出"若论女士西

---

① 《女子世界》第2期，1904年2月。

② 马君武对羽衣女士《东欧女豪杰》的痴迷情状及其和诗，最早的记载见诸1903年2月《新民丛报》第26号"饮冰室诗话"中："君武亦好哲学而多情者也，最爱读《新小说》中羽衣女士所著《东欧女豪杰》。原书有诗二章云：'磊磊奇情一万丝，为谁吞恨到蛾眉？天心岂厌玄黄血，人事难平黑白棋。秋老寒云盘健鹘，春深丛莽殪神螭。可怜博浪过来客，不到沙丘不自知。'其二云：'天女天花悟后身，苦来说果复谈因。多情锦瑟应怜我，无量金针试度人。但有马蹄惩往辙，应无龙血洒前尘。劳劳歌哭谁能见，空对西风泪满巾。'君武戏为和之，亦与原作工力悉敌。和章云：'憔悴花枝与柳丝，为谁颦断远山眉？竞争未净六洲血，胜负犹悬廿纪棋。东海云雷惊蛰蛰，北陵薜荔走山魈。远闻锦瑟魂应断，沉醉西风不自知。'其二云：'辛苦风尘飘泊身，人天历历悟前因。飞扬古国非无日，巾帼中原大有人。明媚河山愁落日，仓皇戎马泣飞尘。闻君忧国多垂泪，为制鲛绡百幅巾。'"

③ 狄葆贤《平等阁笔记》所载逆旅女子题壁诗逸事最早见诸1902年3月《新民丛报》第4号"饮冰室诗话"栏："狄平子以其所著《平等阁笔记》见寄，记述两年来都中近事，字字令人刿心怵目。中一条，其事甚韵而其人甚奇者，读之亦可见中国女权消息之一斑也。录其全文如下：庚子仲冬，由日本西京偕日友数人，乘玄海丸返国，便途得游朝鲜及关东关外诸地。雨雪载途，寒风砭骨，哀鸿遍野，春燕无归，触目心伤，梦魂郁悒。余有诗云：'关山一任谁家物，触眼吾民百感伤。雪漫长空风满地，汽车载梦过辽阳。'一日薄暮，将投逆旅，适一女子，姿容倩雅，妆服淡素，冷月凝晖，寒山蹙翠，携一姥一仆，匆匆更望北发。余心讶之。入旅店中，见壁间题诗数首，墨痕未干，字体秀逸。其一云：'本是明珠自爱身，金炉香拥翠裟袒。为谁抛却乡关道，白雪苍波无限程。'其二云：'明镜红颜减旧时，寒风似剪剪冰肌。伤心又是榆关路，处处风翻五色旗。'其三云：'无计能醒我国民，丝丝情泪揾红巾。甘心异族欺凌惯，可有男儿愤不平？'尚有一首，字体潦草，不能辨识。噫嘻！此何人也？问之逆旅主人，茫然不答。"

游者，我是支那第一人"豪迈诗句的《游印度寄饮冰子》两绝句①；这些诗作此前均曾见诸《新民丛报》"饮冰室诗话"专栏，见证了《女子世界》"因花集"专栏与《新民丛报》主人及主持的"饮冰室诗话"专栏之间的密切关系。不仅如此，《女子世界》还刊发了《新民丛报》"饮冰室诗话"中未裒录的马君武的后两首和羽衣女士诗，还有冶民《和羽衣女士〈东欧女豪杰〉中作》诗两首，以及羽衣女士在《东欧女豪杰》中为逆旅女子题壁诗补阙一首②，了却了因《旅店题壁》第四首"字体潦草，不能辨认"而带给读者的遗憾。这些细节，从一个侧面见证了《女子世界》与梁启超主持的《新小说》杂志之间密切的历史关联。

《女子世界》"因花集"女诗人阅读《新小说》所刊羽衣女士《东欧女豪杰》后亦写有感赋诗；汪毓真《读〈东欧女豪杰〉感赋》诗云：

> 慷慨苏菲亚，身先天下忧。驰驱千斛血，梦想独夫头。生命无代价，牺牲即自由。可怜天纵杰，不到亚东洲。③

读来悲怆苍劲，英气逼人；较之羽衣女士罗普先生的模拟女性写作，其思想之新锐和形式之新异，均有过之而无不及；满纸新名词却并不晦涩难懂，其风貌与蒋智由同期的新诗颇为相似。

学习模仿被梁启超誉为"近世诗界三杰"之一的蒋观云诗体诗风的，还有会稽女士吴萍云；其《偶作》二律云：

> 迅急风潮催大梦，主人沉醉两昏昏。三千年代文明国，百万同胞盂密魂。黄祸徒传风鹤警，黑奴尤是帝王孙。凄凉读尽兴亡史，东亚名邦有几存？
>
> 亡国遗民剧可哀，苏门铜狄尽尘埃。不堪故国歌禾黍，莫问昆明话劫灰。大地山河如梦里，王孙芳草遍天涯。中原不少罗兰辈，忍把

---

① 康同璧此诗最早见诸1902年3月《新民丛报》第4号"饮冰室诗话"栏："康南海之第二女公子同璧，擎精史籍，深通英文。去年孑身独行，省亲于印度。以十九岁之妙龄弱质，凌数千里之莽涛瘴雾，亦可谓虎父无犬子也。近得其寄诗二章，自跋云：'侍大人游舍卫祇林，坏殿颓垣，佛法已劫，然支那士来游者，同璧为第一人矣。'诗云：'舍卫山河历劫尘，布金坏殿数三巡。若论女士西游者，我是支那第一人。''灵鹫高峰照暮霞，凄迷塔树万人家。恒河落日滔滔尽，祇树雷音付落花。'"

② 岭南羽衣女士为逆旅女子题壁补阙诗云："江山谁主费商量，锦瑟华年枉断肠。忍说家园好风景，斜风无赖杂斜阳。"见《女子世界》第4期，1904年4月。

③ 《女子世界》第8期，1904年8月。

神州委草莱？①

对照蒋观云传诵一时的《有感》诗中"凄凉读尽支那史，几个男儿非马牛"② 诗句，"凄凉读尽兴亡史，东亚名邦有几存"诸句明显有模仿痕迹。从"支那史"到"东亚兴亡史"，这位以"会稽十八龄女子"相标榜的吴萍云③，已经具有了世界眼光。

不过，这位会稽萍云女士并非时代"新女性"，而是就读于南京江南水师学堂的男青年周作人。冒用女性之名的周作人尚有《题〈侠女奴〉原本》十绝见诸该刊，署名"会稽碧罗女士"，中有"姓名假托苛琪亚，监察难逃史拉夫""多少神州冠带客，负恩愧此女英雄"诸句④，一望而知属于典型的"诗界革命体"。凭借其在《女子世界》的文学活动，晚清时期的周作人不仅成为"女界革命"的先驱人物，而且以其新诗创作汇入到诗界革命的时代潮流之中。

同样是《有感》诗，蒋观云《有感》眼光伸向历史，女诗人汪毓真《有感》则将眼光瞄向时局："风潮剧烈命难知，大好河山欲付谁？我亦国民一分子，不教胡马越雷池。"⑤ 自觉的国民意识和强烈的民族主义思想充溢诗行。

以"女国民"自期的时代新女性，认识到"兴亡岂独匹夫责，自由权利贵自争"⑥，遂以巾帼不让须眉的激进姿态，纷纷将"有感""感时""悲时""忧国""保种""悲歌""新感""书愤""所志""言志"写进诗题，在老大帝国遭遇千年未有之变局的苍凉时代倾诉着女性压抑千年的悲愤，在虎狼成群、风沙扑面的肃杀时节忧虑着危亡的时局，在"甘心异族欺凌惯，可有男儿愤不平"⑦ 的失望情绪中期待着"女国民"的奋起。

雷溪女界之一人《感时曲》云：

> 闺人谁解说同仇，读史徒增漆室忧。焚屋酣眠呼不起，悲歌敲断玉搔头。

---

① 会稽女士吴萍云：《偶作》，《女子世界》第5期，1904年5月。
② 因明子：《有感》，《清议报》第81册，1901年6月7日。
③ 会稽十八龄女子吴萍云：《说死生》，《女子世界》第5期，1904年5月。
④ 《女子世界》第12期，1905年5月。
⑤ 《女子世界》第6期，1904年6月。
⑥ 女士汪毓真：《女国民歌》，《女子世界》第9期，1904年9月。
⑦ 《旅店题壁》，《女子世界》第4期，1904年4月。

大地竟无干净土，人生都是可怜虫。愿将一掬伤时泪，化作惊雷震聩聋。①

石门女士吕逸初《忧国吟》组诗道：

沉忧日抱杞人思，怕见江山破碎时。叹息蛾眉难用武，临风空读木兰词。

休言红粉喜谈兵，为感时艰也不平。屡欲愤提双剑起，桃花马上请长缨。

鸣不能平每放吟，忍看西力渐东侵。闺中尚洒伤时泪，谁说人无爱国心？

千秋女杰有秦梁，不信军中气不扬。我愤时艰无死所，拼教马革裹沙场。

横流沧海奈时何，拔剑空吟砍地歌。热血一腔无洒处，为民我愿溅强俄。②

常州女士汪毓真《悲时》其一云：

釜底游鱼知未知，妖风怪雨迭交驰。工商战剧兵戈继，才智争残铁血飞。一例狂澜奔大陆，千年故国送斜晖。临风洒泪西窗下，日暮途穷怎不悲？③

常州悯兰女士《写所志》道：

唱和闺中队不孤，好凭慧业出泥途。他年纤手扶民国，始识蛾眉亦丈夫！④

东欧女子铸任《北望》云：

血雨腥风满朔方，长安翘首更心伤。微尘有国争蛮触，绝塞无人

---

① 《女子世界》第7期，1904年7月。
② 《女子世界》第7期，1904年7月。
③ 《女子世界》第10期，1905年2月。
④ 《女子世界》第9期，1904年9月。

饱犬羊。陇上难藏秦剑戟，仙源试访汉冠裳。可怜黄帝经营地，别姓人家作战场。①

嘉兴女士蒋韫《与蕴华、蕴章二妹言志》二截句道：

  闺中姊妹论争存，罗帕频沾热泪痕。国耻需滂大小脑，愿将敏腕绣轩辕。
  陡激秋闱纤石肝，无声剑影逼人寒。亚洲女杰胜欧杰，不拜罗兰拜木兰。②

这是一个崇拜铁血、呼唤英雄、甘洒热血、以牺牲为荣的时代。西方近代民族国家观念的输入和"女国民"意识的觉醒，使得以新式女学堂的知识女性为中心的"因花集"诗歌洋溢着救亡意识和尚武精神，频频表露出"风流豪杰出钗裙"③ 的自信与"会须巾帼驾须眉"④ 的豪迈。

同样宣扬尚武精神，同样表达民族主义革命思想，赵爱华女士《新翻子夜歌》组诗在《女子世界》"因花集"栏目诗歌中显得别出心裁：

  累累汉家营，煌煌帝国旗。不是沙场死，羞欢非可儿。
  不言从军苦，偏说从军乐。愿掬银河水，为欢磨霜锷。
  胡马塞下遁，雷鼓撼天地。欢小谙军书，身家何足计？
  石象笑铜驼，故宫三十六。间然好蛮笺，贻歌著光复。⑤

旧瓶新酒，俗曲新唱，洋溢着"从军乐"精神，寄寓着光复汉族的政治理想。

若以民族主义立场的坚定和激烈而论，务本女学校学生张昭汉表现得尤为突出；其名为彰显民族主义意识而起，其诗为宣扬民族主义思想情感而作。其《抚念时艰悲愤不能自已援笔书此以当哭》诗云：

---

① 《女子世界》第10期，1905年2月。
② 嘉兴女士蒋韫玉：《与蕴华、蕴章二妹言志》，《女子世界》第2年第3期，1906年1月。
③ 杜清持：《题邓仲容女士蕉叶肆画图》，《女子世界》第5期，1904年5月。
④ 汉苏女士：《秋夜书怀步韫玉原韵》，《女子世界》第2年第4—5期，1906年7月。
⑤ 女士赵爱华：《新翻子夜歌》，《女子世界》第8期，1904年8月。原作共计8首，这里选录的是前两首和后两首。

> 世运日已促，沉沦叹亚东。哀哉我黄人，踵彼棕黑红。内讧兼外侮，奴隶殆千重。谁洗中国耻，崛起为英雄。几辈青年士，醉梦酣正浓。蚩蚩四百兆，尤若痴与聋。嗟余亦国民，胡为力太穷。攘臂徒奋发，匣剑欲化龙。贞德与罗兰，我愿步其磴。①

抚念时艰，长歌当哭，发愿以圣女贞德和罗兰夫人为榜样，为唤起民众和中华之崛起而奋斗。

起名与张昭汉有同样寓意的汉苏女士，其诗作中的民族主义思想情感之浓烈和尚武精神之高涨，丝毫不亚于张女士。汉苏女士《三叠韫玉女士秋夜书怀韵》其二道：

> 何当仗剑度辽河，快斩仇头万级多。抛却红妆除病态，打开黑狱断狂魔。羊肠独自行危地，马革相期作伏波。漫道国殇无我份，女儿也要执干戈。②

以仗剑杀敌、马革裹尸相期许，以身为国殇、为国捐躯为荣耀。

光宣之际，《女子世界》"因花集"栏目诗人中，真的出现了一位为民族民主革命事业抛头颅洒热血的女英烈，此人就是鉴湖女侠秋瑾。1907年7月，"新女子世界社"续出的《女子世界》"因花集"专栏刊发了秋瑾《黄海舟中感赋》《长崎晓发口占》两诗；孰料不久秋女士即喋血绍兴古轩亭口，由陈志群主办的新《女子世界》刚出刊一期便遽然夭折。这是秋瑾与《女子世界》杂志唯一的交集，也是《女子世界》宿命般的结局。

四、秋瑾和吕氏三姊妹

秋瑾和吕碧城均有诗作见诸《女子世界》，且都仅出现一次；但晚清新女界两"碧城"在该刊的惊鸿一现，显露出非凡的气度和超群的才华，一时愧煞须眉。

秋瑾《黄海舟中感赋》七律两首云：

> 片帆破浪跻沧溟，回首河山一发青。四壁波涛旋大地，一天星斗

---

① 《女子世界》第2年第3期，1906年1月。
② 《女子世界》第2年第4—5期合刊，1906年7月。

拱黄庭。千年劫烬灰全死，十载淘余水尚腥。海外神山渺何处，天涯涕泪一身零。

闻道当年鏖战地，只今犹带血痕流。驰驱戎马中原梦，破碎河山故国羞。领海无权悲索寂，磨刀有日快恩仇。天风吹面泠然过，十万云烟眼底收。①

该诗系1904年秋瑾从天津东渡日本时黄海舟中所作。海轮驶出大沽口，故国河山渐渐远去；夜行黄海，波涛汹涌，满天星斗，遥想十年前中日海战的惨烈情景，以及甲午败绩之后国家民族遭受的奇耻大辱，怎不怆然神伤？现如今，神州大地依然被异族统治，只落得山河破碎，故国蒙羞；民族恨，家国愁，挥之不去，萦绕心头。诗人内心难以阻遏的强烈的民族主义情绪，已近喷发的临界点，读来英气逼人，力透纸背。

《长崎晓发口占》两首云：

曙色推窗入，岚风扑面来。行行无限意，搔首一低徊。
我欲乘风去，天涯咫尺间。何当登帝阙，一扣九重关。②

该诗写于1905年底乘船离日返国途径长崎之际，虽有片刻的低回惆怅，但更多的是对回国之后革命前景的憧憬，踌躇满志，豪气干云。张燮恩《掬绿轩诗话》言秋瑾女士乃"漆室之女，复见于今日"，其诗词"咄咄逼人，一腔热血，真令普天下男子羞死"。③

与秋瑾齐名的另一位"碧城"，是1903年只身独创天津任《大公报》编辑、1904年出任北洋女子公学总教习、文采和气概为士林倾慕的新女性吕碧城。吕碧城并无诗作刊发在《女子世界》"因花集"专栏，但却以更为惊艳的方式亮相于该刊唯一的一期"文艺谈片"专栏中，以满腔忧时救世之热血和英气逼人的雄豪诗篇，给时人留下深刻印象。

1906年7月，《女子世界》第二年第4—5期合刊"文艺"栏下设"文苑谈片"专栏，刊发了丁初我编撰的《中国之女文学者》一文，推介的是吕氏三姊妹，赞誉她们为"当代文学之女豪"。文曰：

---

① 浙江山阴秋瑾：《黄海舟中感赋》，《女子世界》第2年第6期，1907年7月。
② 浙江山阴秋瑾：《长崎晓发口占》，《女子世界》第2年第6期，1907年7月。
③ 韩芳、黄强校订：《稿本〈掬绿轩诗话〉校订》，《中国诗学》第16辑，人民文学出版社，2012年，第244—245页。

> 吕氏之姊妹,长惠如,次眉生,季碧城,前山西学政吕凤岐之女也。其承家学,雄于文章,而碧城尤富新思想,无中国社会妇女习,一腔悲愤发为高歌,爱国精神纯洁高尚,对于今时势之衰颓,而益叹此好女子之不可多得。

吕氏三姊妹之中,丁氏虽然对惠如、眉生亦赞誉有加,但显然对碧城更为推崇。其推介碧城道:

> 碧城年才二旬,姿容胜二姊,慷慨之气节亦过之。缘发纤眉,丰神楚楚动人怜。谁知此可爱可怜之女子胸中,固积有一腔忧世救民之热血,心之所蕴,发之于声,激昂志气,流溢于文字间,使读者一开卷而兴起其国民之思想,文字之感人深矣!

《中国之女文学者》衷录了吕碧城《书怀》《和铁花馆主见赠韵》《舟过渤海口占》诸诗,并一一评点。《书怀》二绝云:

> 眼观沧海竟成尘,寂锁荒陬百感频。流俗待看除旧弊,深闺有愿作新民。
> 江湖以外留余兴,脂粉丛中惜此身。谁起平权倡独立,普天尺蠖待同伸。

初我评曰:"一少妇而作新民,志量何限!"看重的是女诗人立志作新民的志量和气度。其所谓"新民",自然源自梁启超《新民说》中所倡导的"新民"思想;而"平权""独立"等新名词错落其间,正符合饮冰室主人所提出的"以旧风格含新意境"的修正版"诗界革命"创作纲领与指针。

《和铁花馆主见赠韵》诗云:

> 风雨关山杜宇悲,神州回首尽尘埃。惊闻白祸心先碎,生作红颜志未灰。忧国漫抛女儿泪,济时端赖栋梁才。愿君手挽银河水,好把兵戈涤一回。
> 新诗如戛玉丁东,颂到鸿篇足启蒙。帷幄运筹劳硕画,木天橘藻见清聪。光风霁月清何旷,流水高山曲未终。霖雨苍生期早起,会看造世有英雄。

初我加按语道:"胸中郁勃块垒之气,发此雄健豪爽之音,读之几忘为儿女之作。"推崇的是女诗人诗行间充溢的雄豪之气,读来足令须眉男儿汗颜。

《舟过渤海口占》两截句云:

旗翻五色卷长风,万里波涛到眼中。别有寄愁消不尽,楼船高处望辽东。

苦海超离渐有期,亚东风气已潜移。待看廿纪争存日,便是蛾眉独立时。

该诗作于1904年3月日俄在中国东北开战之际,诗人从渤海楼船眺望辽东烽烟,胸中波涛滚滚,悲愤难抑,然而并不悲观,反而对女权革命之前景充满憧憬。丁氏评曰:"'如此江山坐付人。'举国方梦梦,女士欲以忧郁之音,唤起国民魂,重造新世界,其自待何如哉?"

吕碧城长姊惠如之词章,亦"典瞻风华,匠心独运,中怀激昂气,外露蕴藉情,翛然自成一家之风者";其《庚子书愤》第四首云:"中原何日履康庄,从此强邻日益张。四百兆民愁海共,百千亿数辱金偿。迂儒未解维时局,毅魄谁期作国殇。寄语同胞须梦醒,江山满眼近斜阳。"初我评曰:"温柔绮丽之胸,忽发慷慨悲歌之气,一二警语,骂倒须眉,何图警世药石之言,竟出纤纤一女子之口,奇绝!读此诗,觉世间无有一男子矣。"①

吕碧城二姊眉生性格豪爽,有侠士之风,亦能诗;照丁初我的说法,"盖女士之诗,以风度胜,与乃姊别出其机杼者也"②。其《塞上曲》组诗其四云:"何日方标铜柱名?羽书飞递急无停。可怜多少征夫血,春到龙沙草尽腥。"丁氏评曰:"以激昂之笔,写婉丽之思,不愧巾帼英雄之气焰。"可谓知言。

"如锦如荼新舞台,青年爱国会名才。"③ 吕氏三姊妹虽然没有登上《女子世界》"因花集"诗歌新舞台,却被主编和主笔丁初我罗致到唯一的一期"文艺谈片"专栏之中,以别样的风姿闪耀于《女子世界》"文

---

① 初我:《中国之女文学者》,《女子世界》第2年第4—5期合刊,1906年7月。
② 初我:《中国之女文学者》,《女子世界》第2年第4—5期合刊,1906年7月。
③ 常州云溪女士赵爱华:《读女子世界有感》,《女子世界》第4期,1904年4月。

艺"大舞台。

五、"攻玉集":"大声唤醒国民魂"

1904年3月,《女子世界》"文苑"栏自第3期辟出"攻玉集"专栏,共计出现12期,刊发了近30位男性诗作者①67题220首诗词作品。其中,高燮以其撰稿积极性高、投稿作品多而赢得主编夸奖与致谢②,高旭、高增、金松岑、柳亚子、灵石、丁初我等,亦是该刊"攻玉集"栏目诗人中的佼佼者。"寄语巾帼队,盍起革命军"③ "争得女权能独立,大声唤醒国民魂"④——身为男性的女界启蒙先驱,一开始就将"女权独立"与"国民魂"联系起来,让巾帼革命军搭乘上民族民主革命的列车,汇入了反清革命运动的时代潮流。

《女子世界》"攻玉集"诗作者对古今中外的女英杰频频致意,为他们心目中理想的"女国民"树立学习的榜样和效仿的模范。1905年5月,《女子世界》第12期所刊许定一为其所编《祖国女界伟人传》撰写的广告词云:

> 今日欲养成女子之完全人格,非以历史上之女杰勉其精神立之模范不可。然世界上女杰多矣,他国女杰之行事或隔阂不相入,毋宁取之祖国一二人一二事,其感情有无限者。咀雪庐主人有鉴乎此,取祖国女子自战国迄今日有文学武德而关系于国家者,都为一编而传之,非特女校教科之善本,亦策励女英雄之利器也。

其用意,在于借表彰古代女杰证明自古女子之能力就不亚于男子的道理,从中不难窥知晚清男性启蒙先驱为新式女学堂培养"女国民"树立楷模的用心与标准。综览《女子世界》各栏目,其所着力表彰的"祖国女界

---

① 《女子世界》"攻玉集"栏目诗人有高燮(吹万)、吕瑚旦、权华、竞厂、邹崖遁者、高旭(天梅、慧云)、丁初我(初我)、靖庵、忝亦、海堧蛰民、仰文、高增(大雄、觉佛)、柳亚子(亚卢)、灵石、太恨、勇人、华相众生、剑豪、曹亚侠、一尘、敌公、师伏、勉依、金天羽(金一)、佩珍、勉后、无名氏等,计28人。
② 参见初我《吹万屡以女界诗歌相遗,赋此志答》,《女子世界》第7期,1904年7月。其一云:"慈航普渡苦怜海,椽笔先驱独立军。大好河山春去也,夕阳歧路又逢君。"其二道:"恩仇了了无声剑,世界沉沉黑狱花。愿乞文明新种子,普栽吴下万人家。"
③ 吹万:《杂诗之一》,《女子世界》第2年第4—5期合刊,1906年7月。
④ 仰文:《赠吴弱男女士》,《女子世界》第7期,1904年7月。

伟人",有冯嫽、"中国第一女豪杰女军人家"花木兰①、聂隐娘②、班昭、缇萦、王昭君③、漆室女、"中国民族主义女军人"梁红玉④、沈云英、秦良玉、谢小娥⑤等,以新眼光打量历史上的旧人物,个个堪称"不让男儿树一军"⑥的巾帼英杰,张扬的是勇于担当、尚武任侠、"天下兴亡,匹妇有责"的"女国民"精神。

竞厂《咏新世界十二女杰》,则为读者树立了西方近代女杰的榜样。其所题咏的"新世界十二女杰"有:沙鲁土娘⑦、加厘夫人⑧、苏泰流夫人⑨、路易·美世儿⑩、如安打克娘(圣女贞德)⑪、罗兰夫人、俄女帝伽陀鳌(叶卡捷琳娜二世)、缕志女(英国作家)、女王伊纱百儿(伊莎贝尔一世)、依里琐比斯女王(伊丽莎白一世)、扶兰志斯娘(美国基督教妇女矫风会领导人)、普后流易设(普鲁士王后露易丝)等。⑫此外,柳亚子《题儿女英雄》所歌咏的犹太爱国女伶罗情、瓠庵《军看护妇南的辫尔传》所歌颂的南的辫尔(南丁格尔)、初我《女文豪海丽爱德斐曲士传》所赞誉的海丽爱德斐曲士等,均为清末新女界树立了模范。

---

① 参见亚卢《中国第一女豪杰女军人家花木兰传》(《女子世界》第3期,1904年3月)、吹万《咏中国奇女子·花木兰》(《女子世界》第2年第4—5期合刊,1906年7月)。后者有云:"扫荡胡尘入汉关,兜鍪生色甲光寒。特缘民族完天职,亘古男儿一木兰。"
② 吹万《咏中国奇女子·聂隐娘》其一云:"学就屠龙剑术稀,试将民贼献元归。他时一去无消息,侠剑中宵何处飞?"载《女子世界》第2年第4—5期合刊,1906年7月。
③ 天梅《桃溪雪题词》其一云:"女子和戎即退兵,昭君原亦汉长城。含辛不洒胭脂泪,慷慨捐躯度众生。"载《女子世界》第5期,1904年5月。
④ 参见松陵女子潘小璜《中国民族主义女军人梁红玉传》(《女子世界》第7期,1904年7月)、吹万《咏中国奇女子·梁红玉》(《女子世界》第2年第4—5期合刊,1906年7月)。后者其一云:"跃马挥戈入战场,女儿偏作健儿妆。万人感泣呼慈母,亲补军衣更视伤";其二道:"紫髾红粉映征矛,并辔金山顶上头。一例指挥擂大鼓,胡儿褫魂血横流。"
⑤ 觉佛《书谢小娥事》云:"改装男服离奇甚,千里寻仇备苦辛。生个女儿能雪耻,洪承畴辈尔何人?"载《女子世界》第2年第2号,1905年9月。
⑥ 仰文:《赠吴弱男女士》,《女子世界》第7期,1904年7月。
⑦ 今译夏洛特·科黛,刺杀法国大革命激进派领袖马拉的女刺客。尚声《新女戒》云:"法女子沙鲁土既刺马拉,语人曰:'不过仅除一鼠辈耳!一女子抵之已足有余,安能更累男子乎?'巴黎一纤弱女子而能挺身尽国事,死瞑目矣。"见《女子世界》第3期,1904年3月。
⑧ 即加厘波儿地夫人马尼他,今译安妮塔·加里波第夫人,其夫加里波第被誉为意大利建国三杰之一。
⑨ 今译斯塔尔夫人,在晚清被描述成反对拿破仑专制统治的法国女英豪。苏泰流夫人对拿破仑曰:"法兰西者,法兰西人之法兰西。女子非法兰西之人民乎?"见尚声《新女诫》,《女子世界》第3期,1904年3月。
⑩ 今译路易斯·米歇尔,巴黎公社女英雄,在晚清有"无政府党女将军"之誉。
⑪ 天梅《桃溪雪题词》其二有"若论世界女菩萨,贞德批茶是一流"之句,见《女子世界》第5期,1904年5月。
⑫ 《女子世界》第3期,1904年3月。

尚武精神和"从军乐"思想是《女子世界》"攻玉集"栏目诗歌奏响的主旋律和主基调。灵石《反杜〈新婚别〉征妇语征夫》云：

> 与子结绸缪，红烛明洞房。倏忽当远别，临行饯一觞。妇言庸可听，记取语意长。岂无伉俪情？国仇终难忘。坐家守妻子，大局沧可伤。恨我非男儿，梦魂飞战场。事成当封侯，不成为国殇。去去好自为，管取家国光。莫将儿女泪，柔折铁石肠。①

杜甫《新婚别》写于"安史之乱"期间，诗人身经乱离之苦，深味"嫁女与征夫，不如弃路旁"的痛楚，但还是从"灭胡"兴国、救亡图存的思想导向出发，塑造了一个深明民族大义的新妇形象，劝慰丈夫"勿为新婚念，努力事戎行"。② 能有这样的立意，思想已经很进步了。但灵石觉得还远远不够，故而一反杜诗"从军苦"之笔意，将"征妇"塑造成一位同仇敌忾、愿与丈夫共赴国难的"女国民"形象，张扬一种时代所需要的"从军乐"精神。其姊妹篇《反杜〈新婚别〉征夫语征妇》道：

> 初识绮罗香，便束戎马装。丈夫能从戎，粉黛亦生光。国民各有任，男女无低昂。酬子一樽酒，愿子毋相忘。红飞十字旌，联袂更搴裳。同胞赴国难，子为疗痍创。柔情与热血，灿烂而琳琅。壮士忘其痛，跃起飞战场。妇人在军中，兵气日以扬。努力挽陆沉，女权赖尔昌。须眉到巾帼，国运不可量。③

全诗洋溢着尚武精神和"从军乐"主旋律，所谓"丈夫能从戎，粉黛亦生光"。在征夫的期待视野中，新妇被赋予了自觉的"女国民"意识，所谓"国民各有任，男女无低昂"。杜甫《新婚别》中"妇人在军中，兵气恐不扬"，到灵石诗中则变成了"兵气日以扬"；写意取代了写实，浪漫主义和乐观主义精神充斥每一个诗行。男性诗作者既要求新女性"努力挽陆沉"，又期待"女权赖尔昌"，呼唤着"理想的女豪杰"。

1905年3月，《女子世界》第11期"攻玉集"专栏刊发三首组诗，题目就叫《理想的女豪杰》，署名"一尘"。其一云：

---

① 《女子世界》第11期，1905年3月。
② 钱谦益笺注：《钱注杜诗》，上海古籍出版社，1979年，第77页。
③ 《女子世界》第11期，1905年3月。

> 汉碧胡尘怨未销,铮铮民族女中豪。为营土室收张俭,合脱金钏怨鲁骚。革命旗翻曾草檄,齐王头贵孰挥刀?可怜漆室悲伤意,泪绕虚空几十遭。

其二道:

> 高风千古慕罗莲,爆弹钢刀在手边。赤血救回人世劫,苍鹅斫死地中眠。神州汉种三千姓,铁里新硎十九年。朝刺将军暮皇帝,谁能无价买民权?

诗人心目中理想的女豪杰,武能上马杀敌,文能挥毫草檄,有漆室女的忧国情怀,有罗莲(罗兰)夫人的革命气概,有苏菲亚的暗杀胆略,充满浪漫主义和英雄主义精神。至亚卢《读孟广得韩女士平卿为义女之作和其原韵》组诗吟出"献身应作苏菲亚,夺取民权与自由"①,已是直接发出民族民主革命的战斗呐喊了。

高吹万《读赵爱华女士新翻子夜歌好好为效作四首》云:

> 胡骑满中原,谁当涤氛垢?君死作鬼雄,妾愿为君守。
> 勉力勤国事,妾身君勿系。杀取胡儿血,出祭轩辕帝。
> 生遭亡国痛,富贵安可美!如觅房廷封,归来唾君面!
> 空闺无所事,聊究汉民族。征编保种诗,献作军歌读。②

汉乐府《子夜歌》哀婉凄苦,充满幽怨之情;晚清大量"新翻子夜歌",则大都豪气冲天,抒情女主人公大都被赋予了"女国民""女英雄"的角色。赵爱华女士的《新翻子夜歌》和高燮这组仿效之作,是此类诗歌中的代表性作品。③ 该诗自然属于典型的模拟女性写作,激进的民族主义思想立场,尚武精神和英雄主义基调,对夫君至死不渝的忠贞观念,以及调和新名词、新意境与古风格的创作面貌,在当时都具有典范意义,应和乃

---

① 《女子世界》第11期,1905年3月。
② 《女子世界》第10期,1905年2月。
③ 此类"新翻子夜歌",《女子世界》"攻玉集"栏刊还有勉后的14首,题为《赵爱华女士著新翻子夜歌佳绝友人吹万亦有是作与赵亚戏为效作十四首愧未逮也》,中有"欢挽绿沉枪,依投赤十字""愿移儿女情,装严自由血""拼此铁头颅,国旗烂东亚"等句,末篇云:"国仇深复深,人心死未死。挥泪谱新歌,聊拟排外史。"见《女子世界》第2年第2号,1905年9月。

至引领着时代潮流。

勉后《箴女界十六首》针对女界之怪现状予以针砭，触及中国女子的普遍弱点及其劣根性问题。作者将其分为"女子之普通性质"和"女子之特别性质"两大类；前者包括梳头、画眉、穿耳、首饰、搽粉、点唇、镶钏、浓妆等，后者则有泼悍、鸦片、麻雀、晏趣、斜视、赌咒、拜偶像、虐前子等。作者将造成这一怪现状的原因归结为"母教不修，女学绝响"，慨叹"入手既误，魔障丛生"，流露出改造国民性和改良风俗的显著用意。①

《女子世界》诗歌以豪迈的"英雌"气概，自觉的"女国民"意识，高涨的民族主义情绪与爱国热情，以及迥异于中国传统女性作家的思想面貌与审美风尚，在20世纪初年以男性作者为主导和主体的喧嚣的新诗坛，齐声发出了不亚于男性诗人的嘹亮声音，以巾帼不让须眉的卓荦风姿充当了时代的歌手，既汇入到晚清诗界革命运动的时代大潮之中，同时也构成了1903年前后兴起的革命诗潮的重要一环。

第三节 "女国民"与"自由花"
——《中国新女界杂志》诗歌

如果说由丁初我、陈志群两位激进男儿先后在上海接力主办的《女子世界》，是20世纪初问世的坚持既反帝又反清的民族革命立场的妇女报刊中的杰出代表的话，那么，留东女杰燕斌在东京创办的《中国新女界杂志》，则以旗帜鲜明的女权主张、爱国救亡而不反政府的温和政治思想倾向，远超其他女性刊物的发行量及其在国内外产生的广泛社会影响，成为晚清妇女报刊中的又一重镇。

1907年2月创刊的《中国新女界杂志》，编辑兼发行人为河南籍留日女学生燕斌，时在早稻田同仁医院留学，遵乃师（中国妇人会创办者）邱彬忻之嘱组织中国妇人会东瀛分会②，并兼任中国留日女学生会书记③。创办人将该刊的宗旨表述为"五大主义"："第一条，发明关于女界最新学说；第二条，输入各国女界新文明；第三条，提倡道德鼓吹教

---

① 勉后：《箴女界十六首》，《女子世界》第2年第2号，1905年9月。
② 参见《中国妇人会章程》（附记略），《中国新女界杂志》第3期，1907年4月。
③ 参见炼石《留日女学生会》，《中国新女界杂志》第1期，1907年2月。

育；第四条，破旧沉迷开新社会；第五条，结合感情表彰幽遗。"五条宗旨可一言以蔽之，曰"女子国民"。① 其《本社征文广告》则将"开通风气，提倡教育"标榜为该刊"最要之主旨"。② 综其要旨，在于开通社会风气，提倡女子教育，养成"女子国民"。该刊至第 3 期销量"已及五千余册"③，取得了出乎意料的发行业绩。然而，由于内地代销报费多有拖延，该刊自第 4 期便开始出现延期，出至 6 期被迫停刊。

《中国新女界杂志》设有"论蕃""演说""译述""记载""文艺""史传""谈丛""时评""小说""家庭""教育界"等栏目，"论著专取文言，演说专取白话"④，文白兼采，每期一百多页。其"文艺"栏下又设"诗词之部"和"琴歌之部"两个二级专栏，刊发了炼石、亚华、汉英、杜清持、竞群、群英、佛群、秀崧、雌剑等 30 多位诗作者⑤ 63 题 130 首诗歌。"女界奴根痛日深，舞台万丈竟沉沉""与君共索平权债，还我文明独立天"⑥，《中国新女界杂志》女诗人群体以觉醒者的主人翁意识，舍我其谁的担当精神，弹奏着男女平权、任侠尚武、爱国合群、拯救危亡的主旋律。

主编和主笔燕斌，署名炼石女士，室名"补天斋"，以女娲补天之功业相期许，是《中国新女界杂志》的灵魂人物。时人赞曰："愿将文字醒群生，壮气哀情两不平""从来有志弥天陷，炼石娲皇自古今"⑦，"抟土补天缘底事，输君妙手转乾坤""好凭若个真诚志，唤起同胞爱国魂"⑧。燕斌热心于女权启蒙和妇女解放事业，是秋瑾主编的《中国女报》撰稿人，参与了《中国妇人会小杂志》编辑工作。不过，以国家主义思想为底色的炼石女士，其言论和文学创作均以塑造具有新思想、新道德、新情

---

① 炼石：《本报五大主义演说》，《中国新女界杂志》第 1 期，1907 年 2 月。
② 《中国新女界杂志》第 3 期，1907 年 4 月。
③ 中国新女界杂志社：《本社特别广告》，《中国新女界杂志》第 4 期，1907 年 5 月。
④ 《社章录要》，《中国新女界杂志》第 2 期，1907 年 3 月。
⑤ 该刊"文艺"栏诗人有炼石、亚华、汉英、培元、杜清持、樵松、竞群、群英、王勋、昌馨、说莲、唯心、步荀、凤莲、幺凤、退庐、保素、清如、友依、味梅、佛群、蓉萱、震幅、砚耘、吴兰泽、采苹、秀崧、德莹、雌剑、醉白、沈蒨玉、顾彤光等，计 32 位，以女性诗作者为主体。
⑥ 杜清持：《赠吴庄周三女士诗四首》，《中国新女界杂志》第 1 期，1907 年 2 月。
⑦ 郝炳章：《中国新女界杂志题词》，《中国新女界杂志》第 3 期，1907 年 4 月。
⑧ 武陵退庐：《读中国新女界杂志书后二律寄赠炼石女士》，《中国新女界杂志》第 3 期，1907 年 4 月。

感的"女子国民"为中心,而未像同时代的秋瑾等人那样将"女权革命"进一步引向以推翻清政府为政治目标的民族革命,从而使《中国新女界杂志》与丁初我主办的《女子世界》、秋瑾主办的《中国女报》等在言论立场上有着较大差别,表现出较为温和的维新改良的政治倾向。①

炼石女士在《中国新女界杂志》发表 11 题 15 首诗,为其"文艺"栏诗歌定下了基调与风格。开篇之作《遣怀四首》,矛头直指男权和家庭专制;诗人坚信"廿纪风云此变迁,由来公理重平权",鼓励同仁"学术维新第一关,同侪努力莫盘桓",预言"他年再辑文明史,始信吾徒不等闲"②,为争取女权鼓与呼,信念坚定,感情豪迈。《哀思》《大舞台歌》同样表达妇女解放主题,一为楚辞体,一为歌体。诗人在"民疲酣睡梦未醒,群雄睥睨生颠连"的民族危亡时节,希冀"三更东海金鸡鸣,睡狮一醒天地惊,巍然飞跃逾苍溟",憧憬"男女同登大舞台";果如是,"爱国精神何壮哉!"③ 我们看到,"兰蕙""蘅芷""天柱""地维""乾坤""阴阳""娲皇""补天"与"欧风美雨""女权""女界""元素""脑力""地球面积""爱国精神"等在炼石女士笔下冶为一炉,于"诗界革命"已经偃旗息鼓的时节,依然践履着新名词、新意境、古风格"三长"兼备的诗界革命创作纲领,以别样的风姿延续着诗界革命的余脉与意绪,体现着新派诗的解放精神。

竞群《遣愤三首》《春闺杂咏五首》,是该杂志征文稿中富有代表性的作品。《遣愤三首》其一讽刺孔子的女性观:"谬哉尼父亦狂颠,漫鼓簧言纵毒传。女人小子终古恨,可怜孔母亦含冤。"其二颂扬女豪武则天:"谁云男子得天骄?大业原酬霸者劳。翻转乾坤好手段,汉唐吕武是英豪!"其三批判男尊女卑观念:"物竞天择寻常事,雌伏雄飞岂定论?痛哭神州诸姊妹,何时还我女儿魂?"编者按:"打破五千年之铁案,唤醒二百兆之灵魂,竞群女士真人杰哉!"④ 看重的是其思想启蒙意义。

《春闺杂咏五首》分《闺居》《理妆》《读书》《种花》《补衣》诸篇;从《闺居》"笑他男子无奇气",慨叹"大陆何年净劫灰",到《理

---

① 1907 年 4 月 3 日,秋瑾在致陈志群的私人信函中言:"近日女界之报,已寥寥如晨星。□□之杂志,直可谓之无意识之出版,在东尚不敢放言耶?文明之界中乃出此奴隶卑劣之报,不足以进化中国女界,实足以闭塞中国女界耳,可胜叹息哉!"对燕斌主办的《中国新女界杂志》之言论立场甚为不满。见郭长海、郭君兮笺注:《秋瑾全集笺注》,吉林文史出版社,2003 年,第 446 页。
② 炼石:《遣怀四首》,《中国新女界杂志》第 1 期,1907 年 2 月。
③ 炼石:《大舞台歌》,《中国新女界杂志》第 3 期,1907 年 4 月。
④ 竞群:《遣愤三首》,《中国新女界杂志》第 2 期,1907 年 3 月。

妆》忧伤"世事日非侬亦苦,复何心绪理青丝",《读书》感慨"看到征胡儿女事,木兰端不逊罗兰",再到《种花》发愿"锄得阶前干净土,满园遍种自由花",直至《补衣》叹息"破裂山河缝未得",只好"挑灯且自补衣裳",可说是篇篇充盈着"女子国民"思想。照诗前编辑所加《编者识》中的说法,这位苏州景海女塾十四龄女学生,"所作尚合调",诗艺尚嫌稚嫩,然"辞旨名贵,吐嘱不凡","吾国幼年女子尚具此特识,女界前途遏可限量!"① 看重的是竞群女士诗篇中充溢的忧时之志、国民意识、女丈夫气概和爱国主义情怀。

题咏古今中外女杰,尤其是中国古代女英杰,是该杂志"文艺"栏诗歌最为集中的选题。亚华《读史咏女士》歌咏了西施、文君、贾臣妻、昭君、班昭、木兰六位古代女性。其咏"西施"云:"越国君臣尽胆薪,苏台歌舞暗伤神。东施未解复仇义,强自捧心媚效颦。"② 从民族国家的视角,发掘出西施身上的民族大义和牺牲精神。秀崧的系列诗作歌咏了女娲、骡祖、太姒、邑姜、西施、孟母、赵威后、聂政姊、北宫婴儿子、如姬等中国古代女杰。其《女娲》云:"炼将五色补苍苍,功德真应冠百皇。三万八千年祚永,西欧漫诩女权强。"③ 将中国女权发达史追溯到远古的女娲。她如咏太姒为"政治千秋第一人",咏西施"弱女偏能报国仇",咏赵威后"解道无民何有君",咏如姬"信陵门下三千士,不及深宫一妇人"等④,均见仁见智。保素《咏史诗》、公凤《咏史八首》等,所题所咏均为中外女杰,弘扬巾帼英雄气概和"女子国民"精神。

标榜崇拜"女子国民"的《中国新女界杂志》,其"文艺"栏自然将"女国民"作为重点歌咏的对象。佛群《女子春季励志》歌云:

> 春气分空濛,春光感觉浓。女儿励志气,足以振颓风。愿我女同胞,努力自爱毋自封。前途渺无限,跼处深闺有何用?谁非神明胄,男女何必分轻重?谁无国民责,权利义务一样同。要当与沙鲁士、伽陀利一比荣。将来女界尽开通,威扬巾帼中。⑤

自强自爱、独立自主、男女平权、共赴国难、拯救危亡,是诗人对"女

---

① 竞群:《春闺杂咏五首》,《中国新女界杂志》第2期,1907年3月。
② 《中国新女界杂志》第1期,1907年2月。
③ 《中国新女界杂志》第5期,1907年6月。
④ 《中国新女界杂志》第5期,1907年6月。
⑤ 《中国新女界杂志》第3期,1907年4月。

子国民"的时代期许;其所列举的沙鲁土(刺杀马拉的法国女刺客)、伽陀利(俄皇叶卡捷琳娜二世)两位西方女杰,为晚清新女性树立了很高的标杆。

最具代表性的要数雌剑的歌体诗《女国民》,共分八章;第一章云:

凤凤凤,大地文明,气运渡亚东。
独立精神旭日红,自由潮流涌。
女权世界重,公理平等天下雄。
那堪回首,金粉胭脂,一般可怜虫!

第五章道:

沉沉沉,儿女英雄,伤时泪满襟。
平权思想爱国心,尚武振精神。
笳角四郊声,无限豪情付一琴。
江南云气,亚东城阙,何时扫游氛?

第八章云:

明明明,二十世纪,神圣女国民。
激昂慷慨赴前程,觥觥自由魂。
铁血作精神,侠骨柔肠和爱情。
氤氲磅礴,弥漫膨胀,烟士披里纯。①

该诗八章第一个字连缀起来,就是"风流英奇,沉潜高明",寄寓着作者对20世纪中国"女国民"的期待与瞩望,希冀她们志存高远,"铁血作精神",将"祖国前途担我肩""倚剑展龙韬",成就一番"儿女英雄"事业。

"自由花"是晚清新女界出现频率很高的新名词,也是《中国新女界杂志》诗歌所要表现的核心意象之一;其中,雌剑《自由花》一诗对这一意象的内涵有着集中的表现。从其笔名来看,"雌剑"本身就是一个打上了鲜明的时代精神印记的意象,是作者的一种自我期许,蕴含有强烈的

---

① 《中国新女界杂志》第5期,1907年6月。

"女丈夫"意识,表征着"女国民"的任侠尚武精神。雌剑《自由花》诗云:

> 东皇着意吹春采,自由之花忽破蕾。
> 灿如云锦烂如霞,买丝绣出自由花。
> 当年铁血劳浇沃,花神日向苍穹哭。
> 破恨歼愁带露开,泪珠洗出颜如玉。
> 手把自由花,衡纵艳春华。
> 由来此花亦奇绝,千秋万岁曾丰洁。
> 既并春红发妙姿,更滋寒绿耐冰肌。
> 风为车兮云为旗,殷勤帝谓重陈辞。
> 真宰上诉天应泣,乃宅百灵呵护扶持之。
> 花开会见盈坤宇,花时作伴好还家。
> 手把自由花,好还家。①

这是一株春天开放的灿烂如云霞的自由之花。这朵光艳奇绝之花之所以能够破蕾而出,在于此前经历过铁血之浇沃,饱经严寒,饱含血泪。这似乎在提醒人们,女性的自由解放和民族国家的独立自由,注定要经过严酷而艰苦的斗争,付出血的代价。

燕斌女士在《发刊词》中已经认识到报纸杂志应该发挥"改良积俗,造就国民"的作用②;倡导女子教育而兴女学,兴女权而造就女子国民,改造旧女界,建设新女界,是《中国新女界杂志》的目标与宗旨。自然,女性解放事业与民族国家的兴亡是紧密联系在一起的;唯因对清政府的态度和种族观念的不同,炼石女士将女权革命的目标设定在培养"女子国民"的社会革命层面,而未将其引向激进的种族革命。"吾辈此后求学之方针,其物质上的学问,及日本之美俗,不妨近取诸东洋,以医痼疾;而精神上的教育,则断宜以欧美为师,而锻冶以最纯洁高尚之理想,使相化合,另造出一种新文明;则吾女界庶由家族的妇人地位,进而为国家主义的妇人,更进而为世界主义的妇人。"③ 炼石女士理想中的"新女界",既是"国家主义"的,又是"世界主义"的;女性自身素质和社会地位

---

① 《中国新女界杂志》第5期,1907年6月。
② 《中国新女界杂志》第1期,1907年2月。
③ 炼石:《留日见闻琐谈》,《中国新女界杂志》第2期,1907年3月。

之提高，不仅体现在家庭家族之中，而且体现在国家层面的参政议政权。

《中国新女界杂志》"文艺"栏目诗歌，在题材题旨方面紧密配合了主编燕斌女士倡导的女权启蒙、女子教育和女子国民思想，属于20世纪初年兴起的新民救国运动的有机组成部分。从晚清文学界革命和诗歌革新思潮的脉络来梳理，《中国新女界杂志》诗歌在诗界革命的发起人梁启超已绝口不提"诗界革命"、转而与同光体诗人为伍的时节，依然循着梁氏当年倡导的"新名词""新意境"与"古风格"三长兼备的新诗创作路径，以别样的风姿延续着诗界革命运动的余脉与意绪。

这一典型个案所呈现的历史情形，或许在提醒我们：作为一场席卷了以近代报刊为主阵地的新诗坛的诗歌革新思潮，诗界革命运动并未随着发起人梁启超的偃旗息鼓而迅疾消歇；光宣之际问世的一批批与诗界革命有着密切历史关联的女性报刊诗歌，为我们重绘诗界革命运动的地理历史版图，提供了宝贵的文献史料。

第四节　清末女报诗歌与诗界革命之延展

1902年3月，梁启超在《新民丛报》第4号推出"饮冰室诗话"专栏，开篇交代了缘起与宗旨之后，依次裒录了五位"师友之诗"，第一位是谭浏阳，第二位是黄公度，第三位是严又陵，第五位是狄平子，均为大名鼎鼎的须眉丈夫，第四位却是一个初出茅庐的妙龄女郎。这位奇女子就是"去年孑身独行，省亲于印度，以十九岁之妙龄弱质，凌数千里之莽涛瘴雾"，吟出"若论女士西游者，我是支那第一人"豪迈诗句的"康南海之第二女公子同璧"，赢得饮冰室主人"虎父无犬子"的赞誉。同年7月，梁氏在《新民丛报》第12号"饮冰室诗话"栏缅怀病逝的战友邱公恪时，借蒋观云悼其夫人吴孟班的诗句"女权撒手心犹热，一样销魂是国殇"，对去岁病逝的邱公恪夫人吴孟班献上了哀思，对这位近代妇女解放的先驱者和女英杰表达了由衷的敬意。1903年10月，梁氏在《新民丛报》第38—39期合刊"饮冰室诗话"栏中表彰了客居美国罗省的冰壶女史，赞其"夫妇同尽瘁于国事，美洲风气之开，功最多焉"，裒录家兄梁均历赠女史诗七章，中有"人种溯厥始，先圣女娲皇，如何后圣人，抑阴独扶阳""天下一兴亡，匹妇亦有责，纤手岂辞劳，钗钿铸矛戟"等句，表达了男女平权思想和天下兴亡、匹妇有责的理念，将妇女解放与民族国家兴亡紧密联系在一起。可见，梁启超领衔发起的诗界革命运动，并未将女诗人和女权思想排除在外；相反，倡导女子教育和女性解放，鼓励知识女性投身新诗创作，是"诗界革命"题中应有之义。

其实，早在《清议报》时期，其"诗文辞随录"专栏就刊发过清池女史、撷芬女郎等女性作者的诗文，以及题咏薛锦琴女士、吴孟班女士的诗篇，表达了男女平权和天下兴亡、匹妇有责的思想主旨。

1901年，杜清池有《女子亟宜自立论》等文刊发在《清议报》，亚洲诗三郎赋《赠清池女史》诗四章，对这位女界开风气之先的先驱人物开女智、倡女权的言论之功赞勉有加。其一云："女流压制二千年，谁放光明照大千？好唱平权培国脉，免令二百兆颠连。"其四道："却喜躬逢廿世纪，阴阳平等自今始。岭表端推清池君，我当续撰女权史。"① 清池女史《答》诗四章其一云："满腔热血从何洒，时局如斯实可悲。世界昌明赖君等，转旋窃愿附须眉。"其三道："中原不乏奇女子，谁唱平权痼习更？他日自由跨欧美，全球还我大文明。"② 表达了愿与男性同道者一起为振兴女权而奋斗的心声，以及对未来光明前景的憧憬之情。复庵《赠薛景英女士》三章其一云："绝世聪明绝世文，自由言论自由身。女权他日编新史，莽莽神州赖有君。"其二道："闻说支那正少年，先知先觉到婵娟。拚却万斛哀时泪，自写殷勤演说篇。"其三谓："贱女尊男不平等，尘尘中古至于今。凭君解脱羁轭苦，起点文明第一人。"③ 薛景英应该就是薛锦琴，因1901年3月15日在上海绅民召开的张园拒签俄约大会上登台演讲而闻名于世，开创了中国妇女参与政治运动和公开演说之先河。紫髯客《赠薛锦琴女士》《赠吴孟班女士》，对"锦琴与孟班"两位"奇女士"献上敬意，赞其"奇论警凡庸""赤手回颓波"。④ 撷芬女郎《戊戌政变感赋》是写给百日维新的颂歌和戊戌政变的哀歌，以诗议政，以诗言志。⑤ 1904年，梁启超在《新民丛报》"饮冰室诗话"栏中哀录蕙纕徙边驿次题壁之作一章，并交代其父为雍正年间因文字狱蒙大戮的查嗣庭，谓"至今言民族主义者哀而敬之"，中有"口读父书心未死，目悬国难泪空流"诸句，赞蕙纕"可谓不愧名父之子"，则有同情民族主义革命之嫌。⑥ 可见，将妇女解放与民族振兴、国家兴亡紧密联系起来，乃至导

---

① 《清议报》第81册，1901年6月7日。
② 《清议报》第81册，1901年6月7日。
③ 《清议报》第81册，1901年6月7日。
④ 《清议报》第85册，1901年7月16日。
⑤ 《清议报》第90册，1901年9月3日。
⑥ 《新民丛报》第56号，1904年11月7日。

向民族主义，是晚清女权运动先驱者的共识。

虽然诗界革命运动所依托的核心阵地《清议报》《新民丛报》诗歌诗话专栏已经出现了一些女性诗作者的身影，如杜清池、陈撷芬、康同璧、查蕙缵、杨少姬、幻云女士等，然而，区区几位女诗人的十数首诗作，置于数以百计的男性诗人数以千计的诗歌作品之中，只能成为一种零星的点缀，很难形成一股潮流而引起社会的广泛关注。

1904年之后，随着《女子世界》等一批刊发女性诗歌较多的妇女报刊的问世，女性诗作者开始以群体亮相的傲人姿态登上新诗坛，涌现了一大批带有鲜明的女子启蒙和女权革命色彩的新诗篇，形成了一股创作潮流，在新学界和新诗坛引起了广泛关注。"裙钗从此一翻身，美妙风光到处春"，"鼓吹文明造化工，雌风变作大王风。"① 20世纪初年的妇女报刊诗歌，在汇入"女界革命"和民族民主革命的时代大潮的同时，也以别样的风姿拓展了诗界革命的疆域，构成了诗界革命运动的有机组成部分。

1904—1907年，《女子世界》"因花集"专栏聚拢了一支颇为可观的女性诗作者队伍，以江浙、广东、直隶等地创办的新式女学堂师生为主体，诸如丁志先、许玉、佩蘅、赵爱华、康同璧、杜清池、周红梅、汪毓真、王韫娴、照霞楼主、吕逸初、万昭平、秦浩、孙汉英、陈竺湖、陈若兰、许进化、宋淑姿、悯兰、郑素伊、酒泉子、陈撷芬、马励云、铸任、蔡爱花、佐平、徐蕴华、何承徽、蒋韫玉、蒋蕴华、张昭汉、汉苏、单士厘、杨寿梅、沈菲亚、秋瑾、潘梦蕉、脩田、苏玉等40余人，加上"文苑谈片"专栏推出的吕氏三姊妹惠如、眉生、碧城，不仅阵容整齐，而且素质很高，在启蒙救亡思潮中充当了"女界革命"的排头兵，为求新求变的喧嚣的新诗坛增添了新的时代内容，成为20世纪初年新诗界一道亮丽的风景线。

1907年存世的《中国新女界杂志》"文苑"栏更是主要为女性诗作者而开设，其女性诗人队伍亦相当可观，诸如炼石、亚华、汉英、培元、杜清持、樵松、竞群、群英、王勋、昌馨、说莲、唯心、步荀、凤莲、幺凤、保素、清如、友侬、味梅、佛群、蓉萱、震懦、砚耘、吴兰泽、采苹、秀崧、德莹、雌剑、醉白、沈蒨玉、顾彤光等。尽管其中可能尚有须眉男性有意的假冒，令时人和今人雌雄莫辨，但由于能够确定其真实身份者均系女性，不能确定其真实性别者亦属模拟女性写作，女性诗作者的主体地位已经确立。尽管由于这些女性诗作者大都使用了化名，致使相当一

---

① 天梅：《题〈女子世界〉》，《女子世界》第7期，1904年7月。

部分女诗人的真实身份已难以考证，但她们用青春和热血写就的闪烁着思想光芒和爱国精魂的豪迈诗篇，为一个大时代留下了女性先驱者奋勇前行的历史存照。

1907年一首一尾问世的《中国女报》和《神州女报》，一为革命女杰秋瑾所创办，一为纪念遇害的秋瑾女士而创办，秋瑾诗文及其女权革命思想在两种女报上得到了集中展现。在这两种因秋瑾而闻名于世的晚清女报"文苑"和"辞藻"栏下，聚集了一批近代女子教育史和妇女解放运动史上的女英杰，如秋瑾、燕斌、徐自华、徐蕴华、吴芝瑛等，以及陈志群、柳亚子、高燮、高旭、王钟麒等热心女子教育和女权运动的男性启蒙先驱，许多人其后成为政治立场激进的南社社员。由于他们在新诗坛的突出表现，使得"女界革命"与"诗界革命""革命诗潮"之间，你中有我，我中有你，产生了密切的历史关联。

在晚清妇女报刊群星闪烁的女诗人群中，秋瑾无疑是最为出色地诠释了女权革命和民族革命精神的女英烈。鉴湖女侠留下的一批璀璨的战斗的诗篇，如《宝刀歌》《感愤》《感时》《黄海舟中感怀》等诗篇，均壮怀激烈，脍炙人口，广为传诵，很多人耳熟能详。这里举其歌体诗《勉女权》为例：

    吾辈爱自由，勉励自由一杯酒。男女平权天赋就，岂敢居牛后。愿奋然自拔，一洗从前羞耻垢。若安作同俦，恢复江山劳素手。
    旧习最堪羞，女子竟同牛马偶。曙光新放文明侯，独立占头筹。愿奴隶根除，智识学问历练就。责任上肩头，国民女杰期无负。①

用梁启超1903年提出的关于"诗界革命"当重在"革其精神，而非革其形式"的标准②来衡量：抒情主人公以"国民女杰"自期，其所谓自由、独立，既指向女性个体和妇女群体的"男女平权"，亦指向民族国家的独立自由；其视为榜样的西方女杰"若安"，乃法兰西人民心中的自由女神和民族英雄，现代民族主义的创始者和象征；晚清民族主义语境下的"恢复江山"，既指向反清复汉的种族革命，亦指向反对列强侵略的民族独立自由和国家主权完整。如此来看，《勉女权》既是一篇打着"天赋人权"旗帜的女权宣言，又是一篇隐含民族自由独立志向的革命宣言。此

---

① 鉴湖女侠秋瑾：《勉女权》，《中国女报》第2号，1907年3月。
② 饮冰子：《饮冰室诗话》，《新民丛报》第29号，1903年4月11日。

之谓"革其精神"。再看其诗体形式，满纸新名词，语汇充分近代化，语体趋于白话化，格律趋于自由化，体现着诗体的解放，此之谓"革其形式"。这一诗歌创作路径，显然属于"诗界革命"的推进与延展。

值得一提的是，1902年问世的天津《大公报》"杂俎"栏，也培育了一个群星闪烁的新派女性诗人群体，如素芳女士、钟英女士、许玉女史、碧城女士、惠如女史、英淑仲、任佩符、紫英女士、屈云三女士、凤笙女史等。考察20世纪初年的报刊女性诗歌和女权运动先驱者，不应该忽略这批开风气之先的时代新女性。其中，最负盛名者当属才识过人的吕碧城，"一枝彤管挟霜风，独立裙钗百兆中"①，碧城女士以充满风云之气、裹挟时代风雷的壮美诗篇，扩大了女权运动的社会影响，赢得了"女中豪杰""钗钏英雄"的广泛赞誉。清末《大公报》是诗界革命运动延展到国内的北方重镇，以素芳女士、碧城女士等为代表的《大公报》"杂俎"栏女性诗作者的诗歌创作，亦汇入到这一以近代报刊为依托的新诗创作潮流之中。

正如清末女权主张一开始主要由男性思想启蒙先驱绍介、倡导和阐发一样，很多男性作家也以诗歌创作加入了"女界革命"和"诗界革命"的时代大合唱，而且在很大程度上起到了引领作用。《女子世界》"文苑"栏诗人金松岑、高燮、高旭、高增、柳亚子、灵石、丁初我等是其中的突出代表。因1903年出版《女界钟》而成为女权革命精神导师的金松岑，在《女子世界》创刊号推出的《女学生入学歌》，对"二十世纪女学生"以缇萦、木兰、班昭、罗兰夫人、若安·达克、批茶女士等东西女杰为榜样，以"愿巾帼，凌须眉"相砥砺，以"新世界，女中华"相期许，为的是造就能文能武、德才兼备的"新国民"。② 从语体和诗体上来看，新名词、流俗语、浅易文言冶为一炉，而整体上则可视为一篇雅俗共赏、明快晓畅、朗朗上口、适合歌唱的优美的白话歌诗，洵为晚清"学校唱歌"中的翘楚之作。

高燮、高旭、高增叔侄三人都是提倡女子教育和女权运动的先驱人物，都是《女子世界》"文苑"栏积极撰稿人。吹万《女子唱歌》《女界进步之前导》《柬〈女子世界〉记者》《女中华歌》《读赵爱华女士新翻子夜歌好好为效作四首》等雄豪诗篇，天梅《读俄罗斯大风潮四首之一》《题〈女子世界〉》等豪迈诗章，大雄《题〈女子世界〉》《女国民励志

---

① 寿椿庐主:《读碧城女史诗词即和〈舟过渤海〉原韵》，《大公报》，1904年5月18日。
② 《女子世界》第1期，1904年1月。

歌》等励志诗歌,是其中的佼佼者。"神州一线曙光开,唤醒雌魂归去来""中夏岂无奇女子,婵娟须再挽狂澜"①,晚清女报上的男性歌手们,大声呼唤着女权的振起,期待着女界的觉醒和奋起,扮演着先觉觉人的精神导师和吹鼓手角色。

以安如、亚卢、潘小璜等别号出现在《女子世界》《神州女报》的柳亚子,推出了《哀女界》《论女界之前途》《中国第一女豪杰女军人家花木兰传》《中国女剑侠红线聂隐娘传》《中国民族主义女军人梁红玉传》《为民族流血无名之女杰传》《题儿女英雄》等一批鼓吹女界革命的诗文,充当了女权运动的急先锋。1904年8月,亚卢见诸《女子世界》第8期的《闻冯葆瑛女士演说感赋》其一云:"伤心民族两重奴,慷慨登坛振法螺。一例须眉雌伏久,热心尚有女卢梭。"其二道:"灵苗智种炎黄胄,祖国前途希望奢。愿祝自由千万岁,神州开遍女儿花。"诗体均属于当时流行的"诗界革命体"。

灵石发表在《女子世界》的《反杜〈新婚别〉征妇语征夫》《反杜〈新婚别〉征夫语征妇》,曾被刘纳作为辛亥革命时期"男性引导下的女性写作"的典型样本来解剖。以女性主义视野观之,千百年来男性文士一直在为歌唱的女性(歌妓)写作脚本,通常是男性写作者模拟女性口吻表现女性的妩媚与幽怨。到了20世纪初年,男性写手却不再欣赏女性的幽怨,而是期待着女性的奋起,以期让巾帼女性与须眉丈夫担负起同样的"国民"责任。灵石这组小叙事诗分别以模拟女性口吻和男子口吻,具体描绘了辛亥革命时期的理想爱情,夫妻共赴沙场并肩战斗,"征夫"则充当了教育者、鼓励者和引导者的角色;这种男性模拟的女性话语以及与之相对的供女性模拟的男性话语,都为当时的女性写作提供了摹本,此之谓"男性引导下的女性写作"。② 然而,吹万《读赵爱华女士〈新翻子夜歌〉好好为效作四首》、勉后《赵爱华女士著〈新翻子夜歌〉佳绝,友人吹万亦有是作,与赵亚戏为效作十四首,愧未逮也》等男性诗人的模拟女性写作,却是对女性诗作者的效仿之作。其实,男性引导下的女性写作也好,觉悟了的新女性自我主导下的女性写作也罢,都为一个大时代提供了不可复制的华彩乐章。

晚清妇女报刊的确出现了一批男性模拟女性写手,如化名会稽女士吴

---

① 大雄:《题〈女子世界〉》,《女子世界》第8期,1904年8月。
② 参见刘纳:《嬗变——辛亥革命时期至五四时期的中国文学》,中国社会科学出版社,1998年,第84—93页。

萍云和会稽碧罗女士的周作人，化名松陵女士潘小璜的柳亚子等；由于"她们"的加入，晚清报刊女性诗歌为之增色。周作人青年时期《偶作》一诗"凄凉读尽兴亡史，东亚名邦有几存""中原不少罗兰辈，忍把神州委草莱"诸句①，明显带有模仿蒋观云新诗的痕迹；该诗出现在《女子世界》专门刊发女性诗的"因花集"栏，署名"会稽女士吴萍云"，造成此乃一位浙江会稽籍妙龄少女之作的假象。

1906年1月，《女子世界》第2年第3期"因花集"栏刊发松陵女士潘小璜《哭陶亚魂》诗二章，其一云："英才零落国魂销，惨绝神州学界潮。私爱公情忘不得，又添新恨到眉梢"；其二道："生太飘零死亦难，宝刀未得斩楼兰。黄龙痛饮雄心壮，读罢遗诗泪暗弹（君有'大刀阔斧一声雷，直捣黄龙痛举杯'之句）。"这位松陵女士亦非女儿身，实乃翩翩少年柳亚子。这种男性诗作者化用女性之名的模拟女性写作，以女士身份和女性口吻抒写对革命志士陶亚魂的无限惋惜和痛悼之情，给时人以更多的遐想空间。

清末妇女报刊诗歌，围绕开启女智、男女平权、尚武精神、民族意识、国民观念等方面的题材题旨，在一个弱肉强食、崇拜铁血、呼唤英雄的时代，大声呼唤着"天下兴亡，匹妇有责"的"女子国民"的出现，将"女权革命"与"国民魂"紧密联系在一起，奏响了女性解放和爱国爱群的主旋律，很多诗歌汇入了反清革命的时代潮流，以迥异于传统女性作家的思想面貌与审美风尚，在20世纪初年以男性作者为主体的喧嚣的新诗坛发出了自己的声音，表现出巾帼不让须眉的卓荦风姿。无论是以晚清新女界两"碧城"为典范的女性诗作者的绚丽诗篇，抑或是以高吹万、柳亚子、周作人等为代表的男性时代歌手的友情客串，均从题材和精神层面丰富和发展着诗界革命运动的时代内容，从诗歌近代化变革脉络里延展着近代诗歌新变一脉的新径。清末妇女报刊诗歌在新诗创作的道路上所秉承的"诗界革命"的革新路径，连同其所负载的丰富而生动的时代内容一起，构成了诗界革命联合阵线中不可轻忽的一环。

---

① 会稽女士吴萍云：《偶作》，《女子世界》第5期，1904年5月。

下编

第八章　清末革命报刊与革命诗潮

1903 年前后，随着民族民主革命思潮的蓬勃发展，新诗坛崛起了一批以排满革命为政治立场的新诗人，他们依托在日本东京和上海租界所创办的一批近代化报刊，推出了一大批以民族精神、民主意识和反清革命思想为主旋律的革命诗歌，形成了一场颇具声势的诗歌潮流，文学史家将其命名为晚清"革命诗潮"①。这一数量巨大且极富鼓动性和感染力的革命诗歌，服膺于以推翻清王朝、实现民主共和为政治目标的资产阶级政治革命和思想革命运动，却在诗歌革新精神和路径等方面与梁启超主导的诗界革命运动有着密切的历史关联。考察革命报刊与革命诗潮的兴起，辨析其与诗界革命运动之间剪不断、理还乱的复杂关系，不仅是中国近代诗歌史书写不应轻忽的重要内容，而且是梳理晚清诗界革命流变过程中不可绕过的重要环节。

第一节　清末革命报刊诗歌栏述要

1903 年，随着轰轰烈烈的拒俄运动的开展，《革命军》《猛回头》《警世钟》等一批鼓吹革命的小册子的风行，章太炎著名的革命文章的发表和轰动一时的"苏报案"的发生，使得民主革命和民族革命思想的火种迅即形成燎原之势，革命党人策动的资产阶级革命运动得以迅猛发展，影响乃至决定了此后中国的政治与历史走向，使这一年"成为革命行程一个关键的转折年头"②。与此同时，一场颇具声势的革命诗潮，借助革命派知识分子创办的近代化报刊迅速兴起；大量充满磅礴革命气势、旨在宣扬民族民主革命精神的振聋发聩的诗篇，不约而同地出现在癸卯年的新

---

① 王飚主编：《中华文学通史·近代文学》，华艺出版社，1997 年，第 358 页。
② 李泽厚：《中国近代思想史论》，人民出版社，1979 年，第 295 页。

诗坛，吹响了向革命进军的时代号角，形成了一股浩荡的革命诗潮。革命诗潮的蓬勃发展，为20世纪初年民族民主革命运动在中国的狂飙突起摇旗呐喊，推波助澜。

1903年1月，留日回国学生戢元丞、杨廷栋等主持的《大陆报》月刊自第2期起开辟"文苑"栏，以刊发诗歌为主。《大陆报》系革命派知识分子在上海创办的第一份报刊，其主持人和主要撰稿人系曾在东京主办《国民报》的原班人马，宗旨在倡言革命，策略却比较灵活，以弘扬中华文化、开启民众心智、振奋民族精神相标榜，1906年停刊。《大陆报》"文苑"栏目诗人主要有马君武、杨毓麟、汪笑侬、公侠、侠民、大力、光明、张佩兰、张贞兰、吕碧城、吕惠如、吕眉生等。《大陆报》虽在政见上与梁启超不和，其早期"文苑"栏目诗歌却明显受到了梁氏倡导的诗界革命的影响。马君武《留别张君莹珊》其二道："文明欧美连轮轴，义侠蓬莱证性灵。惭愧临岐珍重语，合群事业久消沉。"其四云："宇内华拿尽余子，山中耶穆悟前因。莫只粤瓯争片土，海洋快展远游轮。"① 中国女界之一人《闻竞广将东渡作此赠别》诗云："人权扫地强权起，若种销沉若种生。珍重国民造资格，野蛮体魄脑文明。"② 均系典型的诗界革命体诗章。

1903年2月，邓实、黄节在上海主编的《政艺通报》③"附录"栏辟出"风雨鸡声集"诗歌专栏，邓氏《序》曰："人之所以高于动植物者，贵有其精神也。精神何自见？见之于文字；文字者，英雄志士之精神也。虽然，文字之具有运动力，而能感觉人之脑筋，兴发人之志意者，唯有韵之文为易入焉。然则诗者，亦二十世纪新学界鼓吹新思想之妙音也。呜呼！潇潇风雨，嘤嘤鸡鸣，曙光昊昊，天将开幕，当亦乱世诗人所想望不已者乎？"④ 高旭、高燮、陈去病、黄节、王郁仁、吴梅、柳亚子、马君武等后来的南社社员有大量诗作见诸该刊；邓实、刘师培、陈三立、郑孝胥等，亦有不少诗作刊于其"风雨鸡声集"栏。以高旭为例，自1903年春至1905年夏，计有36题85首诗作和2首译诗见诸该刊。《政艺通报》

---

① 《大陆报》第3号，1903年2月7日。
② 《大陆报》第3号，1903年2月7日。
③ 《政艺通报》1902年2月24日创刊于上海，半月刊，邓实（秋枚）主编，1908年改为月刊，旋即停刊，共出刊146期。该刊1902年"附录"栏目辟有"湖海感事诗"专栏，刊载邓方《湖海感事诗》，连载至壬寅年底刊完；前有黄纯熙《小雅楼湖海感事诗序》，后有邓实《小雅楼湖海感事诗后叙》。自癸卯年始，"附录"栏下设"风雨鸡鸣集"专栏，直至1908年3月停刊。
④ 秋枚：《风雨鸡声集序》，《政艺通报》癸卯第1号，1903年2月12日。

以总结中外历史治乱和国家兴衰为职志,提倡研究学术以达开通民智、普及政治思想之目的,以介绍西方文化、振兴国学为主要内容;其栏目板块设上下篇,上篇言政,下篇言艺;"附录"栏所设"风雨鸡声集"诗歌专栏,则承担起"二十世纪新学界鼓吹新思想之妙音"的历史责任。

1903年1月,湖北籍留日学生在东京创办《湖北学生界》,开以省区命名革命刊物之先河。1903年之后,《浙江潮》(1903)、《江苏》(1903)、《直说》(1903)、《鹃声》(1905)、《醒狮》(1905)、《二十世纪之支那》(1906)、《洞庭波》(1906)、《云南》(1906)、《汉帜》(1907)、《豫报》(1907)、《河南》(1907)、《晋乘》(1907)、《粤西》(1907)、《秦陇报》(1907)、《夏声》(1908)、《关陇》(1908)、《四川》(1908)等期刊相继问世,迅疾在日本东京掀起了一个各省留学生自办杂志的时代潮流。其中,《湖北学生界(汉声)》《浙江潮》《江苏》《醒狮》《洞庭波》《汉帜》《河南》等月刊,其"文苑"栏刊发的革命诗歌数量较多、质量亦高、社会反响和历史影响较大,在中国近代革命诗潮中充当了先锋队和主力军。

《湖北学生界》月刊自第6期更名《汉声》,至9月21日出至8期而止。该刊以"输入东西之学说,唤起国民之精神"为宗旨,① 其"词薮"栏下汇聚了楚狂、楚囚、公侠、六岳、王莲等20余位湖湘新派诗人,发表了近130首诗歌作品。"文明浪激楚江天,爱国忧时集一编。同学青年皆努力,舞台逊子着先鞭。"②《湖北学生界》诗作者在20世纪初年鼓荡起民族革命和民主革命的时代潮音,在近代中国革命诗潮中充当了先锋队和排头兵。

1903年2月,日本东京浙江同乡会创办了《浙江潮》月刊,出10期而停办;编辑兼发行人有孙翼中、蒋智由、蒋百里、马君武、许寿裳等,鲁迅见诸该刊的名文《斯巴达之魂》就是浙江同乡约稿的结果。激烈的"民族主义"和"祖国主义"思想,是该刊高举的民族革命旗帜。创刊伊始,《浙江潮》就开设了"文苑"栏,"录诗古文辞,不拘体例,可以验社会全体之状态,可以动国民之感情"③。在近一年的时间里,刊发了支那寄生、章太炎、蒋观云、受兹室主人、张静仪、诗侠、太公等18位诗人74首诗歌。蒋观云《送甸耳山人归国》,章太炎《狱中赠邹容》《狱中

---

① 《湖北学生界开办章程》,《湖北学生界》第1期,1903年1月。
② 尚武生:《读〈湖北学生界〉》,《湖北学生界》第3期,1903年3月。
③ 《浙江潮发刊词》,《浙江潮》第1期,1903年2月。

闻沈禹希见杀》等著名诗篇，均发表于此刊。"我倚天南今独啸，浙江潮自有潜流。"①《浙江潮》诗歌以激发民气、唤起国魂、鼓吹民族主义思想、标榜民主自由精神为主旋律，通过一批"动国民之感情"的感人肺腑的诗篇，在死水般沉寂的神州大地鼓荡起一股强劲的革命风潮。《浙江潮》诗歌掀起的是忧国之潮、醒世之潮、警世之潮和兴邦之潮，奏响了民族民主革命思潮交响曲。

1903年4月，中国留日学生江苏同乡会在东京创办《江苏》月刊，设论说、学说、译篇、时论、小说、记言、记事、杂录、文苑等栏目，陈去病、柳亚子是其主要撰稿人，激进的民族主义和民主主义革命思想是其基本言论立场。在存世的一年多时间里，《江苏》"文苑"栏出现了近30位诗作者，刊发了150余首诗歌。其中，知名度较高、发表作品较多的栏目诗人有金松岑、陈去病、黄宗仰、高燮、柳亚子、高旭、刘师培、王钟麒等。《江苏》"文苑"栏目诗人以"欲凭文字播风潮"②的历史使命感，推出一批批裹挟时代风雷的战斗的诗篇，引领了时代潮流。

1903年8月7日，章士钊主编的《国民日日报》在上海创刊，陈独秀、张继等是其重要编辑和撰稿人。该报继刚刚被查封的《苏报》而起，继续宣传排满革命思想，发行时颇为风靡，时人咸称"《苏报》第二"，至次年春停刊。1903年12月至次年10月，上海东大陆图书译印局将该报内容分类编辑，刊印了《国民日日报汇编》一至四集。该报设有"文苑"栏，发表诗歌作品；其附张《黑暗世界》，辟有"新诗片片""惨离别楼诗话""惨离别楼诗选"等诗歌诗话专栏。在存世的4个月里，《国民日日报》"文苑"栏和"新诗片片"栏，延揽了高旭、高燮、章炳麟、邹容、刘师培、黄宗仰、章士钊、王钟麒、庞树柏、马君武、金嗣芬、马浮、曹亚伋、灵石、蒋同超、朱锡梁、柳亚子、包天笑、杨毓麟、陈独秀、毕亚奇等诗作者，刊发了大量诗作。高旭那首知名度颇高的《海上大风潮起放歌》即发表在1903年8月23日《国民日日报》上，以"海上大风潮起"喻民族民主革命风暴的到来，诗境绚丽，风格豪健，裹挟着巨大的热力，具有强烈的鼓动性，为革命思潮风起云涌的大时代留下了历史存照；时人赞曰："如读邹容《革命军》，足壮懦夫之胆，无愧先觉之民，不仅文字可传已也。"③ 王郁仁《惨离别楼诗话》称："任公谓诗

---

① 越国男子：《闻〈浙江潮〉出版，恨未得见，赋此奉寄》，《浙江潮》第5期，1903年6月。
② 亚卢：《岁暮述怀》，《江苏》第8期，1903年11月。
③ 剑公：《海上大风潮起放歌》篇后按语，《国民日日报汇编》第1集，1904年10月。

界革命必须有旧词章而兼新意义者，乃可谓复复独出。"① 对梁启超"以旧风格含新意境"的诗界革命纲领深表赞佩，见证了部分革命派诗人在诗学主张方面与"诗界革命"一脉相承的历史关联。

1903年11月，高燮、高旭、高增叔侄三人在江苏松江创办《觉民》月刊，至次年8月停刊，共出刊10期。其发刊词曰："试游于欧美之乡，吸自由之空气，撞独立之警钟，吊华盛顿、克林威尔，与夫马志尼、加富尔诸英雄，莫不豪兴勃勃。又试游于印埃之故墟，则但见恒河之滔滔，雪山之高耸，以及尼罗河、金字塔之空存，则不禁索然思返，发《黍离》《麦秀》之悲。无他，国之兴，即国民之荣；亡，即国民之辱；而其所以或兴或亡者，非国民之责而谁之责？"② 是一个以"人人有觉民之责任"相标榜，高扬军国民精神和民族主义思想的综合性刊物。该刊设有"文苑"栏，高旭、高燮、高增是其骨干诗人，黄节、马君武、马一浮、刘师培、包天笑等亦有诗作见诸该刊。高旭在该刊发表诗作23题70首，是其"文苑"栏名副其实的台柱子。其《读任公所著〈伯伦知理学说〉题诗三章即以寄赠》《读〈南海政见书〉》《爱祖国歌》《感日俄战争而作》诸作，均为传颂一时之名篇。"甘心为马复为牛，祸促瓜分民族羞。中立岂输独立好，汉儿依旧拜天囚。"③ 民族独立自由思想溢于言表，蕴含强烈的反帝情绪，充溢着炽烈的革命精神。

1904年2月，《俄事警闻》更名《警钟日报》，其宗旨由发起拒俄运动发展为抨击列强侵华罪行，标榜"为民族主义之倡导者"，宣传反清革命，总编辑为蔡元培，为"《苏报》案"之后立足上海租界的革命报刊之重镇。至1905年3月被查封，在存世的一年多时间里，其"杂录"栏刊发了高旭、高燮、柳亚子、陈去病、刘师培、马君武、蒋智由、潘兰史、王钟麒、汪笑侬、曹亚俠、梦飞等约60位诗作者近500首诗作。"铸得洪钟着力撞，鼓声遥应黑龙江。何时警彻雄狮梦，共洒同胞血一腔。"④ 陈去病这首题诗，道出了该报同人的心声。1904年11月15日，《警钟日报》同人总结《本报十大特色》时，标榜"本报为民族主义之倡导者""本报为抵御外族之先锋队""本报为民党之机关""本报为学生社会之机关""本报持倡古学，具有保存国粹之实心"。以"激发爱国心"相标榜的《警钟日报》诗歌，奏响的是民族民主革命主旋律。我们只消浏览一

---

① 僇：《惨离别楼诗话》，《国民日日报》附张，1903年9月23日。
② 《觉民发刊词》，《觉民》第1期，1903年11月。
③ 汉剑：《感日俄战争而作》，《觉民》第6期，1904年5月。
④ 佩忍：《题〈警钟日报〉》，《警钟日报》，1904年6月30日。

下《警钟日报》诗作者所署的笔名，诸如光汉、汉剑、复夏、黄天、黄人、亡国遗民、军伍、亚卢、梦卢、亚侠、侠弹、由己、剑豪、剑公、果忍、求魂、梦飞等，便可窥知其激昂的民族主义情绪、坚定的排满革命志向、高亢的尚武任侠精神和对自由民主政治的热切向往之情。

1905年仲秋时节，日本东京留学生总会创办《醒狮》月刊，高旭为该刊实际主持人，1906年6月尚存世。《醒狮》杂志以"输入文明学说，提倡国民尚武精神"为宗旨，辟有论说、军事、教育、政法、学术、化学、医学、音乐、谈丛、文苑、小说、时评等栏。其"文苑"栏诗作者有高旭、高燮、金松岑、刘师培、马君武、李叔同、柳亚子、陈家鼎等，皆革命党阵营一时才俊之士。该刊封面绘一头狮子和两位小天使，狮子虽为卧姿，但头已抬起，眼已睁开，耳已竖起，眼神略显呆滞，看似刚刚睡醒，作沉思状；唤醒睡狮，警世觉民，乃《醒狮》同人的奋斗目标，亦是其"文苑"栏目诗歌的创作宗旨。高旭那首足以代表其诗歌创作艺术水准与特征的歌行体长诗《游富士山》即见诸该刊。该诗远法龚自珍，近学梁启超，淋漓酣畅，汪洋恣肆，大处着墨，不拘泥于一字一韵之推敲，自由奔放，神采飞扬，感情充沛，音韵铿锵，境界开阔，动人心魄，洋溢着奔放浩荡的革命热情，是其豪放型歌行体的代表作之一。

1906年5月，柳亚子主编的《复报》月刊由油印改为铅印，依托上海健行公学发行，于次年10月出11期而停刊。《复报》以黄帝纪年，《发刊词》出之以白话文体，发表了大量以"革命排满""光复旧物"为旨归的诗文，其诗文小说均有通俗化与口语化倾向。该刊先后辟有"文苑""音乐""歌谣""诗薮""诗界"等专栏，刊发了大量充满战斗精神和时代气息的革命诗章，大多数诗作明显承继了诗界革命的革新精神与方向。《漱铁和尚遗诗自叙》言："太西诸国，极重诗人，每一新诗出，以鼓吹革命，学士大夫与乎深闺之彦，下至贩夫走卒之伦，莫不喷血狂吟，顿足起舞。是则诗也者，唤醒国民之精神之绝妙机器也。"[①] 这番似曾相识的说辞，其实是在拾梁启超几年前鼓吹政治小说和诗界革命之牙慧，只不过将梁氏"改良群治""新民救国"置换为"鼓吹革命"。《复报》诗歌栏目诗作者主要有高燮、高旭、柳亚子、章炳麟、陈去病、马君武、高增、蔡寅、宁调元、邹容、朱剑芒、朱锡梁、刘三等。章太炎著名的通俗歌诗《逐满歌》，陈去病通俗晓畅的《吴三桂借清兵歌》，马君武知名度

---

① 《漱铁和尚遗诗》，《复报》第7期，1906年12月15日。

颇高的代表作《祖国歌》，柳亚子《怀人诗》中题咏马君武的著名诗篇——"江南握手笑相逢，识得而今马贵公。海内文章新雅颂，尊前意气旧英雄，摆伦亡国悲希腊（君译摆伦《哀希腊歌》），亭长何年唱大风（君撰《中国国歌》六首）？右手弹丸左民约，聆君撞起自由钟"①……均刊发于该刊。

它如 1903 年陈撷芬在上海主持的妇女报刊《女学报》，林獬创办的白话报刊《中国白话报》，1904 年金松岑、丁初我创办的妇女报刊《女子世界》，陈去病创办的戏剧刊物《二十世纪大舞台》，1907 年秋瑾创办的《中国女报》，于右任经理的大型日报《神州日报》《神州女报》，1908 年于右任创办的《民呼日报》，梁千仞在汕头创办的《中华新报》等报刊，均辟有诗歌或诗话专栏，刊发了大量宣扬民族革命和民主革命思想的诗篇，推动着革命诗潮滚滚向前。

1903 年春至 1909 年冬南社成立前，数以百计的倾向民族革命的新诗人，依托《大陆报》《政艺通报》《湖北学生界》《浙江潮》《江苏》《国民日日报》《俄事警闻》《警钟日报》《中国白话报》《女学报》《女子世界》《觉民》《复报》《民权报》《醒狮》《二十世纪大舞台》《国粹学报》《二十世纪之支那》《洞庭波》《汉帜》《云南》《河南》《晋乘》《四川》《粤西》《神州日报》《神州女报》《夏声》《广益丛报》《新中华报》《民呼日报》《民吁日报》《砭群丛报》等 30 余家报刊，发表了数以千计的充满时代精神的革命诗歌，在民族民主革命运动的时代浪潮中充当了文艺轻骑兵。尽管这批 20 世纪的新诗人不知道"笔墨收功在何日"②，有过"前途茫茫谁能料"③ 的迷惘和"岂真词笔挽颓波"④ 的疑惑，但他们始终以"大家勿负好头颅"⑤ 相激励，以"相期收拾旧山河"⑥ 相期许，以剑气激发民气，以箫心唤起国魂，吹响了向革命进军的号角，奏响了时代强音。

---

① 亚卢：《怀人诗》，《复报》第 9 期，1907 年 3 月 30 日。
② 慧云：《简〈通报〉记者邓秋枚先生》，《政艺通报》癸卯第 20 号，1903 年 11 月 19 日。
③ 高天梅：《沪江酒楼醉吟以示同侪》，《月月小说》第 10 号，1907 年 11 月。
④ 高旭：《自题〈未济庐诗集〉》，郭长海、金菊贞编《高旭集》，第 94 页。
⑤ 天梅：《汉真东渡，赠之以诗》，《复报》第 11 期，1907 年 8 月 25 日。
⑥ 天梅：《简钝根，即用其来诗韵》，《复报》第 8 期，1907 年 1 月 30 日。

第二节 《江苏》：革命诗潮之海外重镇

在晚清众多旋起旋灭的革命报刊中，1903 年 4 月中国留日学生江苏同乡会在东京创办的《江苏》月刊，坚持时间较长（一年多），刊发名家名作较多，流布较广①，时誉较高，在留东学子创办的革命报刊中尤具代表性，在晚清革命诗潮中居于排头兵和主力军位置，发挥了引领时代潮流的重要作用，洵为革命诗潮之海外重镇。

一、《江苏》诗歌之主题特征

1903 年 4 月，《江苏》创刊号"社说"刊发侯生《哀江南》一文，作者一方面对祖国的地大物博和历史文化的源远流长充满自豪，另一方面又对当下中国所面临的危亡局势充满忧患："践十九世纪之阶级，登二十世纪之舞台，一竞争至烈之时代也。循优胜劣败之例，演强主弱奴之剧。斯拉夫人之墟波澜，盎格鲁撒逊人之殖印度，其前鉴也；植天赋人权之因，结革命自由之果，美利坚之脱英羁绊，德意志之湔法仇敌，其可师也。"值此生死存亡之秋，是继续充当清朝统治者和官府的奴隶，沦为列强的殖民地而甘当亡国奴，还是像美利坚和德意志人民那样起而抗争，通过民族革命和民主革命的方式为中国寻求一条光明的道路，是《江苏》同人向其乡人和国人提出的一个迫在眉睫的重大时代命题。

1903 年 8 月，《江苏》第 5 期"时论"《今世界之顽物》开篇道："全世界之中，有至奇极怪不可思议之一物，其四支百骸则俨然人也，声音笑貌则俨然人也，食息动作亦俨然人也，而无骨无血无脑筋无感觉力，刺之不知痛，搔之不知痒，蠕蠕然，蠢蠢然，同类不相恤，或且自残杀以为快，不如蝼蚁之尚有社会也。恃其祖宗之故业，据亚东大陆上腴之地，繁衍生息其中，且渐播其丑类于欧美非澳四大洲，不知者震其种族之盛，得地之饶，疑其勇鸷难侮也，或字之曰：睡狮。近世生物学者出研究其性质，检验其能力，知其疲软脆弱非狮类，曰：是今世界之顽物耳，不足惧，其肉可食，血可饮，皮可衣，接迹而禽获之，天赐之富也。"篇末

---

① 《江苏》月刊在上海、苏州、无锡、江阴、常州、镇江、南京、崇明县、嘉定县、淮安府、海门、松江、常熟、杭州、嘉兴、嘉善、武昌、北京、天津、福州等地设有分售处，产生了全国性影响。见《江苏》第 1 期后封，1903 年 4 月。

道:"译者曰:吾同胞无国家思想,无政治思想,无道德思想,无自由思想,固矣;而无种族思想,尤为吾同胞特有之性质,而为世界人类所鄙夷,所不屑挂齿者。"这篇未署名的"时论",将晚清帝国及其臣民视为"顽物"和"贱种",矛头直指以奴隶根性为显著特征的国民劣根性,大力张扬"种族思想",宣传近代民族国家观念,传播民主自由思想,期冀唤醒沉睡的国民麻木的灵魂。

《江苏》"文苑"栏开篇之作,就是以唤醒国人麻木灵魂为旨归的长篇古风《醒国民歌》,深重的忧患意识与悲怆的反帝爱国情感相交织,张扬了尚武精神、民族气概与民主思想。"国民国民,今日世界何世界?六洲渔猎强者王,彼张弓矢此挟弹,蹀躏踯躅身相忘,角才角智又角力,乾坤变色玄为黄,龙蛇起陆虎豹吼,曷勿抖擞精神相腾骧?"一下子将麻木的中国国民置于一个强邻环眈、虎视鹰瞵、弱肉强食、国将不国的险恶国际背景下,凸显出深重的危亡意识。诗人以西方近代民族国家为镜鉴,大声呼唤着"国魂":"尔不见意大利牺牲血肉铸出新罗马,轰轰烈烈笔之史册堂哉皇。又不见匈加利英雄崛起唤醒将死未死将亡未亡之国魂,脱人羁绊威名扬。"有了这种凝聚民心、砥砺民力、激发民智的"国魂","日本区区濒海三小岛,亦能雄飞二十世纪任翱翔"。再看我祖国,"二万万方里地何广!四百兆人民种何昌!忆昔东侵西击南征北伐,蛮夷诸国莫不睹我国旗迎壶浆。千年历史何荣耀!胡为一败堕地至此尚未央?使我心惊肉悸涕泪滂沱"。抚今追昔,诗人对祖国面临的人为刀俎、我为鱼肉的任人宰割现状悲愤不已,对国人精神状态的麻木不仁痛心疾首:"胶州租于德,不闻国民伤;闽省畎于日,不闻国民防;扬子江流域圈于英,不闻国民聚相商;今又俄法瞻,欲攫我满洲西粤之血产,不闻国民提刀抚剑扼其吭。"面对"廿二行省悉作几上肉,供他饕餮一饱尝"的瓜分危局,诗人疾声呼唤英雄人物,极力张扬尚武精神:"科举龊龌功名幻,不如焚我笔砚列戎行,鼓吹士气瀹民智,乘风破浪万里飏";"爱国须效加富尔,成仁当作文天祥。沥我千斛血,荡我百回肠。独立自由争片刻,横刀一扫强邻赔款年年偿!"诗篇以豪迈的誓言和坚定的信念收束:"莫谓睡狮沉沉终不醒,醒来一吼天低昂。攫狐抟兔显余技,气吞云梦如虹长。工战商战兵农战,俟看搴旗斩将威四方。"① 《江苏》诗歌所集中表现的诸如反帝爱国、尚武精神、抨击专制、倡言民主、批判奴隶性、唤起民族魂等主题意蕴,在严达群这首开篇之作中已显露端倪。

---

① 严达群:《醒国民歌》,《江苏》第2期,1903年5月。

鼓吹革命排满，诋排专制，掊击列强，批判奴隶根性，倡言民主，赞美共和，是《江苏》诗歌最为集中的主题意向。自第3期始，《江苏》同人大张革命旗帜，许多诗人直接将"革命"二字写进诗题和诗行。柳亚子声称"思想界中初革命，欲凭文字播风潮"①；黄宗仰赞叹邹容《革命军》"革命革命真英雄，一书英法争传译"②，认识到"要御外侮先革命"③；金天羽高呼"革命风潮撼九天，太平洋海涨年年"④，期盼着"取避大洪水，革命军锋扬"⑤；高燮痛陈"欲雪此奇辱，革命岂容已"⑥……他们以"娶妻当娶韦露碧，生儿当生玛志尼"⑦相期许，以"请将儿女同衾情，移作英雄殉国体"⑧相砥砺，以"此躯誓为国民瘁，乃忍物外作逋仙"⑨相劝勉，以"独立帜已飏霄光，国仇誓雪民权昌"⑩相瞩望。

冶公《金陵新乐府》之《学生哀》道："国民好模范，中国主人翁。好名词，声隆隆；大发达，气蓬蓬。东海编成义勇队，南洋铸出自由钟。拒法拒俄议独立，尚余汉家国士风。"对海外如火如荼开展起来的拒法拒俄运动欢欣鼓舞。满仇《自费生不许学陆军，因之浩叹》言："义勇队与革命军，贼人未免也心惊……共掷头颅复祖国，则其光荣何如是！国亡人生事仇敌，现今世界所最耻！……恐怕瓜分祸又至，前后都是为人奴。则其生也不如死，呜呼同胞快快起！呼呜呼同胞快快起！欲强中国必自排满始，今不实行又何俟？"⑪直接号召人们起来革命排满，誓死不做亡国奴和奴隶之奴隶。

着力发掘历史上的汉民族英雄豪杰，尤其是重塑汉民族共同祖先黄帝的光辉形象，凭吊明朝君臣，颂扬排满英雄，抨击民族败类，是《江苏》诗作者较为集中的取材倾向和主题意向。

1903年6月，《江苏》第3期内封赫然刊出"中国民族始祖黄帝之像"，其题辞曰："帝作五兵，挥斥百族，时维我祖，我膺是服。亿兆孙

---

① 亚卢：《岁暮述怀》，《江苏》第8期，1903年11月。
② 中央：《〈革命军〉击节》，《江苏》第5期，1903年8月。
③ 中央：《书感》，《江苏》第6期，1903年9月。
④ 松岑：《补题二十二岁海上钓鳌小影》，《江苏》第5期，1903年8月。
⑤ 松岑：《今怀》，《江苏》第4期，1903年7月。
⑥ 黄天：《题〈孙逸仙〉用前韵》，《江苏》第11—12期合刊，1904年5月。
⑦ 松岑：《陈君去病归自日本，同人欢迎于任氏退思园，醉归不寐，感事而作》，《江苏》第5期，1903年8月。
⑧ 亚卢：《读〈史界兔尘录〉感赋》，《江苏》第8期，1903年11月。
⑨ 中央：《为中和同志画梅花自题》，《江苏》第9—10期合刊，1904年3月。
⑩ 中央：《〈驳康书〉书后》，《江苏》第5期，1903年8月。
⑪ 满仇：《自费生不许学陆军，因之浩叹》，《江苏》第11—12期合刊，1904年5月。

子，皇祖式兹，我疆我里，誓死复之。"对这位开疆拓土、威震四夷的华夏始祖顶礼膜拜，誓言弘扬老祖宗的勇武精神，誓死收复失去的旧山河。自该期始，《江苏》杂志摒弃光绪年号而采用黄帝纪年，赫然标记"黄帝纪元四千三百九十四年五月廿八日"，是为革命派知识分子使用黄帝纪年最早的记录。此后不久，以保种为宗旨的黄帝纪年迅即成为革命报刊组织内一种具有政治文化含义的象征符号。"秦始皇却匈奴七百余里，胡人不敢南下而牧马，士不敢弯弓而抱怨"，被《江苏》同人标榜为"中国民族"的荣耀而予以弘扬。①

刘三《赵主父》诗云："关弓习骑改轻装，独上恒山制犬羊。毕竟养成排外性，笑他嬴政筑边墙。"咏《郑成功》诗云："熠然朱火惨难明，万首低髡哑不声。航海竟焚儒服去，英雄惟有郑延平。"② 对赵武灵王胡服骑射、开疆拓土的武略推崇有加，对收复台湾的民族英雄郑成功深表赞佩。千里《莫愁湖之曾公阁》诗云："百年隐痛剥肌肤，满地生祠莽大夫。小阁江天容我望，人豪不惜惜人奴。"篇后小注道："阁中有'江天小阁坐人豪'额。"③ 诗人基于汉民族立场，对镇压太平天国起家的"人豪"曾国藩大加讥刺，视其为气节有亏的"莽大夫"和异族统治者之"人奴"。

对满族统治者的抨击、鞭笞、仇视和丑化，是《江苏》"文苑"栏诗作者又一集中的取材意向和主题意蕴。诗人们不约而同地选用相似的物象构成作品中意蕴相近的意象群，诸如"匈奴""鞑靼""北狄""豺虎""豺狼""腥膻""蛮种""贱种""异种""非种""虏胡""逆胡""犬羊""胡尘""缩项鳊"等，以文明民族的文化优越感藐视野蛮侵占中州大地的劣等民族，明显带有对非我族类的满族统治者的蔑视与仇恨。黄宗仰所愤"祖国沦胥三百年，九世混迹匈奴族"④，陈去病誓言"我生一双霹雳手，终碎此房为齑粉"⑤，千里发出"一腔剪胡血，莫负少年头"⑥的呐喊，其出发点均在革命必排满的思想认识。高吹万《非种》道："非种叹难锄，荒唐剑术疏。奇愁消不得，呜咽读〈黄书〉。"⑦ 视满人为夷狄，非我族类，必灭之而后快。偏狭而激昂的排满情绪，服务于反清革命

---

① 效鲁：《中国民族之过去及未来》篇后题辞，《江苏》第4期，1903年7月。
② 《江苏》第7期，1903年10月。
③ 千里：《莫愁湖之曾公阁》，《江苏》第6期，1903年9月。
④ 中央：《〈革命军〉击节》，《江苏》第5期，1903年8月。
⑤ 垂虹亭长：《歌泣集》篇后题辞，《江苏》第6期，1903年9月。
⑥ 千里：《暮秋杂感》，《江苏》第6期，1903年9月。
⑦ 黄天：《非种》，《江苏》第11—12期合刊，1904年5月。

的政治理想和奋斗目标。

孙中山后来回忆1903年前后"革命风潮初盛时代"的情状道:"留东学生提倡于先,内地学生附和于后,各省风潮,从此渐作。在上海则有章太炎、吴稚晖、邹容等借《苏报》以鼓吹革命,为清廷所控……清廷虽讼胜,而章、邹不过仅得囚禁两年而已,于是民气为之大壮。邹容著有《革命军》一书,为排满最激烈之言论,华侨极为欢迎,其开导华侨风气,为力甚大。此则革命风潮初盛时代也。"①他在《江苏》第6期"来稿"栏发表的《支那保全分割合论》一文,针对"东西洋政家"喧嚣一时的"保全"与"分割"中国之论调,以清王朝腐朽反动之本质和中国人民必然誓死反抗外来侵略之史例,作出了"以支那之现势而观,保全既无其道,分割又实难行"之论断,指出了"惟有听之支那国民,因其势顺其情而自立之,再造一新支那"的唯一正确结论。② 是为中山先生第一次在日本公开发表解决中国问题之主张的文字,助长了中国留日学生的排满革命风潮。

适逢其时的《江苏》同人,在"思想界中初革命"的20世纪初年,义无反顾地担当起"欲凭文字播风潮"的历史使命,在"革命风潮初盛时代"充当了吹鼓手和弄潮儿。

二、《江苏》"文苑"栏目诗人群

1903年暮春至1904年初夏,一年多时间里,《江苏》"文苑"栏刊发了近30位署名诗人③约155首诗。其中,金松岑、陈佩忍、黄宗仰、高吹万、柳亚卢等是其骨干诗人,高旭、刘师培、王郁仁、刘季平、严达群、蔡冶民、朱锡梁等亦有诗作见诸该专栏。

而立之年的吴江人金松岑是《江苏》主要撰稿人,于诗、文、小说均有重要建树。他构思的那部旨在"揭露帝俄侵略野心的小说"④《孽海花》第一、二回就刊登在《江苏》第8期"小说"栏,署名"麒麟"。传诵一时的名文《国民新灵魂》,发表在《江苏》第5期"社说"栏,署

---

① 孙中山:《孙中山选集》,人民出版社,1956年,第175页。
② 逸仙:《支那保全分割合论》,《江苏》第6期,1903年9月。
③ 《江苏》"文苑"栏目诗人有:严达群、陈去病(佩忍、垂虹亭长、季子)、阳朔、金天羽(松岑、金一)、黄宗仰(中央)、高旭(慧云)、冶公、千里、刘师培(申叔)、吴梅(瘿庵)、刘三(季平)、蔡寅(冶民)、柳亚子(亚卢)、曾志忞、江北解嘲人、海上观潮老生、沩汭祁孙、而山、黄帝之曾曾小子、朱锡梁(君髀)、包山、松琴、侠迦、王钟麒(郁仁)、高燮(黄天)、满仇等。
④ 范烟桥:《〈孽海花〉侧记》,《光明日报》,1961年5月18日。

名"壮游"。金天羽在《江苏》"文苑"栏发表诗歌 7 题 31 首,署名"松岑""金一",数量之多,在 24 位署名诗人中名列榜首,成为《江苏》诗歌园地的台柱子。

1903 年 7 月,《江苏》第 4 期"文苑"栏刊发金氏五言古体组诗《杂诗》(4 首)和《今怀》(5 首),表达了这位青年革命诗人对历史和时局的认知,以及探求救国救民真理的心路历程。

《杂诗》组诗表达了自幼有"为人豪"之志和"好剑侠"之性的诗人对历史、现实与理想的思考,体现出一个有为青年上穷碧落下黄泉苦苦寻找救国救民真理的心路历程;其中,既有"百家各有用,岂谓儒独尊"式的思想批判火花,又有"凶秽铁木真,圣武谥太祖"式的历史批判精神。面对"世界凭腕力,强权为之辅""造化亦驰权,委之气与数"的弱肉强食的霸道世界,"方寸起五岳,隐然不可平"的诗人,最终在多种人生道路中作出抉择:"终当弃敝襦,出关请长缨。"欲救中国,只有走革命道路。

我们看其第三、四首:

> 造化小儿人,支配动乖错。驵商拥国色,奇书靳寒素。孔颜窘菽水,盗跖肝人脯。鹑首赐暴秦,钧天醉起舞。郊配许冒顿,鸣镝手射父。赵家仁慈裔,颠连囷索房。凶秽铁木真,圣武谥太祖。近出拿翁代,全欧少净土。世界凭腕力,强权为之辅。波兰分普奥,强俄司刀俎。高洁婆罗门,膻臊五印度。造化亦驰权,委之气与数。
>
> 我欲随穆满,昆仑朝仙云。我欲逐老子,化胡流沙行。我欲问张骞,乘槎称客星。我欲诇徐福,楼船去蓬瀛。磨牛踏陈迹,鲲鹏图南溟。方寸起五岳,隐然不可平。终当弃敝襦,出关请长缨。无为运斋壁,旦夕徒营营。

古今中外历史材料在诗人笔下自由驱遣,旧典故与新名词交相辉映,想象大胆,诗思浩茫,流溢着新眼光、新理趣、新意境。

五古《今怀》也是一组杂感诗,阐扬了求索精神、竞存观念、科学理念、自由独立、尚武精神等思想题旨。首篇系作者自画像,描述了 19、20 世纪之交一位中国青年的精神成长史,诗云:

> 支那有一士,独立三十春。十五好词赋,二十穷典坟。少更多事代,南疆战血腥。中历忧患界,东海飞琼尘。健者振臂呼,嘅然起合

群。大开国耻会，诞育军国民。所恨文明花，遽随优昙零。自此八九年，冥搜海外经。先探佛学界，渐渡希腊津。民约服卢梭，强权伟斯宾。潜心观天演，愿从达尔文。

形象地展现了身逢多事之秋的青年诗人思想成长的心路历程，时代气息扑面而来，典型的新派诗路数。最后提出了诗人的革新主张：

前者文明渡，方舟太平洋。今兹日入处，乃为过渡航。新法不在多，要贵提其纲。首唱教育题，宪法次第张。取避大洪水，革命军锋扬。民智日以渝，民权日以昌。农工商务部，徐徐图富强。务令国少年，老朽屏退房。不然文明肆，终为铁血场。

期冀中国走上繁荣富强之路，同时又对法兰西大革命式的暴力流血革命心存疑虑。如何引领中国走上近代民主法治国家轨道，而又能避免法国大革命式的血腥屠杀，着实考验着革命党人的智慧；金松岑无疑是20世纪初年民族民主革命思想战线和文艺阵线的先行者。

1903年8月，《江苏》第5期刊发松岑《补题二十二岁海上钧鳌小影》，直抒胸臆地呼唤革命风潮的到来，表现出舍我其谁的英雄气概："革命风潮撼九天，太平洋海涨年年。不应袖却屠龙手，归钓槎头缩项鳊。"同期刊出的《陈君去病归自日本，同人欢迎于任氏退思园，醉归不寐，感事而作》其二云："战云海上结楼台，万马齐喑亦可哀。报道学生军出现，猛狮荒鹫一徘徊。"对日俄意欲瓜分东三省、中国依然"万马齐喑"的局面深表忧虑，对留日学生组织的拒俄义勇队的出现欢欣鼓舞。其七道："教忠我被尼山误，保教人随南海狂。几见房州衣带诏，暗中传付骆宾王？"对保皇党首领康有为辛辣讥刺，冷嘲热讽。其八云："娶妻当娶韦露碧，生儿当生玛志尼。得听雄鸡三唱晓，我侬身在法兰西。"流露出醉心西方共和政体、倾慕为之流血牺牲的革命党人的鲜明立场。

吴江同里人陈佩忍是《江苏》又一台柱子，其见诸"文苑"栏的诗作计12题21首，署名"佩忍""季子"，数量仅次于金松岑，位列第二。

1903年5月，陈佩忍在《江苏》第2期发表《将游东瀛赋以自策》："长此笼樊剧可怜，誓将努力上青天。梦魂早越三千里，壮志期偿廿九年。不肖破家拼一掷，要须仗剑历三边。由来弧矢男儿事，莫负灵鳌去着鞭。"流露出少年壮志不言愁的沛然莫御之气，英姿飒爽，豪气冲天。

是年6月，《江苏》第3期所刊佩忍《东京雨后寓楼倚望作》，通过描述一次骤来骤去的暴风雨过程，呼唤摧枯拉朽的革命风暴的到来。当"怪风西北来""流电惊飞驰"之际，诗人担心"或者竟长夜，淋漓无休时。遽遭陆沉惨，而兴其鱼悲。或则稍沦丧，毁我藩与篱。决流入堂下，浸淫及阶墀"，对暴风雨带来的破坏尚有忧虑；不料"忽然风雨止，须臾还晴曦。世界怳新沐，光明如琉璃，众绿既沾润，葱翠多风姿。哦哦金碧楼，明净尤增奇。仰视青天上，白云横空飞"。诗人在感叹大自然的"胜趣"之余，不禁浮想联翩："大凡物腐败，则必多弃遗。譬如室朽坏，必拆而更治。何者当改革，何者须迁移。钜者或锯之，细者或厘之。其尤无用之，拉杂摧烧之。循是一变置，辉煌乃合宜。"诗人坚信"必也此扫荡，皇路乃清夷"，希望通过一场疾风骤雨般的政治革命风暴，以雷霆之钧、摧枯拉朽之势扫荡腐朽的旧势力，开辟中国的崭新蓝图。

1903年，陈去病辑《建州女直考》《扬州十日记》《忠文靖节编》《嘉定屠城纪略》为"陆沉丛书"出版，意在唤起沉寂已久的民族仇恨与血性，激发汉民族排满革命的反抗精神与意志。7月，陈去病在《江苏》第4期发表《革命其可免乎》一文，痛陈清政府对外屈膝、对内镇压的累累罪行，号召人们起来革命。9月，《江苏》第7期"文苑"栏刊发陈氏《辑〈陆沉丛书初集〉竟题首》《〈建州女直考〉绘图题词》《〈扬州十日记〉绘图题词》《〈忠文靖节编〉绘图题词》《〈嘉定屠城纪略〉绘图题词》诸诗，为"陆沉丛书"造势。

《〈嘉定屠城记〉绘图题词》云："一屠未逞再三屠，血肉模糊死复苏。最是伤心淫酷处，只堪挥泪不堪图。"着意渲染嘉定三屠的野蛮血腥与惨绝人寰，激发国人的民族仇恨与革命思想。《辑〈陆沉丛书初集〉竟题首》道："胡马嘶风蹀躞来，江花江草尽堪哀。寒潮凄咽流俱血，残月孤明冷似灰。誓死宁从穷发国，舍身齐上断头台。如今挥泪搜遗迹，野史零星土一抔。"表达了坚定的反清信念和高昂的革命斗志。

常熟人黄宗仰是《江苏》杂志的重要资助者和主持人，亦是其"文苑"栏最为多产的诗作者之一，计有12题21首诗见诸该刊，署名"中央"。1903年8月，《江苏》第5期刊发了脍炙人口的《〈驳康书〉书后》：

> 余杭章，南海康，章公如麟康如狼。狼欲遮道为虎伥，麟起啖之暴其肠。廿周新纪太平洋，墨雨欧潮推亚强。军国民志正激昂，奔雷掣电孰敢当？胡牛瞎骑逐臭忙，兔引狐牵金满装。喻犹一盲导犀盲，

夜半冲暗投深坑。投深坑，自作殃，一颠再蹶徒心丧。独立帜已扬霄光，国仇誓雪民权昌。昆仑血脉还系黄，呜呼噫嘻南海康！

这位1902年至1903年初还频频与康有为、梁启超诗文唱和，诗作屡见《新民丛报》"诗界潮音集"栏，被饮冰主人在《新民丛报》"饮冰室诗话"中称誉为"我国佛教界中第一流人物"的"乌目山僧"①，如今已转向革命派阵营，成为一位立场坚定的"革命和尚"，将保皇党首领康有为比为虎伥之狼，将革命派大文豪章太炎喻为哎狼之麟，畅快淋漓地讴歌了革命党人昂扬的革命斗志，满怀信心地预言国仇必报、清廷必亡、民族独立、民权必昌的革命胜利前景。

是年9月，《江苏》第6期所刊宗仰上人《寄太炎》一诗，则以宽慰之语寄言"飒飒飞霜点铁衣，音容憔悴须发肥"的上海狱中的太炎先生，以"留个铁头铸铜像"相砥砺，以"羁囚有地胜无家"相慰藉。

1903年，邹容《革命军》成稿后，"太炎为之序，宗仰出资刊行之，复将太炎之《驳康有为论革命书》同时刊出，不及一月，数千册销行殆尽"②。黄宗仰不仅出资刊刻《革命军》，且慷慨赋诗，对这位"有英骨"的"西州男儿"深表赞佩，对"字字行行滴鲜血"的《革命军》尽情讴歌。诗云：

> 海飞立兮山飞拔，西州男儿有英骨。笔铁口血血茫洋，昆仑吐气气郁勃。祖国沦胥三百年，九世混迹匈奴族。杀吾父兄夺吾国，行行字字滴鲜血。悲不胜悲痛定痛，誓歼鞑靼非激烈。革命革命真英雄，一书英法争传译。光芒电闪泰西东，咸识汉人有豪杰。勖哉神州好男儿，种族安危不容发。终宵思之眠不成，寒窗剑影一痕月。③

这不仅是一首写给"革命军马前卒"邹容的赞歌，亦是一篇讨伐野蛮的清王朝统治者的檄文和民族主义革命宣言书。

《再寄太炎、威丹》对因"苏报案"系狱的章、邹二君复加礼赞："大鱼飞跃浙江潮，雷峰塔震玉泉号。哀吾同胞正酣睡，万籁微闻鼾息调。独有峨嵋一片月，凛凛相照印怒涛。神州男子气何壮？义如山岳死鸿

---

① 饮冰子：《饮冰室诗话》，《新民丛报》第28号，1903年3月27日。
② 蒋维乔：《太炎先生轶事》，汤志钧编：《章太炎年谱长编》，中华书局，1979年，第166页。
③ 中央：《〈革命军〉击节》，《江苏》第5期，1903年8月。

毛。自投夷狱经百日，两颗头颅争一刀。"①"《苏报》案"发后，蔡元培避走青岛，吴稚晖、陈范逃亡日本，黄宗仰独留上海，多方奔走营救章、邹未果，方东渡避祸。该诗讴歌了两位革命战友气壮山河、视死如归的英雄气概。

1903年8月，黄宗仰在日本横滨与孙中山结交，关系日密。孙中山为《江苏》杂志撰写的《支那保全分割合论》一文，就是这位主持《江苏》社务的"革命和尚"敦促的结果。9月下旬，孙中山即将远赴檀香山和北美，黄宗仰以二百元旅资相赠，并赋七律《饯中山》壮行："握手与君五十日，脑中印我扬子图。拿华剑气凌江汉，姬姒河山复故吾。此去天南翻北斗，移来邠水奠新都。竚看叱咤风云起，不歼房胡非丈夫。"②对长江流域蓬勃发展的革命形势欢欣鼓舞，对孙中山领导的革命事业寄予厚望，排满立场坚定，革命斗志昂扬。次年春刊出的《与中山夜登冠岳峰》，亦是"握手与君五十日"期间的诗作。诗云："仰瞻星斗十年久，蓟汉声闻三度雷。不死黄龙飞粤海，誓歼青鸟落京垓。函根今夕潭瀛胜，河上他时宇量恢。记取夜登冠岳顶，与君坐啸大平台。"③对这位神交十载的星斗、黄龙般的革命英杰表达了由衷的仰瞻之情。

金山人高吹万是《江苏》终刊号（第11—12期合本，1904年5月15日）"文苑"栏主力军，刊发诗作11题20首，署名"黄天"。题咏陈去病所辑"陆沉丛书"、刘师培所著《攘书》、邹容所撰《革命军》也好，歌咏章士钊撰著的《沈荩》和编译的《孙逸仙》也罢，要皆饱蘸排满革命之热血，激烈的民族革命立场与偏狭的大汉民族中心观相交织，呐喊出时代的强音。

黄天《题〈陆沉丛书〉》云："登高唤国魂，陷在腥膻里。巫阳向予哭，黄炎久绝祀。大仇今不报，宰割未有已。苟非冷血物，读之愤欲死。敢告神明种，按剑从此起。"《题〈攘书〉用前韵》道："华夏有大防，载笔春秋里。族类宜保守，不然神不祀。汉土我旧物，爱情恶能已。蛮种苟凭凌，黄民须战死。此书即麟经，读之当奋起。"《题〈孙逸仙〉用前韵》言："哀哉吾黄胤，宛转奴圈里。自为亡国民，悠悠二百祀。欲雪此奇辱，革命岂容已。堪笑蚩蚩者，醉生复梦死。中山殆可儿，伫看鼎云起。"《题〈沈荩〉用前韵》谓："同胞其谛听，排外先由里。惨酷达极

---

① 中央：《再寄太炎、威丹》，《江苏》第6期，1903年9月。
② 中央：《饯中山》，《江苏》第5期，1903年8月。
③ 中央：《与中山夜登冠岳峰》，《江苏》第6期，1903年9月。

点,虏运将不祀。流血激全国,大波兴未已。曾是老革命,肯为满廷死。加以勤王衔,悲风飚然起。"《题〈革命军〉用前韵》云:"文字剧恣肆,径直无表里。洋洋二万言,誓斩逆胡祀。开卷忽大笑,中心不已已。诗界自由权,言论敢怕死?我为表同情,题罢投笔起。"壮怀激烈,爱憎分明,畅快淋漓,明白如话。

吴江黎里镇人柳亚卢亦是《江苏》诗作者中的佼佼者。1903年初,柳氏因崇奉"天赋人权"说改名"柳人权",表字"亚卢",自命为"亚洲的卢梭"。① 10月,《江苏》第8期刊发亚卢《读〈史界兔尘录〉感赋》《私产》《思想》《岁暮述怀》等13首诗作,倡言革命,抨击专制,赞美共和,鼓动风潮。其《岁暮述怀》云:

> 思想界中初革命,欲凭文字播风潮。共和民政标新谛,专制君威扫旧骄。误国千年仇吕政,传薪一脉拜卢骚。寒宵欲睡不成睡,起看吴儿百炼刀。

这位"亚东侠少年"已经搭上疾速行驶的民族民主革命列车,成为一名坚定的革命志士。

柳亚卢以"嫁夫嫁得英吉利,娶妇娶得意大里;人生有情当如此,岂独温柔乡里死"为时代风尚,以"请将儿女同衾情,移作英雄殉国体"与革命同志相砥砺②,放言"头颅轻一掷,生死自豪贤"③。他标榜"天下英雄我亦贤",与朋友相约"他年同上舞台前"。④ 他"脑球遍树平权帜,耳界恍闻独立钟"⑤;悲怆的爱国情感与激烈的革命思想时时在其胸中交相激荡,民族革命立场与民主革命思想已在其头脑中生根发芽,慷慨激昂与郁愤悲沉的时代风格已经形成。

《江苏》以鲜明的民族民主革命倾向、丰富多彩的栏目内容和相当广泛的社会影响,在"革命风潮初盛时代"充当了传播民族民主革命思想的先锋队;而《江苏》"文苑"栏诗人则以"欲凭文字播风潮"的历史使命感,"国仇誓雪民权昌"的诗歌新意境,"欧风墨雨随君手"的骚坛新气象,相继推出一批批裹挟时代风雷的战斗的诗篇,构成了此期蓬勃发

---

① 柳亚子:《五十七年》,《文学创作》第3卷第1期,1944年5月。
② 亚卢:《读〈史界兔尘录〉感赋》,《江苏》第8期,1903年11月。
③ 亚卢:《叹息》,《江苏》第8期,1903年11月。
④ 亚卢:《七月三日寄怀次公》,《江苏》第8期,1903年11月。
⑤ 亚卢:《岁暮述怀》,《江苏》第8期,1903年11月。

展的革命诗潮不可或缺的重要组成部分。

第三节 《警钟日报》：革命诗潮之国内重镇

1904 年 2 月创刊于上海的《警钟日报》，在存世的一年多时间里刊发了近 70 位诗作者①约 500 首诗作——其中，高旭、陈去病、刘光汉、高燮、马君武、柳亚子等革命派阵营知名作家的诗篇占据很大比重——成为晚清兴起的第一波次的革命新诗潮所依托的国内重镇。"廿纪风潮捲地来，自由花发不须栽"②，《警钟日报》诗歌以高亢入云的嘹亮歌喉，谱写出一批批裹挟时代风雷的华彩乐章，奏响了向民族革命和民主革命进军的时代号角。

一、为民族革命鼓与呼

1900 年，俄国在出兵参与八国联军入侵中国的同时，又单独强占了我国东北地区，几经交涉才同意分期撤兵。1903 年 4 月，第二期撤兵最后期限已到，俄国却以种种借口拒绝撤兵，遂有爱国知识分子掀起的拒俄运动的发生。7 月，《苏报》案发，拒俄运动转入低潮。"癸卯孟冬，俄患日急"，蔡元培、叶翰、陈竞全、王季同、陈去病、林獬、刘师培等中国教育会会员"更切陆沉之虑，以瓜分之祸，俄为戎首，乃立对俄同志会，以筹捍卫之方，并撰《俄事警闻》，以为振聩发蒙之助"。③《俄事警闻》创刊于 1903 年 12 月 15 日，至 1904 年 2 月 25 日更名为《警钟日报》；不久，"对俄同志会"亦更名"争存会"，《警钟日报》成为该会会刊。

《警钟日报》同人痛感"外侮交乘，国权尽失，睡狮不醒，累卵可

---

① 《警钟日报》"杂录"栏目诗人有：果忍、侠弹、曹亚侠、乐歌讲习会会员、周红梅、高旭（汉剑、天梅、剑公）、陈独秀（由己）、章士钊（行严）、复夏、刘师培（光汉、光汉人、申叔）、剑豪、磻丞、严复（太希堂）、高燮（黄天、复夏）、夏颂来、邹容（威丹）、公孙君雠、万昭平、秦浩、子言、八指头陀（黄读山）、西庐、若木、梦卢、何孟广、鄙公、杨天骥（梦飞）、夏曾佑（碎佛）、无病、蔡寅（冶民）、陈去病（佩忍）、邱民、剑禅、感悝、一佛、何震、求魂、铁群、常人、汪笑侬、朱锡梁（君雠）、盖天、梅严、履平、蒋智由、纲夫、亡国遗民、马君武（军伍）、天根、随州人、黄仲英、张丹斧、自芸、潘飞声（老兰）、东欧女子铸任、柳亚子（亚卢）、鞭影、飞布山人、元晦、中休、黄尘、黄遵宪（公度）、韩靖庵、王钟麒（郁仁）等。
② 盖天：《为亚卢题扇》，《警钟日报》，1904 年 8 月 22 日。
③ 《刘光汉君提议》，《警钟日报》，1904 年 4 月 7 日。

危"，希冀"博征国际之事状，详揭社会之真相，探索病源，胪举方术，冀以唤醒国民，同支危局"①；其宗旨由拒俄发展为抨击列强侵华罪行，宣传反清革命，标榜"本报为民族主义之倡导者，凡具有光复祖国之思想者，不可不阅本报"，"本报为抵御外族之先锋队"，"凡具有对外之思想者，不可不阅本报"②。至1905年3月27日推出第338号后而遭封禁，存世一年多，成为继《苏报》之后国内最为重要的革命报刊之一。

1904年2月27日，《警钟日报》第4号开辟"杂录"栏，以刊发诗歌为主，以"足以激发爱国心者"为思想导向③。《警钟日报》"杂录"栏开篇之作是果忍《满江红》词，下片云："望长江，滔滔去。问国魂，招何处？况瓜分惨剧，近临指顾。牛羊登俎空嘶唤，龙蛇起陆休迟误。愿同胞，快着祖先鞭，闻鸡舞！"④作者痛感清朝异族统治下的乱世荒凉，遍地腥膻，狐兔横行，加上如狼似虎的东西洋列强的侵凌瓜分，国人沦为任人宰割的牛羊，此情此景，怎不令热血男儿义愤填膺！作者期待着"龙蛇起陆"，大声召唤着"国魂"，不啻为号召人们投身排满革命和民族独立斗争的号角，反抗帝国主义列强瓜分中国的警世呐喊，充溢着激昂的民族主义情绪和悲怆的爱国主义情感。这首慷慨激昂的《满江红》，无论从主题内容方面，抑或从风格基调方面，都为《警钟日报》诗歌定下了主旋律和主基调。

宣扬民族主义思想，鼓吹排满革命，是《警钟日报》诗歌最为集中的主题意向。高旭《甲辰年之新感情》有诗云："国魂摩荡洗儒酸，辫发胡装心未安。忍遣神州沦异域，可能重着汉衣冠？"⑤表达的就是这种炽烈而偏执的大汉民族情绪。其《题太炎先生〈驳康氏政见〉》第二首道："我祖黄帝没，千载失强权""刘裕朱元璋，伟功堪并肩""仗义逐胡虏，正气壮山川""我拜王而农，黄书至今传。我拜岳武穆，我拜洪秀全。我拜文文山，我拜孙逸仙。我拜郑成功，谓此皆汉贤。我拜章炳麟，道统一脉延"⑥。历数从古至今的汉民族伟人、英雄、大光复家，极力张扬民族思想。

高旭《大汉纪念歌》自1904年8月12日在《警钟日报》分6期刊

---

① 《本社广告》，《警钟日报》，1904年2月27日。
② 《本报十大特色》，《警钟日报》，1904年11月17日。
③ 《本社广告》，《警钟日报》，1904年2月27日。
④ 果忍：《满江红》，《警钟日报》，1904年2月29日。
⑤ 天梅：《甲辰年之新感情·寄赠章行严君》，《警钟日报》，1904年7月28日。
⑥ 剑公：《题太炎先生〈驳康氏政见〉》，《警钟日报》，1904年8月10日。

出。该诗从黄帝与蚩尤"涿鹿战"说起，历数"周东迁""赵略地""筑长城""汉声灵""金微山""五胡乱""杀鲜卑""一统难""唐威治""沙陀祸""宋南渡""崖山覆""大光复""满入关""郑成功""创天国"等汉民族史上或辉煌或屈辱的重要历史人物事件，一直说到眼前被东西洋列强"瓜分急"的危亡时局，褒扬了黄帝、赵武灵王、秦始皇、蒙恬、汉武帝、卫青、霍去病、窦宪、高洋帝、刘裕、薛仁贵、李绩、郭威、岳飞、张世杰、文天祥、朱元璋、郑成功、李秀成、陈玉成、石达开等民族"大英雄""大光复家"和"为种流血尽天职"者，鞭挞了周幽王、石敬瑭、吴三桂等汉民族败类，不啻为一部通俗明了的汉民族兴亡史和一曲豪气干云的大汉民族正气歌。"尚未剪胡心肯死？镜中休白少年头！"① 高旭此言，表达出为民族革命鼓与呼的《警钟日报》同人心声。

《警钟日报》主笔陈去病辑录出版的"陆沉丛书"，初集包括《建州女直考》《扬州十日记》《忠文靖节编》《嘉定屠城记》四种，记载了明末清兵南下时在扬州等地野蛮屠杀汉人的发指罪行，将这段被遮蔽了两百多年的充满腥风血雨的汉民族被难史和清朝统治者罪恶史大白于天下，迅即成为当时流行的反清读物。陈氏所辑"陆沉丛书"有绘图，有题诗，达到了很好的宣传效果。《警钟日报》所刊高旭《题〈陆沉丛书〉》云："妖魅日肆虐，龙泉鸣匣里。轩辕骨不朽，发难绵其祀。泪酣掩书哭，壮志乌能已。奴伏丑虏底，我生毋宁死。大振天汉声，不久郑洪起。"② 代表了《警钟日报》同人共同的政治立场与思想倾向。

刘光汉所著《攘书》，受明末清初启蒙思想家黄宗羲《黄书》启发，"发国人类族辨物之凡，取《春秋》内夏外夷之例""发思古之幽情，铸最新之理想"，高张排满革命之帜，其广告词声称"凡我国民有欲饮革命之源泉而造二十世纪之新中国者，不可不入手一编也"。③ 问世后销路甚广，题诗者甚多。陈去病《题〈攘书〉》云："华夷有大防，载笔春秋里""蛮种苟凭陵，黄民须战死。此书即麟经，读之当奋起"。④ 将《攘书》与《春秋》相提并论，激发汉族人民起而反抗"蛮种""凭陵"的革命精神与民族血性。

晚清革命派知识分子的排满主张，大体可分为三个层面：其一是有识

---

① 汉剑：《壮怀》，《警钟日报》，1904 年 5 月 6 日。
② 汉剑：《题〈陆沉丛书〉》，《警钟日报》，1904 年 9 月 15 日。
③ 《空前杰著〈攘书〉出版》，《警钟日报》，1904 年 4 月 12 日。
④ 黄人：《题〈攘书〉》，《警钟日报》，1904 年 9 月 1 日。

之士认识到"非排满不足以救亡"①，将中国饱受列强欺凌、濒临危亡之根源，归结到满洲统治者的腐败和腐朽，这层意义上的排满，具有一定的反帝色彩和反殖民统治意味；其二是反对清政府的封建专制统治，具有反专制主义的民主主义革命思想内涵；其三是种族意义上的排满，视满人为"异族"和野蛮民族，笼统地鼓吹种族复仇，光复汉族政权。这三个层面的排满革命思想，在《警钟日报》诗歌中均有反映和体现，但《警钟日报》诗人们最迫切宣泄的是被压抑了两百多年的种族情绪，充满强烈的排满反清、光复旧物的偏执的大汉民族情绪。"依然一幅承平景，那识胡尘遍地腥？"②"可怜一掬昆仑水，忍作胡儿饮马池？""祖国衣冠久已非，炎黄馀裔痛衰微。誓将一把伤时泪，洒作漫天血雨飞。"③ 正是这种狭隘的民族主义思想的流露。"山河满地现夷氛，一语瓜分不忍闻。安得貔貅军十万，横刀誓扫大羊群。"④ 则既包含反清种族革命思想，亦包含反对列强侵凌的近代民族独立意识。

二、《警钟日报》诗人群

在《警钟日报》60 多位署名诗人中，据不完全统计，作品数量位居前六者分别是刘光汉（17 题 87 首）、高旭（16 题 65 首）、高燮（5 题 32 首）、陈去病（14 题 29 首）、马君武（8 题 12 首）、柳亚子（4 题 7 首）。鉴于刘光汉诗歌见诸《警钟日报》时间较晚，且集中在组诗《甲辰年自述诗》（64 首）和《岁暮怀人》（9 首），因而并非该报最具代表性的诗人。从《警钟日报》诗人在该刊所发表的诗作数量及其持续的时间、诗歌主题所涵盖的时代内容和诗体诗风的求新求变趋向等方面来综合考量，高旭才是《警钟日报》"杂录"栏最具代表性的诗人。

高旭见诸《警钟日报》的诗作，计 16 题 65 首，署名有"汉剑""剑公""天梅"。1904 年春，高旭认真研读了《黄书》（王船山著）、《攘书》（刘光汉著）、"陆沉丛书"（陈去病辑）等，思想上形成了牢不可破的排满革命立场。两年前那个依托《清议报》"诗文辞随录"栏高吟"南海真我师"的诗界革命阵营的后起之秀"自由斋主人"⑤，《警钟日报》

---

① 屈魂：《仇满横议》，《洞庭波》第 1 期，1906 年 10 月。
② 鄂公：《有感》，《警钟日报》，1904 年 6 月 15 日。
③ 《感作》，《警钟日报》，1904 年 6 月 23 日。
④ 《感作》，《警钟日报》，1904 年 6 月 23 日。
⑤ 自由斋主人：《书南海先生〈与张之洞书〉后》，《清议报》第 89 册，1901 年 8 月 24 日。

时期已成为"甘心为种死"的云间"汉剑"① 和"仗义逐胡虏"的高"剑公"②。当结束新大陆之游回到日本的梁启超以痛哭流涕之笔忍痛与"共和"诀别之时,高旭以诗笔与这位先前的精神导师诀别:"君涕滂沱分别日,正余情爱最浓时。"③ 政治立场上的渐行渐远,导致其诗歌取材意向和主题倾向方面有了很大差异。

高旭见诸《警钟日报》的诗作,以《感日俄战争而作》《甲辰年之新感情》《题太炎先生〈驳康氏政见〉》《大汉纪念歌》等较有代表性。《感日俄战争而作》既有"伤心辽海风云黑,可奈东方一病夫"的慨叹,亦有"俯仰随人不自由,国权让去再还不"的质问,更有"甘心为马复为牛,祸促瓜分民族羞"的悲愤④,流露出强烈的反帝情绪,隐含着的民族独立自由的革命倾向。组诗《甲辰年之新感情》计 25 首,首篇为"读南海政见书"所作,"芳馨逐虏花开日,惨淡勤王花落时",言自己已走上反清革命的光明道路,而康有为仍顽固地推行前途黯淡的保皇路线;"君自为君我为我,不相菲薄不相师",在政治立场上与康氏划清了界限。⑤ 题咏曾国藩,站在汉民族立场谓这位"满室忠臣推第一"的同治中兴名臣"尽情重坏汉山河",讥刺他"船山全集烦刊刻,种义分明却未知"。⑥ 此期的高剑公,坚信"惟有诗界魂,枪炮轰不死",决心"奋志吹法螺,鞭策睡狮起"。⑦

1904 年是甲辰年,"百感并合,新秋多暇"的刘光汉,仿龚自珍《己亥杂诗》之例,"述生平所历之境,各系以诗",成《甲辰年自述诗》64 首,分 6 期刊发于《警钟日报》,对自己的生平思想和学术追求进行总结和存照,篇后多有小注。其首篇云:"看镜悲秋鬓渐华,年来万事等抟沙。飞腾无术儒冠误,寂寞青溪处士家。"⑧ 流露出岁月蹉跎的浩叹和壮志难酬的悲愁。二篇道:"年华逝水两蹉跎,苍狗浮云变态多。一剑苍茫天外倚,风云壮志肯消磨?"⑨ 悲叹年华易逝、世事多变的同时,又充满

---

① 汉剑:《题〈攘书〉,用前韵》,《警钟日报》,1904 年 9 月 15 日。
② 剑公:《题太炎先生〈驳康氏政见〉》,《警钟日报》,1904 年 8 月 10 日。
③ 汉剑:《读任公所作〈伯伦知理学说〉,题诗三章,即以寄赠》,《警钟日报》1904 年 4 月 14 日。
④ 汉剑:《感日俄战争而作》,《警钟日报》,1904 年 4 月 28 日。
⑤ 天梅:《甲辰年之新感情·读南海政见书》,《警钟日报》,1904 年 7 月 16 日。
⑥ 天梅:《甲辰年之新感情·题曾集》,《警钟日报》,1904 年 7 月 28 日。
⑦ 高旭:《题所编〈皇汉诗鉴〉用前韵》,郭长海、金菊贞编:《高旭集》,中国社会科学出版社,2003 年,第 38 页。
⑧ 光汉:《甲辰年自述诗》,《警钟日报》,1904 年 9 月 7 日。
⑨ 光汉:《甲辰年自述诗》,《警钟日报》,1904 年 9 月 7 日。

"一剑苍茫天外倚"的英雄气概和壮志凌云的豪迈情怀，深得龚自珍"剑气""箫心"之诗魂。

"光汉"时期的刘师培，即便是学术著作，亦有着藉学论政的显著用意，《甲辰年自述诗》中很多诗篇表现出鲜明的排满革命思想。"静对残编百感生，攘夷光复辨纵横。陆沉隐抱神州痛，不到新亭泪亦零。"① 咏其编著《中国民族志》时感怀神州陆沉的悲痛之情与"攘夷光复"题旨。"古人作史重世系，后人作史重传纪。他日书成《光复篇》，我欲斋戒告黄帝。"② 述其构思《光复篇》时的心境，惜其未成。"斜阳衰草气萧森，学界风潮四海深。天下兴亡匹夫责，未应党祸虑东林。"③ 预言清王朝已至穷途末路，革命风潮将迅猛崛起，号召有志青年加入革命行列。"一从辽海煽妖氛，莽莽东陲起战云。四海旧愁一惆怅，何时重整却胡军。"④ 题咏日俄战争事，寄托着对外患日益严重的深深忧虑，充溢着强烈的反帝爱国情怀。

刘光汉有两首词见诸《警钟日报》，悲怆沉郁，豪气干云。《水调歌头》云："子房椎，荆卿剑，伍胥箫。遐想中原豪侠，高义薄云霄。太息大仇未恤，安得骅骝三百，慷慨策平辽。一洗腥膻耻，沧海斩龙蛟。"⑤ 抒发的是悲愤难抑的民族反抗情绪，寄寓着反清革命的坚定意志和豪迈理想。"光汉"时期的刘师培诗词，慷慨激越，发扬踔厉，寄托遥深，反映出千年未有之变局下的时代风貌。

陈去病出任《警钟日报》主笔之时，正是诗思飙发、鼓吹排满革命最力之际。他以"佩忍""黄人""垂虹亭长"等笔名，在《警钟日报》发表诗作14题29首，成为其骨干诗人之一。其《题〈警钟日报〉》云："铸得洪钟着力撞，鼓声遥应黑龙江。何时警彻雄狮梦，共洒同胞血一腔。"⑥ 通过文字鼓吹宣传之功和文学移易人心之力，激起同胞的反帝爱国热忱和排满革命之志，使睡狮猛醒，国威重振，是陈去病此期奋斗的目标，也是他此期诗歌创作的主旋律和主基调。其《虎丘过李合肥祠堂不入》道："桃柳成行一线横，欧西亭子乍经营。春风若早嘘南国，此地应祠李秀成。"⑦ 过李合肥祠堂而不入，抑李鸿章而扬李秀成，彰显的是大

---

① 光汉：《甲辰年自述诗》，《警钟日报》，1904 年 9 月 10 日。
② 光汉：《甲辰年自述诗》，《警钟日报》，1904 年 9 月 10 日。
③ 光汉：《甲辰年自述诗》，《警钟日报》，1904 年 9 月 12 日。
④ 光汉：《甲辰年自述诗》，《警钟日报》，1904 年 9 月 12 日。
⑤ 光汉：《水调歌头·书王船山先生龙舟会杂剧后》，《警钟日报》，1904 年 4 月 24 日。
⑥ 佩忍：《题〈警钟日报〉》，《警钟日报》，1904 年 6 月 30 日。
⑦ 佩忍：《虎丘过李合肥祠堂不入》，《警钟日报》，1904 年 7 月 26 日。

汉民族立场与气节。

高燮有 5 题 32 首诗作见诸《警钟日报》，多为读某著作后题咏之作。《读〈郑成功传〉》系读柳亚子《郑成功传》有感之作，计 5 首，刊于 1904 年 5 月 8 日《警钟日报》。其一云："海外造成新世界，中原难复旧河山。壮心未已身先死，惨绝胡笳可奈何？"表彰郑成功收复台湾之功，悲叹他没能完成收复中原大业。其四云："痛哭同胞作马牛，忍看贼虏据神州？愤将热血和清泪，付与台澎水共流。"痛陈满人统治下汉民族同胞所经受的牛马奴隶的悲惨命运。其五云："民族销沉大可哀，何堪祖国变蒿莱？至今海水声呜咽，可有英雄继起来？"在慨叹民族消沉的同时，呼唤今日拯同胞于水火，带领大家反抗清朝统治，继承郑成功未竟的事业，实现神州光复的民族英雄出现。《题〈战余录〉》道："由来专制伤民族，奴隶根性刬却难。种种不堪种种丑，令我一读心胆寒。"① 批判封建专制制度及由此造就的民族奴隶根性。《杂诗》第六首云："全凭铁血逞凶顽，拿帝俾公尽野蛮。何日方如平等愿，同胞一体笑开颜。"② 批评拿破仑、俾斯麦的铁血主义和侵略战争，憧憬民族平等的政治理想。

马君武在《警钟日报》发表诗歌不多，组诗《与祖国告别之辞》包含 5 首七律，1905 年 1 月 17 日所刊《光汉室诗话》收其与陈去病、刘光汉、马一浮、谢无量、王郁仁等人的赠答诗 7 首。刘光汉《岁暮怀人》题咏马君武道："蹈海归来一握手，颖慧杰出其无俦。西土光明照震旦，期君才笔横九秋。"③ 写出了这位青年才俊、革命志士的神采。《与祖国告别之辞》末两章道："黑龙王气黯然销，莽莽中原革命潮。甘以清流蒙党祸，耻于亡国作文豪。""廿纪风云诸种战，凌欧驾米果何年？诸姬淫佚麟潜泣，大厦倾颓燕熟眠。万里旅行辞祖国，百年戎祸哭伊川。男儿生不兴黄祸，宁死沧浪作鬼还。"④ 新名词与旧典故冶为一炉，表达出鲜明的排满革命立场及为祖国之独立富强而奋斗牺牲的坚定志向。直到民元前后的南社时期，谙熟西洋诗歌且以翻译西洋诗歌见长的马君武，其诗歌创作依然持守"须从旧锦翻新样，勿以今魂托古胎"⑤ 的诗学宗趣，秉承了"诗界革命"的革新精神与方向。

《警钟日报》还刊发了两位颇有知名度的革命女诗人的诗作，一是高

---

① 黄天：《题〈战余录〉》，《警钟日报》，1904 年 5 月 12 日。
② 黄天：《杂诗》，《警钟日报》，1904 年 8 月 2 日。
③ 光汉：《岁暮怀人·桂林马君武》，《警钟日报》，1904 年 10 月 24 日。
④ 军伍：《与祖国告别之辞》，《警钟日报》，1904 年 9 月 18 日。
⑤ 马和（君武）：《寄南社同人》，《南社丛刻》第 3 集，1910 年底。

旭亡妻周红梅，一是刘光汉夫人何震。周红梅于 1904 年 3 月病逝，4 月 13 日《警钟日报》刊其两首遗诗。其一云："梁家红玉世难逢，桴鼓驱胡意气雄。眼底一班痴女子，沉沉醉死可怜虫。"① 显示出近代中国女性民族意识的觉醒。其二道："腥膻遍地泪斑斑，一卷黄书不可删。汉种痴迷谁唤醒？中华尚有女船山。"② 面对以唤醒"汉种痴迷"的"女船山"自期、以"逐胡"为志向的妻子，高旭禁不住发出"英雌岂竟逊英雄"的感慨与赞佩，流露出"愧我吟诗学草虫"的自惭与自愧。③ 何震《赠侯官林宗素女士》诗云："献身甘作苏菲亚，爱国群推玛利侬。言念神州诸女杰，何时杯酒饮黄龙？"④ 以苏菲亚和罗兰夫人为中国知识女性学习的榜样，实际上是一种自期和自励，充满豪侠之气，属于典型的"诗界革命体"。

《警钟日报》除在上海本埠发售外，还在外埠设了很多分售处，遍及北京、南京、九江、安庆、苏州、杭州、绍兴、武昌、长沙、汉口、南昌、成都、香港、济南、宁波、无锡、台州、镇江、嘉兴等城市⑤，其销售网络覆盖了华北、华中、华南、西南和东南沿海地区。时至今日，该报的发行量已经很难核查，但可以查到该报当年在杭州城的销量及其与同期的几家重要报刊的销量对比表。据《警钟日报》记者的实地调查，该报 1904 年 12 月在杭州的销数是"二百余份"，这一销售业绩高于《新民丛报》（"约二百份"），略低于《时报》（"三百余份"），占《申报》（"约六百份"）在杭城销量的三分之一还要多。⑥ 由此可见，《警钟日报》的销量和社会影响不可低估。

第四节　革命诗潮与诗界革命运动之交错

1904 年前后，正当革命派知识分子依托《湖北学生界》《浙江潮》《江苏》《国民日日报》《警钟日报》《女子世界》《中国白话报》等国内

---

① 周红梅：《写所志》，《警钟日报》，1904 年 4 月 13 日。
② 周红梅：《天梅歌为我说〈黄书〉，刺激于脑而不能自已，因作》，《警钟日报》，1904 年 4 月 13 日。
③ 天梅：《读红梅遗作，呜咽不能成声，爱步韵以鸣我悲》，《警钟日报》，1904 年 7 月 16 日。
④ 仪征何震：《赠侯官林宗素女士》，《警钟日报》，1904 年 7 月 26 日。
⑤ 见《本报外埠分售处》，《警钟日报》，1904 年 11 月 17 日。
⑥ 《杭城报纸销数之调查》，《警钟日报》，1904 年 12 月 10 日。

外中文报刊，掀起一场以民族革命和民主革命为主旋律的革命诗潮之时，梁启超依然在《新民丛报》"饮冰室诗话"栏弹奏着"以旧风格含新意境"的诗界革命主基调。1904年之后，诗界革命运动虽已过了高潮期，但尚未消歇。继诗界革命而起的政治立场和思想倾向更为激进的革命诗潮，从中国诗歌近代化变革思潮脉络中来看，与诗界革命运动有着诸多交错重叠之处，乃至在很大程度上构成了诗界革命运动的有机组成部分。《江苏》诗歌和《警钟日报》诗歌，正是处在这一历史交叉地带的典型个案，见证了革命诗潮与诗界革命运动交错时期的共时性的驳杂形态。

"诗界革命"一词系梁启超的发明，诗界革命运动则是后世文学史家对梁氏领衔发起的这场诗歌变革运动和思潮的归纳与总结。"革命诗潮"则完全是后世文学史家对晚清出现的声势浩大的革命诗歌创作潮流的概括与命名。前者有发起人，有理论主张，有报刊阵地，有灵魂人物，有诗人队伍，有创作实绩，有声势，有反响；后者没有发起人，没有明确的理论主张，没有灵魂人物，但有报刊阵地，有诗人队伍，有创作实绩，有声势，有反响，属于自然形成的诗歌创作潮流。前者既有"革其精神"的思想导向，又有"革其形式"的原则纲领；后者只是从思想主题层面描述与命名一个诗潮，而未对诗体形式的趋新或笃古等方面做出明确限定。如此看来，两者之间出现明显的交集也就在所难免，同一位诗人某一时期的诗歌创作既在客观上构成了诗界革命运动的有机组成部分，又汇入了滚滚向前的革命诗潮之中，也就不足为奇了。

正如"诗界革命"并非维新派诗人的专利，民族主义和民主主义革命思想亦非1903年之后渐成气候的革命诗潮的特权。20世纪初年的梁启超，亦曾有过一段"日倡革命排满共和之论"① 的思想激进时期；作为诗界革命主阵地的《清议报》《新民丛报》，亦曾发表过一些带有民族民主革命思想倾向的诗作。《清议报》所刊天南侠子《吊明朱舜水》诗云："幽茔东眺一迟留，故国胡尘动旅愁。当日朱明谁失鹿，哭秦同调止梨洲。"② 宣扬的就是以反清为题旨的民族主义思想。那首发出"文字收功日，全球革命潮"时代强音的广为传颂的蒋观云《卢骚》一诗，见诸1902年5月《新民丛报》第3号；"民约昌新义，君威扫旧骄，力填平等路，血灌自由苗"，宣扬的正是民主主义革命思想。他如惺庵《水调歌

---

① 梁启超：《清代学术概论》，上海古籍出版社，1998年，第86页。
② 《清议报》第29册，1899年10月5日。

头·述意寄华威子》所云"直抵黄龙府,恢复旧神州"①,显然是借岳飞之志隐喻反清革命之旨;剑啸生《去发感赋》所云"此发非种种,壮志岂无为""酒酣冷眼看世界,黄种岌岌吁可危"②,既包含排满思想,亦流露出反帝倾向,民族主义情绪溢于言表。

20 世纪初年,高旭携带着《唤国魂》《新少年歌》《爱祖国歌》等激荡着时代风雷的新潮诗登上新诗坛,成为诗界革命阵营后起之秀乃至顶梁之柱。然而,政治立场转变之后的高天梅,并没有马上与梁启超阵营脱离关系,其响应诗界革命精神、表现出时代新风貌的诗作《二十世纪之梁甫吟》《争存》《忧群》《兴亡,用因明子〈菊花〉韵》《不肖》等,于1903—1904 年间依然频频出现在《新民丛报》"诗界潮音集"栏。1903年之后,当高旭发表诗歌的阵地逐渐从《新民丛报》转移到《江苏》《国民日日报》《警钟日报》《中国白话报》等革命派报刊,毫无顾忌地高奏起民族民主革命主旋律之际,其诗体诗风依然承继了诗界革命的革新精神与方向。

《江苏》杂志最为多产和最具代表性的诗作者之一黄宗仰,1902 年在《新民丛报》"诗界潮音集"栏发表诗作近 20 首,酬赠康有为、梁启超、蒋智由、吴君遂、章太炎等,署名"乌目山僧"。《赠任公》其一云:"洗刷乾坤字字新,携来霹雳剖微尘。九幽故国生魂死,一放光明赖有人。"③对梁启超以书生救国、以文字新民的启蒙功绩大加赞赏,属于典型的新派诗人。其《读〈学界风潮〉有感》道:"夜梦跌翻莫斯科,朝从禹穴树红旌""革除奴才制造厂,建筑新民军国营",以"新名词""新语句"见长,符合诗界革命的诗体革新精神。与许多同时代人一样,此期的黄宗仰也经历了从信奉维新改良思想到转向民族民主革命立场的重要转变。1903年,黄宗仰发表在《江苏》的诗篇,如《〈驳康书〉书后》《〈革命军〉击节》《饯中山》《抱憾歌》《书感》等,则延续了诗界革命的诗歌革新精神与方向,不仅汇入了迅猛发展的革命诗潮的时代洪流,而且构成了蓬蓬勃勃的诗界革命运动的有机组成部分。

《江苏》"文苑"栏台柱子金松岑的诗歌创作,更是鲜明地体现了诗界革命的革新精神。且看其五古组诗《今怀》第二、三首:

---

① 《新民丛报》第 6 号,1902 年 4 月 22 日。
② 《新民丛报》第 31 号,1903 年 5 月 10 日。
③ 乌目山僧:《赠任公》,《新民丛报》第 16 号,1902 年 8 月 15 日。

场堂滑滴水,龙象十万头。虚空走野马,视之行星球。明月未死时,火山磅礴流。海王一昼夜,人间百六秋。种姓溯黄炎,远祖祧猱猴。岂知洪积代,尚作爬虫游。盘古与亚当,不认昆弟俦。科学日进步,精理如谬悠。无怪沟犹儒,闻之骇汗流。
　　女丁嫁夫壬,欧亚文明交。花叶相当对,种姓淄渑调。昨者青吉斯,首赴拿翁招。今兹华盛顿,前来访帝尧。我疑哥伦布,前身骞与超。梭格逢孔孟,班荆相谐嘲。卢梭毒世人,不崇黄余姚。峨峨伊符塔,祥云捧高标。喤喤自由钟,沧溟震寒涛。风日太平洋,点线文明交。奈何寇婚媾,魔难兴群妖。再拜扶桑翁,斧柯为我操。①

前一首将自然现象与艺术想象、物种进化与庄子寓言巧妙地结合起来,融中西故实于一炉,新名词不多而新意境迭出,使人耳目一新。后一首题咏欧亚文明之交汇,想象更为奇特:成吉思汗跨越时空赴拿破仑之招,华盛顿不远万里"前来访帝尧",哥伦布的前身为张骞和班超,西哲苏格拉底与中国的孔子、孟子穿越时空来对话,东西方两位民权思想先驱卢梭与黄宗羲来交谈,展现了一幅东西方文明交融对话的艺术画面,慨叹中国士夫之执古不化,想象瑰丽雄奇,洵为新派诗中的翘楚之作。

　　钱仲联在《三百年来江苏的古典诗歌》一文中誉金松岑为"'诗界革命'在江苏的一面大纛",言其"活动时代稍后于黄、梁诸人",其诗歌"全面反映了六十年中的历史面貌,极尽用旧形式写新内容的能事"。② 而在《南社吟坛点将录》中,钱先生又首列金氏,言"天羽与南社,貌离而神合",故而以"旧头领一员予之",将其比附为"托塔天王晁盖",赞曰:"诗界倡革命,堂堂立汉帜。人境庐,陈胜王;天放楼,赤帝子。弟蓄南社魁英,不入江西图里。"③ 在诗界革命阵营以黄公度比附陈胜王,以金松岑比附汉高祖;在南社众豪杰序列则将并未入社却与之"貌离神合"的金松岑封为"旧头领",坐上了无冕之王的头把交椅。可见,后世诗论家和文学史家所看重的,既有天放楼主上承人境庐主人的新派诗特征,还有其下启"南社魁英"柳亚子的革命诗人身份。

---

① 松岑:《今怀》,《江苏》第 4 期,1903 年 7 月。
② 钱仲联:《梦苕庵清代文学论集》,齐鲁书社,1983 年,第 18—19 页。
③ 钱仲联:《当代学者自选文库:钱仲联卷》,安徽教育出版社,1999 年,第 720—721 页。

至于《江苏》"文苑"栏诗人中的佼佼者柳亚子,也是此期波澜起伏的革命诗潮中涌现出的最具代表性的革命派诗人之一,南社成立后逐渐成为这一革命文学社团的实际主持者。柳氏见诸《江苏》的《读〈史界兔尘录〉感赋》《私产》《思想》《岁暮述怀》《口占》等诗作,均属于较为典型的"诗界革命体"诗篇。即便是与梁启超在政治阵线上互为冰炭之后,柳亚子的诗学思想和诗歌创作实践,依然未能摆脱"诗界革命"的影响。

《浙江潮》"文苑"栏诗歌亦大体秉承了梁启超发起的诗界革命运动的革新精神与路径。大量运用新名词,努力开拓新意境,同时又注意保留古风格,是大多数诗作者遵奉的写作宗趣。阅读《浙江潮》诗歌,新名词扑面而来,举凡文明、天演、科学、地理、五洲、欧亚、亚洲、地球、全球、义务、社会、独立、国民、保群、强权、公理、竞争、黄种、白种、物竞、保种、埃及、希腊、罗马、维纳、柏林、立宪、共和、政体、华盛、约克纽、自由血、乌托邦、新世界、竞立争存、优胜劣败、民族主义、奴隶根性等,充斥其间;新思想、新意境纷至沓来,诸如"大地民主主义正发皇""方今世界盛行竞立争存优胜劣败天演义"①,"理想忽开新世界"②,"自由血与强权战"③,"维纳柏林盟存否"④,"欲培佳种先诸母"⑤,"新闻杂志破鸿濛"⑥,"从来佳色都天演,黄种岂输白种良"⑦等,近代气息浓郁,时代感强烈。

"诗法子美,间学汉魏"⑧的刘师培见诸《警钟日报》的大量诗作,却在有意规避"新名词",显示出别样的风姿。晚清许多革命派知识分子有着鲜明的国粹主义倾向。同样充溢着激进炽烈的民族民主革命思想与情感,刘师培诗歌从取材到形式都表现出对传统学术思想和古典诗学传统的偏爱与发扬;其所借以表达反清革命主张的思想资源,也主要来自中国本土而非西方,体现出鲜明的光复旧物、咏古寄怀、藉学干政的特征。《甲辰年自述诗》所言"静对残编百感生,攘夷光复辨纵横。陆

---

① 再世、冯生:《新奉化歌》,《浙江潮》第 1 期,1903 年 2 月。
② 支那寄生:《题〈百年一觉〉》,《浙江潮》第 1 期,1903 年 2 月。
③ 支那寄生:《南浔道中》,《浙江潮》第 1 期,1903 年 2 月。
④ 富士始一:《庚子阴历除夕述怀时在日本》,《浙江潮》第 2 期,1903 年 3 月。
⑤ 受兹室主人:《春日偕积跻步主人及夏地山夫妇又夏女循兰再游江岛再步原韵》,《浙江潮》第 2 期,1903 年 3 月。
⑥ 太公:《东京杂事诗》,《浙江潮》第 2 期,1903 年 3 月。
⑦ 东瓯女士张静仪:《题黄白菊花》,《浙江潮》第 5 期,1903 年 6 月。
⑧ 汪辟疆:《汪辟疆说近代诗》,上海古籍出版社,2001 年,第 146 页。

沉隐抱神州痛，不到新亭泪亦零"；"大厦将倾一木支，乾坤正气赖扶持，试从故国稽文献，异代精灵傥在兹"；"东原立说斥三纲，理欲分明仁道昌。焦阮继兴恢绝学，大衢朗朗日重光"①……都是从中国本土学术资源中打捞和阐发先哲的民族主义和民主主义思想光辉，既有寻求中国传统思想资源之现代性转化的动机，亦有继承发扬中国传统诗学的宗趣。

这种打上鲜明的光复旧物印记的民主主义和国粹主义的思想特征，在高旭、高燮、陈去病等人的诗歌创作中，亦有突出的体现。以高旭为例，诸如"种性明明消不得，夜深时复拜轩辕""忍遭神州沦异域，可能重著汉衣冠"②；"种祸日益棘，忧患曷有程""从此大汉土，日月重光明"③……民族主义、国粹主义与爱国主义思想情感相交织。只不过，高旭、高燮等人对新名词同样表现出偏爱之情，在诗作中大量采用；而刘光汉、陈去病的同期诗作，则对源自日本的"新名词"入诗保持警惕。陈去病《与宗素、济扶两女士论文》诗云："国学于今绝可哀，和文稗贩又东来。宁知蓬岛高华士，低首中原大雅才。"④ 对当时诗文中普遍存在的稗贩"和文"现象大不以为然。然而，1903年前后，诗界革命已经发展成为一股浩荡的时代潮流，对同时期的新旧诗坛均产生了辐射性影响。流风所及，就连同光体诗人也避免不了新名词，何况置身革命洪流中的"激烈派第一人"刘光汉？

"如此江山寥落甚，有人呼起大风潮。"⑤《苏报》案发生和《国民日日报》停刊后，《警钟日报》"以光复汉族为职志，孕育磅礴，振聋发聩，其勇气尤大有过人者"⑥。文学史视野中的《警钟日报》，则是晚清革命诗潮在国内得以开展和传播的重要报刊阵地，乃至客观上策应了诗界革命运动在国内的开展，在很大程度上构成了诗界革命运动不可或缺的有机组成部分。而高旭、刘光汉、陈去病、高燮等骨干诗人此期诗作所表现出的鲜明的光复旧物之思想和咏古寄怀之特征，则为此后兴起的南社诗歌定下了振起国魂、弘扬国粹的主基调。既着意师法欧西，大量引新意境、新思想、新名词入诗，又刻意强调国粹，重视中国传统思想资源的现代性转化

---

① 光汉：《甲辰年自述诗》，《警钟日报》，1904年9月10日。
② 天梅：《甲辰年之新感情》（再续），《警钟日报》，1904年7月28日。
③ 剑公：《题太炎先生驳康氏政见（癸卯十一月）》，《警钟日报》，1904年8月10日。
④ 《警钟日报》，1904年7月26日。
⑤ 亚卢：《感赋》，《警钟日报》，1904年12月1日。
⑥ 张继：《序》，《刘申叔先生遗书》（上），影印本，江苏古籍出版社，1997年，第26页。

和古典诗学传统在新的历史条件下的发扬光大，《警钟日报》诗人群及其诗歌创作所表现出的这一看似矛盾的心态和多声复义的驳杂形态，见证了中国诗歌由古典到现代过渡转型时期探索者所处的两难境地与革新者自身的局限性。

第九章　近代报刊视野下的新派诗人群

20世纪初年，梁启超依托《清议报》《新民丛报》《新小说》等核心阵地领衔发起诗界革命，在新诗坛掀起一场颇有声势的新派诗运动，也成就一批引领时代风潮的新派诗人，以近代报刊为主阵地的新骚坛一时间群星闪烁。其中，黄遵宪、康有为、梁启超、蒋智由、高旭、马君武等人成绩较著，影响较大，也最具代表性。诗界革命时期的康有为诗歌前文已多所述及，这里不再专节探讨。本章选取五位代表诗人，从近代传媒和诗界革命视野一窥其诗歌创作的原初形态、时代反响与流变轨迹。

第一节　从"月晕础润"到"至斯而极"
——近代报刊视野下的人境庐诗

晚清以降，诗论家和文学史家对人境庐诗赞誉有加。人境庐主人不仅有着"时流竞说黄公度"①的时誉，而且被文学史家一致认定为晚清新派诗代表人物。然而，学界研究和征引人境庐诗，大都取自黄遵宪晚年手定的《人境庐诗草》，诗界革命时期见诸报端的人境庐诗之原初形态与时代面影，至今依然模糊不清。

一、从"月晕础润"到"至斯而极"

尽管黄遵宪早岁即有"别创诗界"之论，在19世纪70—90年代已经写出大量"新派诗"，然而，在梁启超发起的诗界革命运动兴起之前，他不过是在诗派争喧、诗人林立的旧诗坛艰难摸索的"独立风雪中清教徒之一人"②。1900年2月，任公在《汗漫录》中述及黄氏道："时彦中

---

① 柳亚子：《论诗六绝句》，《南社丛刻》第14集，1915年5月。
② 黄遵宪：《致邱菽园函》，陈铮编：《黄遵宪全集》，中华书局，2005年，第440页。

能为诗人之诗，而锐意欲造新国者，莫如黄公度。其集中有《今别离》四首及《吴太夫人寿诗》等，皆纯以欧洲意境行之，然新语句尚少。"① 梁氏此期正青睐"新语句"在新诗中的实验，因而认为"新语句尚少"乃黄诗缺陷。更为要命的缺陷是，在梁氏看来，包括黄遵宪在内的新派诗人，"其所谓欧洲意境、语句，多物质上琐碎粗疏者，于精神思想上未有之也"；在此意义上，他所瞩望的"三长"兼备的"二十世纪支那之诗王"的出现尚有待时日。② 因而，锐意欲造新诗国的黄公度的出现，还只是诗界"革命军"将要兴起的前兆，而非诗界之哥仑布、玛赛郎已经出现。

两年以后，当梁启超在《新民丛报》辟出"诗界潮音集""饮冰室诗话"栏，劲头十足地高奏"诗界革命"主旋律时，其诗学观念已发生微妙变化，对人境庐诗的评价基调也相应调高。此时的饮冰主人已不再着意强调"三长"俱备，尤其是不再刻意突出"新语句"在新诗中的运用。梁氏调整后的诗界革命纲领简约表述为"以旧风格含新意境"，果能如此，"则虽间杂一二新名词亦不为病"。③ 依此标准，"近世诗人，能镕铸新理想以入旧风格者，当推黄公度"④。此后，梁氏在诗话中多次褒扬黄公度，先后征引人境庐诗90首；与此同时，"诗界潮音集"栏亦刊载公度诗39首。"以旧风格含新意境"是任公依托《新民丛报》掀起诗界革命高潮时期对新诗创作纲领的经典表述；"能镕铸新理想以入旧风格"则是其对人境庐诗的经典评价。梁氏对诗界革命纲领的提炼与修正，无疑受到了黄氏创作实践的启迪，而他在诗话中对人境庐诗的裒录与推重，则进一步推进了诗界革命运动。

1902年6月，梁启超在诗话中赞誉黄公度《锡兰岛卧佛》"煌煌二千余言，真可谓空前之奇构"，谓其在震旦乃"有诗以来所未有也"，"有诗如此，中国文学界足以豪矣"，"因亟录之，以饷诗界革命军之青年"。⑤ 8月，标榜"黄公度、夏穗卿、蒋观云为近世诗界三杰"⑥。9月，盛赞"公度之诗，独辟境界，卓然自立于二十世纪诗界中，群推为大家，公论不容诬也"⑦。10月，赞《以莲菊花杂供一瓶作歌》"半取佛理，又参以

---

① 任公：《汗漫录》，《清议报》第35册，1900年2月10日。
② 任公：《汗漫录》，《清议报》第35册，1900年2月10日。
③ 饮冰子：《饮冰室诗话》，《新民丛报》第29号，1903年4月11日。
④ 饮冰子：《饮冰室诗话》，《新民丛报》第4号，1902年3月24日。
⑤ 饮冰子：《饮冰室诗话》，《新民丛报》第9号，1902年6月6日。
⑥ 饮冰子：《饮冰室诗话》，《新民丛报》第14号，1902年8月18日。
⑦ 饮冰子：《饮冰室诗话》，《新民丛报》第15号，1902年9月2日。

西人植物学、化学、生理学诸说，实足为诗界开一新壁垒"①。1903年10月，有感于"音乐靡曼"是造成"中国人无尚武精神"的重要原因，梁氏在《新民丛报》第24号"饮冰室诗话"栏盛推《出军歌》四章："其精神之雄壮活泼、沉浑深远不必论，即文藻亦二千年所未有也。诗界革命之能事，至斯而极矣。"随着《新民丛报》的一纸风行、诗界革命运动的顺利开展及《饮冰室诗话》的广为流布，人境庐诗借助近代报刊而声名远播，其诗界革命首席代表地位就此确立。

从诗界革命发端期的"月晕础润"，到诗界革命高潮期的"至斯而极"，梁启超对人境庐诗的评价基调作了大幅度调整。个中原委，不是黄遵宪诗歌创作面貌发生了较大变化，而是梁启超的诗学主张作了相应调整。当他不再着意突出"新语句"，转而强调"新意境"与"古风格"的协调融合时，蓦然回首，才发现"能镕铸新理想以入旧风格"的人境庐诗，是诗界革命之开展所要借鉴的最好的样板。于是，黄遵宪的"新派诗"所具备的"友视骚汉而奴蓄唐宋"②的旧风格与古韵味，以及"吟到中华以外天"③的新视野、新意境、新面貌，顺理成章地被梁氏引为诗界革命运动推进发展的凭借与基础。

二、新派诗示范之作："饮冰室诗话"征引的人境庐诗

自1902年2月至1906年5月，计有19期《新民丛报》"饮冰室诗话"栏裒录人境庐诗27题90首，创下该栏目征引同一诗家数量之最。饮冰主人对人境庐诗分别从不同角度予以高度评价，其中，深得任公赞誉的有《锡兰岛卧佛》《今别离》《以莲菊桃杂供一瓶作歌》《罢美国留学生感赋》《朝鲜叹》《流求歌》《越南篇》《台湾行》《出军歌》《军中歌》《旋军歌》《小学校学生相和歌》《甲辰冬病中纪梦述寄梁任甫三章》《拜曾祖母李大夫人墓》等篇。

最早被《新民丛报》"饮冰室诗话"栏全篇裒录的人境庐诗是《锡兰岛卧佛》。该诗借锡兰岛卧佛题咏佛教盛衰史、文明古国衰亡史和西方列强殖民史，反思了佛家的隐忍退让思想导致的东方文明古国"愈慈愈忍辱""一听外物戕"的被动挨打局面，张扬了"惟强乃秉权，强权如金

---

① 饮冰子：《饮冰室诗话》，《新民丛报》第18号，1902年10月16日。
② 梁启超：《人境庐诗草·梁跋》，钱仲联笺注：《人境庐诗草笺注》，上海古籍出版社，1981年，第1086页。
③ 黄遵宪：《奉命为美国三富兰西士果总领事留别日本诸君子》，《人境庐诗草笺注》，第340页。

刚""弱供万国役，治则天下强"的尚武精神、竞存意识和强国梦想。任公为之倾倒、深感震撼之处，首先是其篇幅之巨（"煌煌二千余言"）和气魄之大（"空前之奇构"），其次才是堪称"诗史"的丰富的诗歌内容和忧愤深广的主题意蕴。梁氏纵观古今中外诗歌史，有感于泰西大诗人——如古代第一文豪希腊诗人荷马和近世诗家如莎士比亚、弥尔顿、田尼逊等——之诗歌动辄数万言，气魄夺人，而"事事落他人后，惟文学似差可颉颃西域"的中国，却千年以来缺乏长篇巨制之诗作；在此语境下，他盛推堪称长篇杰构的《锡兰岛卧佛》创下了中国"有诗以来所未有"之记录，隐隐表露出将其与泰西诗哲相颉颃之意。梁氏又综览该诗之内容，兴奋地一口气拟了《印度近史》《佛教小史》《地球宗教论》《宗教政治关系说》几篇论文题目来涵盖之。总之，在梁氏看来，无论就气魄文藻而论，抑或就内容题旨而言，该诗均可圈可点，可赞可叹，"有诗如此，中国文学界足以豪矣！"①

《今别离》《以莲菊桃杂供一瓶作歌》是新派诗的典范。任公用两则事例证明《今别离》确为黄氏名篇：一是"度曾读黄集者，无不首记诵之"；二是"陈伯严推为千年绝作"，此"殆公论矣"。② 前者以己度人，道出当年有幸拜读人境庐诗者的深刻印象和一致看法；后者引旧诗坛领袖陈三立之言，更有权威性和说服力。《以莲菊桃杂供一瓶作歌》写客居新加坡时将同时盛开的莲、菊、桃杂供一瓶时的诸多"异想"：先以花写人类，以莲、菊、桃杂供一瓶喻"红黄白种同一国"，借诸花或孤高自傲、或退立局缩、或互相猜忌、或并肩爱怜、或同根相煎等"异想"，喻因山海阻隔而"四千余岁甫识面"的各色人种，寄托诗人"传语天下万万花，但是同种均一家"的美好愿望，表达了四海一家、人类平等、和平共处乃至世界大同的民族观念和政治理想；而后以佛语佛理入诗，"众生后果本前因，汝花未必原花身，动物植物轮回作生死，安知人不变花花不变为人"，终至人花莫辨，"待到汝花将我供瓶时，还愿对花一读今我诗"；梁氏言其"半取佛理，又参以西人植物学、化学、生理学诸说，实足为诗界开一新壁垒"，并以"女娲炼石补天处，石破天惊逗秋雨"形容其新异感受。③

---

① 饮冰子：《饮冰室诗话》，《新民丛报》第9号，1902年6月6日。
② 饮冰子：《饮冰室诗话》，《新民丛报》第14号，1902年8月18日。
③ 饮冰子：《饮冰室诗话》，《新民丛报》第18号，1902年10月16日。

《罢美国留学生感赋》《朝鲜叹》《流求歌》《越南篇》《台湾行》诸篇，因其以诗笔记录下近代中国发生的重大事件，蕴含忧愤深广的时代内容，而被梁氏在《新民丛报》"饮冰室诗话"栏中誉为"诗史"。五古《罢美国留学生感赋》咏光绪七年清廷裁撤美留学生事，时任驻旧金山总领事的诗人闻讯悲愤满怀："坐令远大图，坏以意气私！牵牛罚太重，亡羊补恐迟。蹉跎一失足，再遭终无期。目送海舟返，万感心伤悲"；梁启超称该诗"是亦海外学界一段历史也，其中情状，知之者已寡，知之而能言之者益稀矣，录以流布人间焉"，大力肯定其堪称"诗史"的历史与现实意义。①

《朝鲜叹》《流求歌》《越南篇》诸篇咏中国三属藩朝鲜、琉球、越南或被邻国吞并或沦为外国殖民地的悲惨命运。组诗《朝鲜叹》写于1883年，时任驻旧金山总领事的黄遵宪预感到中国在"四夷交侵强邻逼"的严峻形势下保藩的困难，对被"列强画作局外地"的朝鲜危如累卵的命运充满忧患。其末篇道："峨冠博带三代前，蜷伏蠖息海中间，犹欲锁港坚闭关；土崩瓦解纵难料，不为天竺终波兰。"② 清廷处理琉球问题时一味绥靖退让，最终酿成被日本吞并之恶果；而黄氏主张力争琉球，晚年家居时仍以当年未能保全琉球为恨事，遂将琉球灭亡与法占越南并举，吟成《流求歌》《越南篇》，引为亡国教训镜鉴国人。《越南篇》道："舐糠倘及米，剥肤恐到骨。不见彼波兰，四分更五裂。立国赖民强，自弃实天孽。"《台湾行》咏马关签约、割让台湾之后台湾人民自发抗日守土事，发抒胸中郁积已久的割地弃民之痛。开篇即以滚烫的诗句呼喊出心中巨大的悲痛："城头逢逢擂大鼓，苍天苍天泪如雨，倭人竟割台湾去！"接着历数我先祖开发宝岛的艰辛和清廷割地弃民之痛："我高我曾我祖父，艾杀蓬蒿来此土""天胡弃我天何怒，取我脂膏供仇虏！"进而激励台湾民众誓死抗战守土："亡秦者谁三户楚，何况闽粤百万户！成败利钝非所睹，人人效死誓死拒，万众一心谁敢侮？"全诗充满强烈的爱国激情，极富感染力，读来令人摩拳擦掌、义愤填膺。

梁启超在诗话中盛推《军歌》和《小学校学生相和歌》诸篇，有着两方面的显著用意。其一，从思想导向和时代精神着眼，任公有鉴于近代中国积弱已久，国人缺乏尚武精神，中国向无军歌，"此非徒祖国文学之

---

① 饮冰子：《饮冰室诗话》，《新民丛报》第15号，1902年10月16日。
② 饮冰子：《饮冰室诗话》，《新民丛报》第40—41号合刊，1903年11月2日。

缺点，抑亦国运升沉所关也"，因而要大力提倡之。① 其二，对中西合璧、诗乐合一的学堂乐歌的大力提倡和着意经营。晚清有识之士已经意识到"欲改造国民之品质，则诗歌音乐为精神教育之一要件"②，"此诸编者，苟能谱之，以实施于学校，则我国学校唱歌一科，其可以不阙矣"③。在黄遵宪的躬身垂范和梁启超的大力倡导下，学堂乐歌在清末民初取得了很大的发展。

《甲辰冬病中纪梦述寄梁任甫三章》是黄氏绝笔之作，以病中纪梦形式，表达对亡命海外的挚友身家性命的担忧和深深的思念之情，抒发对维新事业面临困境和革命形势蓬勃发展的隐忧，以及对列强瓜分时局的深重忧患。诗人回顾了自己名字中"宪"字得名的由来，表达了对立宪制度的向往和帝制必将灭亡、大同世界必将实现的坚定信念："呜呼专制国，逮今四千岁。岂谓及余身，竟能见国会？以此名我名，苍苍果何意？人言廿世纪，无复容帝制。举世趋大同，度势有必至。"睡狮未醒，立宪未成，重疴缠身的诗人怀着"日去不可追，河清究难俟"的无限遗恨，凄然与友人作别："我惭加富尔，子慕玛志尼。与子平生愿，终难偿所期。何时睡君榻，同话梦境奇？即今不识路，梦亦徒相思。"④ 可谓"烈士暮年，壮心不已"，情真意切，催人泪下。全诗脱尽铅华，取《离骚》、乐府神理而不袭其貌，在回环往复、一唱三叹的艺术效果中，发抒出垂暮之年的维新志士壮志难酬的无尽惆怅与绵长浩叹。

长篇叙事诗《拜曾祖母李太夫人墓》在"饮冰室诗话"栏中推出最晚，却评价最高，被誉为人境庐"集中最得意之作"⑤。全诗以清新流畅之笔调，本色质朴之口语，亲切深挚之感情，如话家长之风格，逼肖生动地状写出李太夫人的慈祥可亲，寄托了对曾祖母的无限怀念与哀思。无论是对"牙牙初学语，教诵《月光光》""昨日探鹊巢，一跌败两牙""他年上我墓，相携着宫袍"等儿时旧事的铺陈，抑或是对"今日来拜墓，儿既须满嘴""大父在前跪，诸孙跪在后""一家尽偕来，只恨不见母"等墓前哀思的铺叙，深得汉乐府叙事抒情之神理，情思深挚，体物逼肖，语皆本色，隽永有味。陈伯严将其与《孔雀东南飞》《木兰辞》相提并论，称其为"奇作绝技"；吴季清评云："《独漉王将军歌》《石笥李烈女

---

① 饮冰子：《饮冰室诗话》，《新民丛报》第24号，1903年1月13日。
② 饮冰子：《饮冰室诗话》，《新民丛报》第40—41号合刊，1903年11月2日。
③ 饮冰子：《饮冰室诗话》，《新民丛报》第40—41号合刊，1903年11月2日。
④ 饮冰子：《饮冰室诗话》，《新民丛报》第63号，1905年2月18日。
⑤ 饮冰子：《饮冰室诗话》，《新民丛报》第80号，1906年5月8日。

行》，表扬忠烈，极雄厚之致。然不能无摩拟之迹。此篇琐述家常，纯用今事，语语从肺腑间流出，貌不袭古，而温柔敦厚之意味，沉博绝丽之词采，又若兼综国风、离骚、乐府酝酿而融化之。陈伯严谓二千年来仅见之作，信然信然"；饮冰主人则如实记录下自己的阅读感受："惟读至下半，辄使我泪承睫不能终篇。"① 陈氏赞佩的是诗人驾驭长篇叙事诗的卓绝能力，吴氏赞誉的是诗人琐述家常、纯用今事、出之肺腑、貌不袭古却"又若兼综国风、离骚、乐府酝酿而融化之"的深厚功力，梁氏则道出了该诗感人肺腑、催人泪下的难以抗拒的情感力量。

胡适对《今别离》之类"用旧风格写极浅近的新意思"的"新诗"评价不高，而对《拜曾祖母李太夫人墓》却评价甚高，言其为"《人境庐诗草》中最好的诗"，其原因，在于"此诗能实行他的'我手写我口，古岂能拘牵'的主张"。② 不论是旧诗坛巨擘陈三立、新诗坛精神领袖梁启超，抑或是五四白话诗倡导者胡适之，均从不同角度对该诗予以高度评价，足见其动人心魄的艺术魅力。

三、《新民丛报》"诗界潮音集"顶梁柱

自 1902 年 11 月至 1904 年 10 月，两年时间里计有 11 期《新民丛报》"诗界潮音集"栏刊发公度诗 11 题 39 首，在数量上仅次于高旭（17 题 75 首）、蒋智由（21 题 43 首），位列第三。如果考虑到高诗和蒋诗多为律诗和绝句，而黄诗绝大多数属于长篇古风——如《樱花歌》《不忍池晚游诗》《乌之珠歌》诸篇均在五百字以上，《聂将军歌》《逐客篇》则近千言，《番客篇》《赤穗四十七义士歌》更是长达两千余言，那么，人境庐诗在"诗界潮音集"栏所占的比重之大，无人堪与比肩，可谓该栏目的顶梁柱。

《番客篇》《逐客篇》《海行杂感》等篇属于"海外偏留文字缘""吟到中华以外天"③ 的海外诗。长篇叙事诗《番客篇》以华侨富翁婚礼为背景，形象细腻地描述了南洋华侨的生活风习，抒发了对国势衰败而导致的侨民虽富尤贱的悲苦境况的慨叹。"譬彼犹太人，无国安足托""华民三百万，反为丛驱雀"，国家衰弱致使海外侨民遭受屈辱；"谁能招岛民，

---

① 饮冰子：《饮冰室诗话》，《新民丛报》第 80 号，1906 年 5 月 8 日。
② 胡适：《五十年来中国之文学》，申报馆，1924 年，第 40 页。
③ 黄遵宪：《奉命为美国三富兰西士果总领事留别日本诸君子》，钱仲联笺注：《人境庐诗草笺注》，上海古籍出版社，1981 年，第 340 页。

回来就城郭？群携妻子归，共唱太平乐"，诗人只能将美好的愿望诉诸诗章。① 五古长诗《逐客篇》题咏美国议院颁布《限制华人例案》事，诗人痛切地感受到华工之所以受到如此不公正的待遇，根源在于国家贫弱。胡适言其"是用做文章的法子来做的"，"长处在于条理清楚，叙述分明"。② 陈子展从"中国最缺乏长篇叙事诗"的角度，高度评价"他这种长篇叙事诗，真是不朽之作"，誉其为"以文为诗，以诗代史"的"诗史"。③

《海上杂感》14 首系诗人由横滨展轮往美利坚途中感怀纪事之作。其七云："星星世界遍诸天，不计三千与大千。倘亦乘槎中有客，回头望我地球圆。"④ 巧妙地将佛家三千大千世界的成说与诗人运用宇宙新学理的奇妙想象结合起来，获得了从"星星世界遍诸天"的茫茫太空俯瞰人类居住的作为"星星世界"一分子的地球的新奇视角。在宇宙飞船尚未诞生的时代，晚清读者已通过人境庐诗观察到宇航员眼中的地球，超前体验到"回头望我地球圆"的奇异感受。其四所言"水亦轮回变化来"，其五所咏"一年却得两花朝"，其十三所云"欲凭鸟语时通讯，又恐华言汝未知"，均蕴含自然界和人类社会的科学新知，属于典型的新世界诗。

《赤穗四十七义士歌》《樱花歌》《不忍池晚游诗》诸篇是居日期间所作。《赤穗四十七义士歌》歌咏赤穗四十七义士杀身成仁、舍生取义事，张扬虽斧钺在前而义无反顾的不屈的复仇意志和视死如归的牺牲精神。四十七义士从容就义后，"一时惊叹争歌讴，观者拜者吊者贺者万花绕冢每日香烟浮，一裙一屐一甲一胄一刀一矛一杖一笠一歌一画手泽珍宝如天球"⑤。句式参差错落，从五言至二十七言不等，抑扬顿挫，气势纵横。《樱花歌》细致入微地描绘了日本举国若狂的樱花节盛况，借道旁老人之口将德川幕府与明治维新时代作对比，希冀丸泥封关，再现世外桃源式的生活景象。诗人"以古文家伸缩离合之法"为诗，句式参差，开阖跌宕，舒卷自如，比兴杂错，才藻富赡，洵为力作。

《度辽将军歌》《降将军歌》《聂将军歌》属于反映重大历史事件的纪事诗，题咏三位悲剧性将领，以诗笔为甲午战争和庚子之乱留下刻骨铭

---

① 人境庐主人：《番客篇》，《新民丛报》第 22 号，1902 年 12 月 14 日。
② 胡适：《五十年来中国之文学》，申报馆，1924 年，第 39 页。
③ 陈子展：《中国近代文学之变迁》，中华书局，1929 年，第 17 页。
④ 人境庐主人：《海行杂感》，《新民丛报》第 27 号，1903 年 3 月 12 日。
⑤ 人境庐主人：《赤穗四十七义士歌》，《新民丛报》第 35 号，1903 年 8 月 6 日。

心的历史存照。《度辽将军歌》讥刺吴大澂甲午战争中望风而逃、兵败辽东之事。"将军慷慨来度辽，挥鞭跃马夸人豪""自言平生习枪法，炼目炼臂十五年""看余上马快杀贼，左盘右辟谁当前""两军相接战甫交，纷纷鸟散空营逃""幕僚步卒皆云散，将军归来犹善饭"①，诗人欲抑先扬，寓悲愤之思于滑稽之笔，栩栩如生地刻画出一个狂妄自大、昏聩无能、误国误己的颠顸自负将领形象。《降将军歌》题咏北洋海军提督丁汝昌在威海卫兵败投降却又服毒自杀之事，"冲围一舸来如飞""船头立者持降旗""两军雨泣咸惊疑，已降复死死为谁""回视龙旗无孑遗，海波索索悲风悲"。②《聂将军歌》题咏庚子年天津保卫战中聂士成将军英勇作战却被团民杀害之事，悲叹"外有虎豹内豺狼""一身敌众何可当""非战之罪乃天亡""从此津城无人防"。③

四、诗界革命的坚定支持者

黄遵宪自言："四十以前所作诗多随手散佚。庚辛之交，随使欧洲，愤时势之不可为，感身世之不遇，乃始荟萃成编，藉以自娱"，加之"公度既不屑以诗人自居，未肯公之同好"④，20世纪初年未见诸报刊的《人境庐诗》稿本中其他诗作的流布范围就非常有限。梁启超尝言："丙申、丁酉间，其《人境庐诗》稿本，留余家者两月余，余读之数过。然当时不解诗，故缘法浅薄；至今无一首能举其全文者，殊可惜也。"⑤ 由于梁氏当时未录《人境庐诗》副本，东渡后三年间又与黄氏音讯断绝，致使人境庐诗基本与《清议报》"诗文辞随录"栏无缘。

1902年初，《新民丛报》推出"诗界潮音集""饮冰室诗话"专栏后，梁启超费了很多周折才打探到天南某氏曾在新加坡领事署抄存《人境庐诗》一卷，于是征得数十篇公度诗，"但所刊录，未必为公度得意之作"。⑥ 其后，随着两人建立了通讯联系，人境庐诗才大量在《新民丛报》刊发，并随《新民丛报》的一纸风行而广为传播，声名远扬。那些被后世史家写进文学史中的人境庐诗，大都是20世纪初年见诸报端、反响较大的诗篇；人境庐诗在大众接受环节逐步被经典化的过程，自《新

---

① 人境庐主人：《度辽将军歌》，《新民丛报》第25号，1903年2月11日。
② 人境庐主人：《降将军歌》，《新民丛报》第30号，1903年4月26日。
③ 人境庐主人：《聂将军歌》，《新民丛报》第25号，1903年2月11日。
④ 饮冰子：《饮冰室诗话》，《新民丛报》第15号，1902年9月2日。
⑤ 饮冰子：《饮冰室诗话》，《新民丛报》第4号，1902年3月24日。
⑥ 饮冰子：《饮冰室诗话》，《新民丛报》第15号，1902年9月2日。

民丛报》时期就已开始。

1902年5月,黄遵宪读《新民丛报》后致函梁启超,涉及诗学探讨,言"意欲扫词章家一切陈陈相因之语,用今人所见之理,所用之器,所遭之时势,一寓之于诗,务使诗中有人,诗外有事,不能施之于他日,移之于他人,而其用以感人为主"①。扫除旧诗坛陈陈相因的模拟之风,反映"今人所见之理,所用之器,所遭之时势"的鲜明的时代性,"诗外有事"的纪实性与史诗性,"诗中有人""感人为主"的情感力量,是黄氏所强调的诗学宗趣。这一诗学主张,与梁氏此期的诗界革命主张遥相呼应。黄氏此期的新诗创作,在语言和内容上均表现出从兼取古籍转向弃古从今的趋向,并开始探索诗歌形式体制改革。这种立足现实、创新求奇、继续为诗界开疆辟域的诗歌创作新动向,亦证实了晚年黄遵宪作为诗界革命强有力的支持者和参与者的历史角色。

据钱仲联《人境庐诗草笺注》考证,《罢美国留学生感赋》《锡兰岛卧佛》《番客篇》《流求歌》《逐客篇》《冯将军歌》《伦敦大雾行》《降将军歌》《台湾行》《度辽将军歌》《以莲菊桃杂供一瓶作歌》《樱花歌》《都踊歌》《不忍池晚游诗》《海行杂感》等诗未见诸《人境庐诗草》抄本,系戊戌还乡后补作;而这些诗作均被《新民丛报》刊载。除《军歌》《小学校学生相和歌》《甲辰冬病中纪梦述寄梁任甫三章》外,尽管尚不清楚还有哪些人境庐诗系梁氏1900年揭橥"诗界革命"旗帜之后所作,但至少说明一个事实:黄氏见诸近代报刊的诗篇,有相当一部分是梁氏发起"诗界革命"前后的新作。那时节,写诗对于黄遵宪来说,已经由"政馀之事"变成了"馀生之事",成为其生命支柱和精神家园。

20世纪初年,与黄遵宪一样负睥睨一世之才、在新诗界堪称英雄敌手的另一位岭南诗人丘逢甲,读《人境庐诗草》稿本后慨然题跋道:"四卷以前为旧世界诗,四卷以后乃为新世界诗。茫茫诗海,手辟新洲,此诗世界之哥伦布也。变旧诗国为新诗国,惨淡经营,不酬其志不已,是为诗人中嘉富洱;合众旧诗国为一大新诗国,纵横捭阖,卒告成功,是为诗人中俾思麦。"② 这是时人评价人境庐诗最得要领的一段话,可谓英雄慧眼,惺惺相惜。黄氏见诸《新民丛报》等报刊的诗歌绝大多数属于"新世界诗",在高扬"诗界革命"旗帜的新诗坛充当了披坚执锐、开辟新洲的主力军。梁启超正是借重这位中国"诗世界之哥伦布"的影响力和人境庐诗在新旧诗

---

① 黄遵宪:《致梁启超书》,《黄遵宪集》,天津人民出版社,2003年,第490页。
② 钱仲联笺注:《人境庐诗草笺注》,上海古籍出版社,1961年,第1088页。

界获得的广泛赞誉,才得以将诗界革命运动推行了几年,产生了广泛的社会影响。

第二节　从"才气横厉"到"唐神宋貌"
——近代报刊视野下的梁任公诗

在近代诗坛,无论从数量抑或从质量上来看,梁启超均非第一流诗人。即便是放在诗界革命阵营来考量,其诗坛地位与新派诗大家黄遵宪、康有为诸辈亦难以比肩。然而,作为诗界革命运动的倡导者和领军人物,任公为数不多的诗歌创作在一定程度上发挥着引领时代风潮、指示诗歌变革方向的重要作用,因而又是近代诗家中不可小觑的重要成员。汪辟疆《光宣诗坛点将录》将梁氏定位为"专造一应大小号炮"的"地辅星轰天雷凌振",谓其"才气横厉,不屑拘拘绳尺间"①;钱仲联《近百年诗坛点将录》将任公比附为"总探声息头领""天速星神行太保戴宗",言其"天骨开张,才情横溢"②;看重的都是其冲锋在前的先锋官作用。

1898年11月,《亚东时报》第4号所刊《去国行》是任公最早见诸报章的诗作,亦是其登上诗坛的成名作。《亚东时报》是日本民间组织乙未会在上海创办的中文月刊,第6号之后由唐才常主编。戊戌政变后,昔日曾积极鼓吹变法维新的十余家报刊"如西山残阳,倏忽匿影,风吹落叶,余片无存"③;在此情形下,《亚东时报》仍然继续同情与支持康、梁的维新事业,称得上时人所赞誉的"卓然名论,砥柱狂澜,吾国旬报之不易得者"④。该诗写于梁氏亡命日本途中,肩负"君恩友仇两未报"使命的诗人,怀着男儿报国终有其时的坚定信念,表达了对日本"尔来明治新政耀大地,驾欧凌美气葱茏"景象的向往之情,以及"誓把区区七尺还天公"的献身精神。《去国行》系梁氏自制的乐府诗题,仿屈子悲怆笔调,长歌当哭,却豪气冲天——"披发长啸览太空,前路蓬山一万重,掉头不顾吾其东",真可谓"才也纵横,泪也纵横"。⑤

---

①　汪辟疆:《汪辟疆说近代诗》,上海古籍出版社,2001年,第116页。
②　钱仲联:《近百年诗坛点将录(续)》,《中国近代文学研究》第2辑,1985年9月,第166页。
③　任公:《本馆第一百册祝辞并论报馆之责任及本馆之经历》,《清议报》第100册,1901年12月21日。
④　《中国各报存佚表》,《清议报》第100册,1901年12月21日。
⑤　龚自珍:《丑奴儿令》,《龚自珍全集》,上海人民出版社,1975年,第577页。

在此之前，即丙申（1896）、丁酉（1897）年间，梁氏与夏曾佑、谭嗣同三人曾一度痴迷于"挦扯新名词以自表异"的"新学诗"实验①；其结果是写出了一批"其语句则经子生涩语、佛典语、欧洲语杂用"的"七字句之语录"，梁氏自言其"不甚肖诗矣"②。较之晦涩难懂的"新学诗"，大气磅礴、酣畅淋漓、不乏"新名词"却又保留了"古风格"的七古长歌《去国行》，可说开启了任公诗歌创作的新阶段。

1900 年 2 月，梁启超在《汗漫录》中揭橥"诗界革命"旗帜，标志着诗界革命运动的正式发端。《汗漫录》所录《壮别二十六首》《奉酬星洲寓公见怀一首次原韵》《书感四首寄星洲寓公仍用前韵》计 31 首诗，刊于《清议报》第 36 号，是任公新诗最为集中的展示，亦是其诗界革命理论的自觉实践。

《壮别二十六首》开篇道：

> 丈夫有壮别，不作儿女颜。风尘孤剑在，湖海一身单。天下正多事，年华殊未阑。高楼一挥手，来去我何难。

人生自古伤别离，而任公的离别诗却突出一"壮"字，充溢着以天下为己任的担当精神和身处逆境而奋斗不止的英雄气概。其"别西乡隆盛铜像一首"道：

> 东海数健者，何人似乃公？劫余小天地，淘尽几英雄。闻鼓思飞将，看云感卧龙。行行一膜拜，热泪洒秋风。

对西乡隆盛这样的英杰之士充满崇敬之情。该组诗倒数第二首云：

> 极目览八荒，淋漓几战场。虎皮蒙鬼蜮，龙血混玄黄。世纪开新幕（此诗成于西历一千八百九十九年十二月二十七日，去二十世纪仅三日矣），风潮集远洋（泰西人呼太平洋为远洋，作者今日所居之舟，舟日所在之洋，即二十世纪第一大战场也）。欲闲闲未得，横槊数兴亡。

慨当以慷，淋漓悲壮。

---

① 饮冰子：《饮冰室诗话》，《新民丛报》第 29 号，1903 年 4 月 11 日。
② 任公：《汗漫录》，《清议报》第 35 册，1900 年 2 月 10 日。

《书感四首寄星洲寓公仍用前韵》其二云：

> 难呼精卫仇天演（天演学者，泰西最近学派也，此名侯官严氏定之），欲遣巫阳筮国魂。医未成名肱已折，法无可说舌犹存（《华严经》云：明知法无可说，而常乐说法。吾以此二语自铭其论学之牍）。玄黄血里养生主，魑魅峰头不动尊。更有麟兮感迟暮，与君和泪拜端门。

新名词、旧典故相得益彰。

在《清议报》存世的两年多时间里，梁启超发表诗歌25题87首，不仅数量位列榜首，而且引领创作潮流，时代反响巨大，堪称《清议报》第一诗人。

梁启超见诸《清议报》的诗作，大体可分为留别诗、纪事诗、感兴诗和自厉诗，要皆感应着时代节拍，充满家国之情与风云之气，绝大多数作品体现了诗界革命的革新精神与方向。其中，《太平洋遇雨》《留别澳洲诸同志六首》《赠别郑秋蕃兼谢惠画》《纪事二十四首》《自厉二首》《志未酬》《举国皆我敌》等诗，显示了诗界革命初期的创作实绩。

《太平洋遇雨》即景抒情："一雨纵横亘二洲，浪淘天地入东流。却余人物淘难尽，又挟风雷作远游。"① 既描绘出一雨纵横两洲的自然奇观，又写出"学作世界人"的诗人首次远洋的新奇感受；而自然界的大洋、暴雨、巨浪、风雷等实景，又象征着险恶的政治风浪和政治运动的风雷，表达出一种身处逆境依然昂扬向上、乐观豪迈的不屈意志和斗争精神。

《志未酬》《举国皆我敌》亦是感兴之作，属于言志述怀的政治抒情诗，发抒诗人的报国之志与觉世情怀。《志未酬》云：

> 世界进步靡有止期，吾之希望亦靡有止期。众生苦恼不断如乱丝，吾之悲悯亦不断如乱丝。登高山复有高山，出瀛海更有瀛海。任龙腾虎跃以度此百年兮，所成就其能几许？②

塑造出一个胸怀世界、悲悯众生、奋发有为、勇于进取、志向高远、只争朝夕的抒情主人公形象。

《举国皆我敌》以"先知有责，觉后是任"的历史责任感，"挑战四

---

① 《清议报》第54册，1900年8月15日。
② 《清议报》第100册，1901年12月21日。

万万群盲,一役罢战复他役"的斗士姿态,既表现出先觉者不被世人理解、"众安浑浊而我独否"的孤独心境,更表现出"牺牲一身觉天下,以此发心度众生"的觉世情怀、济世志向与牺牲精神,以及"十年以前之大敌,十年以后皆知音"的乐观心境。①

自由奔放的歌行体,不拘格律的散文化,激切豪壮的真情感,披肝沥胆的真性情,使得梁任公言志述怀的政治抒情诗,具有了浓郁的时代气息和真挚的感人力量。

《留别澳洲诸同志六首》《赠别郑秋蕃兼谢惠画》是其留别诗代表作。前者以"回天犹有待,责任在吾徒""文明原有价,责任岂容宽"相劝勉,以"夙有澄清志,咸明自主权""几度闻鸡舞,摩挲祖逖鞭"相告慰,以"剖心侪六烈,流血为黎元""何物相持赠,民权演大同"相砥砺;新名词与旧典故相错杂,新意境与古风格相交融。后者称誉"一槎渡海将廿载,纵横商战何淋漓"的郑秋蕃"眼底骈罗世界政俗之同异,脑中孕含廿纪思想之瑰奇",赞佩其"不愿金高北斗寿东海,但愿得见黄人捧日崛起大地而与彼族齐驰骋"的民族情感与爱国志节,抒写出"君不见鸷鸟一击大地肃,复见天日扫雾翳"的报国志向,憧憬着"山河锦绣永无极,烂花繁锦明如斯"的美好明天,流露出"风云满地我行矣,壮别宁作儿女悲""国民责任在少年,君其勉旃吾行矣"的豪迈情怀。②

《赠别郑秋蕃兼谢惠画》还提及"我昔倡议诗界当革命,狂论颇晗作者颐",可见郑氏不仅是诗界革命之同道,而且将这一革命精神扩展至"画界";梁氏以为"吾舌有神笔有鬼,道远莫致徒自嗤",认为"君今革命先画界,术无与并功不訾"。可见,梁启超对自己的诗歌创作成绩很不满意,以为鼓吹有功而实践乏力,诗界革命成功之"道"还很"远";与此同时,他高度评价郑氏在"画界革命"取得的成就,言其"尔来蔚起成大国""方驾士蔑凌颇离",称赞其绘画成就之高超迈英国画家士蔑和古希腊画家颇离。③"画体维新诗半旧",道出了梁氏对此期诗歌创作的自我定位,其中包含对"以旧风格含新意境"创作指针的自我肯定。

《纪事二十四首》真实地记录了"多少壮怀偿未了"的梁任公在澳洲邂逅才女何蕙珍后发生的一段"又添遗憾到蛾眉"的旷世奇情,见诸《清议报》后令乃师大为光火,斥之为"荒淫无道"之"淫词"。④ 这组

---

① 《清议报》第100册,1901年12月21日。
② 《清议报》第83册,1901年6月26日。
③ 《清议报》第84册,1901年7月6日。
④ 冯自由:《横滨清议报》,《革命逸史》初集,中华书局,1981年,第64页。

记述儿女情长之作，情感胸襟多有超越凡古之处，充溢着时代气息与女权思想，不少诗作大体符合"三长"兼备的"诗界革命"纲领。诗人一方面享受着"红袖添香对译书"的奇情艳福，另一方面十分清醒地意识到"后顾茫茫虎穴身，忍将多难累红裙"，遂决心奉行亲手创立的"一夫一妻世界会"宗旨，"尊重公权割私爱，须将身后作人师"，而以兄妹因缘来处理这段感情，期盼着"万一维新事可望，相将携手还故乡。欲悬一席酬知己，领袖中原女学堂"；最后一首，诗人猛然回到多灾多难的现实境况中来，"猛忆中原事可哀，苍黄天地入蒿莱。何心更作喁喁语，起趁鸡声舞一回"，家国之情战胜了个人之情，儿女之情悄然敛起，风云之气油然升腾。①

《自厉二首》自问世之日就广为传诵，经久不衰。其一所言"平生最恶牢骚语"，可谓快人快语；"百年力与命相持"，表达出自强不息的坚定意志；"立身岂患无余地？报国惟忧或后时"，抒发出义无反顾投身新民救国事业的坚定决心，以及先天下之忧而忧的强烈报国信念。其二所云"献身甘作万矢的，著论求为百世师"，表达出献身思想启蒙事业的坚定志向；"誓起民权移旧俗，更研哲理牖新知"，言说出书生救国的途径方法；"十年以后当思我，举国犹狂欲语谁"，抒发出对未来新民救国事业必将大有成效的坚定信念；"世界无穷愿无尽，海天寥廓立多时"，塑造出一个放眼世界、立志报国、新思勃发、顶天立地、勇于担当、先觉觉人的启蒙知识者形象。② 诗人隐隐以西哲卢梭自况，情感豪迈悲壮，读来催人奋起，感人肺腑，无一字提及爱国，却整篇充溢着炽烈悲怆的爱国情怀。

照魑镜台道人《刘荆州》二律，亦是任公之作。其一云："二千年后刘荆州，雄镇江黄最下游。笔下高文蠹鱼矢，帐前飞将烂羊头（湖北洋操统领夫己氏者，节度使所宠之俊仆也）。忍将国难供谈柄，敢与民权有凤仇。闻说魏公加九锡，似君词赋更无俦。"③ 借东汉末年荆州牧刘表影射湖广总督张之洞，其时代背景是庚子国变之年张之洞为自身利益与东南各省督抚实行"东南互保"，并镇压唐才常领导的自立军，讽刺和抨击这位封疆大吏食古不化、不文不武、目无国家、仇视民权、谄媚权臣，可谓辛辣尖刻，鞭辟入里。

---

① 《清议报》第 64 册，1900 年 11 月 22 日。
② 《清议报》第 82 册，1901 年 6 月 16 日。
③ 照魑镜台道人：《刘荆州》，《清议报》第 54 册，1900 年 8 月 15 日。

1902年初,《新民丛报》创刊号"诗界潮音集"栏隆重推出的歌行体长诗《二十世纪太平洋歌》,将思想之解放与诗体之解放很好地结合起来,充分体现了诗界革命的精神风貌,代表了饮冰主人新诗创作的实绩。《游春杂感》《读〈陆放翁集〉》代表了此期任公诗作两种截然不同的面貌与风格,折射出阴柔与阳刚、小我与大我、儿女之情与英雄之气集于一身的矛盾而丰富的内心世界。

　　《游春杂感》写乍暖还寒时节在日本东京郊游所见所感。"故乡春色今若何?佳人天末怨微波"①,对故乡和亲人的思念,夫人信中的埋怨,欲归无期的苦闷,杨柳依依无人折枝的寂寞,雨打樱花落英满地的凄凉,道路泥泞脚踏车寸步难行的烦恼,触景伤情,处处显出英雄气短、儿女情长。《读〈陆放翁集〉》则豪气冲天,雄风逼人:"诗界千年靡靡风,兵魂销尽国魂空。集中十九从军乐,亘古男儿一放翁。"心情何等沉痛!语气何等豪迈!对不轻易写从军苦、平生好言从军乐、"慕为国殇,至老不衰"的爱国诗人陆放翁是何等钦敬!"辜负胸中十万兵,百无聊赖以诗鸣。谁怜爱国千行泪,说到胡尘意不平。"② 面对空怀一腔报国志、至死未见"王师北定中原日"的充满悲剧色彩的历史人物陆游,梁诗却写得气冲霄汉,令人扼腕叹息,却又催人奋起。

　　1902年11月,《新小说》创刊号推出的《爱国歌四章》,是任公率先垂范的学堂乐歌,意在唤醒国民意识,鼓舞民族自信心,高奏爱国主义时代强音。四章分述我中华地大物博、人口众多、文明悠久、英雄辈出,大声疾呼"结我团体,振我精神",殷切期盼"二十世纪新世界,雄飞宇内畴与伦",反复咏唱"可爱哉!我国民"。全诗文字浅近,明白晓畅,句式自由,节奏明快,气势雄浑,朗朗上口,读之令人热血沸腾,诵之令人激情澎湃,具有振奋民族精神、催人奋起直追的强烈的艺术感染力。

　　1903年底,梁启超游美洲返日后,言论立场大变。梁氏以为中国国情与美国不同而与法国接近,当此危亡之秋,不宜实行以激烈手段推翻清朝君主的"种族革命",而宜实行以和平手段运动政府推行宪政的"政治革命",矢口不再言"革命""排满"与"共和",主张缓进之说,政治思想由激进而温和,自我定位由中国的玛志尼变而为加富尔。此后的梁任公,颇以过去的功利主义、破坏主义为悔,转而提倡保存国粹以固国本。此后近七年时间里,他很少写诗,报刊上基本见不到其诗作。直到1910

---

① 《新民丛报》第7号,1902年5月8日。
② 《新民丛报》第8号,1902年5月22日。

年9月，其诗作才陆续见诸上海《国风报》"文苑"栏。

宣统年间，梁启超已绝口不提"诗界革命"，转而拜同光体诗人赵熙为师，诗风发生了显著变化。其《腊不尽二日遣怀》云："泪眼看云又一年，倚楼何事不凄然？独无兄弟将谁怼？长负君亲只自怜。天远一身成老大，酒醒满目是山川。伤离念远何时已？捧土区区塞逝川。"① 在思乡怀亲、忧国伤时之中发抒着久客异域的牢愁。

民国初元归国之后，梁启超的政治抱负依然难以实现，内心焦虑苦闷，散见于《庸言》《大中华杂志》"文苑"栏为数不多的诗作，多是友朋间酬应之作，充满了中年哀乐的愁云惨雾。1912—1914 年，当他在自己主持的《庸言》"艺谈"栏长篇累牍地连载同光体诗论家陈衍《石遗室诗话》之际，当他与赵尧生侍御书讯往复"从问诗古文辞"之时，当他在《庸言》"文苑·诗录"栏以"交亲无新旧，相尚在风义""我以古人心，纳交当世士"相标榜之际②，当他在"癸丑三日邀群贤修禊万生园"拈《兰亭序》分韵得"激"字与以同光体诗人为主体的遗老遗少们酬唱吟咏之时③，昔日那个"少年中国之少年"已步入人生的中年，再不见当年"梦乘飞船寻北极"④ 的豪情与诗思。当年那个"不惜以今日之我难昔日之我""烈山泽以辟新局"⑤ 的梁任公，如今已是心境黯淡，渐入颓唐；昔日诗作中意气风发的青春气息与雄豪之风已不复存在，昔日诗作中特色鲜明的"新意境"已完全让位给"古风格"。

从晚清至民初，从"才气横厉"到"唐神宋貌"，近代报刊视野中的梁启超诗歌，走过了一条从打破传统、锐意创新、自成一体到复归传统的路子。而他发表的对 20 世纪以降的新旧诗坛产生了重要影响、也最为时人和后世史家所称道的诗作，则是在他发起的诗界革命运动期间问世的那批以"新名词"和"新意境"见长、却又不失"古人之风格"的新派诗。百年后的今天，作为诗人的梁启超能够在文学史上留名的诗篇，并非曾被康有为赞誉为"苍深雄郁""义正词严""前无古人""诗至此观止矣"的《朝鲜哀词》之类的"以杜韩之骨髓，写小雅之哀怨"的诗章⑥，

---

① 沧江：《腊不尽二日遣怀》，《国风报》第 2 年第 6 期，1911 年 3 月 30 日。
② 梁启超：《庚戌秋冬间，因若海纳交于赵尧生侍御，从问古文辞，书讯往复，所以进之者良厚，顾羁海外，迄未识面，辄为长谣，以寄遐忆》，《庸言》第 1 卷第 12 号，1913 年 5 月。
③ 梁启超：《癸丑三日邀群贤修禊万生园，拈〈兰亭序〉，分韵得"激"字》，《庸言》第 1 卷第 10 号，1913 年 4 月。
④ 饮冰子：《饮冰室诗话》，《新民丛报》第 19 号，1902 年 10 月 31 日。
⑤ 梁启超：《清代学术概论》，第 86、89 页。
⑥ 梁启超：《梁任公诗稿手迹》，古典文学出版社，1957 年，第 7—8、16 页。

而是《二十世纪太平洋歌》这样吟唱出时代大潮音的充满诗体解放精神的璀璨诗篇。

第三节 "诗界革命谁软豪"
——近代报刊视野下的蒋观云诗

20世纪初年，正当梁启超依托《清议报》揭橥"诗界革命"旗帜，发起诗界革命运动之际，有一位自上海得风气之先的浙江诸暨青年，化名"因明子"频频惠寄诗稿，热情响应梁氏号召，成为《清议报》诗歌栏目骨干诗人之一；远在美洲的梁氏读其诗后"大心醉之"，误以为此人就是丙午、丁酉年间"新学之诗"首倡者夏曾佑，"盖其理想魄力，无一不肖穗卿"①；游至澳洲时，梁氏作《广诗中八贤歌》，首颂"因明子"："诗界革命谁软豪，因明巨子天所骄。驱役教典庖丁刀，何况欧学皮与毛？"诗下注"穗卿"，回到日本后方知其误，在《新民丛报》发表时将注脚改为"诸暨蒋智由观云"。1902年以后，梁启超依托《新民丛报》"文苑"栏，进一步鼓吹"诗界革命"，将这一思想启蒙旗帜下的诗歌革新运动推向高潮；蒋智由亦成为该刊诗歌专栏的重要诗人，梁氏在《饮冰室诗话》中将其标举为"近世诗界三杰"之一。

由于梁启超《饮冰室诗话》的巨大影响，20世纪的中国近代文学史论著述及"诗界革命"时一般都会提及蒋智由的名字，且视其为诗界革命的骨干成员。然而，文学史家和诗论家反复征引的观云诗不过《有感》《卢骚》《奴才好》诸篇，后两篇还是沾了被邹容《革命军》引用的光；诗界革命时期蒋智由诗歌之历时性形态，依然模糊不清，见木不见林。

一、因明子：《清议报》诗歌栏目后起之秀

自1899年底至1901年底，署名"因明子"的诗作见诸《清议报》"诗文辞随录"栏计46题62首，成为后期《清议报》诗歌栏目的顶梁柱和代表诗人。

1899年11月《清议报》第33册所刊因明子《观世》，是目前所见蒋智由最早见诸报刊的诗作。这位出身寒门，自言"我年未二十，饥走去

---

① 饮冰子：《饮冰室诗话》，《新民丛报》第19号，1902年10月31日。

东西,汩没遂长久,飘摋如转蓬"①的浙江举人,此时正漂泊在上海,以诗笔反思着专制统治的流毒,思考着优胜劣败的道理,诗章充满忧患意识和启蒙精神。那么,蒋智由透过《观世》一诗,观察到一个什么样的世界呢?是中国千百年来"一人制贤否"的专制统治及由此造成的"积成奴仆性,诌谀竞为生"的国民劣根性,是"智种日摧抑"的民族竞存现状,是"劣败理亦平"的优胜劣败的生存法则,是有识之士不愿看到的"莽莽万川谷,异族入经营"的残酷现实和瓜分危局。初登诗坛,其诗作就显露出敏锐的思辨性和新异的思想性;诗界革命时期以新名词、新典故和议论见长的蒋观云诗,在其处女作中就已显露端倪。

1900年2月,蒋观云五古长诗《时运》见诸《清议报》第35册,这是署名"因明子"的诗作最早引起梁氏关注的一首。诗云:"昔者尚专制,今兹道犹酿。昔隆礼与法,今画自由阹。孟晋足竞存,墨守丧其车。贤豪已奋变,顽灵乃龃龉。"表达了往昔崇尚专制、遵隆礼法的旧时代将被重民权、讲自由的新时代所取代,在当今民族竞存、优胜劣败的险恶国际环境下,只有奋然思变、努力进取,才能赢得中华民族的生存空间。诗人对中国的未来并不悲观,相信"吾有党与徒,来者方徐徐;吾有日与月,万古为居诸"。该诗虽已不像"新学诗"那样充斥隐语怪典,但仍有不少生典僻字。任公读此诗后"大心醉之",在脑海中留下了非常深刻的印象,以至于时隔近三年之后仍"至今常三复之",并在诗话中"不辞骈枝"将其"再写一通",全文征引了这首诗。②

对国人奴隶性质的暴露、讽刺、批判与反思,是因明子诗歌鲜明的主题意向之一,《奴才好》集中表现了这一主题意蕴。该诗以嬉笑怒骂的讽刺口吻反言讽世,其对老大帝国国民性弱点的奴隶性质的描摹与揭露,一针见血,入木三分。将反思与批判国人的奴隶性质这一主题引向历史深处的,是那首传诵一时的著名诗篇《有感》:"落落何人报大仇,沉沉往事泪长流。凄凉读尽支那史,几个男儿非马牛?"③诗人先是悲伤眼下矢志报国仇的血性男儿之零落稀少,进而将眼光投向历史,猛然感悟到中国历史原本就是一部绝大多数人为极少数统治者当牛做马的屈辱的奴隶史。十多年后,作为蒋智由的浙江同乡和晚辈的中华民国教育部佥事周树人接续了这一批判性历史眼光,以"鲁迅"之笔名通过"狂人"这一典型形象

---

① 蒋观云:《众弃》,吕美荪编:《蒋观云先生遗诗》,1933年铅印本,第2页。
② 饮冰子:《饮冰室诗话》,《新民丛报》第19号,1902年10月31日。
③ 《清议报》第81册,1901年6月7日。

从史书的字里行间读出了令人触目惊心的"吃人"主题，从而将国民性批判主题推向一个新阶段。

对尚武、合群、竞争、独立精神的呼唤，对西方现代科技文明的赞颂，是因明子诗歌较为集中的主题意向。《闻蟋蟀有感》通篇在宣扬尚武精神："蟋蟀鸣，秋风惊，丈夫入世当为兵。支那男子二百兆，坠地皆喜儒之名。儒冠儒行儒气象，坐令种族失峥嵘……吾寻汉种之弱根，汉种自古多儒生。君不见晚周时代齐秦晋楚皆堀起，鲁日夜独遭割烹；又不见南宋时代儒者议论空复多，坐视江山半壁倾。"①《见恒河》旨在"望吾种之合新群也"——"君不见恒河沙，君不见支那之人如此多！沙散不可聚，人散其奈何！遂令昆仑山下土，供彼白人所唊嗑。贪如狼，狠如虎！黑种夷，红种虏，转瞬及我神明之子孙""夺我土地，削我自主。耗我财源，挤我种类。噫吁巇嗟，彼已吞唊，我犹鼾睡""亟诏吾民梦醒之，绌己念群犹可为。不然乃真牛马奴隶百千劫，忍令亲见印度波兰时""愿各哀乐为同胞，眼见吾种团结独立世上以为期"。②悲怆沉痛，情真意切，催人奋起，极富感染力。《梦起》主要宣扬"争种非不武"的尚武精神、"物竞世益烈"的竞争意识、"群失吾何伍"的合群理念和"独立养自主"的独立自主精神。③《人物》所言"廿纪风涛来太恶，那堪群力发生迟"，《世境》所谓"今日龙蛇齐起陆，竞存一线在黄人"④，均流露出诗人对国人合群思想和竞存意识的热切呼唤与期盼。

《北方骡》旨在"思铁路之行也"——"北方骡，日不支。道诘屈，山险巇。仆夫怒，横鞭箠。鞭箠末已骡力绝，卧死道旁折车轴。安得往来飞辇车，不用牲力用汽力。乃知人群贵用器，器改良兮增幸福。幸福增兮利于人，非独利人兼及物"⑤。诗中那头步履蹒跚、体衰力竭、卧死道旁的北方骡，与代表西方工业文明的蒸汽机车形成了鲜明的对比；孰优孰劣，孰强孰弱，孰胜孰败，不言自明。《呜呜呜呜歌》是写给轮船和近代工业文明的赞歌："呜呜呜呜轮舶路，万夫惊异走相顾。云飞鸟度霎时间，怪底江山生颓雾。莽苍城郭梦中游，蓦走神骏坡下注。却愁眩摇生视差，翻求佳趣或少驻。想当米人初制时，世人亦颇相疑惧。迩来五洲食其福，亚雨欧云忙奔赴。文明度高竞亦烈，强者生存弱者仆。吁嗟呜呜汽笛

---

① 《清议报》第96册，1901年11月1日。
② 《清议报》第92册，1901年9月23日。
③ 《清议报》第87册，1901年8月5日。
④ 《清议报》第68册，1901年1月1日。
⑤ 《清议报》第93册，1901年10月3日。

鸣，穿电裂石天为惊。何限虎门龙争事，中有沉沉变徵声。丈夫当此涌血性，苍茫独立览河山，不觉英雄壮志生。"① 当此文明交通和生存竞争的时代，要实现强国梦，大力发展工业文明是当务之急，优胜劣败，时不我待。

20世纪初年，蒋智由对时局忧心如焚，"念廿纪之悠悠，独慨然而涕流"，然而却并不悲观，相信"山海有时移，肝胆不可斫"，期盼"孟晋复孟晋，鲁阳回天戈"，坚信"时哉失其不可追，天地光阴人所开"，表现出奋起直追的进取精神和民族自信心。② 面对世纪之交国家遭遇到的巨大的天灾（东南风暴灾害）与人祸（北方庚子之乱），诗人悲天悯人却并不怨天尤人，悲悯"禾稼方青棉叶秀，胎折花损如弃屣。已叹北方扰烽烟，更愁南方呼庚癸"，叱问"兵食水风一切劫，帝阍何由叩溟溽"，相信"人治进步避天虐，此理昭昭无可违"，喟叹"嗟哉亚陆昏垫地，何自得见文明时"。③ 他诅咒给祖国人民带来巨大灾难的大自然的"风暴"，却热切呼唤着政治革新和思想启蒙的时代"风暴"，内心暗潮涌动，"亚尘雨气腥，欧海风潮怒"。④ 因明子诗歌表现出强烈的历史责任感和舍我其谁的时代担当精神，"吾党丁此仓皇反覆时，嗟哉不任任者谁？"⑤ 辞气何等豪迈！时局是如此悲哀，新派诗人蒋智由的诗作却充满风云之气，令人心潮澎湃，胆粗气壮。

1901—1902年存世的《选报》，辟有"国风集"诗歌专栏，作为该报主笔的蒋智由有9首诗见诸该栏，署名"愿云"；其中，《北方骡》《呜呜呜呜歌》《饮酒》《古今愁》《闻蟋蟀有感》诸诗亦在同时期《清议报》刊载过，《朝吟》《壬寅正月二日自题小影》亦见诸同时期《新民丛报》。《归来》发抒对祖国大好河山的由衷赞美和对危亡时局的沉痛感伤情怀："归来锦绣裹山川，玉玺金缸尚宛然。独有饥寒垂死客，哀时百感泪如泉。"⑥ 山川锦绣而生灵涂炭，自然的美好与人事的丑陋、时局的险恶形成了极大反差，此情此景，怎不令政治敏感度极高的诗人感慨万端、泪如泉涌？《题孟广集》同样是以沉痛的心情发抒维新志士积蓄已久的忧国情怀："丈夫何限忧时泪，洒作人间文字奇。触我万千哀乐意，高吟中酒月

---

① 《清议报》第100册，1901年12月21日。
② 因明子：《梦飞龙谣》，《清议报》第67册，1900年12月22日。
③ 因明子：《风暴》，《清议报》第91册，1901年9月13日。
④ 因明子：《梦起》，《清议报》第87册，1901年8月5日。
⑤ 因明子：《见恒河》，《清议报》第92册，1901年9月23日。
⑥ 愿云：《归来》，《选报》第8期，1902年1月。

明时。"① 襟怀天下，豪放悲怆，诗人相信文字（先进思想之载体）的启蒙功效，发愿以诗笔汇入新民救国运动的时代大潮之中。

二、观云：《新民丛报》诗歌专栏顶梁之柱

1902年之后，蒋智由告别"因明子"，其见诸《新民丛报》"诗界潮音集"栏的诗作署名"观云"，见诸《选报》《浙江潮》"文苑"栏的诗作则署"愿云"。"诗界潮音集"栏刊出观云诗22题45首，"饮冰室诗话"栏征引观云诗10首；数量之多，反响之大，堪与人境庐诗比肩，是《新民丛报》诗歌阵地名副其实的台柱子之一。

1902年3月，《新民丛报》第3号刊载梁启超《广诗中八贤歌》，起句就是"诗界革命谁欤豪，因明巨子天所骄"，对蒋智由赞赏有加，誉其为诗界革命之巨子。该期一下子刊登了蒋智由6首诗，其中就有那首名震一时的新诗代表作《卢骚》。该诗忠实地实践了梁氏提出的"新名词""新意境"和"古风格"的诗界革命创作纲领，堪称体现诗界革命革新精神的典范之作。不久，蒋氏在该刊推出又一力作《久思》："久思词笔换兜鍪，浩荡雄姿不可收。地覆天翻文字海，可能歌哭挽神州？"② 风格豪健，具有很强的思想穿透力和艺术感染力。

1903年2月，《新民丛报》第25号在内封醒目位置刊登了骚体长诗《醒狮歌》，副标题为"祝今年以后之中国也"，是为蒋智由的又一重要诗作。该诗以睡狮喻中国，极力铺陈雄狮应有的威武和睡狮被众兽戏弄宰割的悲惨境况，惊心动魄，如雷霆万钧，催人奋发。"狮兮狮兮，尔乃阿母之产，百兽之王，胡为沉沉一睡千年长？"本应是威风凛凛，"尔鬣一振慑万怪，尔足一步周四方，丁甲待汝司号令，列仟待汝参翱翔"，令百兽震遑，如今却"蓊目戢耳敛牙缩爪，一任众兽戏弄"，落得如此可悲之下场。诗人满怀希望地祝愿："狮兮狮兮，尔前程兮万里，尔后福兮穰穰。吾不惜敝万舌茧千指为汝一歌而再歌兮，愿见尔之一日复威名扬志气兮，慰余百年之望眼，消余九结之愁肠。"这并非一首写给疲弱不振的晚清帝国的绝望的哀歌，而是一首希冀祖国睡狮猛醒，再展雄风，在弱肉强食、优胜劣败的险恶国际环境下发奋自强、自立于世界民族之林的自省之歌、自强之歌、希望之歌和祝福之歌。

1903年2月，《新民丛报》第25号刊载的新乐府体长诗《挽古今之

---

① 愿云：《题孟广集》，《选报》第13期，1902年3月。
② 《新民丛报》第10号，1902年6月20日。

敢死者》,"脱胎汉魏乐府而意境极新"①;以梁启超两个月后在诗话中标榜的"以旧风格含新意境"的"诗界革命"新纲领来衡量,该诗称得上新派诗的典范之作。《挽古今之敢死者》洋溢着豪迈的英雄主义气概和勇于牺牲的大无畏精神,抒发了宁争自由死、不肯生为奴的反专制思想和不屈的抗争意志,有张有弛,朴实自然,诗味隽永。该诗新意境鲜明而新名词渐少,古风格浓郁却不乏时代气息,以理性见长却并不虚张声势,有骨有肉、层层深入地烘托出"英雄为牺牲,众生福穰穰"的诗歌主题。

从《清议报》到《新民丛报》时期,对危亡时局和祖国命运的沉重忧患及对中国历史的沉痛反思,一直是蒋智由诗歌创作较为集中的题材与主题。《长江》系蒋氏从上海赴南京沿江所见所感之作,诗人但见"山水艨艟万斜来,露英德法费疑猜""一队貔貅水上雄,直控南北锁西东""晚风西乐出兵轮,灰白船身水色混""航路牵连若网丝,觊觎碧眼贾胡儿",禁不住悲从中来;他深感"天赐黄民功德水,神州失用悔蹉跎",叹息"黄民斗败白民人,梦醒河山破碎中",叱问"佛兰金仙长酣卧,起舞张牙可有时?"② 面对列强侵凌、国权丧失、山河破碎的残酷现实,诗人期盼着祖国的强大和国人的奋起。《历史》一诗反思的是以成败论英雄的历史观,"成者虽碌碌,尊之若凤麟。败者虽英雄,贱之若蝇蝨""影响及社会,民愚斯蠢蠢。俊杰遭挫伤,得意类谨驯"。③ 这样的社会风气,只能产生顺民与奴才,那些才俊之士必定遭到摧残与扼杀;笔锋所指,在于批判封建专制制度及其影响下的萎靡世风;其深层意蕴,已经触及批判国人头脑中根深蒂固的奴性意识,亦即国民劣根性或国民性弱点问题。

1902—1905年间,《新民丛报》"饮冰室诗话"栏引录观云诗数首,其中组诗《己亥秋别天津有感,寄怀严、蒋、陈诸故人》系夏曾佑之作,诗中所怀"蒋子智由"正是蒋观云,梁启超显然是张冠李戴了,诗云:"蒋子(智由)起寒素,姓名世不张。乞食走燕野,扫尘书一床。过从日抵掌,每觉芝兰芳。农宗(己亥秋间蒋子著有《农宗篇》)发大义,精谊贯百王。持此照震旦,可谓见膏肓。"④ 刻画出一个出身寒门、勤学刻苦、文以经世、志向高远的读书人形象。"饮冰室诗话"引录了蒋智由为黄遵宪、邹容、罗孝通等人写的挽诗和挽联,《挽黄公度京卿》言:"公才不世出,潦倒以诗名。往往作奇语,孤海斩长鲸。寂寥风骚国,陡令时人

---

① 杨世骥:《诗界潮音集》,《新中华》复刊第2卷第3期,1944年3月。
② 观云:《长江》,《新民丛报》第20号,1902年11月14日。
③ 观云:《历史》,《新民丛报》第8号,1902年5月22日。
④ 饮冰子:《饮冰室诗话》,《新民丛报》第14号,1902年8月18日。

惊。公志岂在此？未足尽神明。屈原思张楚，不幸以骚鸣。使公宰一国，小鲜真可烹。才大世不用，此意谁能平？而公独萧散，心与泉石清。惟于歌啸间，志未忘苍生。"梁启超谓"才大世不用"以下六句"真能写出先生之人格，可当一小传矣"。①

蒋智由是《浙江潮》编辑之一，亦在其"文苑"栏发表过诗歌，署名"愿云"。此时正值蒋氏的民族革命和民主革命思想高歌猛进之时，其见诸《浙江潮》的多篇文章均对君主立宪论持批判立场，高昂的革命激情和强烈的民族主义情绪在其诗作中有鲜明的体现。1903年11月，《浙江潮》第9期刊发《送匋耳山人归国》，充满风云之气和英雄气概："亭皋飞落叶，鹰隼出风尘。慷慨酬长剑，艰难付别樽。敢云吾发短，要使此心存。万古英雄事，冰霜不足论。"

三、"诗界革命谁欤豪"

1905年5月，蒋智由《吊邹慰丹容死上海狱中》诗云："挥手君曰叩帝阍，帝醉豺虎当其门。君怒谓天亦昏昏，革命今当天上行""有人伐石为之铭，曰革命志士邹容。容有书曰《革命军》，读之使人长沾衿"。②对革命志士尚充满敬意和同情。大约在1906年夏，蒋智由的政治思想发生了蜕变。1907年，他与梁启超发起组织政闻社，并出任该社机关刊物《政论》月刊主编，彻底放弃了革命排满立场，极力鼓吹君主立宪，与同盟会唱起了对台戏。此后，蒋智由的诗歌创作走了一条与梁启超相似的路径，由趋新而笃旧。晚年寓居上海自编诗稿时，将见诸《清议报》《新民丛报》《浙江潮》等刊物的新派诗尽数删弃。

1902年8月，梁启超在诗话中交代："昔尝推黄公度、夏穗卿、蒋观云为近世诗界三杰。吾读穗卿诗最早，公度诗次之，观云诗最晚。然两年以来，得见观云诗最多，月有数章。公度诗已如凤毛麟角矣。穗卿诗则分携以来，仅见两短章耳。"③可见，在这一时期，蒋智由是诗界革命阵营的骨干力量，在"近世诗界三杰"中产量最高。两个月后，梁氏在诗话中进一步交代："吾尝推公度、穗卿、观云为近世诗家三杰，此言其理想之深邃闳远也。"④ 结合任公《广诗中八贤歌》"诗界革命谁欤豪，因明巨子天所骄"的赞誉，"邃于佛学"且擅长以佛典入诗，接受西学且喜以

---

① 饮冰子：《饮冰室诗话》，《新民丛报》第68号，1905年5月4日。
② 饮冰子：《饮冰室诗话》，《新民丛报》第69号，1905年5月18日。
③ 饮冰子：《饮冰室诗话》，《新民丛报》第14号，1902年8月18日。
④ 饮冰子：《饮冰室诗话》，《新民丛报》第18号，1902年10月16日。

新名词、新典故入诗，以新理想见长且深邃闳远，是梁氏高度评价蒋诗的着眼点，也是蒋氏新派诗的主要特征。

1903年，"革命军中马前卒"邹容撰写的《革命军》问世，风行一时，流传甚广，对近代中国革命思潮的兴起发挥了举足轻重的作用。邹容在《自叙》中借用了蒋智由《卢骚》结尾两句——"文字收功日，全球革命潮"，却未加任何说明。这一桩历史公案直接造成了两方面的社会影响：一方面迅速提高了这一极富鼓动性的革命诗句的知名度，扩大了社会影响；另一方面也致使此后相当长的一段历史时期内人们以讹传讹地将其误当作邹容的诗句。《革命军》第5章还全文引录了《奴才好》，尽管未写出作者姓名，但邹容明确交代了"近人有古乐府一首，名《奴才好》"。① 后人不明就里，直到20世纪70年代，该诗仍在大陆主流学界推出的历史著作中被误认作邹容的作品。

五四之后，最早对蒋智由见诸《新民丛报》的诗歌予以关注的史家是杨世骥，他以为就"新诗"论"新诗"，"当以蒋观云的成绩最可惊异"；其所看重的，是其成为"时代的信号"的历史意义以及"脱胎汉魏乐府而意境极新"的一批作品，推其为"新诗"示范之作。② 汪辟疆《光宣诗坛点将录》将蒋智由比附为"天慧星拼命三郎石秀"，言其"东游后，肆力为诗，不为湖湘人语，亦不入新学末派"③，指出蒋诗既冲破了旧派诗的形式藩篱，又克服了"新学诗"艰涩难懂的弊端。汪氏又言："夏、蒋二家，皆以运用新事见长，而又不失旧格。其才思不及人境庐，然理致清超，又人境庐外之别开生面者也。"④ 肯定了蒋诗"理致清超""人境庐外之别开生面"的独异风貌与时代特征。

20世纪初年，蒋智由响应"诗界革命"的号召，携带着《时运》《有感》《奴才好》《呜呜呜呜歌》《卢骚》《久思》《醒狮歌》《挽古今之敢死者》等一批脍炙人口的新诗登上诗坛，以《清议报》《新民丛报》《选报》《浙江潮》等报刊为主阵地，视文艺作品为新民救国之利器，呐喊出"文字收功日，全球革命潮"的时代强音，充当了世纪之交时代思潮和诗歌创作风气转换的信号，在某种意义上代表了新诗创作的发展方向，体现了诗界革命的基本精神，显示了诗界革命的创作实绩。近代报刊视野中的蒋智由诗歌，充满忧患意识、启蒙精神、报国之志与爱国之情，

---

① 邹容：《革命军》，中华书局，1971年，第33页。
② 杨世骥：《诗界潮音集》，《新中华》第2卷第3期，1944年3月。
③ 汪辟疆：《汪辟疆说近代诗》，上海古籍出版社，2001年，第87页。
④ 汪辟疆：《近代诗派与地域》，《汪辟疆说近代诗》，第43页。

对国人奴隶性质的暴露、讽刺、批判与反思，对尚武、合群、竞争、独立精神的呼唤与期待，对西方近代科技文明和自由、民主、平等思想的热情赞颂与热切向往，对列强侵凌、生灵涂炭、国将不国危亡时局的深重忧虑与关切，对祖国未来美好愿景的期盼与憧憬等，是其较为集中的主题意向，表现出鲜明的民族民主革命立场，充溢着风云之气和英雄气概，奏响了大时代的潮音。

诗界革命时期的蒋观云诗，形式上表现出解放的征兆与趋势，试图寻找一条新意境、新语句与古风格协调统一的新诗创作路径，其中既有可贵的探索经验，亦有明显的缺陷与不足，从中可以约略窥知梁启超"三长"兼备的诗界革命纲领在理论设计方面存在的问题与困惑。

第四节　高旭：从诗界革命到革命诗潮

20世纪初年，正当梁启超高标"诗界革命"旗帜，在众声喧哗的晚清诗坛掀起一股强劲的诗歌变革潮流之时，有一位松江府张堰镇热血青年频繁奔赴上海，怀抱"不忍坐视牛马辱，宁碎厥身粉厥骨""进化兴邦筹一策，上下男女平其权"的理想志向[①]，携带着《唤国魂》《新少年歌》《爱祖国歌》《海上大风潮起放歌》等一批激荡着时代风雷的新潮诗登上新诗坛，为彼时蓬勃发展的诗界革命运动补充了新鲜血液。这位诗界革命运动中涌现的后起之秀，其后成为南社的发起人和代表诗人。此人就是以"江南快剑""自由斋主人""爱祖国者""剑公""慧云""汉魂""汉剑""钝剑"等笔名名世的高旭。此后，由于革命派与维新派之间的鸿沟越来越大，包括高旭、柳亚子在内的南社诗人，大都不愿提及当年所受诗界革命之影响，加上高旭晚年因卷入臭名昭著的曹锟贿选案而身败名裂，致使其与诗界革命之间的历史关联长期以来隐而不彰。

1901年6月，江南快剑《唤国魂》见诸《清议报》第82册"诗文辞随录"栏，是为高旭在诗界革命主阵地发表的最早的诗作。此后，高旭充满变革精神和时代气息的诗作屡屡见诸《清议报》"诗文辞随录"、《新民丛报》"诗界潮音集"及《新小说》"杂歌谣"栏，成为诗界革命阵营的后起之秀。

高旭见诸《清议报》的诗篇计17题74首，署名"江南快剑""剑

[①] 江南快剑：《唤国魂》，《清议报》第82册，1901年6月16日。

公""自由斋主人""秦阴热血生"等，有体认到"内忧鱼烂烂已极，外祸瓜分狼入室"的《唤国魂》之作，有充满英雄主义气概和牺牲精神的悼念烈士谭嗣同、唐才常之作，有声言"南海真我师"的私淑康有为之作①，要皆以追求国家民族的独立自主与富强、宣扬政治改革维新、歌颂英雄主义精神为主基调；梁启超所标榜的"新名词""新意境"和"古风格"，在上述诗作中有着较为鲜明的体现，显示了诗界革命的时代精神和创作风貌。

蒋智由1901年创办的上海《选报》"国风集"专栏，是诗界革命延展到国内的报刊阵地。高旭在《选报》发表诗作6题19首。《俄皇彼得》是献给"输进文明革蛮野，广揽八极英豪收"②的彼得大帝的颂歌，传达的是一种强国梦想和危亡呼号；《侠士行》是发抒自我心志的壮歌，以刺秦的荆轲自况，"拂拭匣中剑，叩之铮铮铁"，表达了气吞山河的英雄主义气概，真可谓"志士之诗，英雄之血"③；《寄蒋观云》四章抒发了"生当为侠不为儒""援手齐登大舞台"的豪情壮志与报国雄心④。

高旭见诸《新民丛报》"诗界潮音集"栏17题74首诗作，成为该栏目重要诗人，奏响的依然是合群、爱国、保种、平权、自由及"牺牲觉世"的主旋律。其中，《兴亡》《书感》《不肖》《争存》《忧群》诸篇尤具代表性。《兴亡》诗中"兴亡皆有责，爱国我尤深。杨柳佳人怨，风云壮士心"的自我剖白，《书感》诗中"苍天梦梦依然醉，江自长流山自峨"的现实批判与自我期许，表现出舍我其谁的时代担当精神和浩气凌云的英雄主义气概。此类诗作，要皆以新名词宣传欧西新思想、新意境。

高旭见诸《新小说》的诗作，绝对数量不多（2题9首），相对数量却也不算少（排名第三），是其诗歌栏重要成员。《爱祖国歌》从题目、内容到形式均受到梁启超《爱国歌》影响，意在"发扬蹈厉，唤起国魂"⑤，有着炽烈深厚的爱国情愫，舍我其谁的担当精神，忧愤深广的时代内容，催人奋起的基调旋律。诗人为昔日祖国悠久灿烂的历史而自豪，为今日积贫积弱之老大帝国的命运而忧虑，希冀化作"祥风"，"以激起汝自由之锦潮兮，以吹开汝文明之鲜花"，为祖国的独立富强而上下求

---

① 自由斋主人：《书南海先生〈与张之洞书〉后，即步其〈赠佐佐友房君〉韵》，《清议报》第89册，1901年8月24日。
② 剑公：《俄皇彼得》，《选报》第11期，1902年3月30日。
③ 剑公：《侠士行》，《选报》第19期，1902年6月10日。
④ 剑公：《寄蒋观云》，《选报》第18期，1902年6月6日。
⑤ 自由斋主人：《爱祖国歌》，《新小说》第8号，1903年8月。

索，奋斗不止，最后以"纵天荒地老兮，我情终不远汝以离疏"之句收束，表达出矢志不渝的炽烈的爱国情怀。① 采用活泼的骚体诗形式，语言平易，格调高昂，错落有致，以新理想入旧风格。《新少年歌》是一首"为二十世纪新中国之主人翁勋焉""以资学生讽咏"的学堂乐歌②，有编者将其误选为梁启超诗作③。诗人希望新生一代刻苦勤学，勇于探索，养成公德，戮力救国；以"读书勉为良，读书要自强"相劝勉，以"新少年，别怀抱，新中国，赖尔造"相砥砺；宣扬"自治乃文明之母，独立为国民之宝"，叮嘱"新少年，须努力""思救国，莫草草"。④ 立意高远，雅俗共赏，既大量运用新名词，又适当引进民歌风，且不失祖国文学之精神，是早期学堂乐歌中不可多得的佳作。

1903年，高旭的政治思想立场逐渐由保皇立宪转向反清革命，其诗歌主题亦随之出现较大变化。昔日那个高吟"南海真我师"的自由斋主人⑤，经过了一段"我欲不革命，民气日折磨；我欲说革命，忍看血成河"⑥的思想斗争后，终于相信"民族主义渐发达，万人一魂莫敢当"，转而将先前崇拜的精神导师康有为、梁启超与吴三桂、洪承畴、曾国藩等人一起列入"中国八大奴隶"之列。⑦ 做出抉择之后的高剑公，声称要"仗义逐胡虏"，发誓"宁为自由死，不作牛马生"。⑧ 此后，高旭发表诗歌的阵地逐渐从《新民丛报》转移到《国民日日报》《觉民》《警钟日报》《中国白话报》《复报》《醒狮》等革命派报刊，要皆以宣扬民族民主革命为主旋律，诗歌形式和风格方面则承继了诗界革命的革新精神与方向，在大浪淘沙的"过渡时代"继续领跑新诗界，充当了革命诗潮中的弄潮儿。

1903年5月，正当梁启超在《新民丛报》撰文宣布与"共和"诀别之时，高旭却针锋相对地宣称正"醉倒共和"，并对梁氏反唇相讥。当是时，漫游美洲回到日本的梁氏发表长篇政论《政治学大家伯伦知理之学说》，抑"卢梭学说"而扬其反对者"伯伦知理学说"，忍痛与"共和"

---

① 自由斋主人：《爱祖国歌》，《新小说》第8号，1903年8月。
② 剑公：《新少年歌》，《新小说》第7号，1903年7月。
③ 盛仰红编：《百年诗歌精品》，上海社会科学院出版社，1996年，第5页。
④ 剑公：《新少年歌》，《新小说》第7号，1903年7月。
⑤ 自由斋主人：《书南海先生〈与张之洞书〉后》，《清议报》第89册，1901年8月24日。
⑥ 秦风：《读〈法兰西革命史〉作革命歌》，《国民日日报》，1903年10月8日。
⑦ 汉剑：《中国八大奴隶歌》，《中国白话报》第22—24期，1904年10月8日。
⑧ 剑公：《题章太炎近著》，《警钟日报》1904年8月10日。

诀别："呜呼痛哉！吾十年来所醉、所梦、所歌舞、所尸祝之共和，竟绝我耶？吾与汝别，吾涕滂沱""吾与汝长别矣！"① 高旭题诗三章寄赠任公，首章云："奴隶重重失主权，从今先洗旧腥膻。复仇本以建新国，理论何曾不健全？"三章道："新相知乐敢嫌迟，醉倒共和却未痴。君涕滂沱分别日，正余情爱最浓时。"② 表达了坚定的民族革命立场与信念。

1904 年，高旭编辑《皇汉诗鉴》，主张通过诗歌鼓吹民族革命。其题诗云："飒飒三色旗，忽竖骚坛里。鼓铸种族想，冀扫建房祀。眼底牺牲儿，流血恐未已。惟有诗界魂，枪炮轰不死。奋志吹法螺，鞭策睡狮起！"③ 诗魂不死，足以鼓动风潮，唤起民众，文字搅动社会的巨大潜能，使高旭坚定了以诗歌宣扬民族民主革命思想的信念与理想。

1903—1905 年，高旭在《政艺通报》发表诗作 36 题 85 首，译诗 2 首，成为该刊最重要、最多产的栏目诗人之一。《好梦》为人们描绘了没有争斗、没有压迫、没有贫富差别、没有等级分野的美好的未来乌托邦世界。生活在这一乐园中的人们，"游戏公家园，跳舞自由身。一切悉平等，无富亦无贫""有遗路不拾，相爱如天亲""人权本天赋，全社罔不尊。天然有法律，猗欤风俗醇"。④

高旭是《国民日日报》"文苑"栏骨干诗人，发表诗作 28 题 77 首。其中，《海上大风潮起放歌》《欲为我国民牺牲者其歌者》《读〈法兰西革命史〉作革命歌》《读〈俄罗斯大风潮〉》诸篇尤具革命气概。《海上大风潮起放歌》以"海上大风潮起"喻民族民主革命风暴的到来，以雷霆之声描绘了革命风暴铺天盖地卷来时的情景："自由钟铸初发声，独夫台上风萧萧。当头隐隐飞霹雳，鲁易十四心旌摇。何来呲呲此妖孽，助桀为虐豺虎骄。文明有例购以血，愿戴我头试汝刀。有倡之者必有继，掷万髑髅剑花飘。中国侠风太冷落，自此激出千卢骚。要使民权大发达，独立独立呼声嚣。全国人民公许可，从此高涨红锦潮。"诗人历数清廷"割我公产赠与人，台青旅大亲手交，东三省地今又送，联虎狼秦如漆交"的丧权辱国行径，发下"堂堂大汉干净土，不许异类污腥臊，还我河山日再中，黎庭扫穴倾其巢"的豪迈誓言，声称"作人牛马不如死，淋漓血

---

① 力人：《政治学大家伯伦知理之学说》，《新民丛报》第 32 号，1903 年 5 月 25 日。
② 汉剑：《读任公所作〈伯伦知理学说〉题诗三章，即以寄赠》，《警钟日报》，1904 年 4 月 14 日。
③ 高旭：《题所编〈皇汉诗鉴〉用前韵》，郭长海、金菊贞编：《高旭集》，中国社会科学出版社，2003 年，第 38 页。
④ 剑公：《好梦》，《政艺通报》癸卯第 23 号，1904 年 1 月 2 日。

灌自由苗"，并以亚洲豪杰自任，自信会载入20世纪全球伟人名录，"请看后人铸铜像，壁立万仞干云霄。廿一世纪廿纪末，伟人名姓全球标。香花供养买丝绣，笔舌突过汗马劳"。① 诗境绚丽而豪放，饱蘸感情，鼓动性极强，可谓一篇反清檄文和革命战歌。这首豪情满怀地呼唤革命风暴的璀璨诗篇，堪称体现了诗界革命精神的佳作。

高旭是《觉民》月刊主笔，在其"文苑"栏刊发诗作23题70首，成为名副其实的台柱子。其中，《出门见落花》《感日俄战争而作》诸作，均传诵一时。《出门见落花》云："莽莽奇愁我欲痴，东风又是落花时。忍看满地黄炎血，怅惘归来有所思。"② 暮春时节被风吹雨打去的缤纷落英，在诗人脑际间竟幻化成"满地黄炎血"，种族情结和民族革命思想可谓深入诗人的骨髓。

高旭有16题68首诗歌发表在《警钟日报》"杂录"栏，组诗《甲辰年之新感情》《题太炎先生〈驳康氏政见〉》诸篇是其佼佼者。《甲辰年之新感情》共25首，分三期刊出。首篇为"读南海政见书"所作，"芳馨逐房花开日，惨淡勤王花落时；君自为君我为我，不相菲薄不相师"③，在政治立场上与昔日的精神导师康有为划清了界限。题咏曾国藩，言其"满室忠臣推第一，尽情重坏汉山河"，讥刺他"船山全集烦刊刻，种义分明却未知"，民族立场成为臧否历史人物的首要标准。④《题太炎先生〈驳康氏政见〉》对高扬民族民主革命旗帜的章太炎及其大快人心的革命文章尽情讴歌，发出"宁为自由死，不作牛马生"的豪迈誓言。⑤

林獬创办的《中国白话报》具有强烈的民族革命倾向，高旭见诸该刊的《大汉纪念歌一十八章》《光复歌三首》《逐满歌》《中国八大奴隶歌》，从诗题即可看出其鲜明的排满革命思想。高旭在其主持的《醒狮》月刊发表诗作2题5首。歌行体长诗《游富士山》开篇以突兀之笔极状富士山的峻拔雄奇："不见乎富岳盘旋地轴撑天起，山势蜿蜒疾走如游龙；造物磅礴凝结此物质，横绝东亚海国气象雄"；而登上海国绝顶的诗人，在享受"披襟直上最高顶，消除块垒长啸剑之锋"的快意和体味"男儿到此差快意，从今洗尽芥蒂平生胸"的旷达之时，却依然心系祖国，仿佛望见了云遮雾缭的中华，听见了国人熟睡的鼾声："狂来更倾斗

---

① 剑公：《海上大风潮起放歌》，《国民日日报》，1903年8月13日。
② 天梅：《出门见落花》，《觉民》第8期，1904年7月。
③ 天梅：《甲辰年之新感情》，《警钟日报》，1904年7月16日。
④ 天梅：《甲辰年之新感情》（再续），《警钟日报》，1904年7月28日。
⑤ 剑公：《题太炎先生〈驳康氏政见〉（癸卯十一月）》，《警钟日报》，1904年8月10日。

酒倚绝壁，下览赤县盲云充塞鼾睡浓。警叫一声中华大帝国，天声鲅鲅震动轩辕宫。无奈偌大睡狮沈醉颓卧终不醒，垂头丧气爪牙脱落双耳聋。何来奔流飞瀑锵然到耳偏激荡，疑是上界仙子调笙镛。"① 境界开阔，动人心魄，洋溢着奔放浩荡的革命热情，堪称高旭豪放型歌行体翘楚之作。

高旭与柳亚子共同主办的《复报》是其发表诗歌最多的刊物，计有46题171首。《题亚卢小像》云："亡国深尝味不甘，忍教长此醉醺醺。愿图万纸都传遍，当做卢梭第二看。"② 对志同道合的柳亚子推崇有加。《奉寄刘光汉先生》道："扫荡妖氛树一军，麟歌凤叹泣斯文。卮言日出伤流俗，手障狂澜赖有名。"③ 对民族革命吹鼓手刘师培大加赞颂。送傅君剑还长沙，声言"楚虽三户势犹张""羞于亡国号诗王""相期杀贼输长策，与子同仇赋短章"，嘴上说着"匈奴灭后还相见"，满眼已是"顾瞻军国泪千行"。④《汉真东渡，赠之以诗》云："阴山铁骑已全无，血溅燕云白草枯。吾辈快枪君炸弹，大家勿负好头颅"⑤，才也纵横，泪也纵横，一腔热血为国涌。

高旭诗歌见诸《神州日报》7题67首。他为《神州日报》周年纪念而作的《神州八章》，颇能显示其豪迈的革命气概和睥睨新诗坛的霸才。首章云："数枝健笔抵戈矛，震撼魔王唱自由。东亚风潮勤鼓吹，青年有责振神州"；二章云"大地春光陆沉叹，风风雨雨诉神州"；三章云"砥柱中流原不易，要当戮力此神州"；四章云"若使黄龙飞岭峤，完全无缺到神州"；五章云"旭日初升扬异彩，万千气象壮神州"；六章云"撑住东南君独步，正声王气旧神州"；七章云"热血造成民族史，可能还我古神州"；八章云"人竞颂言侬独吊，斜阳无语哭神州"。⑥

1903年春至1909年冬南社成立前，高旭依托《政艺通报》《国民日日报》《新民丛报》《警钟日报》《中国白话报》《女子世界》《女学报》《觉民》《江苏》《复报》《民权报》《醒狮》《二十世纪之支那》《汉帜》《神州日报》《神州女报》《广益丛报》《新中华报》《民呼日报》《民吁日报》《砭群丛报》等20余家报刊发表诗歌600多首，成为辛亥革命前夕最为高产、影响最大的革命派诗人。正如晚清众多由改良走向革命道路

---

① 天梅：《游富士山》，《醒狮》第1期，1905年9月。收入《天梅遗集》时更名《登富士山放歌》。
② 天梅：《题亚卢小像，步原韵》，《复报》第4期，1906年9月。
③ 天梅：《奉寄刘光汉先生》，《复报》第6期，1906年11月。
④ 天梅：《淘公东渡，制四诗以送行》，《复报》第8期，1907年1月。
⑤ 天梅：《汉真东渡，赠之以诗》，《复报》第11期，1907年8月。
⑥ 哀禅：《神州八章，为〈神州日报〉一周年纪念而作也》，《神州日报》，1908年4月4日。

的新派诗人一样，高旭诗歌鲜明地烙上了诗界革命的精神印记。

南社成立之前的高旭，尽管不知"笔墨收功在何日"，但无时不期待"国花普照洵瑰奇"①；尽管曾有过"前途茫茫谁能料"②的迷惘，有过"岂真词笔挽颓波"③的疑惑，但始终对有志青年以"大家勿负好头颅"④相激励，对革命同志以"相期收拾旧山河"⑤相期许。"海内诗人谁第一？江南国士本无多"⑥，这位以"国士"和"江南第一诗人"自诩的"爱祖国者"，在晚清诗坛手握"汉剑"铸造"汉魂"。尽管这把宝剑由"江南快剑"变成了"云间钝剑"，但他依然挥剑狂舞，浩歌不止，剑锋所指仍在腐朽的清朝统治者和封建专制制度，以剑气激发民气，以箫心唤起国魂，在20世纪初年如潮水般涌起的革命诗潮中傲立潮头，亦见证了革命诗潮与诗界革命运动之间你中有我、我中有你的交错状态，以及两者之间同中有异、异中见同的复杂形态。

第五节　旧锦新样：清末民初马君武诗歌

从1900年借助诗界革命主阵地《清议报》登上新诗坛，马君武的诗歌创作贯穿了诗界革命、革命诗潮及其后成立的南社兴衰的全过程。马君武南社时期标榜的"旧锦新样"的诗学主张，与梁启超倡导的"诗界革命"一脉相承；清末民初马君武诗歌始终遵循着这一诗学宗趣，表现出典型的新派诗特征，以"自成模范铸诗才"的卓荦丰姿，留下了难以磨灭的历史印迹。

一、"欲以一身撼天下"

马君武庚子年19岁时赴新加坡谒康有为而被委以八桂起事重任，20岁东渡日本住横滨大同学校结识梁启超，从事编译著述之业，为《新民丛报》撰稿；21岁与章太炎等发起"支那亡国二百四十周年纪念会"，译成《自由原理》，主编《翻译世界》；22岁与黄兴等筹组拒俄义勇队，

---

① 慧云：《简〈通报〉记者邓秋枚先生》，《政艺通报》癸卯第20号，1903年11月19日。
② 高天梅：《沪江酒楼醉吟以示同侪》，《月月小说》第10号，1907年11月。
③ 高旭：《自题〈未济庐诗集〉》，《高旭集》，第94页。
④ 天梅：《汉真东渡，赠之以诗》，《复报》第11期，1907年8月。
⑤ 天梅：《简钝根，即用其来诗韵》，《复报》第8期，1907年1月。
⑥ 高旭：《自题〈未济庐诗集〉》，郭长海、金菊贞编：《高旭集》，第94页。

23 岁利用暑期教军国民教育会暗杀团制作炸弹，24 岁与黄兴、陈天华、宋教仁等被推为同盟会章程起草员，31 岁参与起草中华民国临时约法草案，32 岁赴上海参与筹措"二次革命"……可谓历尽风云，置身风头浪尖，以国家兴亡为己任，为民族自由解放事业而发奋学习、奔走呼号。"欲以一身撼天下"①，馀事为诗人的马君武，发为诗歌，则饱蘸爱国激情，裹挟时代风雷，充满风云之气和昂扬的斗争精神，记录下激情岁月中值得缅怀的胸襟怀抱和心路历程，体现了辛亥革命时期一代革命志士的精神风貌和时代品格，用诗歌为一个大时代留下历史存照，汇入了 20 世纪初年兴起的诗界革命和革命诗潮的时代洪流之中。

马君武早年曾经是康、梁的信徒，借助《清议报》"诗文辞随录"园地，成为诗界革命阵营的新派诗人。1900 年春夏之交，马君武前往新加坡谒见康有为，执弟子礼。其《感怀》《赠臑民二郎》等诗作，也于是年秋见诸《清议报》，署名"贵公"。"宝剑自磨生远志""欲将口舌挽江河"②，抒发出投身国事的远大志向和书生以文字救国的豪迈情怀；"书生誓树勤王帜，铁屋瀛台救圣躬"③，"救亡党人志，改制圣君恩"④，表现出诗人鲜明的维新改良立场；"维新有魁杰，辛苦臑黎元"⑤，"中国少年公所造""说法殷勤忆世尊"⑥，流露出对康有为、梁启超的赞佩乃至崇拜之情。

20 世纪初年，青年才俊马君武发为诗歌，已是洋气扑鼻，时代气息浓郁，体现出鲜明的新派诗特征。庚子年所作《归桂林途中》，"苍茫今古观天演，剧烈争存遍地球"，开篇即显示出物竞天择、适者生存、强邻环伺、弱肉强食的国际视野；"弥漫朝野真长夜，破碎山河又暮春"，隐隐流露出冲破漫漫长夜、重整破碎山河的报国志向和济世情怀。⑦ 同年所写《身家》诗云："身家小比蝼蚁卵，世界多于恒河沙。重重叠叠古今法，生生死死春秋花。"⑧ 深受在维新派阵营颇为流行的具有人间情怀和时代精神的佛学思想影响，表现出偏好玄妙深湛之思的哲理思辨意识。梁启超曾在《饮冰室诗话》中对此期马君武下一印象式断语："君武亦好哲

---

① 马君武：《京都》，《马君武诗稿》，文明书局，1914 年，第 7 页。
② 贵公：《感怀》，《清议报》第 56 册，1900 年 9 月 4 日。
③ 贵公：《感怀》，《清议报》第 56 册，1900 年 9 月 4 日。
④ 贵公：《赠臑民二郎》，《清议报》第 56 册，1900 年 9 月 4 日。
⑤ 贵公：《赠臑民二郎》，《清议报》第 56 册，1900 年 9 月 4 日。
⑥ 马贵公：《寄呈任公先生三首，用先生赠星洲寓公韵》，《清议报》第 78 册，1901 年 5 月 9 日。
⑦ 莫世祥编：《马君武集》，华中师范大学出版社，2011 年，第 361 页。
⑧ 马君武：《马君武诗稿》，第 8 页。

学而多情者也。"① 考之此期马氏诗文,可知此言不虚。

沿着这一诗思展开的结果,是 1903 年写下的《地球》一诗:"地球九万里,著身不盈尺。忽忽生遐心,渺渺未有极。世界一微粒,躯壳一纤尘。纤尘千万亿,一一争生存。存者春前花,亡者秋后草。春秋相代谢,上帝亦渐老。上帝且渐老,吾徒可奈何?行登昆仑巅,一哭复一歌。"② 在浩瀚的大自然面前,人类渺小如纤尘;千万亿芸芸众生都在为生存而打拼,而人生苦短,功业未成,诗人恨不得登上昆仑之巅,以歌哭无端的狂放之态表达内心的惶恐、焦灼与苍凉。较之"新学诗",此类诗歌已无晦涩难懂之病,不刻意堆砌新名词,而新意境更为显豁,已然体现出明显进步,可视为戊戌前夏、谭、梁三人尝试的"新诗"之发展。

1902 年初,马君武诗歌已经流露出鲜明的民族民主革命倾向。其《壬寅春送梁任公之美洲》云:"大地满秋气,中原多胡尘",民族思想溢于笔端;"春风别卢骚,秋雨病罗兰",以法国大革命的思想先驱卢骚和"法国大革命之母"罗兰夫人隐指梁氏,与这位"抚剑惜青锋,饮冰疗内热"的革命志士依依惜别。③ 孰料如此一别后,两人的政治立场渐行渐远,终至分道扬镳。梁启超游历美洲后,言论立场大变,政治思想由激进而温和,马君武却坚定地投身到革命派阵营,一变而为留日学生中最早追随孙中山宣传和组织革命的核心人物,在 20 世纪初年洪波初泛的革命浪潮中锻炼成为民族民主革命战士。

1903 年初,梁启超在《新民丛报》"饮冰室诗话"栏中津津乐道的马君武戏和羽衣女士之作,不过是两人貌合神离时期的小插曲。任公称许君武和诗"与原作工力悉敌"④,并全文征引之,爱惜之情溢于言表。至 1904 年 10 月,梁氏在诗话中征引君武诗时已有意无意隐去其名,称"新民社校对房一敝箧,忽有题七律五章于其上者;涂抹狼籍,不能全认识,更不知谁氏作也,中殊有佳语";其所征引的几联,如第四章首二联——"黑龙王气黯然销,莽莽神州革命潮。甘以清流蒙党祸,耻于亡国作文豪"⑤,洵为马君武此期诗歌中的佳品;而其题旨,则在宣扬民族革命。此时,梁氏打心眼里还是对马诗充满欣赏之情。

1903 年之后,马君武诗歌散见于《政法学报》《大陆》《复报》《国

---

① 饮冰子:《饮冰室诗话》,《新民丛报》第 26 号,1903 年 2 月 26 日。
② 君武:《地球》,《觉民》第 9—10 期合本,1904 年 8 月。
③ 莫世祥编:《马君武集》,华中师范大学出版社,2011 年,第 363 页。
④ 饮冰子:《饮冰室诗话》,《新民丛报》第 26 号,1903 年 2 月 26 日。
⑤ 饮冰子:《饮冰室诗话》,《新民丛报》第 55 号,1904 年 10 月 23 日。

民日日报》《警钟日报》《觉民》《女子世界》等报刊，汇入以民主意识、民族精神和反清革命为时代主题的革命诗潮之中。

1903 年所作《自由》一诗，阐发以暴力革命之手段争取民族自由解放的道理，激发国人的民族情感、反抗意志、斗争精神和英雄气概。诗云：

> 西来黄帝胜蚩尤，莫向森林问自由。圣地百年沦异族，夕阳独自吊神州。为奴岂是先民志，纪事终遗后史羞。太息英雄浪陶尽，大江呜咽水东流。①

同年，作《十一月三日隐元和尚生日，以菊花清酒吊其墓》两绝：

> 东国乞师一老僧，临流横涕愤填膺。仲连不肯帝东帝，黄檗开山为避秦。
>
> 可惜申胥事未成，中原豹虎住纵横。荒山拜墓我来晚，俯仰乾坤愧古人。②

借凭吊明末偕黄梨洲等东渡日本乞师未果，死后葬于黄檗山万福寺侧的隐元和尚墓，抒发诗人排满反清的民族革命志向。1906 年所作的那首广为传颂的《华族祖国歌》，则用华夏始祖黄帝"挥斥八极拓土疆"的尚武精神、开拓意识来激发民族自豪感、自信心和竞存意识。

马君武投身革命事业的峥嵘岁月中写有许多赠友诗，然而大多没有留存底稿，只有少量因当时见诸报刊或其后被收录于诗文集中而有幸保留了下来。③ 1905 年 1 月，刘师培《光汉室诗话》辑录了马君武 7 首赠友诗，刊于蔡元培在上海主办的《警钟日报》；然而今人编辑整理的《马君武集》却未收录。《光汉室诗话》云：

> 近日无量、君武自日本西京归，郁仁来自扬州，佩忍亦留沪上，聚饮甚欢，而得诗亦最多。君武《赠佩忍》诗云："论诗昔慕美尔顿，观戏今逢莎士披。怀才抱奇不自得，献身甘作优伶诗。"《赠光

---

① 马君武：《马君武诗稿》，第 4—5 页。
② 马君武：《马君武诗稿》，第 9 页。
③ 高旭《次君武韵即寄欧洲》有"羡君涉海必有诗，探囊脱箧千百篇"之句，可印证马君武诗思敏捷且数量不少。见《南社丛刻》第 4 集，1911 年 6 月 26 日。

汉》诗云："白日无光地狱黑，万鬼狞狞相抟啮。先生苦口为说法，出入泥涂愈皎洁。"《赠一浮》诗云："自言与我同血族，古今文人无其俦。沉沉中国文学史，纪元开新自马浮。"《赠无量》诗云："潼川公子何翩翩，同居蓬莱及二年。归来空囊无一钱，买得异书载满船。"《赠郁仁》诗云："绝岛漂流未得死，归来痛饮新优倡。万事蹉跎不称意，愿随君隐温柔乡。"《赠常州谈君》诗云："茫茫尘海有奇士，偶于无意一逢之。饮我三日玫瑰酒，赠我一章琳瑯词。"又《赠林校书》诗云："好色不避沛公诮，挟妓谁知安石心。林家女儿怜我醉，止酒为我歌秦声。"①

时近旧历新年，马君武、谢无量、陈去病、刘师培、马一浮、王郁仁等一帮青年革命志士会聚上海，"聚饮甚欢""狂歌三日复大哭"②，写下了一批赠答诗，以诗笔形象生动地记录下这些曾经志同道合的反清志士之间一段令人回味无穷的"同志加兄弟"式的纯真友谊，豪侠之中亦见名士风流。

马君武是南社最早的成员之一。1909 年 11 月，南社在苏州虎丘召开成立会时，远在欧洲的马君武虽未能与会，却自万里之遥的德国寄来了诗作。史家频频征引的《寄南社同人》，即见诸 1910 年底出版的《南社丛刻》第 3 集，表达了马君武秉持的"脱胎换骨""旧锦新样"的诗学观，勉励南社同人以携带惊雷、振聋发聩的文字，为挽救祖国危亡鼓与呼。诗云：

> 唐宋元明都不管，自成模范铸诗才。须从旧锦翻新样，勿以今魂托古胎。辛苦挥戈挽落日，殷勤蓄电造惊雷。远闻南社多才俊，满饮葡萄祝酒杯。③

事实上，1910 年 1 月推出的《南社》第一集，就刊发了马君武寄来的诗作 2 题 4 首，分别为《寄亚卢》《游比京蒲芦塞三首》，但未见署名，因而容易引起误解，乃至影响到后人对马君武与南社之间关系的认知。《寄亚卢》系作者寄居德国西部小镇劳登谷时思念祖国和友朋之作，"九

---

① 《光汉室诗话》，《警钟日报》，1905 年 1 月 17 日。
② 《光汉室诗话》，《警钟日报》，1905 年 1 月 17 日。
③ 马和（君武）：《寄南社同人》，《南社丛刻》第 3 集，1910 年底。

年羁异国,万里隔家乡""寂寞劳登谷,临风忆柳郎";《游比京蒲芦塞三首》是游览比利时首都布鲁塞尔时所作,写的是与一位红颜知己的一次邂逅,在儿女之情的缠绵中,流露出常年漂泊海外的游子的羁旅之愁。

在此前后,马君武与高旭、林学衡、苏曼殊、王钟麒、柳亚子等南社诸子多有书信往来,诗文酬唱。林学衡《赠马君武》诗云:"海内方多事,艰虞属使君。独存兰杜性,漫逐凤鸾群。危论天为泣,英材世所闻。蛾眉谣诼易,好诵楚骚文。"① 海内多事,时势艰难,英才豪杰生当其时,对马君武的道德文章深表赞佩,寄予厚望,代表了南社同人的心声。

辛亥年末,马君武回到阔别多年的祖国,与柳亚子等南社中人一样,对新政权和新中国有过一段充满憧憬的美好时光。他不辞辛苦地辗转于上海、南京、北京之间,为新生的中华民国擘画蓝图,奔走呼号。这一情形令远在南洋的老友苏曼殊颇为羡慕,遂致书马君武、柳亚子吐露心声:"迩者振大汉之天声,想两公都在剑影光中,抵掌而谭;不慧还适异国,惟有神驰左右耳。"② 然而好景不长,袁氏当国的结局预示着辛亥革命的果实被窃取。

1912年夏,马君武衣锦返乡,主持改组同盟会广西支部,随后作《别桂林》组诗,其四云:"辛苦造民国,恓惶别故乡。鹃啼知宋亡,道茀泣陈亡。大匠石填海,名医肉补疮。凭君马上治,容我去投荒。"③ 对国家乱象洞若观火,与袁氏政权势不两立,尽管国是堪忧,前途茫茫,仍雄心不灭,猛志常在。

随着宋教仁遇刺、"二次革命"失败等糟糕局面的接踵而至,马君武不得不再次亡命海外,并于1913年冬从日本赴德留学。但他并非如南社同人姚鹓雏所说的那样——"苍茫闻去国,身手竟长闲。"④,而是一边攻读工学博士,一边借"输入西欧文明"曲折实现其报国之志。

1916年归国后所作《读史杂感》,借隋炀帝因暴政而亡的故实,抨击倒行逆施的洪宪皇帝袁世凯;诗云:"破家亡国始干休,揽镜呼谁斫此头。自有狂言慰幽独,流芳遗臭总千秋。"⑤ 心忧国是,疾恶如仇,以笔为刀,一笔定千秋。

那首脍炙人口的《无题》诗,作于"民国七年双十节后一日",诗

---

① 《南社丛刻》第5集,1912年7月14日。
② 苏玄瑛:《与柳亚子、马君武书》,《南社丛刻》第6集,1912年10月。
③ 马君武:《马君武诗稿》,第19页。
④ 姚锡钧:《题马君武诗集》,《南社丛刻》第18集,1916年6月。
⑤ 莫世祥编:《马君武集》,第391页。

云:"已伤流血遍神州,未见人民得自由。吴郭尚悬子胥目,秦庭欲戮於期头。屡抄瓜蔓伤元气,未辟阴霾盛鬼谋。独上西台歌楚些,几人今日属清流?"① 中华民国诞生已经七年了,见过太多的杀戮和阴谋,对当道者的憎恶之情和对人民自由幸福生活的期盼与隐忧,流溢诗行。

二、"鼓吹新学思潮,标榜爱国主义"

民国二年,马君武从南社社友朱少屏之请,将此前十余年间留存的部分诗作辑为《马君武诗稿》②一卷,计46题98首,译诗4题38章,于1914年由上海文明书局印行。马君武发愿"自兹以后,方将利用所学,以图新民国工业之发展,殆不复作文矣",断言"此寥寥短篇,断无文学界存在之价值",但同时自信"惟十年以前,君武于鼓吹新学思潮,标榜爱国主义,固有微力焉",刻印诗稿不过是"以作个人纪念而已"。③ 这部仅有51页的小册子,大体反映了20世纪初年马君武诗歌创作和诗歌翻译的基本面貌与风格。他自我总结的"鼓吹新学思潮,标榜爱国主义",道出了其诗歌创作的主旋律与主基调,是透视清末民初马君武诗歌时代内容与主题特征的绝佳视角。

《马君武诗稿》按七古、七律、七绝、五古、五律、五绝分门别类地排列其诗作,首列七古15首,开卷就是那篇传诵一时的《华族祖国歌》。该组诗写于1906年,马君武任中国同盟会秘书长的次年,是年发生了清政府与日本政府勾结镇压反清活动、遣送中国留学生回国的事件,义愤填膺的马君武写下这组气壮山河、充满昂扬的革命斗志的诗篇,以上下五千年、纵横几万里的恢宏气度,历数华族祖国辉煌的拓疆史和文明史,从"西极昆仑尽卫藏"说到"北界北冰洋""南界南冰洋""东界太平洋",从黄帝"挥斥八极拓土疆"唱到"日本锡名自有唐""台湾再国始郑王",进而阐发种族竞存、优胜劣败的道理,号召国人奋起抗争,救亡图存。全诗共六章,末二章云:

尔祖黄帝不可忘,挥斥八极拓土疆。尔祖夏后不可忘,平治水土流泽长。热血喷张气飞扬,以铳以剑誓死为之防。华族,华族!祖国沦亡尔罪不能偿。

---

① 《马君武先生文集》,台湾中国国民党中央委员会党史委员会,1984年,第337页。
② 该书封面题"马君武诗稿",书中每页页眉标"君武诗集",故《君武诗集》亦指此书。
③ 马君武:《自序》,《马君武诗稿》,第1页。

> 地球之寿不能详，生物竞存始洪荒。万族次第归灭亡，最宜之族惟最强。优胜劣败理彰彰，天择无情彷徨何所望。华族，华族！肩枪腰剑奋勇赴战场。①

以高昂的爱国主义情感，炽烈的民族主义情绪，饱满的战斗精神，坚定的革命信念，奔放激越的风格基调，奏响了"鼓吹新学思潮，标榜爱国主义"的主旋律。

马君武诗歌所鼓吹的"新学思潮"，包括优胜劣败、适者生存的自然法则和种族竞存观，欧洲启蒙思想家的平权自由思想，区别于传统中国臣民观念的西方近代国民意识，以及民主民族革命思想等。《伊豆杂感》其六云："朝读布家人杰传，夕翻达氏种源书。男儿年少早投笔，莫向书橱作蠹鱼。"② 罗马帝国时代的希腊作家布尔特奇（今译普鲁塔克）《英雄传》（今译《希腊罗马名人传》）"传凡五十人，皆希腊、罗马之大军人、大政治家、大立法家""近世伟人如拿破仑、俾士麦皆酷嗜之，拿破仑终身以之自随，无一日不读"，被梁启超誉为"传记中第一杰作"③；达尔文《物种起源》则详细讲述了生物进化的过程与法则，以全新的进化思想推翻了神创论和物种不变论，确立了"物竞天择，适者生存"的进化论思想，成为影响人类发展进程的划时代杰作。这些泰西英杰和新思想，激发了诗人的民族竞存意识，激励着诗人早日投身民族独立自强和民族革命的伟大事业中去。

《自由》一诗"西来黄帝胜蚩尤，莫向森林问自由"④ 诸句，阐发的并非个人之"自由"，而是反对民族奴役与压迫的民族自由，而获得民族独立自由的手段则是通过武力和战争。1907年所作《别巴黎友人》，通过对20世纪初法国尚且"自由半死生，名号托平权，大邑空繁艳，斯民久沛颠"的真实状况的揭示，告诫人们真正的自由、平权在人类社会的实现并非易事，中国要达到这一步，非实行"青天拨云雾，平地起华严"的方式不可，这自然是隐指革命的途径。⑤

马君武诗歌所标榜的"爱国主义"，包括救亡意识、尚武精神、民族气节、书生报国之志、反抗帝国主义列强侵略瓜分的独立自强的近代民族

---

① 马君武：《马君武诗稿》，第1—2页。
② 马君武：《马君武诗稿》，第9页。
③ 中国之新民：《近世第一女杰罗兰夫人传》，《新民丛报》第17号，1902年10月2日。
④ 马君武：《马君武诗稿》，第4页。
⑤ 马君武：《马君武诗稿》，第15页。

国家理念、反抗清廷腐朽统治的民族革命思想,以及与之相关的豪迈的英雄主义气概、乐观进取的理想主义信念、坚忍不拔的革命斗争意志等。

庚子之年,君武面对"黄巾蜂起扰燕北,白种瓜分争亚东"的危亡局势,立下"独有心肝奉社稷,欲将口舌挽江河"的报国志向。① 写于日俄战争期间的《从军行》,彰显的是"生儿奉祖国,岂为家室谋"的为国献身的近代国民意识,"祖国岂不美,世界昔第一"的民族自豪感和自信力,"教儿习射击,典钗买枪剑"的尚武精神,"不望儿生还,恐儿不力战"的"祈战死"的爱国主义情怀。②

1906年所作《中国公学校歌》第二章云:

> 众学生,勿彷徨。尔能处之地位是大战场。尔祖父,思羲皇。尔仇敌,环尔旁。欲救尔祖国亡,尔先自强。③

救亡意识扑面而来,着重激发中国公学师生的自强、爱国、勇武精神,灌注的是一种强烈的民族主义思想。

他如《禹陵》一诗对"神州人物比摩西"的大禹的缅怀,《十一月三日隐元和尚生日,以菊花清酒吊其墓》两绝句对明末"东国乞师一老僧"隐元和尚的凭吊,《杭州拜岳武穆王墓》一诗对"自结花圈献岳爷"的渲染,均打上了鲜明的民族革命思想烙印。④

针对西方殖民主义国家制造的对亚洲民族(尤其是中国)充满偏见的"黄祸"(Yellow Peril)思维与言论,马君武在《去国行》第五章愤激地写下"廿纪风云诸种战,凌欧驾美是何年""男儿生不兴黄祸,宁死沧浪作鬼还"等诗句⑤,以欧美殖民主义者之道还治欺凌中国的西方列强之身的思维逻辑,表达出强烈的反抗西方殖民主义侵略的爱国反帝精神,同时又表现出偏狭的民族主义立场和雄霸全球的中国梦。

《马君武诗稿》问世后,南社社员陈布雷得朱少屏寄赠一帙,一睹为快后致书柳亚子,言"读之仿佛其人,此君固不以诗鸣,唯镕铸万汇,自成一格,倘令浅儒见此,斤斤以格律相绳,斯体无完肤矣";谓其"译

---

① 贵公:《感怀》,《清议报》第56册,1900年9月4日。
② 马君武:《马君武诗稿》,第6页。
③ 马君武:《马君武诗稿》,第2页。
④ 马君武:《马君武诗稿》,第5—9页。
⑤ 马君武:《马君武诗稿》,第6页。

作更有灏瀚流转之妙，与曼殊以宛丽胜，真堪各树一帜"。① 陈布雷欣赏马君武诗歌"镕铸万汇"的开放性取范路径，肯定其"自成一格"的创作风貌与成就，对其诗歌翻译成绩更是深表赞佩，将其与苏曼殊相提并论，寄予厚望。

三、"西土光明照震旦"

马君武精通英、日、德、法等国文字，认识到国家"图强之真原因，为智识进步，科学文明，而新文明之输入，实吾国图存之最先着"②。有鉴于此，他"发愿尽译世界名著于中国"③，翻译了大量社会科学和自然科学著作，文学作品则有托尔斯泰《心狱》（今译《复活》，1914）、席勒《威廉退尔》（1915）等世界名著，成为近代中国鼎鼎大名的翻译家。光宣之际，马君武以雄豪深挚的诗笔，采用古歌行和近体诗形式，翻译了裴伦（今译拜伦）《哀希腊歌》（1905）、虎特（今译胡德）《缝衣歌》（1907）、贵推（今译歌德）《米丽容歌》《阿明临海岸哭女诗》等著名诗篇，传诵一时，影响甚大，亦为后世文学史家和翻译史家津津乐道。

《哀希腊歌》通过一位希腊诗人之口，缅怀了希腊的光荣历史，哀叹着今日祖国被土耳其人入侵凌辱，号召希腊人民起来和侵略者战斗。因晚清爱国青年有着同样的被列强和异族欺凌的境遇，因而容易产生强烈的共鸣。最早译该诗片段为中文者是梁启超，译出的是第一、三章，借政治小说《新中国未来记》中少年中国之美少年陈猛之口唱出，1903 年 1 月刊于横滨《新小说》第 3 号，是为见诸报端的最早的拜伦诗歌之中译文字。梁启超以曲牌《沉醉东风》译其第一章，以《如梦忆桃源》译其第二章，其著者案道："翻译本属至难之业，翻译诗歌，尤属难中之难。本篇以中国调译外国意，填谱选韵，在在窒碍，万不能尽如原意"；扪虱谈虎客眉批曰："似此好诗，不把他全译出来，实是可惜。吾不得不怪作者之偷懒。"④ 任公当年偷懒之处，正是两年后青年马君武用力之处。

1905 年冬，马君武自日本归沪省母，时"雪深风急，茅屋一椽，间取裴伦诗读之，随笔迻译，遂尽全章"，译毕，喟然叹曰："呜呼！裴伦哀希

---

① 陈训恩：《与柳亚子书》，《南社丛刻》第 11 集，1914 年 8 月。
② 马和（君武）：《与高天梅书》，《南社丛刻》第 15 集，1916 年 1 月。
③ 马君武：《〈民约论〉译序》，《足本卢骚民约论》，中华书局，1918 年，第 1 页。
④ 饮冰室主人著、扪虱谈虎客批：《新中国来来记》第 4 回，《新小说》第 3 号，1903 年 1 月。

腊，吾今方自哀之不暇尔！"① 马君武用古歌行体翻译的《哀希腊歌》，系拜伦该诗的首个全译本，刊于是年在日本东京出版的《新文学》。其首章云：

> 希腊岛，希腊岛，诗人沙浮安在哉？爱国之诗传最早。战争平和万千术，其术皆自希腊出。德娄飞布两英雄，溯源皆是希腊族。吁嗟乎！漫说年年夏日长，万般销歇胜斜阳。②

其后，苏曼殊以五古，胡适以骚体，闻一多以新格律诗体，分别翻译过拜伦的这首著名诗篇。然而，以气势之雄豪、辞义之畅达、情感之深挚而论，马君武的翻译水准更高，尤受时人欢迎。

清末民初，时人对马君武的译才早有口碑，其在诗歌翻译界的成就，只有苏曼殊堪与之比肩。1904 年，刘光汉《岁暮怀人》题咏马君武道："蹈海归来一握手，颖慧杰出其无俦。西土光明照震旦，期君才笔横九秋。"③ 看重的正是其精湛的西学造诣和并世罕见的译才。民国元年，学界已经惯以翻译西洋诗歌见长的马君武与苏曼殊并称，柳亚子赞曰："含英咀华，合泰东西艺文之魂于一炉而共冶之，就不佞所知，一时瑜亮，独有曼殊与桂林马君武耳。"④

1912 是年，柳亚子在《民声日报》开辟的"绍介新刊"栏推介马君武在日本编印的旨在译介西方诗歌的《新文学》时，评述君武所译《哀希腊》道："所译斐伦《哀希腊》，与曼殊异曲同工。曼殊朴雅渊懿，君武苍凉悲壮，大相沿袭，各尽所长，一时瑜亮，良非偶然"；评述《阿明临海岸哭女诗》道："阿明哭女之诗，则悱恻动人，读之泪下，非深于情者不能译也"。⑤ 是为知言。

四、"须从旧锦翻新样"

马君武论诗坚持"须从旧锦翻新样，勿以今魂托古胎"的创作宗旨，强调对中国传统诗歌既要继承，更要革新，不能让旧形式、旧格律束缚新的时代内容和诗人的新思想、新情感。这一诗学主张坚持了"诗界革命"

---

① 马君武：《哀希腊歌》篇首小序，《马君武诗稿》，第 20 页。
② 马君武：《马君武诗稿》，第 20 页。
③ 光汉：《岁暮怀人·桂林马君武》，《警钟日报》，1904 年 10 月 24 日。
④ 《新刊介绍·潮音》，《民声日报》，1912 年 2 月 23 日。
⑤ 《新刊介绍·新文学》，《民声日报》，1912 年 2 月 25 日。

的革新精神与方向，对抱有国粹主义思想倾向的南社同人不啻是一种委婉的针砭和劝告。而其标榜的"唐宋元明都不管，自成模范铸诗才"，更是将诗贵创新、有我的诗学观推向了极致，强调自觉融进时代精神和诗人的审美意识，创作出有自家面目、戛戛独造的新诗。对照"以旧风格含新意境"的"诗界革命"纲领，马君武在诗歌革新精神和力度方面，比渐趋保守的任公更为激进。清末民初，马君武诗歌创作始终遵循着这一诗学宗趣，表现出典型的以"旧锦新样"为圭臬的新派诗特征。

马君武诗歌所表达的时代内容已如前述，"鼓吹新学思潮"也好，"标榜爱国主义"也罢，均属于梁启超所谓"新意境""新理想""欧洲意境"乃至"欧洲之真精神、真思想"之范畴。① 马君武诗歌所传达出的进化论思想、民族竞存观、平权思想、国民意识、民主精神、民族独立自由观念、近代爱国主义思想情感等，均属于梁氏 20 世纪初年发起诗界革命时所着意强调而当时的新派诗中尚缺乏的"欧洲之真精神、真思想"，从内容层面来看属于诗界革命的推进与发展。马君武的诗歌创作，自始至终未出梁启超 1903 年调整"诗界革命"的方针时强调的"然革命者，当革其精神，而非革其形式"② 指导思想。

马君武诗歌在新语句尤其是新名词的运用方面，应该说是适度而成功的，大体上没有破坏古风格，符合其所标榜的"旧锦新样"的诗学标准。在马君武诗歌中，大多新名词如东西洋名人或宗教领袖，经当时报刊文章广为传播，已为新学界和青年学子所熟知，如《壬寅春送梁任公之美洲》"春风别卢骚，秋雨病罗兰"诗句中的卢骚、罗兰夫人，《留别张君莹珊》"宇内华拿总余子，山中耶穆悟前因"③ 诗句中的华盛顿、拿破仑、耶稣、穆罕默德，《别中国公学学生》"素丝悲墨翟，中国待牛敦。莫说鹿儿岛，西乡愧未能"④ 诗句中的牛敦（今译牛顿）、西乡隆盛，《赠佩忍》"论诗昔慕美尔顿，观戏今逢莎士披"⑤ 诗句中的美尔顿（今译弥尔顿）、莎士披（今译莎士比亚），等等。他如《自由》一诗首联"西来黄帝胜蚩尤，莫向森林问自由"，用其《弥勒约翰之学说》一文中"日耳曼人种曰：自由者，日耳曼森林中之出产物也"之典，指出中国向无自由传统，只有采取黄帝驱逐蚩尤的方式去推翻清王朝，才能赢得民族的自由解放；《杭

---

① 任公：《汗漫录》，《清议报》第 35 册，1900 年 2 月 10 日。
② 饮冰子：《饮冰室诗话》，《新民丛报》第 29 号，1903 年 4 月 11 日。
③ 贵公：《留别张君莹珊》，《大陆报》第 3 期，1903 年 2 月。
④ 马君武：《马君武诗稿》，第 14—15 页。
⑤ 见《光汉室诗话》，《警钟日报》，1905 年 1 月 17 日。

州拜岳武穆王墓》颔联"国会冤刑苏拉底，敌军威慑汉尼巴"，以背负"传播异说"罪名被处死的古希腊哲学家苏格拉底和被逼服毒自尽的北非古国迦太基杰出的军事将领汉尼巴的典故，衬托民族英雄岳飞的冤死；《蒲芦塞逢中山先生将以翌日适伦敦》一诗颈联"葡萄一杯酒，玫瑰十年兵"①，用15世纪英国贵族为争夺王位而发生的内战"玫瑰战争"（War of Roses）之故实……可以说，这些西洋典故运用都很切合诗意，但由于这些典故尚未成为普通知识，因而存在使当时一般读者索解为难的问题。

马君武与胡适有着师生之谊。1906年，在上海求学的胡适投考中国公学，总教习马君武对这位少年才俊的国文答卷非常赏识，亲手将其拔取。1907年，马氏自上海至玛赛途中赋《别中国公学学生》云："群贤各自勉，容易水成冰。合力救亡国，发心造远因。素丝悲墨翟，中国待牛敦。莫说鹿儿岛，西乡愧未能。"② 以救亡意识、尚武精神相激励，以科学救国理想相瞩望。

七年之后（1914），怀抱科学救国理想留学美国康奈尔大学的胡适，读到了收在《马君武诗稿》中的这首诗，言其"得中国公学之精神"，"读之如见故人"。③ 胡适此时评马君武诗稿的语气，已是亦师亦友。早在1911年，长胡适十岁的马君武已对这位当年的学生以"弟兄"相交："已与斯人约，今生为弟兄。思君隔沧海，学技在红尘。主义即宗教，艰难证性情。相期作琨逖，舞剑趁鸡鸣。"④ 以刘琨、祖逖相砥砺，以闻鸡起舞、发奋读书、学好本领、报效祖国相瞩望。不久，这位眼界渐开、胆识渐长的后学晚辈，就对马君武及南社诸人的诗歌创作与诗学主张表露出鄙弃之态，并用实际行动在文坛掀起巨浪。

1916年6月，当南社同人庆贺袁氏毙命，"共和回复，文教再兴"，南社雅集次数骤增，正处在"兴会的飚举"之时⑤，远在美国的南社社员杨杏佛、任鸿隽与胡适正开展文学改良问题的讨论与实验，倡为白话诗。胡适此后发起的"文学革命"正处在酝酿阶段。杨杏佛6月下旬给胡适寄了一首白话诗，中有"自从老胡去，这城天气凉""为我告夫子（赵元任也），《科学》要文章"诸句，胡适赞曰："此诗胜南社所刻之名士诗多

---

① 马君武：《马君武诗稿》，第17页。
② 马君武：《马君武诗稿》，第14—15页。
③ 胡适：《胡适留学日记》（上），安徽教育出版社，1999年，第324—325页。
④ 马君武：《赠胡适》，《马君武诗稿》，第18页。
⑤ 柳无忌编：《南社纪略》，上海人民出版社，1983年，第75页。

多矣。"① 胡适此言系日记中语，虽有戏言成分，但其对南社"名士诗"的鄙弃之态已表露无遗。7月22日，胡适作白话长诗《答梅觐庄》，中有"诸君莫笑白话诗，胜似南社一百集"之句②，继续拿南社诗人说事。1919年8月，胡适在《〈尝试集〉自序》中批评南社的柳亚子所"高谈"的"文学革命""只提出一种空荡荡的目的，不能有一种具体进行的计划"，并断言其"决不能发生什么效果"。③ 至此，在滚滚向前的文学进化发展的历史车轮面前，以柳亚子为头人的南社诗人已遭落伍之讥。

从1900年9月挟带"书生誓树勤王帜，铁屋瀛台救圣躬"的《感怀》誓言，借助诗界革命主阵地《清议报》登上新诗坛，到1903年《去国辞》呐喊出"黑龙王气黯然销，莽莽中原革命潮"的时代强音，再到1909年南社成立后《寄南社同人》诗以"唐宋元明都不管，自成模范铸诗才"相标榜，直至1918年"双十节后一日"《无题》诗黯然吟出"已伤流血遍神州，未见人民得自由"之句，一生投身于民族救亡、民族革命、民族独立自由事业的马君武，用诗笔为峥嵘岁月留下了青春的誓言，发出了时代的强音。

马君武《寄南社同人》有"辛苦挥戈挽落日，殷勤蓄电造惊雷"之言，柳亚子《怀人诗》咏马君武有"右手弹丸左民约，聆君撞起自由钟"④ 之语，文能鼓荡革命风潮，武可制造炸弹，"辛苦挥戈"为拯救民族国家危亡，"殷勤蓄电"为国民思想启蒙和民族民主革命大业；而其写下的一批极富时代气息的诗歌作品，则贯穿了20世纪初年兴起的诗界革命、革命诗潮及随后形成的革命文学社团南社兴衰的全过程，以"镕铸万汇，自成一格"时代风貌，"自成模范铸诗才"的卓荦丰姿，留下了不可磨灭的历史印迹，汇入滚滚向前的时代大潮音之中。

---

① 胡适：《胡适全集》第28卷，安徽教育出版社，2003年，第393页。
② 胡适：《胡适全集》第28卷，安徽教育出版社，2003年，第415页。
③ 欧阳哲生编：《胡适文集（9）》，北京大学出版社，1998年，第82页。
④ 《复报》第9期，1906年10月。

第十章　皈依·同调·变奏·新途

清宣统年间和民国初年，梁启超已绝口不提"诗界革命"，转而与同光体诗人为伍；其所创办的《国风报》《庸言》《大中华杂志》诗歌诗话栏目，体现出向传统皈依的诗学宗趣。光宣之际，经历过"诗界革命"洗礼的南社主流诗人，秉承"形式宜旧，理想宜新"①的诗学路径，高奏民族民主革命主旋律，在近代诗歌思潮史和诗学革新路径上可视为"诗界革命"的同调与变奏。胡适尝试的白话新诗，自1917年1月陆续见诸《新青年》后，最终凭借五四文学革命和新文化运动的东风，引领中国诗歌走上了语体诗的新途。

第一节　皈依：从《国风报》到《大中华杂志》

1910年初，《国风报》旬刊在上海问世，梁启超为总撰稿人，是为继《新民丛报》之后立宪派的主要舆论阵地。1912年底，《庸言》杂志在天津创刊，是为任公归国后创办的第一份政论刊物。1915年初，梁氏应新创立的中华书局之约，在上海刊行《大中华杂志》。从清末《国风报》到民初《庸言》《大中华杂志》，梁启超主持的这三家以刊发政论为主的综合性刊物，均设有"文苑"栏，刊发了大量诗歌，《庸言》"艺谈"栏则连载了陈衍《石遗室诗话》，为同光体诗派张目；与此前的《新民丛报》"诗界潮音集""饮冰室诗话"专栏相较，诗歌诗话栏目均不见了先前师法欧西、求新求变的锐气与风貌，诗学宗趣已从锐意打破传统转向皈依传统。

《国风报》名义上编辑兼发行人为何国桢，实际由梁启超在日本遥控主持且化名"沧江"担任总撰稿人，是辛亥革命前夕立宪派宣传君主立宪政

---

① 柳亚子：《与杨杏佛论文学书》，《民国日报》，1917年4月27日。

治主张的重要言论机关。该报宣称"本报以忠告政府，指导国民，灌输世界之常识，造成健全之舆论为宗旨"①，其读者定位已不似《新民丛报》那样主要以普通国民为拟想读者以开启民智，而是有着劝说乃至引导政府以俾宪政之助的用心，故而声称"自附于风人之旨，矢志必洁，而称物惟芳，托体虽卑，而择言近雅"②。《国风报》出至 1911 年 7 月停刊，存世一年半，出刊 52 期，发行范围遍及全国十八行省（仅有西藏、新疆、蒙古等边远地区未设发售处）及香港、新加坡、澳洲、美国旧金山和纽约、加拿大温哥华、日本东京等地，发行量在 3000 份左右，产生了广泛的社会影响。

1910 年 3 月，《国风报》自创刊号就开设了"文苑"栏，首期推出的就是梁氏那首颇受康有为、狄葆贤诸师友青睐的《秋风断藤歌》。在存世的一年半时间里，《国风报》"文苑"栏下聚拢了近 80 位署名诗人③，其中不乏诗坛宿将和社会名流，如梁启超、张謇、郑孝胥、陈三立、吴保初、赵熙、王闿运、曾广钧、陈诗、陈衍、释敬安、陈曾寿、夏曾佑、陈宝琛、林纾、叶恭绰、胡思敬、康有为等。在《国风报》"文苑"栏诗人群中，沧江之诗虽在数量上不算多产，质量上也很难说堪称一流，但却在很大程度上对该刊"文苑"栏诗歌起着风向标作用，因而具有无可替代的代表性。

梁启超见诸《国风报》的诗作计 18 题 43 首，有题咏韩烈士安重根刺杀伊藤博文之作《秋风断藤歌》，有哀恸朝鲜亡国之作《朝鲜哀辞五律二十四首》，有祭悼光绪皇帝之作《十六日先帝三年丧毕志恸》，有追怀台湾第一任巡抚刘铭传之作《游台湾追怀刘壮肃公》，有歌咏义不受辱的明故宁靖王并诸王妃死国事之作《桂园曲》，有《闻英寇云南，俄寇伊犁，感愤成作》，有敬献乃师康有为的"述旧抒怀"之作，更多的则是发抒久客异域、功业不成、前路茫茫、思乡怀亲、忧国伤时之作，借以排遣满腹的抑郁劳愁。梁氏此期诗作，全然失去了先前那股昂扬勃发的精神

---

① 《国风报第一册出版》，《申报》，1910 年 1 月 12 日。
② 沧江：《说国风（下）》，《国风报》第 1 年第 1 期，1910 年 2 月 20 日。
③ 《国风报》"文苑"栏诗人有梁启超（沧江）、张謇、觚斋、朱祖谋（彊村）、郑孝胥（苏庵、苏龛、苏盦、太夷）、陈三立（伯严、散原）、弱父（弱甫）、乙楼、遥游、吴君遂（癭公、彦复）、龙慧、伯弢、叔问、大鹤、午诒、龙慧、尊瓠、枰斋、郢云、赵尧生、昀谷、映盦（映庵）、仓石、癸庵、蛰庵、伯沆、仲可、曼陀、亚劬、梁焕奎、王闿运、易宗夔、曾广钧、邹崖、悔余、麦孟华（蜕庵）、陈诗（鹤柴）、斐庵、何震彝、陈衍（石遗）、翙高、尧琴、弱海、苊父、释敬安（寄禅）、昙痕、遗之、陈曾寿、杨增荦、夏曾佑（别士）、约斋、乖庵、麟楥、乙广、陈宝琛、林纾（畏庐）、曾习经、潘博、向楚、章华、罗惇曧、叶恭绰、胡思敬、若海、北山、简盦、秦树声、愁斋、公达、钝宦、檗庵、漱唐、山腴、瘦唐、众异、弱岛、伯宛、康有为（更生）、冯煦等。

气，新名词不见了踪影，代之以满纸旧典故。以题咏韩国志士安重根及被其刺杀的伊藤博文的《秋风断藤歌》为例，如此具有时事性和时代色彩的题材，却通篇充斥着旧典故和旧名词，诸如秋笳、先轸、威公、陈抟、陶侃、赤松、曼倩、瑶池、箕子、虞公、楚歌、鹬蚌、卧榻、黍离、新亭、裴度、宛马、贰师、范文、豫让、博浪、荆卿、武乡、晏子、要离、关山月、武元衡、沧海客、流血五步等，旧典故可谓涉目皆是，"古风格"可谓彻头彻尾。① 具有鲜明时代特征的《朝鲜哀辞五律二十四首》，同样充斥着旧典故，浸润着旧意境，洋溢着"古风格"；如果不是诗题标明"朝鲜哀词"及诗后所加大量脚注，人们对这一组诗中的大部分内容恐将难以索解。② 这些诗作中，自由奔放、长短不一的歌行体诗已不见踪迹，代之以规整谨严的近体诗和五七言古风。

1910年9月2日，狄葆贤在《时报》"平等阁诗话"专栏中哀录了《秋风断藤曲》，谓其"纪述时事，哀丽微婉"。当平等阁主人赞誉梁氏《秋风断藤曲》"堪称生平杰作，亦近世史中有数文字"③，当康有为赞其《朝鲜哀词》"沉郁雄苍，合少陵《诸将》《洞房》《秦州》而冶之"，誉其《赠徐佛苏即贺其迎妇》"渊懿朴茂，深入昌黎之室"，夸其《南海先生倦游欧美载渡日本同居须磨浦之双涛阁述旧抒怀敬呈一百韵》"开合顿挫，深得少陵法""根柢深厚，置少陵集中不能辨"④，当诗论家评其诗有"唐神宋貌""弥臻精醇"⑤ 之时，诗界革命时期梁任公诗作自由奔放、新词奔涌、不拘格律、自成一体的独立风格与时代风采，已不复存在。

1912年10月，梁启超回到阔别十多年的祖国；12月，在天津日租界创办《庸言》月刊。这是一家以政论为主的综合性杂志，前24期封面标"新会梁启超主干"字样，编辑人为吴贯因，第25期以后由黄远庸主持，至1914年6月出至30期之后停刊。照梁氏的解释，"庸之义有三：一训常，言其无奇也；一训恒，言其不易也；一训用，言其适应也"⑥，表明了其所追求的信实、公正的办报方针。《庸言》分四门十八类，四门分别为"建言""译述""艺林""金载"；"建言"门又分"通论""专论""杂论""讲演"四类，"通论"类所制定的"或论政，或论学，凡以指

---

① 沧江：《秋风断藤歌》，《国风报》第1年第1期，1910年2月20日。
② 《国风报》第1年第22期，1910年9月14日。
③ 《平等阁诗话》，《时报》，1910年9月2日。
④ 梁启超：《梁任公诗稿手迹》，古典文学出版社，1957年，第8、11、53、55页。
⑤ 陈声聪：《兼于阁诗话》，上海古籍出版社，1985年，第30页。
⑥ 梁启超：《庸言》，《庸言》第1卷第1号，1912年1月。

导政府，忠告国民，贯彻革新政治、改良社会之初志"①的指导思想，道出了该刊宗旨。照梁氏的说法，"《庸言报》第一号印一万份，顷已罄，而续定者尚数千"，并预言"明年二三月间，可望至二万份"。②其受关注程度和社会影响力，由此可见一斑。

《庸言》"艺林"门为文学专栏，下设"艺谈""诗录""文录""说部"等二级专栏；"艺谈"栏连载过陈衍《石遗室诗话》、姚大荣《惜道味斋说诗》、姚华《菉猗室曲话》《曲海一勺》、易顺鼎《诗钟说梦》《琴志楼摘句诗话》等诗话曲话；"诗录"和"文录"栏刊发了陈三立、严复、章炳麟、林纾、康有为、梁启超、王闿运、姚永概等诸多名家诗文；"说部"栏主要刊发翻译小说，尤以林译小说和魏易译作为主。并非专门文学刊物的《庸言》杂志，由于其"艺林"门刊发了大量诗话曲话和名家诗文，因而在民初文坛有着较大影响。

《庸言》"艺谈"栏隆重推出的是陈衍《石遗室诗话》，正是凭借这部诗话，原本在光宣诗坛闽派诗人群中尚不能居首的陈石遗，逐渐成为公认的同光体诗派的"广大教主"③。陈衍撰著《石遗室诗话》，开篇即揭橥同光体"不专宗盛唐"的旨趣，有着标榜声气的显著用意。作为同光体诗派的理论家和"广大教主"，其所标榜和着力宣扬的，是以同光体诗人为代表的学宋诗派的诗学宗趣。照陈氏的说法，"同光体者，余与苏堪戏目同光以来诗人，不专宗盛唐者也"④。不专宗盛唐、不墨守盛唐，是针对明代前后七子标榜"诗必盛唐"的复古趋向而言；以发展之眼光肯定宋诗之变，"以宗宋为主而溯源于韩、杜"⑤，延展道咸诗坛学宋诗派诗人之诗与学人之诗合的诗学取向，是同光体诗派的理论旨趣。

陈衍在诗话中系统阐述了著名的"三元"说："诗莫盛于三元：上元开元，中元元和，下元元祐也"；并引沈子培之言"谓三元皆外国探险家觅新世界，殖民政策开埠头本领，故有'开元启疆域'云云；余言今人强分唐诗、宋诗，宋人皆推本唐人诗法，力破余地耳"。⑥道出了同光体

---

① 《本报内容》，《庸言》第1卷第1号，1912年1月。
② 梁启超：《与娴儿书（民国元年十二月十八日）》，丁文江、赵丰田编：《梁启超年谱长编》，上海人民出版社，2008年，第429页。
③ 汪辟疆：《光宣诗坛点将录》，《汪辟疆说近代诗》，上海古籍出版社，2001年，第56页。
④ 陈衍：《石遗室诗话》，《庸言》第1卷第1号，1912年1月。
⑤ 钱仲联：《论"同光体"》，王晓明主编：《二十世纪中国文学史论（第一卷）》，东方出版中心，1997年，第200页。
⑥ 陈衍：《石遗室诗话》，《庸言》第1卷第1号，1912年1月。

诗学理论的核心主张。据钱仲联观察,《石遗室诗话》"捃猎所及,除一部分不是'同光体'诗人外,大抵属于'同光体'诗派"①。《庸言》"诗录"栏刊发了近90位当代诗人之作②,同光体诗派中的陈三立、沈曾植、郑孝胥、陈宝琛、陈衍、沈瑜庆、诸宗元、夏敬观、胡朝梁、赵熙等,唐宋调和派代表人物樊增祥、易顺鼎,汉魏六朝诗派首领王闿运等,成为该栏主要诗人。其中,同光体诗人构成了《庸言》"诗录"栏的主力阵容,《庸言》杂志成为同光体诗派的报刊重镇。

《庸言》时期,奔走于京津之间的饮冰室主人,忙中偷闲以诗与京津名士相唱和,并从赵熙、陈衍问诗法,作诗敛才就范,诗风显露出宋音。民国二年旧历三月三日,百忙之中的梁任公突然意识到"今年太岁在癸丑,与兰亭修禊之年同甲子,人生只能一遇耳","忽起逸兴,召集一时名士于万牲园续禊赋诗,到者四十余人,老宿咸集",拈《兰亭序》分韵得"激"字,遂作七言长古一篇;任公在给女儿令娴的信中对这篇修禊诗颇为得意,言其为"共和宣布以后"第一次作诗,"同日作者甚多,吾此诗殆压卷矣"。③ 当任公在《癸丑三日邀群贤修禊万生园拈〈兰亭序〉分韵得'激'字》长古中吟出"秋虫声繁亦自厌,春明梦碎何当觅""侵驰忍放日月迈,蹉跎应为芳菲惜"等诗句④;当沧江在《庚戌秋冬间,因若海纳交于赵尧生侍御,从问诗古文辞,书讯往复,所以进之者良厚,顾羁海外迄未识面,辄为长谣以寄遐忆》长古中以"开元及元和""接彼将坠纪""诗撼少陵律,笔摩昌黎垒""浩浩扬天风,郁郁斐兰芷""遥遥千圣心,落落天下计"等诗句赞誉同光体诗人赵熙⑤;当饮冰室主人在《感秋杂诗》中吟出"擎雨万荷枯,战风千叶乱""广庭一叶下,万

---

① 钱仲联:《论"同光体"》,王晓明主编:《二十世纪中国文学史论(第一卷)》,第219页。
② 《庸言》"文苑"门下的"诗录"栏诗人有樊增祥、罗惇曧、曾习经、杨增荦、陈三立、易顺鼎、郑孝胥、陈宝琛、陈衍、王式通、潘博、黄濬、张謇、宋伯鲁、康有为、方尔谦、李宣龚、何藻翔、李稷勋、梁鸿志、梁启超、朱祖谋、沈曾植、林纾、俞明震、赵熙、沈瑜庆、胡思敬、何震彝、林志钧、陈诗、黄孝觉、王闿运、三多、杨叔姬、陈士廉、温肃、方尔咸、黄节、陈昭常、麦孟华、顾印愚、顾瑗、郑沅、徐仁镜、李盛铎、郭则沄、姚华、杨度、姜筠、夏寿田、关赓麟、袁思亮、朱联沅、唐恩博、陈庆佑、姜诂、袁励准、饶孟任、陈懋鼎、瞿鸿玑、梁鼎芬、夏敬观、赵启霖、陈霞章、戴坤、李澄宇、丁传靖、沈福田、问楚、严复、赵世骏、张元奇、周杜若、韩德钧、顾印伯、丁叔雅、袁克文、汤寿潜、诸宗元、刘瑞沭、王季哲、程颂万、陈衡恪、胡朝梁、陈声暨、蒲殿俊等。
③ 参见梁启超《与娴儿书(民国二年四月十日、四月十二日)》,丁文江、赵丰田编:《梁启超年谱长编》,第432页。
④ 《庸言》第1卷第10号,1913年4月。
⑤ 《庸言》第1卷第12号,1913年5月。

方飒同悲""强欢寻野寺，丛菊媚凄旅""邮鸿没天际，相视不得语"等诗句①；当梁氏谦恭地恳请石遗老夫子酌定其诗，陈衍以为"疵病甚寡，无所需其修月之斧矣"②……梁诗之风格已趋近杜、韩一派。

1915年1月，与袁世凯政府脱离关系的梁启超应中华书局之约，在上海创办《大中华杂志》，表示要回到言论界，以言论引导国民，使朝野上下明白"国民之所以为国民者"③。该刊由中华书局总发行，封面印有"梁任公先生主任撰述"字样，月刊；凭借中华书局在全国各地无远弗届的营销网络，首期即印行两万册。照陆费逵《宣言书》中的说法，创办《大中华杂志》之目的有三："一曰养成世界智识，二曰增进国民人格，三曰研究事理真相以为朝野上下之南针。"④ 天民则将任公创办此刊之宗旨归纳为两点：第一，"注重社会教育，使读者能自求得立身之道与治生之方，并了然中国与世界之关系，以免陷于绝望苦闷之域"；"此则论述世界之大势，战争之因果，及吾国将来之地位，与夫国民之天赋，以为国民之指导"。⑤ 然而时局的演变却逼迫梁任公不得不改变其所立下的温和发言原则，刊发了《中日时局与鄙人之言论》《异哉所谓国体问题者》等言辞激烈的文章，乃至成为帝制时期的讨袁机关报之一。1916年12月，《大中华杂志》停刊，存世两年，出刊24期。

《大中华杂志》"文苑"栏有文有诗，先文后诗；其诗作者有梁启超、陈三立、林纾、严复、赵熙、张謇、樊增祥、王闿运、桂伯华、金楚青、康有为、陈衍、潘兰史等，约80人。⑥ 1915年1月，该栏目开篇刊出的

---

① 《庸言》第1卷第15号，1913年7月。
② 陈声暨、王真编：《石遗先生年谱》（卷六），文海出版社1975年影印本，第236页。
③ 梁启超：《吾今后所以报国者》，《大中华杂志》第1卷第1期，1915年1月。
④ 《大中华杂志》第1卷第1期，1915年1月。
⑤ 天民：《梁任公之著述生涯》，《大中华杂志》第1卷第1期，1915年1月。该文对梁氏二十年来著述生涯之分析颇为精辟，兹录于下："梁启超先生之生涯，二十年来著述与政治各半。其办《时务报》《新民丛报》《国风报》时代，专从事著述者也；其办《清议报》《政论》《庸言》时代，则委身政治而以余力旁及著述者也。其文字之丰俭，感化力之浅深，恒视其专事著述与否以为判别。今先生拟中止政治生涯，专从事于著述，精神贯注于本杂志。近来每月乞假十余日，屏居西山，撰著文字，已成十余万言，寄到本社，以备陆续付刊。"
⑥ 《大中华杂志》"文苑"栏目诗人有梁启超、鹃声、方尔谦、方尔咸、大渊、规盦、伯严（散原、陈三立）、欧阳溥存、张更生、友箕、张相文、林纾、严复、赵熙、严山、农生、蟫魂、陈治、陆费逵、张謇、樊山、诗卢、子言、九一、霜杰、严觉之、廉惠卿、吕景端、一盦、潘复、勗仙、王闿运（王壬秋、湘绮、王湘绮）、严修、刚甫、颖人、斐庵、映庵、云史、庸庵、沈观、沌公、绹斋、熊香海、杨昀谷、桂伯华、王尺苏、仲涛、沈子培、蔡燕生、潘复、淮南更生、章汤国黎、一厂、勒少仲、邵廉士、金楚青、严觉之、符九铭、王晓湘、王瘦湘、潘大道、康有为、廉南湖、大渊、龙慧、民甫、庄纫秋、康有为、陈碟仙、陈衍、哭庵、子裳、笃孙、潘飞声（兰史）、子言、公达、彦通、范源濂、筱珊、审言等。

是梁启超《甲寅冬假馆著书于西郊之清华学校成〈欧洲战役史论〉赋示校员及诸生》；甲寅年即民国三年，梁氏归国从政已两年多，然而总体感受却是"两载投牢筶""畏讥动魂慑"，反而怀念起流亡岁月以著述为业的隐居时光，"在昔吾居夷，希与尘客接，箱根山一月，归装藁盈箧（吾居东所著述多在箱根山中），虽匪周世用，乃实与心惬"；如今假馆清华著书，"苦心碎池凌，老泪润阶叶"，只有寄希望于"莘莘年少子，济川汝其楫"。① 当他在《哭孺博八首》中吟出"冤愤诉真宰，何为生此才""居乱生何乐，一瞑良亦佳；君看此大宙，何处著吾侪"，在《祭麦孺博诗》中吟出"前尘屡拂偏在目，新恨勉茹还填膺""坐看九域付孤注，漫洒涸泪啼新亭""君今意外得解脱，庸知非福吾略明"，其心境已是无比黯淡。②

1902 年在《新民丛报》"诗界潮音集"中吟出"纵使断头难再续，试看吾舌固犹存"③ 的铿锵诗句，1904 年在《时报》"词林"栏吟出"火屋漏舟殊岌岌，争存竞立在吾民""克复神州各戮力，即今屈指几人存"④ 的慷慨之音的金楚青，如今也心境黯淡。1916 年，金氏《和陈伯平万年道中作，用原韵》云："苦雨凄风唤奈何，不关入耳有清歌。余生于世恩仇少，老眼看天涕泪多。到手酒杯浇块垒，撑胸画意郁嵯峨。知君怀抱匡时略，一任浮名付逝波。"⑤ 苦雨凄风，老眼看天，借酒浇愁，互慰寂寥，十多年前那个意气风发的新派诗人金楚青，如今已渐入颓唐，其诗作与同光遗老一样充满凄苦之音。

1915 年 6 月，梁启超《寄赵尧生侍御以诗代书》刊于《大中华杂志》，是为任公最后一首见诸该刊的诗作。饮冰室主人以诗代书，向庚戌年（1910）即"从问诗古文辞，书讯往复，所以进之者良厚"⑥、如今乡居巴蜀的赵尧生侍御，述说近年来的生活境况及诗友交游情况；当梁氏以"君思如我恋，岂堪习为吏""去春花生日，吾女既燕尔""努力善眠食，开抱受蕃祉"与其话家常，以"故山两年间，何藉以适己？箧中新诗稿，曾添几尺咫？其他藏山业，几种竟端委"诸语相问询，吟出"思奋躯尘

---

① 《大中华杂志》第 1 卷第 1 期，1915 年 1 月。
② 《大中华杂志》第 1 卷第 4 期，1915 年 4 月。
③ 楚青：《吊袁太常》，《新民丛报》第 10 号，1902 年 6 月 20 日。
④ 想灵：《海上怀观云先生》，《时报》1904 年 6 月 30 日。
⑤ 《大中华杂志》第 2 卷第 7 期，1916 年 7 月。
⑥ 沧江：《庚戌秋冬间，因若海纳交于赵尧生侍御，从问诗古文辞，书讯往复，所以进之者良厚，顾羁海外迄未识面，辄为长谣以寄遐忆》，《庸言》第 1 卷第 12 号，1913 年 5 月。

微,以救国卵累""冬秀餐雪桧,秋艳摘霜柿"之类的诗句①,其诗作中的"唐神宋貌"可谓"弥臻精醇"了②。陈声聪有感于"任公中年以后一意学宋人",政治上反对复辟而诗学方面却正有复辟之势,曾写诗讥刺道:"新词新意乍离披,梁夏亲提革命师。曾几何时看倒退,纷纷望古树降旗。"③ 此时,梁诗中的"新理想"已被"旧风格"销蚀殆尽,昔日新派诗与旧派诗之间的界限已经弥合。

第二节 同调与变奏:柳亚子与《南社丛刻》诗人群

清光宣之际,梁启超的诗学宗趣朝着传统皈依,其诗歌创作逐渐与同光体诗人合流,诗界革命运动时期新旧诗坛之间的界限至此已趋于弥合。1909年,陈去病、高旭、柳亚子发起的革命文学社团南社于苏州宣告成立;旧历年底,其社刊《南社丛刻》推出第一集。自此,以《南社丛刻》为中心形成了一个政治立场和诗学主张均与同光体诗派相对立的诗人群。以柳亚子为代表的南社主流诗人与同光体诗派的对立和分野,既有政治立场上的激进与保守之分,亦有学古趋向上的宗唐与宗宋之争,并向其诗坛霸主地位发起挑战。不久,五四白话新诗运动兴起,南社和同光体诗人一道被文学革命倡导者列为革命的对象。

1909年11月13日,南社于苏州虎丘张国维祠召开成立会,陈去病、柳亚子、朱锡梁、庞树柏、俞剑华、朱少屏、诸宗元、林之夏、黄宾虹等17人到会,其中14人为同盟会会员。编辑出版社刊成为南社成立大会需要议定的头等大事,会议选举名望最高的陈去病为文选编辑员,诗名最大的高旭为诗选编辑员,擅长填词的庞树柏为词选编辑员,为筹备南社出力颇多的柳亚子为书记员,办事干练的朱少屏为会计员。首次雅集期间,众豪杰乘着酒兴谈诗论文。柳亚子对时下盛行北宋诗和南宋词的风气大不以为然,"以为论诗应该宗法三唐,论词是应当宗法五代和北宋",南宋词家"论男性只有辛幼安是可儿",至于时人崇拜的吴梦窗,不过是"七宝

---

① 梁启超:《寄赵尧生侍御以诗代书》,《大中华杂志》第1卷第6期,1915年6月。
② 陈声聪:《兼于阁诗话》,上海古籍出版社,1985年,第30页。
③ 陈声聪:《庚桑君近为诗渐不满于旧之作者,毅然有革新之意,此事言者近百年矣,作此示之》,转引自《〈清诗纪事〉示例》,《明清诗文研究丛刊》第一辑(试刊),1982年3月,第173页。

楼台，拆下来不成片段，何足道哉！"①宗尚南宋的词学专家庞树柏不服，双方酒酣耳热之际以口角相争，"君仇、寒琼复互为左右袒，指天画地，声震屋梁"，患有口吃症的柳亚子明显处于下风，竟急得当众大哭起来，庞氏《虎丘雅集》纪事长歌对这一场景留下"众客酬酢一客啼"的诗句，成为南社史上的一宗公案。②南社第一次雅集期间上演的这一极具戏剧性的一幕，在南社史上颇有预示和象征意义。几年之后，随着柳氏逐渐取得"南社盟主"地位，其"尊唐抑宋"的诗学取向遂成为南社的主流论调，"唐音"亦成为南社诗歌之正声。

自 1910 年 1 月至 1923 年 12 月，原定"岁刊两集"的社刊《南社丛刻》断断续续地推出 22 集，分文录、诗录、词录三大门类，刊发 400 多位社友数以万计的诗文，成为凝聚南社社团精神的最为重要的刊物阵地，代表着南社文学的基本面貌与主要成就。从晚清到五四时期，在问世的全部 22 集《南社丛刻》中，除 1910 年出刊的前两集（分别由高旭和陈去病编辑）和五四运动之后出刊的最后两集外，其余几乎由柳亚子独揽编辑大权，南社内部亦由此逐渐形成了一个以柳氏为核心的群体势力。1910 年 8 月，柳亚子和俞剑华借南社第三次雅集精心策划的上海"张家花园革命"取得成功，免去了陈去病、高旭的诗文编辑员，掌握了《南社丛刻》的实际编辑权。1914 年春，南社第十次雅集通过改三头制为主任一人总揽社务的《南社条例》，自 1912 年暮秋第七次雅集之后宣布退社的柳亚子又被请回来出任主任，柳氏"南社盟主"地位自此确立，已脱期一年多的社集也于该年度陆续出版了 5 期（第 8 至 12 集）。虽然《南社丛刻》给人以"编而不选"的印象，但柳亚子的诗学宗趣对《南社丛刻》诗歌的整体创作风格，还是产生了或隐或显的影响。

高旭、柳亚子、马君武等南社魁杰，都是经历了"诗界革命"的洗礼而跻身于以报刊为主阵地的新派诗人行列的。1909 年 10 月，高旭在被公认为"南社宣言"的《南社启》中宣布结社宗旨，以为"国有魂，则国存"，主张"欲存国魂，必自存国学始"，表示要"一洗前代结社之积弊，以作海内文学之导师"③，希冀以昌明国学唤起大汉民族魂和国魂，并以海内文学之导师与南社同人相期许。南社时期，由于深受国粹主义思潮影响，高旭的诗学主张在创新与复古之间出现了犹疑与摇摆。其见诸

---

① 柳亚子：《南社纪略》，上海人民出版社，1983 年，第 14 页。
② 参见柳亚子：《〈庞檗子遗集〉序》，《南社丛刻》第 20 集，1917 年 7 月。
③ 高钝剑：《南社启》，《民吁报》，1909 年 10 月 17 日。

《南社丛刻》第 1 集的《愿无尽斋诗话》，一方面宣称"世界日新，文界、诗界当造出一新天地，此一定公例也"，一方面又断言"诗文贵乎复古，此固不刊之论也"；一方面赞誉"黄公度诗独辟异境，不愧中国诗界之哥伦布"，一方面又说"然新意境、新理想、新感情的诗词，终不若守国粹的用陈旧语句为愈有味也"；最后归结为"苟能深得古人之意境神髓，虽以至新之词采点缀之，亦不为背古，谓之真能复古可也"，一言以蔽之："故诗界革命者，乃复古之美称。"① 诗学观念趋向保守。民国初年，高旭诗歌充满愁云惨雾和中年的哀乐，"乱世骚人空说剑，百年壮士几登台"②，"不须更觅登高处，已觉风光恼煞人"③，风格亦出现笃古趋向。

柳亚子论诗颇为青睐的马君武④，属于南社诗人中继承和发展"诗界革命"师法欧西、诗贵创新、"以旧风格含新意境"创作方向的新派诗人。1909 年暮秋南社在苏州召开成立会时，君武自德国寄来了诗稿，表达了"自成模范""旧锦新样""脱胎换骨"的诗学观，勉励南社同人以携带惊雷、振聋发聩的文字为挽救祖国危亡鼓与呼。马君武所秉持的诗贵创新、自成模范、旧锦新样的诗学路径，承继了"诗界革命"的革新精神与方向，对抱有国粹主义思想倾向的南社同人是一种委婉的针砭与劝告。

要取得"海内文学之导师"的文坛霸主地位，南社三位创始人首先要面对的就是称霸诗坛的同光体诗派。宣统三年夏，柳亚子在《胡寄尘诗序》中宣称："余与同人倡南社，思振唐音以斥伧楚，而尤重布衣之诗，以为不事王侯，高尚其志，非肉食者所敢望。"⑤ 道出了其眼中的南社诗人与效忠清政府的同光体诗人的根本不同之处。民国初年，柳氏又指斥同光体诗人敌视中华民国，"以夏肆殷顽自命，发为歌咏，不胜觚棱京阙之思"⑥。

1914 年，柳亚子《论诗六绝句》见诸《南社丛刻》，论及王闿运、郑孝胥、陈三立、樊增祥、易顺鼎、康有为、黄遵宪、龚自珍、丘逢甲、林述庵、林之夏等诗家，表明了其对诗派林立的近世诗坛上的汉魏六朝派、同光体、中晚唐派、诗界革命派和宗唐派的基本看法和基本立场：

---

① 《南社丛刻》第 1 集，1910 年 1 月。
② 天梅：《登北极阁》，《民权报》，1913 年 1 月 25 日。
③ 高旭：《重九南社雅集沪江席上赋此》，《南社丛刻》第 10 集，1914 年 7 月。
④ 柳亚子 1917 年在《与杨杏佛论文学书》中盛赞马君武为"诗界革命"代表诗人，言其"胜梁启超远甚"。载《民国日报》1917 年 4 月 27 日。
⑤ 《南社丛刻》第 5 集，1912 年 7 月。
⑥ 柳亚子：《习静斋诗话序》，《南社丛刻》第 10 集，1914 年 7 月。

少闻曲笔湘军志，老负虚名太史公。古色斓斑真意少，吾先无取是王翁。

郑陈枯寂无生趣，樊易淫哇乱正声。一笑嗣宗广武语，而今竖子尽成名。

一卷生吞杜老诗，圣人伎俩只如斯。兰陵学术传秦相，难免陶家一蟹饥。

浙西一老自嵯峨，门下诗人亦未讹。只是魏收轻蛱蝶，佳人作贼奈卿何！

时流竞说黄公度，英气终输仓海君。战血台澎心未死，寒笳残角海东云。

快心一叙见琴南，闽海诗豪林述庵。老凤飞升雏凤健，龙门家世有迁谈。①

在柳氏看来，诗宗汉魏六朝的文坛领袖王湘绮"古色斓斑真意少"，学宋诗派盟主郑海藏、陈伯严"枯寂无生趣"，以中晚唐为主要学古方向的樊樊山、易实甫"淫哇乱正声"，诗学老杜的康圣人只会"生吞杜老诗"，而浙西一老龚定庵诗则如高峰嵯峨，"绝伦超群，自成一家，三百年来仅见此子，非模拟西江者所能梦见"②；至于时誉颇高的黄公度，较之"战血台澎心未死"的丘仓海则少了些英武之气；而"高抗多唐音"③的闽籍诗人林述庵之诗，则如黄钟大吕，与其子林秋叶均属诗中豪杰。

民国初期，同光体诗派依然占据诗坛正统位置；以不专宗盛唐为学古旗帜的同光体魁杰郑孝胥、陈三立等，成为以柳亚子为头人的南社主流派诗人所要讨伐的最大的"诗敌"。柳亚子尝言："辛亥革命总算成功了，但诗界革命是失败的。梁任公、谭复生、黄公度、丘沧海、蒋观云、夏穗卿、林述庵、林秋叶、吴绶卿、赵伯先的新派诗，终于打不倒郑孝胥、陈三立的旧派诗，同光体依然成为诗坛的正统。"④ 其中，林秋叶、吴绶卿、赵伯先均系能文能武的革命党人，林秋叶还是南社社友，可见柳氏眼中的"新派诗"，其诗人队伍并不囿于维新派阵营。"诗界革命"是否"失败"

---

① 《南社丛刻》第14集，1915年5月。
② 《新刊介绍·定庵集外诗》，《民声日报》，1912年2月26日。《民声日报》"新刊介绍"栏由柳亚子开设，此文出自柳氏手笔。
③ 《新刊介绍·林述庵先生遗诗》，《民声日报》，1912年2月26日。
④ 柳亚子：《我的字和诗》，中国国民党革命委员会中央委员会、中国革命博物馆编：《柳亚子纪念文集》，中国文史出版社，1987年，第10页。

另当别论，新派诗运动在 20 世纪初年的兴起，尽管将同光体推到"旧派"位置，但并未撼动其诗坛霸主地位，却是不争的事实；而光宣之际梁启超等人的"纷纷望古树降旗"，更进一步壮大了旧派的声势。1916 年 11 月，吴虞致函柳亚子，以为"上海诗流，几为陈、郑一派所垄断，非得南社起而振之，殆江河日下矣"①，道出了同光体称霸民初诗坛的实况，希冀南社诗人担负起振兴诗学的时代使命。

1917 年 6 月，柳亚子针对南社社友闻在宥在诗话中袒护江西派的言论，发表措辞严厉的《质野鹤》一文，其言曰：

> 国事至清季而极坏，诗学亦至清季而极衰。郑、陈诸家，名为学宋，实则所谓同光派，盖亡国之音也。民国肇兴，正宜博综今古，创为堂皇窝丽之作，黄钟大吕，朗然有开国气象。何得比附妖孽，自陷于万劫不复耶！其罪当与提倡复辟者同科矣！
>
> 政治坏于北洋派，诗学坏于西江派。欲中华民国之政治上轨道，非扫尽北洋派不可；欲中华民国之诗学有价值，非扫尽西江派不可。反对吾言者，皆所谓乡愿也。②

《民声日报》同月刊出的闻野鹤《答亚子》则针锋相对，高标"海藏、散原、石遗，咸为近日诗界巨子"，言其"虽宗北宋，然非概师西江派者"；"至于西江诸子，各有千古，江河不废，精意难泯，虽亚子极力诋毁，更不能损其毫末"；讥刺柳氏以同光派为亡国之音、罪同复辟之言乃"横逆之语，以恫吓人也"，其结果必然是"蚍蜉撼树，不知自量耳"，誓言拼将性命为"西江派及郑、陈张目"。③ 抛开双方的使性斗气不说，闻在宥据理力争的核心问题，其实是反对柳亚子"尊唐抑宋"的诗学立场。

早在南社内部围绕唐音与宋调之争而同室操戈前一年多，亦即 1916 年前后，在美国攻读哲学博士学位的胡适已经在酝酿"文学革命"和"诗国革命"。1916 年 10 月，陈独秀在上海主编的《新青年》刊发胡适致陈氏书，提出"文学革命"的初步设想，倡导白话新诗，贬斥"南社诸人，夸而无实，滥而不精，浮夸淫琐，几无足称者"，将其置于樊增祥、陈三立、郑孝胥诸辈之下而论之。④ 胡适此言，不消说惹恼了"南社

---

① 吴虞：《与柳亚子书》，《民国日报》，1917 年 4 月 28 日。
② 《民国日报》，1917 年 6 月 29 日。
③ 《民国日报》，1917 年 6 月 30 日至 7 月 3 日。
④ 《新青年》第 2 卷第 2 号"通信"栏胡适致陈独秀书，1916 年 10 月。

柱石"柳亚子。

1917年4月27日，柳亚子在《民国日报》发表《与杨杏佛论文学书》，对胡适讥刺南社之言论予以还击，称"胡适自命新人，其谓南社不及郑、陈，则犹是资格论人之积习"，言其"所作白话诗，直是笑话"；接着阐发对于"文学革命"的看法道：

> 《新青年》陈独秀，弟亦相识，所撰《非孔》诸篇，先得我心，至论文学革命，则未免为胡适所卖。弟谓文学革命，所革当在理想，不在形式。形式宜旧，理想宜新，两言尽之矣。又诗文本同源异流，白话文便于说理论事，殆不可少；第亦宜简洁，毋伤支离。若白话诗，则断断不能通。

在柳亚子看来，"文学革命非不可倡"，但"所革当在理想，不在形式"，应遵循"形式宜旧，理想宜新"的原则；这其实是在重弹梁启超十多年前提出的"然革命者，当革其精神，非革其形式"以及"以旧风格含新意境"的老调①。柳氏接着谈论"诗界革命"道：

> 诗界革命，清人中当推龚定庵，以其颇有新思想也。近人如马君武，亦有此资格，胜梁启超远甚。新见蜀人吴又陵诗集，风格学盛唐，而学术则宗卢、孟，亦一健者。诗界革命，我当数此三人。若胡适者，所谓画虎不成反类犬，宁足道哉！宁足道哉！

嘉道之际的龚自珍、光宣之际的马君武、民国初期的吴虞，是柳亚子标出的近世"诗界革命三杰"；而梁启超十五年前在《饮冰室诗话》中推出的黄遵宪、夏曾佑、蒋智由"近世诗界三杰"②，均不入其法眼。在柳氏看来，梁启超的新诗成就远不及既能创作"自成模范""旧锦新样"的新派诗又能译出"合泰东西艺文之魂于一炉而共冶之"③的西洋诗歌的马君武；吴又陵诗学盛唐，而学术思想则宗尚法国18世纪伟大的启蒙思想家卢梭、孟德斯鸠，其诗符合"形式宜旧，理想宜新"的创作原则，称得上"诗界革命"之"健者"；至于胡适尝试的白话诗，根本不值一哂。

---

① 饮冰子：《饮冰室诗话》，《新民丛报》第29号，1903年4月11日。
② 饮冰子：《饮冰室诗话》，《新民丛报》第18号，1902年10月16日。
③ 《新刊介绍·潮音》，《民声日报》，1912年2月20日。此言出自柳亚子手笔，系柳氏对苏曼殊和马君武译诗的总体评价。

1917 年 7 月，柳亚子撰《再质野鹤》长文，将批判矛头同时指向为同光体诗派张目的闻在宥和鼓吹以白话作诗的胡适，并顺带述及梁启超倡导的"诗界革命"；论及"诗界革命"和"文学革命"，柳氏道：

> 以仆所知，诗界革命之说，十余年前倡于梁启超。其人反复无耻，为不足齿之伧。诗则仅娴竟病，而嚣然好为大言，爝火之明，不终朝而熄，今已反舌无声矣，复谁奉之者？至仓海君曾以台湾建民主国，实旷代奇士，诗亦沉雄洪荡，掷地作金石声。《岭云海日楼》一集，远在郑孝胥、陈三立上。从未闻其言文学革命，而倡文学革命者亦未闻诩然奉之为至尊也。去岁以来，始有美国留学生胡适，倡言文学革命，谓当以白话易文言，殆欲举二千年来优美高尚之文学而尽废之，其愿力不可谓不宏，然所创白话诗，以仆视之，殊俳优无当于用。……故仆尝诮为名为革命，实则随俗无特识。①

成为南社掌门人的柳亚子，公开承认了"诗界革命之说"倡于梁启超，却又因人废言，诋諆梁氏；既反对胡适倡言的"文学革命"，不屑一顾地嘲讽其白话诗，又不遗余力地抨击江西诗派，斥陈、郑之诗为陷溺人心的"亡国之音"。在此语境下，柳氏盛推丘仓海沉雄洪荡之诗，言其成就远在郑孝胥、陈三立之上，其用心就不难理解了。其实，梁启超十五年前亦曾盛赞过丘逢甲，谓"若以诗人之诗论，则丘仓海（逢甲）其亦天下健者矣"，誉其为"诗界革命一巨子"。② 柳氏此时抬出已经过世且并非南社社友却被饮冰室主人推为诗界革命巨子的仓海君，并特意指出"从未闻其言文学革命"，其实是在绕着弯表达其与梁氏倡导的"诗界革命"理论主张并无二致的诗歌创作原则与革新路径。

五四前夕，柳亚子对南社阵营为同光体诗派张目者和推崇中晚唐派者严厉斥责乃至将反对者开除出社之举，招致反对派更为激烈的反击，南社因此陷入长期内耗、分裂和停顿状态，并于 1923 年走向终结。

1917 年 7 月 9 日，社员朱玺在《民国日报》发表《平诗》一文，为同光体诗家陈衍、郑孝胥、陈三立辩护，驳斥柳氏"亡国之音"说，指出"今江南诗人，竞言南社，不知其中翘楚，亦多信服北宋者"，讥刺近来言新派者自谓能步趋龚定庵，实则"既无定庵之高学，又无定庵之奇

---

① 《民国日报》，1917 年 7 月 7 日。
② 饮冰子：《饮冰室诗话》，《新民丛报》第 18 号，1902 年 10 月 16 日。

情"。7月19日，陈去病在《民国日报》发表《论诗三章寄安如》，表明支持柳亚子讨伐江西诗派和同光体的立场与原委。7月下旬，柳亚子连续发表《斥朱鸳雏》长文，指出"亡国士夫之性情，与共和国民之性情，天然不同"，声言"今之鼓吹同光体者，乃欲强共和国民以学亡国士大夫之性情，宁非荒谬绝伦耶"，申明南社作为"海内言文学者之集合体，其途径甚广，其门户甚宽"，指出社中"宗唐非宋者，犹大有贤杰在"，进一步贬斥郑孝胥、陈三立。① 朱玺不服，发表《论诗斥柳亚子》，中有"如此厚颜廉耻丧，居然庸妄窃诗盟""竖儿枉自矜蛮性，螳臂当车不解差""井蛙也学谈天士，我为风骚一代愁"诸句②；至此，对阵双方已由诗学宗尚之争演变成个人意气之争，谩骂和攻击之语充斥其间。8月1日，柳亚子以南社主任名义发布《南社紧急布告》，将朱玺驱逐出社。此举招致社友成舍我激烈反对，公开指责柳亚子"霸占南社，违背社章"③，旋被南社黜籍。

此后，对阵双方分别以《民国日报》和《中华新报》为主阵地，展开了一场旷日持久的拉锯战，论战的性质也由最初的诗学之争演变为南社内部派系之争和领导权之争，对峙双方形成了南北抗衡的分裂局面，南社的名声也在相互揭短的内讧中一落千丈，最终在五四文学革命运动蓬勃开展之际走向穷途末路。

曹聚仁曾回忆起晚清民初"年轻人爱读南社诗文"的情形，将其原因归结为"因为她是前进的、革命的、富有民族意识的"，以为"南社的诗文，活泼淋漓，有少壮气，在暗示中华民族的更生"；关于南社诗歌，曹氏以为南社文人"以写新体诗为多"，并举出一个很有说服力的现象："《新民丛报》在政见上虽和《民报》相对立，在梁启超《饮冰室诗话》中，却收了许多南社诗人的诗，气味自是相投的。"④ 梁启超发起的"诗界革命"未能撼动同光体的诗坛霸主地位，抨击同光体甚力的柳亚子及其领导下的以"尊唐抑宋"为学古趋向的南社诗人，也未能夺同光体的坛坫而代之。真正取代同光体诗坛正宗地位的，是五四文学革命兴起之后的白话新诗。不过，胡适设想的"诗国革命"成功之日，也是曾经风光无限的南社黯然退出历史舞台之时。

---

① 《民国日报》，1917年7月27日至30日。
② 《中华新报》，1917年7月31日。
③ 《成舍我启事》（一），《中华新报》，1917年8月9日。
④ 曹聚仁：《南社·新南社》，柳无忌编：《南社纪略》，上海人民出版社，1983年，第249—252页。

第三节　新途：《新青年》与白话新诗运动

1923年10月，胡适在致高一涵等人的信中谈及近代中国创造了三个新时代的名刊道："二十五年来，只有三个杂志可代表三个时代，可以说是创造了三个新时代：一是《时务报》；一是《新民丛报》；一是《新青年》。而《民报》与《甲寅》还算不上。"① 这番话主要是就言论界和思想文化界而言的；就文学界尤其是诗界而言，《新民丛报》和《新青年》可以说创造了近代中国新诗运动的两个新时代——晚清诗界革命运动时代和五四白话新诗运动时代。

早在1915年9月，留学美国的胡适在给任叔永、梅觐庄、杨杏佛诸诤友的答词中，已经庄重地提出"诗国革命何自始"的命题，并提出一个"要须作诗如作文"的解决方案。② 这虽非胡适尝试以白话作诗的肇端（他早在1908年主《竞业旬报》笔政时期就发表过《答丹斧十杯酒》等白话诗），却是他认定"诗国革命"必须走"作诗如作文"道路的起点。饶有意味的是，胡适身边聚拢的一批谈论"文学革命"问题的诤友杨杏佛、梅光迪、任鸿隽等都是南社社友，尽管他们革新文学的路径和目标各不相同，但对于同光体和南社的看法却有颇多共识。

1916年7月24日，任鸿隽在致胡适书中阐述其对于"文学革命"的看法道："吾人今日言文学革命，乃诚见今日文学有不可不改革之处，非特文言、白话之争而已。吾尝默省吾国今日文学界，即以诗论，老者如郑苏盦、陈三立辈，其人头脑已死，只可让其与古人同朽腐；其幼者，如南社一流人，淫滥委琐，亦去文学千里而遥。旷观国内，如吾侪欲以文学自命者，舍自倡一种高美芳洁之文学，更无吾侪侧身之地。"③ 在几位留美诤友对"白话是否可以作诗"的驳难、否定和嘲弄声中，胡适逐渐认识到白话文、白话小说和戏剧都不难成立，用白话来征服"诗国"才是"文学革命"能否取得胜利的关键所在。照胡适的说法，正是对其"诗国革命"始于"作诗如作文"主张反对最力的梅光迪、任鸿隽，最终将他"逼上梁山"，走到"决心试做白话诗的路上去"④；而与梅光迪、任鸿隽

---

① 胡适：《与高一涵等四位的信》，《努力周报》第75期，1923年10月。
② 胡适：《尝试集·自序》，欧阳哲生编：《胡适文集（9）》，第72页。
③ 胡适：《尝试集·自序》，欧阳哲生编：《胡适文集（9）》，第77—78页。
④ 胡适：《逼上梁山——文学革命的开始》，《东方杂志》第31卷第1期，1934年1月。

同为南社社友的杨杏佛、沈尹默，则成为胡适"文学革命"主张的坚定支持者。

1916年10月，《新青年》第2卷第2号"通信"栏刊发胡适致陈独秀书，指出陈氏"论文学已知古典主义之当废"与称誉某君某首充斥陈词滥调的古典主义长律之间自相矛盾之处，接着对当下诗坛上成对垒之势的新旧两大阵营——南社和同光体诗派——同时开炮，谓"南社诸人，夸而无实，滥而不精，浮夸淫琐，几无足称者（南社中间亦有佳作，此所讥评，就其大概言之耳）"，称"樊樊山、陈伯严、郑苏龛之流，视南社为高矣，然其诗皆规摹古人，以能神似某人某人为至高目的，极其所至，亦不过为文学界添几件赝鼎耳"；进而正面提出"今日欲言文学革命，须从八事入手"，其中"不用典""不用陈套语""不讲对仗（文当废骈，诗当废律）""不避俗字俗语（不嫌以白话作诗词）""须讲求文法之结构"五事属于"形式上之革命"，"不作无病之呻吟""不摹仿古人""须言之有物"三事属于"精神上之革命"。这是胡适提出的"文学革命"之"八事"主张的最初版本。

1917年1月，胡适《文学改良刍议》发表在《新青年》第2卷第5号，是为新文学史家公认的文学革命运动发难之作。该文将此前与陈氏书中提出的"文学革命"之"八事"变换一下排列顺序重新标出，曰"须言之有物""不摹仿古人""须讲求文法""不作无病之呻吟""务去滥调套语""不用典""不讲对仗""不避俗字俗语"，而调门却降低了许多，不再标举"文学革命"而改称"文学改良"，且谦逊地加上"刍议"二字。这篇在中国近现代文学发展史上具有里程碑意义的历史文献，其真正具有革命意义的观点是下面一句话："然以今世历史进化的眼光观之，则白话文学之为中国文学之正宗，又为将来文学必用之利器，可断言也。"白话文学正宗观才是其核心宗旨和关键所在。"文学革命"入手的"八事"也好，"文学改良"遵循的"八事"也罢，均适用于胡适关于"诗国革命"的设想和白话新诗创作。

1917年2月，《新青年》第2卷第6号刊出了陈独秀豪情万丈的雄文《文学革命论》和钱玄同在"通信"栏中赞同"文学革命"主张的言论。同期还刊发了胡适《白话诗八首》，其中最有名的就是那首初名《朋友》后改为《蝴蝶》的白话诗；诗云：

> 两个黄蝴蝶，双双飞上天。不知为什么，一个忽飞还。剩下那一个，孤单怪可怜。也无心上天，天上太孤单。

该诗写于1916年夏，确系有感而发，表达的是一种不被朋友（梅光迪、任鸿隽等）理解的寂寞孤单之感。而陈独秀、钱玄同等人对其"文学革命"主张和"白话文学正宗观"的赞同，使胡适不再是孤军奋战；胡适《白话诗八首》的正式发表，表现出敢于将自己幼稚的白话新诗公之于众的勇气，显示出"自古成功在尝试"的自信。

1917年5月，《新青年》第3卷第3号"通信"栏同时刊出胡适4月9日在美国纽约写给陈独秀的长信和陈氏的答书。胡适在信中诚实地写道：

> 去秋因与友人讨论文学，颇受攻击，一时感奋，自誓三年之内专作白话诗词，私意欲借此实地实验，以观白话之是否可为韵文之利器。盖白话之可为小说之利器，已经施耐庵、曹雪芹诸人实地证明，不容更辩；今惟有韵文一类，尚待吾人之实地实验耳。

陈氏则在答书中斩钉截铁地宣告：

> 鄙意容纳异议，自由讨论，顾为学术发达之原则；独至改良中国文学，当以白话为文学正宗之说，其是非甚明，必不容反对者有讨论之余地，必以吾辈所主张者为绝对之是，而不容他人之匡正也。

至此，借助一代名刊《新青年》这一平台和新文化运动急先锋陈独秀的鼎力支持，胡适一年多来关于"文学革命"和"诗国革命"的设想，就从美国几个留学生朋友圈中的课余讨论，逐渐演变为一场国内众多文化界精英参与其中的轰轰烈烈的新文学运动。

1917年8月，《新青年》第3卷第6号"通信"栏刊发钱玄同至适之先生的公开信，对于用白话说理抒情"极端赞成独秀先生之说"，拈出著名的"选学妖孽，桐城谬种"口号；接着评述胡适的白话诗词道：

> 惟玄同对于先生之"白话诗"，窃以为尤未能脱尽文言窠臼，如《咏月》第一首后二句，是文非话；《咏月》第三首及《江上》一首，完全是文言。又《赠朱经农》一首，其中"辟克匿克来江旁"一句，以外来语入诗，亦似可商。日前独秀先生又示我以先生近作之《白话词》，鄙意亦嫌太文。且有韵之文，本有"可歌"与"不可歌"二种，寻常所作，自以"不可歌"者为多。既不可歌，则长短

任意，仿古新创，无所不可。至于"可歌"之韵文，则所填之字，必须恰合音律，方为合格。"词"之为物，在宋世本是"可歌"者，故各有其名。后世音律失传，于是文士按前人所作之字数平仄一一照填，而云"调写某某"，此等填词，实与做"不可歌"之韵文无异。

在语言学家钱玄同看来，胡适的白话诗尚未脱尽文言窠臼，其白话词仍然"太文"，还算不上地道的白话诗词。

胡适在答信中坦然承认钱氏指出的缺点，接着交代原委道：

> 吾于去年（五年）夏秋初作白话诗之时，实力屏文言，不杂一字。如《朋友》、《他》、《尝试》篇之类皆是。其后忽变易宗旨，以为文言中有许多字尽可输入白话诗中。故今年所作诗词，往往不避文言。吾曾作《白话解》，释白话之义，约有三端：
>
> （一）白话的"白"，是戏台上"说白"的白，是俗语"土白"的白。故白话即是俗话。
>
> （二）白话的"白"，是"清白"的白，是"明白"的白。白话但须要"明白如话"，不妨夹几个文言的字样。
>
> （三）白话的"白"，是"黑白"的白。白话便是干干净净没有堆砌涂饰的话，也不妨夹入几个明白易晓的文言字眼。①

以白话为主体，有限度地吸收文言语汇入诗，是胡适的策略。

1917 年，以《新青年》为阵地的"白话诗的试验室里"只有胡适一个人②，白话诗坛甚为寂寞与冷清。至 1918 年，随着沈尹默《鸽子》《人力车夫》《月夜》《除夕》《月》《三弦》《公园里的"二月蓝"》《耕牛》，刘半农《相隔一层纸》《窗纸》《卖萝蔔人》，俞平伯《春水》，唐俟（周豫才）《梦》《桃花》《他们的花园》《人与时》，周作人《古诗今译》和《小河》等一批著译白话诗在《新青年》相继刊出，以及胡适《人力车夫》《老鸦》《关不住了》等白话新诗陆续问世，使得适之先生对白话新诗创作信心大增，说话也更有底气。

1918 年 8 月，胡适在《新青年》第 5 卷第 2 号"通信"栏中针对朱经农来信中提出的应为"白话诗"立几条规则，"如果诗无规律，不如把

---

① 《新青年》第 4 卷第 1 号，1918 年 1 月。
② 胡适：《尝试集·自序》，欧阳哲生编：《胡适文集（9）》，第 80 页。

诗废了，专做'白话文'的为是"等论调，用陈独秀式的"必不容反对者有讨论之余地"的充满霸气的语调答道：

> 我们做白话诗的大宗旨，在于提倡"诗体的释放"，有什么材料，做什么诗；诗有什么话，说什么话。把从前一切束缚诗神的自由的枷锁镣铐拢统推翻：这便是"诗体的释放"。因为如此，故我们极不赞成诗的规则。还有一层，凡文的规则诗的规则，都是那些做《古文笔法》、《文章规范》、《诗学入门》、《学诗初步》的人所定的。从没有一个文学家自己定下做诗做文的规则。我们做的白话诗，现在不过在尝试的时代，我们自己也还不知什么叫做白话诗的规则。且让后来做《白话诗入门》、《白话诗规范》的人去规定白话诗的规则罢！

至此，《新青年》阵营在胡适认定的"作诗如作文"的"诗国革命"道路上阔步向前，走上了一条用白话征服"诗国"的不归路。

南社盟主柳亚子 1917 年曾多次批评胡适倡导和尝试的白话诗，断言白话诗"断断不能通"，称胡适"所作白话诗，直是笑话"①，"以仆视之，殊俳优无当于用"②。然而胡适仍然继续大胆尝试，于 1920 年 3 月出版了文学革命以来第一部白话诗集《尝试集》，并在《自序》中讥刺"南社的柳亚子也要高谈文学革命"，断言其"文学革命论只提出一种空荡荡目的，不能有一种具体进行的计划"，因而"决不能发生什么效果"。③ 开白话新诗风的《尝试集》两年之中四次再版，发行一万多部，一时风靡，大批新诗人纷纷跟上来尝试，白话新诗运动蓬勃兴起。此时，轮到与胡适一样有着留学美国资历的南社社友梅光迪、胡先骕等人上场了。

1922 年，随着《学衡》杂志在南京创刊，以东南大学为据点，以美国新人文主义创始人白壁德的三位中国门徒——梅光迪、胡先骕、吴宓——为核心，聚拢了一批文化保守主义者，形成新文化运动反对派中势力最大的一个知识群体，史家称之为"学衡派文人"。其中，曾为同光体浙派大家沈曾植门生的美国哈佛大学农学博士胡先骕，攻击胡适的白话文学理论和白话诗的火力最猛。1922 年初，学贯中西的胡先骕"不惜穷两旬之日力，詜詜然作二万数千言"的长文《评尝试集》，以大量古

---

① 柳亚子：《与杨杏佛论文学书》，《民国日报》，1917 年 4 月 27 日。
② 柳亚子：《再质野鹤》，《民国日报》，1917 年 7 月 7 日。
③ 胡适：《尝试集·自序》，欧阳哲生编：《胡适文集（9）》，第 82 页。

今中外文学史实和理论，系统讨论"诗之原理与《尝试集》之短长"；其开篇以解剖学眼光评估号称白话新诗集的《尝试集》道：

> 今试一观此大名鼎鼎之文学革命家之著作。以一百七十二页之小册，自序、他序、目录已占去四十四页，旧式之诗词复占去五十页。所余之七十八页之《尝试集》中，似诗非诗似词非词之新体诗复须除去四十首。至胡君自序中所承认为真正之白话新诗者，仅有十四篇。而其中《老洛伯》《关不住了》《希望》三诗尚为翻译之作。似此即可上追李、杜，远拟莎士比亚、弥尔敦，亦不得不谓为微末之生存也。然苟此十一篇诗义理精粹，技艺高超，亦犹可说。世固有以一二诗名世者。第平心论之，无论以古今中外何种之眼光观之，其形式精神，皆无可取。

第二部分论"《尝试集》诗之性质"道：

> 胡君于作中国诗之造就，本未升堂。不知名家精粹之所在，但见斗方名士哺糟啜醨之可厌；不能运用声调格律以泽其思想，但感声调格律之拘束。复摭拾一般欧美所谓新诗人之唾余，剽窃白香山、陆剑南、辛稼轩、刘改之之外貌，以白话新诗号召于众，自以为得未有之秘，甚而武断文言为死文字，白话为活文字，而自命为活文学家。实则对于中外诗人之精髓，从未有刻深之研究，徒为肤浅之改革谈而已。

第四部分论"文言、白话、用典与诗之关系"道：

> 文学之死活，以其自身之价值而定，而不以其所用之文字之今古为死活。故荷马之诗，活文学也；以其不死 immortal 不朽也。……胡君之《尝试集》，死文学也；以其必死必朽也，不以其用活文字之故，而遂得不死不朽也。①

第八部分论"《尝试集》之价值及其效用"道：

---

① 胡先骕：《评〈尝试集〉》，《学衡》第 1 期，1922 年 1 月。

> 《尝试集》之价值与效用，为负性的。……虽今日新诗人创作新诗之方法错误，然社会终有求产出新诗之心。苟一般青年知社会之期望，而勤求创作之方，则虽"此路不通"，终有他路可通之一日。是胡君者，真正新诗人之前锋；亦犹创乱者为陈胜、吴广，而享其成者为汉高。此或《尝试集》真正价值之所在欤。①

留美攻读农学博士的胡先骕，却对中国古典文学情有独钟，成为文学革命阵营的劲敌。然而，学衡派文人的质疑和反对之声，并未阻挡住新文化运动和文学革命的浩荡潮流。

1923年3月，学衡派阵营的另一员大将吴宓发表《论今日文学创造之正法》，全面阐述其"文学创造"理论主张道：

> 今欲改良吾国之诗，宜以杜工部为师，而熔铸新材料以入旧格律。所谓新材料者，即如五大洲之山川风土国情民俗，泰西三千年来之学术、文艺、典章、制度、宗教、哲理、史地、法政、科学等之书籍理论，亘古以还名家之著述、英雄之事业、儿女之艳史幽恨、奇迹异闻，自极大以至极小，靡不可以入吾诗也。又吾国近三十年国家社会种种变迁，枢府之掌故，各省之情形，人们之痛苦流离，军阀、政客、学生、商人之行事，以及学术文艺之更张兴衰；再就作者一身一家之所经历感受，形形色色，纷纭万象。合而观之，汪洋浩瀚，取用不竭，何今之诗人不知利用之耶？②

然而，胡先骕、吴宓的诗歌改良论，从根本上并未超出梁启超二十年前提出的"以旧风格含新意境"的诗学范畴，依然是梁氏关于"诗界革命"当"革其精神"而非"革其形式"观点的历史回声。

1922年，正当学衡派文人不遗余力地抨击新文化运动和文学革命之际，胡适已经以胜利者的姿态高调宣称："我可以大胆说，文学革命已过了讨论的时期，反对党已破产了。从此以后，完全是新文学的创造时期。"③ 形势的发展确如胡适所料，白话新诗的发展势头锐不可当，旧体诗的诗坛正宗地位受到了前所未有的冲击。

---

① 胡先骕：《评〈尝试集〉》（续），《学衡》第2期，1922年2月。
② 吴宓：《论今日文学创造之正法》，《学衡》第15期，1923年3月。
③ 胡适：《五十年来中国之文学》，申报馆，1924年，第93页。

结　语

1899 年，梁启超在《清议报》连载的《饮冰室自由书》中，引用日本文部大臣犬养毅之语，介绍了明治维新以来文明普及三件法宝，"一曰学校，二曰报纸，三曰演说"，将报刊视为传播文明的三大"利器"之一。① 近代中文报刊的兴起，不仅引起了政治思想界和社会舆论界的喧嚣与躁动，而且推动了中国文学观念和文学创作的近代化变革与转型。大量配合报馆宣传之需的中文报刊诗歌的问世，对中国古典诗歌的一系列思想规范和形式规范造成了严重的冲击；一批较早走出国门或接触到西洋文明的"东西南北人"的新题材诗、新派诗、新学诗实践，逐渐促成了中国诗学观念的近代新变；正是借助近代报刊这一新兴传播媒介，梁启超倡导的"诗界革命"才得以迅猛地开展起来，形成了一场具有全国乃至国际影响的声势浩大的诗歌革新运动，引领了时代潮流，为中国诗歌的近代化探索指示了多元的发展方向。

一、近代报刊与诗界革命的渊源流变

中国古代文人的诗歌作品基本上都是通过传抄的方式在亲友圈传播，只有极少数作家能有幸在生前将自己的诗文集刻印行世。然而到了晚清时期，随着近代报刊的兴起，很多文士的诗作纷纷登上报刊文艺栏和文艺期刊，诗歌的社会功效和传播时效发生了重大变化，从而为嗅觉敏感的海上诗人将时代讯息摄入笔端，创作出因时而变、趋新求变的近代诗歌提供了温床；与此同时，报刊诗歌的受众也从地域和范围极小的"小众"变成了具有全国性乃至国际影响的"大众"，从而为有识之士借助报刊阵地在一个较短的时间内发起一场诗歌革新运动提供了物质条件和受众群体。

从近代报刊视野来考察诗界革命的渊源与流变，我们不得不将眼光再向前延伸二三十年，从 19 世纪 70 年代的《万国公报》刊发的诗歌作品

---

① 任公：《饮冰室自由书》，《清议报》第 26 册，1899 年 9 月 5 日。

中打捞出一批劝诫诗,从清末《申报》刊发的数以万计的诗歌中打捞一批新题材诗,从早期澳门《知新报》中打捞出《闽中新乐府三十二首》,从中窥探古典诗歌近代新变的征兆和诗界革命的另一先声。

如果我们将《万国公报》纳入考察视野的话,鉴于该报对维新派知识分子产生了重大影响的历史事实,其所刊发的有一定数量的劝诫诗所体现出的改良社会的启蒙宗旨、求实求用的诗歌观念和浅近易懂的语体特征,对康有为、梁启超等维新志士的诗学观念也会产生潜移默化的影响。

如果我们将 19 世纪 70—80 年代《申报》刊发的一批歌咏近代物质文明和西方风俗文化、洋溢着时代气息、开拓了诗题诗境、体现出新变趋势且相当流行的新题材诗纳入考察视野的话,那么,以往人们印象中那个在诗派争喧、诗人林立的旧诗坛艰难摸索的"独立风雪中清教徒之一人"黄遵宪此期的新派诗创作与试验,就并非一个孤立的事件了。

如果我们将早期《知新报》所刊畏庐子《闽中新乐府》纳入考察视野的话,便会发现梁启超遥控指挥的其后成为诗界革命延展到华南地区的新阵地的澳门《知新报》,选择在戊戌变法前夕这一时间节点刊发题旨和诗体特征大体符合梁氏其后提出的"诗界革命"的创作纲领和革新方向,且对其后梁氏策划《新小说》有韵之文栏目及该杂志刊发的一批新乐府诗有着示范意义的 32 首新乐府诗,就并非一件与诗界革命运动毫无关联的偶然事件了。林纾死后却被昔日的冤家对头胡适追认为"很通俗的白话诗"的《闽中新乐府》,事实上成为诗界革命之先声。

从近代报刊视野考察诗界革命运动的起点,便会发现 1900 年 2 月任公揭橥"诗界革命"旗帜、提出"三长"纲领的《汗漫录》一文在《清议报》的公开发表,方才标志着诗界革命运动的正式发端。之所以是 1900 年而非 1899 年,道理其实非常简单——正如五四文学革命运动的发端是以胡适《文学改良刍议》一文于 1917 年 1 月在《新青年》发表而非以该文 1916 年底在美国完稿为标志性事件一样,诗界革命运动的起点当然不能以梁启超 1899 年底在太平洋"香港丸"号上写下《汗漫录》中那段著名的文字为标志性事件。而戊戌变法前夕夏曾佑、谭嗣同、梁启超三人试验小组尝试了一年多的属于"潜在写作"的"新学诗"实践,只能算是诗界革命运动的前奏。至于黄遵宪此前的"新派诗"写作及其在友朋圈的传阅流布,也只能作为诗界革命运动的先声。

从近代报刊视野考察诗界革命运动的理论导向与时代风气,更容易动态地发现梁启超 1900 年初提出的"三长"纲领和 1904 年标举的"以旧风格含新意境"修正版纲领等理论导向,对 20 世纪初年以报刊为主阵地的新诗坛所发挥的时代风向标作用，及其见诸《清议报》《新民丛报》《新小说》的新诗作品对众多仿效者所产生的广泛的示范效应。

从近代报刊视野考察诗界革命运动的开展及其阵地，便会发现除了《清议报》《新民丛报》和《新小说》杂志，诗界革命的外围阵地和国内阵地还有许多。清末天津《大公报》、厦门《鹭江报》、重庆《广益丛报》等，是诗界革命延展到国内的重要阵地；梁启超遥控的澳门《知新报》，留日学生在东京创办的《湖北学生界》《浙江潮》《江苏》等有革命倾向的杂志，革命党人在上海创办的《大陆报》《国民日日报》《警钟日报》《觉民》等报刊，以及《绣像小说》《新新小说》《二十世纪大舞台》等十余种文艺期刊，《杭州白话报》《安徽俗话报》《中国白话报》《宁波白话报》《竞业旬报》《潮声》《国民白话日报》等白话报刊，《女学报》《女子世界》《中国新女界杂志》《中国女报》《神州女报》等妇女报刊，在很大程度上均可视为诗界革命延展到国内外的外围阵地，极大地扩展了诗界革命运动的文化阵线与地域版图。

当然，上述报刊（还有大量没有提及的报刊）阵地所发表的诗歌作品并非全然是新派诗，其诗人群体也不能一概划归到诗界革命阵营。但至少说明两点：一方面，"诗界革命"的革新精神，已经随着近代报刊而在青年知识群体中广为传播，迅疾成为一股难以抗拒的时代潮流，自觉仿效者和不自觉受其熏染者遍及国内外；另一方面，梁启超提出的"诗界革命"纲领并未对诗人的政治思想立场做出限定，诗界革命运动一旦开展起来，其取材倾向和主题意向就非其发起人所能掌控。事实上，作为晚清以新民救国为主旋律的思想启蒙运动的有机组成部分，诗界革命运动所掀起的风雷激荡的时代精神和诗歌变革思潮，极大地影响了20世纪初年新旧诗坛的创作风貌；诗界革命的阵地并不限于维新派在海外创办的报刊，其诗人队伍也不限于维新派阵营，其传播范围和社会影响更是渗透到国内许多地方——从华北京津地区到华南通商口岸，从华东沿海地区到大江南北乃至西南边陲。

从近代报刊视野考察诗界革命运动，不难发现晚清"女界革命"先驱和一批妇女报刊诗歌，也是"诗界革命"的同路人，从而将诗界革命延展到"女子世界"，构成了诗界革命运动联合阵线中不可轻忽的一环。以《女子世界》"因花集"为典型代表的清末妇女报刊女性（或模拟女性）诗歌，以豪迈的"英雌"气概，自觉的"女国民"意识，高涨的爱国热情和民族主义情怀，迥异于传统女性诗人的思想面貌和审美风尚，奏响了"女界革命"和民族民主革命的主旋律，以别样的风姿拓展着诗界革命运动的性别版图和思想疆域。

从近代报刊视野考察诗界革命的诗人队伍与流变轨迹,更能看清楚很多其后走上民族民主革命道路的青年诗人,早年曾是"诗界革命"阵营中人;他们各自携带着一批裹挟时代风雷的新派诗,在20世纪初年乘借"诗界革命"的东风登上新诗坛。高旭、黄宗仰、马君武、柳亚子、金松岑、秦力山、蒋同超等诗坛新秀,是其中的佼佼者。由于他们的加盟,20世纪初年的新派诗运动显得更加生气勃勃;由于他们不久之后的政治思想转向,使得革命诗潮迅猛兴起,同时也延展了诗界革命的阵线,为诗界革命运动增添了更加激进的时代内容。

从近代报刊视野考察诗界革命运动,更能真切地体味到"诗界革命"与"文界革命""小说界革命""曲界革命""音乐界革命""史界革命"等实乃一盘棋,构成了怀抱书生救国、文学新民之志的"新民师"梁启超发起的以改良群治、新民救国为主旋律的思想启蒙运动不可或缺的有机组成部分。1902年,梁启超关于《新民丛报》"文苑"栏"可见中国文学思潮之变迁"① 的预言与定位,既包含对其在诗学层面上取得艺术突破的主动引导之意,更包含对其在文学思想、文学题材、主题意蕴等方面即将形成的时代潮流及变迁趋势的顺势利导之意。

二、诗界革命与五四新诗运动

1929年,郑振铎在《梁任公先生》一文中,盛赞梁氏东渡后"创刊《清议报》,仍以其沛沛浩浩若有电力的热烘烘的文字鼓荡着,或可以说是主宰着当时的舆论界"②。任公主持的《清议报》"诗文辞随录"栏目诗歌,亦属于"沛沛浩浩若有电力的热烘烘的文字",其影响远远超出了文学界而达于整个知识界。后五四时代,作为"清华四大导师"之首的梁启超在《清代学术概论》中以史家之眼光客观评述《新民丛报》的历史影响力时道:"每一册出,内地翻刻本辄十数。二十年来,学子之思想,颇蒙其影响。"③ 这些刊载于《新民丛报》的对晚清至五四一代知识群体产生了重要思想启蒙和社会鼓动效应的文字,自然包括其"文苑"栏,亦即"饮冰室诗话"和"诗界潮音集"诗歌。梁氏领衔发起的诗界革命运动,无疑对五四新诗运动倡导者和尝试者产生了重要影响。

---

① 《本报告白》,《新民丛报》第1号,1902年2月8日。
② 郑振铎:《梁任公先生》,《小说月报》第20卷第2号,1929年2月。
③ 梁启超:《清代学术概论》,上海古籍出版社,1998年,第85页。

1935年，朱自清在《中国新文学大系·诗集·导言》中述及"诗界革命"对五四新诗运动的影响时，相当审慎地下了一句断语：清末"诗界革命"对于五四"新诗运动，在观念上，不在方法上，却给予很大的影响"。① 五四新文学作家出身的朱自清，其所秉持的语言文学观和文学史观，显然打上了鲜明的五四新文化印记。五四一代新文化人和新文学（批评）家，对晚清一代新文化人和新文学（批评）家在心理上潜隐的"影响的焦虑"，同样表现在正在做着通过《中国新文学大系·诗集》的出版而将语体诗经典化工作的五四新诗选家和批评家朱自清身上。在此语境下，朱先生虽然肯定了"诗界革命"在"观念"上给予五四"新诗运动"很大影响，却不肯承认前者在"方法"上给后者指示的门径。

事实上，以梁启超为精神领袖、以黄遵宪为一面旗帜的晚清诗界革命运动，不仅在打破千年诗坛陈陈相因的旧格局的创新开拓"观念"层面给后来者以启迪和鼓舞，在"革其精神"方面指明了一条师法欧西的革新路径，而且在"革其形式"方面做出了多元的诗体探索和语体试验，诸如提倡以流俗语、新名词入诗，大力倡导诗乐合一的歌诗，乃至尝试以白话译诗写诗，其在"方法"层面，尤其是在诗歌语言的近代化和白话化努力方面，影响了一代诗风，同样对五四时期的新诗倡导者和尝试者"给予很大的影响"。

1902—1905年，梁启超在依托横滨《新民丛报》作为"诗界革命风向标"的"饮冰室诗话"专栏中，有意识地将黄遵宪树为一面旗帜，黄氏作为诗界革命阵营首席代表诗人的地位自此确立。正因如此，尽管黄氏提出"我手写我口"等诗学主张的《杂诗》早在1868年即已问世，集中体现其诗学思想的《人境庐诗草自序》也在1891年就已问世，后世史家还是将其视为诗界革命派在诗学理论领域的重要建树。自胡适首开其端的新文学家和新文学史家，都有意无意凸显黄遵宪"我手写我口"、不避流俗语、"以古文家抑扬变化之法"作诗等诗学主张的先锋意义乃至现代性，将其解读为"主张用俗话作诗""用做文章的法子来做诗"。② 周作人高度评价人境庐诗，着眼点也在"其特色在实行他所主张的'我手写我口'，开中国新诗之先河"③。黄遵宪的诗学主张和新派诗创作对五四新诗运动倡导者和尝试者产生的直接影响与启迪，由此不难想见。

---

① 朱自清：《中国新文学大戏·诗集·导言》，《中国新文学大系·诗集》，上海良友图书印刷公司，1935年，第1页。
② 胡适：《五十年来中国之文学》，申报馆，1924年，第35、39页。
③ 周作人：《诗人黄公度》，钟叔河编：《周作人文选》，广州出版社，1995年，第451页。

再说说梁启超的白话译诗实践。1903 年，梁启超在《新中国未来记》中将拜伦《哀希腊》部分章节译成汉诗时，采用的就是白话语体。其以《沉醉东风》《如梦忆桃园》曲牌所译《哀希腊》第一节和第三节，本著第五章已经列举过，兹不赘举。这里将其通过小说中人物之口若断若续唱出的三个《哀希腊》译诗片段分行排列，从中一窥任公本着"译意不译词"原则尝试的白话译诗之风采：

    前代之王，
    虽属专制君主，
    还是我国人，
    不像今日变做多尔哥蛮族的奴隶。

    好好的同胞闺秀，
    他的乳汁，
    怎便养育出些奴隶来？

    奴隶的土地，
    不是我们应该住的土地；
    奴隶的酒，
    不是我们应该饮的酒。①

浅近的语言，白话的句式，走的便是"作诗如作文"的白话新诗的路子。

  清末民初大量问世的白话化的歌体诗，与梁启超诗界革命时期对中西合璧的学堂乐歌和俗曲新唱的"杂歌谣"的大力倡导有着密切关系。20 世纪初年，学堂乐歌以活跃的姿态在社会大舞台上频频亮相，在各类新式学堂和多种公共活动场合无数次唱起，产生了广泛而深远的社会影响。当是时，留日学生所受音乐熏陶甚为浓烈，留学生卒业、聚会时往往少不了合唱节目，留学生会馆经常响起《国民歌》《东京留学歌》《送别歌》等歌声②；这一情况，经常赴会馆、跑书店、往集会、听讲演的留日学生周氏兄弟，自然不会听而不闻。上海中国公学开学的始业歌、平时的音乐课和散学的终业歌，都是不可或缺的，在此就读的少年胡适自然不可能不受

---

① 饮冰室主人著、扪虱谈虎客批：《新中国未来记》，《新小说》第 3 号，1903 年 1 月。
② 参见《亚雅音乐会之历史》，《新民丛报》第 51 号，1904 年 8 月 25 日。

到熏陶。1908 年,"见了丹斧所做的歌儿,越做越得劲,越唱越开心"的《竞业旬报》主编兼主笔胡适,"羡慕"之余,遂用《十杯酒》民歌调填了首《答丹斧》白话歌诗,发表于该刊。① 近代歌诗对其后成为五四一代新文学家的一批知识精英的熏陶和濡染,由此不难想见。

1920 年,梁启超在《晚清两大家诗钞题辞》中正面回应了胡适倡导的白话诗运动。他左右开弓,认为主张白话为唯一的新文学而极端排斥文言的新进青年与那些把白话诗当作洪水猛兽看待的老先生在持论的偏激方面不相上下,以为"就实质方面论,若真有好意境好资料,用白话也做得出好诗,用文言也做得出好诗";他认为白话与文言本来就没有一定的界限和根本差别,极端排斥文言不仅不是"文学界"的"解放",反而是"别造出一种束缚";对于白话诗的未来,梁氏预言道:

> 我想白话诗将来总有大成功的希望,但须有两个条件:第一,要等到国语进化之后,许多文言,都成了"白话化"。第二,要等到音乐大发达之后,做诗的人,都有相当音乐智识和趣味,这却是非需以时日不能。

对于将来的"新诗的体裁",梁氏规划道:

> 然则将来新诗的体裁该怎么样呢?第一,四言、五言、七言、长短句,随意选择。第二,骚体、赋体、词体、曲体,都拿来入诗;在长篇里头,只要调和得好,各体并用也不妨。第三,选词以最通行的为主,俚语俚句,不妨杂用,只要能调和。第四,纯文言体或纯白话体,只要词句显豁简练,音节谐适,都是好的。第五,用韵不必拘拘于《佩文诗韵》,且至唐韵古音,都不必多管,惟以现在口音谐协为主。但韵却不能没有,没有只好不算诗。②

在梁氏看来,"中国诗界大革命,时候是快到了";言外之意,胡适倡导的白话新诗运动,也还只是充当了"诗界大革命"的前奏。而他为"中国诗界大革命"指明的出路,是打破人为设定的文与白、新与旧的界限,

---

① 铁儿:《答丹斧十杯酒》,《竞业旬报》第 33 期,1908 年 11 月 14 日。
② 梁启超:《晚清两大家诗钞题辞》,《饮冰室合集·饮冰室文集之四十三》,中华书局,1936 年,第 73—78 页。

文言与白话和平共处，融会贯通；就白话诗而言，是要打破"专从现行通俗语底下讨生活"的现状，既要在修辞的技术上吸收文言，又要讲求音节音韵，使诗不失为诗；对旧体诗而言，是要恢复中国"广义"的"诗"（"有韵之文"）之观念，打破一切门派家法，从"格律"中解放出来，当代诗人"独往独来，将自己的性情和所感触的对象，用极淋漓极微眇的笔力写将出来，这才算是真诗"①。在梁氏看来，这一"中国诗界大革命"的愿景，既为白话新诗的可持续发展指明了正途，亦为旧体诗词的现代性转化指明了方向。这番颇为宏通的见解，对于处于转型期的五四新诗运动来说，可说是极富建设性的意见；然而，新文学领军人物胡适对这位"诗界革命"老前辈此番率直的建言却并不领情，反而大为不满②。

1935年，周木斋在《清代文人对于现代发生影响的算那几人》一文中，述及晚清"文学维新运动"对于五四"文学革命运动"的影响时道："文学维新运动的文体和思想，对于文学革命运动，都有影响，思想是前驱，文体是过渡"；论及晚清"诗界革命"的性质及其对五四"新诗"的影响道："诗界革命而不愿放弃旧风格，其实还是维新。诗界维新也是后来文学革命的新诗的开端。"③ 着眼的是晚清与五四先河后海的历史连续性；其所谓"思想是前驱，文体是过渡"，不仅适用于文界，亦适用于诗界。

1936年，吴文祺在《新文学概要》一书中述及"诗界革命"，先是照着胡适的说法，认为黄遵宪《杂感》第二首"可以算是诗界革命的宣言"；但他同时结合黄氏言文合一及"我手写我口""不避流俗语"的主张，进而得出一个大胆的结论："新文学的胎，早孕育于戊戌变法以后，逐渐发展，逐渐生长，至五四时期而始呱呱坠地。胡适之、陈独秀、钱玄同等不过是接产的医生罢了。"④ 这一断言，恐怕就不是胡适们所愿意承认的了。

1944年，历史学家嵇文甫序文学史家任访秋《中国现代文学史（上卷）》有言："其实文学革命本由长期孕育而来。当初几个倡导者都是从

---

① 梁启超：《晚清两大家诗钞题辞》，《饮冰室合集·饮冰室文集之四十三》，第72页。
② 梁氏此文写于1920年10月，当时并未发表，他着手编选的《晚清两大家诗钞》亦未成书；梁氏于12月中旬将该文送给了胡适，却招致胡适的强烈不满，对其批评白话诗的观点逐条反驳后送还梁氏。参见夏晓虹：《1920年代梁启超与胡适的诗学姻缘——以新发现的梁启超书札为中心》，《梁启超：在政治与学术之间》，东方出版社，2013年，第154—180页。
③ 郑振铎、傅东华编：《文学百题》，生活书店，1935年，第433—434页。
④ 吴文祺：《新文学概要》，中国文化服务社，1936年，第13页。

整个文学进化史上，找到他们的理论依据，认为这一次文学革命是历史的必然。他们的工作，实际上是和清末文学界发展的趋势，一系相连的。大概文至梁任公，诗至黄公度，已经在旧文学中来了个彻底大解放，接近着国语文学的边缘，严几道、林琴南的翻译，虽然他们仍使用着古文，虽然林氏后来竟成为反对文学革命的代表人物，但实际上他们都作了新文学运动的前驱。历史上的因果是错综倚伏的，只要把清末文学界的动向细细加以研究，就知道五四以来的文学革命实非偶然。"① 以史家之眼光，理清了晚清文学界革命与五四新文学运动之间的源流关系，可谓目光如炬，持论宏通。

历史学家周策纵在《五四运动史》一书中言及"文学革命"时，也有一段颇为宏通的评述："中国的文学革命是以诗的革命为开端。'诗界革命'在中国已经被提倡了好些年。差不多所有参与1898年（戊戌）百日维新的政治改革者，都是年轻的诗人。他们当中有些同时也是'诗界革命'的倡导人。胡适的改革计划，只是把这个运动推展到一个新阶段。"② 可谓一语中的。

五四白话新诗运动倡导者和实践者，无疑借鉴和承继了晚清诗界革命运动的历史经验与精神遗产。只不过，他们的文化立场和文学观念更为激进，也更加雄心勃勃，在文学语言和文体试验方面不再坚持两条腿走路，将白话与文言置于你死我活的二元对立位置，视古语文学为死文学和半死的文学，奉白话文学为活文学和文学之正宗，将语体诗试验作为文学革命事业能否取得成功的突破口，并最终凭借新文化阵营的优胜地位，将语体诗扶上诗坛正宗的文艺宝座。

三、诗界革命与"旧体新诗"

如果我们只是看到晚清诗界革命对于五四新诗运动的启迪与影响，而忽略了其对20世纪以降直至当下仍然十分活跃的旧体诗词创作所产生的或隐或显的重要影响，那就严重低估了诗界革命运动的精神领袖梁启超和被树为新派诗主将的黄遵宪的诗学理论及其新派诗创作实绩在中国传统诗歌的古今之变过程中所发挥的理论引领和创作示范意义。事实上，梁启超为"诗界革命"设定的目标，并非指向五四以后打破一切戒律的自由体

---

① 嵇文甫：《〈中国现代文学史〉序》，任访秋：《中国现代文学史》上卷，南阳前锋报社，1944年，第1—2页。
② 周策纵：《五四运动史》，岳麓书社，1999年，第34页。

白话新诗，而是创造一种既在精神思想上师法欧西，以达用西海之药医东海之病之效，创作出既能灌注近代启蒙思想、承载重大的时代内容，从而服务于新民救国的政治理想，又能大体保留中国诗歌传统形式风格的"旧体新诗"，使旧有的诗歌体式能够适应新的时代的需要，焕发出新的活力，从而实现中国传统诗歌的近现代转型。

从1900年拈出"新意境""新语句""古风格"三长纲领，到1903年提出"然革命者，当革其精神，非革其形式"，标榜"能以旧风格含新意境，斯可以举革命之实"，梁启超在"革其形式"方面所做的努力，始终是在中国传统诗体范围内寻求局部的革新与突破，他并不打算对传统诗歌的艺术形式进行一场彻底的"革命"。这种大体属于"旧瓶装新酒"的革新方案，对其后乃至当下的"旧体新诗"创作产生了理论导引作用。

被梁启超树为诗界革命一面旗帜的黄遵宪，其诗学主张与其新派诗创作一样在诗坛产生了共时性和历时性的重要影响。黄氏的诗学主张集中体现在《人境庐诗草自序》之中，其所提出的"诗之外有事，诗之中有人"[1] 的诗学理想，简言之就是"意欲扫去词章家一切陈陈相因之语，用今人所见之理，所用之器，所遭之时势，一寓之于诗"[2]。该文提出的讲求古人比兴之义，取法《离骚》、乐府神理，用古文之章法入诗，取材、述事、炼格广采博取而自成一家等诗学主张，则是有着"别创诗界"夙愿的人境庐主人为中国古典诗歌朝着近代化方向转换所指出的基本途径。至于黄氏"我手写我口""诗无古今"之说体现出的打通古今壁垒、关注现实世界、真我自作主宰的精神，更是为后世文学家和文学史家所津津乐道。

1909年南社在苏州成立之际，马君武从德国寄来题为《寄南社同人》的诗稿，对南社诗人以"唐宋元明都不管，自成模范铸诗才。须从旧锦翻新样，勿以今魂托古胎"[3] 相劝勉，既强调诗贵创新、自成模范的诗学理想与追求，也坚守旧锦新样、在继承传统的基础上革新的思路与底线，仍然将"革其精神"放在第一位，将"革其形式"放在第二位。1917年，柳亚子发表《与杨杏佛论文学书》，批评胡适倡导的"文学革命"及其尝试的白话诗，并正面阐明其"文学革命"主张："弟谓文学革命，所革当在理想，不在形式。形式宜旧，理想宜新，两言尽之矣。"[4] 无论是马君武，抑或是柳亚子，南社主流派诗人的诗学主张和诗歌创作，自始至终遵循着梁启超

---

[1] 黄遵宪著、钱仲联笺注：《人境庐诗草笺注》，古典文学出版社，1957年，第1页。
[2] 黄遵宪：《致梁启超书》，《黄遵宪集》，天津人民出版社，2003年，第490页。
[3] 马和（君武）：《寄南社同人》，《南社丛刻》第3集，1910年底。
[4] 《民国日报》，1917年4月27日。

1903 年在《饮冰室诗话》中提出的"然革命者,当革其精神,而非革其形式"指导思想。

1920 年,梁启超有感于胡适倡导的白话新诗运动中出现的"崇白话而废文言"的偏颇,发愿编选金和、黄遵宪的合集,名之曰《晚清两大家诗钞》。此时的梁任公,一反"诗界革命"时期着意突出"新诗"的社会教育功能的过于功利化的诗学主张,转而强调文学的"趣味"(审美价值)和"技术"(诗体形式和语言工具)的重要性,认为"文学是人生最高尚的嗜好","要有精良的技术,才能将高尚的情感和理想传达出来";正是本着"文学上高尚和更新两种目的"的根本指导思想,梁氏赞誉"两位先生是中国文学革命的先驱","两部诗集是中国有诗以来一种大解放";其论"真诗"道:

> 只是独往独来,将自己的性情和所感触的对象,用极淋漓极微眇的笔力写将出来,这才算是真诗。这是我对于诗的头一种见解。格律是可以不讲的,修辞和音节却要十分注意,因为诗是一种技术,而且是一种美的技术。

与"真诗"相对的是"伪诗",矛头所向,乃是胡适引领的以"作诗如作文"为根本指针的白话新诗创作的"非诗化"倾向。论及"中国旧诗",梁氏道:

> 所以我觉得,中国诗界大革命,时候是快到了。其实就以中国旧诗而论,那几位大名家所走的路,并没有错。其一,是专玩味天然之美,如陶渊明、王摩诘、李太白、孟襄阳一派。其二,是专描写社会实状,如杜工部、白香山一派。中国最好的诗,大都不出这两途,还要把自己真性情表现在里头,就算不朽之作。往后的新诗家,只要把个人叹老嗟卑,和无聊的应酬交际之作一概删汰,专从天然之美和社会实相两方面着力,而以新理想为之主干,自然会有一种新境界出现。①

梁氏此处所谓"往后的新诗家",自然是指此后仍然运用旧体诗写诗的新

---

① 梁启超:《晚清两大家诗钞题辞》,《饮冰室合集·饮冰室文集之四十三》,中华书局,1936 年,第 79 页。

诗人。而他们成为当代"新诗家"的条件是——首先要有"新理想",亦即人生"高尚的情感和理想";其次要从表现"天然之美"和"社会实相"两方面着力,以诗笔表现自然之美和人类社会的美丑善恶;再次是力避怨天尤人、无病呻吟和应酬之作。果如此,则可创作出表现了时代乃至超越时代的"新诗";这样的"新诗家"创作出的"新诗",自然具备一种"新境界";而具备这种"新境界"的"新诗",就是成功实现了传统诗歌的现代性转化的"旧体新诗"。这种"旧体新诗",当然是"活文学"而非"死文学"。

梁启超倡导的"诗界革命"的革新精神和新派诗的创作风貌,对20世纪以降的旧体诗词写作产生了深远影响。五四之后,无论是文化保守主义阵营的吴宓、吴芳吉等旧体诗人的诗歌创作,抑或是新文化阵营鲁迅、郁达夫等新文学作家的旧体诗写作,都不是传统的唐音宋调了,而是对传统诗歌的一系列规范进行了近代化改造。从20世纪初年一直活跃到新中国成立之后的诗坛健将柳亚子,其诗词创作始终未超出"诗界革命"的基本指针。与梁启超、柳亚子一样喜读定庵诗的诗人毛泽东,早年也经历过一个崇拜梁任公的阶段,其诗词创作也受"诗界革命"的潜在影响。至于当下不仅没有消亡、反而相当活跃的"旧体新诗"写作,梁启超一百多年前提出的"诗界革命"创作纲领仍然有效,见证了诗界革命运动悠长的历史回声。

主要参考文献

一、报刊

《万国公报》,上海,周刊,1874—1883年。
《申报》,上海,日报,1876—1919年。
《知新报》,澳门,五日刊、旬刊,1897—1901年。
《清议报》,日本横滨,旬刊,1898—1901年。
《杭州白话报》,杭州,旬刊,1901—1910年。
《选报》,上海,旬刊、周刊,1901—1903年。
《湖北学生界》,日本东京,月刊,1903年。
《新民丛报》,日本横滨,半月刊,1902—1907年。
《大公报》,天津,日报,1902—1919年。
《鹭江报》,厦门,旬刊,1902—1905年。
《政艺通报》,上海,半月刊,1902—1908年。
《新小说》,日本横滨,月刊,1902—1906年。
《女报》《女学报》,上海,月刊,1902—1903年。
《大陆报》,上海,月刊,1902—1906年。
《绣像小说》,上海,半月刊,1903—1906年。
《广益丛报》,重庆,旬刊,1903—1912年。
《湖北学生界》,日本东京,月刊,1903年。
《浙江潮》,日本东京,月刊,1903年。
《江苏》,日本东京,月刊,1903—1904年。
《国民日日报》,上海,日报,1903—1904年。
《觉民》,松江,月刊,1903—1904年。
《中国白话报》,上海,半月刊,1903—1904年。
《俄事警闻》,上海,日报,1903—1904年。
《警钟日报》,上海,日报,1904年。
《二十世纪大舞台》,上海,半月刊,1904年。
《女子世界》,上海,月刊,1904—1907年。

《时报》，上海，日刊，1904—1912年。
《安徽俗话报》，芜湖，半月刊，1904—1905年。
《江苏白话报》，常熟，月刊，1904年。
《京话日报》，北京，日报，1904—1906年。
《新新小说》，上海，月刊，1904—1907年。
《醒狮》，日本东京，月刊，1905—1906年。
《复报》，上海，月刊，1906—1907年。
《月月小说》，上海，月刊，1906—1909。
《竞业旬报》，上海，旬刊，1906—1909年。
《小说林》，上海，月刊，1907—1908年。
《粤东小说林》，广州，1906—1907年。
《洞庭波》，日本东京，月刊，1906年。
《汉帜》，日本东京，月刊，1907年。
《中外小说林》，香港，1907—1908年。
《中国女报》，上海，月刊，1907年。
《中国新女界杂志》，日本东京，月刊，1907年。
《河南》，日本东京，月刊，1907—1908年。
《神州女报》，上海，月刊，1907—1908年。
《宁波小说七日报》，宁波，上海，七日刊，1909年。
《女报》，上海，月刊，1909年。
《女学生》，上海，月刊，1909—1912年。
《南社丛刻》，上海，不定期，1910—1923年。
《国风报》，上海，旬刊，1910—1911年。
《庸言》，天津，月刊，1912—1914年。
《大中华杂志》，上海，月刊，1915—1916年。
《新青年》，上海，月刊，1916—1920年。
《学衡》，上海，月刊，1922—1926年。

二、文集与史料

康有为：《万木草堂诗集》，上海人民出版社，1996年。
梁启超：《饮冰室合集》，中华书局，1936年。
黄遵宪著、钱仲联笺注：《人境庐诗草笺注》，上海古籍出版社，1981年。
陈铮编：《黄遵宪全集》，中华书局，2005年。
吴振清等编校：《黄遵宪集》，天津人民出版社，2003年。
丘逢甲：《岭云海日楼诗钞》，上海古籍出版社，1982年。
马君武：《马君武诗稿》，文明书局，1914年。
莫世祥编：《马君武集》，华中师范大学出版社，2011年。

郭长海、金菊贞编：《高旭集》，中国社会科学出版社，2003年。
郭长海、郭骏兮辑注：《秋瑾全集笺注》，吉林文史出版社，2003年。
郭延礼、郭蓁编：《秋瑾集 徐自华集》，中华书局，2015年。
沈潜、唐文权编：《宗仰上人集》，华中师范大学出版社，2011年。
李保民笺注：《吕碧城诗文笺注》，上海古籍出版社，2007年。
金天翮：《女界钟》，陈雁编校，上海古籍出版社，2003年。
吴芳吉：《吴芳吉集》，巴蜀书社，1994年。
朱自清编：《中国新文学大系·诗集》，上海良友图书印刷公司，1935年。
朱羲胄：《林畏庐先生年谱》，世界书局，1949年。
丁文江、赵丰田编：《梁启超年谱长编》，上海人民出版社，1983年。
汤钧志编：《章太炎年谱长编》，中华书局，1979年。
柳无忌编：《柳亚子年谱》，中国社会科学出版社，1983年。
陈奇：《刘师培年谱长编》，贵州人民出版社，2007年。
孙中山：《孙中山选集》，人民出版社，1956年。
欧阳哲生编：《胡适文集》，北京大学出版社，1998年。
鲁迅：《鲁迅全集》，人民文学出版社，2005年。
郑逸梅编著：《南社丛谈》，上海人民出版社，1981年。
柳无忌编：《南社纪略》，上海人民出版社，1983年。
杨天石、王学庄编著：《南社史长编》，中国人民大学出版社，1995年。
钱仲联：《梦苕庵清代文学论集》，齐鲁书社，1983年。
丁守和主编：《辛亥革命时期期刊介绍》，人民出版社，1986年。
吴宓：《吴宓诗话》，商务印书馆，2005年。
臧克家：《学诗断想》，四川人民出版社，1979年。
牛仰山编：《中国近代文学论文集（1919—1949）·概论·诗文卷》，中国社会科学出版社，1988年。
上海图书馆编：《中国近代期刊篇目汇录》，上海人民出版社，1965年。

三、研究著作

梁启超：《清代学术概论》，上海古籍出版社，1998年。
胡适：《五十年来中国之文学》，申报馆，1924年。
陈子展：《中国近代文学之变迁》，中华书局，1929年。
陈子展：《最近三十年中国文学史》，上海太平洋书店，1930年。
卢冀野：《近代中国文学讲话》，上海会文堂新记书局，1930年。
钱基博：《现代中国文学史》，世界书局，1935年。
吴文祺：《新文学概要》，中国文化服务社，1936年。
吴文祺：《近百年来的中国文艺思潮》，《学林》第1—2期，1940年11—12月。
杨世骥：《诗界潮音集》，《新中华》复刊第2卷第3期，1944年3月。

任访秋：《中国现代文学史》，前锋报社，1944年。

汪辟疆：《汪辟疆说近代诗》，上海古籍出版社，2001年。

北京大学中文系文学专门化1955级集体编著：《中国文学史》第4册，人民文学出版社，1959年。

复旦大学中文系1956级中国近代文学史编写小组编著：《中国近代文学史稿》，中华书局，1960年。

游国恩等主编：《中国文学史》第4册，人民文学出版社，1964年。

郭延礼：《中国近代文学发展史》，高等教育出版社，2001年。

刘纳：《嬗变——辛亥革命时期至五四时期的中国文学》，中国社会科学出版社，1998年。

王飚主编：《中华文学通史·近代文学》，华艺出版社，1997年。

关爱和主编：《中国近代文学史》，中华书局，2013年。

关爱和：《中国近代文学论集》，中华书局，2006年。

蒋寅：《清代诗学史（第一卷）》，中国社会科学出版社，2012年。

夏晓虹：《觉世与传世——梁启超的文学道路》，上海人民出版社，1991年。

夏晓虹：《晚清女性与近代中国（第二版）》，北京大学出版社，2014年。

张永芳：《晚清诗界革命论》，漓江出版社，1991年。

张永芳：《诗界革命与文学转型》，中国社会科学出版社，2004年。

袁进：《中国文学的近代变革》，广西师范大学出版社，2006年。

马卫中：《光宣诗坛流派发展史论》，苏州大学出版社，2000年。

陈建华：《"革命"的现代性——中国革命话语考论》，上海古籍出版社，2000年。

孙之梅：《南社研究》，人民文学出版社，2003年。

马亚中：《中国近代诗歌史》，复旦大学出版社，2011年。

左鹏军：《黄遵宪与岭南近代文学丛论》，中山大学出版社，2007年。

李开军：《梁启超与中国文学的转变》，山东大学博士论文，2001年。

林香玲：《南社文学综论》，台湾里仁书局，2009年。

胡全章：《清末民初白话报刊研究》，中国社会科学出版社，2011年。

张天星：《报刊与晚清文学现代化的发生》，凤凰出版社，2011年。

戈公振：《中国报学史》，中国新闻出版社，1985年。

李泽厚：《中国近代思想史论》，人民出版社，1979年。

冯自由：《革命逸史》初集，中华书局，1981年。

周策纵：《五四运动史》，岳麓书社，1999年。

张朋园：《梁启超与清季革命》，吉林出版集团有限责任公司，2007年。

张朋园：《梁启超与民国政治》，吉林出版集团有限责任公司，2007年。

后　记

对诗界革命的兴趣和关注，始于 2007 年仲秋。那时，我虽已顺利进入中国社科院文学研究所博士后流动站，但出于主客观原因，决定放弃申请入站时提交的课题，另起炉灶寻找新题目，因而整天泡在图书馆浏览近代报刊。翻看《选报》《大陆报》《国民日日报》《警钟日报》《浙江潮》《江苏》《女子世界》等报刊诗歌，总觉得与"诗界革命"有着密切关联。但我最终选择了以近代白话报刊与白话文运动研究作为博士后课题。2010 年 7 月以博士后报告《清末民初白话报刊研究》出站后，才将这一课题提上日程。

2010 年孟秋，曾就这一课题与孟君庆澍有过一次长谈，激活了思路，增强了信心。当时刚费时月余抄录完清末《大公报》诗歌，认定发现了诗界革命延展到国内的重要阵地，与他切磋过行文思路。几天后，他打来电话：老胡，文章甭写了，跟人撞车了，文章在《丛刊》发出来了，结论跟你一样；此人乃北大博士，夏门弟子，姓郭名道平。后来道平也进了中国社科院文学研究所博士后流动站，论辈分成了小师妹。2012 年 10 月北京香山近代文学理事会期间，我向笑容可掬的道平提及这次"撞车"事件，害得她连声道歉。此后在资料方面对道平多有劳烦，我案头的整套《中国近代期刊篇目汇录》复制本，就是她帮忙复印装订后寄来的。

在课题酝酿、设计和调整过程中，郭长海、王飚、蒋寅、解志熙、袁进、马卫中、孙之梅、王达敏、左鹏军等先生，较早对选题思路及研究视角予以肯定和指点；刘进才、李开军、曹辛华、付建舟等学兄，提出过不少富有建设性的意见和建议。在课题展开过程中，黄霖、张寅彭、袁凯声、孙克强、马亚中、龚喜平、彭玉平、赵利民等先生，曾给予过指点、关心和帮助。在此一并向他们表示由衷的敬意和诚挚的谢意！

郭延礼先生是近代文学研究界老前辈，先生皇皇三大卷《中国近代文学发展史》是我走进近代文学领域的入门教材。2005 年 5 月博士论文答辩，业师关爱和先生邀请郭先生担任答辩委员会主席。当时郭先生是中国近代文学学会会长,关先生是河南大学校长,在我心中都是令人敬畏的"大人物",因此心里有些紧张,遂叮嘱师妹朱秀梅博士委婉地向郭先生传递"手下留情"的信号。孰料郭先生非常宽厚,答辩过程很圆满。以后在学术会议上接触多了,愈加感受到郭先生"望之俨然,即之也温,听其言也厉"。先生重视着装,彬彬有礼,一望而知是位一丝不苟的严谨学者;先生对晚辈非常亲切,勉励爱护有加;先生的学术发言则严肃认真,立场鲜明,多年来一直自觉充当着近代文学学科的"守护神"。在近代文学遭受古代文学和现代文学两大强势学科前后挤压的严峻形势下,老辈学者的危机意识和学科坚守精神,对晚辈是一种鞭策和激励。如今,"老骥伏枥,志在千里"的郭先生,牺牲掉自己宝贵的学术时间,欣然为晚辈的小书作序,这对我无疑是莫大的鼓舞和鞭策。

这本小书是交给业师关爱和先生的一篇迟到的作业。这项作业早在我博士毕业留校任教之际就布置下来,没有题目,没有对象,甚至没有方向,然而却有范围和要求,那就是近代文学史上研究不足的重要的文学现象、思潮流派、文学大家等,回答和解决学界语焉不详、尚无定论的重要乃至重大的文学史问题。不过,这篇作业既非在课堂上布置,亦非单独布置给我一个人,而是他在多种场合言谈话语中对我们流露出的殷切希望。2010年夏,我博士后刚出站,关先生就敦促我尽快转换学术领地。这本小书就是我转向近代诗歌研究领地五年来取得的一点微薄的收成,我把它当作一篇迟交的作业,只是不知能否达到老师心目中的及格分数线?

在报刊资料收集整理过程中,夫人翟桂荣女士,研究生刘洁莹、付建军、张苏芹、张丽、胡盼盼、陈梦远、王越、左玉玮等,付出了辛勤的劳动,感谢大家!

在本书编辑出版过程中,北京大学出版社的张文礼先生付出了辛苦的劳动,在此谨表示衷心的感谢!

胡全章
2016年4月